El secreto de La Indiana

Jorge Laguna

El secreto de La Indiana

SUMA
de letras

Papel certificado por el Forest Stewardship Council®

MIXTO
Papel | Apoyando la silvicultura responsable
FSC® C117695

Penguin Random House Grupo Editorial

Primera edición: septiembre de 2023

Printed in Spain – Impreso en España

ISBN: 978-84-9129-904-2
Depósito legal: B-12106-2023

Compuesto en Mirakel Studio, S. L. U.

Impreso en Liberdúplex
Sant Llorenç d'Hortons (Barcelona)

SL99042

A mis padres
A Amelia

PRIMERA PARTE

Criar a un hijo no hace a un padre,
bien lo sabían Miguel y Alejandro.

1
EN ALGÚN LUGAR DEL OCÉANO

25 de septiembre de 1876

La tripulación del Guajara se enfrentaba a sus peores pesadillas. El vapor se abría paso a través del Atlántico rompiendo las olas de una interminable tormenta que no les había dado tregua alguna en casi un mes de viaje.

Aquel majestuoso vapor había vivido épocas mejores; los años de experiencia empezaban a pasarle factura. El casco de color azul zafiro estaba desgastado y oxidado, y las intrincadas tallas de madera de la cubierta superior se encontraban enmohecidas y carcomidas por culpa del salitre. Sus velas eran lo único deslumbrante, unas inmensas lonas de tela blanca que se abrían paso a través del cielo y absorbían cada tímido rayo del sol.

Los pasajeros estaban aterrorizados, pues la tripulación era incapaz de ocultarles la gravedad de la situación. Habían partido de Cuba hacía veinticinco días y aún no se vislumbraba tierra firme. Y nada hacía indicar que estuviesen llegando a su destino.

Durante la travesía del Guajara se habían producido no pocos incidentes que preocupaban a todo el pasaje. Desde su partida en el puerto de Santiago de Cuba la noche del 1 de septiembre, el zarandeo no había cesado, y el viento no hacía sino empeorar a medida que transcurrían las jornadas a bordo del cascarón. Además, la tripulación estaba formada por jóvenes con escasa experiencia, lo que los llevaba a cambiar constantemente de rumbo para adaptarse a las nuevas rachas del mar. Abajo, en los camarotes de tercera clase, el buque se balanceaba aún con mayor fiereza, y arrastraba a su antojo el mobiliario más ligero. El agua se filtraba por las bodegas de carga, donde debían estar a salvo de los peligros intermitentes de la naturaleza.

Con el paso de los días la esperanza de encontrar tierra firme empezaba a parecer una promesa vacía. El cansancio entorpecía los movimientos de los marineros y consumía todo su entusiasmo inicial. El ambiente se había vuelto cada vez más tenso, y la crispación terminó de estallar cuando los viajeros de primera clase descubrieron que sus raciones habían disminuido de forma considerable en las últimas comidas.

Poco a poco el miedo había ido ocupando ese lugar, junto a la incertidumbre que emanaba de los camarotes inferiores. Los espejismos aparecían en el horizonte y arrullaban a los más desesperados por llegar al destino en momentos de falso alivio. Seguía sin vislumbrarse tierra firme, solo más y más olas que golpeaban los costados del navío, cada una de las cuales provocaba un nuevo escalofrío en el armazón de madera, alimentando aún más los temores que acechaban la limitada visión del Guajara.

Eliana escuchó los gritos desde la bodega del vapor. La joven criolla llevaba días recostada sobre un camastro de paja que habían dispuesto para ella en un almacén que no tenía ojo de buey ni escotilla. Apenas una escasa luz natural se filtraba a través de los tablones del techo que había sobre su cabeza.

Las duras circunstancias en las que viajaba casi le habían arrebatado el brillo de su sonrisa. Su largo cabello castaño, antaño lustroso, se había convertido en una maraña desaliñada; su figura, antes delicada, de piel suave y barniz dorado, parecía ahora agrietada debido a la falta de alimento. Las manchas amarillentas de su vestido de lino revelaban que no había parado de vomitar en toda la travesía por culpa de las sacudidas del vapor. Eliana apestaba a su propia podredumbre y ya casi no podía abrir los ojos después de haber pasado casi un mes encerrada en aquel barracón.

Enroscada a sus pies dormía Yanet, su criada, una mujer de raza negra algo mayor que ella y que había pasado toda la vida a su lado. Yanet llevaba sirviendo a la familia Álvarez desde antes de nacer la pequeña, primero como esclava y luego cobrando un pequeño jornal, ahora que las leyes de la metrópoli empezaban a exigirlo. Yanet, sin embargo, poco podía hacer con este salario, pues no tenía más familia que los Álvarez y tampoco otro lugar al que ir.

La hacienda de los Álvarez era un paraíso de medianías en el que siempre lucían los rayos del sol. Estaba escondida en el rincón más apartado de Vueltabajo, una zona de exótica vegetación a pocas millas de Pinar del Río. Se trataba de un entorno idílico situado entre palmeras, arroyos y cultivos de tabaco en el que trabajaban más de un centenar de hombres, y que se extendía como un manto a lo largo de varias hectáreas que se perdían en el horizonte. El calor y la humedad de este entorno conferían a la hacienda la mejor ubicación de toda la isla de Cuba para el cultivo de la hoja de tabaco.

Los padres de Eliana pasaban el tiempo viajando para atender sus compromisos políticos y sus negocios, por lo que apenas tenían tiempo para atender a la niña y a sus siete hermanos, así que esta mujer se había encargado, casi de forma exclusiva, del cuidado de la joven desde su nacimiento, en el que había hecho de partera. Nunca se habían separado la una de la otra.

Eliana golpeó el techo sobre su cabeza para pedir silencio en el piso de arriba, y comprobó que su criada seguía durmiendo. Harta de permanecer allí encerrada por más tiempo, se incorporó y abrió la compuerta con cuidado. Salió al pasillo y descubrió el desorden que reinaba en la bodega del vapor. A su alrededor se apiñaban decenas de cajas con cebollas, tomates, sacos de azúcar y de hojas de tabaco. En ese momento el barco dio una nueva sacudida y Eliana tuvo que apoyarse en las paredes para no caerse; lo cierto es que llevaba veinticinco días sin andar debido a su encierro.

En la parte trasera del almacén encontró gran cantidad de muebles atados con cuerdas, algunos de ellos similares a los que había en su caserón en Cuba. Supuso que pertenecían a familias de indianos que volvían a casa tras haber hecho fortuna en América. Se acercó a un elegante espejo de pie que estaba tapado con una sábana blanca, la retiró y se vio a sí misma reflejada por primera vez en un mes. Tenía un aspecto deplorable. Se notaba que no se había bañado en un mes. Su pelo estaba acartonado y llevaba la misma ropa desde la noche en que había abandonado la finca.

Al final del pasillo encontró una escalera que daba a una escotilla que estaba cerrada. No había encontrado otro acceso a los pisos superiores, así que intuyó que esa era la trampilla por la que les traían el agua y la comida cada día a ella y a su criada, aunque ambas llevaban varias jornadas sin comer debido a la escasez de víveres en el buque. Sobre su cabeza seguía oyendo los gritos de protesta de los pasajeros de primera clase.

Tomó asiento sobre un baúl y miró a su alrededor: multitud de valijas y pertenencias se amontonaban frente a ella, todas cuidadosamente aseguradas con cuerdas para evitar que se movieran durante el viaje. Maletas de cuero agrietadas, pesados baúles cubiertos con telas bordadas, cómodas cerradas a cal y canto y, con toda seguridad, llenas de objetos de valor en su interior. También había varios barriles de madera tallada atados con correas y que contenían fragantes especias junto con botellas de coñac y ron, así como algunas cajas con figuras de porcelana. Por último, objetos domésticos como cunas y mecedoras conferían un toque hogareño al ambiente austero de la bodega. Se preguntó cuántas historias podrían contar todos esos objetos. Era increíble lo mucho que cabía en un espacio tan reducido.

Ver ese lugar tan repleto de enseres la hizo sentir aún más vacía. Eliana tenía en Cuba más de lo que cabía en aquel vapor y, sin embargo, nunca se había sentido plena. Tenía la impresión de que llevaba toda la vida siendo una prisionera en los dominios de su familia; y más ahogada se sentía ahora que la habían obligado a cruzar el océano Atlántico en secreto y en contra de su voluntad.

Tras un breve descanso ascendió por las escaleras y empujó la escotilla. Al abrirla se encontró con que el piso superior tenía incluso peor aspecto que el suyo. Familias enteras se apretujaban en el suelo, algunas rodeadas por ovejas y gallinas en estado tísico. Supo de inmediato que frente a ella se encontraban los pasajeros de tercera clase, quienes apenas habían pagado trescientas pesetas por viajar hacinados en el vapor. La imagen de aquellos viajantes moribundos la deprimió aún más. Algunos eran jóvenes solitarios que regresaban a su tierra al no haber podido hacer la fortuna que soñaban en Cuba, otros eran antiguos ricos que se habían arruinado o familias enteras que habían tirado la toalla en América. Pensó que quizá había sido injusta con sus padres. Ella era una privilegiada, a pesar de sus circunstancias.

De nuevo llegaron a sus oídos las protestas al otro lado del barco. Presa de la curiosidad, se aferró a los barrotes de hierro y se acercó como pudo hasta un corro en el que una decena de padres desesperados se quejaban al contramaestre de la naviera Elder Dempster & Company por no haber podido comer en los últimos días. La mayoría no pedían alimentos para ellos, sino para sus hijos, pero el marinero se lamentaba por no poder satisfacer sus demandas. Apenas les quedaban víveres en el barco y debían guardar una parte para el capitán y sus oficiales porque, si ellos perecían, el vapor nunca alcanzaría la costa.

Eliana se alejó del tumulto; la cabeza le daba vueltas por el hambre y el zarandeo del vapor. Asomó la cabeza por un ojo de buey y tomó una fuerte bocanada de aire. El viento golpeaba su cara con suavidad y solo se veía el mar en el horizonte. Giró su cabeza a ambos lados y descubrió que todas las ventanillas estaban llenas de pasajeros que hacían lo mismo que ella. Levantó la mirada y se fijó en los pasajeros de primera clase, apoyados sobre las barandillas de la cubierta superior. Todos vestían de forma elegante y tenían la tez refinada, aunque ya empezaban a manifestar también signos de hambre. Cerró los ojos y se dejó llevar por el vaivén de las olas hasta quedarse casi dormida con su cabeza apoyada en el ojo de buey. En ese momento alguien la agarró por la espalda.

—Mi señora, ¿qué hace aquí? —Era su criada quien, agitada, le llamaba la atención—. Vamos, vaya para la bodega.

—Por favor, Yanet..., será solo un momento —suplicó ella, casi entre alucinaciones.

—No la pueden ver aquí. Y a mí tampoco.

—Nadie se está fijando en mí. Mire nuestro aspecto.

—Me da igual, mi señora. Hice un juramento a su padre, tiene que venirse a la bodega ya, por favor, se lo ruego.

—Contemple el mar. Disfrútelo, hágame el favor.

—No tengo nada que disfrutar, mi señora Daniela. Por favor, véngase a la bodega conmigo. Nos van a matar como nos vean.

—No sea exagerada. Y aquí no me llame Daniela, por Dios. Tenemos que empezar a habituarnos a estos cambios —dijo Eliana con un tono claramente irónico.

—Pues ya sabe, yo no volveré a llamarla Daniela, pero solo si usted obedece y viene conmigo.

Eliana accedió a las súplicas de su criada con desgana. Yanet la guio por el pasillo, tapándole la cara con sutileza para que nadie se quedase con el rostro de su señora. En ese momento sus cuerpos, así como los del resto de pasajeros de tercera clase, sintieron un fuerte zarandeo y se deslizaron a gran velocidad por los pasillos como si de una maldición se tratase.

El barco crujió con fuerza y cabeceó hacia los lados en varias ocasiones, efectuando un bandazo que hizo gritar a todos a bordo. Eliana asomó su cabeza a través de la ventanilla y descubrió que el cielo se había oscurecido hasta adquirir nuevamente un tono tan grisáceo como tenebroso. Una gota de agua cayó sobre su mano, justo en el instante en que el vapor dio una nueva sacudida, esta vez más potente que la anterior.

La tónica del viaje volvía a repetirse. Las olas se elevaban ahora hasta sus cabezas, y daba la impresión de que la proa estaba a punto de sumergirse en el fondo del mar.

—¡Morimos! ¡Nos morimos! —oyó a lo lejos.

Los gritos de pánico se sucedían al tiempo que los cuerpos tumbados en el suelo rodaban por los pasillos. Los pasajeros se aferraban a duras penas a las barandillas, tratando de proteger también a los niños. Yanet agarró a su señora con todas sus fuerzas.

—¡Mi señora! No quiero morir, tengo miedo —gritó, aferrada al pasamanos del vapor y al torso de Eliana, al tiempo que se santiguaba sin cesar.

—No vamos a morir, no se preocupe.

El vapor dio una nueva sacudida hacia el frente, como si quisiera hundirse.

—¡Ah! ¡Dios mío!

—Calma, Yanet.

—¡Que no, mi señora! ¡Que usted es muy joven!

—Llegaremos a tierra, no se preocupe. —Eliana mantenía la calma para tranquilizar a su criada, aunque su rostro había empalidecido, presa del mareo y del miedo que recorría su cuerpo.

Decenas de pasajeros asomaron sus cabezas hacia el exterior para vomitar, un gesto que contagió al resto. Minutos después, la mayoría de viajeros tenían sus cabezas apoyadas en las ventanillas para respirar aire fresco, mientras expulsaban con violencia el escaso alimento que aún quedaba en sus estómagos. Esta tormenta no era como las demás.

Por primera vez en veinticinco días de travesía, todos los pasajeros del Guajara se habían unido en un sentimiento común.

El pánico a morir en mitad del océano.

2
UNA MUERTE INESPERADA

Breña Alta, isla de La Palma
26 de septiembre de 1876

No cabía un alma en la parroquia; nadie quería perderse una despedida tan importante para la isla de La Palma.

El féretro con el cadáver de don Servando estaba colocado a los pies del altar, y en el pálido rostro del muerto podían apreciarse aún algunas venas hinchadas. El difunto sonreía como si le agradara ser testigo de su propio funeral.

Una suave luz se filtraba por las ventanas acristaladas de la iglesia de San Pedro Apóstol, empapando el interior de la capilla con un brillo dorado que acentuaba aún más los bancos de madera tallada. El suelo era un mosaico de piedras ennegrecidas y unos guijarros que brillaban debido a su origen volcánico. Tres candelabros de plata montaban guardia en torno a un estrado central, sobre el que el altar proclamaba con orgullo su devoción a Dios.

El párroco terminó su discurso de alabanzas al fallecido y tuvo que sentarse en un banco que había tras el atril. Los presentes percibieron que el padre Braulio Mendoza no podía disimular su emoción. Tal vez no estaba preparado para decir adiós a su gran amigo.

Se hizo el silencio en la iglesia durante unos instantes. El párroco volvió entonces de su abstracción e indicó con un gesto a los hijos gemelos del empresario que subieran a decir unas palabras. Alejandro y Miguel se miraron con nerviosismo para decidir quién de los dos se enfrentaría a la audiencia.

Eran casi idénticos a simple vista. Ambos tenían la piel morena y seca por el sol de la isla, y un cabello denso y oscuro que en nada se parecía al de su difunto padre. Lo que los hacía diferentes eran sus maneras y gestos. Miguel siempre se mostraba erguido y seguro de sí mismo, sabiéndose un joven apuesto y consciente de su condición de la clase alta palmera; Alejandro, por el contrario, vivía a su sombra, tímido, compungido y siempre con miedo ante los obstáculos que se le ponían por delante.

Para el público asistente, estos dos jóvenes de apenas veinticinco años eran la viva imagen de la desolación, dos rostros perdidos que se resistían a aceptar que su padre los había abandonado para siempre.

Como era de esperar, fue Miguel quien se puso en pie, aunque aguardó un momento para que su hermano hiciera lo mismo y lo acompañara. Pero Alejandro se quedó clavado en el asiento, incapaz de levantar la cabeza.

—Doy gracias a todos por haber venido a darle un último adiós a nuestro padre —arrancó Miguel—. Mi hermano y yo queremos agradecer a los llegados desde la villa de Santa Cruz: a la junta, a los compadres de la cooperativa del tabaco y a los compañeros de la Logia. A todos, válgame, no quisiera dejarme a nadie fuera.

Su mirada altiva al frente del atril y su tono desprendían un carisma inusual para un joven en sus circunstancias. Y mientras hablaba, su hermano Alejandro hacía grandes esfuerzos por no derrumbarse.

—Queremos agradecer también la presencia de todos los empleados de padre. La Indiana era su segunda casa, o más bien la primera.

Los jornaleros de la fábrica —aglomerados en las últimas filas de la iglesia— sonrieron ante la ocurrencia de Miguel, aunque últimamente no tenían muchos motivos para reír sus gracias. Estos elogios reforzaron aún más la vanidad del joven, que comenzó un sermón espontáneo en el que ensalzaba las aventuras de su difunto padre. Explicó cómo su progenitor había tenido que emigrar a Cuba décadas atrás con una simple valija, y a su regreso había fundado La Indiana, una de las tabacaleras más prósperas de Europa. Todo ello gracias a que don Servando había aplicado con excelencia sus aprendizajes como veguero en América para su propio negocio.

De repente, Miguel sufrió un leve vahído y tuvo que agarrarse al atril para no caerse. Llevaba bebiendo sin parar desde la noche anterior, y la resaca empezaba a hacer mella en él. Su discurso se estaba convirtiendo en una divagación cada vez más desordenada e inconexa, pero no se detuvo. Como si la voz de don Servando lo hubiese poseído, comenzó a burlarse de aquellos compañeros de viaje de su padre que habían regresado de Cuba aún más pobres que como se habían marchado. Miguel se reía de ellos por haber malgastado sus jornales en alcohol y en prostitutas en las insomnes alamedas cubanas mientras su padre ahorraba cada onza para construir su «imperio».

Los asistentes se escandalizaron ante sus palabras, aunque ni siquiera el propio padre Mendoza se atrevió a bajarlo del estrado. Todos entendieron que era su forma de afrontar la pérdida, y no podían sentir más que lástima por él.

La abrupta salida de varios jornaleros interrumpió la solemnidad del encuentro. A medida que avanzaba la celebración eran muchos los que iban abandonando la iglesia como muestra de su descontento ante los últimos avatares por los que estaba pasando La Indiana. No podían olvidar cómo los había tratado el patrón los meses previos a su fallecimiento.

Y es que la tabacalera no pasaba por su mejor momento.

La llegada de la Restauración y la reciente aprobación de la Constitución de 1876 había generado una gran incertidumbre entre los empresarios, quienes temían perder sus privilegios con la aceptación de la nueva ley del trabajo rural. Como respuesta, don

Servando había aumentado las horas de trabajo a sus obreros. Esto, sumado al retraso que llevaba en el pago de los jornales, había lastrado los ánimos de todos. Los empleados llevaban meses sin ver una peseta. Con el repentino fallecimiento del patrón, el miedo al futuro incierto que se les avecinaba no había hecho más que aumentar.

La mayoría de asistentes abandonaron la iglesia cuando concluyó la ceremonia, aunque hubo quienes, muertos de curiosidad, decidieron acercarse al féretro para ver por última vez el rostro del patriarca fallecido. El edificio se fue quedando vacío hasta que solo quedaron en su interior los familiares y amigos más allegados a los gemelos. Fue entonces cuando Alejandro se abrazó con fuerza a doña Juana, el ama de llaves, mientras dejaba escapar un llanto desconsolado.

—Compórtese, hermano. Y siéntese bien —le espetó Miguel.

Alejandro obedeció y volvió a tomar asiento en el banco que había junto a él sin reprimir sus lágrimas.

—Deje a su hermano que suelte lo que lleva dentro —intervino doña Juana con dureza.

—Es que... se lo advertí, que se aguantara hasta llegar a casa.

Pero tras esta breve queja, Miguel le dio un beso a Alejandro en la frente y se disculpó por su salida de tono.

Se formó un corro en torno a ellos en el que también estaban algunos amigos cercanos a don Servando. El maestre Heriberto aprovechó la situación y se acercó a ellos haciendo gala de su aura misteriosa y su peculiar manera de andar. Andaba ligeramente encorvado, como si el peso de la veteranía recayese sobre él, y llevaba una cadena colgando de su reloj de bolsillo, prueba de que el tiempo era lo más importante para los ilustres miembros de su orden. Era el único hombre que no había acudido a la iglesia vestido de luto, sino con el uniforme masónico, ataviado además con una orla y un elegante collar de joyas pertenecientes a la organización secreta. Unos volantes de oro bordados adornaban sus hombros y lo distinguían como un hombre de carácter y estatus indiscutibles.

Haciendo gala de su apellido y sus aspiraciones afrancesadas, Heriberto Bethencourt llevaba sus cabellos color azabache cuidadosamente peinados, y un afilado bigote adornaba la mitad inferior de su rostro bajo dos penetrantes ojos oscuros que parecían saltar de su tez bronceada.

—Jóvenes..., no se pueden ustedes imaginar lo que supone la inesperada marcha de su padre.

—Gracias, maestre —dijo Miguel—. Es un halago viniendo de alguien como usted.

—Eso que dijo usted en el altar, jovencito...

La sola mirada de Heriberto sirvió para escarmentar al joven.

—Lo sé, maestre. Le ruego que me disculpe.

—No se preocupe. Es extraño, ¿verdad? Hace unos días campaba entre nosotros, y ahora... No han pasado siquiera cinco días de la última tenida que celebramos en la Logia. Bebimos como siempre, como hacemos los hombres. Comimos como de costumbre. Era guasón como ninguno, don Servando..., y un empresario como pocos hemos tenido en esta isla. —El maestre hizo una breve pausa y se detuvo a examinar los rostros de sus oyentes mientras continuaba con su discurso—. Esa noche me dijo que pronto iban a cambiar las cosas para todos los tabaqueros de la isla. Me dijo que la moratoria estaba cerca y que le íbamos a dar a los cubanos donde más les dolería. Confié en sus palabras.

—Y parecen estar a punto de cumplirse —puntualizó Miguel.

—Así es. Lástima que él no pueda vivirlo. —El tono del maestre desprendía una innegable aura de desconfianza.

Miguel sentía que ese ataque iba dirigido hacia él y hacia su hermano. Por suerte, los últimos efectos del alcohol de la noche anterior le permitían hacerse el ingenuo.

—Si le preocupa que la moratoria pueda afectar a nuestra fábrica, debe saber que mi hermano y yo estamos de sobra preparados para lo que se nos viene a todos los tabaqueros de la isla en estos próximos meses. Estoy seguro de que la firma de ese acuerdo nos cambiará la vida a todos, como decía nuestro padre.

El maestre Heriberto, sin embargo, desoyó por completo las apasionadas palabras de Miguel y avanzó con paso altivo hacia el féretro que custodiaba el sonriente cuerpo de don Servando.

—Muchachos…, ¿están seguros de su muerte?

—¿Cómo? —preguntaron los dos a la vez.

—¿Ni siquiera notaron algo extraño en él?

—Ya le dijimos que se encontraba bien, ese mismo día pasó por la fábrica y luego se sentó a la mesa para comer con nosotros.

—Qué cosa tan repentina —balbuceó el maestre para sí.

—Pues… sí —respondió Miguel—. Qué quiere que le diga, don Heriberto. Lo encontramos muerto en la noche, tumbado en su cama.

—Lo sé, pero… El curandero que lo vio hace semanas me aseguró personalmente que vuestro padre no corría peligro alguno. ¿Están seguros de que no lo escucharon gritar o pedir auxilio?

—No, nada. Subimos y allí estaba… muerto.

—Ya veo, ya. Una lástima, entonces. —Pero algo seguía sin encajarle—. ¿Seguro que no hay nada entonces que les resultara extraño?

Miguel se sentía cada vez más incómodo a medida que se prolongaba el interrogatorio.

—Maestre, ya le hemos contado lo que ocurrió. Y el padre Mendoza también le informó a usted el primero cuando le hizo la unción.

El maestre le dedicó a Miguel la mirada más gélida que él jamás había visto. Los ojos de Heriberto brillaban de indignación y escepticismo, como si quisiera extraer algo del joven.

—Entiendo por lo que están pasando, eh. Es solo que… ¿era frecuente que ustedes dos subieran a su dormitorio en medio de la noche para ver cómo se encontraba? Lo lógico habría sido que se hubiesen dado cuenta por la mañana, ¿no creen?

La actitud de Miguel se tornó defensiva. No entendía adónde quería llegar el maestre con sus preguntas, y mucho menos ante el corro de gente que había junto a ellos. De inmediato buscó a su hermano con la mirada y sintió una profunda tristeza al ver que su descompuesta figura seguía encogida entre sollozos en uno de los bancos de la parroquia. Por un instante la respiración de Miguel se volvió entrecortada.

—Maestre, debo pedirle que cese en sus preguntas de una vez.

—¿Le estoy incomodando? —insistió Heriberto.

—Pues sí, ¿acaso no ve cómo estamos? —dijo Miguel, señalando a su hermano.

Solo entonces Heriberto dio muestras de relajar su figura.

—Le ruego me disculpe por mi insistencia, Miguelito —dijo el maestre con un tono claramente paternalista—. Yo solo trataba de advertirles.

—¿Advertirme?

—Su padre tenía muchos enemigos...

Miguel asintió estupefacto mientras luchaba por comprender lo que el maestre acababa de decirle. En realidad, los gemelos no tenían ni idea de si su padre tenía enemigos o no; apenas sabían nada de lo que ocurría en su vida privada o entre las paredes de la Logia. Nunca habían tenido acceso a los concilios mayores en los que se tomaban las decisiones de verdad importantes. Miguel se sintió, de repente, como un niño al que todos a su alrededor le ocultaban la verdad.

Heriberto Bethencourt dio el pésame a los gemelos y se retiró, no sin antes acercarse al féretro para dar un último adiós a su amigo. Se arrodilló frente a él y colocó entre los brazos del difunto una joya masónica con las insignias de la organización secreta.

Fue tras la marcha del maestre cuando Miguel pudo tomar conciencia de que don Servando se había marchado para siempre.

Por fin, su hermano y él podían dormir tranquilos.

3

UN TESTAMENTO MALDITO

Situada en la ladera de una colina, la espectacular hacienda de la familia Vega ofrecía unas vistas inmejorables de la calle principal de La Breña, así como del puerto de la isla, cuyos barcos se divisaban bajo las faldas del barranco. Se trataba de un edificio de dos plantas de color amarillo pastel con unos enormes ventanales y un balcón canario del que colgaban las enredaderas. Con una gran extensión de terreno a su alrededor, el acceso a la hacienda estaba flanqueado por varias palmeras datileras, lo que le confería un aire de grandeza y majestuosidad. En el interior de la vivienda el espacio se abría a amplios pasillos de baldosas que conducían a un patio canario lleno de vegetación, con un antiguo banco de piedra. En el centro de este claustro al aire libre había una fuente en la que cada día se posaban palomas para beber de sus aguas cristalinas. A un lado, los árboles frutales crecían en abundancia en su acogedor jardín cercado por un muro de adobe que rodeaba la finca y mantenía alejadas las miradas indiscretas. La hacienda contaba con quince recámaras alrededor del patio central, y todas las habitaciones estaban vestidas con muebles robustos y unos ventanales de madera de los que aún emanaba el aroma a la savia de los árboles. Sin duda, era uno de los edificios más emblemáticos del pueblo.

Apenas habían enterrado a su padre unas horas atrás cuando el notario se personó allí ante los gemelos. En realidad, era Miguel quien había insistido en que así fuera, pues quería firmar el testamento cuanto antes para reanudar el trabajo en la fábrica junto a su hermano.

Doña Juana recibió al notario con gesto mustio, pero tratando de esconder su cansancio; llevaba varios días sin dormir y aún intentaba asimilar la muerte del patrón. Ahora vestía un traje oscuro, pero distinto del que había llevado durante la celebración del funeral. Su ropa de trabajo siempre estaba inmaculadamente planchada e impecable para el desempeño de sus tareas diarias. Llevaba una falda de lana negra, larga y amplia, que le rozaba la punta de los zapatos y en ocasiones se le llenaba de suciedad. Una camisa oscura de algodón y encaje le cubría los brazos en todo momento. Para completar su conjunto, Juana llevaba un sencillo cubrecabeza con un fino velo negro sobre el ala. Esto le permitía mantenerse limpia y, al mismo tiempo, contribuía al delicado aspecto femenino que debía mantener. La tradición le exigía guardar el luto al señor durante al menos una estación del año, pero sabía que el protocolo no estaba entre las prioridades de los gemelos.

El funcionario se dejó guiar por ella hasta el salón principal, una estancia cálida y luminosa con varios tapices que colgaban de las paredes.

—¿Puedo ofrecerle unas pastas, maese? Son de manteca y almendras.

—Sea —respondió el notario.

El hombre colgó su levita y su bombín en el perchero y se sentó en el sofá sin siquiera pedir permiso, consciente de que alguien de su talla no debía perder el tiempo en pormenores.

—Oiga, señora, ofrézcame también una línea de ron que quiero hacer la espera más llevadera.

El notario hizo un gesto para indicarle la medida en el vaso, y acto seguido terminó de acomodarse. Se trataba de un joven apuesto, uno de esos primogénitos de familia burguesa que llevaban la palabra «universidad» grabada en la frente y que miraba con desdén a quienes no habían tenido las mismas oportunidades que él. Apenas llegaba a los treinta años, pero su oficio le confería un poder sabido por todos, incluso por él mismo. La reciente implantación en Madrid del Código Civil había obligado a los empresarios a recurrir a estos notarios para dejar constancia de sus bienes. Y así, su sentencia empezó a tener más peso en la isla que la propia palabra de Dios, si es que eso era posible.

—Mis disculpas, maese.

Los pasos de Alejandro resonaron en la vivienda como si de un alma en pena se tratara. Tenía el rostro desencajado y sostenía un vaso de leche fría de un color amarillento que no auguraba un sabor nada prometedor.

—Lo acompaño en el sentimiento —dijo el notario, inclinándose hacia él.

—Válgame, de verdad. Perdone que no le oyera entrar.

El notario aceptó sus disculpas y fue sacando los documentos que guardaba en su carpetín de cuero. En ese momento apareció Miguel, procedente de las dependencias traseras de la casa. Tenía la mirada perdida, a medio camino entre la inconsciencia y la conmoción, y una sonrisa de oreja a oreja asomaba por su rostro.

—¿Tanto tenía padre en su haber? —bromeó Miguel mientras asistía al desembarco de papeles del notario.

—Caballeros, aquí están los documentos. Solo falta su rúbrica —dijo el funcionario haciendo caso omiso de la broma—. Imagino que ya sabrán que la aceptación de la herencia conlleva también el adeudo que refleja la sociedad de tabacos La Indiana para con la administración local. Esta deuda debe ser abonada en la administración insular en un periodo inferior a los seis meses.

—¿Qué está diciendo este?

Miguel miró a su hermano en busca de respuestas. Alejandro echó un vistazo al documento ante la mirada nerviosa e impotente de Miguel, que no sabía leer.

—¿Me quiere decir de qué demonios nos está hablando el notario?

Pero Alejandro seguía desconcertado, aplastado por las cantidades que se reflejaban en el papel. Una vez terminó de leer el documento, se acercó al oído de su gemelo para transmitirle la peor de las noticias.

—Debe de haber un error —insistió Miguel—. Hermano, explíqueselo. Usted lleva los libros de cuentas.

El notario les señaló un apartado en el que se indicaba la suma de dinero que don Servando debía a la Junta Superior de Gobierno.

Alejandro tuvo que releer el documento varias veces para cerciorarse del todo. En ese momento, Juana se acercó al notario para rellenarle el vaso de ron, pero Miguel la echó de la estancia con un gesto sutil.

—Caballeros, los documentos no mienten. La aceptación de la herencia implica a todas las propiedades a partes iguales, tal y como figura en el testamento. Pensé que lo sabrían, creí que su padre los habría puesto al corriente antes de...

—¿Usted sabía esto, hermano? —intervino Miguel, cortando en seco al notario.

—Mmmm..., no —balbuceó Alejandro—. No sé qué pudo pasar. Lo siento.

Miguel se revolvió en el sillón con la mirada aún clavada en los documentos. No entendía cómo su padre había podido ocultarles tal desbarajuste sin que Alejandro se hubiese dado cuenta. Al fin y al cabo, su hermano había sido el contable de la fábrica desde los once años.

—Siento no poder ayudar en nada más a los señores. Antes de marcharme, debo recordarles que si deciden rechazar el pago de las deudas de la fábrica también estarán renunciando a todas las parcelas de cultivo y sembradío anexas a la propiedad, así como a esta vivienda.

—¿Cómo? ¿La… la casa?

Los nervios de Miguel le llevaron a dar un trago al vaso de leche que había traído su hermano, y que ahora tenía un sabor mucho más amargo. Pero miró a Alejandro y vio que este se había quedado paralizado por la noticia, así que se vio obligado a recomponerse y fingir que lo tenía todo bajo control. Él era lo único a lo que su gemelo sabía aferrarse ante las dificultades; por eso, no podía dejar que lo viese doblegado ante ese contratiempo. Por muy inesperado que fuese.

De la noche a la mañana se habían quedado huérfanos, y a punto estaban de perder todo lo que tenían.

4
LOS COMPADRES DE LA LOGIA

Santa Cruz de La Palma
29 de septiembre de 1876

El destartalado carruaje en el que viajaban los hermanos Vega se abrió paso a trompicones por los adoquines de la calle Real, en pleno corazón de la capital de la isla. El vehículo mostraba claros signos de abandono: sus ruedas estaban carcomidas por la erosión del suelo, su carcasa exterior de hierro estaba salpicada de óxido cubierto por una pintura descascarillada, los bancos de madera estaban estriados por el paso del tiempo y las riendas de cuero no podían estar más descosidas. A pesar de su posición social, viajar nunca había sido para ellos ni para su padre un asunto lujoso, ni siquiera tratándose de un trayecto de varias horas como el que les ocupaba cada vez que se desplazaban hasta la capital de la isla.

Como cada tarde, las calles de Santa Cruz de La Palma bullían con el ajetreo de la vida cotidiana. La ciudad portuaria estaba repleta de todo tipo de ciudadanos ataviados según la moda del momento: desde capitanes de barco con largos abrigos de seda resplandecientes, hasta viajeros o trabajadores vestidos con prendas más sencillas, más apropiadas para afrontar largas travesías o para realizar sus laboriosas tareas. Por todas partes se oían diferentes lenguas mezcladas de inmigrantes de lugares lejanos que se dirigían en masa a la península ibérica. En torno a la calle Real se hallaban los mejores puestos del mercado por su proximidad a la dársena, y el vaivén de comerciantes procedentes de América y de la metrópoli conferían al lugar un intenso ambiente a cualquier hora del día.

Miguel y Alejandro atravesaron la concurrida avenida sentados sobre el banco del carruaje, tratando de mostrarse impasibles ante las miradas de los vecinos con quienes se cruzaban. Don Servando había sido un importante empresario para la isla y la noticia de su fallecimiento estaba en boca de todos.

Tras cruzar la avenida, los gemelos amarraron la calesa junto al chiquero que había en una de las parcelas anexas y se adentraron en el edificio de La Investigadora, un caserón de estilo victoriano que antaño había sido propiedad de unos mercaderes flamencos y que ahora pertenecía a la organización masónica. Su gran fachada de color blanco la completaban unos llamativos ladrillos oscuros de piedra basáltica y un sinfín de escudos esculpidos en piedra que conferían al lugar la solemnidad que se merecía. Allí, además de celebrarse las tenidas, también se hallaban la biblioteca y el archivo privado de los masones. Las reuniones de la orden se celebraban todos los viernes, pues era la única tarde de la semana en la que todos sus miembros podían librarse de los quehaceres de sus respectivas empresas o del menester político para dedicarse a debatir sobre el rumbo de la isla.

Miguel confiaba en que sus compañeros les ayudarían a superar las dificultades económicas. Al fin y al cabo, en no pocas ocasiones la Logia había ayudado a otros miembros en apuros, desde la reforma del taller de las hilanderas a la donación anual para las fiestas de Las Nieves. Por si esto fuera poco, su padre era miembro de honor, pues había sido uno de los fundadores de la orden veinte años atrás, cuando regresó de Cuba, influenciado por el pensamiento ilustrado del que se había empapado en aquella isla de América.

A pesar de la majestuosidad que exhibía la fachada del edificio, el interior del templo contaba con un modesto salón de actos. Los sillones individuales de cuero rodeaban la sala, todos dirigidos hacia la mesa principal que ocupaban el maestre y sus supervisores. Justo detrás de ellos, en la pared frontal, colgaba un tapiz con la insignia de la orden. Una larga chimenea de granito brillaba en un rincón, llenando la sala de un calor agradable a pesar de la humedad y el frío que había en la calle. Era un espacio sin pretensiones y de mobiliario humilde, iluminado tan solo por unos faroles parpadeantes y por el suave resplandor de una llama que siempre estaba encendida sobre la mesa principal. El tiempo parecía haberse detenido en aquel enclave, un lugar que durante décadas había servido tanto de santuario como de lugar de reunión.

—¡Silencio, compadres!

Tras una breve pausa, el maestre Heriberto Bethencourt se puso en pie y todos imitaron su gesto en señal de respeto.

—Antes de comenzar, es menester que demos un último adiós a nuestro amigo Servando, fiel compañero de faenas y uno de los más doctos en esta Logia —entonó el maestre con el rostro emocionado—. Parece mentira, compañeros. Quién ocupará ahora su lugar.

Los asistentes le regalaron a Servando un respetuoso silencio mientras dirigían la mirada hacia su asiento, que había quedado vacío junto a los dos que ocupaban los gemelos. El dolor colectivo en la Logia se volvió casi tangible mientras recordaban los momentos vividos junto a su compadre recién fallecido.

Todos inclinaron la cabeza uniendo sus respectivas manos en señal de respeto. Por un instante el fuego que brotaba de la chimenea parecía querer apagarse poco a poco, como si el difunto estuviese comunicándose con ellos a través de las llamas.

Cuando estuvieron listos, el maestre Heriberto puso fin al homenaje y procedió a leer el acta de la jornada con un tono de voz bien diferenciado del anterior. A partir de ese momento la reunión adquirió un cariz tedioso, casi burocrático. Luego se abrió la discusión para las peticiones de ingreso de nuevos miembros, y posteriormente se debatieron varias mociones locales, en un proceso que se hizo más eterno que de costumbre.

Miguel recorrió la sala con la mirada, sintiendo que se apoderaba de él una opresiva sensación de aburrimiento. Allí estaba, callado y ausente junto a su hermano, con el trasero pegado al asiento mientras los más veteranos charlaban sobre asuntos locales que a él no le interesaban lo más mínimo. Y en vista de los bostezos de Alejandro, este tampoco parecía prestar mucha atención. Miguel reprimió un bostezo al contemplar los rostros que lo rodeaban, iluminados por la luz de las velas en la penumbra de la sala.

La tenida se alargó durante varias horas entre los diferentes puntos de la orden del día hasta que le llegó el turno a Miguel, justo cuando el sueño estaba a punto de vencerlo. Se recompuso de inmediato y se puso en pie, hizo una reverencia al maestre y expuso su situación al resto de la orden.

—Gracias por su atención, y ruego me disculpen por sacar este tema después de varias horas de reunión. —Hizo una breve pausa antes de meterse de lleno en el fango—. Mi hermano y yo no teníamos conocimiento de la deuda. Créanme, no sabemos en qué se pudo haber perdido tanta peseta. No es solo la pérdida de padre, es que encima tenemos que lidiar con este desaguisado. Por eso les pedimos ayuda, como compañeros, *pa* resolver esta situación cuanto antes y que así podamos estar a la altura de lo que exige la moratoria.

—Con el debido respeto —lo interrumpió Heriberto—, creo que deberíamos hablar de esto en otro momento. Lo oportuno sería hacerlo solo con los miembros de la cooperativa tabaquera y no en este hemiciclo.

—Disculpe, maestre. Todos los empresarios del tabaco insular son…, somos miembros de esta Logia. No veo yo el problema en manifestar la situación en confianza. Qué mejor audiencia que esta, maestre.

—Hijo, los asuntos del tabaco solo conciernen a los tabaqueros. No queremos aburrir al resto de empresarios y cargos públicos que nada tienen que ver con este tema.

La cooperativa tabaquera de La Palma era la agrupación de propietarios de todas las fábricas de tabaco de la isla. Aunque la versión oficial era que sus objetivos eran garantizar salarios justos para los jornaleros, la realidad era bien distinta. La cooperativa se había creado para unir a todos estos empresarios y luchar por un fin común: demostrar que el tabaco palmero podía competir con el que se cultivaba en América.

—Mi hermano... —Miguel se impuso para hacerse escuchar—. Alejandro se está encargando de revisar las cuentas de nuestra tabacalera. Ponemos a esta tenida por testigo de que haremos lo que sea necesario para llegar a los números que tienen el resto de fábricas de la isla. En unos meses esto estará más que solventado. Solo les pedimos a todos un poco de solidaridad. ¡Que somos amigos, hombre! ¡Que tenemos que ayudarnos!

Se hizo el silencio.

Nadie reaccionó a las palabras de Miguel.

—Por favor, compañeros. El Gobierno de la metrópoli está a punto de concedernos esa moratoria que tanto ansiábamos para demostrar que nuestro tabaco es mucho mejor que el de esos cubanos y puertorriqueños. Solo les pedimos un poco de ayuda para poder brillar con todos ustedes en este prometedor futuro que nos espera.

Mientras permanecía de pie ante la multitud, Miguel sintió el abrazo del vacío a su alrededor. Podía oír su propio pulso en los oídos y el chirrido ocasional de la silla de uno de los asistentes. Cada vez que su mirada buscaba un rostro leal, sentía el frío más descorazonador como respuesta.

El maestre Heriberto volvió a tomar las riendas de la situación.

—Compadres, ya escucharon las bellas y apasionadas palabras del muchacho, tiene la misma labia que su padre. —El hombre hizo un gesto a Miguel para que volviera a tomar asiento—. Lo que también escucho son los estómagos. Podemos dar por concluida la tenida, que ya a todos nos hace falta un chuletón y un buen vaso de vino.

Poco a poco todos fueron abandonando la sala haciendo caso omiso a Miguel, que se había quedado de piedra ante la indiferencia de sus compañeros. A pesar de la gravedad de la situación, Miguel no perdió un segundo en transmitirle tranquilidad y seguridad a su hermano, que estaba sentado junto a él.

—No pasa nada, Alejandro —le susurró al oído—. Todos le debían algún favor a padre, tenga por seguro que durante el banquete nos darán sus propuestas de apoyo.

El tradicional banquete de medianoche de los masones era todo un espectáculo, y el escándalo en la calle impedía dormir a los vecinos. Las mesas se habían colocado a lo largo de la calle, justo enfrente del edificio de La Investigadora, y todas ellas quedaban iluminadas por la luz de varios faroles parpadeantes. Los integrantes de la Logia disfrutaban la sobremesa de un banquete en el que abundaron los platos repletos de carnes y verduras asadas, papas y boniatos cocidos al vapor en grandes cuencos de barro, todo tipo de dulces e incluso jarras de vino que se repartían entre gritos de júbilo. Unos charlaban a viva voz, otros cantaban a coro acompañados de una guitarra. La música resonaba en el aire nocturno y todos los presentes se unían para cantar y animar. A ninguno le importaba que la noche se hubiera cerrado sobre ellos; ni siquiera a los políticos locales, de quienes se presuponía que debían guardar las formas.

Miguel, puro en mano, mantenía una aburrida discusión con varios empresarios tabaqueros sobre el catastrófico efecto que estaba teniendo la última plaga de pulgones en los cultivos de muchos de sus compañeros. Era incapaz de ocultar sus bostezos; el tedio que le producía ese banquete era aún mayor que el de tener que levantarse cada mañana para supervisar a los jornaleros en las fincas.

La asistencia a esa tradicional cena era una imposición que le había inculcado su difunto padre, así que desde niño Miguel estaba obligado a holgazanear con todos esos hombres en las mesas dispuestas en medio de la calle Real. Las botellas de vino tintineaban junto a las risas agudas de todos aquellos barrigones, mientras los eructos de sus compadres conferían breves momentos de risa a las monótonas charlas sobre asuntos sin importancia. Miguel nunca había profesado ninguna lealtad a esa sociedad de la que cada vez se sentía más ajeno. Esa noche se habría marchado con su hermano de no haber sido porque esperaba el auxilio de la Logia.

Alejandro se había ausentado de la cena con la excusa de que seguía de luto. Todos sabían que mentía, pues al tímido de los gemelos le aterraba relacionarse. A sus veinticinco años apenas había intimado con sus compañeros de la Logia, y evitaba acudir a las tenidas siempre que su padre se lo permitía.

Servando había sido un hombre estricto, pero también un padre ejemplar a ojos de conocidos y vecinos. Los hombres envidiaban la impecable educación con la que había criado a sus gemelos sin la ayuda de una mujer. Todos habían visto cómo el señor Vega había hecho todo lo posible por integrar a Alejandro: desde llevarlo a la curandera para que viera los reflejos de su aura, hasta forzarlo a beber alcohol para que se soltara. No hubo manera de enderezarlo. Con el alcohol, Alejandro siempre terminaba arrojándose fuera de esos ámbitos entre vómitos, la mayoría de veces provocados por él mismo. Durante años Servando cargó con la cruz de la vergüenza por su hijo. Mientras duró la infancia del muchacho, los compadres de la Logia trataron de quitar hierro al asunto, dando por hecho que aquel carácter introvertido era cosa de la edad. Pero era tal el ridículo al que lo sometía frente a sus amigos que el padre acabó por tirar la toalla con él y centró sus esfuerzos en que su otro hijo lo ayudase con las relaciones institucionales de la tabacalera. Al menos Miguel sabía desenvolverse en sociedad, aunque su padre lo consideraba un inepto en todo lo demás.

Desde que Miguel era niño, Servando supo que era un zoquete, pues el pobre muchacho apenas tenía capacidad para escuchar o comprender lo que se le decía. Y al contrario que Alejandro,

Miguel no tenía el más mínimo interés por la escuela, por lo que Servando decidió enseñarle las labores más básicas de la tabacalera para que al menos hiciese algo de provecho para ganarse el pan que había cada noche sobre la mesa.

Pero cuando llegó a la adolescencia Miguel sufrió un cambio tan repentino y radical que consiguió sorprender incluso a su propio padre. De la noche a la mañana el joven desarrolló un encanto magnético. Sus chispeantes ojos invitaban a cualquiera a compartir secretos con él, su sonrisa hacía que fuera fácil perderse en las historias y anécdotas que contaba. Miguel era capaz de convencer con una simple mirada, y había algo en él que congelaba el tiempo en su presencia. «Un regalo tardío de Dios», decían algunos.

Y en esas tediosas labores diplomáticas con los más jóvenes de la Logia se hallaba Miguel esa noche cuando el maestre se acercó a su asiento.

—Acompáñeme, muchacho. Debemos hablar en privado.

Los dos hombres se alejaron de la mesa y recorrieron los escasos metros que los separaban del callejón que conducía al puerto. Se trataba de una estrecha callejuela con escalinatas que servía como guarida para los marineros borrachos que no tenían otro lugar en el que caerse muertos. El aroma del whisky y el tabaco persistía en la brisa nocturna del ambiente, el hedor de las peleas ocasionales y los depravados episodios de libertinaje envolvía la escasa luz que se filtraba entre esas paredes.

—¿Tan lejos me lleva, maestre? Debe de ser importante.

—Muchacho..., bien sabe cuánto lo siento por la pérdida. Todos lo sentimos.

—Sí, todos lo sienten, pero aquí nadie arrima el hombro por nosotros.

Pero el serio semblante de Heriberto seguía clavado en su frente.

—Mire, esto se lo digo solo a usted porque es un joven maduro y sensato. Ahora que no tiene a su padre no le quedará más remedio que comportarse como un hombre.

La tensión entre ambos era evidente. Miguel estaba harto de pasarse tantas horas interpretando ese papel para integrarse entre esos varones sin conseguir nada a cambio. Y le producía una rabia incontrolable la soberbia de Heriberto.

—La Logia ha hablado, joven, y tengo una gran noticia que darle en nombre de todos: vamos a comprar la fábrica.

Eso sí que Miguel no se lo esperaba.

—Puede respirar tranquilo. Nos encargaremos de todo. La cooperativa proveerá.

—No le entiendo, maestre.

—Sí, sí que me entiende. Vamos a pagar la deuda al completo. Ese será el precio de la fábrica. Y ya está, solucionado. La fábrica quedará a nombre de la cooperativa tabaquera.

—Pero, pero... ¿Y nosotros?

—Bueno, la casa seguirá siendo suya... y de su hermano, por supuesto. La «Hacienda Vega», como decía su padre. Ay, cuánto se le extraña al hombre. —Heriberto se tomó un instante para dejarse llevar por la nostalgia antes de volver a la misión que le ocupaba—. Como le digo, la casa está incluida en el pago de la deuda. No tendrán que preocuparse por nada.

—Gracias, maestre. De verdad, no sabe cuánto significa este gesto para nosotros.

En realidad, Miguel no estaba seguro de si debía estar o no agradecido. Contrajo el rostro mientras maldecía para sus adentros que Alejandro no estuviese allí junto a él para aclararle lo ocurrido.

—No me dé las gracias a mí. Ya le dije que estamos para esto. La cooperativa, la Logia... todos han querido ayudar.

Heriberto puso fin a la conversación y estaba a punto de regresar a la mesa cuando Miguel lo detuvo con un gesto seco, casi arrogante.

—Una pregunta... ¿mi hermano y yo qué haremos?

—¿Cómo dice, Miguelito?

—Sí, dice que nos van a comprar la fábrica. ¿Qué haremos nosotros?

—¿Y a mí qué me pregunta? Eso no es asunto mío.

—Maestre..., no sé si le comprendo.

—¿Qué no comprende, Miguelito? —El maestre adoptó su habitual paternalismo, como si disfrutase riéndose de la ignorancia del joven.

—¿Nos están pagando las deudas de la fábrica?

—Así es. La estamos comprando.

—Pero entonces... mi hermano y yo...

—¡Miguel! —El maestre le hizo un gesto tajante para que dejase de balbucear—. Esto que les hacemos es un favor que por nadie más haríamos. Yo el primero, que bastante nos costó llegar a un acuerdo.

—¿Nos quiere fuera de La Indiana?

—Bueno..., fuera, fuera... —dijo Heriberto entre dudas—. Esa decisión la tomó la cooperativa.

—Por unanimidad —puntualizó Miguel—. Las decisiones importantes se toman por unanimidad.

—Vaya, veo que conoce bien el código de conducta. Pues sí, creemos que es mejor que la cooperativa gestione la fábrica, sin ustedes dos.

El joven se quedó atónito. Su mirada se ensombreció y sus puños se cerraron con tanta fuerza que los nudillos casi le atravesaron la piel. Sentía unas ganas atroces de lanzar al maestre escaleras abajo.

Pero no fue capaz de mover un solo músculo.

—Miguelito..., tiene que entenderlo.

Aunque la verdad era que no podía comprender la traición. Hasta hacía unos días su padre era una institución en la orden, y ahora que había muerto parecía como si nunca hubiese existido.

—¿Qué he de entender?

—Su padre debía mucho dinero. A todos. No solo a los del Gobierno local, también a muchos de nosotros. Esta es la única forma que tenemos de cobrarnos esas deudas, pues de lo contrario nunca veríamos ese dinero.

—¡Mentira! ¿Y por qué nunca se las cobraron?

—Lo intentamos. Y eso no es asunto de discusión aquí. —Heriberto detuvo la discusión al ver que pasaba un grupo de marineros a unos metros de ellos, y aguardó un instante con el gesto sonriente hasta que se hubieron alejado lo suficiente—. Esto se lo cuento a usted en confianza porque sé que tiene más entereza que el pobre de su hermano. Debe convencerlo para que firme la venta. Este es el auxilio que ustedes dos necesitan, es la única solución para que no pierdan la casa.

—Pero la fábrica...

—Miguel, deje ya la fábrica. Y si no, que vuestro padre, que en paz descanse, hubiese hecho mejor las cosas en vida.

El joven regresó a su asiento con la cabeza hecha un ovillo. Dio un trago a su vaso de ron mientras asistía con la mirada perdida a las conversaciones que se cebaban en torno a la mesa del banquete.

El tiempo parecía no haber transcurrido durante el rato que se había ausentado para charlar con Heriberto. A su lado tres miembros de la Logia, liderados por el gerente de la Compañía de Aguas de la isla, don Jerónimo de Paz, criticaban a voz en grito a la nueva élite política recién llegada a Madrid. Bromeaban acerca de una semblanza publicada en *La Correspondencia de España* sobre el regreso de los Borbones. Al parecer el diario había caricaturizado, con notable desparpajo, al nuevo monarca Alfonso XII, así como al general Martínez Campos y al presidente del Consejo de Ministros, Antonio Cánovas del Castillo. Aunque era un gesto poco habitual para un diario de corte conservador como aquel, pocos eran los que confiaban en el nuevo rumbo del Estado.

—¿Qué le pasa, Miguelito? —dijo don Jerónimo, dándole un amistoso golpe en la espalda.

—¿Qué me pasa de qué?

—Que no dice usted nada, muchacho.

Miguel no respondió, pues sentía que esa charla no iba con él. A decir verdad, nada relacionado con la Logia o con todos esos imbéciles parecía importarle ya. Algo hirvió en su interior al comprobar que todos hacían como si nada hubiese ocurrido.

—Estoy escuchando lo que se dice.

—Escuchando..., usted lo que está es *revenío*.

Su semblante se había vuelto pesado y feroz, como una gran tormenta gestándose bajo su ceño fruncido. Las venas de su cuello palpitaban mientras dirigía su mirada de forma amenazante a los jóvenes que reían sentados a su lado en la sobremesa del banquete.

Todos seguían a lo suyo, pero él no aguantó más y puso las cartas sobre la mesa.

—¿Aquí ninguno de ustedes tiene nada que decirme?

—¿Decirle de qué?

—¿De qué? ¿De qué? De que tuvo que venir el maestre Heriberto a ponerme al día de la estafa que nos quieren gastar ustedes a mí y a mi hermano Alejandro.

—Oiga, muchacho, tenga un respeto —le increpó el tesorero de la Logia desde el otro lado de la mesa—. Con el cadáver de su padre aún en caliente y usted pidiendo dinero.

—Mi padre siempre les ayudó a todos.

—Y bien que nos debía dinero también.

Miguel hizo un esfuerzo para contenerse. El pecho le pesaba con cada respiración, y la ira emanaba de él en oleadas. Las demás conversaciones se interrumpieron de inmediato; todos esperaban ansiosos a que el gemelo estallase para asistir al espectáculo.

—Haya paz, caballeros —intervino el maestre—. Hoy no es día para limosnas. Aún no nos hemos hecho a la idea de que hemos perdido a nuestro Servando, así que no empecemos con las batallas. —Heriberto se dirigió a Miguel en ese tono amargo que tanto le recordaba a su padre—. Muchacho, creo que debería descansar y guardar el luto, como está haciendo su hermano. Las cosas se pondrán en su sitio. Piénselo en la noche y ya verá mañana nuestra oferta con mejores ojos.

—¡Traidores! —gritó Miguel, al tiempo que se levantaba de la mesa.

Pero antes de que Heriberto pudiera responder, otro empresario le espetó enojado:

—¡Cállese! ¡Agradezca que le permitamos sentarse entre nosotros después de lo que nos hizo su padre!

—Por favor... —intervino Heriberto, pero el empresario volvió a interrumpirlo.

—No, no pienso callarme. Sí, todos aquí estamos muy consternados por la pérdida, pero bien sabemos cómo se las gastaba don Servando.

El gemelo examinó a los presentes y la incredulidad se adueñó de él al darse cuenta de las miradas de desdén en los rostros a su alrededor.

—La Indiana no saca ni la mitad de pedidos que el resto de fábricas —intervino otro empresario—. Desde Madrid no paran de recriminarnos que no llegamos al nivel de los cubanos o los de Puerto Rico. Y eso es culpa de ustedes. Y de su padre, que en paz descanse.

De repente, toda la mesa parecía tener motivos para estar en contra de él y de su hermano. Varias voces aprovecharon la ocasión para criticar su improductividad, la calidad de la hoja o que algunos puros superaban en grosor las medidas que había establecido la cooperativa. Por último, otro empresario hizo mención al descontento de sus empleados, que no habían recibido su jornal desde hacía meses.

Miguel estaba desbordado. Mientras lo ajusticiaban no podía más que acordarse de Alejandro, de cómo este había vuelto a dejarlo solo ante los lobos. Pensaba en silencio su salida cuando se dio cuenta de que él era el único de los dos que intentaba hacer algo por salvar la fábrica, una empresa que él ni siquiera quería conservar.

—¿Y su hermano? —gritó uno de ellos, muy afectado por la borrachera—. El de las cuentas, ese es el peor de todos. Usted puede que no supiera nada porque nunca se entera de la misa la mitad, pero su hermano...

—¡Vaya que no! —intervino Jerónimo.

Para entonces la histeria se había extendido al resto, hasta el punto de que el maestre se veía incapaz de poner fin a la discusión.

—Alejandro llevaba los libros de cuentas. ¡Ese es el que más ha robado de aquí!

—¿Cómo está diciendo? ¡Dígamelo a la cara! —Incapaz de contener sus impulsos, Miguel se abalanzó con furia sobre Jerónimo. Lo golpeó una y otra vez con la mano abierta, como si lo hubiese poseído un instinto primitivo.

—¡A Alejandro ni mentarlo!

Miguel continuó propinándole fuertes puñetazos que hicieron que el hombre se desplomara en el suelo y se revolviera sobre sí mismo. No escatimó en sus golpes ni cuando lo contuvieron entre varias personas, pues el gemelo hacía aspavientos para zafarse de sus enemigos.

En ese momento Heriberto arrojó al suelo una botella vacía de ron.

—¡Fin de la discusión!

El estruendo fue tal que todos se callaron y los pocos vecinos que aún no se habían asomado a la ventana lo hicieron para asistir al desenlace del espectáculo.

—¿Qué demonios es esto? En cincuenta años jamás había visto semejantes actitudes por parte de unos intelectuales como dicen ser ustedes.

Miguel se contuvo cuando se vio atrapado entre varios compadres que lo agarraban. Estaba jadeando de la impotencia. Entonces el maestre les pidió que se disculparan con un apretón de manos.

—Por favor, esto deben solucionarlo como caballeros.

El gemelo volvió a recobrar poco a poco la cordura y extendió la mano a Jerónimo, a quien había golpeado sin cesar hacía unos segundos. El resto de asistentes aplaudió el gesto y, tras poner fin a la contienda, el maestre entonó un brindis elevando su vaso de vino hacia el cielo nocturno.

—¡Por Servando!

—¡Por Servando, que en paz descanse!

Todos elevaron su vaso con solemnidad, como si las críticas a su figura no hubiesen tenido lugar instantes atrás. Algunos incluso se quitaron el sombrero y lo llevaron contra su pecho, quedándose en silencio durante unos instantes para recordar al difunto.

—Mañana será otro día, muchacho —dijo el maestre a Miguel.

Solo entonces el joven cayó rendido en su asiento, presa de la rabia y de los efectos de la borrachera.

5
VUELTA A LA REALIDAD

Breña Alta
30 de septiembre de 1876

La fábrica de puros y tabacos La Indiana volvió a abrir sus puertas a la mañana siguiente. Los gemelos no podían permitirse el cierre a pesar de las circunstancias; llevaban días de retraso en la preparación de los pedidos que debían partir en el próximo vapor hacia Cádiz con destino final a la capital de la metrópoli. Sin embargo, ni Miguel ni Alejandro hicieron acto de presencia aquella mañana en las instalaciones, tan solo dieron aviso a los capataces de cada sección de que debían regresar a sus puestos sin demora.

Más de cuarenta hombres trabajaban a lo largo de una mesa de madera de pino destinada a los diferentes procesos de la manufacturación de los puros. A ambos lados de la nave se acumulaban paneles para el secado y un sinfín de cajas de mercancía. La estancia quedaba presidida por una cómoda silla que hacía las veces de trono, lugar desde donde el lector de la fábrica recitaba todo tipo textos a los empleados para hacerles más llevadera la jornada.

El aire era denso y estaba viciado por el olor a tabaco, que penetraba en todos los rincones de la fábrica. Era una atmósfera insoportable para muchos, pues el calor llenaba el aire mientras las resinas de la hoja se esparcían sobre todos los materiales y las ropas de los hombres por igual.

Los empleados acostumbraban a iniciar sus labores a las siete de la mañana, aunque ese día la mayoría aprovechó el clima de inestabilidad para rascar alguna hora más en la cama antes de dirigirse a la fábrica. El descontento era generalizado entre los muros de la tabacalera. En lugar de trabajar, los más de cuarenta chinchaleros, pureros y torcedores que ejercían sus funciones en la sala principal pasaron toda la mañana deliberando sobre sus preocupaciones acerca de lo que les deparaba el futuro tras el fallecimiento de don Servando.

Nadie confiaba en los gemelos. Sus empleados los consideraban niños de papá que no habían hecho más que vivir del bote desde su nacimiento y hasta la muerte de su padre. Por un lado, veían a Miguel como un ignorante, y cierto era que nunca había recibido educación escolar; tan solo conocía el meollo de las huertas porque desde pequeño se le había enseñado a supervisar las vegas para que ningún jornalero se pasara de la raya. Y Alejandro no corría mejor suerte para los trabajadores de la fábrica, ya que este apenas salía de los libros de cuentas del despacho y nunca se había dignado a mediar palabra con ellos. Algunos decían que estaba endiablado, otros que era un mongólico; lo cierto era que ni el propio Servando sabía qué era lo que tenía su hijo.

Los rumores se sucedían esa mañana entre la desorganización que reinaba en la fábrica. Además del sinfín de cajas de puros y las tablas con los secaderos que ocupaban toda la nave, el suelo estaba resbaladizo y desgastado por el tránsito de los jornaleros, quienes se pasaban el día de un lado para el otro alrededor de los montones de tabaco seco que posteriormente había que triturar y procesar. El orden nunca había sido una máxima en La Indiana.

Braulio Mendoza fue el primero en llegar al edificio aquella mañana. Este modesto caballero —don Braulio para los tabaqueros y padre Mendoza para los feligreses— era, además del lector de la fábrica, el párroco de Breña Alta. Se trataba de un señor de tez oscura y rugosa, un anciano culto y curtido por los años que se había pasado años encerrado entre libros y huertas en Cuba. Vestía un atuendo desaliñado y una actitud próxima al progresismo más radical. Estos atributos, sumados a su insaciable curiosidad, su interés por la difusión de la cultura y su habilidad como mediador en los conflictos locales hacían de él la persona ideal para los dos puestos que desempeñaba. En la parroquia era el transmisor de la palabra de Dios; en la fábrica, la de los hombres.

Braulio seguía conmocionado por la pérdida de don Servando. Su relación era tan antigua que al lector y párroco le resultaba cada vez más difícil evocar los recuerdos de la primera vez que se cruzaron sus caminos. Y es que, a pesar de los orígenes canarios de ambos, Braulio y Servando se habían conocido en Cuba. A lo largo del siglo XIX fueron muchos los jóvenes que emigraron a esta isla de América en busca de un trabajo próspero y una vida de ensueño. Cuba era conocida por ser una isla llena de oportunidades. Se decía que cualquiera podía hacerse rico en los bulliciosos mercados de La Habana, mientras que en las plantaciones de caña de azúcar y tabaco el dinero corría a raudales gracias a las exportaciones de ron y puros a Europa y al norte de América. Los rumores que llegaban sobre esa tierra prometida entusiasmaban a todos aquellos que se sentían atrapados en un trabajo miserable.

Cuando Braulio y Servando se cruzaron por primera vez no tenían ni idea de todo lo que ocurriría entre ellos. Los dos hombres pronto se volvieron inseparables. Ambos estaban convencidos que la suya no era una amistad cualquiera; el destino los había unido por algún motivo. Así que, tras numerosas aventuras vividas en América, el difunto empresario le había prometido convertirlo en lector de la fábrica que levantaría a su regreso.

—Caballeros —proclamó don Braulio a los empleados de la fábrica—, sé que en mi última visita no llevamos a término el texto del maestro Galdós. Lo remataremos, no les quepa duda. Pero hoy es un día muy especial y emotivo. Por ello, antes de comenzar a leerles la prensa de la jornada, me gustaría recitar un texto de la poetisa doña Mercedes Matamoros titulado «La muerte del esclavo», que tanto evocábamos en Cuba su patrón y un servidor.

El lector se puso en pie para recitar el poema. Su melodiosa voz se proyectaba con facilidad en las paredes de la sala con una entonación mucho más fresca que la que acostumbraba en la misa:

Por hambre y sed y hondo pavor rendido,
del monte enmarañado en la espesura,
cayó por fin entre la sombra oscura
el miserable siervo perseguido.

Aún escucha a lo lejos el ladrido
del mastín, olfateando en la llanura,
y hasta en los brazos de la muerte dura
del estallante látigo el chasquido.

Mas de su cuerpo de la masa yerta
no se alzará mi voz conmovedora
para decirle: ¡Lázaro, despierta!

¡Atleta del dolor, descansa al cabo!
Que el que vive en la muerte nunca llora,
y más vale morir que ser esclavo.

Las palabras de Braulio se mecían sin floritura ni fanfarria al ritmo de la poesía. Cada sílaba que brotaba de sus labios llenaba la sala como una niebla que envolvía a todos los jornaleros que lo escuchaban. El lector secó sus lágrimas al concluir la narración sin pudor alguno por mostrar sus emociones. Se enorgullecía de la pena que le producía despedir a Servando del mismo modo en que le gustaba sentirse el centro de todas las miradas mientras hacía visible ese sentimiento tan agridulce.

Pero entonces reparó en que ninguno de los empleados parecía igual de conmovido, y fue incapaz de ocultar su decepción al descubrir que sus lágrimas habían sido en vano. Tras una rápida reflexión, Braulio identificó el descontento de los jornaleros como la causa y optó por dejarlo estar. Se acomodó en su trono y les leyó la prensa de la jornada, luego continuó con un magacín que hablaba sobre tabaco y, por último, siguió con el recién publicado libro de Benito Pérez Galdós: *Doña Perfecta*.

La jornada transcurrió como de costumbre. Los chinchaleros no tardaron en volver a la rutina de sus chinchales y las planchas de secado volvieron a llenarse de nuevas hojas. Por momentos parecía que la figura de don Servando se hubiese desvanecido por completo, aunque muchos jornaleros sentían que la sombra del patrón aún se encontraba entre ellos.

Sin embargo, la ausencia de los gemelos era mucho más preocupante para él. Así que decidió interrumpir su lectura a media mañana para dirigirse al despacho y comprobar si estos ya habían hecho acto de presencia en la fábrica.

La oficina se encontraba en el piso superior del viejo edificio, una estancia a la que se accedía a través de una escalinata de madera situada en una de las entradas laterales. Sus paredes estaban revestidas de madera de pino y caoba, con gruesas cornisas a lo largo del techo. Un escritorio de nogal ocupaba el centro de la habitación, mientras que varios expositores mostraban diversas cajas de puros y otros artilugios para fumar el tabaco.

Braulio se llevó una triste sorpresa cuando entró en el despacho y vio que Alejandro estaba solo, observando los libros de cuentas con el rostro pálido.

—¿Y su hermano? ¿Sigue sin querer pasar por la fábrica?

Alejandro asintió sin apenas levantar la cabeza del libro de cuero, como si confiara en hallar la solución a sus problemas entre tantos números y registros.

Braulio se compadeció del joven con una tierna mirada. Le dolía ver al joven tan agobiado en un momento tan duro como aquel, en el que se suponía que debía estar de luto. Se acercó a él y posó la mano sobre su hombro, y Alejandro sintió una vez más esa calidez que le transmitía Braulio y que siempre había soñado recibir de su difunto padre.

—¿Por qué no deja de trabajar?

—No tenemos tiempo.

—Anda, hágame caso, descanse aunque sea un rato. ¿Por qué no salimos a la calle a que nos dé un poco el aire?

Alejandro solo fue capaz de responderle con la mirada. La perspectiva de no poder hacer frente a las obligaciones financieras de la tabacalera le provocaba una profunda sensación de impotencia, que agravaba aún más su ya delicado estado de ánimo. Se sentía angustiado y perdido. Ni siquiera se atrevía a mirar a los ojos a su hermano después de no haberse dado cuenta de un error tan grave.

—Tengo miedo, padre Mendoza.

—Aquí no soy padre ni pastor, así que tráteme de lector, hijo.

—Está bien, don Braulio. ¿Qué nos aconseja hacer con la deuda?

—Mal vamos si pretende que los saque del atolladero con mis consejos...

Braulio esbozó una sonrisa, pero se dio cuenta al instante de que el joven no estaba para bromas.

—¿Ya le puso su hermano al corriente de la oferta de la cooperativa?

—Así es. Me despertó ayer en medio de la noche, aunque iba tan tomado que no sé si lo decía en serio o si estaba riéndose de mí.

—Siento decirle que es tan cierto como que yo estoy aquí con usted, hijo. He de reconocer que el panorama que le pintaron a su hermano no es nada esperanzador.

—¿Y usted cómo lo sabe ya?

—Las noticias vuelan, hijo.

—Vaya por Dios —dijo Alejandro, escondiendo su rostro entre los brazos, presa de la desesperación.

—Al maestre Heriberto y al resto de miembros les interesaba contármelo para que yo pudiese ejercer algo de presión. Quieren que yo los convenza a ustedes dos.

—¿Por qué nos hacen esto a nosotros? Es que no consigo comprenderlo, ¿qué les hicimos mi hermano y yo?

—No se lo tomen a mal, no tienen nada personal contra ustedes —respondió Braulio tratando de animarlo—. Pero entienda, muchacho, que las deudas que Servando se llevó a la tumba se han perdido para siempre. Y es normal que estos hombres no confíen en que ustedes puedan levantar un negocio como este para devolvérselas.

—¿No puede usted convencerlos?

—¿De qué? ¿De que les presten aún más dinero? —Braulio se llevó las manos a la cabeza con un gesto catastrofista—. Créame, muchacho. Ya intenté dialogarlo con el maestre esta misma mañana, pero es imposible, la decisión no depende de él. Ya sabe cómo se toman las decisiones en la Logia.

—Unanimidad. Eso dicen ellos, aunque la verdad es que no me lo creo. Padre nunca nos dejaba asistir a los concilios más importantes.

—Bueno, ahí debo darle la razón. Se dice que las decisiones más importantes las toman los más veteranos por el bien de la isla. Aunque yo diría que… —Braulio se detuvo, como si de alguna manera quisiera borrar sus últimas palabras.

—Prosiga, Braulio.

—No, prefiero no opinar. Yo solo soy un cura al que de vez en cuando le dejan leer en voz alta en esta fábrica.

—No puede dejarme con esta incertidumbre, por favor se lo pido.

Braulio dudó antes de proseguir, a su vena más parroquial le encantaba hacerse de rogar a la hora de sentar cátedra.

—Está bien. Yo no aceptaría tal propuesta. Creo que están intentando aprovecharse de ustedes. Y es lógico que lo hagan, créame, porque lo cierto es que su padre les debía mucho dinero y nadie se atrevía a plantarle cara. Y ahora que él no está, pues…

Braulio abrazó a Alejandro al ver que el muchacho se agobiaba tras escuchar su consejo. Sintió que estaba otra vez al lado de ese Alejandro tan pequeño e indefenso al que había ayudado a criar entre la tabacalera y la parroquia.

—¿Recuerda cuando no era usted más que un crío, Alejandro? —preguntó con el propósito de animarlo—. Le encantaba pasarse el día barriendo la parroquia y vistiendo los hábitos de colores que había en la sacristía.

—Claro que me acuerdo, don Braulio. Una vez incluso dejó que me probase el atuendo que solía vestir para la eucaristía. Gracias a usted, siempre soñé con ser cura.

—Lo sé, hijo —se lamentó Braulio—. Pero su padre tenía otros planes para su futuro.

Si de algo se arrepentía Braulio cada día de su vida era de haber consentido en silencio la cruel educación que su difunto amigo Servando había dado al pobre muchacho. Al párroco le entristecía ver en lo que se había convertido aquel joven huérfano que ahora le pedía consejo: un hombre lleno de traumas e inseguridades.

—Seamos optimistas, muchacho. Esta fábrica es un próspero negocio, seguro que aparece algún buen samaritano de la isla con una oferta decente.

—Pues espero que sea pronto —respondió Alejandro—. O nos quedaremos sin nada.

6
LA JAULA DE LAS CIGARRERAS

Algo más escondidas en la fábrica quedaban las mujeres de La Indiana, un grupo de unas quince cigarreras que trabajaban encerradas en un pequeño cubículo sin ventanas, sin ventilación y con el techo cubierto por la humedad. Las mujeres se afanaban en este rincón rodeadas por restos de hojas gastadas y un olor nauseabundo. La condensación se filtraba a través de las paredes agrietadas y se acumulaba en la madera sobre la que descansaban sus pies. Era además una estancia oscura y melancólica. La única luz que recibían salía de varios candiles de aceite que se desplegaban sobre la mesa de empaquetado, y el ligero parpadeo del fuego proyectaba pequeños islotes de luz aquí y allá en la oscuridad, que poco después volvían a desaparecer. Estas condiciones creaban una atmósfera incómoda que les hacía sudar las palmas de sus manos y les obligaba a fruncir el ceño para ver mejor los cigarros que envolvían en las cajas de madera. Era como si el tiempo hubiera olvidado este rincón de la fábrica.

Ellas eran las que habían dado los mayores quebraderos de cabeza a don Servando, pues aprendían el oficio con tan solo doce años, pero se esfumaban apenas la familia les encontraba un marido. Algunas se iban a los dieciocho y la mayoría, a los dieciséis. Al final, las mejores cigarreras de la fábrica habían sido las menos afortunadas en el amor.

Entre ellas estaba Rafaela, una muchacha que se acercaba a paso lento a la treintena y que había perdido ya las esperanzas de que apareciese un marido que la librara de aquel destino. De rasgos afilados y mirada penetrante, su cinismo y los años anillando vitolas y empaquetando cajas de tabaco la habían convertido en la jefa de aquella sección olvidada. Todas las cigarreras tenían que pasar por sus manos para aprender el trabajo.

Su padre, don Camilo, regentaba la taberna del pueblo con muy mala fortuna y uno de sus hermanos malvivía trabajando como caminero en el sendero real para ayudar a la familia. Se llamaba Arsenio, y era un joven tan carismático y atractivo que las cigarreras de La Indiana habían preguntado alguna vez por él a Rafaela. Todas querían saber si tenían alguna oportunidad de que el apuesto muchacho las invitase a salir. Arsenio era, además, uno de los mejores amigos de Miguel; una especie de confidente para el tabaquero. Rafaela nunca había comprendido muy bien la relación entre ellos, pues no tenían más amigos en común y ambos procedían de clases sociales totalmente diferenciadas.

A pesar de su rol de líder, la muchacha llevaba meses sin ver un jornal, al igual que todas sus compañeras. Varias veces había acudido a hablar con don Braulio y don Servando en nombre de todas para que pusieran solución al problema, por supuesto sin éxito. Pero la joven cigarrera se sabía una pieza fundamental de la fábrica y nunca había dudado en plantar cara a su difunto patrón y mucho menos a los gemelos.

—¡Shhh! —Rafaela pidió silencio a sus compañeras con gesto tiránico; desde esa estancia apenas podía escuchar las lecturas vespertinas de don Braulio y ella también quería estar al día de la cultura.

Pero aquella mañana, una sensación de miedo se había instalado entre todas ellas. La sala parecía zumbar de inquietud y expectación. El revuelo causado por la muerte del patrón hacía que sus compañeras no fuesen capaces de mantener la boca cerrada. Cada una escuchaba con atención los rumores que soltaban sus compañeras en esa mesa de trabajo; ninguna sabía lo que el futuro podría depararles, pero todas ansiaban saberlo cuanto antes.

—Rafaela, ¿podría hablar usted con los hermanos? No puedo aparecer de nuevo en casa sin mi jornal, mi padre me mata. Y espero casarme en dos meses —se lamentó una de sus compañeras.

—Pues no haberse comprometido —respondió Rafaela sin levantar la mirada de los cigarrillos que estaba empaquetando—. Todas necesitamos el dinero igual que usted, jovencita.

—Nos corresponde —dijo otra de ellas—. Que cualquiera sabe cuándo lo cobraremos. Por favor, Rafaela, ponga un poco de orden en estos gemelos ahora que están blandos.

La cigarrera hacía esfuerzos por mantener la concentración anillando las vitolas, a pesar de que sus compañeras no paraban de bombardearla con dudas e incertidumbres. Sabía que tenían razón en sus demandas, pero no estaba dispuesta a molestar a Miguel en un momento tan duro como el que estaba pasando.

—Un poco de cordura, por favor. Acaban de perder a su padre. ¿No podemos tan siquiera darles unos días de paz?

—Cómo se nota que es la querida del jefe, seguro que está viendo el jornal por su cuenta y a nosotras ni mu —le espetó otra de sus compañeras—. No todas tenemos esa suerte.

—¿Y a usted quién le dijo eso? —Rafaela dejó el cigarrillo sobre la mesa y fulminó a la chica con la mirada.

—Ah, bueno…, nadie. Eso dicen por ahí.

—Pues a las pulgas ni pelo, que somos todas muy de jalonar y poco de hacer la labor. Andando, carajo, todas a anillar que hay que sacar los próximos pedidos *pa* Cádiz.

Rafaela volvió a retomar su trabajo, pero sentía que había sido demasiado dura con ellas y decidió recular sus palabras.

—Yo tampoco he visto una peseta todavía, chicas, estoy como ustedes. Y ya saben cómo le va a mi padre con la taberna.

Solo estoy pidiendo que seamos pacientes con los gemelos. En menos de lo que canta un gallo habremos cobrado el jornal.

—Bueno... —se elevó la voz de una de ellas que no había abierto la boca hasta entonces—, si no me equivoco, los hombres ya lo recibieron.

Se hizo el silencio en el cubículo. Todas las cigarreras se dirigieron hacia la niña que acababa de abrir la boca, creyendo que se trataba de un error.

—¿Cómo dice usted?

—Me lo dijo antes don Manuel. Les pagó don Braulio, que está ayudando a los gemelos a pasar el chaparrón.

Las cigarreras se quedaron atónitas.

—¡Me van a oír! —Rafaela se puso en pie y salió de la estancia fuera de sí.

7
FUERA DE CONTROL

Breña Alta
1 de octubre de 1876

Miguel despertó al escuchar unos extraños golpes en el dormitorio. Estaba molido de sueño y la cabeza estaba a punto de estallarle por culpa del alcohol de la noche anterior. Ni siquiera recordaba cómo había llegado hasta allí. Junto a su cama se encontraba la de su gemelo, pero vio que Alejandro no estaba. Ya era de día, las ventanas estaban abiertas de par en par y las cortinas de seda se mecían con suavidad al son del viento, dejando entrever las copas de las palmeras a lo lejos. Todo estaba en calma.

Cerró los ojos para volver a conciliar el sueño cuando otro estruendo lo sobresaltó. Se quedó inmóvil y sin atreverse a respirar, pues algo en su cabeza le decía que se trataba de un temblor de la tierra. Su cuerpo aún seguía sumergido en el sueño, y un nuevo estallido volvió a golpear su cabeza, esta vez con más fuerza que el anterior. Se revolvió entre las sábanas, inquieto, convencido de que aquellos temblores debían proceder de un terremoto. O quizá los peores augurios se habían cumplido y uno de los volcanes de la isla había entrado en erupción.

Los estallidos se volvieron entonces cada vez más fuertes y constantes hasta que uno de ellos sacudió la casa por completo.

—¡Abra la puerta!

Miguel se incorporó sobresaltado, los lejanos gritos le obligaron a despejarse de inmediato para volver a la realidad. Era la voz de Juana.

—¡Voy a entrar!

Antes de que Miguel tuviese tiempo de reaccionar, Juana irrumpió en la estancia y se sentó a los pies de la cama. Llevaba una bandeja con ungüentos y una botella de licor casero.

—Menuda noche nos dio usted, jovencito —se quejó mientras colocaba un paño húmedo en la frente del aludido.

—¿Qué pasó?

Doña Juana no hizo caso a los aspavientos del joven. Sin mediar palabra le sirvió un vaso de coñac a Miguel, quien se incorporó de la cama y lo bebió de un trago.

—Pero no se lo beba de golpe, hombre de Dios. Hágase unas gárgaras primero para el dolor.

—¿Escuchó el temblor?

—¿Qué temblor, Miguelito? ¿Qué está diciendo?

Miguel apartó a doña Juana y se incorporó de la cama a toda prisa para asomarse a la ventana. El frondoso valle de laurisilva se extendía hasta donde alcanzaba su vista. Había una alfombra de verdor que se extendía en todas direcciones, con árboles tan altos que sus copas se confundían con los picos de las montañas. Las montañas de La Breña y Cumbre Nueva se alzaban majestuosas en el horizonte, y entre ellas se situaba un único volcán, cuya suave forma perfectamente cónica se distinguía un poco entre las nubes.

—¿Qué demonios le ocurre, Miguelito? —preguntó doña Juana, que empezaba a preocuparse por él.

—Nada… solo ha sido un sueño.

—Bueno, pues ahora que está levantado sepa que su hermano lo espera en la fábrica, dice que es muy importante.

—Dígale que no estoy en condiciones. —Miguel volvió a tumbarse sobre la cama y cerró los ojos.

—¿Que le diga yo qué? No pienso ir hasta allí para hacerle de recadera, jovencito. Vergüenza debería darle, comportarse así con el cuerpo de su padre en caliente…

—Cállese, doña Juana.

—¿Cómo? ¡Eso sí que no! Fíjese, su hermano es el único que trabaja. Vergüenza dan usted y esos masones que no hacen más que beber. —Dicho esto, la criada salió de la estancia dando un portazo.

Las calles lucían un aire primaveral. Era uno de los días más soleados en lo que iba de año y Miguel decidió tomárselo como una señal, una razón para ser optimista entre tantas noticias negativas. Decenas de pájaros de colores se dejaban ver sobrevolando los edificios más altos del pueblo y las gaviotas colmaban los sonidos junto a la plaza. El ambiente en la recova era más bullicioso que de costumbre y ya se notaba el ajetreo de las mujeres a la entrada del mercado. El joven saludó a algunos vendedores a su paso, aunque rehusó detenerse a conversar, pues la resaca le impedía mantener una conversación adulta. De camino a la fábrica tropezó con el traqueteo de los carruajes por las aceras empedradas y los gritos de los herreros que llenaban la vieja calle de Breña Alta. El lejano rostro de la tabacalera se alzaba al final de la calle, un edificio que se elevaba sobre el resto de casas y que prometía horas de duro trabajo.

Sin embargo, al llegar a La Indiana notó un silencio fuera de lo normal. No se oía el habitual ajetreo de los empleados ni la voz del lector en el interior. Extrañado, Miguel abrió el portalón de madera, no sin cierto esfuerzo, y descubrió que la sala principal se encontraba desierta. No podía creer lo que veían sus ojos. En lugar del bullicio de las conversaciones de los chinchaleros y del sonido de las cuchillas cortando las hojas de tabaco contra la madera, solo un profundo silencio llenaba el aire. Se acercó a una de las mesas y vio que las chavetas o navajas que utilizaban los torcedores estaban colocadas como si estuvieran esperando el momento de ponerse a trabajar, solo que allí no había nadie.

Era la tranquilidad más desconcertante que jamás había presenciado.

Su sorpresa y confusión aumentaban conforme avanzaba lentamente por el edificio, buscando cualquier indicio de movimiento o vida, pero sin encontrar nada más que el silencio. Hasta que se dio cuenta de que la puerta que daba a las fincas estaba abierta de par en par y que alguien había colocado la piedra del molino para evitar que el viento la cerrase. Se dirigió hacia allí al escuchar a lo lejos las voces de Braulio y de su hermano. Ambos lo esperaban sentados en las mesas que solían ocupar los capataces.

—¿Qué demonios hacen ustedes dos solos aquí? ¿Dónde se fueron todos los demás? —preguntó Miguel, señalando incrédulo el interior de la fábrica.

Apenas se había sentado junto a ellos cuando Braulio les asaltó con la peor de las noticias.

—Yo lo siento mucho, de verdad, pero no puedo hacer nada para ayudarles con esto. Los empleados tienen derecho absoluto a esta protesta. Así lo decidieron y así se hará.

—¿Qué está pasando aquí? —insistió Miguel.

—Huelga. —El áspero tono de voz de Alejandro no auguraba nada bueno.

—¿Cómo huelga?

—Lo siento, Miguel. Así son las cosas —dijo Braulio—. Todos los empleados de La Indiana han tomado la decisión de forma unánime esta misma mañana.

—¿Usted también está con ellos? Le recuerdo que trabaja para nosotros.

—Miguel..., por Dios, que los años pesan sobre nosotros. ¿Cómo iba a dejarles de lado? Pero si los vi crecer a ustedes dos.

—Pues ayúdenos, Braulio. Avise a todo el mundo. Y el que no venga ahora mismo a trabajar está despedido —sentenció Miguel.

—No puedo hacer nada más que la ayuda que ya les he prestado. Le recuerdo que pagué los jornales a los hombres con el cepillo de la parroquia, como bien me pidieron ustedes, para apaciguar los ánimos del personal.

—¿Y entonces?

Miguel buscaba una respuesta desesperada en el impasible rostro de Braulio, pero al ver que este no soltaba prenda se abalanzó sobre su gemelo y lo zarandeó por la pechera.

—Alejandro, ¿qué está pasando aquí? ¡Alejandro!

—Fue esta mañana —balbuceó su gemelo—. Las cigarreras empezaron a comerle la oreja a don Braulio con los jornales que se les deben. Y los hombres se les unieron a la contienda.

—¿Qué? ¿Y usted que estaba allí no fue capaz de detenerlos? ¿Eh? ¡Respóndame!

Miguel estaba fuera de sí. Su hermano había permitido aquella absurda huelga en su ausencia. Si no cortaban el problema de raíz, aquello podría significar el inicio de algo mucho peor, como la exigencia de mejores jornales o más horas de descanso. Y él no estaba dispuesto a dejarse torear.

—Deje a su hermano tranquilo—intervino Braulio con aire diplomático—. Por los hombres de la fábrica no tienen que preocuparse, al menos por el momento. Ellos solo han secundado la voz de la mayoría.

—Así que esto es cosa de ellas. Dígame quién es la responsable.

Braulio permaneció en silencio, no estaba dispuesto a delatar por completo a «sus» cigarreras.

—No sé ni para qué pregunto —se lamentó Miguel. Si es que en el fondo la culpa es de usted, Braulio, de su prensa revolucionaria y de esos libros malditos que les lee todos los días. ¿Se cree que no escuchamos cómo les habla de la revolución y de la lucha de clases en Cuba y en Filipinas? Que se van a acabar volviendo contra nosotros, ya se lo advirtió nuestro padre.

—Está usted equivocado, Miguelito. Yo nunca les he leído nada con el fin de poner a los empleados en su contra. Y vuestro padre, que en paz descanse el pobre hombre, me dio siempre su beneplácito.

—Si mi padre fuese tan inteligente no estaríamos en esta situación. —Las palabras de Miguel cayeron como un jarro de agua fría. El chico ya estaba harto de hablar, el calor era insoportable y la resaca parecía estar a punto de matarlo. Se tumbó al pie de la palmera y levantó la vista hacia las fincas que tenía frente a él—. Las hojas se van a perder como los vegueros no vengan a recogerlas pronto.

Si no querían perderlo todo, quizá tenían que tomar cuanto antes la decisión que tanto estaban tratando de evitar.

8

AMÉRICA

Los gemelos pasaron el resto del día en silencio sentados a la mesa del despacho de la tabacalera, contemplando con estupor el que hasta hacía unos días había sido el lugar de trabajo de su padre.

Miguel comenzó a dar vueltas por la habitación sin un rumbo fijo. Se acercó al ventanal que daba al exterior y asomó la cabeza para tomar el aire. La calle adoquinada se mantenía tan pintoresca y tranquila como siempre; las palmeras seguían meciéndose con la brisa, mientras que a ambos lados se alineaban coloridos puestos de fruta fresca, carne y pescado. El fuerte olor a estiércol de caballo flotaba en el aire y llegaba hasta el olfato de Miguel, prueba irrefutable de que ese día se celebraba el mercadillo semanal de los labradores. Varios montones de heno ocupaban las esquinas del callejón contiguo a la fábrica y las ovejas se arremolinaban en torno a una verja. La calle principal del pueblo tenía su propia música, que proporcionaba un extraño telón de fondo a los ánimos que reinaban entre los gemelos.

—¿Usted lo sabía, hermano? —preguntó Miguel mientras apartaba la vista de la ventana que daba a la calle. Necesitaba sacarse de dentro esa pregunta que tanto lo carcomía.

—¿El qué?

—No me tome por tonto. La deuda. ¿Lo sabía?

—No. Lo juro.

—Sabe que no me gusta que me mientan.

—¿Cuándo he mentido yo?

Su hermano tenía razón. Miguel hizo acopio de optimismo y tomó asiento junto a Alejandro en el viejo sofá de terciopelo que tenían para recibir las visitas.

—Yo... lo siento, lo siento —balbuceó Alejandro—. No me di cuenta.

—¿Cómo pudo no haberse dado cuenta con todo lo que debía padre?

—No lo sé, él nunca me contaba lo que hacía con el dinero.

—Por Dios. ¿No miraba usted nunca la caja fuerte? —preguntó Miguel con un tono de voz cada vez más agresivo.

El rostro de Alejandro se oscureció tras la pregunta. Sus ojos se movían con frenesí, buscando una respuesta que sabía que no podía encontrar entre las paredes del despacho. El rostro de Miguel permanecía impaciente a la espera.

—Alejandro, le estoy haciendo una pregunta. ¿Cuándo fue la última vez que abrió la caja fuerte?

Pero él era incapaz de responder. Sentía cómo se le hacía un nudo en la garganta y se le secaba la boca; el único sonido era su propia respiración.

—¡Quiero una respuesta!

Alejandro se llevó las manos a la cabeza para protegerse. Nunca antes había visto a su gemelo mostrar tal agresividad con él.

El tintineo del reloj de pared sonaba más fuerte de lo habitual, su maldición resonaba en los oídos de Alejandro como si estuviese marcando su sentencia final. El joven tragó saliva antes de atreverse a dar una contestación.

—Padre me lo prohibió.

—¿Qué?

—Me pidió que confiara en él. Me dijo que todo el dinero estaba bajo control y que no quería que estuviésemos abriendo la caja durante el día por si los jornaleros descubrían dónde lo guardaba. Decía que a los patrones de otras fábricas les habían robado sus propios chinchaleros y temía que aquí ocurriese lo mismo.

—Pero vamos a ver, porque a mí me está costando entender esta situación. ¿Cuánto tiempo hace que padre le prohibió abrir esa caja fuerte?

—No lo sé.

—¡Que me responda!

—¡No lo sé! ¡No lo sé! Varios meses, un año quizá… —Alejandro estaba cada vez más aterrado ante el semblante de su gemelo.

Miguel dio un resoplo y se acercó a uno de los estantes de tabaco que había en el despacho, el único compartimento de toda la estancia en el que no había polvo ni telarañas. Bajo el cristal se escondía una manivela con engranajes que abría una compuerta, y que al accionarla reveló la caja de seguridad. Su intrincado diseño irradiaba elegancia; estaba fabricada con roble pulido y bisagras de latón. Llegaba a la altura de los muslos y la compuerta ofrecía una pesada cerradura que parecía recién engrasada.

—¿Quiere mirar usted primero?

Alejandro negó con la cabeza, señal que aprovechó Miguel para abrir la compuerta. Las enormes sumas de dinero de las que alardeaba su padre no estaban por ninguna parte. Se miraron con tristeza y desesperación antes de que Miguel sacara lentamente todos los papeles de su interior, observando que, además de los documentos oficiales de la fábrica, solo había allí unos pocos billetes descoloridos.

—Lo que esperábamos.

Los gemelos permanecieron en silencio unos instantes. Y al ver la desolación en el rostro de Alejandro, Miguel tuvo que tragarse su propia tristeza y hacer acopio de la energía que llevaba dentro.

—Está bien. Aquí lo que está claro es que padre se ventiló el dinero, y eso ya nunca lo vamos a recuperar.

—Miguel..., ¿usted cree que tenemos la «malilla» por lo que le hicimos?

—¡Cállese con eso! Ahora no se lamente, quedamos en que a la tumba con eso.

—Pero, Miguel...

—¡Cállese!

Alejandro obedeció, pero no podía parar de temblar. Estaba muerto de miedo ante el abismo que se abría ante ellos.

—¡No vuelva a mencionar eso nunca más! Nos tenemos el uno al otro y vamos a salir juntos de esta. A quién tenía padre, ¿eh? Estaba solo y solo se quedará *pa* siempre allá arriba. —Miguel envolvió a su hermano en un abrazo cariñoso y tierno—. No me creo ni siquiera que madre vaya a hacerle caso viendo las que se gastó en vida.

—Bueno, Miguel..., qué sabremos nosotros de madre, si ni siquiera la conocimos.

—Pero ¡si todo el pueblo sabe que padre nunca la quiso! Que lo ha dicho hasta el viejo del correo, que lo he oído yo.

El silencio volvió a adueñarse de los gemelos. La incertidumbre, el miedo, el duelo por la muerte de su padre. Una cascada de sentimientos los desbordaba sin piedad.

—¿Qué vamos a hacer? —preguntó Alejandro con aire de derrota.

Miguel no tenía respuesta. Se sentía asfixiado en esa isla. Las mismas caras, los mismos saludos, las mismas broncas en el bar... Todavía le costaba hacerse a la idea de que su padre no volvería a sentarse en ese trono de cuero y remaches oxidados que había frente a ellos.

Pero, sorprendentemente, aquello le llevó a dejarse invadir por una ráfaga de optimismo.

—Nos vamos.

—¿Adónde?

—A América. Siempre quisimos romper con esto. Míreme los muñones de amasar la hoja. ¿Se ha dado cuenta de cómo me apestan las uñas a tabaco? Todo pasa por algo, Alejandro. Y lo de padre es una señal.

—¿Una señal? Pero si...

—¡Cállese! No me siga nombrando ese asunto.

—Está bien, Miguel. Pero... ¿se quiere marchar de aquí?

—Pues ¿no le estoy diciendo que nos vamos los dos? Nada tenemos que hacer en esta isla ya. América nos espera para darnos una oportunidad como le dio a padre cuando se fue *p'allá*.

—¿Y su relación con...?

—¿Esa? —le cortó Miguel—. No se preocupe por ella, no es nada serio. Usted y yo estaremos bien. Vamos, ¿qué me dice? —Su rostro era de pura euforia ante la sensación de que se les abría un mundo de posibilidades. Por fin podrían abandonar La Palma y explorar nuevas oportunidades en otro lugar.

—Que no. Que yo no me voy. Váyase usted si quiere, hermano.

—No tenemos otra opción. ¿Por qué no quiere? Vamos, confíe en mí. Larguémonos a Cuba, le aseguro que si estamos juntos todo nos irá bien.

Miguel apenas podía contenerse. Cada vez le atraía más la idea, le conmovían esas repentinas ansias de una libertad que parecía demasiado fantástica para ser cierta.

—No puedo.

—¿Cómo que no...? —Pero antes de terminar la pregunta, Miguel cayó en la cuenta del porqué.

A Alejandro le aterrorizaba el mar. Ni siquiera había querido ir con él a Tenerife cuando se lo había propuesto alguna vez. En contadas ocasiones a lo largo de su vida se había acercado a una playa; ni siquiera era capaz de mojar los pies en la orilla. Le producía náuseas el solo hecho de observar el oleaje que golpeaba las costas rocosas de la isla, una pesadilla que lo asaltaba de forma recurrente cuando dormía. Sus gritos acababan despertando a Miguel, que dormía en la cama contigua, y más de una vez el pobre náufrago había llegado a orinarse encima por culpa de esos sueños.

Miguel dio por perdida la batalla una vez más, pues sabía que su hermano seguiría aferrado a aquel pedazo de tierra aislado a miles de millas de la metrópoli, una isla que a él se le hacía cada vez más insoportable. Él ansiaba viajar y descubrir mundo, quería saber si eran ciertas las aventuras y anécdotas que contaban los emigrantes palmeros que habían viajado a Cuba, a Guam o a Puerto Rico. No le importaba el lugar, solo quería que fuese lo más lejos posible, allá donde nadie los conociera y donde poder empezar una nueva vida junto a su hermano. Pero sabía que era imposible.

A pesar de la rabia que le producían los temores de su hermano, se acuclilló frente a él con gesto apaciguador.

—Saldremos de esta.

—¿De verdad lo cree?

—Por supuesto que sí —respondió Miguel, tratando de esconder sus dudas—. Los de la cooperativa se suavizarán. Estoy seguro de que si les vendemos la fábrica nos darán algún trabajo y todo seguirá como siempre.

—Dios le oiga.

—Hablaré con el maestre para firmar la venta.

Miguel esbozó una sonrisa, una mueca que le servía como máscara para darle a su hermano las falsas esperanzas que tanto necesitaba. Odiaba tener que engañarle de esa manera, pero lo prefería con tal de retrasar su dolor.

Lo que Miguel aún no sabía era que la suerte estaba a punto de llamar a sus puertas.

9
LA TIERRA PROMETIDA

2 de octubre de 1876
En algún lugar del océano

El hambre y el miedo se adueñaron de los pasajeros del Guajara. Tras el temporal, reinaba en las cubiertas del vapor un clima cercano al amotinamiento, pues seguían sin divisar tierra firme después de un mes de travesía.

La falta de alimento generaba tensas disputas, y los camareros que distribuían latas de conservas entre el pasaje volvían a retirarse a toda prisa por miedo a las represalias de los más hambrientos. Las enfermedades también causaban estragos en el vapor. Además de los desvanecimientos y náuseas propias del zarandeo constante por culpa del oleaje, había un sospechoso de cólera y otro de tifus, ambos varones de mediana edad, a los que el capitán había tenido que encerrar en las inmensas bodegas.

Eliana y Yanet aún conservaban su cubículo sin ser descubiertas. No habían vuelto a salir de allí, pero ahora no solo debían lidiar con el hambre, sino también con el miedo a que uno de esos dos pasajeros pudiese contagiarles la enfermedad.

—No aguanto más —susurró Eliana a su criada.

Ya no podían levantar la voz, pues al otro lado de las tablas de madera se hallaban los camastros con los convalecientes.

—Dios está con nosotras, confíe.

—Ya veo, fíjese lo bien que estamos —respondió Eliana con ironía, señalando sus ropas sucias y malolientes como consecuencia del salitre y los restos de vómito—. Hace dos días que no viene el grumete a traernos comida.

—Ya vendrá. Usted misma ha visto cómo están las cosas allá arriba.

—Maldita la hora en la que acepté venir.

Con gesto nervioso, Yanet sujetó a su señora por la barbilla para obligarla a que la mirase a la cara.

—Mi señora Daniela, usted puede con esto y mucho más. No me sea malcriada.

—¿Malcriada? ¿Yo? Debí haber escapado de la finca cuando aún estaba a tiempo. Probablemente ahora estaría viviendo la vida en Santiago, o en Cienfuegos.

—O muerta —respondió la criada—. No quiero imaginar lo que podrían hacerle los hombres si la vieran sola por los senderos de Cuba. Una mujer tan joven y bella como usted... Quítese esas ridículas ideas de la cabeza de una vez, el señor Álvarez hizo esto por su bien. Porque la quiere como a nada en este mundo.

Eliana resopló. No soportaba la manía de la criada de ponerse siempre de parte de su dueño. ¿Aún seguía sin darse cuenta de que, para sus padres, Yanet no era más que una propiedad?

—Mi señora, le aseguro que, si cumple con su cometido, estará de vuelta en Cuba antes de que pueda darse cuenta. Y con ese ansiado retoño.

—¿Alguien me ha preguntado acaso si es eso lo que quiero?

—¿A qué viene tal rebeldía? Lleva unos meses que es imposible tratar con usted.

—Da igual —suspiró Eliana. No le veía sentido a seguir discutiendo con su criada por una decisión que ya había tomado su padre meses atrás. Ese era el mundo en el que le había tocado vivir, para bien o para mal. Pero ella fantaseaba con escapar de ahí, lanzarse al mar y nadar hasta la isla más remota.

Dejarlo todo atrás.

Empezar de cero.

—Necesito comer algo, y usted también debería —susurró Eliana, al tiempo que se incorporaba en su camastro.

—¡No! —Yanet la agarró con todas sus fuerzas—. No voy a permitir que vuelva a poner en peligro la misión por dejar que la vea todo el pasaje del barco.

Pero Eliana se zafó de su criada con violencia y abrió la compuerta. Los dos hombres dormían a unos metros del cubículo en el que se hallaban hacinadas. La criada tuvo que frenarse en su intento por detener a la joven al percatarse de que cualquier ruido podría despertar a los dos pasajeros convalecientes. La joven criolla pisaba con delicadeza cada lámina de madera del suelo tratando de hacer el menor ruido posible, mientras oía los ronquidos de los enfermos cada uno tumbado a un lado de la bodega. En ese momento la asaltó la tentación. Junto a los camastros había un plato de hojalata en el que aún quedaban varios mendrugos de pan, así como restos de una bazofia en la que se distinguían trozos de papas y pimientos.

Tantos días sin probar bocado y ahora tenía algo de comida al alcance. Solo debía acercarse con sigilo para no despertarlos y llevarse el plato al cubículo. Había comida suficiente como para compartirla con Yanet.

Eliana desvió su trayectoria y se aproximó lentamente a la comida. A cada paso que daba, la madera crujía más y más en el suelo. Desde la puerta del cubículo, el rostro de la criada le suplicaba que dejase de acercarse a la boca del lobo y volviese cuanto antes al lugar que le correspondía. Pero el estómago de la joven actuaba por ella, acompañado por un sentimiento de rebeldía hacia Yanet. En el fondo quería llevarle la contraria a su criada, pues odiaba que siempre tratase de justificar al señor Álvarez, intentando convencerla de que su padre solo quería lo mejor para ella. Mentira. La joven sabía que su padre solo velaba por sus negocios.

Para él, ella no era más que otra esclava, tanto o más que la propia Yanet.

Eliana se agachó frente al plato y lo sostuvo con las dos manos sin despertar al enfermo que lo custodiaba. Pero al girar sobre sus pasos, descubrió que los ojos del otro se abrían de par en par, tan irritados como asustados.

—¡Aaah! —gritó el hombre.

La joven guardó silencio y lo retó con la mirada durante unos instantes. El enfermo aún parecía estar despertando de un letargo, y no terminaba de creerse la presencia que tenía frente a él. Ella se acercó con cuidado y le susurró al oído.

—Duérmase, caballero. Soy la cocinera, voy a reponer la comida y sus ungüentos.

El hombre hizo ademán de incorporarse, pero ella lo retuvo con delicadeza.

—Vamos, caballero, tiene que descansar. Cierre los ojos. Túmbese.

El corazón de Eliana se aceleraba más y más, pues temía que alguien hubiese oído los gritos del enfermo. Por suerte, tras unos leves jadeos el hombre obedeció y reanudó su descanso.

Eliana regresó al cubículo para recostarse junto a Yanet. Ambas devoraron los restos de comida ayudándose de sus manos, dominadas por una voracidad que nunca antes habían descubierto en sus propias carnes.

Unos gritos volvieron a sobresaltarlas, solo que en esta ocasión procedían del piso superior. Las dos mujeres se miraron asustadas, pues temían que se hubiese producido un motín en la cubierta de tercera clase. Eliana corrió a ver qué ocurría, y esta vez Yanet ni siquiera trató de impedírselo. Al llegar a la cubierta vio cómo los pasajeros corrían hacia la proa del barco en tropel, dando gritos de júbilo y alegría. Ya no parecían tan moribundos.

—¿Qué ocurre? —preguntó Eliana a un niño que saltaba eufórico por el pasillo.

—¡Tierra! ¡Tierra!

Eliana dejó atrás a su criada y corrió tras el niño siguiendo a la avalancha de pasajeros. No pudo evitar sonreír al asomarse a la barandilla. Una imponente montaña de un brillante color negro se elevaba sobre el horizonte, salpicada por una tímida y frondosa vegetación que asomaba sus tallos entre el terreno.

—El volcán de San Antonio —balbuceó una anciana, incapaz de ocultar las lágrimas de la emoción.

—¿Es…?

—La Palma.

Después de un mes de travesía por fin se divisaba a lo lejos la cara sur de la isla.

Su nuevo hogar la esperaba frente a sus ojos.

10
UN AMARGO RECIBIMIENTO

Santa Cruz de La Palma
2 de octubre de 1876

Siempre que un vapor llegaba a La Palma procedente de América, la Junta de Gobierno Insular decretaba el día como «festivo» en el calendario oficial de labores. Esta medida se tomaba con el fin de que los habitantes de la isla pudiesen acudir al puerto para despedir a los familiares que se marchaban, o a recibir a aquellos que volvían a casa después de muchos años.

La llegada del Guajara no se libró de convertirse en todo un acontecimiento. Los familiares se agolpaban en la orilla de la dársena para recibir a los suyos, mientras que los porteadores no daban abasto con el trabajo, descargando el equipaje y el mobiliario de los más adinerados. Debido a la demora que había sufrido el barco en alta mar, el jaleo en el puerto era mayúsculo, y las colas en torno a la aduana parecían no tener fin.

Miguel descendió del carruaje, regaló unas monedas al porteador y se dedicó a esperar su turno para embarcar los pocos pedidos de tabaco que habían conseguido preparar. «Otro contratiempo más», pensó, mientras contemplaba con estupor la interminable hilera de comerciantes. Al igual que él, todos aguardaban a ser atendidos por unos guardias que no parecían muy dispuestos a apresurarse para hacer su trabajo.

La dársena se había llenado de abrazos y lágrimas de emoción entre los pasajeros que bajaban del barco y sus familiares, todos vestidos con los mejores trajes para la ocasión. De un vistazo Miguel trataba de adivinar quién había vuelto rico o arruinado según su ropa, una tarea que lo mantuvo entretenido durante parte de la espera. Había que buscar algún entretenimiento, pues por todos era sabido que aquella cola en la aduana podía extenderse hasta la noche.

El servicio marítimo regular de transporte de pasajeros se había instaurado entre La Palma y Cuba diez años atrás, pero la frecuencia variaba según la demanda de mercancía y pasaje. La isla de La Palma tenía la categoría de puerto franco y era la última escala antes de la metrópoli. Por ello los controles de aduanas eran muy estrictos. El Gobierno español tenía en la isla un destacamento especial para impedir el embarque a cualquier pasajero que pudiese estar enfermo, así como de las mercancías en mal estado.

Todo ello con el fin de proteger el territorio peninsular.

—Lo siento, caballero, debe estar usted al corriente en los pagos de la compañía —le indicó el agente de aduanas cuando Miguel le hizo entrega del albarán.

—¿Disculpe? Estará usted de broma, nunca he tenido problema alguno.

El encargado señaló una anotación en su libro de faltas. Una denuncia interpuesta contra La Indiana les prohibía hacer efectivas las exportaciones.

—Quiero ver al responsable.

—Yo soy el responsable.

—Pues a otro de sus alguaciles. —Miguel se dio cuenta de lo estúpido que había sonado su comentario—. Vamos a ver, ¿quién es el que nos denuncia?

—No puedo darle respuesta, pero sepa que la multa se hizo efectiva días atrás.

—Váyase al..., necesito embarcar esta mercancía. Tenemos una deuda con el Gobierno local, si no llegan los pedidos no cobraremos ese dinero. Y no me lo puedo permitir.

—Quizá a eso se deba la demanda, precisamente.

Miguel hizo caso omiso a las quejas por la demora de quienes aguardaban tras él en la fila y sacó de sus bolsillos un reloj de mano y varios billetes.

—Esto puede quedar entre nosotros —insistió con una sonrisa pícara, mientras depositaba con discreción varios billetes bajo el papel del albarán.

—¿Me está usted sobornando?

Miguel no tuvo tiempo de responder, pues el agente de aduanas hizo un gesto con su brazo para llamar a los guardias portuarios que se hallaban a unos metros de ellos.

—¡Esto es un error! ¡Se equivocan! —gritó Miguel mientras se lo llevaban a rastras.

Por un instante, el ambiente en el puerto se detuvo y el tabaquero se convirtió en el foco de todas las miradas que asistían intrigadas al espectáculo. El joven maldijo a todos, dando patadas para intentar zafarse de los alguaciles a medida que su cuerpo avanzaba entre el tumulto de pasajeros y familiares. Era inútil resistirse. Sabía que estaba condenado a pasar esa noche en el calabozo, y con total seguridad tendría que pagar una buena suma de dinero, algo que justo no le sobraba en esos momentos.

Hasta que una mujer se fijó en la escena.

Y todo cambió para siempre.

11

CÓMO LABRARSE UN ENEMIGO

Desde las ventanillas de la bodega del vapor, Eliana y Yanet observaban agazapadas los abrazos entre los recién llegados y los familiares. Tal y como les habían indicado, no podían bajar a tierra firme hasta que los grumetes del Guajara hubiesen descargado todo el cargamento. El paso de las horas se les hizo eterno, pues ya se veían tan cerca de su destino que no concebían la idea de tener que permanecer allí atrapadas un segundo más con la posibilidad de que pudieran descubrirlas.

Una vez que los empleados terminaron de bajar la mercancía del vapor, Eliana y Yanet se colocaron sendos pañuelos en sus cabezas para ocultar sus rasgos a cualquier transeúnte que pudiera reconocerlas.

Eliana vestía un elegante traje blanco de encaje, y parecía una mujer totalmente distinta de aquella que recorría los pasillos del barco como una moribunda y que había cruzado el océano como polizona. Su criada iba tras ella con un atuendo adecuado para la ocasión. Debían pasar desapercibidas, sí, pero también tenían que mostrarse como mujeres pudientes si no querían que ningún palmero recelase de la presencia de esas dos forasteras.

Poco después de la llegada del vapor, Eliana y Yanet eran de las pocas personas que aún seguían a bordo, pues la mayoría del pasaje había desembarcado en tropel en cuanto los marineros colocaron la pasarela. Los pasillos quedaron desiertos, y el vacío de la cubierta sacó a relucir la suciedad que se acumulaba en el suelo después de tan larga odisea. Sacos de cáñamo, restos de comida, trozos desgajados de las valijas de cuero y todo tipo de granos y semillas. Antes de abandonar el buque, Eliana lanzó una mirada de admiración a Yanet. No podía evitar pensar cuánto le debía a su criada. Había aprendido de ella todas y cada una de las normas de comportamiento, y su amistad incondicional iba mucho más allá. A pesar de la diferencia de edad que había entre ambas, Eliana sentía una íntima complicidad con Yanet. El amor que sentía por su criada no podía compararse con el que se suponía que debía profesar por su propia madre biológica.

Para Eliana, la señora Álvarez no era más que eso: un apellido fantasmal que rondaba los pasillos de la hacienda de Vueltabajo a la sombra de su esposo, un tótem de la corrección y el decoro. Por más que le doliese, la temida figura de doña Teresa había estado tan presente en la casa familiar como ausente en su corazón. Mientras Yanet se dedicaba en cuerpo y alma al cuidado de la pequeña, la señora Álvarez pasaba semanas enteras de viaje por Cuba y las islas del Caribe en compañía de su marido, delegando por completo la educación de Eliana y sus hermanos en las criadas. Y cuando estaba en casa, tan solo se limitaba a dar órdenes y a sembrar el terror entre sus hijos e hijas.

Al contrario que el resto de niñas de su pueblo, Eliana nunca había recibido una muestra de cariño por parte de su madre —quien desde bien niña le había exigido que la llamase «doña Teresa»—. Todas sus amigas acudían con sus respectivas madres a la iglesia, a confeccionarse los vestidos de domingo o a disfrutar de las tardes en el quiosco de la plaza de Vueltabajo. Salvo Eliana. Ella solo tenía a su lado a Yanet, una «negrita», como decían todos en Cuba. Estar al cuidado de una de esas mujeres era sinónimo de abundancia y prosperidad en la familia, y ese era un rasgo del que los Álvarez se vanagloriaban siempre que veían la ocasión. Yanet era mucho más que eso, pero era mucho mayor que ella como para considerarla la amiga perfecta.

Tampoco su padre era un ángel, precisamente, pero al menos su actitud era la que se esperaba de un varón como él. Mariano Álvarez era tan duro, ambicioso y obstinado como se suponía que debía ser un terrateniente de su talla. A Eliana le habían enseñado que un buen padre debía limitarse a llevar el dinero a casa para alimentar a sus hijos, y en eso el suyo rozaba la excelencia.

Pero su madre debía ser algo más, o al menos así lo veía Eliana en el resto de sus amigas. Siendo niña soñaba poder compartir sus penas con su madre antes de dormir, sentir el calor de sus manos mientras esta peinaba sus cabellos o pasar el día en las tiendas junto a ella. Un sueño que había ido desvaneciéndose con el paso de los años. Y ahora que había alcanzado la edad adulta estaba convencida de que sus progenitores solo la consideraban una herramienta. Su función era traer la descendencia a la estirpe de los Álvarez. Y ahí estaba, cumpliendo con los designios de su familia al otro lado del mundo.

Menos mal que Yanet siempre había estado a su lado.

La criada le devolvió la mirada al tiempo que lanzaba un suspiro de nerviosismo, como si estuviesen a punto de salir a escena detrás de un telón. Agarradas por el brazo, las dos recién llegadas descendieron la pasarela con la cabeza gacha, tratando de adoptar un aire despreocupado para no llamar la atención. Sus movimientos eran tan elegantes y coordinados que daban la impresión de estar ensayados, como si una hija estuviese tratando de imitar cada uno de los gestos de su madre. A decir verdad, era imposible ocultar su estilo aburguesado. Pertenecían a la élite cubana, por más que quisieran pasar desapercibidas entre tantos pasajeros. Por suerte para ellas, era tal el gentío en las inmediaciones del puerto que nadie reparó en sus cabezas cubiertas por completo. Cada varios pasos, Eliana tiraba de su pañuelo para ajustarse de nuevo el disfraz. Yanet examinaba a su alrededor con nerviosismo, pero suspiró aliviada al ver que nadie parecía seguirlas. Las instrucciones que les había dado su compinche en el barco eran claras y debían ceñirse a ellas. Una vez que descendieran a tierra firme, tenían que andar hasta los soportales contiguos al mercado. Allí estaría esperándolas un porteador de camisa blanca y sombrero guayabero, con todos sus enseres cargados en el carruaje. Así, las dos mujeres no tendrían que hablar con nadie, solo debían subir al carro y dejar que este las llevase al pueblo de Breña Alta.

Todo estaba saliendo a pedir de boca. Eliana se abría paso entre la marabunta como una vecina más de la isla mientras sostenía la mano de su criada. A lo lejos se divisaban los soportales, así como una hilera de carruajes entre los que se encontraba su porteador. Eliana llenó sus pulmones de aire. Por fin, la odisea del viaje había quedado atrás.

Ahora iba camino de la libertad.

Y en ese momento unos gritos las sorprendieron. Yanet se aferró con fuerza al brazo de su señora por miedo a que alguien estuviese señalándolas. Por suerte, los murmullos se dirigían hacia la extensa cola de la aduana, situada a unos pasos de ellas. Los ojos de Eliana se detuvieron en el rostro de un joven tan atractivo como excitante ante la discusión que mantenía con los agentes. Pero lo que más llamó la atención de Eliana fueron las cajas de puros y cigarros con la inscripción de «La Indiana» que había junto a él. Como si aquellas letras la hubiesen hipnotizado, la joven criolla soltó la mano de su sirvienta y se acercó hasta el mostrador. La litografía de la tabacalera le resultaba tan elegante que no pudo evitar acariciar los relieves de color mostaza y contornos blancos inscritos sobre las cajas de madera. Y al levantar la vista comprendió que al dueño de la mercancía se lo estaban llevando los guardias, aunque trataba de resistirse.

—¿Puedo ayudarle? —indicó Eliana con un marcado acento cubano.

—Circule, señorita —respondió el aduanero.

—Oiga, qué maneras. Tráteme con el respeto que es debido.

—¡No me dejan embarcar la carga! ¡Son unos timadores! —gritó el joven.

—¿Es usted tabaquero?

Miguel no pudo responder, se resistía a voces mientras los agentes intentaban abrirse paso entre el gentío. La joven se aproximó al mostrador y revisó el documento con la mercancía. Yanet, que se había quedado rezagada, corrió hacia su señora con el gesto tan pálido como el blanco de los ojos y se lanzó sobre su oído para susurrarle:

—Mi señora, ¿qué demonios está haciendo?

Eliana la calmó con un cariñoso gesto de sus bronceadas manos, algo que no hizo sino alterar aún más a Yanet. Su señora estaba dinamitando el plan por completo. Y por encima de todo, no podían ser detectadas.

—Aquí indica que el caballero no puede embarcarla a su nombre —dijo Eliana tras leer el albarán con detenimiento—, pero yo sí puedo hacerlo.

—¿Qué? —El guardia asistía atónito a la propuesta de esa extranjera.

—La embarco a mi nombre. No tengo deudas con la Hacienda de aquí, todavía —bromeó Eliana.

—¿Va usted a abonar esta cantidad? —preguntó incrédulo el agente, molesto con esa mujer que se estaba entrometiendo en asuntos que no eran de su incumbencia.

La criolla sacó su pequeña billetera y de un plumazo pagó la cantidad exigida para embarcar la mercancía. Los agentes se quedaron atónitos, y el oficial quiso advertirla antes de que se saliera con la suya.

—¿Sabe lo que está haciendo?

—Una pequeña ayuda a un compañero en apuros.

El oficial la examinó conteniendo su rabia.

—Muy bien. ¿Tiene usted sus papeles en regla?

Eliana le entregó su documentación y el agente la revisó con esmero, pues albergaba la esperanza de encontrar algo que impidiese la transacción.

—¿Y esto? —El agente señaló una de las cartillas.

—Es la documentación de mi criada, Yanet.

Yanet saludó a petición de su señora, pero manteniendo su rostro aterrado al margen de la charla. Temía que, si abría la boca, todo pudiera saltar por los aires.

—¿Es una esclava?

—Lo fue, mucho tiempo atrás —mintió Eliana, pues sabía que decir la verdad no le traería más que problemas.

Aunque la esclavitud no había sido abolida aún en la colonia cubana, habían pasado ya seis años desde que el Congreso de los Diputados había promulgado para la metrópoli la llamada «Ley de vientres libres» o «Ley Moret». Esta disposición de 1870 era el punto de partida para poner fin de forma gradual a la esclavitud en todo el territorio español: primero en la península ibérica y las Islas Canarias, y más tarde en las Antillas españolas. La isla de La Palma era ya oficialmente un territorio libre de cualquier acción esclavista.

Además, debido a la corriente del pensamiento ilustrado que había llegado a Canarias procedente de Francia y centroeuropa, en los últimos años la esclavitud había pasado de ser un signo de distinción y abundancia al que tan solo podía acceder la más alta burguesía, a un pasado del que avergonzarse profundamente. Por todo ello, Eliana prefería fingir que Yanet ya no era propiedad de su familia, sino una empleada con plenos derechos.

—Ya… así que una «negra» —dijo el oficial.

—Así es, una «negra», como la llaman aquí. ¿Algún problema, caballero?

—Esta no es su tierra de indios. Aquí ya no hay esclavitud que valga, a diferencia de su isla.

—Oiga, tengo todos sus papeles en regla. Es mi empleada y cobra su jornal, así que, si no le importa, me gustaría abonar la mercancía de este pobre joven al que se están llevando.

El oficial examinó a la criada con cierto desdén para darle opción a que contradijese las palabras de su señora. Yanet elevó la mirada hacia el hombre y se mantuvo en silencio, mostrando cierto orgullo en su mirada, pero intentando no parecer arrogante ante él para no causar más problemas. Lo único que debían hacer a su llegada a La Palma era tratar de pasar desapercibidas, y por culpa de Eliana estaban consiguiendo justo lo contrario.

—Tengo al botero allí esperándome. ¿Esto es una amenaza? —Eliana no tenía intención alguna de dejarse amedrentar por un guardia palmero, después de todo lo que había visto en su propia tierra—. Si usted supiera leer, caballero, podría comprobar que en el documento figura que ella es mi empleada personal, y aquí puede usted ver también el jornal que le corresponde.

—Ese no es el camino aquí si piensa hacer amigos.

—Eso dependerá de los amigos que yo quiera hacer.

El agente contuvo un último aviso antes de darse por vencido y pedir que soltaran a Miguel. El joven corrió hacia ella, aún incrédulo ante el milagro que había presenciado.

—Dios mío, usted… ¿Cómo puedo devolverle el favor?

—No se preocupe, no tiene que devolverme nada.

—¿Cómo que no? Por favor, señorita… O señora, discúlpeme. ¿Cómo puedo servirla?

—Se trata de una cantidad irrisoria, no hay problema. Tenemos que ayudarnos en el gremio.

—Gracias, pero insisto, si hay algo que yo…

—Quizá sí hay algo que puede hacer por mí. Me llamo Eliana —dijo ella extendiendo su mano para saludarle.

—Miguel, el placer es mío.

—¿Podría llevarnos a alguna pensión? Imagino que ahora que ha podido embarcar su mercancía, llevará su carruaje vacío.

—Por supuesto, faltaría más. —El gemelo asintió entre torpes reverencias a las dos mujeres. Aún estaba atónito por el altruismo de aquella recién llegada.

Eliana se rio ante la torpeza en los modales del joven tabaquero, al tiempo que se alejaban del puesto de aduanas para dirigirse al descampado en el que esperaban decenas de carruajes.

—¿Hacia dónde se dirigen?

—Breña Alta —respondió Eliana.

—Pues vaya casualidad.

—Ah, ¿sí?

—Es mi hogar. Les encantará.

Sin dudarlo, Miguel se acercó a un porteador y le entregó varias monedas para que cargase las valijas de Eliana y de su criada en su carro. Cuando el muchacho hubo terminado de atar la mercancía, las dos mujeres subieron a la parte trasera. Miguel tiró de las riendas de los caballos con una sonrisa en los labios y el carruaje inició su marcha. Eliana abrazó las manos de Yanet con un entusiasmo casi infantil; no se creía que por fin estuviesen recorriendo las calles de La Palma.

Pero la criada aún permanecía atónita ante aquel súbito cambio de planes; algo le decía que subir a ese carruaje era la peor decisión que podrían haber tomado.

Y no se equivocaba.

12
EL CAMINO A BREÑA ALTA

Los dos caballos que tiraban del carromato avanzaban a un ritmo cada vez más lento debido al terreno pedregoso y a las dificultades que suponía el ascenso a la cumbre. La niebla en el bosque de pinos era cada vez más espesa y Miguel les tendió unas arpilleras a Eliana y a su criada para que se abrigaran. Luego les ofreció un cigarrillo, pero ambas lo rechazaron. Él arrancó de un mordisco los bordes de uno, lo prendió con una cerilla y empezó a fumar.

—¿Ese tabaco lo fabrica usted? —preguntó Eliana.

—En efecto, pero no se vaya a creer que todo nuestro tabaco es así.

Eliana no podía creerse la forma tan poco elegante con la que ese joven sostenía el cigarrillo.

—¿Qué ocurre?

—Es obvio que usted prefiere fumar «campeones», ¿verdad? —se mofó Eliana—. A todos los hombres les pasa lo mismo.

No le faltaba razón a la criolla. Los «campeones» eran la gama de puros más gruesa en la artesanía del tabaco, y por supuesto eran la especialidad de La Indiana, cuyos consumidores los fumaban porque eran un signo de distinción ante las mujeres, ya fuera en el bar o en la plaza.

—¿Y cuál es el problema? Aquí tenemos muy buenos «campeones».

—Eso es porque nunca probó el tabaco de mi isla.

—Ni falta que hace. Y no se crea que no sé del tabaco de Cuba, mi padre vivió muchos años allá.

—Como muchos palmeros —respondió Eliana—. Las vegas de Cuba están llenas de muchachos procedentes de La Palma que quieren hacer fortuna y acaban dejándose el lomo en los campos de tabaco. Por desgracia, no tardan en volver a la realidad. —Eliana se dio cuenta de inmediato del desdén con el que se había referido a los inmigrantes que recibía en su isla, más concretamente en los dominios de su familia.

—¿Acaso sabe usted algo del tabaco? —preguntó Miguel de malos modos.

—Por supuesto. Soy cubana, qué menos.

Eliana se dirigió a la criada en busca de complicidad, pero Yanet no tenía el cuerpo para bromas. No solo se sentía incómoda por estar en manos de ese desconocido, sino que además temía que los rumores sobre la presencia de dos cubanas entrometidas se hubiesen extendido por la isla.

—¿Y qué la trae por aquí?

—Bueno, digamos que... empezar de nuevo.

Eliana puso su mano sobre el hombro de Miguel y se acercó a la parte delantera del carromato para estar más próxima a él mientras este dirigía a los caballos. El joven tardó en reaccionar; no era normal que una desconocida lo tocase con tal confianza. Miró de reojo a la criada, pero no notó que se hubiese escandalizado por el gesto de su señora, así que supuso que sería algo habitual en ella.

—No siempre viajamos a otros lugares, ¿sabe? A veces simplemente acabamos en ellos —dijo Eliana, dejando de lado su tono alegre—. Tuve que huir de Cuba.

—Vaya, ¿y eso?

—Perdí a toda mi familia.

—Cuánto lo siento.

—Ya ve, todo puede cambiar de la noche a la mañana.

Miguel se sorprendió por tan amarga casualidad y de inmediato sintió una conexión con ella. Esa pobre cubana no era más que un alma en pena vagando con trajes, joyas y enseres por todo el mundo con la única compañía de su criada.

—Mi hermano y yo también perdimos a nuestro padre... hace unos días.

—No me diga.

—Así es, pero prefiero no hablar del asunto.

El silencio se adueñó de ellos por un instante. El carruaje de madera traqueteaba sobre el terreno irregular con sus cuatro grandes ruedas, atravesando el paisaje volcánico que se abría a ambos lados del camino. Las últimas luces del día barnizaban los rostros de los tres viajeros. El único sonido que los acompañaba era el suave relinchar de los caballos cuando uno de ellos perdía el ritmo.

—¿Conoce a alguien aquí? —preguntó Miguel para evitar el silencio.

—A ella —bromeó Eliana, y agarró la mano de su criada con ternura—. No, no conozco a nadie. Solo sé que necesitaba salir de Cuba, y según tengo entendido este es el lugar más parecido a mi isla para empezar de nuevo.

—¿Tan bien le han hablado de La Palma?

—Por supuesto, no sabe usted a cuántos palmeros he conocido en Cuba.

—Emigrantes...

—Y muy trabajadores —puntualizó Eliana, con el fin de enmendar el error que había cometido instantes atrás.

—Bueno, pues del mismo modo que los cubanos han acogido a los nuestros, le garantizo que aquí haremos lo mismo. Los palmeros somos muy hospitalarios.

—Ya lo veo. —Eliana sonrió al tabaquero.

—Le aseguro que no encontrará un lugar mejor que esta isla.

Hicieron el resto del viaje en silencio, contemplando las formas de los barrancos y el rojizo atardecer que se ocultaba tras el volcán. Miguel no podía dejar de pensar en la solidaridad de aquella misteriosa joven, así como en las razones que la habían llevado a actuar en su favor.

Llegaron al pueblo al anochecer, aunque aún quedaba más gente de la habitual en el quiosco de la plaza. Los niños todavía jugaban en la calle y la taberna seguía abierta, porque los hombres que se resistían a irse suplicaban una última gota de licor al dueño del bar.

Desde el carruaje, Eliana contemplaba maravillada las haciendas que llenaban la calle, los balcones de madera y el ambiente de la taberna. Recuperó la ilusión de un plumazo; aquel pueblo le recordaba a la tierra de la que se había marchado sin poder despedirse.

—¡Hombre, jefe! ¡Quédese a tomar un ron con nosotros! —Se trataba de uno de los jornaleros de La Indiana, que gritaba efusivamente a Miguel desde la puerta de la taberna.

Él se excusó con un gesto incómodo. Desde que se habían puesto en huelga, por su cabeza solo pasaba liarse a golpes con todos ellos, pero sabía que no era el momento propicio para hacerlo. Debía mantener las formas ante esas dos mujeres. Solo esperaba que ninguno de esos borrachos sacase el tema mientras atravesaban con el carruaje las calles del pueblo.

—¡No me sea angustias, patrón! —gritó otro—. Que no tenemos nada contra usted.

—¡Venga, que nos tiene que invitar!

Miguel trató de virar la trayectoria del carro sin mediar palabra con los jornaleros.

—¡Eso! ¡Váyase, ruinas! ¡Ya nos la cobraremos!

—¿Todo bien? —preguntó Eliana cuando se hubieron alejado del tumulto.

—La gente aprovecha cualquier borrachera para reírse. Aquí somos muy bromistas.

Los empleados le gritaban sin parar desde el otro lado de la plaza, así que Miguel golpeó con fuerza a los caballos para que avivaran el ritmo. Se introdujeron en un estrecho callejón de adoquines desgastados debido al paso de las calesas.

—¡A ver cuándo nos lo cobramos, Miguelito! —repitieron antes de que el carruaje les perdiese de vista.

Pasados unos metros pararon en una pensión. Era una casita blanca, mucho más pequeña que las viviendas contiguas. La puerta estaba cerrada, pero Miguel le había asegurado a Eliana que la dueña se encontraba en el interior, pues doña Carmen siempre acogía a las huéspedes sin importar las horas que fuesen. Asunto diferente era el humor con el que las atendería.

Doña Carmen les abrió la puerta con una mirada áspera. Era una mujer de aspecto revenido y sonrisa austera, con el cabello grasiento y rizado, y una chepa que pesaba en ella y daba la impresión de que estaba a punto de hacer una reverencia.

—Ya sabía yo que hoy no podría dormir —se quejó la señora—. ¿Quiénes son estas dos?

—Recién llegadas de Cuba —respondió Miguel.

—Me alegro por ellas. ¿Por qué no se las lleva a su casa y me las trae mañana?

—¿En mi casa?

—Pues claro, Miguel. Usted tiene allí camas de sobra y yo no doy avío con las muchachas que tengo aquí adentro. No me sea ruin.

Eliana lanzó a Miguel una sonrisa de aprobación. Pero el joven tabaquero no tenía intención de alojarlas en su casa, por mucho que la joven le hubiese ayudado en el puerto.

—Pero ¿cómo se atreve? ¿Le hago yo el favor de traerle a esta joven y así me lo paga? Por ahí sí que no —zanjó Miguel—. Esta mujer viene de Cuba con plata y piensa quedarse por aquí un tiempo hasta encontrar una casa digna. Así que como no me las aloje esta noche se va a acordar de mí.

—A ver... seguro que podremos encontrar otro alojamiento —intervino Eliana.

—¿A estas horas de la noche? Ni lo sueñe, querida. ¿No ve que esto es un pueblo?

—Bueno, algo habrá, ¿no? —Eliana buscó consuelo en el tabaquero, pero la mirada de Miguel le transmitía la misma respuesta que doña Carmen.

—Aquí no hay otra hospedería, a menos que quiera volverse a Santa Cruz. Pero yo no recomendaría hacer ese viaje por la noche ni a mis peores enemigos.

—Coincido con doña Carmen —dijo Miguel, y volvió la vista a la dueña de la pensión—. Así que haga el favor de acogerlas de una maldita vez y váyase a dormir.

—Vaya humos que me trae el señorito. —La señora se rindió y aceptó acogerlas de mala gana—. Esto se lo acepto porque el cuerpo de tu padre está todavía caliente, que si no...

—Ande, sí. Muchas gracias, doña Carmen.

El gemelo estaba tan agotado que se marchó sin apenas despedirse de ellas, y de vuelta a casa tomó un camino más largo para no tropezar de nuevo con sus empleados. No quería volver a pensar en todos los problemas que se les estaban viniendo encima.

Y lo peor estaba por llegar.

13
UNA TÉCNICA CENTENARIA

Breña Alta
3 de octubre de 1876

Apenas había amanecido cuando Miguel se levantó para dirigirse a las fincas de La Indiana, aún afectado por el largo viaje que había hecho la tarde anterior. Debido a la huelga de los jornaleros, se veía obligado a labrar las vegas para evitar que se corrompieran las hojas de tabaco, ya fuera por falta de humedad en el terreno o por la presencia de pequeñas orugas verdes, más conocidas como «lagartas». Este insecto era el principal motivo de terror para los tabaqueros, pues le bastaba un solo día entre las huertas para destruir todo el semillero y las matas más pequeñas.

El joven conocía cada hectárea de aquellas tierras como la palma de su mano, aunque había perdido práctica como veguero, pues hacía años que no tenía que realizar ninguna tarea física bajo el sol. Su misión en estos últimos años había consistido en dar órdenes e imponerse en nombre de don Servando.

El sol rajaba las piedras aquella mañana y las nubes de calor apretaban la nuca de Miguel sin ningún tipo de piedad. El tabaquero arrastraba sus pesados pies hacia delante, con las dos manos cargadas de herramientas que sonaban y tintineaban mientras avanzaba a duras penas por las vegas. Cada poco tiempo tenía que tumbarse a descansar a la sombra de una palmera para evitar el desmayo.

De pronto apareció su hermano, con la intención de ayudarlo, aunque vestía un atuendo poco afortunado para dicha tarea: una camisa de lino y unos pantalones de pinza impolutos que solía ponerse los días que recibían visitas en el despacho. A pesar de las advertencias de Miguel sobre el calor sofocante, el gemelo se puso manos a la obra.

Ayudándose de sus respectivas guadañas, ambos cortaban con confianza las hojas bajo el implacable calor del sol, cuidándose de que las plantas estuviesen listas para el corte. Siguiendo las instrucciones de Miguel, se aseguraron de prestar atención a cada hoja mientras labraban entre cada hilera, librándolas con delicadeza de cualquier posible plaga. La tierra estaba más seca que de costumbre, y eso también estaba afectando negativamente a la hidratación de las hojas y a la nicotina que corría por sus gruesas venas. Llevaban junto a ellos un saco de cáñamo en el que guardaban cada una de las hojas seleccionadas, aunque la mayoría estaban empezando ya a deteriorarse.

—No entiendo por qué seguimos con esto si en dos mañanas va a dejar de ser nuestro —dijo Alejandro con resignación al poco rato de haber iniciado su faena.

—Bueno..., ¿y qué opina de la cubana de la que le hablé? La que conocí ayer en el puerto. Tiene mucho dinero y no sabe en qué gastarlo. Le digo yo que esa mujer seguro que hace lo que le digamos. —Miguel se detuvo a secarse el sudor que corría por su frente mientras arrancaba los hierbajos y lavaba las hojas en un barreño con agua y vinagre.

—¿Una cubana? Imposible —respondió Alejandro de forma tajante.

—Yo tampoco me lo creía, pero es tan cierto como que le estoy viendo a usted ahora mismo, hermano. Que esa mujer nos desembolsó el pago de la mercancía al completo. Sin preguntar, sin pedir nada a cambio.

—Una guanaja, no tiene otro nombre.

Alejandro no podía creer en las promesas de su hermano, y cada planta que recogía le recordaba el error que habían cometido con su padre.

—Se lo digo yo, hermano, confíe en mí —insistió Miguel—. Esa mujer no sabe lo que hace y le sobran las bulas. Si la convencemos nos va a pagar lo que nos falta de la deuda. Esta más sola que la una y necesita compañía más allá de su negra. Solo tenemos que portarnos bien con ella; por ejemplo, presentarle a gente en el pueblo, integrarla en la comunidad…, pan comido.

Miguel dejó que su hermano rumiara el plan que le proponía y se ausentó para buscar un nuevo cesto en el interior de la fábrica donde poder guardar las nuevas hojas recién cortadas.

Alejandro aprovechó la situación para tumbarse a descansar en medio de una zanja, no podía más con su alma después del duro trabajo. Se tapó la cabeza con la camisa de lino y cerró los ojos bajo aquel sol hipnótico. El sueño empezaba a abrirle sus puertas cuando una voz lo devolvió a la realidad.

—Vaya, le pillo en plena faena.

Al levantar la vista, Alejandro se sobresaltó al descubrir a una joven a la que nunca antes había visto, y cuyo brazo sujetaba el de una mujer negra que le devolvía la mirada con gesto serio.

—Perdone, ¿nos conocemos de algo? —preguntó él, extrañado.

—Pues claro, ¿está de broma?

—No, le aseguro que yo no las conozco de nada. Y esto es una propiedad privada.

—Vaya humores, el otro día estaba usted más hablador.

Eliana miró a Yanet totalmente desconcertada. Y justo entonces levantó la vista hacia el horizonte y vio que Miguel se aproximaba desde el interior de la fábrica.

—¡Anda! Pero ¡si son jimaguas! —soltó a voz en grito.

—¿Eh? —preguntó Alejandro.

—Gemelos —se explicó—. Me llamo Eliana.

Alejandro le tendió su mano sin darse cuenta de que la tenía llena de tierra.

—Como ve, mi hermano y yo no somos tan parecidos como dicen por ahí —bromeó Miguel, dándole un golpe cariñoso en el hombro a su gemelo—. Le presento a Alejandro, el hombre más arisco de toda la dinastía de los Vega.

Eliana se fijó entonces en las manos de ambos. Las de Miguel eran rugosas, y la uña de su dedo meñique estaba afilada y ennegrecida, un accesorio imprescindible para cortar la hoja de tabaco sin necesidad de cuchillo. Por el contrario, las manos de Alejandro solo parecían acostumbradas a la pluma y al papel.

—Perdón, no queríamos interrumpir vuestro trabajo.

—Usted no interrumpe nada, solo faltaba, señorita —insistió Miguel mientras se limpiaba las manos contra el pantalón—. Ya le dije que para nosotros es todo un placer que conozca nuestra fábrica. Y más aún tras su ayuda desinteresada.

—¿Y dónde están los empleados?

—Se han puesto en huelga —respondió Alejandro con pesar.

—Vaya. Lo siento, supongo. Qué tristeza ver todo esto tan vacío.

—Bueno, bueno —dijo Miguel tratando de desviar el tema de la conversación—. La invito a conocer el interior de nuestra magnífica fábrica.

—Por supuesto, será un placer —respondió ella.

Con gesto imperativo, Miguel ordenó a su hermano que se pusiera en pie y diese muestras de educación. Alejandro obedeció, aún amedrentado por la presencia de las dos mujeres. Los cuatro atravesaron en silencio el centenar de metros de terreno que los separaban de la vieja nave interior.

Mientras andaban, Eliana buscaba diferencias entre los gemelos. Si bien sus rasgos físicos eran similares, había algo en el andar y en los gestos de ambos que los hacía muy distintos.

—¿Y dice que tienen ustedes a cuarenta hombres trabajando aquí?

—Y mujeres —puntualizó Miguel mientras se adentraban en la sala—. Ellas se encargan del empaquetado —dijo, señalando la pequeña sala que ocupaban las cigarreras.

Siguieron con la visita hasta llegar al despacho. Una vez allí Eliana se asomó a la cristalera para contemplar con tristeza la quietud de la sala principal que quedaba bajo sus pies. No había nadie, solo las mesas vacías de madera llenaban aquel espacio. Las cajas se encontraban amontonadas en torno a los puestos vacíos de los empleados, y en los laterales no eran pocos los secaderos que proporcionaban al lugar un hedor insoportable, casi narcótico.

—Lástima, no vinimos en el mejor momento. Qué lindo tenía que ser verlos a todos trabajando, me encanta el ambiente que se respira en las tabacaleras.

—De eso mismo queríamos hablarle mi hermano y yo.

—Ah, ¿sí? Pues ustedes dirán.

—¿Usted podría ayudarnos? —preguntó Miguel sin miramientos.

—¿Perdone?

—No sé yo si..., no sé si nos podría prestar algo de dinero. Para pagar esta deuda.

—¿Disculpe?

—Sí, se lo devolveremos. Prometido.

Eliana se quedó petrificada, se sentía tan violentada que no supo qué responder. Miró a su criada en busca de refugio, pero el rostro de Yanet estaba aún más serio que el suyo.

—¡Por la Virgen, disculpe a mi hermano! —intervino Alejandro horrorizado—. Él no quería decirle eso. Nunca se nos ocurriría, por Dios.

—Créanme que si pudiera les ayudaría, de corazón cubano lo digo. Pero comprenderán que prestarles dinero así por las bravas...

—No, no, por supuesto. Discúlpenos —insistió Alejandro, presa del nerviosismo.

Eliana se sintió más calmada al recibir esa disculpa; al menos no era la única a la que la petición le había parecido inapropiada.

—Perdone mi indiscreción —bromeó Miguel para calmar los ánimos—. Debe saber que aquí en la isla somos algo confianzudos, ya ve usted.

—Ya veo, aunque he de decir que el día en que nos conocimos no parecía usted tan bromista.

—Bueno, no me conoció en las mejores circunstancias.

—Ya lo creo —zanjó Eliana con cara de pocos amigos—. Y ahora si nos disculpan, tenemos que marcharnos.

—¿Tan pronto? ¿No le gustaría que la invitásemos a almorzar en nuestra vivienda? Doña Juana prepara un puchero excelente, debería probarlo.

—Agradezco su invitación, pero tenemos quehaceres pendientes—respondió ella con sequedad.

El gemelo supo de inmediato que no era más que una excusa para largarse de allí. No podía creer que hubiese perdido la única oportunidad que tenían de ganarse el favor de esa recién llegada. Pero la ambición de Miguel no tenía límites: necesitaba adularla y convencerla como fuese para que les prestara sus ahorros.

—Puede venir su criada, si lo desea. Le aseguro que la nuestra cocina de maravilla, fíjese que incluso podrían hacerse amigas. —Miguel se colocó frente a ellas en un gesto desesperado con la intención de retenerlas.

—Le he dicho que no —sentenció—. Por favor, tenemos que marcharnos.

Miguel no tuvo más remedio que asumir su derrota e hizo un gesto a Alejandro para que ambos las condujesen hasta la salida. La tensión crecía entre los cuatro a medida que las dos mujeres se dirigían hacia el portalón principal que daba a la calle.

Eliana no vaciló un solo momento. Sus gestos eran implacables, como si estuviese acostumbrada a lidiar con muchachos como él. Ya estaban a punto de abandonar la fábrica cuando ella se detuvo en seco; algo la había sorprendido al otro lado de la nave.

—Esos secaderos de tabaco... ¿Por qué los tienen ahí?

—¿A qué se refiere?

—Bueno, me refiero a que están en el interior del edificio.

—Así es.

—Eso no es habitual, al menos no en Cuba.

—Pues aquí sí que lo es.

—Vaya, no sé por qué no me sorprende.

—¿Está insinuando algo? —Si algo no soportaba Miguel era que le tomaran por tonto, y el tono de Eliana no parecía dejar lugar a dudas.

—No, por supuesto que no. ¿Y cuánto tiempo tarda en secar la hoja con este tipo de secado?

—Unos dos o tres meses, depende del clima —intervino Alejandro.

El gesto de Miguel se ensombreció ante la respuesta sumisa de su gemelo.

Eliana se acercó a los secaderos con total naturalidad, como si aquellos fuesen sus dominios, como si de inmediato se le hubiese olvidado la encerrona. Luego palpó la hoja con cuidado y se aproximó aún más a ella para olerla con atención. Agarró una de las plantas más secas del tendedero y la apretó con suavidad. Abrió la mano y volvió a olerla de nuevo.

—Dos meses..., demasiado crujiente.

—¿Le digo yo cómo tiene que hacer usted sus cosas? —le espetó Miguel.

—Bueno, le recuerdo que hace unos minutos ha intentado convencerme de que debo prestarle mi dinero. Parece que no le bastaba con la ayuda que le presté en el puerto.

Miguel balbuceó algo inteligible para sus adentros, pero Eliana ni se percató porque se había quedado hipnotizada frente a los secaderos.

—Fíjense, la hoja se rompe si la manipulo con rapidez. Y está muy fina y las venas están hinchadas.

Eliana mostró a los gemelos las venas de la hoja, que ya habían empezado a adquirir un color ocre. Ayudándose del contraluz que se filtraba a través de la ventana pudieron comprobar lo que decía con mayor precisión.

—Y no tiene buen grano, es muy ácida.

—Vaya con la cubana —se jactó Miguel, cada vez más molesto.

—¿Todas las fábricas de por aquí hacen lo mismo?

—¿Por qué lo dice?

—Por nada —mintió Eliana—. Simple curiosidad.

14
A NUESTRA MERCED

7 de octubre de 1876

Los gemelos cenaron en silencio. Miguel apenas tenía apetito para tomar el caldo de ave que les había preparado doña Juana y se marchó antes de tiempo a su dormitorio para asearse. Alejandro, por su parte, no hacía más que devorar el pan. La ansiedad se estaba apoderando de él conforme se acercaba el momento de la firma de cesión de la fábrica a los miembros de la cooperativa tabaquera. Esa maldita firma.

Aunque no habían vuelto a sacar el tema, la situación para ellos era desgarradora. Llevaban toda su vida trabajando en La Indiana, y ahora que había llegado el momento de desprenderse de la fábrica ambos sentían que no solo se despedían de un negocio, sino de una parte de sí mismos.

En ese momento alguien golpeó la puerta principal. Alejandro tuvo que acercarse a abrir porque doña Juana seguía tendiendo las sábanas en el patio y no parecía haberse enterado. Aunque, por las horas que marcaba el reloj de cuco de la cocina, tampoco eran propias para recibir una visita.

El joven dio un brinco al toparse con Eliana frente a él. Había venido sola, sin la compañía de su criada.

—Vaya, ¿buscaba usted a mi hermano?

—Perdone que venga a visitarle estas horas. En realidad..., ¿le importa que pase?

Por un momento Alejandro fue incapaz de reaccionar. Luego examinó la calle con nerviosismo antes de invitarla a pasar, pues temía que algún vecino pudiese ver a esa forastera entrando en su casa. Tras un incómodo intercambio de saludos la condujo al salón principal, no sin cierta torpeza por parte de Alejandro, pues los modales no eran su principal virtud.

Eliana permaneció de pie junto al armario de los licores hasta que el gemelo la invitó a sentarse. Permaneció todavía unos instantes admirando en silencio aquella impresionante pieza de artesanía de madera en cuyas vitrinas abundaban el ron y los licores caseros. Todas las botellas parecían encontrarse en estado de descomposición, y todas tenían una etiqueta escrita con pluma en la que se detallaban los ingredientes que contenía cada una de ellas.

—Qué sorpresa, veo que tiene botellas de ron cubano.

—Son de nuestro padre —la corrigió Alejandro.

—Ah, vaya... Lo siento.

—No se preocupe.

Eliana tomó asiento en el sofá y Alejandro hizo lo propio tras ella con gesto avergonzado. Nunca antes había intimado con una mujer en su propia casa.

—¿Llego a tiempo?

—¿Cómo dice?

—Tengo el dinero.

Alejandro no comprendía a qué se refería la joven criolla.

—Lo que le estoy diciendo es que tengo el dinero que necesitan para pagar la deuda. Puedo ayudarles.

Eliana se detuvo a observar su reacción. Una parte de ella disfrutaba viendo cómo el tímido gemelo se había quedado de piedra tratando de asimilar la noticia. Ni siquiera recordaba su nombre, pero esa mirada le producía una ternura incontrolable.

—Perdone, ¿podría recordarme su nombre? —preguntó ella al ver que este seguía sin reaccionar.

—¿Eh? Alejandro, me llamo Alejandro.

—Eliana. Un placer —dijo, y le tendió su mano del mismo modo que el día en que se habían conocido en la fábrica.

—Mi hermano está…

—No se preocupe por él. Llego a tiempo, ¿verdad?

—Pues… sí, mi hermano está terminando de prepararse. Estábamos a punto de partir hacia Santa Cruz para reunirnos con los empresarios de la cooperativa. La firma es a medianoche.

—Qué manía tienen los señores con firmar los acuerdos en plena noche, no lo soporto. En Cuba hacen lo mismo.

—Padre siempre decía que lo hacían para luego poder celebrar hasta el amanecer, aunque no es que hoy tengamos mucho que celebrar.

Pero Eliana no hizo caso a sus lamentos. Al contrario, interrumpió sus palabras inclinándose en el sofá y acercando su cuerpo hacia el de su interlocutor, como si no quisiera que nadie más los oyese. El rostro de la criolla se tornó serio y, con tono amenazante, le soltó una advertencia.

—Escúcheme bien lo que voy a proponerle. Esto no entraba en mis planes, pero creo que aquí hay una gran oportunidad para ustedes y para mí.

—¿A qué se refiere?

—Nos haremos ricos, créame lo que le digo. Tendremos que hacer cambios, no le voy a engañar, cambios muy profundos para levantar esa fábrica, pero saldremos adelante.

—Lo siento, de verdad que no la sigo.

—Quiero invertir en La Indiana.

—Sí, eso sí lo entendí. Me refiero a…

—Ah, bien. Pues… que no voy a prestarles el dinero, voy a convertirme en socia de la tabacalera junto a ustedes dos.

Alejandro sintió derrumbarse las paredes del salón.

—Imposible. Esto es un legado familiar. No, no…, no podemos hacer eso.

—Escúcheme. Esto es una señal de Dios.

—No, lo siento. —A Alejandro le temblaban las manos solo de pensarlo.

—Por favor, escúcheme. No es casualidad que el destino me haya traído hasta aquí.

—Y yo le digo que no podemos hacerlo, no podemos permitirlo. No sé qué le habrá dicho mi hermano, pero esto no puede ser. La Indiana la fundó nuestro padre hace más de veinte años. Se ha pasado décadas labrándose un nombre en toda la península ibérica. No podemos acabar con su legado...

—¿Pero no están a punto de venderla?

Alejandro se quedó de piedra. De un plumazo, Eliana había echado por tierra sus argumentos. El joven tardó unos segundos en responderle, aunque las palabras que brotaron de sus labios más bien parecían una excusa de la que ni él mismo estaba convencido.

—Si Dios ha decidido que debe gestionarla la cooperativa, que así sea. Ellos al menos eran amigos de padre, sabrán qué hacer para que La Indiana persevere. Y ahora, si me disculpa, mi hermano y yo debemos partir hacia la capital.

—De acuerdo, solo le pido que considere mi propuesta.

—Gracias —insistió Alejandro, al tiempo que la invitaba de nuevo a marcharse.

Eliana lo miró fijamente con una mezcla de tristeza y resignación en su rostro antes de despedirse de él.

Cuando ella se marchó, Alejandro no pudo evitar asomarse con sutileza a la ventana del salón para contemplarla sin ser visto. Eliana se perdía calle abajo con ese elegante movimiento de su vestido.

Había algo en la figura de esa mujer que lo cautivó por completo.

Apenas habían transcurrido unos segundos cuando Miguel soltó un grito asomando la cabeza por el hueco de la escalera.

—¡Lo sabía! ¡La tenemos, es nuestra!

Alejandro apartó la vista del cristal y se asomó al pasillo. Allí descubrió a su gemelo, cuyo tronco superior colgaba del pasamanos del piso de arriba como si de un mono se tratase.

—¿Escuchó usted todo lo que me dijo esa mujer?

—Vaya que si lo escuché. Esto es increíble, inaudito... La solución a todos nuestros problemas, hermanito.

—Que no, no puede ser, no pienso dejar que esa mujer entre en la fábrica.

Pero Miguel ya no escuchaba las preocupaciones de su hermano.

—Ay, cuando se enteren en la Logia..., menuda cara de guanajos van a poner todos.

—Miguel, ¿por qué tuvo usted que decirle a esa mujer que estamos en bancarrota?

—¿Qué más dará eso? Si lo sabe toda la isla.

—¡No es cierto! —gritó mientras sacaba su reloj de bolsillo para comprobar la hora—. Y apúrese que vamos a llegar tarde a la firma.

—Ay, hermanito... No se preocupe por eso, no vamos a firmar.

Miguel corrió escaleras abajo y se asomó a la ventana con cautela mientras le hacía muecas de júbilo a su gemelo. La calle brillaba en silencio a la luz de la luna, y las parpadeantes lámparas de gas emitían un resplandor que iluminaba las sombras de todas las esquinas. Pero no había rastro de Eliana.

—¿La está buscando? —preguntó Alejandro, consciente de que su hermano había tomado la decisión por los dos.

—Ya sabía yo cómo es esa mujer, no sabe en qué gastarse todo lo que tiene.

—¿Y qué pensarán en la cooperativa? ¿Y en la Logia?

—Míreme, hermanito —Miguel agarró con fuerza la cara de su hermano y la llevó hacia la suya con un gesto animal—. No le debemos nada a nadie.

—A padre sí.

—Cállese ya con padre. Deje de pensar en esas memeces del legado familiar y el honor. Es una mujer, está sola y no tiene ni idea de cómo funcionan las cosas en esta isla. No va a poder hacer nada sin nuestro permiso. Ella nos da el dinero y nosotros tomamos las decisiones. Ya está, ganamos todos.

—No me gusta.

—Menos me gustan esos canallas. La tenemos a nuestra merced, piénselo.

Alejandro estaba desbordado. En el fondo sentía que su hermano estaba en lo cierto. La oferta de la Logia era una canallada, y más aún teniendo en cuenta quién había sido su padre para la orden masónica.

—Pero una mujer...

—Confíe en mí.

Pero para Alejandro no era cuestión de confiar o no en su gemelo, sino de que incluir a esa mujer en la fábrica significaba ir en contra de cualquiera de los principios de su padre. Y de la sociedad. Sentía que estaban a punto de firmar un pacto con el diablo.

—Hermano... me lo debe —insistió Miguel con gesto tajante. Recuerde lo que hice.

Alejandro se quedó desconcertado ante ese dardo envenenado. Ambos habían jurado no volver a hablar del tema, debían llevarse a la tumba aquel secreto.

—Está bien, lo haremos a su manera —respondió por fin Alejandro.

—No, a nuestra manera. No quiero que lo hagamos si usted no está seguro, hermanito.

—Está bien, estoy convencido.

—¿Seguro? —Miguel le regaló una sonrisa. Su rostro había recuperado de inmediato la energía.

—Seguro. No tenemos nada que perder, ¿verdad?

Miguel abrazó a su gemelo con tal calidez que este recuperó la ilusión como por arte de magia; una ilusión que había perdido hacía mucho más tiempo del que quería recordar.

Para Alejandro era imposible competir con la energía que transmitía su hermano, y daba gracias por tenerlo a su lado cada día de su vida. Ambos sabían que nada ni nadie podía romper ese vínculo.

Pero se equivocaban.

15

EL PASADO SIEMPRE VUELVE

10 de octubre de 1876

Los trabajadores regresaron a sus respectivos puestos en cuanto se supo que un misterioso inversor había puesto fin a las deudas de La Indiana. Los rumores se extendieron por todo el pueblo como el humo del tabaco y a la mañana siguiente se respiraba en la fábrica un clima de incertidumbre. Era constante el murmullo entre los pureros, chinchaleros, vegueros y cigarreras, quienes no podían evitar hacer sus cábalas acerca del desconocido empresario cuya identidad nadie conocía aún. Algunos eran optimistas con respecto al futuro, pero todavía flotaba entre las mesas un aire de preocupación.

La sala bullía con las conversaciones entre compañeros cuando don Braulio hizo su entrada en la tabacalera con el mismo rostro de duda que el resto de los empleados.

—Caballeros, señoritas. Han sido unos días complicados para todos: la pérdida del patrón, este desaguisado con los jornales..., pero por fin parece que todo está solucionado.

—¿Quién es el nuevo? —gritó uno de los vegueros desde el fondo de la nave.

—A mí me dijeron que es el dueño de la tabacalera de Garafía —respondió una cigarrera.

—Qué va a ser ese —intervino otro—. Seguro que es el inglés de la naviera.

Braulio se aferró al bastón y dio unos golpes secos a los pies de su trono para pedir silencio.

—Lo siento, pero aún no puedo decirles nada. Les pido calma, que ya están a punto de llegar los patrones. —Braulio logró escurrir el bulto como pudo, pues en realidad él tampoco tenía ni idea de quién se trataba.

Nadie sabía qué hacer. Aunque todos habían cobrado ya su correspondiente jornal, la desconfianza que se había gestado entre los muros de La Indiana había formado un abismo entre los empleados y los gemelos. Ni siquiera los más fieles a la empresa querían ponerse a trabajar hasta no ver al nuevo inversor con sus propios ojos.

Miguel apareció allí tras un buen rato, acompañado por Alejandro y por Eliana. Al instante, todos los ojos se clavaron en la desconocida.

—Me alegra mucho ver sus caras de nuevo. —Miguel sonrió a sus trabajadores, pero su mirada se encogió al descubrir que todos permanecían aún algo tensos y escépticos—. Veo que la mayoría ha regresado a esta casa, aunque me consta que los miembros de la cooperativa han querido llevarse a algunos de ustedes a sus respectivas fábricas. ¿Me equivoco? Seguro que alguno de los aquí presentes estuvo a punto de marcharse.

Un silencio asfixiante se apoderó de la sala. El miedo volvió a instalarse entre los empleados mientras el joven sembraba sus amenazas.

—La lealtad a esta casa se valorará más que vuestro propio trabajo, así que solo espero que los que hayan decidido permanecer con nosotros comulguen con los valores de La Indiana.

La voz de Miguel resonaba entre las paredes de piedra como si estuviese imitando a su difunto padre. Nadie se atrevía siquiera a mover un músculo por miedo a llamar su atención con un ruido desafortunado.

—Les aseguro que se avecinan nuevos tiempos para La Indiana. Aquí les presento a la señorita Eliana Álvarez...

Justo antes de que este pudiese concluir su discurso, Eliana subió al estrado que ocupaba Braulio para robarle la audiencia.

—Buenos días. Así es, me llamo Eliana y seré la nueva patrona de la tabacalera junto a Miguel y a Alejandro. —Hizo una breve pausa para contemplar los rostros perplejos a sus pies—. También seré su nueva compañera de faena. Me dicen mis socios que hay algunas caras que ya no están por aquí, una lástima que hayan preferido marcharse a la competencia por culpa de lo ocurrido. Ellos se lo pierden, aunque tampoco es necesario que se tomen al pie de la letra las amenazas de mi compañero. —Eliana lanzó una pícara sonrisa a Miguel, desacreditándolo por completo ante todos los empleados—. Espero que todos los que están hoy entre nosotros confíen en este nuevo proyecto que hoy comenzamos. Las cosas van a cambiar. Y mucho.

Un aire de estupefacción se apoderó de la asamblea. Los trabajadores se quedaron clavados a sus asientos, lanzándose miradas de incredulidad, incapaces de asumir que fuese una mujer quien se estaba dirigiendo a ellos de ese modo. Al desconcierto de los empleados se sumaba el de los propios gemelos, que no esperaban tal seguridad y vehemencia por parte de su nueva socia.

—No les entretengo más —concluyó Eliana—. Lo importante es que nos pongamos al día cuanto antes, empezando por mí. Así que todo el mundo a trabajar.

A su señal los empleados se fueron dispersando y volvieron a sus puestos. Acto seguido Eliana descendió del estrado y se fijó en que Miguel le estaba haciendo un gesto para presentarle a don Braulio. El párroco y lector también se había quedado de piedra tras la presentación, como si hubiese visto un fantasma.

—¿Está usted bien, don Braulio?

—Eh, sí, sí.

Miguel se dirigió de nuevo a Eliana con tono jocoso.

—No se deje llevar por el alzacuellos de este hombre si lo ve en la parroquia del pueblo, porque antes que párroco es lector, y pertenece a esta fábrica. Es mucho más que un padre para nosotros.

—Un placer conocerle, padre. Me llamo Eliana.

A Braulio no le salían las palabras, no podía creer lo que veía ante sus ojos. Su desconcierto le llevó a examinarla de arriba abajo, como si necesitase estar seguro de que no estaba sufriendo algún tipo de alucinación. Las palabras se agolpaban en su garganta, las preguntas rondaban su cabeza sin freno.

—¿Se encuentra bien, señor? —insistió Eliana.

—¿Es usted cubana?

—Así es.

Fue entonces cuando se cumplieron los peores presagios de Braulio. Esa joven era real.

—Bueno —intervino Miguel—, no perdamos más tiempo en estos pormenores, tenemos mucho trabajo por delante.

Los gemelos se marcharon hacia el despacho escaleras arriba, dejando a don Braulio y a Eliana a solas a los pies del trono del lector. El anciano volvió a examinar las facciones del rostro de la joven con incredulidad, mientras a sus espaldas la fábrica bullía por la vuelta al trabajo.

—¿Daniela?

—Así es. Cuánto tiempo, señor Mendoza.

16

EL LICOR DE LA NIÑEZ

La infancia de los gemelos estuvo marcada por las manos de su padre. La rectitud cristiana con la que trató de enderezarlos hizo mella en ambos, más en Alejandro que en Miguel. O al menos al primero le afectó más que al segundo. Los castigos que Servando infligía a sus hijos eran severos y se sucedieron con regularidad a lo largo de su infancia. Las dosis diarias de azotes y alguna bofetada ocasional eran orquestadas por su parte con un régimen estricto que los chicos se habían acostumbrado a esperar. A pesar de los recelos de muchas mujeres en el pueblo, Servando creía firmemente en sus métodos. A falta de una madre para los gemelos debía aplicar mano dura en ellos para llevarlos por el camino que correspondía a dos muchachos de su clase social.

Decidido a conseguir que madurasen los introdujo en los menesteres de la Logia siendo ellos muy pequeños. Así, a través del maestre Heriberto y de los más veteranos, Miguel y Alejandro se vieron obligados a aprender los valores de la francmasonería antes incluso de salir a la plaza para jugar con el resto de niños. Asistían cada día a interminables pláticas sobre política insular, sobre lo despreciable que era el monarca del momento, y sobre la pérdida de privilegios que estaban sufriendo los terratenientes como Servando y compañía. Una «calamidad», clamaban todos los empresarios, pues se habían deslomado toda su vida para dar un futuro próspero a la isla y, sin embargo, no veían una actitud de agradecimiento por parte del pueblo llano al que alimentaban con sus jornales y puestos de trabajo. Al contrario, cada día los jornaleros exigían más y hacían menos por sus empresas.

El alcohol jugaba un papel muy importante en estas reuniones y, como era tradición, Servando obligó a beber a sus dos muchachos el primer vaso de licor cuando estos no habían siquiera comulgado en la eucaristía. Tan jóvenes eran los gemelos que con un suspiro de aquel mejunje hecho a base de anís y miel cayeron borrachos como cubas.

Miguel tuvo más suerte, o quizá supo adaptarse mejor a la situación. Alejandro, más quebrado por el miedo a los efectos de la bebida que al estado en que se encontraba, no dudaba en vomitar cada vez que su padre lo forzaba a dar un trago. Así que Servando, que de guanajo no tenía un pelo, apartó al más débil de los encuentros en la Logia. No estaba dispuesto a pasar por semejante vergüenza frente a sus compañeros.

El precio a pagar para Alejandro fueron los libros de cuentas, además de los castigos más severos que un niño podía recibir. Y a Miguel lo mandó a las huertas para curtirlo. A Servando le hervía la sangre al verlos unidos, inseparables como dos niños caprichosos que se negaban a crecer el uno sin el otro. Por eso, cortó por lo sano.

Servando hacía todo lo posible por separar a sus dos retoños, porque juntos, a su parecer, no iban a llegar a ningún lado. Al hombre le dolía en el alma tener que tomar tan drásticas decisiones, pero sabía que era la mejor educación que podía darle a ambos. El tabaquero estaba convencido de que hacía lo correcto, aunque ni siquiera su fiel ama de llaves, doña Juana, era capaz de comprender los motivos de la crueldad con la que trataba a los gemelos.

Lo cierto es que nunca logró separarlos del todo, pero sí contribuyó lo suficiente como para dar a sus dos hijos una educación bien diferenciada, como si quisiera que no pudieran reconocerse el uno en los ojos del otro. Alejandro pasó toda su infancia en el colegio, enfrascado en aprender lo que decían los libros para luego poder aplicar sus conocimientos en la fábrica, tal y como ansiaba su padre. Miguel, por su parte, apenas pisó las aulas. Sus pies y manos abandonaron la infancia para adaptarse al calor que abrasaba cada día su espalda en las vegas del tabaco.

Paradójicamente, Alejandro fue incapaz de hacer un solo amigo durante la década que pasó en la escuela, mientras que Miguel se convirtió en el más popular del pueblo gracias a su particular magnetismo.

Los gemelos apenas pasaban tiempo juntos, pero cada vez que coincidían en casa terminaban discutiendo a gritos —con doña Juana de por medio— por decidir quién de los dos era el favorito de su padre. Ambos tardaron en llegar a la conclusión de que su padre no había querido un hijo, sino un esclavo. Y en este caso, la gracia de Dios le había otorgado dos por el precio de uno. A cambio, eso sí, de enviudar a temprana edad.

Pero don Servando aseguraba sentir un amor tan grande por ellos que era incapaz de expresarlo con palabras. Por tanto, los gemelos nunca escucharon salir de la boca de su padre lo que este sentía por ellos. De no haber sido por la diplomacia y el cuidado incondicional que les profesaba doña Juana, la madre postiza de los gemelos, Miguel y Alejandro habrían crecido creyendo que en el mundo no había más que odio, rabia y una férrea disciplina.

A menudo Servando bebía más de la cuenta —o más de lo que sus andares podían soportar—, y entonces arrancaba a su hijo Alejandro de los libros de cuentas del despacho y le pedía que lo acompañara a dar largos paseos junto al mar. Cuando estaba de mal humor incluso le obligaba a meterse en el agua junto a él para disipar su cólera.

Miguel tardó años en conocer estos encuentros, el mismo tiempo que le llevó darse cuenta de que había un favorito y nunca había sido él. Su primera reacción fue de rabia e impotencia. Al principio habría dado cualquier cosa por intercambiarse con Alejandro, pues ansiaba recibir también ese cariño que su padre solo se reservaba para su otro hijo. Pero con el paso del tiempo Miguel se dio cuenta de que su gemelo había ido perdiendo poco a poco esa expresión tan inocente y alegre que tanto lo caracterizaba, lo que le llevó a pensar que algo le había ocurrido a su hermano.

Por suerte su padre ya no estaba en el mundo de los vivos, por más que este se vanagloriaba de su inmortalidad cada noche que pasaba jugándose al dominó todo el dinero de la fábrica en el casino de Breña Alta.

Miguel y Alejandro podían ahora empezar a vivir sin miedo al monstruo que había intentado ahogar cada uno de sus pasos. Los gemelos siempre habían permanecido unidos, protegiéndose y complementándose a pesar de los esfuerzos de su padre por arrancar las raíces que habían tejido entre ambos. Un nuevo mundo se abría ahora ante ellos.

Un mundo en el que, por fin, su amor fraternal imperaría por encima de todas las cosas.

O eso era lo que creían.

SEGUNDA PARTE

Una mente apasionada puede renacer cualquier ceniza,
pero la venganza es capaz de prender
el más atroz de los fuegos.

17
ROMPER EL HIELO

18 de octubre de 1876

A pesar de su diminuta estatura y de la naturaleza de su cuerpo, Rafaela ejercía su dominio en la sala de las cigarreras como si le fuera la vida en ello. Se implicaba en todas y cada una de sus labores con una pasión que rozaba el fanatismo, y no soportaba la mediocridad entre sus filas. No se veía a sí misma como una simple supervisora; todo lo contrario, Rafaela ejercía su liderazgo con asertividad y con un entusiasmo por el oficio que ninguna de sus subordinadas era capaz de replicar.

Era una líder seria y de modales poco refinados, pero siempre se mostraba comprensiva con su rebaño. Atajaba los pequeños errores con serenidad y paciencia, pero las infracciones más graves eran objeto de unas reprimendas tan severas por su parte que era habitual escuchar los llantos de alguna de las novatas desde el salón principal del edificio.

Don Servando siempre había sentido por ella una gran devoción. El porte brusco y altivo, la profesionalidad y el fervor con el que Rafaela defendía la artesanía del tabaco eran motivo de orgullo para el patrón de La Indiana. Servando se jactaba de que cuando se dirigía a ella sentía estar frente a un hombre. Ella era su empleada predilecta, aunque esto solo se lo había confesado en privado por miedo a herir los sentimientos de sus hijos y del resto de empleados varones, en especial de su amigo Braulio. En ocasiones, además, le ofrecía un jornal extra para utilizarla como confidente. Gracias a la información que ella le proporcionaba, Servando podía estar al tanto del ambiente que se respiraba entre su plantilla.

—¡Berta, hágame el favor de ordenar su mesa cuanto antes! ¡No se lo pienso repetir!

Con su dedo acusativo y una posición un tanto agresiva, Rafaela volvió a ponerse en pie para llamar la atención a una de sus cigarreras.

El orden y la pulcritud en el trabajo eran sus dos máximas en la sala de las cigarreras. La estancia en la que trabajaban estas mujeres no se parecía en nada al espacio que ocupaban los hombres en el salón principal de la nave; este primer espacio parecía estar protegido del paso del tiempo, del constante vaivén de mercancías y jornaleros.

Cada día las hábiles manos de estas jóvenes colocaban con destreza un centenar de refinados envoltorios de papel de seda en el interior de cada caja de madera al tiempo que anillaban las vitolas en cada puro, un anillo en el que figuraba la litografía con el sello de La Indiana. La suave luz de los candiles contemplaba toda esta actividad, titilando como estrellas en un cubículo en el que la luz era el bien más escaso.

—No entiendo por qué tenemos que trabajar más horas —se quejó una de las jóvenes.

—Pues porque ha estado usted varios días sin trabajar, entre la huelga y el funeral del patrón —le respondió Rafaela con esa mirada tan desagradable que siempre vestía.

—¿Ha? Querrá decir «hemos», que usted tampoco ha trabajado nada.

—Ya, pero es que yo hoy no me he quejado. ¿O sí? ¿Alguna de aquí ha escuchado mis quejas?

Por suerte para Rafaela, el resto de las cigarreras le dio la razón al secundarla con su silencio, tal vez por convicción, tal vez por miedo a una reprimenda.

Momentos como ese eran uno de los pocos resquicios de satisfacción que aún le quedaban a la más veterana de las cigarreras. Rafaela llevaba años viendo pasar bajo su mando a niñas que apenas duraban unos meses, o unos años a lo sumo. Para las demás, el oficio de cigarrera no era más que una transición hasta el tan ansiado matrimonio. Pero allí estaba ella, sin embargo, acercándose a la treintena sin que nadie esperara ya que apareciese un hombre para liberarla del oficio. Todos estos años anillando vitolas y empaquetando cajas de tabaco la habían convertido en la jefa de aquella olvidada sección. Sí, es cierto que su relación con Miguel era un secreto a voces en el pueblo desde hacía meses, pero ninguna de sus compañeras creía que el joven tuviese intenciones de proponerle matrimonio. Rafaela tenía colgado el sambenito por haber intimado con varios hombres antes que con el hijo de Servando, y eso la había marcado para siempre en el pueblo.

Aunque los rumores a su alrededor no hacían más que recordarle este pasado, Rafaela hacía todo lo posible por evitar pensar en ello. Por motivos como este era tal su implicación en la sección de empaquetado y embalaje de La Indiana: el oficio lo era todo en su vida.

Pero el ambiente entre las mujeres aún distaba mucho de la anterior normalidad.

—Yo no me fío de estos dos —susurró una de las cigarreras—. Tres meses para darnos lo que nos corresponde y encima con estas.

—Una mujer...

—Y que lo diga, y encima cubana. A santo de qué tienen que venir siempre de allá a decirnos lo que tenemos que hacer.

—La señoritinga esa es lo de menos. Aquí lo que importa es que los de la cooperativa se los van a comer. Y al final las afectadas seremos nosotras, como siempre. Ya nos veo, en un mes estamos de nuevo de patitas en la calle.

—¿Un mes? No creo que duremos ni semanas bajo este techo —mascculló otra de ellas—. Y yo estoy a punto de contraer matrimonio. Mi Zacarías me mata.

Las quejas se sucedían entre las mujeres de la plantilla ante el silencio de Rafaela, quien por una vez había optado por dejar que se expresaran para ver hasta qué punto sus compañeras estaban alineadas con lo que ella opinaba al respecto.

En ese momento Eliana irrumpió en la sala y todas dejaron de murmurar de inmediato.

—Buenos días a todas.

Un aire de incomodidad se adueñó de la estancia.

—Pueden seguir ustedes con la charla, no quisiera interrumpir sus quejas.

Con cierta vehemencia, Eliana comenzó a deambular por la sala ante el amargo silencio de las cigarreras. A cada paso que daba, los sentidos de las jóvenes se agudizaban más y más con su imponente presencia, dejándolas a todas en un visible estado de inquietud. La postura de Eliana era tan segura y recta que incluso la propia Rafaela había decidido enfrascar la cabeza entre los puros que había sobre su mesa para no llamar su atención.

—No pude evitar escucharlas desde fuera, y he de decir que vuestra plática sonaba muy interesante. ¿Ninguna quiere seguir hablando?

Pero las cigarreras continuaron trabajando en silencio. El halo de condescendencia de Eliana provocaba una angustia aún mayor en todas ellas a medida que avanzaban las manecillas del reloj de pared.

—Vamos, me gustaría unirme a la conversación.

Todas buscaban a Rafaela con la mirada para que hiciera de portavoz y las sacara del atolladero, pero la líder no parecía dispuesta a enfrentarse a su nueva patrona.

Eliana destensó su gesto al darse cuenta de que no había empezado con buen pie.

—Discúlpenme si me estoy entrometiendo. Entiendo su situación, yo también estuve en una sala como esta durante mi infancia en Cuba.

Eliana pidió permiso a una de las cigarreras y ocupó un asiento que quedaba libre junto a ella. Necesitaba enmendar su abrupta bienvenida y que las empleadas sintieran que estaba a su altura, que podían tratarla como a una igual.

—Lo siento si no he empezado con buen pie. Tan solo quiero que sepan que soy una de ustedes, conmigo no tienen que actuar como con su antiguo patrón. Pueden confiar en mí para lo que sea.

La sala seguía en silencio. Eliana podía captar el recelo en las miradas de las cigarreras.

—Por favor, ¿puede responderme alguna de vosotras?

—No pretenda hacerse amiga nuestra —intervino por fin Rafaela, marcando el territorio.

—Vaya, no esperaba tan cálida acogida. No es mi intención ganarme vuestra amistad, aunque sí me gustaría tener vuestro respeto.

—La respetamos, si es eso lo que tanto le preocupa.

—¿Habla usted en nombre de todas?

—Así es —sentenció Rafaela.

—Bien, pues me gustaría que eso terminase hoy aquí, en este preciso momento. —Eliana clavó su dedo en la mesa con un golpe seco para dar más énfasis a sus palabras—. Quiero que todas ustedes sientan que pueden hablar conmigo como si fuese una compañera más. Insisto, yo también estuve en Cuba sentada en una mesa como esta. Les recuerdo que la tradición de que las mujeres ejerzan como cigarreras en las tabaqueras viene de mi isla.

—¿Y quiere usted llevarse también ese mérito? —preguntó Rafaela—. A los tabaqueros solo les interesamos en este oficio porque nuestras manos son mucho más finas que las de ellos.

—Y nuestros modales —intervino otra de las mujeres en tono jocoso.

Eliana esbozó una carcajada, provocando que el resto de cigarreras también se sintiesen más libres para reír ante la broma de su compañera.

—¿Cómo sabemos que no vamos a perder el jornal por lo que le digamos? —preguntó una de las recién llegadas.

—Estoy aquí para levantar esta fábrica. Todo lo que tengan que decirme sobre el desempeño de sus oficios, sobre la cooperativa o sobre el trato de los gemelos será positivo para cumplir con ese propósito; y por ende será bueno para todas nosotras. Me gustaría que todas podamos crecer con la fábrica, así que cualquier crítica será bien recibida.

El ánimo de las trabajadoras se destensaba poco a poco. Eliana transmitía una confianza con la que ya había conseguido ganarse a las más jóvenes en unas pocas frases.

—De verdad, les garantizo que quiero lo mejor para todas nosotras.

—Pues... creo a todas nos corresponde un mejor jornal. Y mejores condiciones.

Eliana levantó la mirada hacia el fondo de la estancia para encontrar a la mujer que se dirigía a ella con ese timbre tan dulce y aniñado. La que había elevado su voz era María Dolores, pero todas la llamaban Loli. Aunque solo tenía catorce años, la muchacha ya dominaba como una veterana el delicado arte de envolver los cigarrillos, acariciando cada cilindro con sus manos de porcelana sin que se le hubiese roto uno solo en las últimas semanas. Loli llevaba el pelo negro recogido con una cinta, lo que hacía relucir su tez clara y precisa, más propia de una mujer de la burguesía palmera que de una empleada que apenas lograba subsistir con el mísero jornal que recibía. Poseía un alma tímida, a la par que discreta, y era tan ingenua y bondadosa que solía ser el foco de todas las bromas que se hacían en la sala. Se notaba a la legua que sus profundos ojos saltones del color de la avellana no habían tenido que ver aún las desgracias e infortunios a los que ya se habían enfrentado muchas de sus compañeras.

—¿Cuál es su nombre?

—Loli.

—Un nombre precioso. —Eliana no pudo evitar esbozar una sonrisa, por fin había conseguido romper el hielo—. Dígame, Loli. ¿A qué condiciones se refiere?

—Pues... que siempre entramos a trabajar antes que los hombres y somos las últimas en salir de esta sala.

—Nadie las está obligando, por lo que me han comentado los gemelos.

—Al contrario, don Servando siempre nos reprendía si nos marchábamos pronto.

—Vaya por Dios —se lamentó Eliana.

—Y a los hombres nunca les dijo nada —intervino otra de las mujeres—. El patrón siempre nos tuvo amenazadas con el despido si no nos implicábamos con el horario.

—Y algunas tenemos que hacer luego la casa, que nuestros padres nos matan.

Poco a poco las cigarreras se fueron liberando y empezaron a expresar sus quejas por el trato que recibían.

—Bueno, estoy segura de que todo eso podemos cambiarlo —dijo Eliana.

—Ya..., lo mismo de siempre. —Ahí estaba Rafaela, actuando por fin como la portavoz de todas sus compañeras.

Eliana se contrajo al escucharla. La arrogancia de la líder acabó de un plumazo con sus ganas de actuar con diplomacia.

—¿Perdone?

—No pretenda que me crea sus estúpidas profecías. Usted es como ellos.

—¿Podría decirme su nombre, señorita? —preguntó Eliana.

—¿Acaso piensa memorizarlo?

—Bueno, eso es asunto mío.

—Entonces no veo por qué debería decírselo.

—Está bien, señorita —zanjó finalmente Eliana para no incrementar la tensión—. Puede seguir usted actuando como lleva haciendo hasta ahora, en vista de que no tiene intención alguna de que cambien las cosas.

—A estas niñas podrá usted engañarlas con sus bravatas, pero yo llevo diez años dejándome las manos en esta tabacalera. Lo que dice no son más que promesas vacías.

—Tiene usted mi palabra de que vengo con la mejor intención para mejorar sus condiciones. Las de todos.

—Las palabras se las lleva el viento, Eliana —sentenció Rafaela.

Aunque el resto estaban absolutamente cautivadas por la nueva socia de La Indiana, Rafaela estaba dispuesta a no dejarse engañar. Era la única a la que le hervía la sangre esa actitud mesiánica y soberbia de su nueva patrona.

—Comprendo su descontento, créame que la entiendo. Pero también creo que comete un error al verme como a una enemiga a derrotar en lugar de alguien que tan solo quiere velar por todas ustedes. —El tono de Eliana sonaba convincente, aunque empezaba a temer que tal vez había cometido un error en ese prematuro acercamiento a la sala de las cigarreras. Quizá la señorita tenía razón y el cometido de Eliana era hacerse valer como la jefa que era.

—Si quiere que nos creamos sus efusivas palabras —continuó Rafaela, echando aún más leña al fuego—, demuéstrenos que podemos confiar en usted.

—Está bien, me parece justo lo que dice.

—Queremos trabajar en una estancia en la que nos llegue la luz del sol, como sigamos bajo los candiles vamos a perder la vista.

—¿Qué más?

—Y creo que deberíamos recibir el mismo jornal que los hombres.

—Disculpe, Rafaela —la interrumpió Sonsoles, otra de sus compañeras—, yo no comparto esa opinión que está dando en nombre de todas.

—¿Cómo? —Rafaela se quedó a cuadros.

—Yo tampoco —intervino otra de ellas—. No me gustaría enemistarme con los jornaleros.

—Pero vamos a ver —se quejó Rafaela—, ¿cuántas veces les he dicho a todas que tenemos que reivindicar lo que valemos? ¿Estamos guanajas o qué nos pasa?

—Para usted es muy fácil decirlo, usted tenía buena relación con el patrón, y tiene a Miguelito de su parte. Pero nosotras...

—Lo que yo haga fuera de esta fábrica no tiene nada que ver con lo que hagamos aquí.

—Creo que no es cierto —dijo Loli con su tono educado.

—¡A mí no me lleve la contraria! —gritó Rafaela, poniéndose en pie con un gesto nervioso que le hacía ver que estaba fuera de control.

—Lo siento, Rafaela, pero no pienso quedarme callada si no estoy de acuerdo con usted. Y haga el favor de calmarse de una vez.

—¡No, no pienso calmarme con semejantes guanajas como ustedes!

—No ponga en nuestra boca cosas que no hemos dicho, Rafaela —la reprendió otra de las más jóvenes—. Que siempre se cree más lista de lo que es. Ni Miguelito la va a querer con esos modales.

Rafaela se sintió abrumada al ver que sus mujeres le daban la espalda. Sentía que el corazón se le iba a salir del pecho ante esas miradas de reproche que nunca antes había visto en ellas. Estaba sola e indefensa, y por primera vez se veía incapaz de proceder.

—A ver, por favor —intervino Eliana antes de que la discusión se desmadrase aún más—. Les pido calma, vamos a relajarnos todas y a utilizar un tono más sosegado. Yo estoy aquí para escucharlas, y vamos también a respetar la opinión de vuestra compañera... Rafaela, ¿verdad?

La líder de las cigarreras agachó la cabeza con gesto de derrota ante la mirada de Eliana, que al final había conseguido descubrir su nombre.

—¿Ve como no era para tanto decirme cómo se llama? Rafaela, un nombre precioso. Se lo digo muy en serio. —Eliana se enderezó para evitar que las cigarreras continuaran vapuleando a su líder—. Bueno, compañeras, les pido una vez más que calmen los ánimos. Bien saben que eso de los jornales sí que no es posible, no pueden ustedes cobrar lo mismo que los pureros o los chinchaleros, aunque me encantaría. Pero ellos son más veteranos y deben mantener a toda una familia. ¿Acaso alguna de ustedes está casada?

Ninguna respondió.

—Yo estoy dispuesta a atender el resto de peticiones, pero no puedo pasar por ahí, al menos por el momento. Piensen en la situación de los pobres hombres: de su labor depende el alimento de sus esposas y sus hijos, mientras que ustedes..., ustedes se pasan aquí tan solo unos años, hasta que alguien las desposa.

De nuevo, todas las miradas se centraron en Rafaela, quien apenas podía contener su rabia ante el linchamiento que estaba presenciando. Era incapaz de comprender que sus cigarreras se hubiesen doblegado ante las falsas promesas y el carisma de su nueva jefa. De forma repentina, Rafaela sentía haber perdido toda su autoridad, así que se levantó de su asiento y abandonó la estancia con rabia, pasando frente a Eliana con actitud de desprecio.

Un amargo silencio se apoderó de la sala. Eliana permaneció un instante observando al resto de empleadas sin atreverse a lanzar un juicio sobre Rafaela, consciente de que ya se había elevado bastante la tensión.

Poco después salió de allí con una sensación un tanto extraña; la líder de las cigarreras había llamado realmente su atención. Quizá se debía a su altanería o a sus dotes de mando, el caso es que había algo en la actitud de esa muchacha que le recordaba a ella.

Y necesitaba a una aliada entre las filas de La Indiana.

18

EN LA CASILLA

Breña Alta
20 de octubre de 1876

El camino Real atravesaba la isla de norte a sur como una cicatriz, sorteando barrancos, galerías de agua y exuberantes cultivos de medianías tales como la vid o el tomate. Desde Barlovento a Fuencaliente, pasando por la capital, Santa Cruz, o por la ilustre villa tabaquera de Breña Alta, el terreno se fragmentaba entre brezos y parches de ceniza volcánica, mientras la brisa fresca del océano amenizaba la travesía y concedía un respiro a los transeúntes. «El Real» era el sendero más transitado de La Palma, tanto por comerciantes locales como por todo tipo de viajeros.

El problema es que dicho camino era tan frecuentado como peligroso, pues no eran pocas las historias que corrían de pueblo en pueblo sobre las desventuras de tantos viajeros. El miedo se había apoderado de los vecinos de la isla, así que se habían instalado atalayas o «casillas» a lo largo de todo el camino para proteger a quienes se atrevían a utilizarlo; un guardia apostado en cada una de ellas servía de centinela contra el peligro.

El ajetreo de aquella mañana era el habitual para un sábado de mercadillo: carromatos llenos de fruta y hortalizas, burros con troncos y pinocha adosados a los lados y algún que otro ganadero que cruzaba con el rebaño de cabras.

Miguel vislumbró la casilla de Arsenio en la distancia, una suerte de destacamento con más aspecto de cuchitril que de puesto de vigilancia. Se trataba de una pequeña estructura fabricada con muros de piedra basáltica, y en la que unas vigas de madera cubiertas de paja hacían las veces de techo. Las tuneras crecían sin piedad a su alrededor, dándole al entorno un aspecto mucho más colorido gracias a los higos picos de color rojizo y amarillento que proliferaban entre las púas de estos cactus. El joven solía acercarse al lugar con la excusa de hacer un alto en el camino y charlar con su amigo Arsenio, el hermano menor de Rafaela. Era una sensación extraña, pero sus preocupaciones parecían quedar olvidadas cada vez que hablaba con él. Sus conversaciones eran tan profundas como interesantes. Arsenio no solo era una fuente de inspiración para Miguel, sino también alguien con quien las risas eran inagotables. Prefería pasar un minuto con su amigo antes que una noche de barra libre en la taberna.

Por eso Miguel se llevó una enorme decepción al ver que la casilla se encontraba vacía, a pesar de que Rafaela le había dicho que su hermano tenía que pasarse el día haciendo la custodia.

El gemelo asomó la cabeza hacia el interior del cubículo y se fijó en que había una bandeja con comida y una rama de caña de azúcar a medio terminar. Parecía como si el caminero hubiese salido de allí a toda prisa. Recorrió la casilla y los alrededores, pero no halló rastro de su amigo.

La tristeza se tornó en euforia cuando por fin oyó su voz a lo lejos, en el punto del horizonte en el que terminaba la vista de Miguel. Arsenio estaba de pie a un centenar de metros, atendiendo a una lechera a la que se le había derramado uno de los cántaros.

Era un muchacho tan atlético como le exigía su oficio, pues en caso de que se produjera algún incidente, el peón caminero debía correr a toda prisa hasta el puesto más cercano para dar la voz de alarma. Este procedimiento lo repetían todos los camineros sucesivamente hasta dar aviso a la comandancia más cercana. Su mirada felina transmitía una constante alerta, su postura imponía respeto y su presencia se hacía sentir a lo largo y ancho del tramo del camino que custodiaba.

El gemelo se acercó hasta ellos y entre los dos ayudaron a la mujer a incorporarse y a recoger los cántaros. Tras darles las gracias, la señora prosiguió su camino hacia la capital y los dos amigos regresaron a la casilla en busca de una sombra en la que cobijarse del sol del mediodía.

—Vaya sorpresa, ¿no tiene usted que trabajar en la tabacalera?

—Así es. Precisamente venía del puerto de Santa Cruz. Acabo de entregar una mercancía para enviar a la península.

—Y ya que estamos aprovecha para molestarme —respondió Arsenio con ironía. Se notaba a la legua que no le agradaba la presencia del tabaquero.

—¿Cómo?

—Que estoy trabajando, hombre.

—Nunca antes le habían molestado mis visitas. Encima que le traigo una sorpresa…

Miguel abrió su bandolera y sacó un paño de tela, en cuyo interior había una generosa porción de frangollo que se estaba desmigajando.

—Su favorito, se lo acabo de comprar a doña Leticia mientras venía de camino.

—Gracias. —Arsenio fue incapaz de resistirse a probar aquel delicioso frangollo, pero su actitud seguía tan cortante como al principio.

—Bueno, ¿y qué tal le va la mañana por aquí?

—Como de costumbre, para variar.

—¡Pues menos mal que he venido! —insistió Miguel con una sonrisa de oreja a oreja—. Así le hago más llevadera la jornada.

—Estoy trabajando.

—Pero ¿qué demonios le ocurre hoy? Este trabajo es un aburrimiento, no para de decírmelo. Se pasa el día ahí sentado, viendo cómo pasa la gente.

—De verdad, no es buen momento.

—Venga, hombre. ¿De verdad no va a contarme qué le ocurre, cuñado?

—¿Cuñado? —La palabra mágica causó un efecto inmediato en Arsenio. Su brillante sonrisa volvió a hacerse presente, y Miguel era el único allí para disfrutarla.

—Ahora sí se parece usted más al hombre que yo conozco —respondió el gemelo.

—Hombre, Miguel… No todos los días escucha uno noticias como esta. Entonces ¿por fin se ha decidido?

—A decir verdad…

Pero Arsenio no dio tiempo a que Miguel terminase la frase. Se acercó a un barreño lleno de agua en el que había dos tazas de hojalata sumergidas, las secó con paño y las llenó de achicoria.

—¡Eso es que sí! Venga, vamos a brindar. No es el licor de mi padre, pero la ocasión lo merece.

Miguel agarró la taza sin apartar la vista un segundo de su amigo.

—¿Por qué brindamos?

—¿Cómo que por qué? ¡Por el futuro, hombre! ¡Por su futuro y el de mi hermana! No sabe lo feliz que me hace que por fin vayamos a ser familia. Mire que le ha costado tomarse las cosas un poco más en serio.

—Ya le digo. —Miguel no se sentía nada cómodo en aquella conversación, pero al menos había conseguido que Arsenio volviese a ser el de siempre.

—Qué alegría me ha dado, compañero. Es que no me lo creo. ¿Ya habló con el padre Mendoza para ver cuándo se van a casar?

—¿Con Braulio? Todavía es muy pronto, vamos poco a poco.

—Por Dios, Miguel, estas cosas hay que hacerlas de una. No puede ser que cada decisión le lleve media vida. ¿A qué está esperando ahora?

—Estoy terminando de arreglar los asuntos de la tabacalera.

—Anda que… ni poco tienen que solucionar ustedes en la fábrica.

—¿Por qué lo dice?

—Ya me contó mi hermana lo de esa nueva mujer.

—Ah, ya —dijo Miguel, tratando de desviar la atención. Quería volver al momento en el que solo importaban ellos dos.

—Dice que las puso firmes el otro día, que no se anda con chiquitas.

—¿Cómo?

—Eso me dijo mi Rafaela. ¿De dónde demonios la sacaron?

—Cosas del destino, supongo.

—Madre del amor hermoso, qué cosa más rara.

—¿Por qué lo dice?

—¿Una mujer soltera? ¿En La Palma? No sé, me resulta un poquito... raro. Y dirigiendo una tabacalera.

—A ver, que ella no está dirigiendo nada —lo corrigió Miguel—. Ha invertido sus ahorros para ayudarnos. Alejandro y yo seguimos siendo los patrones de La Indiana.

—Ya veo, ya. Pues mi Rafaela dice que viene con ideas de cambiarlo todo. Ya sabe, esta gente de Cuba que se la pasa pensando en pajaritos preñados.

—De eso nada —zanjó Miguel, que empezaba a perder los nervios—. No sé qué diablos le dijo su hermana, pero está muy equivocada.

—Ya sabe cómo es mi Rafaela que le encanta dar órdenes. Y creo que no se le da mal. ¿O no? Dígame usted, Miguel, que para algo es su patrón. —Arsenio se echó a reír con su propio comentario, pero al tabaquero no le hizo ni pizca de gracia.

—Su hermana que se quede con las cigarreras, que me tiene contento. Que eso de la huelga fue cosa suya.

—Es verdad. Bueno, pero salió bien al final, ¿no?

—Imagino que sí. Por lo menos seguimos en pie.

—Pues eso es lo que importa, hombre. —Arsenio palmeó la espalda de Miguel con gesto cariñoso. En cierto modo su actitud hacia el joven tabaquero parecía un tanto burlona—. A mí lo que me hace gracia es que usted siempre está liado con la fábrica, y yo sin embargo siempre le veo perdiendo el tiempo. A los hechos me remito, mírese aquí conmigo echando la jornada.

—¿Qué está diciendo, imbécil?

Miguel golpeó con fuerza el hombro de su amigo, y Arsenio le devolvió el gesto con un mazazo aún más fuerte. Los dos se enzarzaron así en una amistosa pelea; las risas de ambos se mezclaban con los insultos.

—¡Ya está! ¡Ya está! —Arsenio levantó las manos en un acto de rendición para poner fin al juego infantil que acababa de surgir entre ambos—. Solo me refería a que siempre le veo en la taberna de mi padre o aquí, charlando conmigo.

—¡El día es muy largo, cuñado!

—Pues que bien se lo monta *pa* lo que le interesa.

—A ver, con lo de aplazar la boda me refería a que la moratoria no nos deja tiempo para nada.

—Mi hermana me ha dicho que les quedan ocho meses, ¿verdad?

—Así es. Si todo sale bien, tiene usted mi palabra de que nos casaremos. Ya usted me entiende, quiero darle a Rafaela la boda que se merece.

Arsenio esbozó una sonrisa y se detuvo un instante para asimilar la noticia.

—¿Esto lo saben ya mis padres? No quiero imaginarme sus caras de felicidad cuando se enteren. Lo mal que lo han pasado estos años por ella. Que la niña se le hace mayor y ahí sigue la «solterona». Seguro que mi padre le hace un monumento a usted.

—Nadie sabe nada, y por favor le pido que no lo cuente. Quiero ser yo el que le dé la noticia.

—No se preocupe, le guardaré el secreto. ¡Que vamos a ser familia!

El caminero no cabía en sí de la emoción; por fin Rafaela tendría la vida que se merecía. Solo podía pensar en la alegría de su hermana cuando ella supiese la noticia.

—Por favor, prométame que va a ser una tumba hasta que llegue el momento. No quiero que nos precipitemos.

—Tiene mi palabra.

Arsenio sostuvo con ternura las manos de Miguel, y este sufrió entonces una repentina explosión en su interior. Unos sudores fríos se adueñaron de su cuerpo, se le erizó el vello de los brazos y se le cerró la garganta por completo. Miguel ardía de miedo, de incomprensión y de excitación ante la corriente que unía las manos de ambos.

—Es usted un hermano.

Miguel asintió con expresión infantil e indefensa. La mirada de Arsenio lo tenía tan obnubilado que era incapaz de mover un solo músculo. Lo atravesaba una intensidad que nunca antes había sentido, una sensación que le asqueaba tanto como le atraía.

—Reconozco que me tenía usted preocupado —dijo Arsenio, rompiendo el embrujo que se había forjado entre ambos—. Mi hermana es lo que más quiero en el mundo. Y lleva varias semanas acongojada por usted, en un estado que no la deseo ver yo más.

—¿Rafaela le habló de nuestro último desencuentro?

—Entre mi hermana y yo no hay secretos. No se lo va a creer, pero tentado estuve de tocar en su casa la otra noche y jalarlo de la pechera a guantazos. Menos mal que ya todo se ha arreglado entre ustedes.

Miguel esbozó una fingida sonrisa, pues el comentario lo había roto por completo. El solo hecho de imaginar que Arsenio se hubiese planteado darle una paliza le producía escalofríos. Con la de veces que se había peleado él estando borracho.

Pero lo de Arsenio era diferente.

Entre anécdotas y reflexiones se les hizo de noche en el interior del habitáculo. El hermano de Rafaela prendió la vela del candil para colocarla junto a la puerta y que los transeúntes pudiesen divisar la casilla. Luego se tumbaron el uno junto al otro en el exterior, sobre un manto de hierba, para observar las estrellas del cielo nocturno.

Era su momento favorito de cada visita.

Lástima que fuese siempre tan fugaz. Aunque quedarse allí era lo que más deseaba en el mundo, Miguel sabía que ya no eran horas de seguir molestando a su amigo. A medida que la noche se cerraba sobre ellos, Arsenio se mostraba más impaciente. Sabía que debía dejar de mirar al cielo con su amigo y salir a patrullar los oscuros caminos del bosque, donde podía acechar cualquier peligro.

De vuelta a casa, Miguel caminaba con paso calmado entre los pinares del bosque, únicamente iluminado por la luz de la luna. Todo a su alrededor estaba inmóvil y en silencio, a excepción del crujir de las hojas bajo sus pies. Las ramas de los árboles se mecían con suavidad gracias al frescor de la brisa nocturna, un sonido reconfortante. La sensación de estar en soledad en medio de la naturaleza le permitía reflexionar, calmando así su espíritu y su mente. No dejaba de darle vueltas a la promesa agridulce que le había hecho a su amigo. La idea de casarse con Rafaela no le atraía lo más mínimo, pero sabía que tarde o temprano tendría que encontrar a una mujer con la que desposarse, y ella era la opción perfecta. Estaba dispuesto a hacerlo con tal de mantenerse cerca de Arsenio.

Al llegar al exterior de su hacienda, la presencia de un extraño carruaje acabó por completo con las ensoñaciones de Miguel. Su aspecto era imponente, y su diseño elegante y refinado. Dos caballos descansaban al frente, y un cochero de anciana edad llevaba las riendas sin dirigir siquiera la mirada al joven. La cabina estaba cubierta totalmente por unas lonas de una gruesa seda de color negro que ocultaban a quién se hallaba en el interior. Ninguna marca o emblema permitía adivinar el propietario de aquel vehículo, lo que aumentó aún más el desconcierto en el joven.

Las puertas del carruaje se abrieron de golpe y una mano lo invitó a adentrarse en su interior. Miguel se dejó recorrer por un extraño vértigo, como si algo importante estuviese a punto de suceder. Pero fue incapaz de rechazar el ofrecimiento, sentía que no tenía opción de negarse.

Y cuando puso un pie en la cabina, por fin supo de quién se trataba.

Y el motivo de tan inesperada visita.

19

UNA NOCHE IMPOSIBLE DE OLVIDAR

El carruaje avanzaba sin miramientos por las calles adoquinadas de Breña Alta. El traqueteo de las ruedas formaba una melodía que se fundía con los escasos ruidos que emitía el pueblo a esas horas de la noche. Las sacudidas eran intensas debido a la irregularidad del pavimento, provocando que Miguel pudiese sentir cada bache del camino. Solo de cuando en cuando el carro aminoraba la marcha, y el pesado movimiento del artefacto se convertía entonces en un suave balanceo que arrullaba a las dos figuras que viajaban en su interior al cobijo de tan gélida noche. Los dos caballos tiraban con ímpetu, obedeciendo a un ritmo casi musical que formaban los constantes golpes contra los adoquines. Ese chirrido constante, acompañado de algún que otro crujido y balanceo fuera de lo común, mantenían a Miguel en alerta mientras este sostenía su mirada ante la incómoda presencia que se hallaba frente a él. Se trataba del maestre Heriberto, y su aspecto era de todo menos amigable.

—Me encanta sentir el silencio de este pueblo en la noche —arrancó el líder de la Logia—. ¿No le sucede lo mismo a usted?

Todo está en perfecta calma. Los vecinos duermen, las calles están desiertas... Esa sensación de que uno está haciendo bien su trabajo.

—¿Qué quiere de mí?

Pero Heriberto Bethencourt era de los que solo respondían a las preguntas que le interesaban. Él prefería el silencio de su interlocutor, máxime cuando sabía que con eso conseguía aumentar la impaciencia de Miguel.

—¿Se acuerda de la primera vez que subió a un carruaje?

—No.

—Sí, por supuesto que lo recuerda, era uno igualito que este. Usted no era más que un renacuajo, y recuerdo que su padre no sabía cómo enderezar su actitud rebelde. Ay, Miguel. Se pasaba usted todo el día corriendo de un lado para otro por los riscos de la Breña. Casi mata de un disgusto a don Servando el día en que se deslomó por el barranco de Las Nieves.

—Vaya memoria —respondió Miguel, empleando un tono que dejaba ver su aburrimiento ante las batallas que relataba el maestre.

—Su padre y yo tuvimos nuestros más y nuestros menos. Pero por encima de todo, Servando era un amigo. Cómo no extrañarlo en noches como esta.

—Me alegro por usted.

Heriberto sonrió. Miguel no le estaba poniendo las cosas nada fáciles, y al maestre no le gustaba nada tener que hacerse valer.

—¿No le sorprendió la muerte de su padre?

—Por supuesto, estamos destrozados por lo ocurrido.

—Vaya, no es esa la brisa que respiro en vosotros, y mucho menos en la fábrica.

—Con el debido respeto, maestre, ¿le importaría dejar que mi hermano y yo afrontemos el luto como nos venga en gana?

Esta vez Heriberto soltó una tímida carcajada, interrumpida por un nuevo bache que los hizo brincar sobre el asiento.

—Esa actitud rebelde y autoritaria. Es usted la viva imagen de su padre, Miguel.

—De tal palo, tal astilla.

—En ese caso espero que tenga usted mejor control de sus bienes.

El joven soltó un bufido de desdén hacia el maestre. Era tan evidente el motivo del encuentro que se sintió un estúpido por no haberse dado cuenta antes.

—Las deudas de nuestro padre no son responsabilidad nuestra.

—¿Y su muerte?

Miguel se quedó de piedra ante esa nueva acusación. En el funeral, el maestre había lanzado algunas insinuaciones, pero el joven creía que era agua pasada. Se equivocaba.

—¿Aún sigue con lo mismo?

—Solo trato de entender. Su padre tenía algunas dolencias en el pecho, eso es cierto, y también se le notaba más cansado de lo normal en las últimas tenidas que tuvimos en la Logia. Pero el doctor dijo que no era nada grave.

—La muerte es así —puntualizó Miguel.

—Y ustedes no han perdido ocasión para poner la isla patas arriba. Cómo se notan vuestras ganas de echar por tierra lo que tanto le costó construir a don Servando.

—Si lo dice por esa mujer, no se preocupe, mi hermano y yo la tenemos controlada.

—Esa no es la información que nos ha llegado a los compadres y a mí.

—¿Nos están espiando o qué?

—Bueno… nada que usted no sepa ya, Miguelito. Parece mentira, como si no supiera que en esta isla nos conocemos todos. Tienen ustedes a más de cuarenta empleados descontentos, es normal que quieran irse de la lengua.

De pronto, el carruaje se detuvo de forma abrupta, y anunció el final del viaje con un golpe seco en la pared de la cabina sobre la que descansaba la espalda de Miguel.

—Después de usted —dijo Heriberto, señalando la compuerta.

El joven obedeció y puso los pies en la calle.

Frente a él se elevaba el Casino de Santa Cruz de La Palma, un palacete de arquitectura colonial con más de cien años de antigüedad. Los ventanales de madera brillaban bajo el cielo estrellado de la noche, y desde la calle se escuchaban las risas y las voces procedentes del interior. En mitad de las calles desiertas, la música de guitarra y los gritos de diversión conferían al lugar una vida propia a esas horas de la noche.

El botones que se encontraba en la puerta retuvo a Miguel, pero se desdijo al darse cuenta de que tras sus pasos se hallaba la figura de Heriberto.

—El joven viene conmigo. Es el hijo de don Servando.

—Vaya, cuánto lo siento, muchacho —dijo el botones con una suave inclinación de cabeza—. Buenas noches, maestre Bethencourt. Sean bienvenidos.

El interior del Casino quedaba dominado por un claustro abarrotado por buganvillas, esterlicias y otras plantas y flores exóticas. Al final del patio interior se reflejaban las luces de las lámparas de aceite del restaurante y salón de baile. El ambiente era hipnótico. La clase política más adinerada de la isla se reunía en torno a la pista de baile. Hombres y mujeres de la élite palmera brindaban, reían y soñaban con un futuro mejor. El sonido de las mesas de billar francés y de juegos de baraja española amenizaban el resto del espacio.

Miguel trataba de ocultar su deslumbramiento, pero resultaba imposible no clavar la mirada en cada rincón del restaurante y sentir envidia y rabia a partes iguales. No podía dejar de imaginarse a su padre disfrutando de aquel ambiente privilegiado, varios días a la semana, mientras apartaba, una vez más, a su hermano y a él de esa parte de su vida. Como si no fueran merecedores de ese lujo, o como si temiera que fueran a ponerle en evidencia.

—Tómese una copa a mi salud, invita la casa —le susurró el maestre al oído.

Imposible resistirse al embrujo. Miguel pidió el mejor ron que ofrecían en el Casino y dedicó las horas siguientes a descubrir cada una de las posibilidades que ofrecía tan mágico lugar. Bebió todo el alcohol que quiso, charló con diferentes grupos de caballeros a los que ya conocía gracias a su padre y bailó con varias mujeres de su edad. Miguel se sumergió por completo en el ambiente, asombrado por la ostentación y el glamour de los ciudadanos más poderosos de La Palma. El tiempo se le pasó volando y el joven pronto se encontró a sí mismo deseando que esa noche nunca terminara.

Tras varias horas de fiesta se vio obligado a descansar las piernas. Dedicó el resto de la velada a jugar a las cartas. Recién creada en Vitoria por el impresor francés Heraclio Fournier, la llamada baraja española estaba causando verdadero furor en los casinos y centros culturales de todo el territorio, y con ella habían surgido todo tipo de juegos.

Miguel se hallaba enfrascado en una eterna partida de «envite», un juego en el que competían dos equipos de tres participantes y en el que solo podían participar los hombres. Seis cabezas con sus camisas arremangadas, sudores bajando por la frente y golpes constantes sobre la mesa. Y gritos. De júbilo y de rabia. El joven tabaquero era uno más en la contienda y la pasión por aquel juego parecía imposible ya de frenar.

Tuvo que asistir en su rescate el maestre, quien, a diferencia de Miguel, apenas mostraba signos de su profunda borrachera.

—Guarde cuidado, Miguelito. Su padre se dejó en esta mesa todo el dinero que tenía.

—La última y acabo, maestre.

—De eso nada. Levántese, no quiero que usted acabe igual que él.

Miguel tardó un segundo más de la cuenta en entender lo que le había dicho Heriberto. ¿De verdad su padre se ventiló todos los ahorros de la fábrica jugando al envite? Parecía un juego la mar de inofensivo. El alcohol que corría por sus venas se evaporó por completo y el joven recuperó buena parte de su cordura. Se levantó y siguió al maestre a un rincón del Casino algo más íntimo.

—Espero que haya tenido una buena noche.

—Ya lo creo, maestre. Muchas gracias por la invitación.

—No hay de qué, Miguelito. Por Dios. Parece mentira que sigamos con los modales a estas horas de la noche.

Heriberto levantó su copa en actitud fraternal para brindar con el muchacho.

—Yo sé que su padre no quería verlo por aquí, pero ahora que él no está no veo yo dónde está el problema.

—¿De veras lo dice? —A Miguel se le abrieron los ojos como platos. Tenía las pupilas dilatadas, y su nariz roja presentaba una hinchazón por culpa del alcohol que parecía a punto de estallarle.

—¿Para qué están los amigos si no?

—Bueno, maestre, le recuerdo que cuando mi hermano y yo acudimos a pedir ayuda a la Logia nos tomaron por el pito del sereno.

—Lo sé, lo sé. Si es que no empezamos con buen pie usted y yo. ¿Sabe? Cometí un error muy grave con usted el otro día, Miguelito. Estaba tratándolo como al hijo de don Servando, y no como al patrón de La Indiana. *Mea culpa.*

Una sacudida de ilusión recorrió a Miguel por completo. Tenía las emociones a flor de piel y frases como aquella no hacían sino alimentar su ego.

—No se preocupe, maestre. Olvidado queda.

—Hijo, esa moratoria por la que su padre tanto luchó podría estar muy cerca.

—¡Cuánto me alegro!

—Déjeme terminar —lo cortó Heriberto—. Pero lo que ustedes dos han hecho no tiene perdón de Dios. ¿Una mujer? ¿Teniendo una propuesta como la que les ofrecía la Logia y ustedes se van con una mujer? ¡Y encima cubana! ¡El enemigo!

—Tranquilo, Heriberto. Ella solo pone... el dinero. —A Miguel le costaba encontrar las palabras, la cabeza le bailaba completamente.

—No, hijo, las cosas no funcionan así. Hagamos una cosa, si usted pone de su parte le puedo ayudar a echarla. Aún estamos a tiempo de enmendar el error que ustedes dos cometieron. Pero debemos actuar rápido, antes de que las noticias lleguen a la metrópoli.

Miguel tan solo hizo un gesto al maestre para que continuase su relato: el joven era todo oídos.

—Nosotros abonamos esa deuda y la fábrica pasaría a manos de la cooperativa tabaquera, tal y como le dije en su momento. Y usted se convertiría en el nuevo dueño. Bajo nuestra supervisión, por supuesto, pero las decisiones del día a día las tomaría usted, Miguelito. Por supuesto también le daría acceso al Casino, así como a las tenidas más relevantes de la Logia, esas a las que solo podía acudir su difunto padre.

La nueva propuesta del maestre sonaba interesante, aunque tras sus palabras Miguel advirtió cierto nerviosismo que lo puso en guardia.

—¿Y mi hermano? ¿Dónde queda Alejandro en todo esto?

—Buena pregunta. Su gemelo es... especial, digamos. Eso lo sabe de sobra. Servando era el más consciente de lo que tenía en casa, imagino que usted también lo será. Él podría quedar bajo su propia supervisión, quizá podría dedicarse a las huertas.

—Mi hermano ha llevado las cuentas de La Indiana desde niño.

—Usted lo ha dicho, «desde niño». Alejandro no está a la altura. Él no tiene lo que hay que tener, no es como usted.

—Vaya por Dios.

—Confíe en lo que le digo, esta propuesta es lo mejor que va a encontrar. Imagínese, usted sería el dueño de La Indiana y uno de los líderes de la Logia y la cooperativa tabaquera. A su edad, y sin saber leer y escribir. Servando estaría orgulloso de usted.

Miguel notó cómo su cuerpo se tensaba por completo. No soportaba la idea de que Heriberto se estuviese burlando de él de semejante manera. Y no era la primera vez.

—¿Usted me toma por imbécil? —dijo, poniéndose en pie en actitud defensiva.

—Siéntese —le ordenó.

Esta vez no obedeció.

—No voy a consentir que usted y la Logia sigan tratando de engañarnos.

Heriberto se concedió un instante para disfrutar de la tensión que se había generado entre ambos. Luego se levantó, siguiendo los pasos del joven, y se permitió regalarle un último consejo.

—No sé qué demonios le ocurrió a su padre mientras dormía. ¿Y sabe qué? No me importa, creo que es mejor así. Servando llevaba tiempo actuando como un imbécil, desde que se volvió un adicto a esos malditos juegos de cartas y se ventiló todo el dinero que tenían en la fábrica. Pero ahora tenemos otro problema: que su hijo, el único medio cabal que tiene, no quiere hacerme caso cuando todo lo hago por su bien y el de esta isla. Déjese aconsejar, Miguel. Usted no sabe dirigir una tabacalera. Aprenderá de los mejores, pero haga el favor de echar a esa mujer y deje que seamos los mayores quienes llevemos la batuta.

—Gracias por el consejo. Mi hermano y yo le demostraremos de lo que somos capaces.

Miguel tuvo que hacer un esfuerzo por controlar la furia que lo estaba devorando. Los músculos de la cara y los de sus puños se le habían tensado como si quisiera estrangular al maestre. Y cuando se disponía a marcharse, Heriberto quiso tener la última palabra de la contienda.

—La próxima vez no será por las buenas.

20
UN NUEVO COMIENZO

22 de octubre de 1876

Miguel prendió un candil y lo colocó sobre la mesa del despacho antes de que Eliana se sentase a examinar los libros de cuentas. De pie junto a su gemelo, ambos observaban con suma curiosidad a la joven mientras esta se sumergía en los números.

La nueva socia estudiaba el material con una tranquilidad que denotaba aún más la confianza que tenía en sí misma. Su expresión serena no revelaba atisbo alguno de vacilación o sorpresa mientras deambulaba entre las páginas. No parecía en absoluto escandalizada por la deuda que les había dejado don Servando antes de morir, tal vez porque sabía que con su dinero bastaría para poner fin al problema y empezar de cero. Aunque Eliana sentía que debía aclarar el asunto con ellos cuanto antes para asegurarse de que no estaba perdiendo el tiempo.

—¿Ustedes sabían algo de esto?

—Ya se lo expliqué —se excusó Alejandro—, yo siempre anotaba lo que me decía padre, pero en ocasiones me pedía que hiciera la vista gorda con algunos albaranes.

—¿Y se puede saber por qué?

—Porque muchas veces los precios que ponemos a los pedidos son diferentes a los establecidos por la cooperativa insular —intervino Miguel—. Si son amigos nuestros no podemos cobrarles el mismo dinero. No se preocupe, eso lo hacen todas las fábricas de por aquí.

—Vaya, no tenía ni idea de que aquí se hacían tratos de favor.

—Pues qué lástima —insistió Miguel— porque el mundo funciona mejor si uno está rodeado de buenas amistades.

—¿Como las que tienen ustedes? Le recuerdo que ninguno de sus amigos ha venido a su rescate.

Conforme las palabras salían de su boca, Eliana pudo ver cómo a Miguel se le helaba el rostro. Sus ojos parecían quemarle el alma mientras la observaba de pie, con su mirada inquebrantable, cortando el aire como un cuchillo.

Miguel tragó saliva y respiró hondo para conservar su paciencia, consciente de que si se dejaba llevar por sus arrebatos solo empeoraría la situación. El extraño encuentro que había tenido con el maestre la noche anterior aún pesaba sobre su cabeza, pero había decidido no contarle nada a Alejandro. Sabía que su hermano se asustaría por las amenazas de la Logia y no quería preocuparlo. Con respecto a las deudas de Servando, poco podían hacer ya para evitarlas, así que de nada servía confesar que el padre de ambos lo había perdido todo jugando a las cartas.

—Yo solo era su ayudante —intervino Alejandro para aliviar la tensión—. Padre decía tener toda la fábrica en su cabeza y no le gustaba que nadie le dijese lo que había que hacer.

—Así que usted era su secretario.

—Algo así. Y luego está... —Alejandro guardó silencio antes de continuar y dirigió su mirada hacia el rincón en el que se escondía la caja fuerte. No quería confiar en esa recién llegada sin el beneplácito de su gemelo.

—¿El qué? ¿A qué se refiere?

Miguel sopesaba en su mente las consecuencias de revelar ese pequeño secreto a la cubana, pero tras un instante de duda decidió que lo mejor sería empezar la relación poniendo las cartas sobre la mesa.

—Verá, lo que mi hermano quiere decirle es que hace unos meses, quizá un año, que nuestro padre nos prohibió acceder a la caja fuerte. No sabemos el motivo real; nos dijo que era una medida de seguridad para evitar que alguien más descubriera la clave. Al parecer, en otras fábricas los jornaleros habían robado los ahorros.

—Vaya, ¿y ustedes se lo creyeron? —preguntó Eliana, interrogando a Miguel sin medias tintas.

—Sí. Por supuesto que sí. Era nuestro padre.

Por un instante el silencio se adueñó de las paredes del despacho, como si al nombrarlo hubiesen invocado el regreso de don Servando. Aún les costaba hacerse a la idea de que el patrón ya no se encontraba entre ellos. Resultaba increíble aceptar que su asiento lo estaba ocupando en ese preciso instante una desconocida joven cubana.

Alejandro buscó el rostro de su gemelo con gesto agradecido por haber dado la cara por él ante las inquisitivas preguntas de Eliana.

—Espero que podamos confiar en usted —zanjó Miguel.

—Por supuesto.

Los tres socios compartieron un nuevo momento de complicidad antes de volver a enfangarse en la contabilidad de la empresa.

—Entonces ¿estos son todos los libros que hay que revisar? —preguntó ella, refiriéndose a los dos lomos de cuero que había sobre la mesa del despacho.

—En realidad... —Alejandro señaló un armario de roble en el que había una decena de libros similares.

—Vaya, veo que hay mucho trabajo por delante. Tendremos que repasar cada peseta que se haya gastado aquí. No quiero tener sobresaltos con mi dinero.

—Lo haremos en otro momento —dijo Miguel—. Primero deberíamos ayudar a los empleados a terminar los pedidos que tenemos pendientes. Llevamos un atraso de semanas, y el vapor hacia Cádiz sale en unos días.

—No —zanjó Eliana—. Primero quiero saber en qué estoy invirtiendo mi dinero.

—Y lo sabrá. Pero primero los pedidos.

—Le repito que no será así. A partir de hoy pienso controlar cada peseta que entre y salga de esta fábrica.

Miguel se apoyó contra la pared para contenerse, no podía creer que aquella mujer le estuviese llevando de nuevo la contraria en su primera semana. Se acercó a la cómoda y agarró uno de los puros, cortó el extremo con una navaja y lo encendió ayudándose de una cerilla. Todo ello sin dejar de mirarla de un modo amenazante.

Eliana se sintió de pronto intimidada ante esa actitud masculina. En cierto modo estaba poniendo su vida en riesgo al invertir en esa fábrica, y tenía la impresión de que los problemas empezaban demasiado pronto.

—Déjeme hacer mi trabajo.

—Está bien, por esta vez haga lo que crea usted conveniente, a ver si es cierto eso que dicen de que en Cuba son todos tan efectivos. —Miguel se disponía a salir del despacho para volver a sus labores en la sala principal—. Hermano, venga conmigo y sigamos con lo nuestro.

—Bueno..., alguien tendrá que explicarle bien a Eliana a qué corresponde cada partida de los gastos de la fábrica.

—Ella puede entenderse solita.

—Si no le importa, Miguel, preferiría quedarme aquí para ayudarla. No quiero que nadie vuelva a engañarnos —zanjó Alejandro mientras le dedicaba a Eliana una mirada nada amistosa.

Por un instante Miguel estuvo tentado de agarrar a Alejandro por el pescuezo y sacarlo a rastras, pero se contuvo. Asió una butaca y se sentó junto a ellos con intención de ayudarlos.

—Está bien, terminemos eso de una vez para ponernos con los pedidos cuanto antes.

Apenas hubo un momento de tregua mientras Eliana examinaba los libros de cuentas ante la mirada atenta de los gemelos.

La joven se levantó, sacó el resto de libros del estante y los colocó sobre la mesa. Una espesa capa de polvo salió de la parte superior de cada uno.

—Disculpe, Miguel —dijo ella con la mejor de sus intenciones—. ¿Podría usted leerme en voz alta los nombres que hay en esos libros y las cantidades de pago? Así puedo revisarlo yo en este otro para hacer más rápido el trabajo.

A Miguel se le hizo un nudo en la garganta. Necesitaba disimular como fuese; no quería darle un solo motivo para que ella pudiese desacreditarlo de cara al futuro, así que se armó de valor y trató de leer sin mostrar un ápice de duda.

—Ri... go... ber...

Pero era incapaz de descifrar lo que estaba escrito. Fue entonces cuando Alejandro le arrebató el libro de las manos, justo a tiempo.

—Mi letra —se excusó Alejandro por fin—. Disculpe lo mal que escribo, a veces ni yo mismo la entiendo.

—Y que lo diga, hermano —se quejó Miguel con sorna—. No me extraña que estemos así, cualquiera se aclara con estos garabatos. Mejor marcho a las huertas a ver qué tal están los jornaleros. Quédense ustedes aquí arreglando este asunto.

Miguel se sacudió el pantalón tratando de aparentar normalidad y salió del despacho sin mirar atrás, dejando la puerta totalmente abierta a su espalda. Alejandro le había salvado del mal trago. Solo esperaba que Eliana no se hubiese dado cuenta de que no sabía leer.

Horas después, Miguel deambulaba por las mesas de trabajo sin saber muy bien qué hacer. Eliana y su hermano estaban devorando como locos los libros de cuentas y el aburrimiento se estaba apoderando de él ante la impotencia de no poder hacer nada para ayudarlos.

Para colmo, no tenía reproche alguno que hacer a los chinchaleros. Todos cortaban y prensaban las hojas en silencio para no interrumpir a don Braulio, que estaba leyéndoles una pieza teatral de Alejandro Dumas recién llegada desde las imprentas de Barcelona. Se titulaba *El Conde Herman, drama en cinco actos*, y estaba causando verdadero furor entre los círculos literarios de la isla.

—«¡Que uno de mis correos monte al instante a caballo y haga venir a mi sobrino Karl de Florsheim! —proclamó Braulio desde su trono—. ¡Karl! ¡Karl de Florsheim... era su sobrino! —continuó, utilizando un tono más agudo para imitar la voz de una mujer—. María, querida María, es usted el único pariente que tengo en el mundo».

Miguel apenas aguantó unas frases más de aquella representación. Salió al exterior, harto ya de escuchar a diario los gritos del lector, y comprobó que los vegueros también cumplían con su trabajo de forma impecable. Cada huerta tenía a dos jornaleros asignados para su labranza y cuidado, y sus dominios se extendían siguiendo las acequias por las que corría el agua para el regadío. Todos estaban realizando su trabajo a la perfección, quizá porque llevaban varios días de descanso por la huelga, o tal vez porque se sentían observados. El caso es que Miguel, al percatarse de tal armonía, se dejó vencer por el sueño bajo una de las palmeras de la finca.

Se despertó traspuesto un rato después. Tenía la boca seca y el rostro quemado por el sol. Tras un instante de conmoción comprobó que nada había cambiado: los jornaleros seguían con sus labores organizando los caballones para la próxima jornada. El joven regresó al interior del edificio y se adentró en la sala de las cigarreras. La estancia tenía un ambiente muy diferente. Todo eran risas y cotilleos, pues allí apenas eran audibles las lecturas de don Braulio. Pero a pesar de la algarabía, las mujeres anillaban las vitolas y empaquetaban los pedidos con esmero y pulcritud.

Se dejó empapar por el aroma de la estancia. A diferencia de la nave principal, en la que imperaba el sudor en las axilas, el humo y el olor a zapatos de cuero viejo, en esa pequeña sala podía deleitarse con el olor que desprendía cada una de las cigarreras. Para él, ese intenso olor de sus empleadas sacaba a relucir su nivel adquisitivo y, por supuesto, ninguna podía permitirse una fragancia propia, tan habitual entre la élite insular, algo que le encantaba. Disfrutaba de la sensación de poder que le otorgaba sentirse superior a ellas a través de los perfumes.

Su aburrimiento era tal que decidió recorrer la sala, haciendo gala de sus andares apuestos hasta llegar al sitio que ocupaba Rafaela. Para sorpresa de todas las cigarreras, él posó la mano sobre el hombro de ella con un toque suave para hacer que se diese la vuelta. Le encantaba sentir el poder que confería su presencia en la fábrica, en eso sí se parecía a su padre.

—¿Qué quiere de mí?

—¿Acaso no puedo raptarla o qué? —Miguel la invitó a levantarse con gesto embaucador para que ella lo acompañara a dar un paseo.

Por un momento Rafaela se mostró reacia a obedecer. Miguel llevaba semanas sin acercarse a ella y la evitaba de forma descarada cada vez que la veía sola por los pasillos de la tabacalera. Tampoco había buscado consuelo en sus brazos tras la repentina muerte de don Servando, y ni siquiera la había avisado con antelación de la incorporación de esa nueva mujer a la fábrica. Era como si, de la noche a la mañana, Rafaela hubiese perdido de un plumazo todos los privilegios que había estado labrándose entre esas cuatro paredes.

—¿Quiere hacer el favor de venir conmigo? —Esta vez la actitud de Miguel era tan imperativa e insistente como la postura de su cuerpo.

Rafaela dudó si responderle de malos modos, pero su decepción y tristeza al verse relegada a un segundo plano eran más fuertes que su enfado. A pesar de todo le gustaba Miguel, aunque cada día le resultaba más incomprensible qué demonios veía en él. Pero siempre que le asaltaban las dudas valía la pena pensar en que él era el único modo que tenía Rafaela de callar a su familia, que no dejaba de insistir en que se le agotaba el tiempo para dar a luz un hijo y en que dejara ese puesto en la tabacalera que tanto la atormentaba. Aunque, dadas las circunstancias de los gemelos, poco o nada podía esperar ya.

Ambos salieron hacia las huertas por la compuerta trasera y recorrieron las acequias a escondidas del resto de chinchaleros que hacían sus labores diarias. Las fincas que quedaban más alejadas del gentío de la fábrica ofrecían una tranquilidad que a Miguel le encantaba. Ese aroma dulce y embriagador de las hojas del tabaco que crecían con elegancia bajo la suave brisa del Alisio, en un rincón en el que nadie más podía verlos.

—Llevo mucho tiempo sin saber de usted —dijo ella, mostrando por fin el motivo de su enfado.

—Anda que..., soy yo el que debería estar molesto. ¿Qué es eso de ponerme en huelga a toda la empresa?

—A mí no me mire, no fue cosa mía.

—Vaya que no, que me lo ha dicho un «pajarito». Ustedes las mujeres siempre tramando y tramando. Menos mal que pudimos solucionarlo pronto.

—Bueno, hasta donde yo sé esa mujer fue la que puso el dinero que debían.

—No se meta en mis asuntos, Rafaela. Se lo tengo más que dicho.

La miró con desdén mientras tomaba asiento al pie del muro que protegía las fincas del acceso de los intrusos. Tras un tenso silencio la invitó a sentarse a su lado, dejando a un lado el enfado. Allí, el espesor de las plantas los escondía de la vista de los curiosos.

Miguel jamás se habría fijado en Rafaela de no ser por el alcohol. Ella no era el tipo de mujer por el que merecía la pena desvivirse, y mucho menos para un hombre como él que se sabía tan atractivo y apuesto, y a quien su estatus social le confería además una belleza extra a ojos de las mujeres más bellas de la isla. Y de sus madres, quienes a menudo peleaban porque sus hijas ganasen un hueco en el corazón de Miguel.

Rafaela era todo lo contrario. Su mirada tosca, esos hombros tan anchos y la madurez que había en su rostro la convertían en una apuesta nada favorecedora para un caballero como él. Pero a Miguel le encantaba el licor de miel que servía don Camilo en su taberna, y ese oscuro brebaje avinagrado que escocía las gargantas de los más débiles y por el que se pagaban verdaderas fortunas en la metrópoli. El vino palmero era tan fuerte como el terreno volcánico sobre el que crecían sus uvas, pero el joven tabaquero no podía resistir una noche sin esa pócima que parecía salir de las propias entrañas de la erupción de Montaña Lajiones.

Miguel bebía cada noche como si no fuese a existir el mañana, con los codos apoyados en la barra de don Camilo y compartiendo anécdotas con los verdaderos hombres del pueblo. Y allí siempre estaba Rafaela, enmarcada bajo el haz de luz que formaba la puerta de la trastienda, haciendo compañía a su padre para luego ayudarlo a limpiar y a recoger la taberna. Miguel nunca se había fijado en su empleada, pero esta comenzó a aparecer una noche en las fantasías e ilusiones que le provocaban esos brebajes mágicos. Los ojos de Miguel eran los únicos que parecían atraídos por su belleza, como si la luz que salía de los candiles junto a ella eclipsara cualquier objeto cercano. Y es que en el fondo Rafaela se parecía mucho a su hermano Arsenio. Una lástima que no fuesen la misma persona.

En cada lucidez que le provocaba el alcohol Miguel se acercaba cada vez más a ella, sin importar que fuese su propia cigarrera y la hija de ese humilde tabernero. Los besos ocurrían cuando don Camilo cerraba la taberna y expulsaba a los borrachos, cuando su hija se quedaba sola limpiando la barra y fregando los restos de vino, pan y carne que quedaban bajo las mesas.

Ella era consciente del escándalo que se formaría si seguían con esa relación íntima fuera del matrimonio, pero la sonrisa de Miguel y sus palabras la embelesaban con una sensación de profunda satisfacción. Hacía mucho tiempo que nadie se fijaba en ella.

Y lo prohibido la hacía sentir tan bien que era imposible resistirse.

—Bueno, ¿hay algo más que deba saber? —preguntó Miguel en tono jocoso.

—Solo me quiere para eso.

—Es usted mi espía preferida de la fábrica.

—Pues se le va a acabar la bicoca. No pienso dejar que me siga usando para sus intereses.

—Ay, mujer, que solo me los tiene usted que tener un poco vigilados... A mi padre nunca le negó los favores que le pedía.

Miguel se acercó a ella y le dio un beso, pero ella apartó la cara.

—Porque su padre sí imponía respeto como patrón.

—¿Me está diciendo que no tengo madera de líder?

Rafaela estalló en una carcajada incontrolable.

—Su primera decisión como dueño de la fábrica ha sido meter a una mujer.

—Eso es asunto mío. Además, mi hermano y yo la tenemos controlada. De no haber sido por su dinero no estarían ustedes trabajando, así que alégrese.

—¿Y por lo demás?

—Mi hermano y yo seguiremos llevando las riendas de esto. Ella no es más que una indiana que no tiene en qué gastarse su dinero.

—No estaría yo tan segura —dijo Rafaela—. Se ve que tiene ganas de cambiar las cosas en esta fábrica.

—Ah, ¿sí?

—Sí. Vino a charlar con nosotras. Se ve que es una mujer de mundo.

—¿De mundo de qué?

—Pues sí: es culta, leída, inteligente... y muy dulce.

—¿Y qué tanto hablaron? No irá usted a cambiarse de bando. —Miguel empezaba a mostrarse preocupado por las acciones de esa recién llegada.

—Solo vino a presentarse y a saludarnos. Me gusta —dijo Rafaela, con la única intención de seguir molestando a Miguel—, lo que no sé es si en la cooperativa pensarán lo mismo. La gente no para de hablar del tema.

—Entonces sí que tenía usted algo que decirme.

—Ay, Miguel —le espetó ella—, son los cotilleos de siempre. No voy a contarle todo lo que oigo por ahí. ¿A usted le gusta la muchacha?

—¿En qué sentido?

—No se me haga el guanajo. ¿Va a ponerse a presumir de «machito» con ella? ¿O va a pedirme algún día el casamiento?

Miguel resopló sin disimulo. Estaba harto de que Rafaela aprovechara cualquier ocasión para sacar el tema a relucir.

—Qué pesadez con el tema, es usted igualita a su padre.

—Pues mi padre no le soporta, Miguel.

—¿Cómo? ¿Su padre está al tanto de lo nuestro?

—Solo se lo dije a mis padres. Estoy harta de ellos, Miguel. No paran de exigirme que me busque a un hombre cuanto antes, que al final me va a pasar como a mi tía abuela Blanca, que se quedó sin marido y acabó metida a monja.

—¡No me lo puedo creer! —gritó Miguel—. ¿Se lo ha contado a su padre... sin mi permiso?

—Sí, lo siento. Llevo meses diciéndoles que lo nuestro no es un simple idilio, que no me va usted a dejar tirada. Yo necesito casarme ya. O me busco a otro. Que ya tengo una edad, hijo, que le saco casi cinco años.

—Ya se lo dije la última vez. Ahora no es momento.

—Ay, Miguel. No puedo más. Déjeme o cásese conmigo de una vez, pero no me maree con sus arrebatos y borracheras. Yo necesito encontrar a un marido, que si no padre me va a desheredar.

—Bueno, no me sea lianta. Ya se verá. Déjeme que pase un poco este chaparrón.

—¡Siempre igual! Usted no tiene perdón de Dios.

Rafaela se zafó de su brazo y se levantó para volver sin él al interior de la fábrica. Pero era tal su cabreo que metió el pie en una zanja sin darse cuenta, cayó al suelo y los zapatos y la parte inferior del vestido se le llenaron de tierra. Miguel ni siquiera reaccionó para ayudarla y no pudo más que reírse ante su torpeza; verla enfadada le producía una satisfacción inexplicable. Así que dejó que la joven se marchara furiosa y manchada de barro mientras él la contemplaba con aire jocoso.

Miguel regresó a la sala principal horas después, tras un nuevo descanso recostado bajo el sol de la mañana, todavía con una sonrisa maliciosa por la perreta de Rafaela.

Pero su mirada cambió por completo al descubrir que la puerta del despacho estaba cerrada y le resultaba imposible escuchar las voces de Eliana o de su hermano en el interior. ¿Qué demonios estaban haciendo?

21

UNO DE LOS NUESTROS

23 de octubre de 1876

Los empleados de La Indiana habían retomado el ritmo de trabajo de forma natural. Desde el atril que ocupaba cada día como lector de la fábrica, Braulio observaba a los hombres y mujeres que trabajaban bajo una concentración difícil de romper. Los chinchaleros cortaban las hojas secas y confeccionaban los puros en silencio, y las cigarreras empaquetaban con la misma profesionalidad de siempre.

Mientras disfrutaba de la escena no podía dejar de pensar en cómo cada día que pasaba se volvía más difusa la figura de don Servando sobre las nucas de todos ellos. El antiguo patrón los había dirigido con mano dura y una actitud paternalista de la que parecía imposible escapar.

Apenas un mes atrás, Braulio nunca habría creído que la fábrica sería capaz de volver a la rutina sin la mano férrea del patrón recién fallecido. Sabía que la llegada de Eliana era en parte responsable del buen rumbo que estaban tomando, por más que a él le doliese reconocerlo. Lo que aún no acertaba a comprender era por qué esa mujer había decidido meterse de lleno en la boca del lobo. Braulio sentía que su deber era escribir al padre de Eliana para avisarle del cambio de planes de su hija, pero al mismo tiempo temía que la joven pudiese delatar su secreto.

Al terminar el día, el lector se despidió de los jornaleros hasta la mañana siguiente desplegando el habitual gesto con su sombrero. Recorrió las calles de Breña Alta en una de esas tardes frías en la que solo apetecía encerrarse en casa acompañado de un buen libro, lejos del ruido de la calle y de las peleas que solían formarse en torno a la plaza.

Mientras andaba, su cabeza quiso ayudarle a recordar las aventuras que había vivido en su juventud como misionero en tierras muy lejanas. Por aquel entonces Braulio Mendoza no era más que un joven seminarista con ganas de predicar la palabra de Dios, tal y como habían hecho otros hombres muchos siglos antes que él. No le agradaba tener que evocar las mentiras con las que lo introdujeron en aquel barco maloliente hacía más de treinta años. Cada día se avergonzaba de su pasado, y aunque no podía borrarlo, creía haberlo enterrado para siempre.

Pero la llegada de Eliana volvía a avivar de nuevo esa llama en su interior. El lector se notaba inquieto, más alterado que de costumbre, y sentir la mirada inquisidora de esa joven cada vez que la veía por los pasillos de La Indiana no hacía sino remover aún más su conciencia. Su única esperanza era que Eliana fuese una mujer de palabra.

Mientras él permaneciera en silencio, no habría nada que temer.

Caía la noche cuando llegó a la puerta de la sacristía. Braulio llevaba dos décadas viviendo en la parte trasera de la parroquia de Santiago Apóstol de Breña Alta. Esa iglesia era mucho más que su casa: era el único lugar en el que podía calmar las ansias de redimir los oscuros pecados de su juventud.

Tres figuras emergieron de una esquina al ver que el párroco y lector estaba sacando la llave de la iglesia del bolsillo de la sotana.

—Cuánto tiempo sin verle, Mendoza.

El hombre tardó unos segundos en reconocer sus rostros, pues no había luna aquella noche que iluminase el callejón. Se trataba del maestre Heriberto, que andaba acompañado de Jerónimo de Paz y de un político local llamado Hermenegildo van Dyck.

—¿Puedo ayudarles en algo, compadres? —dijo Braulio mientras abría la puerta de la sacristía.

Heriberto Bethencourt accedió al interior sin mediar respuesta, y sus acompañantes le siguieron al tiempo que saludaban al párroco con una reverencia. Jerónimo cerró la puerta a sus espaldas para evitar que nadie en la calle tuviese constancia de ese encuentro, y acto seguido los tres se apoyaron en la mesa de la sacristía para interrogarlo con la mirada.

—¿Qué está pasando, Braulio? —dijo Heriberto.

—No le entiendo.

—Esa mujer.

—Yo no sé quién es —mintió con nerviosismo, tratando de justificarse por algo que ninguno de ellos le había pedido.

—Me da igual. Me prometió que se encargaría —respondió Heriberto.

—Ya se lo dije hace unas semanas, maestre. Eso es asunto de los gemelos, son ellos los que tomaron la decisión.

—Usted nos aseguró que se echarían atrás. Así que haga el favor de poner fin a esto cuanto antes.

—De verdad, los conozco desde que nacieron, nunca pensé que fueran a mantenerla en sus filas más allá de los primeros días. ¿Ustedes no pueden hablar con el Ministerio?

—Lo tenemos muy difícil —intervino Jerónimo—. Es propietaria de una fábrica. Si usted no hace algo para romper ese acuerdo, nosotros no podemos mojarnos ahí. Tiene que convencer a esos dos guanajos.

—Eso intento, créanme.

—¡No! —gritó Heriberto—. Eso es lo que me dijo el otro día, y sigue sin hacer nada al respecto.

El cuerpo de Braulio se tensó de inmediato, la actitud de esos tres hombres le estaba incomodando. Parecían unos matones que necesitaban marcar su territorio llenando todo el espacio de su sacristía. Él quería darles una respuesta satisfactoria, al menos para poder ganar tiempo y pensar cómo convencer a los gemelos. Pero no sabía cómo salir del paso.

—Por favor, confíen en mí. Les haré entrar en razón.

El maestre tomó de nuevo el liderazgo y se acercó aún más al párroco, que hacía lo posible por no cruzar la mirada con él.

—Padre.

—Sí —balbuceó.

—Todos sabemos que su presencia en esta parroquia nunca ha tenido buena acogida en la diócesis de Tenerife. Por favor, no nos obligue a presionar a los jesuitas del Obispado, no nos gustaría que su excelente labor llegase a su fin.

—¿Me está amenazando en mi propia casa?

El maestre Heriberto miró a sus compañeros con los ojos abiertos de par en par, como si estuviese tratando de fingir sorpresa ante la pregunta de Braulio.

—Esta es la casa del Señor.

—Nunca he recibido una sola queja en los años que llevo en esta parroquia —dijo Mendoza.

—Lo sabemos —intervino Van Dyck, que hasta entonces se había mantenido al margen—. Todos en este pueblo admiran su dedicación a los fieles con las actividades que organiza. De hecho, no sé si recuerda la cantidad de veces que le hemos apoyado desde la Logia. Usted es uno más de nosotros.

—Bueno... —Mendoza trataba de buscar las palabras—. Yo nunca habría entrado de este modo en sus casas.

—Tal vez este sea el momento de hacerlo, Braulio.

Heriberto hizo un gesto a sus acompañantes para que lo dejaran tranquilo. Volvieron a marcharse, pero esta vez decidieron atravesar el pasillo central de la iglesia, que estaba en completo silencio.

—Confío en que hará lo correcto.

Braulio los observó mientras se marchaban. Cuando se quedó a solas en el edificio, respiró profundamente antes de tomar asiento en uno de los bancos y permaneció rezando en silencio hasta que el sueño estuvo a punto de vencerle.

Algo le decía que la llegada de Eliana no tendría un desenlace agradable.

22

DOS FORASTERAS

Yanet acudía a los lavaderos a medianoche, pues era el único momento en el que sabía que no se toparía con nadie. No es que tuviera miedo en aquella isla, pero sí era consciente del rechazo que provocaba su presencia entre los vecinos. La gente cuchicheaba cada vez que ella pasaba a su lado, al tiempo que evitaban el contacto visual cuando intentaba levantar la vista para dedicarles una tímida sonrisa. Su color de piel escamaba a la mayoría en aquel pueblo. Su único consuelo era que ya estaba acostumbrada a ello después de toda una vida en Cuba.

Ella era tan cubana como la caña de azúcar, aunque para el juicio de muchos en su isla, esa tez oscura le impedía sentirse una más entre ellos. Para los cubanos de piel española, así como para muchos criollos o mestizos, ella siempre sería una extraña, una «africana». Una «negrita» en el más cariñoso de los casos. A excepción de Eliana. Su señora era la única que la trataba de igual a igual, aunque ninguna de las dos olvidaba nunca cuál era su rol en esa relación.

Yanet nació sin nombre de pila en una finca situada en el oriente de esa perla del mar Caribe, o al menos así se lo habían relatado sus patrones cuando la compraron en uno de sus tantos viajes por la isla. De eso hacía ya tanto tiempo que Yanet era incapaz siquiera de evocar los recuerdos de su madre biológica, de la chabola de adobe de la que los Álvarez decían haberla rescatado o de los animales que pastaban en torno al corral en el que dormían hacinados todos los esclavos. Yanet no tenía edad, tampoco orígenes o ascendencia conocida. No se le permitía poseer un apellido, pero Yanet se sentía afortunada por haber recalado en una familia como la de los Álvarez.

A diferencia de otros esclavos a los que había conocido en las inmediaciones de la hacienda de sus dueños, ella apenas había sufrido el castigo físico o la inanición como consecuencia de errores cometidos. Si los Álvarez habían llegado tan lejos en la industria del tabaco cubano era porque sabían cómo tratar a sus jornaleros para que estos obtuviesen los mejores puros y cigarrillos. Y Yanet no era la excepción. Aunque ella jamás había pisado las fincas, le agradaba sentirse un engranaje más en el próspero imperio que dirigían don Mariano y doña Teresa.

A simple vista los Álvarez podían llegar a parecer un matrimonio temible de puertas hacia fuera, pero estos siempre la habían tratado con sumo cariño y le habían transmitido una confianza que nunca podría agradecerles lo suficiente. Y criar a la pequeña Daniela —o, mejor dicho, a Eliana— como si de su propia hija se tratase, era la mejor forma que tenía de recompensar a los Álvarez. Muchos esclavos de las haciendas vecinas de Vueltabajo se quejaban de sus condiciones de esclavitud, pero Yanet no se sentía como tal. Cada vez que salía a hacer los recados en Cuba los oía conspirar en la plaza del pueblo, elogiando a los heroicos cimarrones que habían conseguido librarse del yugo de sus amos para iniciar una mejor vida al cobijo de los bosques de ceiba que abundaban en el corazón de la isla. Yanet llevaba toda la vida siendo una esclava, sí, y aunque sabía que esa ley estaba a punto de ser abolida, ella nunca abandonaría a los Álvarez. No tenía otro lugar al que ir, y no quería tener que buscarlo. La hacienda de Vueltabajo era todo su mundo, y Eliana era la única razón por la que Yanet se levantaba cada mañana.

Precisamente esa noche la joven Álvarez había decidido acompañar a su criada por primera vez a los lavaderos de Breña Alta. Se trataba de un oscuro paseo entre pinos que discurría ladera abajo hasta llegar al estanque. No se oía un alma, solo el sonido de los grillos amenizaba su paseo entre las palmeras y plataneras. Unos sutiles hilos de niebla se aferraban al aire bajo un silencio ensordecedor, a la par que tranquilizador.

Eliana sabía que su criada llevaba días esquivándola. Yanet se mostraba reacia a hablar y seguía con esa mirada firme que ella tanto detestaba. Así que, como era costumbre, la criolla había decidido esperar a que a que se le pasara el disgusto. Pero ni siquiera el paso de los días conseguía romper las cadenas de tan profundo enfado.

—Por favor, Yanet. Ya sé que no es lo que debía haber hecho, pero al menos podría alegrarse por mí.

—Mi señora, yo soy la primera que vela para que usted sea la más feliz en este mundo, pero me debo a sus padres. Lo que ha hecho es una locura, ¿cómo se le ocurrió prestarles dinero a esos dos hombres?

Llegaron a los lavaderos y Yanet comenzó a hacer la faena como si no estuviera acompañada, los mismos gestos mecánicos con cada prenda y la mirada puesta en el oscuro reflejo de su cara sobre el estanque.

—Por ellos no se preocupe. Confíe en mí —insistió Eliana.

—Vinimos con un propósito claro, mi señora Daniela. Y usted me prometió que lo cumpliría. Yo sé que no es lo que usted quería, pero me lo juró por la Santa Virgen del Remedio.

—Lo sé, y lo haré —dijo Eliana entre dudas.

—Mi señora, mucho está tardando ese cura en avisar a su familia. La noticia no tardará en llegar a Cuba.

—Ese cura no puede hablar. Sabe que lo tengo agarrado por el pescuezo.

—¿Esos papeles? ¿Cree usted que le servirán de algo?

—Por supuesto que sí. No soy necia, de no haber sido por esos documentos nunca me habría metido en la fábrica. Qué casualidades tiene el destino, ¿verdad?

—No, no y no. Mi señora Daniela, por favor, piense con esa cabecita que Dios le ha dado.

Eliana la interrumpió con gesto cabreado.

—Ese Braulio no se atreverá a mover un dedo mientras tenga en mi poder los documentos de mi padre.

—El problema es que su padre no los había guardado con ese propósito, sino con el fin de que el cura la ayudara en su misión.

—Bueno..., las cosas cambian, qué le vamos a hacer.

—Pues no deberían, mi señora.

Eliana agarró un vestido para ayudarla con el lavado, pero su criada se lo arrebató de mala manera.

—Oiga, Yanet, ¿por qué le da tanta importancia a esto? Cumpliré con lo pactado. Lo prometo.

—Tengo miedo, mi señora. Bien sabe usted que se está metiendo en terreno peligroso. Y si no, acuérdese de las revueltas que se están produciendo en Cuba con todo esto de la independencia y las exportaciones tabaqueras.

—Lo sé. Y aquí no va a ocurrir lo mismo. Tan solo quiero ayudar a esos pobres desgraciados. Déjeme unos meses, mientras cumplo con mi misión. Se lo juro. —Eliana sonrió a Yanet y esta flaqueó por primera vez en su enfado.

—¿Me promete usted que cumplirá con lo pactado, mi señora?

—Por supuesto.

—¿En el tiempo que pactó con su padre?

—Por la Santa Virgen de Los Remedios.

La criada dejó la prenda sobre la pila y abrazó a su señora. En ese momento la pastilla de jabón se fue resbalando hasta caer al fondo del estanque. Eliana no pudo evitar reírse cuando vio cómo Yanet metía la mano hasta al fondo para salvarla. Su criada siempre había sido una mujer muy ahorradora.

—¡Déjela! Compraremos otra.

—No. No entiendo por qué desperdiciar...

Pero algo hizo detenerse a Yanet en mitad de su respuesta: un extraño ruido había interrumpido la tranquilidad que reinaba en los lavaderos. Al principio, solo parecía un suave rumor, apenas perceptible en el silencio de la noche. Las dos mujeres se miraron desconcertadas ante la posibilidad de no estuviesen solas.

De repente, las ramas de unos árboles se mecieron con fuerza a sus espaldas, y ellas se quedaron heladas. Un escalofrío recorrió sus espaldas.

—Tranquila —susurró Eliana—. ¿¡Hola!? —gritó hacia el cielo—. ¿Hay alguien ahí?

Silencio. Esa fue la única respuesta que obtuvieron.

Yanet permanecía clavada en el sitio, sin darse cuenta de que tenía las manos aún sumergidas en el agua de los lavaderos.

—Creo que no era nada.

Pero en ese momento, una piedra del tamaño de una calabaza voló por los aires y cayó sobre el agua de los lavaderos, salpicando por completo a ambas mujeres, que gritaron a la vez.

Dos figuras encapuchadas salieron entonces de su escondite y corrieron a toda prisa calle arriba, perdiéndose entre las casas mientras proferían gritos amenazantes.

—¡Fuera de aquí, fulana! ¡Fuera!

Eliana y Yanet se quedaron completamente paralizadas. Esa roca podría haberlas matado.

El corazón les latía con fuerza mientras las dos intentaban retener las lágrimas que amenazaban con salir de sus ojos. Yanet se aferró al rosario que dormía enroscado en su cuello, bajo el camisón. Ambas se miraron buscando calma la una en la otra, pero ninguna era capaz de tranquilizarse. Eliana tenía miedo, aunque sabía que si quería apaciguar los ánimos de su criada no le quedaba más remedio que relativizar lo ocurrido.

—Menos mal, solo eran dos niños.

Yanet fue incapaz de responder.

La amenaza era real.

23

EL GRITO EN EL CIELO

25 de octubre de 1876

Braulio se presentó en la hacienda de los gemelos en plena noche. Llevaba varios días dándole vueltas, pensando en cómo encarar con ellos dos el asunto de Eliana sin delatarse.

Doña Juana abrió la puerta y pudo comprobar que la visita del párroco y lector no auguraba nada bueno. Su gesto abatido parecía posarse sobre él como un ancla, como si su vida ya hubiese terminado. Su mente insomne no dejaba de revolver una y otra vez miles de pensamientos, cada uno más opresivo que el anterior. Nada le aterraba más que ver cómo su horrible pasado había vuelto a por él. Y en el peor de los momentos.

Apenas dio tiempo a que Miguel y Alejandro lo saludaran, pues enseguida les mostró su enfado.

—¿Me van a decir qué demonios hace ella aquí?

—Buenas noches, Braulio. ¿A usted qué le parece? —respondió Miguel en tono claramente irónico.

—¡Es una mujer!

—Vaya sorpresa.

—No, no, no. Esto no es una solución. No puede ser, deben quemar ese acuerdo ya mismo. Hace días que quería hablar con ustedes al respecto. Creí que se echarían atrás.

—Pues no ha sido así. Ya está cerrado, no hay vuelta atrás.

—Válgame Dios. Ustedes dos se han vuelto locos.

—No le entiendo —dijo Alejandro—. Usted mismo fue quien nos incentivó a buscar un nuevo inversor.

—¡Inversor! Pero no de esta clase, por Dios. Me refería a un británico, o un holandés de los que dirigen la compañía de aguas. O alguno de los del plátano. Pero esto no, caballeros. Esto es un ultraje. ¡Es una mujer!

—¿Dónde está ese progresismo que tanto les lee a los tabaqueros? —le increpó Miguel—. Usted ha venido a nuestro despacho a pedirnos mejores condiciones para las mujeres, y se le llena la boca con lo avanzados que están los franceses con todo lo que hacen por ellas y sus derechos. ¿Dónde queda eso, padre?

—Una cosa es que demos más derechos a las mujeres, y otra bien distinta es que las metamos en nuestra cama —dijo, y se santiguó de inmediato por su comentario—. Ruego disculpen mis modos, pero es que la ocasión lo precisa. Ay, la Virgen.

—No se preocupe, la tenemos controlada.

—De eso nada. No quieran ustedes saber lo que se dice por ahí.

—¿De qué? ¿De ella?

—De ella, de la fábrica, de las consecuencias...

—¡Las consecuencias! —lo imitó Miguel en tono jocoso.

—Pues sí, muchachos. La Logia... parece que están preparando algo para ir contra ustedes.

—¿Cómo? ¿Encima? Primero intentaron estafarnos para que les malvendiésemos la fábrica y ahora quieren una guerra abierta. Pues la tendrán, ya lo creo que la tendrán —sentenció Miguel.

Alejandro se vio entonces desbordado por una repentina punzada de preocupación. Su instinto le decía que un enfrentamiento abierto con los miembros de la Logia no era una buena idea. Y como a su gemelo se le metiese algo entre ceja y ceja no había forma de detenerlo.

—Hermano, cuidado con lo que dice.

Miguel lo cortó con un gesto tajante y trató de contenerse, no quería tener que hablar de su encuentro con Heriberto.

—Miguel, hágale caso a su querido hermano —dijo Braulio—. Háganme el favor de disculparse con la Logia y de anular el acuerdo que hicieron con esa mujer. Por ahí está corriendo el rumor de que ustedes mataron a su padre.

Alejandro se quedó helado. Por suerte, Miguel acudió para salvar la situación.

—Y qué.

—¿Cómo y qué, Miguel? ¿A usted le parece lógico que estén diciendo eso?

—Les durará dos días el rumor. No tienen ninguna prueba.

Braulio estaba desconcertado. Desde luego, en ningún momento había pensado que los gemelos pudiesen haber tenido nada que ver con la muerte de Servando, pero la respuesta de Miguel parecía estar preparada de antemano.

—¿Sabe qué ocurre, don Braulio? Que nos tienen miedo.

—¿A ustedes dos? Anda, Miguel. No diga memeces.

—¿Memeces? —Con una mueca de desprecio en el rostro, Miguel salió al umbral de la puerta y señaló a Braulio con el dedo, indicándole la salida. No estaba dispuesto a permitir que pusiera en duda su habilidad para dirigir la fábrica.

—Por favor, muchacho. No quería meterme con ustedes...

—Váyase de nuestra casa. ¡Ya!

Al igual que Miguel, don Braulio también estaba a punto de estallar. Quería delatar a esa cubana, necesitaba contarles a los gemelos lo que sabía sobre la mentirosa de Daniela... Pero sabía que si hablaba, pondría su vida en peligro.

Finalmente no pudo más que obedecer ante el gesto imperativo de Miguel y abandonó la hacienda.

El gemelo dio un portazo en cuanto el lector se marchó de la casa. Era un gesto infantil, propio de quien está entregado a la rabia de la situación, y Miguel era consciente de sus actos. Nadie mejor que ellos sabía lo que estaba en juego y no iba a permitir que nadie lo pusiera en duda. Se asomó a la ventana y aguardó a que Braulio se perdiera al final del callejón, y al volver la vista hacia el salón de la hacienda descubrió cómo su hermano lo contemplaba con esa mirada tan lastimera y necesitada de auxilio.

—¿Cree que hemos hecho bien? —preguntó Alejandro.

—Claro que sí. —Miguel le dio un golpecito en los hombros con el fin de animarlo, aunque lo conocía de sobra y sabía que era imposible.

Alejandro fingió haberse quedado satisfecho con la respuesta y regresó a su dormitorio. Pero la culpa se estaba apoderando de él cada vez con más fuerza. Sentía que el fantasma de su padre estaba a punto de descargar su rabia contra ellos.

Estaba aterrado.

24
EL PORTUGUÉS

27 de octubre de 1876

Alejandro se pasó la mañana siguiente encerrado en el despacho de la fábrica. El trabajo se le amontonaba, y aunque sabía que no tenía tiempo que perder, necesitaba distraerse con lo que fuera con tal de no pensar en el abismo que tenía ante sus ojos. Solo encontraba cierto consuelo en las monótonas tareas de la tabacalera, o en su lectura diaria del periódico local, *La Asociación de Canarias*.

Intentaba no pensar en su padre, pero cada vez que se presentaba un problema, el recuerdo de Servando volvía a aparecer frente a él. El joven sabía que Dios ajustaría las cuentas con él y su hermano tarde o temprano. Se sentía merecedor de un castigo que lo liberase de las ataduras de la culpa que tanto lo martirizaban.

—¿Oiga? ¿Le ocurre algo?

—¿Eh?

Alejandro se llevó una sorpresa cuando levantó la mirada de los documentos que había en su mesa y tropezó con los ojos de Eliana.

—¿Se encuentra usted bien?

—¿Eh? Sí, por supuesto. Estaba firmando los albaranes.

El gemelo se secó las lágrimas y esbozó una sonrisa, pero apenas logró aguantar el tipo unos segundos, pues se derrumbó de nuevo mientras ella le sostenía la mirada.

—Lo siento —balbuceó—. Es... por padre.

—No, no tiene usted que disculparse por nada.

Eliana se acercó a él y pasó la mano sobre su hombro con delicadeza. Las lágrimas se le secaron de golpe cuando notó el calor que lo rozaba; nunca antes lo había acariciado así una mujer.

—Le vendría bien un pequeño descanso. ¿Cómo se llamaba aquel café que me dijo usted la otra tarde?

—El Portugués.

—Pues quiero conocerlo, adoro el café.

—Otro día.

—De eso nada —insistió ella—. Como socia suya que soy le exijo que vayamos en este preciso momento.

A Alejandro se le dibujó una sonrisa. Esta vez no dudó en acceder a la propuesta de su socia. Se calzó los botines que descansaban a los pies de la mesa y tomó su chaqueta del ropero. Antes de cerrar la puerta se fijó en que el papeleo se le acumulaba en el escritorio, y la pila que formaban los libros de cuentas parecía estar a punto de romper la mesa.

Pero esta vez no le importaba. El deber podía esperar.

Un piano de cola presidía el café El Portugués. Se trataba de un local moderno, pero en el que el humo del tabaco formaba una gruesa neblina que apenas permitía distinguir los rostros de los clientes que discutían en las mesas del local. Las paredes estaban repletas de coloridos tapices y azulejos blancos y azules. La barra y las mesas las ocupaban hombres de todas las edades, desde niños que acompañaban a sus padres mientras estos jugaban al dominó, pasando por todo tipo de comerciantes extranjeros. Aparte de Eliana, la única mujer que había en la taberna estaba detrás de la barra y fregaba la vajilla con desgana.

—Pues aquí es… —fue lo único que acertó a decir Alejandro cuando entraron.

—Ahora entiendo el motivo de su nombre —dijo Eliana al percatarse de los brillantes azulejos que decoraban la estancia.

—Es que los dueños son portugueses.

—Vaya, no me diga —respondió entre risas antes de tomar asiento en la única mesa que quedaba libre.

Pero Alejandro no pilló la ironía y continuó con su charla nerviosa.

—Ella es de una familia adinerada de Madeira, pero el sitio lo regenta él.

Eliana se fijó en el ajetreado matrimonio al otro lado de la barra.

—Una lástima.

—¿Por qué?

—Porque este podría ser un sitio elegante.

Alejandro echó un vistazo a su alrededor. El tipo de clientela y sus gritos, el alcohol derramado por el suelo y la densa humareda daban al lugar un aspecto deplorable. En lo que tardaron en pedir el café y la achicoria el dueño se vio obligado a expulsar del bar a dos maleantes ayudándose de una rama de palmera que hacía las veces de escoba.

—No viene mucha gente de por aquí, la verdad —dijo Alejandro, como si estuviese tratando de justificar el ambiente del local—. A los vecinos no les gusta que se lleven el dinero a su país.

—¿Qué más dará eso?

—Bueno…, son portugueses. Es normal que la gente de la zona prefiera ir a un café regentado por alguien de aquí.

—Ah, ¿sí? ¿Y usted qué prefiere?

—Pues… también, supongo.

—Pues yo soy de Cuba —dijo ella.

—No. Bueno…, es usted española.

—¿Española? Pero si ni siquiera sé cómo es España.

—¿Cómo no va a saberlo? ¿No llegan los libros a Cuba?

—Sí, pero por dos libros que lea no voy a conocer esa tierra. Tan solo la conozco por esos hombres como su padre que vienen a Cuba a trabajar, a dejar preñadas a las mujeres y a escapar de allí antes de arruinarse. O de que les pillen sus fechorías, que los señoritos españoles se creen que Cuba les pertenece. —Eliana rectificó al darse cuenta de su soberbia—. Disculpe, no era mi intención hablar de ese modo. Ni siquiera conocí a su padre, no tengo ningún derecho a…

—A decir verdad, yo tampoco conozco España —reconoció Alejandro—. Mi padre sí, él estuvo una vez… en Madrid y en Gijón.

—¿Cómo era?

—¿España?

—No. Me refería a su padre.

Alejandro no supo qué responder.

—Como cualquier otro padre, supongo. —El miedo lo asaltó nuevamente al volver a recordar tantos amargos momentos del pasado. Dudó un instante mientras buscaba una respuesta con la que salir del paso—. Limpio. Sí, era un hombre muy aseado.

—¿Limpio? ¿Eso es todo lo que puede decir de su padre? —Eliana soltó una carcajada.

—No sé qué más decir de él.

—Pues… eso sí que no es habitual entre los varones, al menos en Cuba.

En ese momento el camarero dejó sobre la mesa dos teteras de hojalata de las que se desbordaba el agua hirviendo con la achicoria y el café. Eliana se sintió tentada de indagar más en la figura de don Servando, pero sabía que estaba incomodando a su interlocutor, así que en lugar de eso agarró la tetera y sirvió dos vasos con la infusión.

—Yo también extraño a mi familia —dijo, tratando de empatizar con la herida del gemelo—. Se dedicaban al tabaco.

—Lo sé, me lo contó mi hermano.

—¿Sabes? Aprendí a gatear y a hablar entre chinchales, y llevo cortando las hojas y puliendo los puros desde que tengo memoria.

—¡Vaya!

A medida que Eliana le relataba su infancia en Cuba la emoción se hacía cada vez más visible en la mesa. Sus anécdotas eran tan evocadoras y divertidas que Alejandro consiguió olvidarse por completo de sus preocupaciones. Fue tal su desconexión que se les hizo de noche en el café, y tuvieron que marcharse cuando el portugués les anunció que debía cerrar el local.

De vuelta a casa Alejandro se sentía renovado. Era incapaz de ocultar su sonrisa y andaba junto a ella dando saltos entre los adoquines, como solía hacer de niño. Ni siquiera trató de evitar que los viesen juntos por la calle. Eliana tenía razón. Al fin y al cabo, eran socios y no tenían de qué esconderse.

—Gracias por acompañarme a la pensión... y por la bebida. ¡La achicoria estaba deliciosa!

—A mí también me gusta mucho —respondió él.

—Se me hace muy extraño ver a un hombre que no prueba el alcohol.

—Lo sé. Y lo siento, sé que es un problema que tengo que solucionar.

—¿Cómo que un problema?

—Sí..., el vino, el destilado..., no me gusta ese sabor ni cómo transforma a los hombres que lo toman.

—Se refiere usted entonces a todos los hombres de este planeta —bromeó ella—. Al menos en Cuba todos los hombres que conozco beben a destajo.

—Aquí también. Mi padre nos obligaba a beber de pequeños a mi hermano y a mí. Decía que el vino nos convertiría en hombres, solo que yo lo arrojaba todo en la palangana. Parece ser que nunca quise ser uno.

—No me lo puedo creer.

Eliana sintió lástima por el joven. Veía cómo Alejandro luchaba contra sus miedos y complejos tratando de mantenerse a flote. Su tono de voz, su postura compungida, su actitud melancólica... todos ellos eran síntomas de que estaba ante un joven tan cristalino como el agua, de quien sabía que no podía esperar maldad alguna. «¿Cómo es posible que dos gemelos tan físicamente idénticos sean al mismo tiempo tan distintos?», pensó.

Tal vez Alejandro era el hombre que necesitaba.

25

UN SECRETO A VOCES

28 de octubre de 1876

Los tres socios de La Indiana contemplaban en silencio el documento que descansaba sobre la mesa de su despacho. Se trataba de una notificación oficial de carácter urgente, firmada y sellada por el secretario de la cooperativa tabaquera en la que no se les daba más información que la de acudir a una cita de emergencia en la sede de la Capitanía de Gobierno.

—Miguel..., una cita así solo puede significar algo grave —balbuceó Alejandro.

—No seamos alarmistas. Probablemente quieran saber cuáles son nuestros plazos de exportación con la Hacienda de Madrid.

—Esto nunca nos había pasado con padre. Ellos siempre nos avisan de las reuniones con varias semanas de antelación. ¿No tendrá esto algo que ver con la guerra de la que nos advirtió don Braulio?

—¿Qué guerra? —preguntó Eliana.

—Nada, cosas de ancianos —dijo Miguel, restándole importancia—. Quedan cuatro horas para la reunión, si nos damos prisa tal vez lleguemos a tiempo.

—Tal vez sea yo el motivo de esa reunión —insistió Eliana, dejándose llevar por su curiosidad—. ¿No dicen ellos que soy lo más grave que le ha ocurrido al tabaco de la isla?

—Puede ser. Es probable que nos hayan avisado a última hora con la esperanza de que no pudiésemos acudir.

Los tres aprobaron la reflexión de Miguel, tenía todo el sentido del mundo. Después de su encuentro con Heriberto, parecía que la Logia estaba dispuesta a todo con tal de hundirlos. Y estratagemas como esa no eran sino una de tantas que debían esperar a partir de ahora. Si no acudían a esa reunión, era muy posible que nadie los pusiera al corriente de los cambios. Y tampoco podrían tener voz ni voto.

—Tendremos que darnos prisa si queremos llegar a tiempo a la capital.

La Capitanía de Gobierno era un edificio en decadencia, aunque todavía conservaba buena parte de la majestuosidad que le conferían las decisiones que allí tenían lugar. Con su fachada ornamentada en tonos celestes y sus columnas interiores de madera, este pintoresco escenario palmero ofrecía a los visitantes un espacio en el que debatir las propuestas más importantes para la isla. Unas escaleras de piedra volcánica ubicadas al final del claustro serpenteaban hasta alcanzar los balcones del piso superior, lugar en el que estaba a punto de producirse la importante cita.

—Gracias a los presentes por haber acudido a este encuentro —proclamó el maestre Heriberto, que en esta ocasión no vestía el hábito masónico, sino un traje de lino acorde a sus obligaciones como empresario tabaquero—. Como bien sabrán, los cambios producidos en algunas compañías de esta isla han dado mucho que hablar en Madrid.

En ese momento los tres socios de La Indiana irrumpieron en la sala con una embestida. Estaban empapados de sudor y jadeaban por culpa del cansancio. Habían tenido que llevar al máximo de sus energías a los caballos del carruaje para luego atravesar a pie la calle Real, esquivando los puestos callejeros.

Todas las miradas de odio se dirigieron hacia ellos de inmediato, pero sobre todo hacia Eliana, la única mujer de la sala. Saltaba a la vista que no eran bienvenidos a aquella reunión, pero a la cooperativa no le había quedado más remedio que avisarlos, tal y como dictaba la ley de Gremios de la Hacienda Central.

—Llegan tarde —les espetó Heriberto.

—Lo que ha llegado tarde ha sido el aviso de esta reunión —respondió Miguel con un tono embravecido.

El maestre optó por no rebajarse a las quejas del joven y procedió a continuar con el acta de la reunión mientras ellos tomaban asiento.

—Como les decía, las recientes incorporaciones en algunas fábricas no han sentado nada bien en Madrid. Y sí, va por usted, señorita cubana —sentenció Heriberto, acusándola directamente con el dedo entre miradas de desprecio—. He tenido que mediar por usted y por estos dos gemelos descerebrados ante la Hacienda Central, pues muchos creían que en La Palma habíamos perdido la cabeza. Qué vergüenza, ojalá usted nunca hubiese aparecido por aquí...

Eliana se quedó de piedra. Esa humillación delante de todos los tabaqueros de la isla era una declaración de intenciones que no albergaba ningún tipo de piedad hacia ella.

De forma inconsciente, su rostro se volvió pálido y fatídico. Después del episodio que había protagonizado junto a su criada aquella noche en los lavaderos, Eliana empezaba a temer por su integridad. Y algo le decía que el responsable de las amenazas se hallaba entre esos hombres.

Solo quería abrazarse a Yanet.

Quería volver a casa.

Pero una mano rozó la suya justo a tiempo. Se trataba de Alejandro, que estaba sentado junto a ella. Con una suave y amistosa caricia él se apiadó de su dolor y le pidió en silencio que aguantara el golpe. Eliana no pudo evitar sorprenderse ante ese gesto tan sutil como necesario para ella en ese momento. Desde que lo conocía, Alejandro siempre le había parecido un joven apocado y complaciente, pero su actitud le devolvió la entereza de golpe al dejarle claras sus intenciones: ellos golpearían con más fuerza aún.

—No sé qué la habrá traído a nuestra tierra, señorita Álvarez. Pero sepa que esto no es Cuba. Sus compatriotas llevan décadas tratando de hundir nuestro tabaco, y no lo vamos a permitir. Imagino que esas son sus intenciones, tan imbéciles y guanajos nos consideran sus paisanos. Así que le advierto desde este hemiciclo: vamos muy en serio.

Las amenazas eran reales. Eliana había acudido a aquella reunión con la remota esperanza de asistir a un encuentro profesional y, sin embargo, la estaban acusando de espionaje.

—Bueno, y volviendo al tema que nos afecta a todos... —Heriberto Bethencourt hizo una breve pausa y su rostro cambió por completo ante la espectacular noticia que estaba a punto de salir de sus labios—. A pesar de este maldito inconveniente con la Hacienda Central, por fin hemos conseguido... ¡la firma definitiva de la moratoria!

Los tres socios de La Indiana se miraron con desconcierto, al tiempo que los dueños de las distintas fábricas se abrazaban con júbilo y se lanzaban a aplaudir. En la sala se respiraba un ambiente de euforia mientras el documento en cuestión pasaba de mano en mano. Muchos de aquellos empresarios llevaban años de litigios entre ellos, ya fuera por los límites de sus fincas o por quemar las plantaciones del vecino. Y ahora volvían a unirse por un bien común. Todos parecían estar al tanto de cómo habían avanzado las negociaciones, y habían dejado atrás sus diferencias para unirse por la firma de ese acuerdo.

A excepción de los propietarios de La Indiana.

Ellos eran los únicos sorprendidos.

—Bueno, compañeros, un poco de paz —gritó Heriberto con la intención de calmar los ánimos—. Por fin nos ha sido concedida esta moratoria, pero aún no hemos conseguido el ansiado premio. Esto no ha hecho más que empezar. A partir de ahora nos esperan ocho meses en los que el Gobierno de la metrópoli nos pone a prueba, ocho meses en los que todos tendremos que demostrar que el tabaco de esta isla está muy por encima del que se elabora en Cuba y en Puerto Rico.

—En los próximos meses recibiremos una visita sorpresa desde Madrid —continuó Heriberto—. Los miembros de la comitiva ministerial vendrán a conocer mejor las fábricas, una primera toma de contacto en la que los catadores del Gobierno y los encargados de las exportaciones podrán ver de primera mano cómo hacemos las cosas en esta isla. Les pido que estén preparados en sus fábricas, pues estos peninsulares no tendrán piedad con nosotros, ¿estamos? —El maestre lanzó una nueva mirada amenazante a los miembros de La Indiana antes de terminar su discurso—. Y ahora, compadres, ¡a celebrar!

La fiesta de los tabaqueros se trasladó a las calles más cercanas a la plaza. La ocasión lo merecía, pues era el principio de un momento histórico para la isla. De superar la prueba, el tabaco palmero podría exportarse a toda Europa, lo que generaría un aumento en los precios de la hoja, en las ventas de puros y en el empleo insular.

Y estaban a solo unos pocos meses de lograrlo.

Cientos de vecinos de Santa Cruz se reunieron en la calle, rebosantes de alegría, y los puestos de la avenida se llenaron de manjares, licores y puros. Varios tabaqueros sacaron sus instrumentos musicales y dieron rienda suelta a la improvisación con guitarras, güiros, claves y rascadores. Todos unidos seguían el ritmo de las canciones, al tiempo que niños y mujeres se unían a la fiesta con mayor escandalera que de costumbre. Nadie quería perderse tal celebración.

—Este es el punto palmero —le dijo Alejandro a Eliana para que la joven se integrase en el corro callejero que brillaba frente a ellos—. Los veteranos improvisan con la métrica, siempre usando los mismos compases.

—Qué interesante —mintió Eliana, pues no apreciaba diferencia alguna entre esas tonadas con respecto al punto cubano. «Cuánto han copiado estos de Cuba», pensó.

La celebración se extendió a lo largo de toda la avenida. Aquellos que no tenían instrumentos se unieron con palmas. El alcohol corrió por doquier mientras la comitiva recorría las calles del centro. A medida que avanzaba la tarde se fueron uniendo los vecinos.

—¡Celebre, hermano! —le gritó Miguel mientras se perdía entre la muchedumbre.

Eliana y Alejandro los siguieron, pero se mantenían ajenos a la celebración. Ella sentía que observaba la fiesta a través de una pequeña rendija y no como una protagonista más. Al fin y al cabo, ella era el motivo por el que la moratoria había estado en peligro estos últimos días, según las humillantes palabras de Heriberto.

—¿No celebra usted con ellos? —preguntó Eliana—. No tiene usted que quedarse aquí por mí, yo estoy bien.

—No se crea que me alegro por ellos —respondió Alejandro mientras dibujaba una sonrisa.

Ambos estallaron en una carcajada cómplice.

—Podemos celebrarlo a nuestra manera, ¿le parece?

Eliana sacó la pitillera y le ofreció un cigarrillo a su compañero, pero Alejandro lo rechazó un tanto avergonzado.

—Usted se lo pierde, es tabaco cubano.

—¿En serio?

Ella le guiñó un ojo con malicia.

—¿Siempre cae en las bromas?

—Bueno... digamos que no soy muy bueno en entenderlas.

Ambos se contemplaron en silencio mientras el humo del cigarrillo se mezclaba entre ellos como si de un embrujo se tratase. Apenas duró un instante, pero fue suficiente para que el festejo a su alrededor pareciera haberse detenido. Finalmente, él agachó la cabeza, presa de la vergüenza y el desconcierto. Alejandro nunca antes había vivido un momento tan... inexplicable con una mujer.

Eliana dio una calada en silencio al cigarrillo. Se sentía observada por cada uno de los hombres, mujeres y niños que había en la calle. Estaba harta de que todos la juzgaran, pero algo rondaba su cabeza aún con más fuerza. Desde la reunión no paraba de darle vueltas a un asunto; algo no encajaba.

—¿No le resulta extraño que la cooperativa tuviese tanto interés en comprar la fábrica a pesar de las deudas?

—Supongo que pretendían ayudarnos... a su manera.

—¿De veras lo cree? ¿Y por qué todos aquí parecían estar enterados de la firma de la moratoria? ¿O acaso su hermano y usted también lo sabían?

—No, la verdad es que no teníamos ni idea de que ya se hubiese conseguido el acuerdo. Y eso que padre fue quien más luchó por ello...

—Pues tengo la impresión de que estos individuos querían hacerse ricos con la moratoria y dejarlos a ustedes dos fuera. Aunque no han sido muy discretos. —Eliana fijó su atención en el jolgorio que había a su alrededor, y que se extendía calle abajo hasta llegar al quiosco de la plaza.

Lo que le decía Eliana parecía tener sentido, pero mientras ella le exponía sus teorías, Alejandro solo tenía ojos para contemplar la sensualidad de los labios de la joven que fumaba ese cigarrillo.

26

CONFIANZA

29 de octubre de 1876

El caldo de ave de doña Juana burbujeaba en su olla como siempre. Los gemelos se quejaban, pero la criada se mantenía firme en su creencia de que ese método de calentamiento mantendría alejados a los bichos sin sacrificar el sabor. Miguel y Alejandro se pasaban horas moviendo los platos de un lado a otro mientras los soplaban suavemente; una vez lo bastante fríos, arrancaban un trozo de pan duro para que absorbiera la mezcla caliente como una esponja.

De repente, alguien llamó a la puerta. La criada se encontró en el umbral con Eliana, que entró en la cocina como un vendaval, tomó una de las banquetas y se sentó frente a ellos con una actitud frenética.

—¿Ya se lo ha contado? —preguntó a Alejandro sin siquiera saludarlos.

—Eh… no.

—¿El qué? —Miguel no quería sentirse fuera de la conversación.

—¿Son ustedes conscientes de lo que han intentado hacerles esos patanes de la cooperativa? —dijo Eliana—. Llevo horas tratando de sacarles bola al resto de empresarios; desde luego, hay que ver lo rápido que hablan con unas copas encima. Todos tenían noticias de la moratoria, pero el maestre les había pedido que no nos dijesen nada al respecto.

—Ah, así que se trata de eso. Enhorabuena, criolla. —La arrogancia de Miguel era capaz de poner a cualquiera de los nervios.

—¿Cómo? ¿A usted le parece normal?

—Teniendo en cuenta cómo nos trataron en la reunión...

—¿Nos trataron? Porque le recuerdo que yo fui la única a la que humillaron en público.

—Y yo le recuerdo que esos hombres prácticamente nos criaron a mi hermano y a mí, y no han esperado ni un día para intentar estafarnos. Así que sí, es evidente que estaban haciendo todo lo posible por dejarnos fuera.

—¿Le da igual?

—Pues claro que sí. Hemos ganado, mi hermano y yo seguimos siendo propietarios de la fábrica, por más que a ellos les pese.

—Y yo —le corrigió Eliana.

—Eso, y usted... —respondió Miguel con desgana—. No hay de que preocuparse, esa moratoria nos pertenece tanto como al resto de fábricas. Y tenemos la situación bajo control. ¿Verdad que sí?

Alejandro asintió, invadido por una falsa sensación de seguridad.

—Pues claro que hay que preocuparse. ¿Usted ha visto nuestros números?

Miguel se sorprendió ante la persistente arrogancia de la criolla. No era la primera vez que ella se le envalentonaba, y eso que apenas llevaba unas semanas en la fábrica.

—Insisto, mi hermano y yo le agradecemos la advertencia, pero ya no hay riesgo alguno.

—¿Y yo no cuento aquí? ¿Eh? ¿Cuándo pensaban ustedes dos ponerme al corriente de todo eso que tienen tan controlado?

El gesto de Miguel se transformó de rabia, un desprecio que se pudo sentir en toda la cocina. No soportaba la impertinencia de la cubana, y no estaba dispuesto a consentir que ella volviese a levantarle la voz de ese modo.

—Mire, Eliana —dijo él, tratando de hacer un enorme esfuerzo para calmarse—. Le agradezco la pasión que está poniendo en este negocio. Pero mi hermano y yo conocemos La Indiana desde que nacimos y sabemos perfectamente qué tenemos qué hacer. No necesitamos a una mosquita como usted en la oreja llenándonos la cabeza de mensajes alarmistas. ¿Estamos?

Ella se quedó muda durante unos segundos. No sabía cómo reaccionar ante ese tono paternalista, pero en su fuero interno ardía de impotencia al ver que Miguel había conseguido silenciarla.

—No. Lo siento, pero no pienso quedarme callada —dijo ella por fin, negándose a callar ante las decisiones de los gemelos—. No soy una estatua, si decidí invertir en la fábrica fue para que mi palabra contase lo mismo que la vuestra.

El cuerpo de Miguel se inclinó en el asiento, un gesto instintivo con el que quería mostrarse aún más amenazante para callarle la boca de una vez.

—Le repito que vamos a salir adelante sin esos imbéciles de la cooperativa. No vamos a tener ningún problema para cumplir los requisitos que nos exigen desde el Gobierno Central de cara a la moratoria.

—No se lo ha contado a su hermano, ¿verdad? —preguntó Eliana a Alejandro, ahora sí con cierto enfado.

—¿El qué?

—¿Cómo que el qué? ¿Me está tomando por loca?

—Ah... Eh... —Alejandro no sabía cómo salir del paso—. A decir verdad, no. Discúlpeme.

—¿Qué demonios pasa aquí que no me estoy enterando? —gritó Miguel—. ¿Y usted por qué diantres se está disculpando con ella?

—Cálmese —intervino Eliana—. Se lo conté a su hermano mientras usted se emborrachaba con esos traidores de la cooperativa.

—¿Que me calme?

—Siento decirlo, pero no saben secar las hojas de tabaco.

—Fuera. Váyase de mi casa.

Miguel se puso en pie y le indicó la puerta con un gesto agresivo.

—Escúcheme... Ni la temperatura es la adecuada ni la humedad es suficiente. Y su hermano me ha dicho que las hojas se pasan hasta tres meses en los secaderos.

—Y cuál es el problema.

—No es mi intención cambiar vuestro método de trabajo, pero esto ya se pasa de castaño oscuro. Tenemos los peores números de todas las fábricas de la cooperativa y no voy a consentir que se rían de nosotros esos mentirosos a los que ustedes toman por amigos. Si hacen lo que les digo, de aquí a ocho meses nos convertiremos en la mejor fábrica de la isla.

—Mire..., estoy llegando a mi límite con usted y su impertinencia. ¡No somos unos tarugos! ¡No venga a decirnos lo que tenemos que hacer! Limítese a cumplir su parte.

—¿Y cuál es mi parte? ¿Eh? ¿Poner el dinero? ¡Dígalo de una vez si es lo que está pensando!

Miguel y Eliana estaban de pie el uno frente al otro, erizados de rabia. El gesto de él brillaba con una agresividad que parecía imposible de controlar, y las venas de su frente trataban de desafiar cada latido de ella para zanjar cuanto antes su soberbia.

—¡Por favor! —gritó Alejandro, desesperado al ver que el barco en el que viajaba se tambaleaba cada vez más—. ¿Podemos calmarnos de una vez? Con esta actitud estamos demostrándole a la cooperativa que somos unos niños.

Miguel se dio cuenta entonces de que su hermano tenía razón, debía medir sus palabras si no quería perderla como inversora.

—Escuche, señorita, discúlpeme por mi actitud. Comprendo lo que dice, y entiendo que usted piense que el ahumado es mejor manera de secar la hoja. Pero se equivoca, las hojas acabarán perdiendo su aroma por culpa de las brasas.

—Yo no me refería a eso. —Eliana había conseguido que la conversación estuviese justo donde quería—. Hay una posibilidad mucho mejor: las salas subterráneas.

—Miguel, Eliana me lo ha explicado y tiene sentido —respondió Alejandro—. En Cuba hacen pequeñas cuevas bajo la tierra y aprovechan la humedad del suelo durante las primeras semanas. Así la hoja comienza a sudar y se seca con mayor rapidez.

—Así es. Mantenemos las hojas bajo tierra, así nadie podrá saber cuánto tiempo llevan secándose y, por si fuera poco, lo haremos mucho más rápido que el resto. Allá en Cuba lo hacemos en zonas de medianías como esta. Cuando lleven varias semanas, ya casi se habrán secado. Entonces las subiremos a la superficie, así apenas desprenderán ese horrible olor dentro de la fábrica, y se secarán sin perder su aroma.

—¿Eso es todo? Gracias por su aportación, lo tendremos en cuenta —mintió Miguel. La sopa se le estaba quedando fría y él estaba harto de discutir.

—Creo que deberíamos valorarlo —intervino Alejandro.

—¿Perdón? —Miguel no daba crédito a la respuesta de su hermano.

—Confíe en mí, hermano.

—¿Cómo está usted tan seguro de que funciona?

—Bueno, lo dice ella.

Miguel soltó una carcajada de odio, no podía comprender que Alejandro confiase de repente en esa mujer a la que apenas conocía.

—Hermano, ¿qué fue lo que hablamos nosotros?

—Ya, pero...

Para Miguel estaba muy claro, Eliana debía limitarse a ayudarlos con el dinero, del resto debían encargarse ellos. Y parecía que su hermano lo había olvidado.

—Supongamos que es cierto lo que dice —expuso Miguel—, ¿por qué no lo han hecho ya las demás fábricas de la isla? Digo yo que no será usted la primera cubana que viene a La Palma.

—Precisamente porque en Cuba lo hacemos tan solo unas pocas fábricas. Y en secreto, así nadie puede robarnos la receta de los tiempos de secado.

—Ah, ¿sí? ¿Y cómo está tan segura de que nadie más lo hace?

—Porque el tabaco de esta isla es repugnante.

—Vaya con la «señorita».

—Lo siento, tenía que decirlo. —Eliana sintió un enorme alivio por el peso que se había quitado de encima—. Confíe en mí, Miguel. Lo haremos en secreto, les aseguro que la calidad de la hoja estará muy por encima de las demás empresas. Les daremos donde más les duele.

Miguel había decidido no rebatir sus palabras. En lugar de eso le devolvió una mirada silenciosa, tratando de adivinar qué pasaba realmente por la mente de Eliana.

Le atraía la idea, pero por primera vez no estaba seguro de si podía confiar en ella.

27
UN CASERÍO EN LA NIEBLA

1 de noviembre de 1876

La aldea de la cumbre no tenía nombre. Todos la conocían, aunque pocos eran los que se atrevían a poner un pie allí. El paraje tan solo era frecuentado por taladores y pinocheros, aunque la mayoría habían dejado de acudir a esa aldea debido a las historias que se contaban de allí. Abundaban las leyendas sobre espíritus y todo tipo de presencias. Y no era para menos, pues una niebla espesa se aferraba a las paredes de piedra volcánica de tal manera que siempre parecía ser de noche. Todos preferían obtener la madera de entornos más seguros, era lo más inteligente. Por ese motivo ya solo quedaban en pie cinco casitas, que aguantaban como podían el frío y la humedad, rodeadas de una vegetación que trepaba hasta adosarse a los tejados.

Ese caserío era el secreto mejor guardado de Alejandro.

De cuando en cuando el joven tabaquero desaparecía y se escapaba allí sin que nadie supiese su paradero, ni siquiera su propio hermano. Era el único espacio en el que Alejandro se sentía libre, lejos de las miradas y los juicios de los vecinos. Había descubierto el lugar de niño, en una de esas ocasiones en las que tenía que escapar de los castigos de su padre. Desde entonces, aquella aldea abandonada había formado parte de su más profunda intimidad. Cada vez que lo visitaba sentía como si algo —o alguien— lo arropara entre la niebla.

Las casas estaban alejadas de toda civilización conocida, así que cuando Eliana le contó su plan, él supo de inmediato que aquel podría ser el emplazamiento idóneo para instalar los secaderos sin que el resto de tabacaleras supiesen de sus acciones. Y como Miguel no parecía dispuesto a dejarse llevar por el plan, Alejandro propuso a Eliana a hacer una breve escapada. Todavía seguía sin comprender por qué sus impulsos lo llevaban a querer revelar su secreto mejor guardado a una mujer a la que casi no conocía. Pero algo en su interior le decía que merecía la pena hacerlo.

Alejandro y Eliana recorrieron juntos el sinuoso camino de tierra hasta que la vegetación empezó a ser tan espesa que desdibujaba por completo la dirección que debían seguir.

—¿Le importaría esperarme aquí? A partir de este punto debo continuar primero en solitario.

Él se alejó de ella para examinar los alrededores. Las hojas de los helechos doblaban el tamaño de la palma de su mano y no se veía más que un espeso verde alrededor. El horizonte no existía entre esos tupidos árboles. No había más que una telaraña de niebla que se filtraba por sus fosas nasales como piedras de hielo.

—¿A qué viene tanto misterio? —preguntó ella, desconcertada—. No pretenderá que me crea esas habladurías sobre los fantasmas.

El ruido de los insectos era ensordecedor y apenas podían distinguir el bosque más allá de unos metros. Se hallaban dentro de un mar de nubes.

—Por favor, es importante que continúe yo solo.

Alejandro reanudó la marcha, apartando los helechos y las ramas a su paso. A ambos lados del camino se alineaban frondosos arbustos en los que florecía alguna que otra flor. Miles de laureles y pinos canarios se elevaban hacia el cielo, abrazándose entre ellos como si estuviesen formando un túnel sobre su cabeza. El camino serpenteaba alrededor de montículos de follaje y pinocha en los que se amontonaban los gusanos y las hormigas. En ese momento Alejandro se dio la vuelta y vio que Eliana lo seguía.

—Es mejor que me espere en el sendero —insistió en tono cortante.

—No pienso quedarme sola en medio del camino.

—Es lo mejor.

—¿Lo mejor para qué?

Eliana se sentía un tanto abrumada por el enigmático tono de voz que había en Alejandro. ¿Qué era lo que le mantenía tan en guardia? Daba la impresión de que estaban a punto de adentrarse en un lugar peligroso. O prohibido.

—Solo tardaré un instante. Primero debo comprobar si todo está en orden.

El joven reemprendió el camino y se alejó de ella. Estaba nervioso, no quería que nadie más descubriese aquel escondite, en especial por su amigo, del que nadie conocía su existencia. El sendero se volvía cada vez más intransitable. La vegetación era frondosa y las lluvias habían embarrado el terreno. No podía dar un paso sin hundir sus botas.

Escuchó entonces el crujir de una rama, seguida de un quejido ahogado en medio de la niebla. El miedo lo asaltó, no solo por él, sino por haber dejado a Eliana en medio de la nada y a punto de anochecer.

Un nuevo grito.

Alejandro volvió sobre sus pasos a toda prisa. Corría y corría sin mirar atrás por el sendero con el único pensamiento de llegar hasta ella cuanto antes. Las piernas lo impulsaban hacia adelante, el corazón le martilleaba el pecho y las botas embarradas golpeaban la tierra húmeda mientras perdía el aliento con cada jadeo. Tal fue así que tropezó con otra rama y cayó al suelo aparatosamente, manchándose por completo de barro. Cuando miró hacia el cielo, descubrió que Eliana se encontraba frente a él.

—¿Fue usted la que gritó?

—No. ¿Escuchó algo?

—Por favor, júreme que no va a decir nada sobre lo que vea en esas casas.

—Lo juro —dijo ella, aunque dudó de su respuesta.

La actitud de su compañero la estaba inquietando. Él asintió y reemprendió la marcha con cierto temor a que ella pudiese traicionarlo, aunque en el fondo estaba seguro de que era una mujer de palabra. Avanzaron en silencio el resto del camino, como si fueran dos desconocidos.

Hasta que llegaron al caserío.

El paisaje frente a ellos era de lo más desolador. No había una sola chimenea encendida en la aldea, tampoco una vela prendida en los ventanales. Los únicos sonidos que se oían a su paso eran el crujido ocasional de las ramas en el suelo. Ni siquiera el viento se atrevía a agitar el aire que los rodeaba.

Alejandro se acercó con preciso sigilo hasta una de las chabolas, junto a la que había un granero que parecía claramente deshabitado. Golpeó la puerta una sola vez y guardó silencio esperando una respuesta.

—¡Añe, Añe! —gritó una voz desde el interior.

Eliana dio un salto, pues lo último que esperaba encontrarse allí era otra presencia humana.

—¡Añejanooo! —gritó de nuevo la voz.

El gemelo abrió la compuerta de par en par con gran esfuerzo e hizo un gesto a Eliana para que lo acompañase hasta el interior del granero. Pero ella estaba aterrada y permaneció en el quicio del portalón.

—¡Añejanoo!

Una sombra se acercó hasta ellos y se abalanzó sobre Alejandro para darle un abrazo. El chico tenía un pie encadenado a la valla del establo y su ropa, sucia y ajada, desprendía un fuerte olor a excrementos.

—Es mongólico —puntualizó Alejandro, mientras entregaba al muchacho una barra de pan, varios plátanos y una bolsa llena de frutos secos.

«Y tanto», pensó ella. El chico se parecía mucho a los que vivían con las monjitas allá en Cuba.

—Cayetanito, acérquese aquí, no tenga miedo. Ella es Eliana.

—Hola —dijo él, escondiéndose detrás de su amigo.

—¿Qué tal se encuentra, Nito? ¿Podemos hacerle compañía?

Pero Nito no respondió. Estaba tan hambriento que se lanzó sobre la comida con un ansia animal. Eliana se sentó junto a Alejandro, se sentía fuera de lugar viendo comer a aquel muchacho.

—¿Ha venido alguien a molestar? —dijo Alejandro, mientras partía el pan para ayudarlo.

—No. Yo buen vigilante.

Eliana seguía de piedra. Estaba perpleja al ver la confianza que tenía su socio con aquel pobre diablo. Y más al ver cómo se reían el uno con el otro.

—¿Qué historia quiere que le cuente hoy?

—¡Cuento! ¡Cuento!

Alejandro le contó entonces una de esas historias infantiles que apenas tenían sentido, algo que a Nito no parecía importarle. El muchacho estaba radiante con que le hicieran compañía.

—¡Otra! ¡Otra! —gritó Nito cuando Alejandro hubo terminado el relato.

—No, hoy no puedo. Tenemos que regresar antes de que anochezca. Pero voy a venir más a menudo. Y quizá ella venga también conmigo. Esto que quede entre usted y yo. —Alejandro se llevó el dedo a la boca para que el joven mantuviese su silencio.

Nito dio saltos de alegría, se lanzó sobre él para abrazarlo y luego lo intentó con Eliana. Ella se alejó del chico de un modo casi instintivo, pero reculó al darse cuenta de que era inofensivo y se dejó abrazar. Alejandro y Nito guiaron a Eliana hasta una cueva que se hallaba escondida en el subsuelo de la casa, y que antaño había sido utilizada como granero y bodega para conservar el vino que se producía en los alrededores. De forma accidental, la cabeza de Alejandro tropezó con la de Eliana al intentar abrirse paso por el corredor, el pasillo era tan estrecho que sus cuerpos apenas cabían. Los dos se disculparon de inmediato con un gesto inconsciente, lo que provocó que se dedicaran una sonrisa aún más avergonzada por ello. Ninguno de los dos sabía muy bien cómo salir de aquel agradable encontronazo, hasta que Alejandro volvió a tomar la delantera, presa de los nervios.

Las tablas de madera que impedían el colapso de la cueva estaban cubiertas por un musgo verde y decenas de telarañas. Los antiguos rastrillos y bolsas de paja cubrían los costados del granero, y la presencia de alguna rata amenizaba la oscuridad de los candiles.

—Es perfecto —dijo Eliana.

—¿De verdad?

—Está algo alejado de la fábrica.

—Mejor, así nadie lo descubrirá —dijo Alejandro con ánimo de convencerla.

Eliana dudó un instante.

—Sí. Es verdad que es húmedo, justo lo que necesitamos.

—Creí que quería secar la hoja en menos tiempo.

—No exactamente. Quiero hacerla sudar. El proceso que ustedes hacen aquí no tiene en cuenta los cambios de temperatura, por ejemplo. En esta cueva nos aseguraremos de que la hoja sude y sude a toda prisa para luego ponerla a secar.

—¿Está segura?

—En Cuba funciona. No perdemos nada por probarlo aquí.

La emoción se apoderó de Alejandro cuando vio que había logrado satisfacer el plan que Eliana tanto deseaba. Había revelado su secreto, sí, pero por una buena causa. Ese lugar era perfecto para catapultar el tabaco de La Indiana.

—Hay una cosa más de la que me gustaría que hablásemos —dijo Eliana, rompiendo el embrujo que se había creado entre los dos bajo las paredes de la cueva.

—Usted dirá.

—Su hermano. Creo que no deberíamos decirle nada, al menos por el momento. Lo he visto muy reticente a esto.

—Si le soy sincero, Miguel no sabe que este sitio existe. Él no conoce a Nito.

—Mejor me lo pone, entonces. —Eliana sonrió, su plan había salido a la perfección—. Hagamos una cosa, vamos a probar primero nosotros si este lugar funciona, y en ese caso se lo contamos a él. Así, seguro que le daremos una buena sorpresa.

—De acuerdo —balbuceó Alejandro, no sin ciertas dudas. Por primera vez no veía del todo claro si Eliana de verdad lo hacía por no molestar a Miguel, o si por el contrario había algo más que ella no le estaba diciendo. Su actitud resultaba algo extraña.

—¿Vamos a dejar a mi hermano solo en la tabacalera?

—No exactamente. Creo que sé de alguien que me puede ayudar —sentenció ella.

Ya estaba anocheciendo cuando se despidieron de Nito. Regresaron al camino que quedaba oculto entre la maleza y desanduvieron sus pasos en silencio. Lo único que se oía además de sus pasos eran los susurros de la brisa, y una incertidumbre que no hacía sino crecer a cada paso que daban al no saber qué estaba pasando por la mente del otro. Ya habían hablado de la fábrica, de los secaderos y de las ganas que tenían de darle su merecido a esos patanes de la cooperativa. No se respiraba tensión entre ellos, pero no sabían muy bien qué más decirse.

—¿Por qué vive ahí? —preguntó Eliana por fin, pues no aguantaba más el silencio que se había instalado entre ellos. Necesitaba oír la voz de Alejandro de nuevo.

—¿Eh?

—Ese chico.

—Por su condición. Aquí su estado es como un castigo de Dios para sus padres. Por eso lo esconden en ese chiquero.

—Vaya por Dios. En Cuba al menos los cuidan las monjitas.

—Aquí las monjas serían las primeras en humillar a su familia. Por eso sus padres lo tienen aquí encerrado. Solo ellos saben que vive aquí, pero nunca lo visitan.

Eliana sintió una repentina lástima por Nito. Llevaba toda su vida en Cuba burlándose de la gente que era como él. Ahora se estaba arrepintiendo de ello.

—Lo conozco desde hace años —prosiguió Alejandro—. Y... puede que le resulte extraño esto que voy a confesarle, pero él es de las pocas personas que me comprende.

—¿Y su gemelo?

—Con Miguel es... diferente.

Ella estaba tentada de seguir ahondando en la relación de los hermanos, pero el tono empleado por Alejandro le dejó claro que era un punto y final.

—En cualquier caso, me alegro de que ese muchacho tenga a un buen amigo como usted, a pesar de todo. No sabe cuánto lo admiro.

Tras sus sinceras palabras, Eliana se detuvo en medio del sendero sin importarle el frío que hacía.

—¿Ocurre algo? —preguntó Alejandro, deteniéndose también.

Ella no dijo nada y lo atrajo hacia su boca. Se besaron, de un modo torpe al principio, aunque sus labios se fueron entendiendo poco a poco. Tras el fogonazo de pasión sus rostros se despegaron y volvieron a la realidad. Alejandro se había quedado petrificado, nunca había experimentado una sensación como aquella.

Pero Eliana se limitó a esbozar una sonrisa sincera e inconsciente.

Él era el hombre que necesitaba.

28
UNA AMISTAD BAJO TIERRA

4 de noviembre de 1876

El taller de las cigarreras bullía en su actividad diaria cuando Eliana irrumpió sin llamar a la puerta. Solo los patrones tenían permiso para hacerlo, y a las jóvenes empleadas les llevó unos instantes caer en la cuenta de que la criolla también era una de sus superioras, algo que no les hacía ni pizca de gracia.

El ambiente festivo de risas y cotilleos se deshizo de inmediato. Eliana era una extranjera y una recién llegada, no merecía estar al tanto de lo que allí se hablaba. No era una de las suyas, por más que había intentado acercarse a ellas como si de una nueva amiga se tratase.

El suelo estaba pegajoso, mezcla de los restos de nicotina de los cigarrillos en mal estado y del polvo de la estancia. El aire casi podía masticarse por lo cargado que estaba el ambiente en aquel espacio cerrado a cal y canto sin apenas ventilación. Vitolas rotas por los suelos, cajas de madera por doquier, envoltorios de seda y restos de mezclilla. Menos mal que las mujeres se turnaban cada día para limpiar su desorden al final de la jornada, porque era imposible trabajar al ritmo que les habían impuesto manteniendo la pulcritud. Por suerte, la cubana apenas fijó su atención en el aspecto que ofrecía el espacio de trabajo.

Un simple gesto bastó para que todas estuviesen al tanto de las intenciones de Eliana. Sin mediar palabra, la joven hizo un gesto a Rafaela para que la acompañase.

—¿Yo? —respondió la cigarrera.

La criolla asintió, seria, aunque su actitud no parecía esconder una reprimenda. Pero ello no impidió que las demás cigarreras temiesen por su líder, como si la pobre Rafaela estuviese a punto de presenciar su propio martirio mientras ambas se marchaba de la sala siguiendo a Eliana.

Las calles de Breña Alta lucían un precioso aire otoñal. El viento soplaba con suavidad, llevando consigo las primeras hojas doradas de los árboles que cubrían las plazas. El olor a leña quemada se mezclaba con el aroma de la tierra húmeda que aún persistía del rocío de la noche, y las casas coloniales de color blanco y tejados llenos de verodes lucían más esplendorosas que nunca.

Mientras caminaba junto a su nueva jefa, Rafaela sentía algo extraño en el aire, una especie de incomodidad que nunca antes había vivido. Tenía la impresión estar caminando por una calle totalmente nueva, como si el pueblo en el que llevaba viviendo toda su vida hubiese cambiado por completo. Se le hacía muy extraño recorrerlo en horas de trabajo, y más aún en compañía de una extranjera.

Las miradas se sucedían a su paso. La gente aún no terminaba de acostumbrarse a la presencia de Eliana, y el hecho de que Rafaela la acompañase en sus recados la convertía en una especie de cómplice de algo que no le gustaba nada.

—Tenían razón en Cuba cuando me dijeron que esta isla era mágica. El otoño es incluso más bello de lo que había imaginado.

—¿No existe el otoño en Cuba?

—Allá solo existe el tiempo del Caribe.

—Vaya por Dios —se lamentó Rafaela, en un intento de seguirle el juego a su jefa—. ¿Y cómo es ese tiempo?

—Calor y humedad. Muchísima humedad.

El nerviosismo se adueñaba de Rafaela a medida que abandonaban el pueblo y se adentraban en el camino que conducía a las montañas. Eliana parecía tranquila, disfrutaba del paisaje a su paso como si estuviese acompañada de una de sus mejores amigas, esas con las que el silencio nunca es una barrera.

—¿A dónde nos dirigimos? —Rafaela sopesaba si debía o no romper el embrujo del misterio al que la estaba sometiendo su jefa.

—Confío en usted.

—¿Cómo?

—Digamos que la he visto trabajando estas semanas. Es usted toda una profesional, hacía tiempo que no me topaba con una mujer de su talla.

—Vaya, pues... se lo agradezco.

—¿Cómo era su relación con el fallecido?

—¿Con el patrón? Pues... buena, supongo. Era un hombre firme.

—Sea sincera conmigo, no voy a decirle nada a los gemelos.

Rafaela dudó un instante. ¿Acaso debía buscar mejores palabras para referirse a don Servando?

—A ver, no era un hombre agradable, pero creo que cumplía con su cometido. Era el patrón, al fin y al cabo.

—Eso podría cambiar a partir de ahora, ¿no le gustaría? Tengo la impresión de que los gemelos no la valoran a usted como es debido.

Rafaela la contempló extrañada.

—Yo no diría eso.

El pueblo ya quedaba a sus espaldas. Frente a ellas se abría una densa vegetación y los primeros atisbos de la neblina habitual que reinaba en la cumbre.

—Tal vez me equivoque —se corrigió Eliana—, pero hay algo que debe cambiar aquí. Usted es mucho más válida que el resto de jornaleros, lo sé por mi experiencia en Cuba. Llevo fijándome con detenimiento en cómo trabajan todos y creo que usted merece un mejor trato.

Eliana cerró su halago con una sonrisa aduladora, un gesto al que Rafaela solo supo responder con una mirada nerviosa, casi infantil.

—¿Qué es lo que quiere de mí?

—Que me ayude a guardar un secreto.

Rafaela se quedó sin palabras. La sorpresa y el miedo se apoderaron de ella al instante, como si algo hubiese estallado entre ambas y ya no hubiese forma de remediarlo. Ambas estaban solas en medio del bosque, algo que a Rafaela le llevó a concluir que ya no había forma de echarse atrás. Aunque, a decir verdad, los halagos que le había regalado Eliana la hacían sentirse mucho más cómoda y merecedora de ese mejor trato como empleada predilecta de La Indiana.

Y en su interior empezaba a arder la curiosidad por saber de qué se trataba.

—Dígame, ¿tiene usted intención de casarse? —preguntó Eliana.

Rafaela se quedó de piedra. Lo último que quería es que su jefa también le recordase que era la mujer más veterana de La Indiana. Bastante tenía ya con los cuchicheos de sus cigarreras.

—Eso es un asunto personal —respondió ella finalmente, tratando de ocultar su mal humor ante la pregunta.

—Disculpe, no pretendía ofenderla. Solo quería decirle que estoy al tanto de lo que se dice de usted —dudó—, de las mujeres que trabajamos en el tabaco palmero, en general.

—¿A qué se refiere?

—Que este es oficio para las niñas que necesitan ayudar con un jornal a sus padres hasta que encuentran un marido.

Mientras andaban, Rafaela escuchaba a su jefa con una mezcla entre el estupor y la rabia. No quería parecer arrogante, pero estaba empezando a desesperarse con la actitud de Eliana.

—No tiene que preocuparse más por la presión del matrimonio, es ahí a donde yo quería llegar —dijo Eliana, tratando de explicarse mejor—. Como ve, yo tampoco estoy casada ni tengo intención de hacerlo. Así que si le apasiona su oficio en la tabacalera, le espera un próspero futuro junto a mí.

Rafaela no sabía qué responder, no se esperaba para nada ese gesto de complicidad por su parte. Tal vez Eliana sí estaba dispuesta a cambiar las cosas, tal y como había prometido.

—Con su ayuda, ambas podemos hacer crecer este negocio. Confío en usted.

—Vaya, se lo agradezco.

Fue entonces cuando por fin se rompió el hielo entre ellas. Las dos mujeres hicieron el resto del camino bajo una fluida charla en la que pudieron intimar y conocerse mejor.

El ambiente se hacía más llevadero conforme la vegetación se volvía más espesa y el sendero desaparecía de sus pies. Hasta que llegaron a su destino.

Cuando se adentraron en aquella aldea sin nombre que se ocultaba entre las montañas, Rafaela no pudo más que asustarse ante el silencio que las rodeaba. Ni siquiera sabía de la existencia de ese lugar, un caserío que parecía el recuerdo de una civilización que había dejado este mundo para siempre. Por suerte, Eliana le mostró cada uno de aquellos rincones para que su compañera se sintiese más cómoda. Le presentó a Nito, la llevó a conocer el cobertizo y, por último, la invitó a sumergirse en la cueva.

—¿Por qué estamos aquí? No entiendo nada.

—Este va a ser el secadero de tabaco de La Indiana.

—¿Aquí? ¿Tan lejos? ¿Bajo tierra?

La oscuridad de aquella caverna, iluminada solo por dos antorchas, creaba un ambiente mágico y aterrador al mismo tiempo. Los días previos Eliana se había adelantado en solitario para preparar el espacio, de manera que la cueva estuviese presentable para cuando hiciese la presentación a Rafaela.

—Así es. Este lugar será parte del cambio.

Eliana procedió a relatarle entonces la idea que había pergeñado con Alejandro.

Los secaderos, simples pero ingeniosos, consistían en cajas hechas de madera y tela, en las que se colocaban las hojas de tabaco y se colgaban del techo. La humedad natural de la cueva debía encargarse de secarlas y darles un sabor inimitable. Gracias a que la cueva mantenía la misma temperatura y humedad durante todo el año, Eliana confiaba en que aquel era un lugar ideal para preparar la nueva variedad de puros y cigarrillos de La Indiana.

Apenas habían pasado dos días, pero los primeros resultados ya podían apreciarse. El suave olor de las primeras hojas impregnaba el aire que circulaba por el pasadizo, ese característico frescor de la nicotina sobre las esteras. La fuerte humedad debía contribuir a que el producto pasara de una hoja verde a unas finas hojas marrones listas para ser usadas.

—¡Dios mío! Es... es... No sabía que el tabaco podía secarse bajo tierra.

—Esta técnica la llevan aplicando algunos maestros cubanos desde hace años. Y le aseguro que los resultados son fantásticos.

—No sabía que tuviese usted tantos conocimientos sobre el tabaco.

—Digamos que en Cuba era imposible no estar al día del cultivo de esta hoja.

Por primera vez, Rafaela tuvo la impresión de que las palabras de Eliana no estaban vacías en absoluto. Había venido con fuertes ideas de renovación, y esa cueva parecía ser solo el principio de un cambio profundo en la técnica del tabaco.

—Falta menos de un año para la firma de esa moratoria. Y quizá sea yo muy optimista, pero le aseguro que, llegada esa fecha, el tabaco de La Indiana será el mejor de esta isla.

—No lo dudo. —Rafaela seguía obnubilada ante el pasadizo de secaderos que se abría ante ella.

—Aún quedan varios secaderos por colocar —puntualizó Eliana—, y luego esta labor requiere de un mantenimiento continuo. Tendrá que ir retirando las hojas conforme se vayan secando para que no se pudran. Confío en usted.

—¿Perdone?

—Usted y Alejandro son los únicos que conocen este secreto. Nadie más debe enterarse, de lo contrario le aseguro que el resto de fábricas nos robarán la idea. Además, no sé si los catadores del ministerio lo verán con buenos ojos antes de probar estos puros.

Pero Rafaela seguía rumiando la responsabilidad que ahora tenía a sus espaldas.

—¿Por qué yo?

—Confío en usted.

—Yo solo me encargo de dirigir la sección de empaquetado.

—Pues eso acaba de cambiar. Usted conoce a la perfección todo sobre la fábrica, y para saber qué cigarrillos y puros pueden empaquetarse, debe conocer bien cada hoja, ¿me equivoco?

—No, en eso tiene usted razón.

—Seguirá coordinando a las cigarreras. Solo que ahora, además, tendrá que venir hasta aquí varias veces en semana para llevar a cabo el mantenimiento de los secaderos. No se preocupe, la recompensaré por ello, esto quedará entre nosotras.

—Pero, pero...

—Yo vendré a ayudarla siempre que pueda, pero tenga en cuenta que con los gemelos, con mi criada y con las miradas de los vecinos no lo tengo muy fácil.

—¿Y Miguel?

Por fin, Rafaela había llegado al momento más incómodo. Eliana no quería tener que pasar por ahí, pero no le quedaba más remedio que hacerlo.

—Sé que Miguel y usted son... ¿Pareja?

—Algo así —se lamentó Rafaela.

—Bien, cuánto me alegro por ustedes. El caso es que Miguel no puede saber nada, al menos no por el momento.

—Esto no me gusta.

—Lo sé. Sé que eso no está bien. Pero es una decisión a la que hemos llegado su hermano y yo porque Miguel no la veía viable. Queremos sorprenderle. Tan solo debe mantener el secreto con él hasta que yo le diga, quizá sean unos meses, tal vez solo semanas. Desde que hagamos los primeros puros con esta técnica podremos contárselo.

—No sé yo si seré capaz.

—Ya lo creo yo que sí. —Aunque el tono de Eliana era totalmente amistoso, bajo sus palabras se escondía un aire autoritario.

Rafaela se sentía pequeña a su lado. Ella, que se mostraba como una mujer férrea con sus propias cigarreras, ahora se veía como una simple mandada siguiendo las órdenes de una desconocida, una mujer que la había embaucado para mantener un secreto que ella no quería llevar a sus espaldas. Quizá fuera su postura controladora, o tal vez la dureza de su voz, pero Rafaela no podía evitar sentir un poco de miedo hacia la actitud de Eliana. Había algo en su manera de expresarse que la hacía sentir un tanto incómoda a la par que fascinada hacia ella.

—Ya ha sido suficiente por hoy, ¿no cree?

—Pues... sí —balbuceó Rafaela.

—Volvamos al pueblo. ¿Conoce algún lugar en el que pueda invitarla a comer?

—Bueno... Dicen que mi madre es la mejor cocinera de Breña Alta.

—No se hable más —sonrió Eliana.

La taberna de don Camilo estaba llena de humo, y el olor a alcohol era casi insoportable. Aunque aún era mediodía, las risas y sudores de los primeros borrachos ya copaban el espacio. El suelo de madera rechinaba bajo sus pies mientras las dos mujeres avanzaban hacia una mesa vacía que quedaba al fondo.

—Padre —gritó Rafaela al ver a don Camilo con los codos apoyados en la barra—, vengo con la jefa, la cubana. Dígale a madre que saque el puchero del día *pa* que la chica lo pruebe.

Camilo obedeció al instante, sorprendido de que su hija estuviese con esa forastera recién llegada a La Palma. Todos los jornaleros de La Indiana hablaban de Eliana cuando llevaban varias copas de más, así que don Camilo conocía ya todos los rumores de barra que de ella se decían.

A pesar del ambiente masculino que reinaba en la taberna, Eliana y Rafaela pronto se olvidaron de que allí había nadie más que ellas. Las dos mujeres pudieron disfrutar de un exquisito manjar preparado por la madre de la cigarrera al tiempo que se conocían mejor, esta vez fuera del ambiente laboral.

—Así que Miguel, eh —dijo Eliana al tiempo que probaba el exquisito postre de quesillo—. ¿Y llevan mucho ustedes dos?

—Pues no se crea, si es que ya sabe cómo es Miguel. Un alma libre, siempre ocupado con la fábrica y su gemelo.

—¿No hay perspectivas de futuro?

—Él dice que sí, pero yo cada vez lo veo todo más negro.

—Ay, no sea pesimista. Seguro que les espera un matrimonio como Dios manda. Por cierto, está todo delicioso. —Eliana levantó su vaso de vino para brindar con Rafaela.

—Luego se lo dice usted a mi madre, que seguro que le hace ilusión.

—¿Le gustaría casarse? —preguntó Eliana, volviendo al tema que las ocupaba.

—Claro que sí. Aunque tengo ya una edad que no sé yo si Miguel sigue estando dispuesto.

—Me dará mucha pena que nos deje.

—Creo que aún falta tiempo para eso —se lamentó Rafaela—. Menos mal que me encanta mi trabajo.

—Y más ahora que tiene usted nuevas responsabilidades. —Eliana guiñó un ojo a su compañera, un gesto que sellaba aún más el secreto que ambas compartían desde ese día.

—No sé yo si seré capaz de estar a la altura.

—Pero lo intentará, ¿verdad?

—Lo intentaré.

La comida dio paso a una interminable sobremesa entre ambas. Por momentos Rafaela se sentía extraña por estar compartiendo semejante banquete en horario laboral. Temía que Miguel fuese a regañarla por ausentarse todo el día de sus obligaciones. A veces se le olvidaba que Eliana era también su jefa.

—El próximo paso es vender todos los cigarros que podamos en La Palma antes de la llegada de la comitiva política desde Madrid —dijo Eliana—. Estoy convencida de que el nuevo producto va a gustar mucho, pero tenemos que hacerlo llegar a toda la isla para que se corra la voz.

—¿Y eso? ¿Por qué aquí si el objetivo es exportarlo fuera?

—Porque el producto tiene que gustar a los palmeros. Así, cuando vengan los emisarios de la metrópoli, todos hablarán del tabaco de La Indiana.

De repente, a Rafaela se le encendieron los ojos con un brillo fuera de lo común. Acababa de tener una idea.

Y Eliana se dio cuenta de inmediato.

—Suéltelo, vamos —dijo la criolla, imbuida en un estado de euforia por los cambios que estaban llevando a cabo en la tabacalera.

—¿Conoce usted a Fayad?

—¿Quién?

—Es un tipo muy peculiar, toda una leyenda en esta isla. Creo que es de origen árabe, aunque la verdad es que he hablado poco con él. Es una especie de nómada que viaja por La Palma con sus maletines.

—¿Maletines?

—Sí, es un vendedor ambulante.

—Vaya, vaya. —A Eliana cada vez le gustaba más la idea.

—Es muy complicado dar con su itinerario, una nunca sabe cuándo aparecerá la próxima vez. ¿Mi consejo? Si alguna vez lo ve por el pueblo, no dude en hablar con él. Creo que ese Fayad podría sernos de gran ayuda a la hora de vender el tabaco.

Eliana asintió sin parar, presa de una alegría que no le cabía en el pecho, y le regaló una sonrisa de oreja a oreja a su compañera. Y Rafaela también se dejó contagiar por el entusiasmo, como si aquel fuese solo el principio de una gran amistad. Y de un próspero futuro para La Indiana.

Definitivamente, Rafaela era la aliada que tanto necesitaba.

29
NO SOIS BIENVENIDAS

7 de noviembre de 1876

Cuando Yanet bajó las escaleras que conducían al patio interior de la pensión, sintió que las miradas de las huéspedes se le clavaban en la piel como esos horribles mosquitos que abundaban en Cuba. Todas estaban sentadas en los bancos de madera del patio o apoyadas en los marcos de las ventanas. Decenas de mujeres jóvenes se peinaban los cabellos unas a otras, mientras que otras bordaban unos paños o tejían las prendas que les había entregado doña Carmen como forma de cobrarse la estancia en su pensión.

A la criada le aterraba la hostilidad de esas muchachas. Se había arreglado por primera vez desde su llegada para ir a misa el domingo y, a pesar del discreto vestido negro de encaje que llevaba, no podía evitar sentir el desprecio de aquellas adolescentes. Con su velo impoluto y sus andares aburguesados, Yanet podría haber sido calificada de elegante si no fuera por su piel oscura y el oficio que ejercía. La principal diferencia que sentía con respecto a Cuba, donde siempre vestía el hábito de criada, es que a pesar de servir a Eliana, también ella era una clienta más de la pensión.

Y estaba convencida de que su presencia escamaba a las mujeres que la rodeaban.

—¿Podemos volver a la habitación, mi señora? Tengo miedo —le confesó Yanet cuando Eliana se unió a ella en las escaleras del patio.

—Anda, déjese de boberías. Estas niñas están peor que usted y que yo juntas.

—Si el miedo no es por mí, es por usted. Yo ya empiezo a estar acostumbrada a ellas, y mucho me temo que mientras estemos en esta isla no me queda más remedio que aguantarlas. Pero lo de usted… Me había prometido que nos marcharíamos pronto de aquí, Daniela.

—¡Shh! No me llame así en público. Y menos aquí.

—Discúlpeme, mi señora. La costumbre.

—Y ahora vamos a salir a pasear las dos juntas y no va a ocurrirnos nada malo. Aquí cada uno tiene su vida, nadie tiene por qué meterse en nuestros asuntos. ¿De acuerdo?

—Está bien.

Pero el rostro de Yanet era un mar de dudas.

No era la primera vez que su señora la embaucaba para conseguir sus propósitos. Desde niña, la joven siempre había sabido qué decir o hacer para chantajearla. Su carisma era tan mordaz como su astucia, ya fuese para conseguir los dulces de almendra que tanto le gustaban de la abarrotería de Vueltabajo o para pasar más tiempo jugando con las cigarreras de la tabacalera de los Álvarez. Eliana era toda una experta en el arte de la manipulación, o quizá Yanet era demasiado débil y complaciente con la joven. Lo cierto es que, desde su llegada a la isla de La Palma, Eliana se había salido por completo de la misión trazada por sus padres, y no parecía tener intención alguna de reconducirse y cumplir con su cometido. Esa fábrica estaba fuera de sus planes, y lejos de lo que Eliana le había jurado. Yanet solo veía cómo las cosas no hacían más que complicarse. La criada no veía ocasión para frenar a su señora. Aunque más le valía hacer algo pronto si no quería que el matrimonio Álvarez la castigase. O peor aún, que la expulsaran de la hacienda de Vueltabajo.

Eliana salió de la pensión con ese aire altanero de quien lo ha tenido todo, con unos andares que no daban más espacio a la réplica de su criada. Yanet seguía sus pasos de forma apresurada para no quedarse rezagada en plena calle. Las dos mujeres vestían sus mejores trajes de domingo, que estaban tan impolutos que parecía que acababan de ser confeccionados por un sastre.

A medida que se adentraban en las festivas calles del pueblo sus miradas se cruzaron con las de los vecinos, quienes mostraban hacia ellas una hostilidad aún mayor que las chicas de la pensión.

—Por favor, mi señora, preferiría que volviéramos a la habitación.

—¡Le he dicho que pare ya con sus quejas!

—Mi señora, fíjese cómo nos miran todos.

—Eso es porque no están acostumbrados... a ver a gente como usted.

—No, mi señora. Ellos saben que soy su criada. Usted sabe tan bien como yo que esto no tiene que ver conmigo, sino con esa idea suya que tuvo de meterse en la fábrica.

—No siga por ahí —le espetó Eliana.

—Pues no me mienta más, mi señora. ¿Por qué ha tenido que meterse en esa tabacalera? ¿Cuánto tiempo piensa quedarse en esta isla?

Eliana se detuvo en plena calle para zanjar el tema de una vez con su criada.

—El plan original no ha cambiado en lo más mínimo, se lo aseguro.

—¿Se cree que no oigo cómo hablan todos y la ponen a parir? Que me lo hagan a mí lo entiendo, pero usted es como ellos, no entiendo por qué ha querido labrarse tantos enemigos. Le prometió a su padre que nos mantendríamos en la sombra, y usted está haciendo todo lo contrario, como siempre. Solo sabe llamar la atención.

—Por favor, ponga los pies en la tierra. Todos los vecinos llevan así desde que llegamos y, sin embargo, nadie nos ha perjudicado.

Eliana reanudó el paso haciendo a su criada un gesto imperativo para que la siguiese como un perro.

—Mi señora, perdóneme que le insista. Temo que vayan a por usted si sigue como socia en esa fábrica.

—¡Se acabó la conversación! ¡Vamos!

—Por favor…

—¡Ya está! —la interrumpió Eliana—. No va a pasarnos nada malo, no se preocupe. Ese Braulio Mendoza nunca lo permitirá.

Faltaban unos minutos para que sonase la campana del mediodía cuando las dos forasteras llegaron a la parroquia. Hombres y mujeres se arremolinaban en grupos bien diferenciados por géneros en torno a la plaza. Ellos se quejaban de las miserias de sus trabajos y de la política insular, mientras que ellas andaban más preocupadas por los niños y la casa.

Eliana se dio cuenta de la gran diferencia que había entre su universo en Cuba y este al que había ido a parar. En América solo se codeaba con las amistades de sus padres y el entorno de caciques y empresarios, la verdadera élite de su tierra. Aquí, sin embargo, no había rastro a su alrededor de una sola familia pudiente. Criada y señora podían sentir la pobreza en el vestir de los palmeros, quienes trataban de ocultar, sin éxito, el descosido en las hebillas del cinturón o el amarillo desgastado de las enaguas de las mujeres. Abundaban los trajes hechos a mano para las misas, aunque se notaba que la mayoría habían sido usados demasiadas veces.

Cuando comenzó la misa, Eliana y Yanet se apostaron en un banco de la última fila para pasar desapercibidas. Pero les fue imposible. Eliana no dio importancia a las miradas, al fin y al cabo, eran nuevas en la isla y ella viajaba junto a una mujer de piel negra.

El problema no eran los adultos, quienes dirigían la mirada hacia ellas con disimulo, sino los niños, que no tenían pudor alguno hacia ellas. Tal fue así que incluso una niña, que no debía tener más de cinco años, señalaba a Yanet sin parar con una mezcla de sorpresa y asco.

—¡Negra! —gritó la pequeña.

—No se preocupe, se acostumbrarán —susurró Eliana a su criada mientras trataba de aparentar normalidad y seguir el hilo de la misa.

Yanet no hacía sino ponerse más nerviosa a medida que avanzaban las palabras del cura, pero aguantaba por su señora todas aquellas miradas fingiendo que no las veía. Los cuchicheos en la parte trasera de la iglesia distrajeron al padre Mendoza, que se fijó en el rostro de las dos mujeres. Trataba de continuar con la eucaristía, pero era incapaz de recuperar el hilo de lo que decía por el revuelo que estaban armando los vecinos con la presencia de aquellas dos intrusas. Era la excusa que el párroco y lector de La Indiana tanto necesitaba. No quería que esas dos mujeres permanecieran un segundo más en su iglesia.

—Por favor —exclamó tras largas dudas—, ¿puede abandonar la parroquia?

Yanet buscó refugio en Eliana al ver que Braulio les llamaba la atención ante la mirada de todos los fieles. Esta vez se vio incapaz de parecer invisible.

—Me marcho —susurró Yanet a su señora.

—Que no.

—Lo siento, mi señora. Me está echando.

Yanet obedeció al párroco, salió al pasillo y abandonó la iglesia ante el escrutinio de los fieles. El paseo se volvía más humillante para ella a cada paso.

Pero el padre Mendoza no había terminado aún con su reprimenda.

—Usted —dijo, esta vez fulminando a Eliana con la mirada—. No me refiero a su criada, sino a usted. No es bienvenida a la casa de Dios. Por favor, márchese.

Eliana se quedó de piedra. Unos sudores fríos comenzaron a recorrer cada centímetro de su espalda, al tiempo que sentía que el vestido estaba a punto de asfixiarla.

—Por favor, váyase de una vez para que podamos continuar con la palabra del Señor.

Pero la joven seguía clavada en el sitio, incapaz de mover un solo músculo. Fue entonces cuando Yanet volvió sobre sus pasos para agarrar a su señora y acompañarla a la salida de la parroquia.

—Vámonos, por favor.

Eliana obedeció y la acompañó al exterior, con una mezcla de rabia y desconcierto. Y una vez que salieron a la calle, la criolla estalló en un mar de lágrimas en los brazos de su criada. Aún seguía estupefacta por lo ocurrido.

—Ya está, mi señora. Aquí me tiene, aquí me tiene.

Eliana no podía parar de llorar. Su único consuelo era que, como todos seguían en la parroquia, al menos nadie podía ver sus lágrimas en la plaza. Las dos forasteras sostuvieron el abrazo durante una eternidad, tiempo en el que la joven pudo recapacitar sobre lo ocurrido y respirar hondo para calmarse. Necesitaba ver las cosas con perspectiva.

—Debemos darles tiempo a los vecinos, se acostumbrarán a verla.

—¿Cómo dice?

—Aquí no es habitual ver a gente negra como usted.

Yanet no entendía a su señora. Eliana parecía no haberse dado cuenta de que el padre Mendoza la había expulsado expresamente a ella del edificio en plena misa.

—Creo que no lo comprende, mi señora.

—Sí, claro que lo comprendo —rectificó por fin la criolla—. Sé muy bien lo que acaba de ocurrir ahí adentro.

—¿Y bien? ¿Entiende ahora lo que llevo tantos días tratando de decirle? Desde que entró en esa maldita fábrica ese Mendoza no le quita el ojo de encima, ni él ni el resto de vecinos. ¿Puede hacerme caso de una maldita vez, mi señora?

—Nos aceptarán, tiempo al tiempo. —Eliana parecía haber perdido el juicio. Tenía la mirada fija en las nubes y en los pájaros que rondaban el cielo.

—¡Qué tiempo! Usted vino con una misión clara, y yo me comprometí con su padre a acompañarla y a cuidarla. Y mientras usted, Daniela, está haciendo lo que le viene en gana con esa fábrica.

—Yanet, cálmese. Y no me llame así.

—Mi señora, debe enfrentarse a esto tarde o temprano. ¡Deje esa fábrica de una vez!

Eliana pidió un instante a su criada para tomar aire. Sabía que ese era su destino, pero se negaba a aceptarlo por más que todas las señales le indicaban lo contrario.

—Por favor, mi señora...

Yanet también rompió a llorar y se acercó a ella entre lágrimas mientras la acariciaba.

—Encuentre ya a algún hombre con el que yacer y volvamos a casa.

—Tengo miedo —respondió Eliana.

—Y yo la entiendo, mi señora, no sabe bien cuánto lamento la situación en la que está. Pero esto ya lo hablamos cientos de veces. Confíe en mí, cuanto antes se enfrente a esto, antes volveremos a Cuba.

—Es que... no quiero volver a Cuba.

—¿Qué me está diciendo? ¿Cómo que no quiere volver a casa? No me sea, su vida está allá. Es usted la mujer más valiente que conocí nunca. No se defraude ahora.

Eliana asintió a su criada, dando la batalla por perdida.

—Está bien. Lo haré, no se preocupe —mintió.

Juntas recorrieron el camino que había entre la plaza del pueblo y la pensión, ahora libres de las miradas de los vecinos.

Eliana sabía que tarde o temprano tendría que poner fin a la aventura que había iniciado en La Indiana, pues su familia no tardaría en preguntar por ella. Pero le aterraba tener que enfrentarse a la misión que su padre le había encomendado.

Por primera vez en su vida se sentía plena. Y no iba a permitir que nadie le arrebatara la libertad que llevaba ansiando toda la vida.

30

SE ACERCA LA TORMENTA

10 de noviembre de 1876

La cantina de Camilo era un hervidero de borrachos aquella noche. La humedad producida por el sudor de los hombres se pegaba a la madera de las mesas y de la barra, haciendo el aire casi irrespirable. Miguel hizo su entrada en el peor momento posible de la noche, pues no cabía un alma en el establecimiento y el propio Camilo ya estaba echando de allí a los más perjudicados por el alcohol. Los gritos e insultos se cernían sin piedad sobre el tabernero. Nadie quería concluir la juerga antes del amanecer, aunque la mayoría acababan doblegándose por culpa del alcohol para terminar tirados entre las rocas del malecón.

—¡Qué suerte tiene el jodío! —gritó un cliente a Miguel desde una mesa, aunque este no fue capaz de adivinar de quién se trataba debido al humo que había en el interior.

El gemelo logró esquivar a la muchedumbre apostada en torno a la barra, y llegó hasta un grupo de hombres que lo llamaban mientras jugaban a las cartas en una mesita. Se dio cuenta de que se trataba de empleados de la fábrica.

—¡Beba, patrón!

No le dieron tiempo a réplica. Le sirvieron un vaso de ron y brindaron a voz en grito, pidiendo la colaboración de todos.

—¡Por la moratoria!

—¡Sea!

La taberna bebió al unísono. Miguel correspondió a sus empleados, aunque se sentía un tanto fuera de lugar ante todos sus jornaleros. Apenas había bebido y lo agobiaba el caos que había en el local. Tuvo que buscarse un hueco en la barra para ponerse a tono, como el resto de clientes.

—¿Algo fuerte, Camilo?

—Para mi yerno lo que sea —dijo el tabernero con una sonrisa de oreja a oreja, y le sirvió al joven un vaso de aguardiente—. Bébase este primero y luego le sirvo una cuartita de vino. O una media, como usted vea.

Miguel se lo bebió de un trago ante la atenta mirada del padre de Rafaela. Acto seguido comenzó con el vino, acompañado de un plato de queso fresco.

—¿Cómo está el vino? ¿Le gusta? Me lo traen desde Barlovento —dijo Camilo, elevando la voz por encima de los gritos de la taberna.

—Está avinagrado, como a mí me gusta.

Miguel se iba fundiendo con el ambiente de la noche. Sin embargo, notaba cómo la actitud de don Camilo hacia él se había vuelto excesivamente aduladora desde que su gemelo y él habían conseguido acabar con las deudas de la fábrica.

—Cuánto me alegro de la llegada de esa mujer, les salvó de una buena. Imagino que ahora se planteará por fin el casamiento con Rafaela. No sabe la ilusión que tenemos en casa, que la niña ya se nos hace mayor.

—Ya veremos —respondió Miguel con absoluta seriedad—. Cada cosa a su debido tiempo.

Una vez más el tabernero volvía a las andadas con el maldito tema de la boda. Miguel no podía más, así que aprovechó que algunos de sus empleados de La Indiana se acercaban a pedir a la barra para unirse a ellos y dejar atrás la conversación con el padre de Rafaela.

—¡Sírvale a toda la mesa, don Camilo! —gritó uno de los chinchaleros de la fábrica—. ¡Y haga el favor de apuntárselo a la cuenta de Miguel!

El gemelo no tenía intención de invitarlos, aún estaba en sus cabales y no iba a permitir que sus trabajadores le sacaran los cuartos, pero las muecas y el ambiente de jolgorio que había entre sus jornaleros terminaron por convencerlo. Camilo rellenó las cuartas de vino con una mirada de desdén hacia Miguel, que no hacía más que darle largas con el asunto de la boda. Aunque sabía que aquella no era la mejor noche para enfrentarse al joven, porque la cuenta de Miguel era ya bastante elevada y prefería cobrársela primero. Tuvo que resignarse a verlo danzar durante toda la noche por su taberna. Después de beberse un litro de vino el joven patrón era incapaz de contener su exaltación. Estaba desaforado, deambulaba por las mesas, saludando e invitando a beber a todos sus conocidos, agarrándose de las paredes para no caerse al suelo. Y en medio del jolgorio se tropezó con don Hermenegildo van Dyck.

—Vaya con Miguelito.

—Señor Van Dyck…

La euforia del gemelo se vino abajo de golpe, y tuvo que hacer un enorme esfuerzo por aparentar seriedad ante el respeto que le profería dicho sujeto. Hermenegildo van Dyck tenía un aire crepuscular. De orígenes flamencos, vestía con una elegancia que cautivaba a pesar de su avanzada edad. Compañero silencioso del maestre de la Logia, este político local caía en gracia incluso a sus peores enemigos. Siempre sabía qué decir y, sobre todo, cuándo debía callar.

—Me tiene usted preocupado, Miguelito. —El político le hizo un hueco y lo sentó a su mesa, en la que estaba jugando al dominó con otros políticos locales—. Señores, no me repartan fichas en esta ronda, que quiero charlar con el muchacho.

Miguel se acomodó en su butaca entre temblores. Van Dyck le triplicaba en edad y su estatus en la isla era de sobra conocido, aunque nadie sabía muy bien qué cargo ostentaba en la Gobernación Insular.

—¿Cómo se les ocurre meterse en semejante berenjenal a usted y a su hermano? Una mujer... ¿Qué pensaría su difunto padre, muchacho? —Su voz profería un aire de desprecio.

—Lo siento, pero ella era nuestra única opción. Y para su tranquilidad, sepa que la tabacalera sigue estando en nuestras manos. Ella solo pone el capital. Dígale a los del Gobierno que pueden estar tranquilos.

—No me sea ignorante, Miguelito. Que ustedes no tienen ni idea de cómo se lleva este negocio.

—Disculpe, algo sabré si llevo toda la vida...

—Una cosa es ser hijo de don Servando, Dios lo tenga en su gloria, y otra muy distinta es creer que pueden ustedes dirigir una tabacalera. No pudieron haberlo hecho peor invitando a la cubana esa del demonio.

—Ya le he dicho que era nuestra...

—¡Cállese! Miguelito, por Dios. Usted tenía que haber aceptado la ayuda que les brindaba la cooperativa. Ahora no me venga con cuentos o excusas. Que le ha regalado la fábrica a... —Van Dyck frenó sus palabras y se inclinó hacia el oído de su interlocutor para que sus compañeros no escucharan la conversación—. Que esa mujer es una soplona, Miguel.

—¿Cómo dice?

—Una espía, de los cubanos.

Miguel notó que Van Dyck lo miraba con el mismo gesto autoritario que solía emplear su padre cuando la situación se agravaba. La cara del político parecía ofrecerle un retrato desesperado, su mirada estaba llena de compasión y de la necesidad de que el joven cigarrero atendiese de una vez a las advertencias.

—Eso no hay quien se lo crea.

—Si leyera usted la *Revista de Indias*, o la prensa... Pero, claro, a veces me olvido de que usted no sabe leer —se burló—. Su hermano sí que podría haber estado al tanto. Si alguno de ustedes dos se hubiera interesado por lo que ocurre en las colonias de América, sabría que mientras nosotros dos charlamos, en Cuba y Puerto Rico se están produciendo revueltas por culpa de esta moratoria. ¿Y ustedes van y meten a una espía cubana en nuestra cooperativa?

Miguel no sabía qué responder. ¿Tendría razón Van Dyck? ¿De verdad les estaba engañando la joven? Recordó entonces el día que había conocido a Eliana en el puerto y cómo ella le había ayudado de manera altruista a embarcar el pedido. ¿Quizá aquella casualidad escondía otras intenciones?

—Escúcheme, muchacho. Esto se lo digo en confianza porque sabemos que es el más cuerdo de la relación. Porque su hermano, el pobre...

Pero había algo que a Miguel no le encajaba con respecto a las advertencias del político.

—¿Cómo es posible que usted sepa que en Cuba y Puerto Rico se están produciendo revueltas si la moratoria se firmó hace solo unos días?—. Las noticias llegarían en unos días a las Américas, como pronto. Era imposible que ya se hubieran iniciado revueltas.

—Lo de las revueltas es un decir, ya me entiende —se desdijo el hombre con nerviosismo—. Quizá allá todavía no estén enterados, pero no tardarán en estarlo.

Van Dyck tomó aire antes de continuar, la plática le estaba resultando más complicada de lo que esperaba.

—Por Dios, Miguel, no sabe usted nada de esa mujer, Es de Cuba, tiene dinero... ¿No le resulta extraño?

—¿Y por qué no vino el maestre a hablar conmigo? Suena como si él estuviese dándome este discurso.

—Porque casi lo mata del disgusto cuando se enteró de que habían firmado con una cubana.

A decir verdad, a Miguel sí que le resultaba sospechoso que Eliana hubiese decidido ayudarlos sin apenas conocerlos. Y más aún después de esa extraña idea de los secaderos que les había pedido que mantuviesen en secreto.

—Esto no es nada personal contra ustedes —concluyó Van Dyck en un tono más diplomático—. Espero que a partir de ahora sepa lo que tiene que hacer. Y si no es por usted, hágalo aunque sea por el bien de esta isla.

Miguel salió de la taberna para tomar el aire, borracho como una cuba. Se tumbó en un banco de la plaza y no tardaron en acercarse a él dos de sus empleados para ver si conseguían que los invitara a otra ronda. El patrón los alejó con un gesto y amenazó con despedirlos si seguían insistiendo. Necesitaba despejarse, le zumbaba la cabeza entre el alcohol y las palabras del político.

Estaba cansado de gente como Van Dyck, viejas glorias que hacían todo lo posible por mantener el *statu quo* del poder en la isla. Pero quizá el flamenco llevaba razón en sus advertencias y Eliana no era quien decía ser. Desde luego, la joven nunca le había dado buena espina, y mucho menos después de ver cómo estaba tratando de interferir en los pensamientos de su hermano y en la manera de trabajar en la tabacalera.

Despertó en plena madrugada. Se había quedado traspuesto en el banco y sus ánimos estaban más renovados, aunque la borrachera aún seguía mellando su cabeza. No tuvo dudas de que era el momento de visitar a Rafaela.

La parte trasera de la taberna de don Camilo conducía a la casa de la joven, una vivienda situada en un funesto callejón lleno de basura y estiércol. Miguel se acercó hasta la ventana de la joven y lanzó una piedra al cristal. Aguardó unos instantes hasta que ella se asomó, vestida con un camisón color rosado que le llegaba hasta los tobillos.

—Ábrame la puerta.

—Fuera, buscón, usted solo me viene cuando mi padre lo echa de la taberna.

—Pues hoy no me ha echado —dijo, apoyándose en la pared para mantener el equilibrio.

—Que se vaya de aquí. —Rafaela cerró la ventana con cuidado para no despertar a los vecinos, pero volvió a asomarse por la cortina al ver que Miguel seguía allí plantado—. ¿Puede hacer el favor de largarse?

El gemelo continuaba inmóvil, ebrio y con una cautivadora sonrisa de oreja a oreja. Rafaela bajó las escaleras con cuidado, abrió el portón trasero y miró a ambos lados de la calle para asegurarse de que no había nadie más allí. Lo empujó hacia el portal con un fuerte agarrón.

—Qué asco, apesta.

Rafaela se dio cuenta de que el estado de Miguel era mucho peor de lo que aparentaba desde la ventana de su dormitorio.

—Pero sé que a usted le gusta este olor.

—Shhh, baje la voz —susurró ella—. ¿Qué quiere? ¿A qué viene esto ahora?

—Tenía ganas de verla —dijo, acariciándola con muy poca delicadeza.

—Quieto, va usted a despertar a madre.

—Ya me han dicho que se ha hecho amiga de la cubana.

—¿Qué está diciendo? —Rafaela se asustó, por un momento creyó que Miguel sabía el secreto que se traía entre manos con Eliana.

Pero las risas burlonas del joven le dieron a entender que este no tenía ni idea de lo que ocurría.

—Que sí, que me dijeron que a veces se la lleva a hablar por ahí por las fincas.

—Bueno, está sola. Necesita a alguien con quien hablar de las cosas de la fábrica, pero no somos amigas.

Por primera vez Rafaela dudaba de sus palabras. Quizá Eliana sí que empezaba a convertirse en una amiga.

—Y usted siempre es un alma samaritana escuchando las penas de la gente.

Miguel estalló en una carcajada, estaba totalmente borracho.

—¡Shhh! Baje la voz de una vez.

—Ay... Que sí, que sí.

Volvió a la carga para intentar besarla, pero Rafaela se sentía cada vez más asqueada del hedor que desprendía.

—¿Su hermano no está en casa o qué? —insistió él.

—¡¿Mi hermano?! —Ahora Rafaela sí que se quedó extrañada ante la pregunta. ¿Qué demonios pintaba su hermano en todo esto? Las divagaciones de Miguel cada vez que se emborrachaba no tenían ningún sentido—. Arsenio está trabajando, tiene que hacer la custodia en la casilla toda la noche. ¿Por qué lo dice?

—Vamos a su cama.

—¿¡Qué!? —respondió ella, a medio camino entre el grito y el susurro.

—Vamos a la cama de Arsenio.

—¡¿Está usted mal de la cabeza?! ¿Cómo nos vamos a meter en el dormitorio de mi hermano?

—Venga, que no se va a enterar. Hágalo por mí.

—¡Que no! Y váyase ya que se está cayendo de la borrachera que lleva.

Pero Miguel no le hizo caso y la arrastró para sí. Trató de besarla, pero ella consiguió zafarse. Lo intentó de nuevo y Rafaela lo apartó entonces de un empujón.

—Déjeme en paz. No pienso perder más el tiempo con usted.

—Diantres, que yo sí que quiero casarme. Ahora no es el mejor momento con todo lo que tenemos en la fábrica. Pero lo será, muy pronto.

Ella le sonrió. Acarició los cabellos sudados del joven y lo besó con pasión.

—Déjeme tocarla —dijo él, metiendo la mano bajo su camisón.

Pero Rafaela la apartó con suavidad.

—Solo faltaba, leches —gritó Miguel—. ¿Quiere que me case con usted, pero no me deja tocarla?

—Shhh, que baje la voz.

—Que sí. Que yo soy cuidadoso.

Miguel volvió a la carga. Rafaela se dejó llevar, sabía que su padre siempre entraba en casa por la trastienda de la taberna. Con el cansancio no se percataría de que su hija no estaba en el dormitorio. Rafaela le gimió al oído, se había olvidado por completo de su hedor. Miguel se notaba cada vez más acelerado a medida que se frotaba contra ella. Se besaban cada vez con más desenfreno, lo que a ella la excitaba cada vez más. De repente, el joven se detuvo en seco, la apartó e intentó abrir los ojos, como si se hubiera mareado.

—¿No le gusta? —preguntó ella—. No está levantada.

—Claro que sí, joder.

Miguel se lanzó de nuevo a sus labios, besándola esta vez con más agresividad. Ella llevó su mano a la entrepierna de su amante, pero seguía sin notar la rigidez en su pantalón. Se extrañó y puso las manos de él sobre sus pechos, pero el miembro de Miguel seguía sin reaccionar.

—¿Otra vez?

—Que no pasa nada, joder. —El gemelo estaba alterado, y se aferró a los pechos de ella para excitarse. Sin éxito.

—¡Ay, pare! Me hace daño.

Pero él no reaccionaba. Tenía la mirada perdida, como si estuviera atrapado en otro lugar.

—El alcohol, joder. Que me caigo.

Miguel se apoyó contra la pared y se secó el sudor de la frente con la camisa. Estaba lúcido, pero la misma sensación de siempre volvía a invadirlo. Por más que lo intentaba, no entendía por qué era incapaz de sentir nada.

—Me voy, necesito aire. Ábrame, ¡ábrame!

Rafaela le sopló en la cara para ayudarlo a airearse, pero él no atendía a razones.

—¡Que me abra la puerta!

Frustrada y confundida, Rafaela le abrió a toda prisa, cuidándose de que la puerta no chirriara, y contempló estupefacta cómo Miguel salía corriendo calle abajo sin despedirse, presa de una furia que ambos eran incapaces de explicar.

31
LA CARTA

20 de noviembre de 1876

La conversación con Van Dyck había sembrado en Miguel un germen del que el joven ya era incapaz de liberarse. Tal vez Eliana mentía, tal vez no tenía todo el dinero que aseguraba tener, o tal vez los miembros de la cooperativa estaban en lo cierto y Eliana era una espía de los cubanos. Y a eso debía sumar que la relación entre ella y su gemelo era cada vez más cercana y sospechosa. Así que, tras darle muchas vueltas decidió que debía vigilarla en secreto.

De la noche a la mañana, el joven cambió por completo su rutina para adecuarla a la de ella. Madrugaba para esperarla a la salida de la pensión y así conocer al detalle los movimientos de su socia más allá de la fábrica. Tan enfrascado estaba en su cometido que incluso aparcó la costumbre de beberse sus dos copas antes de dormir. Así se pasó varios días, semanas…, sin éxito. Y mientras tanto, Miguel tenía la impresión de que la relación entre Eliana y Alejandro era cada vez más cercana entre las paredes de la fábrica.

Era extraño el presentimiento que se había adueñado de él. No existía una sola prueba de que esa cubana estuviese manipulando a su gemelo, como tampoco parecía haber nada preocupante a simple vista. Pero las miradas que se dirigían revelaban una confianza inusitada entre ambos. La manera en que se hablaban dejaba claro que no eran simples compañeros. Ellos parecían estar en perfecta sintonía, dentro y fuera del despacho, mientras que Miguel se sentía cada vez más relegado a la crudeza y el calor de las fincas, a tener que consentir sus decisiones sin haber comprendido lo que aprobaban.

Una y otra vez lo asaltaba el temor de que ambos estuviesen conspirando contra él.

A Miguel le costaba despertarse cada día para su labor de espía, viendo a su hermano Alejandro dormir plácidamente en la cama contigua, pero era aún más fuerte el sentimiento que le llevaba a levantarse de su cama para que la traición no le pillase desprevenido.

Como llevaba haciendo en las últimas semanas, se dirigió poco antes del amanecer a los aledaños de la hospedería que regentaba doña Carmen. Era una mañana gris, el rocío de la noche bañaba los adoquines de las calles y los bancos de piedra que había junto a la plaza. Miguel estaba agotado y ya había perdido la esperanza de obtener algo de interés sobre Eliana, pues su día a día era monótono y su rutina apenas presentaba cambios. A punto estaba de desistir en su empeño cuando la vio salir de la pensión de forma apresurada en dirección al camino Real. Aunque las nubes presagiaban lluvia, parecía que Eliana iba hacer algún recado urgente a la capital, algo tan importante que no podía esperar a que se despejasen las nubes. Era extraño que no acudiese a Santa Cruz acompañada por su criada, como siempre solía hacer. Pero lo más raro era que llevaba una pequeña bandolera de cuero bajo el brazo.

Miguel hizo el largo camino a pie tras ella, campo a través, tratando de mantener una distancia prudencial. Eliana recorrió el sendero que llevaba a la capital a paso ligero, como si quisiera deshacerse cuanto antes de aquella bolsa. La siguió ladera abajo, escondiéndose de su mirada en los recodos del camino. Cuando llegaron a la zona del puerto, Eliana se adentró en el edificio de aduanas que acababa de abrir sus puertas.

Miguel estaba exhausto, tenía las piernas doloridas y los dedos llenos de llagas. Se sentó junto a la fuente que había frente a la plaza de Capitanía y pasó allí un rato con los pies en remojo. No había un alma en la calle. Desde su posición podía distinguir a Eliana mientras esperaba a ser atendida en el mostrador. La espera se le hizo eterna al muchacho mientras veía pasar a los pescadores de la cofradía, que regresaban de su jornada nocturna, y los comerciantes iban colocando el género en sus puestos.

Entonces vio que era el turno de Eliana. Miguel rodeó el exterior del edificio hasta hallar una ubicación idónea desde la que poder observarla gracias a las vidrieras. Ella sacó una pequeña carta de su bandolera y se la entregó al funcionario de turno, quien colocó al menos cinco sellos en la esquina superior. Al terminar, Eliana salió de la oficina y recorrió las calles hasta alcanzar el final del muelle.

Miguel se escondió con disimulo entre los pescadores que limpiaban el producto de la jornada y la observó desde la distancia. Eliana se había sentado al borde del malecón, dejando que las olas golpearan sus pies. «¿En qué estará pensando?», se preguntó el gemelo, que en aquel momento habría pactado con el mismísimo diablo con tal de saberlo. Por la distancia que había entre ambos él no acertaba a distinguir las facciones de su rostro, pero Eliana parecía estar llorando. «¿No decía que no tenía familia? ¿A quién diablos querría enviar una carta?». Con estas cavilaciones emprendió Miguel el camino de vuelta.

Le ardían los pies después de tan largo camino sin el calzado adecuado.

32

ALGO QUE COMPARTIR

25 de noviembre de 1876

Los días se le hacían cuesta arriba a Rafaela, ya que después de su jornada de trabajo tenía que dirigirse en solitario al bosque para iniciar su labor en los secaderos que supervisaba. Por suerte no había tardado en habituarse a su nuevo cometido. Cada tarde esperaba a que se marchasen los últimos chinchaleros de La Indiana para esconder las últimas hojas de la cosecha del día en una gran cesta de mimbre que cubría con un paño húmedo. Luego partía a pie desde la fábrica. Era un trayecto que le llevaba más tiempo del deseado, pero llenaba sus pulmones de vida y la ayudaba a despejarse.

El aire en aquel caserío abandonado era cada vez más fresco y húmedo ahora que se acercaba el invierno, pero eso no afectaba a sus ánimos. Al llegar, Rafaela se adentraba en la cueva, se colocaba un delantal blanco para no manchar su ropa con el jugo de la hoja y se dedicaba durante horas a supervisar con delicadeza las hojas que ya estaban secándose. Posteriormente planchaba las nuevas, colgándolas con delicadeza en las cuerdas que habían sido extendidas antes de comenzar el proceso. El trabajo era exigente, pero ella se sentía cada vez más experta siguiendo los consejos de Eliana, y disfrutaba de la sensación de ser parte de algo secreto.

Sin embargo, pasar tanto tiempo en solitario la obligaba a conversar consigo misma, y eso era precisamente lo que más detestaba en momentos como aquel. La figura de Miguel no dejaba de aparecer ante sus ojos. Por una parte, Rafaela se sentía culpable por estar llevando a cabo la tarea de los secaderos a sus espaldas, y por otro lado trataba de buscar respuesta al hecho de que él no consiguiera sentirse excitado con ella. Temía no ser una mujer lo bastante atractiva para un hombre como él, y el vacío entre ambos no hacía sino preocuparla más y más a medida que avanzaban los días de silencio entre ambos.

En ese momento, el sonido de unos pasos la sorprendió mientras cortaba los tallos de varias hojas con unas pequeñas tijeras de hojalata.

—¿Hola?

El ruido se acercaba a ella a través del conducto de la cueva. Se trataba de Eliana, quien la saludó con una efusiva sonrisa al tiempo que le mostraba un paquete envuelto en paños que llevaba bajo el brazo.

—¿Mal momento?

—¡Vaya! Muchas gracias por venir a verme —respondió Rafaela.

—Soy yo la que debe darle las gracias, que la he dejado sola al cargo de esta faena.

Sobre un pupitre de madera descompuesto por la humedad, Eliana abrió el obsequio que había traído y desmenuzó una porción con sus manos.

—He pensado que tal vez le apetecía comer algo.

—Tiene una pinta exquisita.

Se trataba de un frangollo, un pastel tradicional hecho con harina de maíz, pasas, azúcar y almendras. Sin dudar un instante, Rafaela depositó las hojas de tabaco sobre la mesa y se lanzó a por el bizcocho. Ambas se regalaron una mirada de placer mientras disfrutaban del manjar.

—¿Lo ha hecho usted? —preguntó Rafaela, aún con la boca llena de comida.

—Ojalá. Lo ha hecho doña Carmen, la dueña de la pensión.

—Pues dígale que es el más rico que he probado nunca, mucho mejor incluso que el que prepara mi madre. Pero no se lo diga a ella.

—Será nuestro secreto —dijo Eliana entre risas.

Las dos mujeres se sentaron en el suelo para ponerse al día mientras merendaban. El día a día en la fábrica dificultaba sus momentos de conversación, aunque se notaba que a ambas les apetecía charlar sin que el tiempo jugase en su contra. Eliana no paraba de interesarse por la vida de su compañera, quería saber más sobre su familia, sus sueños e ilusiones. Al principio Rafaela se mostraba un poco distante en sus respuestas, no tanto por descortesía, sino porque no quería que su jefa pensase que ella necesitaba sentirse el centro del mundo. Pero con el avance de su charla ambas comenzaron a abrirse.

—Si es que cada vez soporto menos vivir en mi casa —dijo Rafaela—. Mis padres no dejan de repetirme la importancia del matrimonio, y mi hermano no para de ayudarme a encontrar a un hombre.

—¿Y qué pasa con Miguel?

Rafaela agachó el rostro al escuchar su nombre, la avergonzaba no haberle dicho nada a su jefa.

—¿Cómo se ha enterado?

—Digamos que lo saben todos en la fábrica.

—Ah, pues... no hay mucho que explicar al respecto. Tuvimos una relación, o la tenemos. La verdad que ya no sabría decirle.

Por su manera de expresarse, Eliana notó de inmediato que a Rafaela no le apetecía hablar del tema. Pero aún así, algo impulsaba a la criolla a seguir tanteándola al respecto.

—Pensé que el amor no entraba en sus planes.

—¿Por qué lo dice? —Rafaela no pudo evitar incomodarse ante el comentario de su jefa.

—El día en que le propuse la idea de los secaderos usted no me dijo nada acerca de Miguel, solo me habló de la insistencia de su familia por que encontrase un marido.

—¿Acaso cambia algo?

De nuevo, Eliana notó algo extraño en la expresión de Rafaela y en su postura corporal. Se dio cuenta de que su comentario la había ofendido.

—No, claro que no. Es solo que... pensé que usted quería crecer en esta fábrica.

—Y por supuesto que quiero. —Rafaela estaba incómoda, no comprendía por qué tenía que darle explicaciones a su jefa acerca de sus sentimientos hacia Miguel—. Si no le dije nada es porque él siempre me ha pedido que lo mantengamos al margen del trabajo.

—Pues no ha sido muy efectivo su plan. Como le decía, todos en la fábrica están al tanto de la situación.

—Lo sé, yo también he escuchado los rumores. Y Miguel ha tenido alguna actitud extraña conmigo, como si quisiera marcar su territorio frente al resto de empleados.

Eliana la escuchaba con atención. Se la notaba verdaderamente interesada en el relato de su empleada.

—¿Usted le ama?

Rafaela fue incapaz de articular palabra, nunca antes se había hecho esa pregunta y le resultaba aún más incómodo tener que respondérsela a Eliana. Tomó un nuevo pedazo de frangollo con el fin de ganar tiempo, pero se dio cuenta de que resultaba aún más incómodo masticar mientras su jefa le sostenía una mirada tan simpática como desconcertante.

—Sí, creo que le quiero.

—Está bien —respondió Eliana, como si todas sus necesidades hubiesen quedado cubiertas de inmediato—. Siento haber parecido arrogante, pero quería asegurarme. Usted es la mejor empleada que tenemos en La Indiana, y no me gustaría perderla. Se lo digo de corazón.

Rafaela no sabía cómo sentirse ante ese vendaval de emociones. En una sola frase había pasado de desconfiar de Eliana a considerarla una amiga.

—Gracias.

Se produjo un instante de silencio, momento que aprovechó Rafaela para dejarse llevar por sus preocupaciones.

—Si le sirve de consuelo, no creo que mi relación con Miguel tenga futuro.

—Vaya, cuánto lo siento —mintió—. ¿Y eso por qué?

—No lo sé, creo que... —Conforme hablaba, las emociones de Rafaela se desvanecían en una neblina de tristeza. La avergonzaba, pero necesitaba contarle a alguien todo lo que pasaba por su cabeza—. Creo que él no siente lo mismo por mí. Mire cómo soy —dijo, mientras señalaba su cuerpo y su rostro—, ¿usted cree que alguien podría fijarse en mí?

Eliana cambió el semblante al escuchar esas palabras de derrota.

—No vuelva a decir eso nunca más. Usted es una mujer con la que muchos hombres querrían estar, y si Miguel no es capaz de verlo, pues peor para él.

Rafaela dibujó una sonrisa forzada, al tiempo que trataba de contener las lágrimas frente a su confesora.

—Gracias por tratar de animarme.

—Créame que lo pienso de verdad —puntualizó Eliana.

—¿Sabe qué es lo peor? Tener que oír cómo mis cigarreras se burlan a mis espaldas de la relación que tengo con Miguel. No se creen que un hombre haya podido fijarse en mí, y mucho menos alguien como él.

—¿Eso es lo que más le preocupa? —Eliana tomó las manos de su amiga y las acarició con un gesto suave antes de continuar—. Entonces, usted no está enamorada de Miguel.

—¿Qué?

—No tiene que casarse para complacer a su familia. No permita que la presión le impida hacer lo que la haga feliz.

La determinación de Eliana obligó a Rafaela a tomar nota de su consejo. La cigarrera tardó unos segundos en digerir sus palabras y después de reflexionarlo le regaló un fuerte e inconsciente abrazo a modo de agradecimiento, sin darse cuenta de que estaba rompiendo por completo la fina línea que aún las separaba a ambas, pues Eliana seguía siendo su jefa.

—Puede que usted tenga razón, me he obsesionado con el tema hasta tal punto que no me he parado a pensar en lo que siento. Gracias.

Eliana no pudo evitar sentir ese abrazo como el sello de una nueva amistad.

—De nada, amiga, voy a estar aquí para lo que necesite.

—Yo también, tiene usted un gran corazón.

Con una mirada cómplice, las dos amigas contemplaron todo el trabajo que aún tenían por delante en aquellos secaderos, mientras tomaban una nueva porción de frangollo y dejaban escapar una risa. Y el eco de sus voces resonó en el interior de la cueva.

Eliana era incapaz de ocultar su alegría por haberle abierto los ojos.

33

LAS «SEÑORITAS»

1 de diciembre de 1876

No había nada más poderoso que la rutina en aquella isla, pues era la única manera de no perder la cordura en un lugar en el que el ocio se basaba en coincidir con la misma gente por la noche y por el día, solo que en otros lugares y con bebidas diferentes. Precisamente por eso, todos los empleados de La Indiana se habían ido habituando poco a poco a los cambios propuestos por Eliana. Las cigarreras habían sido las primeras en adoptar sus medidas, pero los chinchaleros y jornaleros también habían terminado sumándose a estas nuevas ideas debido a que su eficacia quedaba demostrada pasados unos días.

Por ejemplo, ya nadie podía marcharse de su puesto al concluir la jornada sin antes dejar limpia su parcela de trabajo. Ya fuese ordenar las navajas, barrer los restos de tabaco, limpiar las resinas o colocar los paños para secar las hojas; la limpieza y el orden se convirtieron en un modelo exitoso para todos y todas. La Indiana relucía, se había convertido en un lugar en el que apetecía trabajar.

La implementación de los nuevos secaderos secretos había agilizado el proceso de producción del tabaco. Y lo más sorprendente era que nadie sospechaba aún al respecto, ni siquiera Miguel. Rafaela seguía acudiendo varios días en semana a las cuevas de la aldea para recoger las hojas y colocarlas en los secaderos de la tabacalera cuando todos los empleados se hubiesen marchado. Y por su labor recibía una compensación de la que solo Eliana y Alejandro eran conocedores. Ambos socios seguían manteniendo a su tercero al margen de la decisión, aunque ya empezaban a resultar incómodas las preguntas y elogios de Miguel ante la repentina mejora de todos los empleados de la fábrica. Alejandro sentía que debían contárselo cuanto antes, pero para la nueva socia cubana aún faltaba algo de tiempo antes de estar seguros de que no se habían equivocado en su plan.

Además, Eliana había unificado los horarios de los jornaleros y cigarreras para que todos permaneciesen el mismo tiempo en la fábrica, sin importar que algún hombre o mujer no hubiese terminado las tareas que tenía pendientes para ese día. Ni Miguel ni Alejandro vieron con buenos ojos esta propuesta en un primer momento, pero ella les pidió un voto de confianza para demostrarles que aquella decisión podía mejorar la moral de la fábrica.

Y fue todo un éxito. A medida que se acercaban las fiestas en conmemoración al nacimiento del niño Jesús, el ambiente entre los empleados era inmejorable. Desde su asiento de lectura, don Braulio les leía cuentos infantiles, les invitaba a cantar en coro durante los descansos y les leía algunos pasajes de la Biblia. Alejandro se paseaba cada vez más por la sala principal debido a que ya no sentía hostiles las miradas de los empleados. Con respecto a Eliana, más allá de los muros de la fábrica seguía siendo una forastera y una mujer de la que más valía desconfiar. Pero en su puesto de trabajo, los chinchaleros de La Indiana cada vez le profesaban un mayor respeto y las cigarreras sentían por fin que tenían a una aliada entre sus filas, tal y como la joven les había prometido.

La Indiana se había transformado en un engranaje casi perfecto. Porque el aumento en la demanda hacía que constantemente estuvieran con el agua al cuello.

—¡Corran! ¡Que no llegamos! —gritó Miguel desde la puerta del despacho.

—¡¿Ya?! ¡¿Cuánto tiempo tenemos?! ¡Me dijo que teníamos todo el día de hoy! —respondió a gritos Rafaela desde el otro lado de la fábrica, antes de poner a sus cigarreras manos a la obra.

—¡Vamos! ¡Ándense, que no hay tiempo *pa* llegar a puerto! ¡Que viene don Marcelo a llevarse el pedido!

Miguel estaba que echaba humo, y todas las mujeres se dejaron contagiar de inmediato por esa efervescencia tan tóxica que desprendía el tabaquero cada vez que el tiempo se les echaba encima. Las cigarreras se pusieron manos a la obra para terminar cuanto antes de empaquetar el pedido de «señoritas» que debía partir en el próximo correíllo hacia la isla de Tenerife.

Estas «señoritas» eran el nombre que recibían los puros que más fama estaban adquiriendo en las islas. Se trataba de un modelo muy fino y alargado, similar a un cigarrillo, y su éxito se debía a que cada vez eran más las mujeres que fumaban, y estas artesanías eran ideales para su consumo en sociedad. Tenían un aroma muchísimo más intenso que los «campeones» y los «corona», pues su hoja se encontraba muy prensada y enrollada sobre sí misma.

—¡Chicas! ¡No perdamos el tiempo! Cajas de veinticinco en esta esquina de la mesa. Usted, Loli, encárguese de las sedas. Usted, Berta, traiga las vitolas más finas que tengamos. Las demás ya saben qué les toca. Si no pueden con su tarea, avisen antes de cometer algún error.

De inmediato, Rafaela había coordinado a todo su equipo para que se pusieran manos a la obra a toda velocidad. El problema era que las «señoritas» eran los puros más difíciles de empaquetar, pues eran tan finos y delicados que en ocasiones se resquebrajaban al enganchar las vitolas.

Las prisas y aquella cuenta atrás no eran buenas aliadas, y las más inexpertas vieron cómo se les rompían uno tras otro los cigarros que debían meter en las cajas de veinticinco. Pero Rafaela se resistía a reprender a sus chicas, que ya estaban nerviosas e incómodas por no estar haciendo bien su trabajo.

La presión; Rafaela entendía la presión a la que estaban sometidas, por eso decidió callar y sentarse junto a ellas para ayudarlas sin mediar una sola queja. Pero era imposible. Aún les quedaban cientos de «señoritas» por empacar, y por más que enrollaban, la montaña no descendía lo más mínimo.

Un nuevo cigarrillo cayó al suelo. Y otro. Y otro. Bajo las mesas se acumulaban pequeños montones de mezclilla de todos los puros que se les deshacían a las novatas, pero también a las más expertas en la materia.

—Vamos, chicas. Que podemos hacerlo, tranquilidad —dijo Rafaela.

—Dios mío, que no llegamos a tiempo —se lamentó Loli sin apartar la vista de esa laboriosa tarea que consistía en anillar la vitola en el cigarrillo, como si tuviese que enhebrar el hilo en la aguja—. ¡Diablos!

Otro cigarrillo al suelo.

En ese momento, Eliana escuchó los gritos de tensión y se acercó a ver lo que ocurría. Apenas le llevó un instante darse cuenta de la situación, y tomó asiento junto al resto de mujeres para ayudarlas a empaquetar. Las compañeras iban cerrando las cajas que ya estaban completas con las veinticinco «señoritas», pero aún les faltaba mucho para llenar la caja con la mercancía.

Miguel no tardó en aparecer por allí para marcar su territorio.

—¡Qué demonios es...! —El tabaquero no daba crédito ante tal inmenso desperdicio de tabaco en el suelo—. ¿Alguien puede explicarme qué es todo esto?

—Estamos tratando de empacarlos a toda prisa —respondió Rafaela, de forma apresurada y sin dejar de lado su labor—. Algunos se nos rompen, es normal.

—¿Cómo que algunos se nos rompen? ¿Piensa pagármelos usted? Cada mezclilla que cae al suelo es dinero que no ganamos, son horas de los jornaleros que se van al mar. Y a ustedes no parece importarles demasiado.

Las mujeres no respondieron a las quejas del gemelo. Todas seguían hilando y enhebrando las vitolas alrededor del puro como si no hubiera un mañana. Pero Miguel no estaba dispuesto a consentir que se le ninguneara de ese modo. Y encontró la ocasión perfecta cuando a Loli se le rompió otro cigarrillo más.

—¡Usted! —le espetó Miguel—. ¡Fuera de esta fábrica!

Loli se quedó tan pálida como su vestido de encaje y, tras unos instantes de desconcierto, rompió a llorar frente a todas sus compañeras.

—¿Miguel? ¿Qué está diciendo? —Esta vez fue Eliana la que dejó su labor para enfrentarse a él.

—Cállese, esa niñata está despedida. Y no me desacredite.

—¿No ve que está intentando ayudar?

—La he visto romper tres cigarrillos en lo que llevo en esta habitación, y fíjese en el enorme montón de mezclilla que hay bajo su mesa.

Rafaela también dejó de anillar para hacerle frente a su jefe y, supuestamente, amante.

—Eso es mío, yo estaba sentada en esa butaca —mintió—. Le pedí a Loli que ocupara mi asiento para que estuviese más cómoda.

Miguel permaneció en silencio y se acercó para devorarla con una mirada tan provocadora como descortés.

—¿Por qué la defiende?

—No la defiendo. Solo digo la verdad. Es mi culpa, mi responsabilidad.

Rafaela se mantenía firme a pesar del temor que infundía Miguel en el resto de cigarreras. El tabaquero parecía la viva imagen de su difunto padre.

—¿Y pretende que me lo crea? No va por buen camino, pero veo que quiere seguir siendo una doña nadie.

Las amenazas de Miguel resonaron en el pecho de Rafaela como si de un dardo se tratase. El tono empleado por el joven, tan humillante y certero, le había dolido casi tanto como cada uno de los desplantes que había tenido con ella en sus noches de borrachera.

Pero Eliana no pudo aguantarse más.

—Discúlpese.

—¿Qué?

—Que se disculpe con ella de una maldita vez. Tenga el valor de asumir su error como un hombre.

—¿De qué va esto? ¿Ahora son todas amigas y no me he enterado o qué?

Eliana pateó uno de los montones de mezclilla del suelo en señal de queja.

—Es usted un mísero cobarde, no sabe hacer otra cosa que dar órdenes y exigir. Todas estas cigarreras cumplen con su cometido y mucho más, ¿y así las trata?

—Las trato como debo tratarlas. Y no siga elevándome ese tono, que no tenemos tiempo de discutir.

—Pídale perdón a Rafaela.

Pero Miguel se negó a responder. Al contrario, permaneció frente a su socia con gesto retador.

—Dejen de trabajar, chicas —dijo Eliana.

Las mujeres la miraron con desconcierto, era imposible frenar de golpe tal estrés de trabajo.

—Fin del empaquetado —insistió.

—Hagan caso a Eliana —dijo Rafaela mientras dirigía una mirada cómplice a su compañera.

Poco a poco todas fueron obedeciendo, y el rostro de Miguel se ensombreció.

—De eso nada. Vuelvan todas a lo que estaban haciendo si no quieren quedarse sin el jornal de la semana.

—Eso no va a pasar.

La tensión entre Eliana y Miguel crecía más y más, al tiempo que las cigarreras se veían con el agua al cuello, con todo el tabaco acumulado sobre sus mesas de trabajo. Una vez más fue la intervención de Rafaela la que puso fin al enfrentamiento.

—Háganle caso a su jefa, chicas. Se acabó por hoy.

—¡Ni se le ocurra! —gritó Miguel. Se notaba que, aunque no le tenía nada de respeto a su pareja, Eliana sí que le infundía ciertos temores y recelos.

—Si los pedidos no están a tiempo no es problema nuestro, sino de su nula planificación. —Las palabras de Rafaela fueron secundadas por Eliana.

Los ojos de Miguel se movían hacia todos los rincones de la estancia como un péndulo, hasta que no pudo contenerse más y dio un fuerte golpe a la pared antes de marcharse con una rabia de mil demonios.

Salió de aquel endemoniado cubículo de las cigarreras y atravesó la nave principal mientras don Braulio leía las páginas finales de un libro a los pureros con un entusiasmo digno de quedarse a escuchar.

Fue en ese momento cuando el miedo se adueñó de él. Todos los hombres de la fábrica juzgaban a Miguel con una mezcla entre la conmoción y el descrédito. ¿O tal vez solo eran imaginaciones suyas? Algo le decía que en esas miradas agrias y recelosas por parte de sus empleados no había un mínimo de comprensión hacia lo que acababa de ocurrirle en la sala contigua.

Por primera vez, Miguel tenía la impresión de que estaba perdiendo esa autoridad de la que se sabía el legítimo propietario. Él era el líder, pero en las miradas vacías de sus hombres y mujeres se vislumbraba el fin de la lealtad, incluso en sus más fieles seguidores.

Y todo ello en favor de esa mujer.

34
LA CONFESIÓN

4 de diciembre de 1876

Algo estaba cambiando entre los muros de La Indiana. La simple idea de sentirse traicionado estaba consumiendo a Miguel a cada segundo que pasaba. Le obsesionaba cada movimiento de Eliana, cada gesto de cercanía con las cigarreras, cada intento de la joven cubana por caer en gracia a los jornaleros. Pero, sobre todo, odiaba la cercanía con la que trataba a Alejandro.

No eran pocos los motivos que encontraba su mente para sospechar de la nueva socia. Desde su llegada, Eliana no había hecho más que tratar de ganarse el afecto de los empleados con su carisma y sus falsas promesas. Y aunque Miguel había prometido no volver a pensar en ello, no podía evitar que sus recuerdos volviesen una y otra vez a su padre. Su difunto padre. ¿Qué habría hecho él en esta situación? ¿Acaso le habría temblado el pulso lo más mínimo a la hora de condenar a quien quiera que estuviese «jodiéndole»?

No, si algo tenía claro Miguel era que su padre nunca había tenido escrúpulos de ningún tipo. Servando era despiadado, un hombre sin corazón. La crueldad de la que tanto se vanagloriaba y ese aire rencoroso y vengativo que el patrón llevaba por bandera habían sido sus principales virtudes para levantar esa fábrica y construir ese próspero negocio donde antes no había más que malas hierbas. Precisamente sus fortalezas se habían convertido en la peor de las torturas para sus dos hijos. Sobre todo para Alejandro.

Cada noche, cuando sus ojos oscuros se quedaban clavados en el techo del dormitorio, Miguel se prometía una y otra vez no cometer los mismos errores que había cometido su padre. Pero por primera vez empezaba a sentir que quizá era la única forma correcta de actuar.

Durante los últimos días Miguel había sido incapaz de dedicarse a sus labores de capataz en las vegas del tabaco. Buscaba excusas constantemente para regresar al interior de la fábrica y analizar cada movimiento de Eliana. Le preocupaba su paradero, en concreto cuando se pasaba horas y horas encerrada en el despacho junto a Alejandro. Por más que lo intentaba, no podía librarse de esos pensamientos tan inquietantes. La observaba atentamente desde que llegaba por las mañanas y vigilaba cada minuto de su jornada hasta que se marchaban a casa al anochecer.

El joven se estaba arrepintiendo de haber solicitado su ayuda para salvar la fábrica, aunque no podía negar que desde que Eliana estaba junto a ellos la tabacalera rendía a pleno pulmón: jornaleros, chinchaleros y cigarreras parecían haber tomado conciencia de la importancia que tenía la moratoria para el futuro de la isla, y eso se había traducido en un aumento considerable de la productividad. Pero algo se removía en lo más profundo de su ser cada vez que la veía deambular entre las mesas de trabajo.

A su llegada, Eliana no había obtenido un cálido recibimiento por parte de los empleados de La Indiana, sobre todo de los hombres. Pero con el paso de las semanas la joven les había demostrado no solo que tenía madera de líder, sino que sus conocimientos sobre el tabaco no tenían precedentes en la tabacalera.

Eliana coordinaba a chinchaleros y cigarreras con una calidez y un entusiasmo que iluminaban la sala. Su talante era tan certero como su comprensión. No dudaba en mostrar su aprecio y gratitud cada vez que alguien hacía excepcionalmente bien su trabajo. Se notaba que conocía de sobra los mecanismos para mantener un buen ambiente en las mesas de trabajo. La moral de la fábrica era clave para el éxito de la producción, y los resultados que estaban obteniendo no dejaban lugar a dudas.

Y eso era lo que más enfurecía a Miguel.

De la noche a la mañana, el tabaquero había tenido que presenciar cómo Eliana pasaba de ser una extraña, a convertirse en la mentora y confidente de muchos en la fábrica.

A esta preocupación de Miguel se sumaba el comportamiento de Braulio, cuya actitud con respecto a Eliana se había vuelto cada vez más inquietante, como si la presencia de esa joven perturbara al lector incluso más que a él. Braulio era el único que se negaba a saludarla cuando se cruzaba con ella por los pasillos de la fábrica, y el gemelo sentía que su presencia lo alteraba de un modo que este era incapaz de controlar. Todos estos pensamientos ayudaban a Miguel a no sentirse tan extraño ante la situación en la que se encontraban. Necesitaba creer que entre Braulio y él se había forjado un pacto tácito contra Eliana.

Por eso decidió acercarse a él cuando los últimos rayos del sol abandonaron las cristaleras de La Indiana y los chinchaleros se marcharon a sus casas después de la jornada de trabajo.

—Braulio…

—Ya sé lo que va a decirme, muchacho.

—Usted siempre va un paso por delante.

—Se lo advertí. No pueden tener ustedes a una mujer como socia.

—¿Cómo sabe que quería hablar de eso con usted? Empiezo a pensar que sus charlas con Dios son tan ciertas como cuenta en la parroquia.

—Esto no tiene que ver con la fe, sino con la vista —dijo, señalándose los ojos—. No hace falta fijarse tanto para ver cuánto le perturba la presencia de esa cubana.

—Vaya. —Miguel se quedó estupefacto ante la perspicacia de Braulio.

—Y ojalá Dios nos oiga y nos ayude a solucionar esto, muchacho.

—No le sigo.

—Están ustedes en un lío del que no van a salir bien parados. Esa mujer es un demonio.

—¿Cómo?

Braulio no podía ocultar la tensión que había en su gesto. Parecía estar a punto de confesarle algo a Miguel, pero su mirada vacilaba conforme se acercaba el momento. Su arrepentimiento se hizo evidente cuando tragó saliva y dio un paso atrás, reprimiendo sus impulsos.

—Braulio, ¿se encuentra usted bien?

—¿Eh? Sí, sí. Es solo que... una cubana. ¿Cómo podemos estar seguros de que no pretende sabotear la moratoria que tanto le costó conseguir a su difunto padre?

—¿Usted también cree que pueda ser una espía?

—Me temo lo peor, muchacho.

—Braulio, tengo la impresión de que usted sabe algo sobre ella que no quiere decirme.

El hombre se revolvió en su sitio, tratando de buscar las palabras exactas.

—Simplemente... tenga cuidado con lo que hace su hermano. Trate de convencerlo de quitarse a esa mujer de encima antes de que sea demasiado tarde.

—Mi hermano está convencido de que ella es buena para el negocio.

—Por desgracia él no es el único que lo piensa. Cada vez son más los empleados que confían en su criterio. Por eso insisto en que debería convencer a Alejandro cuanto antes. No querrán que se adueñe de la fábrica. —Braulio había dejado de lado su rol como lector y había adoptado el de párroco, utilizando el mismo tono que el que solía emplear durante la misa para dirigirse a los feligreses.

—¿Podría usted ayudarnos?

—Mucho me temo que no, esa tarea les corresponde a ustedes.

Miguel no entendía su actitud. Braulio expresaba sus consejos al tiempo que se mostraba esquivo a la hora de ayudarlos.

—¿De verdad que no hay nada más que deba saber sobre ella? Se comporta usted de un modo extraño.

—¡Déjelo ya! ¡Cállese! Muchacho, aquí el único que tiene algo que confesar es usted.

—¿Cómo dice?

Con su voz tajante, Braulio había conseguido desviar el tema de la conversación y ahora era él quien tenía a Miguel bajo su yugo.

—Míreme a los ojos. Sé que hay algo que lleva rondando su cabeza desde hace tiempo.

—Está muy equivocado —balbuceó Miguel, incomodándose ante la postura de Braulio.

—Le conozco como si le hubiera parido yo mismo. Sabe que no puede ocultármelo más tiempo. Cuanto antes lo suelte, antes podrá respirar tranquilo.

Miguel tenía una fe absoluta en Braulio, pues era más que una figura paterna para él. Sabía que nadie podía aconsejarle mejor que él y que podía confiarle todos y cada uno de sus secretos. Incluso los más profundos. Pero albergaba pensamientos inconfesables, y prefería enterrarlos en su mente para no tener que expresarlos en voz alta. Temía que al pronunciar esas palabras fuera a hacerlas realidad.

—Muchacho —insistió Mendoza—, sé lo que han hecho usted y su gemelo. Puede confesármelo, no voy a juzgar sus actos.

—Está bien, Braulio... He pecado. Yo maté a Servando. Yo maté a padre.

El hombre se tomó un instante para reposar la confesión del joven antes de responderle con ese gesto paternal que tanto le caracterizaba.

—Gracias por contármelo. ¿Verdad que ahora se siente mucho mejor?

—Sí —mintió—. Me siento mucho más liberado.

Porque en lo más profundo de su corazón, Miguel sabía que aquel no era el secreto que tanto amenazaba su cordura. Aún había algo más indescriptible que acabar con la vida de su propio padre.

Algo que ni su propio gemelo podía llegar a descubrir nunca.

TERCERA PARTE

Creían que nada ni nadie podría
romper jamás el vínculo que había entre ellos.

35
UNA IDEA BRILLANTE

8 de enero de 1877

El señor Fayad rondaba la treintena. Era un hombre de aspecto desgarbado y una estatura que casi rozaba el enanismo. Tenía un bigote denso, una única ceja y una sonrisa a la que los palmeros no terminaban de acostumbrarse. Fayad llevaba toda su vida trabajando como vendedor ambulante: primero en el levante Mediterráneo, luego en Córcega y, por último, había recalado en La Palma, sin que nadie supiese muy bien por qué. A decir verdad, no se sabía demasiado acerca de aquel pobre señor. Fayad llevaba años en la isla y no había quien pronunciara bien su nombre, aunque tampoco nadie tenía especial interés en conocerlo mejor. Era un hombre solitario, muy a su pesar, pues en su rostro se reflejaba la ilusión por hacer amigos y la desesperanza del que nunca termina de integrarse por mucho que lo intenta.

Lo cierto es que era el primer árabe al que habían visto la gran mayoría de vecinos de la isla, y ese exotismo había generado todo tipo de teorías sobre su procedencia. Algunos decían que era un emisario secreto de algún sultán —muy poco discreto si esa hubiese sido la realidad—, otros creían que los británicos lo habían expulsado de su tierra por haber matado a varias mujeres. Daba igual cuál de las versiones creyese la gente, todos terminaban comprando algún artículo al señor Fayad. Y es que lo que más despertaba la curiosidad de los vecinos era la misteriosa procedencia de su mercancía, pues Fayad traía artículos que nadie más conseguía, y el hombre nunca revelaba el origen. Con su pantalón desarrapado y su boina, salía todas las mañanas del lugar en el que se hospedaba cargando dos enormes maletines y dispuesto a recorrer la isla entera a pie. Era un nómada sin residencia fija, pues cada noche dormía en un pueblo diferente. Conocía las villas de La Palma mejor incluso que sus propios habitantes.

Al llegar a un pueblo acostumbraba a saludar con gesto silencioso por temor a que su acento árabe pudiese espantar a los vecinos. Acto seguido abría uno de sus maletines y se colocaba a una distancia prudencial de las casas, la suficiente para que todo el que se asomara a la ventana pudiese ver lo que había en el interior sin sentir que invadía su intimidad. Dentro había todo tipo de artículos: botones, hilos, agujas, calcetines, medias, corbatas y broches. También zarcillos, pequeños frascos de agua de colonia y chocolatinas de dulce de leche o regaliz. La llegada del señor Fayad al pueblo —una o dos veces al mes— era todo un hito para los vecinos, que acudían a su puesto con intriga y varias monedas en el bolsillo.

El almuerzo acababa de concluir en el comedor de la pensión cuando Eliana escuchó los rumores procedentes del patio; las voces de las huéspedes más jóvenes anunciando el esperado regreso de Fayad. De repente, las escaleras interiores del edificio se convirtieron en un sube y baja de mujeres a toda prisa en busca de sus ahorros, pues ninguna de ellas sabía exactamente cuánto tiempo permanecería ni tampoco cuándo volvería por el pueblo. Y todas querían hacer sus compras o pagar algunas deudas pasadas.

La hora de la sobremesa y el sol traicionero se convirtió en un corro de mujeres en torno al vendedor ambulante. Y después de lo que le había contado Rafaela, Eliana tuvo claro que no podía quedarse atrás. Se acercó al tumulto formado por las demás huéspedes para asistir a un espectáculo de ventas digno de los mejores ilusionistas. Fayad llevaba el carisma en la sangre, su actuación era todo un despliegue de medios y dotes interpretativas con el fin de vender sus productos.

—Esto muy bueno para la piel —dijo, al ver que Eliana sostenía en sus manos una pequeña caja de hojalata en cuyo interior había un ungüento aromático.

—Ah, ¿sí? —Eliana parecía totalmente dispuesta a dejarse convencer.

—Muchas propiedades curativas. Hierbas árabes, las mejores.

Después de una divertida conversación, Eliana terminó comprándole un frasco de perfume que ni siquiera necesitaba, tan solo como muestra de agradecimiento por su profesionalidad. Y por la genial idea que él le había dado.

—¿Y viene usted mucho por aquí?

—Vengo, vengo —dijo Fayad mientras recogía el maletín que había abierto. Hacía más de una hora que no recibía clientes y eso significaba que tenía que desplazarse hasta la siguiente parada.

—¿Cada cuánto tiempo?

—Depende.

El hombre tomó su maletín y echó a andar, pero Eliana decidió acompañarlo para continuar con la charla. Aunque le resultaba agotador caminar bajo aquel sol de justicia por las callejuelas del pueblo.

—Chica de América, ¿sí?

—Así es, soy de Cuba.

—Aquí todos Cuba —respondió Fayad—. ¿Marido?

—No, soltera.

—¿Familia?

—Tampoco. —Eliana se mostró incómoda ante aquel repentino interrogatorio.

—Mucho Cuba aquí. Gente va, viene, mucho tabaco, cubanos... —El marcado acento de Fayad era casi incomprensible para ella—. Yo tampoco aquí —dijo él, soltando una carcajada.

El hombre se detuvo en una plazoleta que había a las afueras, cerca de las granjas. Una vez allí, Fayad le mostró toallas, pañuelos de seda y manteles de todos los colores. Tenía también platos y tazas de porcelana.

—Esto solo muestra. Si gusta, completo próxima visita —le explicó él.

—No le sigo.

—Yo vendo a plazos. Familia pagar parte, y luego pagarme semana a semana. Así todos poder pagar artículos más caros como vajilla o ajuares sin problema.

Eliana estaba cada vez más fascinada; sabía que podía sacar algo de ese humilde empresario y su idea.

—¿Y cómo se asegura de que la gente paga?

—Gente paga, no se preocupe.

—Ah, ¿sí?

—Esto es pueblo pequeño. Si no paga, yo señalo, digo en parroquia y gendarmes. Nada peor que vergüenza en este pueblo —dijo, mostrando de nuevo su amable sonrisa.

Aunque Fayad procedía de un lugar tan lejano, Eliana se sintió más cercana a él que a los habitantes de la isla. Tenía que agradecerle a Rafaela que la pusiera al corriente de la existencia de aquel empresario. Definitivamente, su aparición era una señal del destino.

—Me gustaría proponerle algo.

—Soy todo oídos.

—Los enseres y el ajuar del hogar son cosas de mujeres, eso está muy bien. Pero creo que le falta algo. Podría mejorar su venta con artículos que esas mismas clientas puedan obsequiar a sus maridos; por ejemplo, cuando ellos lleguen a casa cansados tras sus labores en las huertas, las fábricas o las granjas…

Fayad se mostró ofendido ante la audacia de su interlocutora, pero prefirió callar para que la joven terminara su explicación. Sentía curiosidad.

—Tiene que vender nuestro tabaco —concluyó ella, como si se tratase de la más absoluta obviedad—. No pesa, apenas ocupa espacio y puede venderlo por unidades. Se trata de un artículo inmejorable.

El empresario seguía sin mostrarse receptivo ante la propuesta, pero Eliana le hizo cambiar de opinión en un santiamén.

—Noventa a diez —dijo ella.

Los ojos de Fayad casi se salieron de sus órbitas.

—Usted lo lleva por la isla, lo vende y lo promociona como el mejor tabaco que haya fumado nunca. Y se queda con el noventa por ciento de las pesetas que gane.

Fayad no pudo negarse. La oferta era demasiado jugosa para un negocio como el suyo, en el que tenía que reinventarse una y otra vez. No perdía nada por intentarlo.

Tras cerrar el acuerdo se dirigieron a la fábrica, pero, antes de entrar, Eliana se aseguró de que los gemelos no se hallaban en el edificio. Pidió al señor Fayad que aguardara en la puerta trasera y le hizo entrega de varias cajas de tabaco.

—Esto tiene que quedar entre usted y yo, no puede hablarle a nadie de nuestro trato. Si no, los de la cooperativa me matarán.

—Un placer negocios con usted, señorita.

Cuando Eliana vio a Fayad marcharse con sus maletines por las callejuelas del pueblo, supo que la idea de Rafaela tendría un éxito sin precedentes.

Aquel hombre era capaz de vender arena en el desierto.

36

NUESTRO PÁRROCO Y LECTOR

16 de enero de 1877

Miguel salió a la calle para dar un paseo, lejos de su casa y del ajetreo de la fábrica. Necesitaba despejarse, pues una extraña desazón lo asaltaba desde hacía varias semanas, unos miedos a los que no conseguía poner fin por más que lo intentaba. Le resultaba cada vez más incómodo pasar tiempo en el interior de la tabacalera, sentía que Eliana se estaba ganando el respeto de su hermano y del resto de empleados, Rafaela entre ellas. Era como si la mano dura de Miguel hubiese dejado de tener peso en la toma de decisiones.

Los detalles lo obsesionaban cada vez más. Esas constantes charlas privadas entre Eliana y Rafaela, sus visitas a la sala de las cigarreras, las miradas misteriosas que intercambiaba con Alejandro, los silencios incómodos que se producían a su llegada a la fábrica... Tal vez eran imaginaciones suyas, pero tenía la impresión de que todos conspiraban a sus espaldas. Por momentos Miguel sentía estar volviéndose loco, y lo peor de todo era que las ventas de La Indiana nunca habían ido tan bien. Por no decir que las opiniones que llegaban del resto de la isla eran mejores que nunca.

Pero eran tantos los indicios que Miguel tenía sobre Eliana —la misteriosa carta que le vio enviar en el puerto a pesar de que decía no tener familia, las múltiples advertencias de la Logia, sus extrañas dotes de manipulación— que todo aquello no podía sino confirmar lo que él ya llevaba tiempo sospechando. Aún no sabía qué se traía la joven entre manos, pero cada vez tenía más claro que no era nada bueno.

No había vuelto a hablar con Braulio desde su confesión, y ahora más que nunca necesitaba charlar con él sobre los pensamientos que lo asediaban día y noche.

Una vez al mes, las hilanderas de la localidad de El Paso atravesaban el peligroso sendero de la cumbre para acercarse a Breña Alta con las mejores piezas de seda que confeccionaban en sus talleres. El mercadillo que se instalaba junto a la iglesia de San Pedro Apóstol atraía a niños y adultos por igual, pero especialmente a las mujeres. En algunos puestos también vendían bobinas de hilo, e incluso pequeñas cajas con crías de gusanos de los que extraían su materia prima. Su éxito era abrumador.

Miguel rodeó el mercadillo de las hilanderas para llegar a la puerta trasera de la parroquia, que conducía a la sacristía. Conforme se acercaba al edificio, el joven trataba de dar forma en su cabeza a las palabras exactas que debía utilizar para convencer a Braulio. Seguía sin entender por qué el párroco y lector se mostraba tan consternado cada vez que hablaban de la joven cubana, pero al mismo tiempo tan esquivo con respecto a utilizar su influencia para ayudarlo a anular el acuerdo que los gemelos habían firmado con ella.

Fue entonces cuando sus planes se vinieron abajo por completo.

No podía creerlo, Eliana estaba discutiendo con Braulio en la misma puerta de la sacristía. «¿Lo estoy imaginando?», pensó por un instante, pues empezaba a pensar que su obsesión le estaba jugando una mala pasada.

Pero no. Desde la distancia el gemelo pudo intuir de inmediato que la conversación entre ambos tenía un tono acalorado, pues se intercambiaban gestos hostiles. Pero lo que más le sorprendió de tan extraña situación es que Braulio parecía estar suplicando algo a la joven. Y no solo eso: en la expresión de Eliana no había ni el más mínimo indicio de clemencia. Los ojos de la joven parecían estar vacíos de sentimiento mientras permanecía de pie impasible, desdeñando a Braulio como si de su esclavo se tratase. Y tras la tensa charla, ella se marchó sin despedirse y el párroco se quedó devastado.

Miguel se mezcló entre el gentío del mercadillo para observar con detenimiento y aguardó un tiempo prudencial. Esperó a que el padre Mendoza volviera a encerrarse en la parroquia y llamó a la puerta, tapando la mirilla para que no pudiera ver quién estaba al otro lado. Golpeó varias veces el picaporte, sin respuesta. Volvió a insistir con gesto agresivo y, tal y como Miguel esperaba, don Braulio abrió la puerta, esperando toparse de nuevo con Eliana.

—¿Y esa cara? —preguntó Miguel.

—Nada, hijo. ¿Qué le trae por aquí?

—Venía a hablar con usted.

—No es buen momento.

—Es urgente. —Miguel puso el pie en el interior de la sacristía antes de que él pudiese oponerse y lo examinó como un perro que olfatea a su presa.

—Le digo que no es...

—¿Se encuentra usted bien? Parece algo nervioso.

El joven se sentó en una butaca de la sacristía dejando claro que tenía el control de la situación.

—Estoy bien, hijo, gracias por preguntar. ¿Qué es eso tan urgente?

—¿No puedo simplemente venir a verle?

Por la actitud del muchacho, Braulio sospechó que lo había visto discutiendo con Eliana.

—¿Es por lo de su socia?

—¿Por qué lo dice?

—Entiendo que nos ha sorprendido conversando.

—Me alegro de que sea sincero conmigo. ¿De qué estaban charlando?

—Vino a confesarse.

Miguel lo escrutó con la mirada mientras medía cada palabra que salía de la boca del hombre.

—¿Seguro? Me pareció que la conversación no era nada agradable.

—Pues se equivoca, muchacho. Era una charla corriente entre un párroco y su feligresa.

Braulio Mendoza mostraba ahora una templanza envidiable, como si su discusión con Eliana no hubiese tenido lugar hacía solo unos minutos. Pero Miguel estaba convencido de que el hombre debía de tener algún motivo para mentirle de forma tan burda.

—Quiero la verdad.

—No se preocupe, su visita no tiene nada que ver con la tabacalera. No es usted el centro de este universo.

—¿Desde cuándo la conoce?

—¿A qué viene eso? Usted y su gemelo me la presentaron en la fábrica.

—Dígame la verdad. ¿No dijo que la odiaba, Braulio? ¿Qué se trae entre manos?

—Oiga, muchacho, le pido que baje el tono. No es culpa mía que esa mujer esté manipulando a su gemelo.

—¡No está manipulándolo!

—Ay, Miguel —respondió Braulio con sorna—, usted sabe mejor que yo que su pobre Alejandro está cegado con esa cubana. Yo se lo advertí, algo me decía que esa mujer no era de fiar. Y ustedes dos no me hicieron ningún caso. Me parece que ya no necesitan mi ayuda.

—¿Así que no piensa decirme el motivo por el que ella ha venido a verle?

—Como le he dicho, Miguel, esto no tiene nada que ver con su fábrica, así que debe respetar la intimidad entre un cura y su feligresa. ¿O le gustaría que hiciera yo lo mismo con su confesión?

—¡No me venga con amenazas!

—¿Quién ha dicho que le esté amenazando? —dijo Braulio, zanjando la conversación con voz fría y autoritaria.

Miguel no tuvo más remedio que callarse. Estaba claro que no iba a conseguir su propósito y no quería meter aún más la pata. Se marchó con más preguntas que respuestas. Hasta entonces creía que Braulio era su aliado, pero algo no encajaba.

Algo le decía que tampoco podía confiar ya en él.

37

LAS PRIMERAS DUDAS

18 de enero de 1877

Las noches que Miguel no salía a beber, los gemelos charlaban, recostados en sus respectivas camas, antes de irse a dormir. Llevaban compartiendo la misma habitación desde su nacimiento, a pesar de que la hacienda contaba con una decena de recámaras vacías. Y en estas confesiones nocturnas que ambos compartían, Alejandro era optimista por primera vez en su vida.

Por mucho que se quejaran los miembros de la cooperativa, los tabacos que fabricaba La Indiana se habían transformado por completo. En solo unos meses la producción de puros y cigarrillos había aumentado, y la mejora en la calidad de los mismos estaba siendo la comidilla en todos los pueblos de la isla.

—No damos abasto. Ya entraron a trabajar los nuevos chinchaleros que contratamos la semana pasada, tal y como usted me pidió. Todos vienen de la plantación de cochinilla de don Adalberto, parece que la cosa va muy mal con la última plaga que ha tenido el pobre hombre

—¿Seguro que fue por eso? —preguntó Miguel, cuyo tono dejaba entrever cierto resentimiento.

—No le sigo.

—Sí, me refiero a que si los contrató porque yo se lo pedí.

—Claro. ¿Por qué si no? Usted es el que sabe cómo están respirando las huertas. A mí déjeme con los libros de cuentas que yo me entiendo.

Miguel prefirió dejar pasar el tema para no hacerse más sangre. Algo le decía que Eliana también había intercedido en la decisión de su gemelo, pero en el fondo no quería saber la verdad para no llevarse una decepción.

—Me alegro de que por fin me haya hecho caso.

—Ya era hora de que la suerte empezara a sonreírnos, hermano.

A pesar de la euforia de su gemelo, Miguel prefería mostrarse cauto ante las buenas noticias. Además, aunque en sus conversaciones con los distribuidores marítimos mantenía a Eliana en segundo plano para no hacer saltar las alarmas en la Hacienda Central de Madrid, estaba seguro de que los miembros de la cooperativa ya se habían encargado de difundir la noticia de que tenían a una mujer entre sus filas.

—¿Qué le pasa, Miguel? Hace días que le noto muy extraño.

—Estoy bien, solo tengo algo de sueño.

—Le conozco, y sé que esa mirada no es de cansancio. ¿Acaso no le alegran las buenas nuevas?

—Claro que sí, y creo que nos lo merecemos después de tanto esfuerzo. Pero…, ya sabe, no me fío de ella.

—¿De ella? ¿De Eliana?

Alejandro respondió con un gesto tan sorprendido que hizo sospechar a Miguel. Era evidente que se refería a la cubana, no había otra mujer a la que referirse. ¿Por qué había reaccionado su gemelo de ese modo?

—Sí, nuestra socia —puntualizó Miguel.

—No entiendo, ¿qué motivos le está dando para ello?

—Ya se lo he contado.

Alejandro cayó entonces en la cuenta y escondió su cabeza entre la almohada, como si estuviese harto de tener la misma conversación una y otra vez.

—¿Otra vez esa charla que tuvo con Van Dyck hace meses? Por Dios, Miguel... Está claro que la cooperativa quiere hundirnos. Es evidente que Eliana no es una espía de los cubanos.

—También está lo de esa carta que le vi enviar en la oficina de correos.

—Ay, Miguel, no es más que una carta. ¿Acaso no puede enviar una misiva a su tierra?

—¿No decía que no le quedaba nadie en Cuba? ¿Eh? Vamos, Alejandro. Sabe tan bien como yo que esa mujer no es trigo limpio. Se comporta de un modo muy extraño con los empleados, con usted...

—¿Conmigo?

Alejandro se quedó perplejo; miraba a su gemelo con una expresión de absoluta confusión en respuesta a sus preocupaciones.

—Sí... —Miguel dudó antes de continuar—. Es difícil de explicar, hermano. Hay algo en ella que no me gusta.

—Eso ya me lo ha dicho varias veces, y le recuerdo una vez más que fue idea suya que Eliana entrase a formar parte de la fábrica.

—Lo sé, lo sé. Pero... habíamos quedado en que ella no iba a tomar decisiones. Y no ha hecho más que cambiarlo todo.

—¿Y eso qué más da? —le cortó Alejandro, incapaz de comprender las dudas de su gemelo—. ¿Acaso su labor no está siendo positiva para La Indiana?

—¡Pues claro que es importante! —Los ojos de Miguel se desviaron hacia el techo del dormitorio mientras su mente intentaba encontrar sentido a la conversación. Le dolía pensar que su hermano tuviese razón, a pesar de todo—. Escúcheme una cosa, usted tenía buena relación con don Faustino, ¿verdad?

—¿El del periódico? —Alejandro se incorporó de la cama, presa del desconcierto. No comprendía a dónde quería llegar su hermano.

—Sí, ese. El de *La Asociación de Canarias*. ¿No podría usted hablar con ese don Faustino para que tantee la situación?

—¿Cómo? No le entiendo.

—Ese hombre está al tanto de todo lo que pasa en la isla, y seguro que le habrán llegado noticias de Cuba. Quizá sepa algo de esa Eliana.

—Miguel, no pienso molestar a ese señor, y mucho menos por una obsesión que se le ha metido a usted entre ceja y ceja. Lo que nos ha pasado con Eliana es un milagro caído del cielo.

—¿Me está diciendo que cree que todo esto es gracias a ella?

—Bueno... creo que Eliana es en parte responsable de nuestra mejoría.

—Está usted mal de la cabeza —le espetó Miguel, y acto seguido se acostó dándole la espalda para poner fin a la conversación.

—No, hermano. Creo que es usted el que no está queriendo ver las cosas como son. No entiendo qué demonios le ocurre. Pero creo que ella no es el problema.

Se hizo el silencio entre ambos. El eco de sus palabras resonó en Miguel como un jarro de agua fría. ¿Acaso estaba tratando su gemelo de decirle que el problema era él?

Alejandro apagó el candil que había sobre la mesilla y también se tumbó, haciendo visible su descontento. No entendía por qué Miguel no podía simplemente disfrutar del momento de bonanza que estaban viviendo. ¿Por qué diantres tenía que desconfiar de Eliana ahora que todo empezaba a encaminarse? ¿Tal vez había algo más que él no quería decirle?

Alejandro se pasó la noche en vela dando vueltas en la cama, mientras luchaba por dar un respiro a lo más profundo de su conciencia.

Los recuerdos de aquel lejano beso con Eliana robaban toda su atención. Ese beso que ella le había regalado durante su incursión a la aldea abandonada volvía a su memoria cada vez que cerraba los ojos. ¿Por qué lo había besado? ¿Qué había visto Eliana en él?

38

DESOBEDIENCIA

22 de enero de 1877

A la mañana siguiente Eliana se presentó en casa de los gemelos como si de un vendaval se tratase, algo habitual en ella cada vez que recibía una nueva noticia. Quien le abrió la puerta fue Miguel, recién levantado y algo desconcertado de verla allí plantada. No le hacía ninguna gracia su visita. Alejandro ya se había marchado a primera hora, seguramente para no coincidir con él después de lo ocurrido por la noche.

—¿Qué hace usted aquí?

Pero Eliana se metió en la casa con un descaro abrumador.

—Los políticos del Ministerio de Ultramar llegarán en uno de los próximos vapores.

—¿Tan pronto? ¿Cómo lo sabe?

—Se lo he escuchado a dos hombres en el mercado. Eran comerciantes holandeses y parecían de fiar.

—A ver, a ver... Vamos a calmarnos, tenga usted cuidado con lo que escucha de esos rubios y pelirrojos del norte.

Miguel regresó a la cocina y la joven cubana le siguió los pasos.Cogió de nuevo su taza y removió en silencio las borras de café del fondo mientras doña Juana le preparaba un ungüento en el caldero para su dolor de espalda.

—Estoy segura, Miguel. Sabíamos que tarde o temprano vendrían a visitar la isla por sorpresa para ver cómo avanzábamos.

—Hace dos meses que se aprobó el periodo de pruebas, aún queda tiempo hasta junio para que se tome la decisión.

—Lo sé, pero estoy segura de que son ellos.

—Bien —respondió Miguel, tratando de poner fin a la conversación para echarla educadamente—. En ese caso estaremos preparados para recibirlos.

—Ya... es que hay algo que usted debería saber cuanto antes. Tiene que ver con el repentino aumento de las ventas.

El gemelo no tenía ganas de seguir charlando con ella. Aún era demasiado temprano para pensar en el trabajo y la actitud de la joven cada vez le desconcertaba más. Así que obvió su insistencia y se quitó la camiseta para que doña Juana pudiese restregarle el ungüento que acababa de calentar. La criada frotaba y frotaba sin parar a pesar de las quejas del muchacho, a quien parecía darle igual que Eliana estuviese presenciando aquella escena.

—A ver, a qué se debe en esta ocasión —dijo al fin.

—Es que tuve una idea —sonrió Eliana satisfecha.

—Madre mía, vaya con sus ideas.

—Conocí a un vendedor ambulante que...

—¡Deténgase! No quiero escuchar más. Quiero que hagamos lo que tenemos que hacer y dejarnos de novelerías. Si por algo se ha caracterizado La Indiana es porque se ha mantenido fiel a sus principios, así que déjese de alterar más el curso del trabajo.

—Pero... escúcheme.

—Gracias por la propuesta, insisto. No quiero ni saber lo que se trae entre manos. Y ahora, si me disculpa, déjeme marchar a las fincas, por favor. Ese tabaco no se recogerá solo.

—Es que... ya está funcionando.

—¿Qué? ¿Cómo que ya está funcionando?

—Se llama Fayad, es un vendedor ambulante. Y su colaboración está siendo todo un éxito. Sé que tendría que habérselo dicho antes, pero sabía que no lo aceptaría.

—¿Lo sabe mi hermano?

—Lo sabrá hoy mismo.

Miguel tuvo que volver a tomar asiento en la butaca de la cocina para asimilar tantas novedades, pero mientras Eliana le relataba la idea que había llevado a cabo, él solo podía pensar en cómo quitársela de encima de una vez.

Horas después, los tres socios estaban reunidos en el despacho para charlar seriamente sobre las acciones que había llevado a cabo Eliana a espaldas de los gemelos.

—Que sea la última vez que toma una decisión sin nuestro permiso —dijo Miguel, esta vez más calmado.

—Les pido disculpas, tan solo quería sorprenderles.

—Me da igual lo que quisiera, esta fábrica es mía y de mi hermano.

Miguel no podía esconder su cabreo; Eliana había ido demasiado lejos.

—Pues para ser ustedes dos tan inteligentes, soy yo la que está levantando todo esto. Fíjense en todo lo que hemos conseguido vender gracias a mi idea.

—Una idea que podría haber comentado antes con nosotros.

—Para qué, si usted nunca ha querido escuchar mis propuestas.

—¡Eso no le da derecho a tomarse el poder por su mano! —Una vez más, Eliana había vuelto a acabar con la paciencia de Miguel. No aguantaba más sus impertinencias.

—¿Saben qué les digo? ¡Que hagan lo que quieran!

Eliana dio un portazo y se marchó resoplando. Lo último que le apetecía a esa hora de la tarde era recibir una bronca de Miguel.

Cuando ella se hubo marchado, Alejandro permaneció recostado en silencio en uno de los sillones del despacho mientras contemplaba a Miguel, que daba vueltas alrededor de la estancia tratando de pensar qué hacer.

A diferencia de su gemelo, Alejandro no sentía enfado, sino decepción al ver que Eliana no le había pedido tampoco opinión para su idea sobre la venta ambulante de tabaco. No dejaba de preguntarse por qué su actitud con ella se había enfriado tanto. Desde el beso furtivo, Alejandro y Eliana apenas habían vuelto a intercambiar palabras más allá de las necesarias para su labor diaria en la tabacalera, por más que él había intentado acercarse a ella. Alejandro sentía unas ganas irrefrenables de besarla de nuevo, pero temía haber hecho algo mal; no comprendía por qué ella se había alejado de repente. Solo esperaba con todas sus fuerzas que volviera a darle una oportunidad, y entonces nunca más la dejaría escapar.

De eso no tenía dudas.

Miguel escrutó a su hermano y, al verlo tan reflexivo, decidió interrumpir sus fantasías.

—Esta mujer se cree que la empresa es suya. O le paramos los pies o va a acabar con nosotros.

—Bueno, es verdad que no estuvo bien lo que hizo, pero debo reconocer que las ventas en la isla han crecido.

—¿Eso es lo único que le importa?

—No, Miguel. Pero creo que debemos ser honestos. Sus ideas han funcionado.

—¿Qué ideas?

—Eh... bueno... —Alejandro no sabía cómo mentir para no desvelar el secreto de los secaderos que habían construido en las cuevas de la cumbre. Sabía que Miguel la mataría si se enteraba del cambio en la técnica de secado.

—Dígame, hermano. ¿Qué más está tramando esa mujer?

—Nada, pero es verdad que nos ha dado muchas ideas que han resultado renovadoras —mintió finalmente.

—La actitud de esa mujer no es propia de un tabaquero —insistió Miguel—. Y ya nos llevan advirtiendo la Logia y la cooperativa desde hace meses. No van a consentir que se salga del lugar que le corresponde. Si esa mujer sigue así, van a ir a por nosotros y a por la fábrica. Y si no es por las buenas, lo harán por las bravas.

—Tengo la impresión de que cuando habla de la cooperativa, en el fondo está pensando en lo que le gustaría hacer a usted. —Alejandro seguía defendiendo a Eliana, a pesar de todo.

—No puedo más con ella, hermano.

—Pues fíjese que yo sí. Ella nos salvó cuando todos esos bastardos de la cooperativa intentaron hundirnos. Recuérdelo, Miguel. Todo lo que ha hecho hasta ahora por nosotros ha sido positivo, más de lo que nunca hubiéramos pensado.

La calma que desprendía Alejandro en su discurso logró que su hermano se detuviese a reflexionar lo que decía.

—Quizá tenga usted razón, hermano. Pero… no sé, me desconcierta esa mujer.

Un silencio tenso se adueñó de la estancia. Miguel se levantó y caminó hasta la ventana. Desde allí podían contemplarse las tierras que le habían visto crecer.

—Yo solo quiero mantener todo esto a flote —dijo por fin, mirando a la cara a su gemelo. Alejandro asintió despacio.

—Estos muros son lo más importante de mi vida. Y ella ahora forma parte de esto.

Los ánimos de Miguel se derrumbaron de inmediato.

—¿Qué me quiere decir con eso?

—Que confío en el criterio de Eliana. Ella sabe lo que hace.

—¿Y yo no? ¿Nosotros no sabemos?

—No estoy diciendo eso. Pero tal vez…

—Dígalo.

—Pues que, si ella no hubiese aparecido, tal vez La Indiana no existiría ahora mismo.

Miguel asumió el mazazo en silencio, dejando entrever en su rostro una tristeza que era incapaz de expresar con claridad. Meses atrás él solo quería dejarlo todo y marcharse a vivir a América con su gemelo. Empezar juntos una nueva vida, con nuevas experiencias y en un lugar en el que nadie más los conociera. Pero Alejandro seguía anclado a La Indiana como un árbol a sus raíces. Y ahora que Eliana lo había deslumbrado por completo, parecía imposible hacerle cambiar de idea.

39

LA COMITIVA

2 de febrero de 1877

Los tabaqueros de La Palma se preparaban para recibir la primera visita oficial de los ministerios de Ultramar y Hacienda. Tal y como les había anunciado el maestre Heriberto hacía algo más de un mes, una comitiva procedente de Madrid y Sevilla se dirigía hacia la isla para asegurarse de que las fábricas aplicaban correctamente los procesos que exigían las leyes de exportación. La expectación y el miedo no hacían sino crecer entre los terratenientes del tabaco conforme aquel vapor se acercaba al puerto de La Palma.

Los tres socios de La Indiana tuvieron que trabajar sin descanso para completar todos los pedidos que aún tenían pendientes. La urgencia de aquella tarea se había convertido en su único propósito estos últimos días, ya que debían causar una excelente impresión ante los políticos en su primera toma de contacto en la isla. A pesar de la tensión que se respiraba en la fábrica, Miguel consiguió dejar a un lado su desconfianza hacia Eliana; entre los tres se dedicaron día y noche a someter a cada uno de sus puros y cigarrillos a un minucioso examen. Un duro trabajo que lograron concluir con éxito justo antes de la llegada de los emisarios.

La sede de la Capitanía Insular se convirtió en el lugar de tan importante encuentro. Se trataba de una galería rodeada de cipreses, un árbol poco habitual en la isla, pero cuya presencia otorgaba al claustro del edificio un aire exótico. La cooperativa había escogido el lugar a conciencia, y por primera vez desde la firma de la moratoria se respiraba entre los tabaqueros un aire de sintonía y unión entre ellos, incluso con los socios de La Indiana. Era la primera vez que muchos de esos hombres saludaban a Eliana como a una más, mostrando incluso una simpatía exagerada hacia ella. Su presencia seguía escociéndoles, pero debían aparentar la más absoluta normalidad y estaban dispuestos a lo que fuera con tal de dar a esos políticos de la metrópoli la imagen que necesitaban.

Después del protocolario recibimiento y las presentaciones entre la comitiva y los tabaqueros, un joven político de aspecto desgarbado subió al estrado situado en el centro del claustro. Se mostraba algo nervioso y rebosaba inexperiencia, un rasgo que compartía con sus acompañantes. Se notaba a la legua que los ministerios de Hacienda y Ultramar habían enviado a sus aprendices para esa primera toma de contacto.

—Cosecheros, fabricantes, tabaqueros... Por todos son sabidas las propiedades medicinales y curativas de nuestra preciada hoja. Esta planta, acuñada ya como el «oro verde» en los círculos intelectuales de las grandes ciudades europeas como Viena y Amberes, se está convirtiendo poco a poco en un elixir para los paladares más exquisitos. Y nosotros somos los protagonistas de esta revolución. Debemos proteger este patrimonio propio y elevarlo a la posición que merece.

El acto no había hecho más que empezar, pero la postura encogida del caballero y su débil tono de voz provocaban ya los primeros bostezos.

—Ha pasado ya un tiempo desde la firma de esta moratoria, y en Madrid estamos encantados con la idea de ver el tabaco palmero en las mejores galerías comerciales de Europa. —El político se detuvo para releer el texto que se había preparado antes de seguir. Parecía que le costaba seguir su propia caligrafía—. Os quedan apenas cuatro meses, un periodo que será crucial para determinar si la calidad de vuestro tabaco palmero está a la altura del resto de hojas de nuestras colonias de América. De las fábricas de esta isla depende que estos excelentes puros puedan exportarse más allá del territorio español.

Los asistentes al discurso se estaban impacientando. El tedio que se respiraba en el ambiente era tal que sus propios compañeros de la comitiva política se vieron obligados a hacerle gestos para que cortase el discurso cuanto antes.

Al concluir el acto, los tabaqueros abandonaron el claustro con gran decepción y mal humor por haber perdido el día de trabajo. Los gobernantes de la metrópoli habían enviado a sus subalternos más inexpertos, algo que daba cuenta de la importancia que daban a esa moratoria desde Madrid.

—Menuda pérdida de tiempo —dijo Miguel—. Si es que lo sabía, estaba seguro de que no nos iban a hacer ni caso. A estos meapilas no les interesa lo que hacemos.

A pesar de que no se habían cumplido las expectativas de los tabaqueros, los dueños del resto de fábricas se agolparon en torno al séquito de la comitiva para ganarse el beneplácito de los recién llegados. Todos querían su momento de gloria y ofrecían a los políticos todo tipo de obsequios, como cenas privadas en las mejores tabernas de la isla o los servicios de algunas de las prostitutas que ya los esperaban a la salida del edificio, en la calle y a plena luz del día.

Como era de prever, la mayoría de políticos cayeron en la tentación y se alejaron en dirección a la avenida Marítima junto a los tabaqueros para disfrutar de tan exóticas promesas.

—Otra cosa más en común que tenemos con Cuba —dijo Eliana con un claro tono de desprecio.

—¿Por qué lo dice? —preguntó Miguel.

La joven señaló el lamentable espectáculo: esos hombres dejándose perder por las mujeres de compañía, el alcohol y los tratos de favor. El resto de terratenientes de la cooperativa parecían haber perdido su dignidad y andaban tras los políticos de Madrid como si fueran sus súbditos.

—¿Insinúa usted que deberíamos hacer lo mismo?

—Al contrario, deberíamos convencerlos con nuestro tabaco.

—Pues ya me dirá usted cómo —respondió Miguel de mala gana.

Eliana examinó con detenimiento a los pocos hombres que aún quedaban en los exteriores de la Sede de Capitanía, la mayoría políticos insobornables o jóvenes discípulos un tanto perdidos en su oficio de la política. En ese momento sus ojos se cruzaron con uno que llamó su atención por su vestimenta más informal. Era el único que no llevaba chaqueta, chaleco o sombrero. Estaba de pie a la salida del edificio, en un corro en el que aún seguían charlando varios políticos y tabaqueros locales.

El joven en cuestión les hacía compañía, pero se notaba que no conseguía integrarse en aquel grupo. Parecía tan tímido que nadie más había reparado en llamar su atención o en agasajarlo.

—Fíjese, ese es el hombre al que tenemos que ganarnos. Estoy segura —susurró ella a los gemelos.

—Pero si parece un secretario. —Miguel buscó la complicidad en el rostro de su hermano, pero este cada vez estaba más cegado con las propuestas de Eliana—. Vamos, Alejandro, ¿usted qué opina?

—Bueno… tal vez deberíamos acercarnos a alguien. Aunque sea por no quedar de tacaños.

—No pienso gastar el jornal de diez chinchaleros para invitar a ese niño a fulanas —respondió Miguel en tono despectivo al darse cuenta de que estaba solo una vez más en la toma de decisiones.

—No necesitamos invitarlo a nada más que a nuestro tabaco. Estoy convencida de que ese joven es un catador. Es el único que nos importa, el resto son solo políticos.

—¿Ese guanajo? Imposible.

—Fíjese, apenas se ha relacionado con el resto de la comitiva en todo el acto. Está solo, y esa timidez…

—Memeces.

—A decir verdad… no parece un catador —intervino Alejandro, poniéndose de parte de Miguel por primera vez en mucho tiempo.

—¿Cuántas veces han visto a uno, compañeros? —preguntó ella.

—Cientos de veces —mintió Miguel.

—Vaya, ¿y cómo diría usted que son?

—¡Y a mí qué me cuenta! Como si todos fuesen iguales.

—Escúchenme bien. Esos catadores vienen mucho a Cuba. Suelen ser sevillanos, que allí se encuentra la Casa de Indias. Son chavales a los que han enseñado a oler, mascar y fumar desde niños. Este lo tiene todo. Fíjense en sus dientes.

Los gemelos fijaron la vista en el joven, pero seguían sin ver nada fuera de lo común.

—Bueno, tiene los dientes blancos, no creo yo que esté muy habituado a fumar —dijo Alejandro.

—Justo a eso me refería. Un catador de verdad no fuma, solo prueba el tabaco.

Eliana no logró convencerlos, pero tampoco estaba dispuesta a volver a casa con las manos vacías. Así que le hizo un gesto simpático al chico para que se acercara a ellos.

De inmediato, el muchacho se alejó de su grupo y se acercó a Eliana mientras se la comía con la mirada.

—¿Qué le pasa? ¿Quiere venirse conmigo? —dijo en un tono sugerente.

—No, no soy lo que usted piensa —respondió ella de forma tajante.

El hombre tardó unos segundos en reaccionar y darse cuenta de quién se trataba.

—Ah, maldita sea —dijo él, al tiempo que dirigía la mirada a sus dos acompañantes—. Así que usted es esa mujer de la que tanto me han hablado mis compañeros. Y vosotros dos debéis de ser los gemelos.

—Para servirle —respondió Miguel—. Si necesita…

—Todos hablan de vuestro tabaco. —Su tono de voz dejaba entrever cierta molestia por su parte, como si no le agradase el éxito de La Indiana.

—¿Para bien o para mal?

El político dudó un instante.

—Digamos que... que hablen de uno siempre es bueno, mejor dejémoslo ahí. Mi nombre es Marcos Mendizábal —concluyó, al tiempo que estrechaba la mano a los gemelos dejando a Eliana de lado.

Pero ella no estaba dispuesta a dejar que la menospreciaran.

—Encantada, señor Mendizábal —intervino ella en tono bastante irónico—. Yo también soy socia de esta fábrica.

—Ah, sí. —El hombre que no se esperaba para nada una respuesta por su parte, se sintió totalmente violentado. Tenían razón los miembros de la Logia cuando le dijeron que esa cubana no era una persona fácil de tratar.

—¿No es usted catador? —preguntó Eliana con cierta soberbia, con la única intención de dejar claro a los gemelos que tenía razón sobre sus sospechas.

Marcos Mendizábal miró a su alrededor para asegurarse de que nadie lo estaba observando antes de concluir su repuesta.

—Así es, soy catador oficial del ministerio de Ultramar. Pero haced el favor de no correr la voz, me han prohibido que nadie lo sepa. Queremos mantener la objetividad. Ahora bien, esto que quede entre nosotros...

Se produjo un instante de silencio en el que el catador se acercó aún más a los tres socios para que los oídos ajenos no captaran lo que iba a decirles.

—Me gustaría daros la enhorabuena por vuestro tabaco. Ya he tenido el placer de probarlos todos y creo que es el mejor de esta isla. Y los puestos y quioscos en los que hemos preguntado nos han dicho lo mismo.

Los tres socios se miraron con una mezcla de incredulidad y satisfacción. Si aquello era cierto, habían logrado algo que parecía imposible.

—¿Qué? ¿Lo dice de verdad? —preguntó Eliana.

—Así es.

Sus ojos se abrieron de par en par y sus sonrisas dejaron escapar un grito de alegría mientras se abrazaban mutuamente. Una sensación de alivio y felicidad los inundó a los tres, conscientes de que su trabajo duro había merecido la pena.

—¡Lo sabía! —gritó Alejandro—. ¡Lo conseguimos, Miguel! ¡Lo conseguimos! La cooperativa no daba un duro por nosotros, a ver qué dicen ahora.

Mendizábal les pidió que bajasen el tono de voz, no quería hacer saltar las alarmas.

—Calma, hermano —dijo Miguel siguiendo las instrucciones del catador. Él también prefería no dejarse llevar por la euforia del momento.

—Enhorabuena, de verdad. Habéis hecho un gran trabajo estos últimos meses. Tan solo tengo una duda, ¿a qué se debe ese cambio de sabor y aroma de vuestro tabaco?

—¿Cambio? —preguntó Miguel, extrañado—. Seguimos manteniendo la tradición que nos dejó nuestro padre.

—Vaya, pues eso sí que es raro. Ahora mismo vuestros puros tienen un perfil mucho más cítrico y ahumado.

—Tal vez se deba al clima de estos meses —intervino Eliana, tratando de desviar el tema.

—Puede ser, aunque vuestra tabacalera es la única en la que he notado cambios significativos con respecto a anteriores ocasiones.

—¿Qué más da el motivo, señor Mendizábal? —dijo Miguel, que no quería darle más vueltas al asunto—. Lo importante es que le haya gustado.

—Sí, imagino que tiene usted razón. Solo espero que seáis capaces de replicar la calidad de este tabaco cuando se os conceda la moratoria.

—No lo dude —sentenció Miguel, al tiempo que golpeaba amistosamente a Mendizábal en los hombros.

Pero el catador no parecía del todo satisfecho. Había algo que luchaba por salir de su boca, pero las palabras se le resistían.

—Caballeros, señorita, ¿puedo confiar en vosotros? —preguntó al fin, transformando por completo su tono de voz alegre y festivo por uno mucho más sepulcral.

—Por supuesto que sí —dijeron todos a una.

Marcos Mendizábal se acercó aún más a los tres. Nadie podía enterarse de lo que estaba a punto de confesarles.

—Mis compañeros de Madrid temen vuestro cambio de rumbo.

—Se refiere a mi llegada —puntualizó Eliana, consciente de que ella era la raíz del problema.

—Así es. Lo lamento mucho, señorita, sepa que no tengo yo nada en contra suya, pero esto no le ha hecho ninguna gracia al Ministerio. Y, por si fuera poco, el líder de la cooperativa tabaquera lleva meses pidiéndonos ayuda en nombre de todos los miembros. Ya hemos recibido varias misivas al respecto.

—¡¿Heriberto?! —dijo Alejandro.

—El señor Bethencourt, así es. Mirad, esto no es sencillo para mí. Sé que vuestro tabaco es el mejor, y me habéis caído bien, pero mis superiores no son tan susceptibles de dejarse convencer. No han querido probar vuestro tabaco por miedo a que les gustase tanto como a mí.

—¿Cómo dice?

—Lo que oís. Vuestra cooperativa está haciendo todo lo posible por acabar con vosotros. Si no lográis convencer a mis jefes, siento mucho deciros que el tabaco de La Indiana podría quedarse fuera de la moratoria.

—Maldito malnacido —dijo Miguel para sí—. Lo mato, lo mato.

—Tranquilo, Miguel —respondió Eliana, tratando de apaciguar los ánimos de los gemelos—. La visita de vuestra comitiva es mañana, ¿verdad?

—Así es.

—Estaremos preparados. Los convenceremos de que nuestro tabaco es el mejor.

40
EL GOLPE A LA COOPERATIVA

3 de febrero de 1877

A la mañana siguiente, la comitiva procedente de Madrid se personó en la sede de La Indiana para llevar a cabo la visita de rigor. Los emisarios debían asegurarse de que todas las tabacaleras de la isla cumplían con los requisitos para la producción y exportación de sus puros y cigarros al resto de Europa.

Miguel, Eliana y Alejandro lo tenían todo planeado para recibirlos. Habían dedicado horas de duro trabajo a asegurarse de que cada centímetro de la fábrica estuviera impecable. Cada ventana brillaba como el cristal recién fundido, mientras que los suelos relucían bajo los rayos del sol que entraba por las ventanas. El dulce aroma de la hoja del tabaco recién prendido llenaba el espacio de una agradable bruma. Las paredes estaban blancas, desprovistas de la más mínima mancha amarillenta de la humedad o de los restos del tabaco. No se apreciaba ni una pizca de polvo en toda la instalación; la nave principal parecía un museo más que una fábrica.

Tanto ellos como sus empleados esperaban en sus posiciones la llegada de los políticos. Todos permanecían de pie, cada uno detrás de su espacio de trabajo, emulando una formación militar, y ataviados con sus mejores atuendos. No habían dejado un solo detalle al azar.

A pesar de las expectativas, la llegada de la decena de emisarios supuso una enorme decepción entre los anfitriones. Los hombres solo dieron un breve paseo de reconocimiento por el interior de la nave principal sin hacer una sola pregunta, sin siquiera detenerse en la sala de las cigarreras y sin visitar las fincas.

—¿Tienen los señores alguna duda? —preguntó Miguel dirigiéndose al grupo.

—No, muchas gracias —respondió el líder del grupo, un asesor del ministerio de origen cántabro que debía rondar los sesenta años de edad y bajo cuyas gafas se escondía una muy mala fama.

—¿Seguro que no desean visitar los cultivos?

—No tenemos tiempo.

Los hombres se disponían a marcharse sin siquiera darles su opinión con respecto al estado de la fábrica.

Desesperado, Miguel tanteó a Marcos con una mirada cómplice. Pero no tuvo éxito. A diferencia de su anterior encuentro, ahora Mendizábal era un simple y humilde secretario. Marcos era el más joven de la comitiva y no parecía tener voz ni voto entre aquel grupo tan distinguido.

—¿Por qué no se quedan a pasar un rato más en la fábrica?

—No tenemos tiempo —respondió de nuevo el líder en tono cortante.

—¿Podríamos invitarlos al menos a uno de nuestros tabacos?

—No, muchas gracias.

—Vamos, insisto. —Miguel le extendió un puro mientras el grupo se alejaba del portón con una desesperación incontrolable.

—Caballero, le hemos dicho que no. Como vuelva a insistir, nos veremos obligados a amonestar a esta fábrica, que ganas no me faltan.

Esas rotundas palabras dejaron a Miguel sin maniobra posible.

El gemelo buscó una respuesta en Eliana y Alejandro, pero estos permanecían inmóviles junto al atril que solía utilizar el lector. Ninguno de ellos quería desviarse del plan, pero no podían negar que las cosas se estaban desarrollando de una forma totalmente inesperada.

Tenían que hacer algo.

Cuando la comitiva se marchó de la fábrica, Eliana corrió hacia Miguel para ver cómo podían darle la vuelta a la situación.

—¿Por qué no insistió más? —preguntó ella con resentimiento.

—Hice lo que pude —se quejó el gemelo de malos modos—. Ya los escuchó, dejaron bien claro que no querían probar el tabaco. Se suponía que debían visitar las fincas y quedarse un buen rato, tal y como nos aseguró ese Mendizábal.

—Debió haber presionado para que lo probasen.

—¡O podría haberlo hecho usted si tan lista se cree! —Miguel no podía más con ella. Perdió los papeles por completo y se lanzó a vociferar, primero contra ella y luego para sí—. ¿No se da cuenta de que todo esto es por su maldita culpa? ¡Si usted no estuviese aquí no habríamos tenido estos problemas!

—Hermano, haga el favor de hablarle con el debido respeto —intervino Alejandro—. Desde que Eliana llegó a la fábrica usted no ha hecho más que quejarse de sus ideas.

Una vez más, su hermano salía en defensa de Eliana, con la diferencia de que en esta ocasión todos los empleados de la fábrica podían presenciar la discusión.

—¿A qué demonios viene ahora esto de defenderla, eh? —gritó Miguel—. ¿Es usted su perrito faldero o qué?

—Le recuerdo que fue idea suya que Eliana entrara a formar parte de La Indiana, así que ahora no venga a quejarse de ella.

—Hábleme con respeto.

—¡No! —Alejandro también estaba fuera de sí—. Usted tuvo la brillante idea de que ella nos ayudara con la fábrica.

—No teníamos otra opción.

—¡Mentiroso! ¡Usted lo que quería era aprovecharse de su dinero! —Alejandro se arrepintió al instante de su brusquedad, pero Eliana tenía que saber la verdad.

Se hizo el silencio.

Miguel sentía que su interior rugía de rabia. Su gemelo acababa de delatarlo delante de todos los empleados.

—Muchas gracias por vuestra sinceridad —dijo Eliana, rompiendo por completo la tensión del momento con una voz que rebosaba madurez y decepción a partes iguales. A diferencia de lo que podía parecer, la joven no parecía sorprendida por esas palabras—. Y os doy las gracias también por el lamentable espectáculo que estamos dando a nuestros chinchaleros y cigarreras.

—Lo siento —balbuceó Alejandro.

Pero Eliana no quería saber nada de ellos. Ya tendría tiempo para decidir qué hacer ahora que sabía con seguridad que habían intentado aprovecharse de ella y su dinero. Agarró los paquetes de puros que habían preparado y se dirigió a toda prisa hacia la sala de las cigarreras.

—Chicas, esto es importante, las necesitamos más que nunca. Les pido a cada una de ustedes que nos empaqueten estos puros. Háganlo como si su vida fuese en ello, vitola a medida, y cubierto con el envoltorio de seda de los individuales. ¡Rápido!

Eliana les entregó la mercancía y las cigarreras se pusieron manos a la obra de inmediato. Una por una las cigarreras iban levantando el puro según terminaban de empaquetarlo.

—Escúchenme todas con atención —susurró Eliana con el fin de evitar que los gemelos pudiesen escuchar lo que decía—. Los emisarios de la metrópoli acaban de salir en dirección al camino Real para tomar sus carruajes. Ya saben quiénes son. Cada mochuela que busque a un olivo. Por favor, mis damas, con la mejor de sus sonrisas, que nos lo jugamos todo.

Eliana abrió la puerta y las cigarreras salieron del edificio en estampida ante el desconcierto de los gemelos y los chinchaleros, que ni siquiera tuvieron tiempo a reaccionar.

—¡Nos manda la señora!

Las muchachas corrieron calle abajo sujetando los puros en una mano y agarrándose con la otra las enaguas del vestido, tratando de no tropezar con los adoquines. Sus faldas se arremolinaban en medio de una ráfaga de pisadas acompañadas de unos gritos con los que trataban de llamar la atención de aquellos caballeros.

Los emisarios se asustaron al sentir la avalancha de mujeres que corría hacia ellos en medio de la plaza. No pudieron resistirse. Eran chicas jóvenes y, aunque sus atuendos de trabajo no eran los más elegantes, todas vestían una brillante sonrisa y llevaban un precioso puro como obsequio a su visita. Fue tal la insistencia de las muchachas para que aceptasen el regalo que los hombres lo agradecieron sonrojados con una reverencia. Algunos incluso decidieron invitarlas a un último vaso de vino antes de tener que tomar sus carruajes para dirigirse al puerto. Hombres y mujeres reían y charlaban junto a la plaza, y hubo emisarios que se encendieron el puro delante de las cigarreras.

Desde el portalón de la fábrica, Eliana sonrió con satisfacción al contemplar esa escena desde la distancia.

Los gemelos se acercaron a ella estupefactos para presenciar cómo una idea tan repentina parecía estar dando sus frutos.

Creían haber ganado la batalla, pero no sabían que aquel era el principio del fin.

41

EL ADIÓS DEL GUADALQUIVIR

4 de febrero de 1877

El vapor hizo sonar sus bocinas anunciando que zarparía de inmediato, pero la mayoría de sus pasajeros aún se hallaban en tierra firme. Un centenar de tabaqueros, políticos insulares y vecinos habían acudido al puerto para despedirse de los emisarios de la metrópoli que ya embarcaban a cuentagotas en el Guadalquivir.

La dársena era un hervidero de curiosos, de cumplidos y de regalos.

Y Miguel y Alejandro se hallaban en el centro de todas las conversaciones. Después de probar el tabaco de La Indiana, los políticos solo tenían elogios para los gemelos. Todos se disculparon con ellos por haber rechazado el ofrecimiento inicial de probar su tabaco, pues ahora tenían claro que era el mejor de la isla.

—Os animo a que sigáis así —dijo el líder de la comitiva antes de subir al vapor. Su tono era ahora mucho más cálido y paternal que el de su visita a la tabacalera el día anterior—. No pensé que fueseis capaces de levantar la fábrica tras la muerte de vuestro padre, don Servando, pero veo que me he equivocado. Olvidaos de la cooperativa, mientras el tabaco siga manteniendo esta calidad, no tendréis de qué preocuparos.

Los gemelos no cabían en sí del júbilo. Esas palabras solo podían significar que lo peor por fin había quedado atrás. De nada le serviría ya a la Logia o a la cooperativa tratar de sabotearlos, pues ahora sí que tenían el beneplácito de la metrópoli.

Todo estaba saliendo a la perfección a excepción de un detalle: Eliana no estaba invitada a aquella despedida.

La joven se hallaba fuera del puerto, apoyada en una valla en compañía de su criada. Desde la distancia, observaba y escuchaba cómo los gemelos se llevaban todo el mérito del tabaco sin que en ningún momento se tuviera en cuenta su labor. Decenas de periodistas locales y nacionales se acercaban a los gemelos para hablar con ellos. Eliana ardía de rabia, segura de que nadie se acordaría de ella. Suyas habían sido las ideas de los secaderos y de la venta ambulante con Fayad y, sin embargo, los gemelos habían preferido dejarla al margen, a petición de la comitiva, para no generar mayor malestar.

Desde Madrid no querían que Eliana figurase en las noticias que la prensa publicaría en los próximos días, y la única forma de evitarlo era ocultando su presencia ante todos los periodistas que habían sido invitados a la despedida. Miguel y Alejandro ni siquiera estaban pensando en ella en esos momentos, solo tenían la mente puesta en dar todas las entrevistas que les solicitaban en medio del gentío que se aglomeraba en la dársena.

Yanet arropó a su señora entre sus brazos para calmar la impotencia que recorría sus venas.

—Mi señora, déjelo estar. Esto es cosa de hombres.

—Gracias por los ánimos, Yanet. Y gracias por haberme acompañado.

—Le dije que no me iba a separar de usted, a pesar de que sabe que nunca apoyé esta decisión.

—Lo sé, y probablemente tuviese usted razón. Debí haberle hecho caso a su debido tiempo.

—Nunca es tarde para rectificar, mi señora.

Eliana observaba a los gemelos disfrutar del protagonismo, rodeados por los políticos, la prensa y varios miembros de la cooperativa. Todos halagaban el tabaco de La Indiana, todos querían su momento de gloria junto a los gemelos que habían conseguido acabar con las deudas de su padre y convertir un tabaco mediocre en el mejor de Canarias.

—Vayámonos a casa, Yanet.

—Sí, es mejor que volvamos a la pensión. Aquí solo se está haciendo sangre viendo cómo ellos disfrutan de una victoria que a usted le pertenece.

—Me refiero a Cuba.

—¿Cómo? —Yanet no pudo evitar sonreír al escucharla—. ¿De verdad?

—Sé que no he cumplido con mi misión, pero no puedo permanecer un segundo más en esta isla. Hagamos las maletas, por favor, necesito volver a casa.

Yanet la abrazó con fuerza y Eliana dejó escapar unas lágrimas. Se aferraron una a la otra, sin decir nada, dejándose llevar por el consuelo y el dolor compartido. Ese abrazo selló una promesa silenciosa: la promesa de que estarían juntas, apoyándose en los tiempos buenos y en los malos. Aun en la tristeza, juntas encontrarían la fuerza para continuar.

Menos mal que Yanet siempre estaba a su lado.

42
UN VOLCÁN AL AMANECER

6 de febrero de 1877

A pesar de las advertencias de Yanet y de la dueña de la pensión, Eliana estaba decidida a dar un paseo nocturno por el pueblo. No eran pocos los peligros que aguardaban entre las calles desiertas de Breña Alta, y más para una extranjera como ella que no hacía sino ganarse más y más enemigos a su paso. Pero necesitaba tomar el aire, estar a solas con sus pensamientos y decidir qué demonios hacer con su futuro. Su cabeza era una prisión, y la rabia crecía bajo los poros de su piel a cada instante que pasaba en esa isla.

Lo que más le dolía era que sus dos socios también la habían dejado en segundo plano mientras se adueñaban de todos los halagos. Se sentía estúpida por haberles confiado sus secretos como tabaquera y, aunque no le había sorprendido esa actitud por parte de Miguel, no esperaba sentir la misma decepción por su gemelo. Pero Alejandro ni siquiera había sido capaz de abrir la boca para reconocer la labor de Eliana ante los políticos de la comitiva.

Por primera vez tuvo la certeza de que su fábula como tabaquera en La Palma no duraría mucho más tiempo. Tenía que dejar de engañarse a sí misma: su vida estaba en Cuba y no podía escapar de su destino, por mucho que ella renegase del mismo. Sabía que, si no cumplía pronto con la misión que le había encomendado su familia, su padre no tardaría en reclamar su regreso. Tal vez la bofetada de realidad que acababa de llevarse era una señal de que había llegado el momento de abandonar.

Eliana se presentó en la hacienda de los hermanos Vega a medianoche, sin haber encontrado aún las palabras adecuadas.

—¿Pasó algo, mi niña? —preguntó doña Juana al abrir la puerta—. Miguel aún no ha regresado de la taberna. Está celebrando con los demás.

—Lo sé. Necesito hablar con Alejandro.

La criada se rascó los ojos para terminar de despertarse y acudió al dormitorio del gemelo para despertarlo. Alejandro apareció en el vestíbulo al cabo de unos minutos.

—¿Qué ocurre?

—Vamos a otro lugar. La casa no es segura.

El joven se puso el batín y el sombrero a toda prisa y salió del domicilio tras ella. El sueño aún no había abandonado su cuerpo por completo y él seguía sin comprender qué estaba ocurriendo. No tenía ni idea de adónde querría ir ella en plena noche, y mucho menos con el frío que hacía. La actitud de Eliana era desconcertante.

Abandonaron el pueblo en completo silencio y se adentraron en el único sendero que se dirigía hacia el sur de la isla. Cuando dejaron atrás las últimas casas se encontraron ante un paisaje totalmente virgen. Una espesa arboleda se abría ante ellos como un laberinto, ocultándoles algunos tramos del camino. La luz de las estrellas era su única aliada bajo esa noche cerrada, pues permitía que los contornos de cada tronco creasen sombras con las que podían avanzar entre pinares.

—¿A dónde me lleva?

Eliana rehusó responder al gemelo. En lugar de eso agarró su mano con fuerza en un gesto tierno y profundo. Su sonrisa revelaba que ella quería hacer el resto del camino a su lado.

La noche se volvió cada vez más oscura y pronunciada a cada paso que daban sobre la tierra húmeda, hasta que el cielo más allá del bosque comenzó a clarear lentamente, ofreciéndoles un precioso amanecer. Las estrellas aún brillaban sobre sus cabezas, pero el paisaje tomaba ahora un color diferente. Sus rostros cansados quedaron por fin al descubierto cuando llegaron al ansiado destino.

Bajo aquel remanso de naturaleza se extendía un valle tan frondoso como agrietado, y sobre este se alzaban las faldas de un majestuoso volcán de color grisáceo y vetas bronceadas. Los primeros rayos del día crecían con fuerza tras la cara oculta de la montaña, regalándoles un espectáculo a su vista.

—Dios mío —balbuceó Alejandro—. Es... es...

—Lo sé, nunca imaginé que este lugar sería tan hermoso.

—Valió la pena el largo camino.

—Y la sorpresa —puntualizó Eliana.

Tras un instante de silencio entre ambos, Alejandro la atrajo hacia sí y la besó con la prudencia de un hombre que estaba descubriendo el amor. Nunca antes había experimentado una sensación como aquella: la amaba como no sabía que podía amarse a alguien.

Eliana apenas tuvo tiempo a reaccionar y se dejó llevar por la situación. Tras un eterno beso bajo las copas de los árboles, ella lo agarró por el brazo y lo invitó a esconderse junto a ella tras los matorrales. Eran dos animales al cobijo del amanecer, desesperados por encontrarse el uno al otro ante la única mirada del volcán que se levantaba frente a ellos. Se recostaron sobre la hierba y empezaron a tocarse, primero sobre la ropa y luego a través de sus pieles erizadas y desnudas. Eliana besó su cuello y, al ver que a él le gustaba, lo hizo de nuevo. Agarró las manos del gemelo para guiarlo por su cuerpo, y Alejandro sintió que se le concedía el permiso para acariciar sus pechos y gimió, dejándose llevar también por los suspiros de ella. Él se movía con sumo cuidado por temor a espantarla, pero llegó un momento en que la excitación le venció por completo y quedó a su merced. Entraron el uno en el otro sintiendo el vaho que salía de sus bocas hasta que Alejandro notó una gran liberación, súbita e incontrolable, y cayó desmadejado sobre el cuerpo de ella.

Nada más le importaba en ese instante.

Sus cuerpos desnudos yacían bajo el abrazo de la laurisilva, envueltos por el aroma de la humedad y la frescura del follaje. Alejandro cerró los ojos para sentir y acariciar con suavidad la piel de Eliana, todavía sin creerse lo que acababa de vivir junto a ella.

—Gracias por traerme hasta aquí —dijo él, rompiendo el apacible silencio que habían creado sus cuerpos—. Llevo toda la vida en esta isla y, de no ser por usted, nunca habría venido a conocer este lugar por mi propio pie.

—Todos en esta isla hablan del volcán, necesitaba conocerlo antes de...

Eliana calló justo a tiempo, no quería adelantar el momento. Y por suerte, Alejandro no se dio cuenta.

—¿Conoce la leyenda? —preguntó él.

—No sabía que había una.

—Esta isla está plagada de leyendas. El volcán de Martín o de Tigalete entró en erupción hace cientos de años, creo que en 1646. Según decían, la lava y los escombros expulsados por el cráter acabaron en un solo día con la vida de todos los animales que pastaban en los alrededores del valle. Los árboles y las plantas también quedaron consumidos por el fuego y las cenizas que llovían desde las entrañas de la tierra. Miles de vecinos perdieron sus casas y sus cultivos.

—Dios mío, qué desgracia.

—Ya lo creo —se lamentó Alejandro antes de continuar—. Todo cambió tres meses después. El 21 de diciembre de ese mismo año, La Palma sufrió una sobrenatural nevada que cubrió toda la isla, apagando por completo el incendio causado por la erupción. Todos atribuyeron este milagro a la intercesión de la Virgen de las Nieves, la patrona de la isla, a la que habían sacado en procesión días antes para que el volcán acabase con su devastadora actividad.

Eliana se quedó totalmente desconcertada.

—¿Y usted cree que es cierta la leyenda de este volcán?

Alejandro se detuvo un instante para reflexionar su respuesta, nunca se lo había preguntado.

—Quiero creer que sí. ¿Y usted?

—Queremos creer —dijo ella para sí. Tenía la mirada perdida, como si por su cabeza estuviese pasando en realidad otro pensamiento.

—¿Pero cree o no? —insistió Alejandro.

—Bueno..., no es más que una montaña. —El semblante de Eliana se había oscurecido por completo.

—¿Acaso en Cuba no existen los milagros?

—Solo están reservados para algunos.

—¿Y usted no se encuentra entre ellos?

—Digamos que la vida me ha reservado un lugar más terrenal. —Eliana tomó una bocanada de aire mientras contemplaba el volcán con gesto maravillado y consternado a partes iguales—. No quiero ni imaginar cómo esa erupción tuvo que cambiar la vida de quienes vivían aquí.

—A veces el destino puede poner patas arriba nuestras vidas sin previo aviso.

—¿Lo dice por su padre?

—Lo digo por usted.

Alejandro esbozó una sonrisa y volvió a besar el cuerpo desnudo de Eliana, pero de inmediato sintió cómo el gesto de ella se contraía, como si lo ocurrido hacía solo unos instantes no hubiese tenido lugar.

—¿Ocurre algo?

—Me vuelvo a Cuba.

—¿Cómo?

—Lo siento, esta es nuestra despedida. Creo que es mejor así.

—No puede ser, pero si solo lleva unos meses entre nosotros. ¿No dijo que había venido para quedarse? Para siempre...

—Lo sé, pero creo que lo mejor en este momento es que vuelva a casa.

—¿Lo mejor? ¿Por qué?

—Prefiero no…

—¡Dígamelo! —Alejandro se disculpó al instante por haber elevado su tono de voz. La noticia le había dejado a cuadros.

—No tiene sentido que siga en la fábrica. Usted y su hermano… ya no me necesitan.

—No puede dejarnos. Esta fábrica también le pertenece, sin usted… ¿Esto es por lo ocurrido con la comitiva? Siento si la hemos dejado de lado, no era mi intención apartarla de nosotros.

—Ya estoy acostumbrada.

—Por favor, quédese. Piense en todo lo que hemos aprendido de usted en estos meses.

—¿Y yo qué? ¿Qué consigo yo más que el rechazo de todos en esta isla?

—¡No es cierto! Todos los empleados de La Indiana la aprecian como la gran tabaquera que es.

Eliana dejó escapar un bufido y una amarga carcajada.

—Eso solo ocurre cuando estamos entre los muros de la fábrica. Si me ven por la calle me miran con desdén, o en el mejor de los casos fingen no conocerme. ¿Se cree que no me doy cuenta? Ni siquiera se acordaron de mí ante la prensa.

Alejandro agachó la cabeza, consciente de que ella tenía razón.

—No sea tan brusca, creo que está viendo las cosas con demasiado pesimismo.

—¿Y ha visto cómo me trata su gemelo?

—¿Miguel? ¡Pero si mi hermano adora sus ideas!

—Ni siquiera le hemos contado lo de los secaderos porque sabíamos que no iba a aceptarlo. No quiere escuchar ninguna de mis ideas, asúmalo.

—¡Eso no es cierto!

Alejandro golpeó el suelo. Era consciente de que estaba alterado por la situación, pero no podía permitir que Eliana se marchase. Ella era esa sensación de felicidad absoluta de la que todos a su alrededor hablaban, solo que él acababa de descubrirlo.

—La amo.

El gemelo se lanzó a sus labios con desesperación, pero ella lo contuvo con un gesto cariñoso y algo distante. No era el momento, y un beso como ese no era la solución.

—La amo —insistió él.

Eliana tenía enormes dudas. Volver a Cuba era lo último que quería en este mundo, pero no podía seguir engañándose a sí misma.

No sabía qué demonios hacer.

43
NO HAY VUELTA ATRÁS

7 de febrero de 1877

Las calles lloraban el primer rocío del amanecer cuando Miguel emprendió el camino de vuelta a casa. Tras despedir a la comitiva en el puerto, el joven había pasado la noche entera dando tumbos por los bares de la dársena. Saludaba con la efusividad habitual de su embriaguez a los vendedores que ya estaban instalando sus puestos ambulantes en plena madrugada, mientras su cabeza bullía a toda velocidad, como si el alcohol no pudiese hacer mella en él mientras daba vueltas a los próximos pasos que debía dar en la fábrica.

Miguel confiaba en que lo mejor estaba por llegar. Por fin la fábrica tenía el éxito que tanto se merecían, algo que ni siquiera su padre había podido lograr. Apenas les quedaban unos meses para la ansiada firma, por lo que debía mejorar la organización en las fincas para aumentar aún más la productividad de sus jornaleros.

Eliana también rondaba sus pensamientos. Miguel sentía que había sido demasiado duro con ella; quizá debía haber confiado en su criterio y en sus conocimientos, tal y como le pedía constantemente su gemelo. A pesar de todas las advertencias, él seguía sin tener una sola prueba de que la joven cubana fuese una espía o alguien de quien desconfiar. Tal vez se trataba de una obsesión sin fundamento alguno contra la criolla. Su prioridad consistía ahora en hacer las paces con ella para empezar con buen pie en esta nueva etapa, porque sabía que la cooperativa no cesaría en su empeño por tumbarlos y ellos tendrían que estar más unidos que nunca. Veía el futuro con ilusión, después del abismo que habían conseguido cruzar para salvar las deudas de La Indiana.

Miguel llegó a casa y atravesó el vestíbulo haciendo más ruido que de costumbre. Todo seguía en silencio, por lo que intuyó que tanto doña Juana como su hermano seguirían durmiendo. En ese momento sintió un profundo mareo y decidió asomarse al balcón para tomar el aire y sentir el frescor del amanecer. Y entonces oyó una voz familiar a lo lejos. Adelantó su cabeza, creyendo que se trataba de una alucinación ya que la calle estaba completamente desierta.

Se equivocaba.

Eliana y su hermano estaban besándose bajo uno de los soportales. Miguel tuvo que mirar varias veces para cerciorarse de que sus ojos no le estaban jugando una mala pasada.

Y su mundo entero se vino abajo.

44

EL SECRETO DE LA INDIANA

Miguel jamás tuvo problema alguno para desenvolverse con los mayores, a pesar de que no sabía leer. Poco importaba el intelecto en un pueblo en el que la mayoría se deslomaba en la agricultura, la pesca o el ganado. Miguel no habría ido a la escuela, pero poseía una labia que deslumbraba a los más veteranos.

Su carisma era motivo de orgullo para su padre, quien desde muy joven también había sido capaz de hacer frente a las figuras más doctas de la Logia. Esto, sumado a su atractivo hacía que las chicas del pueblo solo tuviesen ojos para los cabellos de ese galán adolescente, tan parecido y a la vez tan diferente a su gemelo. Se lo rifaban entre todas. Tan jerárquico era el amor a su alrededor que las muchachas hacían cábalas en las pandillas para decidir quién era la más agraciada de todas, la que podía acercarse al joven para dejarse cortejar por él. Pero él nunca se decidía ni daba veredicto alguno, lo que hacía crecer aún más el misterio sobre quién se llevaría el gato al agua.

Por más que le gustara ser el foco de las miradas, no le agradaba tanto quiénes eran las que lo hacían. Él sentía una pulsión muy distinta desde pequeño, desde que con apenas cinco años veía a los jornaleros de La Indiana labrando las vegas sin camisa, con el torso velludo y sudado, y unos modales tan rudos como excitantes. Miguel ansiaba en secreto sentirse atractivo entre los jóvenes, o incluso entre los mayores. Pero La Palma era una prisión y él sentía que nadie más en esa isla compartía su «enfermedad».

No daba el paso definitivo con las mujeres con la excusa de que no quería lanzarse en falso al vacío. Sabía que tarde o temprano llegaría el momento de escoger a una muchacha de entre todas las que lo buscaban, sabía que suya era la misión de desposarla para darle hijos y la mitad de su fortuna. Al menos así lo veía su padre, quien, por este motivo, nunca tuvo prisa en que ninguno de sus pupilos se derritiera por una mujer. Si algo temía Servando era que le robasen una sola de sus pesetas, así que en el fondo le alegraba que sus dos gemelos quisieran tantear el terreno antes de lanzarse a la charca.

Pero, mientras Miguel hacía alarde de su galantería, su gemelo apenas se dejaba ver fuera del despacho de La Indiana. Los años pasaban, y Alejandro seguía siendo el mismo joven tímido y retraído. Y cada día, Miguel veía cómo el alma de su gemelo se desvanecía más y más, como si la presencia de don Servando lo estuviese consumiendo por completo. Si Alejandro ya era tímido en sus apariciones en sociedad, la contabilidad de la fábrica a la que lo tenía sometido su padre lo había convertido en un ente sepulcral.

Miguel nunca dejó de preguntarle a su hermano si le ocurría algo. El problema era que el pobre Alejandro ni siquiera sabía explicar qué era lo que le pasaba. Y cuanto más consciente era de que su tristeza y su tedio no eran normales, más se recluía en su caparazón de inseguridades.

Hasta que una noche de verano todo salto por los aires.

Aquella noche, un Miguel aún adolescente regresó de las huertas más tarde que de costumbre. Llevaba bastante tiempo como aprendiz de los vegueros, pero eso no impidió que cometiese un error lavando las hojas. Fue tanto el vinagre que vertió sobre una de las parcelas, que las vetas se fueron secando, se rumiaron por dentro y perdieron todo el colorido que tenían. Quedaron inservibles. Al muchacho le costó caro aquel error, pues el capataz lo tuvo durante días —con el visto bueno de don Servando— repoblando la parcela a golpe de cinturón en la espalda.

Cuando acabó su jornada apenas podía caminar, y el roce de la tela de su camisa le hacía dar aspavientos de dolor por culpa de los latigazos. Al pasar frente a la fábrica, vio que había alguien en el interior del despacho. Entró y subió a paso lento los escalones hasta la estancia que parecía tenuemente iluminada por un quinqué. Allí estaba su padre de pie, apoyado sobre la mesa de roble y con los pantalones por los tobillos, mientras Alejandro le hacía extraños movimientos con la boca en el miembro.

Miguel no había visto nada tan violento en su vida. Volvió sobre sus pasos sin ser visto, con la discreción que le precedía. Por fin sabía lo que le ocurría a su gemelo, pero optó por el silencio más absoluto, pues temía incomodar a Alejandro.

Decidió que era mucho mejor apoyarlo incondicionalmente, además de que desde ese día, Miguel cambió por completo la relación con su padre. Ahora sí que cobraban sentido todas aquellas extrañas actitudes de Servando con Alejandro: sus escapadas a la playa, las constantes reprimendas, la diferencia de trato con la que su padre los había educado.

El paso del tiempo hizo que Miguel olvidase aquellas imágenes, pero cada cierto tiempo se veía obligado a recordarlas cuando su padre llamaba a su hermano en privado a altas horas de la noche, ya fuera para que le ayudara con las cuentas de la fábrica o para que lo acompañase a algún lugar del pueblo. Miguel fingía no saber, pero sabía que ese monstruo que tenía por padre solo quería someter al más débil de los gemelos, pues a él nunca le había puesto una mano encima más que para castigarlo con violencia.

Pero todo cambió cuando Servando cayó enfermo.

Por supuesto, el padre de los gemelos no sabía que aquella tarde de agosto sería su última tenida en la Logia. Ese día le preocupaban especialmente las tierras, las condiciones de los jornaleros y, sobre todo, temía que la isla quedara rezagada en el progreso. Al principio no le dio importancia a su dolor en el pecho, pues bastante había bebido en compañía de sus pensamientos aquella noche. Pero las molestias fueron creciendo poco a poco y se extendieron por su espalda. Le costaba respirar. Avisó a Braulio, su amigo y confesor, y este le pidió que no se preocupara, que eran normales tales dolencias en alguien tan aplicado como él. Pero el dolor no cesó con el paso de las noches, así que los gemelos no tuvieron más remedio que llamar al médico.

«El mal del rey», les indicó el buen hombre. A don Servando se le vino el mundo encima. Aunque el doctor estaba tranquilo y auguraba optimismo. «No se preocupe por eso, no parece grave en su caso. Tenga usted cuidado con lo que bebe y lo que come para que no le cueste demasiado respirar. Ya verá que se acostumbra a su dolencia en unas semanas».

Pero la ansiedad de los primeros días —y por ende la falta de aire— dio paso a un periodo en el que Servando no tardó en habituarse a su malestar. El patrón de La Indiana se sabía más fuerte que la enfermedad y la costumbre hizo que se dejara llevar por una extraña sensación de inmortalidad. Su misión en la isla no había terminado y aún le quedaba mucho por hacer antes de decidir cuándo marcharse de este mundo. Pero al mismo tiempo se notaba cada vez más cansado, y sus gemelos también se lo habían hecho saber. Fue en una de esas recaídas nocturnas cuando temió que sería la muerte quien decidiera por él y avisó a la criada para que llamase a su hijo predilecto: Alejandro. Servando quería tener un último encuentro con él, sentía que era lo mínimo que se merecía después de todo lo que le había dado.

Sin embargo, fue Miguel quien irrumpió en la habitación. Y por primera vez decidió hacerle frente. Estaba harto del trauma que había provocado a su hermano, y no podía contener más su silencio y omisión. Así que cogió uno de los almohadones y cubrió con él la cara desencajada del anciano. Encaramándose a la cama, apretó con todas sus fuerzas al tiempo que Servando luchaba y gritaba por su vida. Miguel presionó con todas las fuerzas que durante tanto tiempo había contenido, pues necesitaba descargar toda su rabia.

A sus espaldas, Alejandro se acercó a la habitación para observar la escena desde el quicio de la puerta.

Obra y omisión.

Y, tras una eternidad de alaridos, Servando dejó de moverse. Solo entonces Miguel se sintió liberado, al ver que su padre, a quien hasta entonces creía inmortal, no era ya más que un saco de huesos y desechos.

Por fin todo se había terminado.

Los gemelos nunca habían estado tan unidos como en ese instante. Cómplices y conscientes de que lo peor de sus vidas se había terminado.

Para siempre.

CUARTA PARTE

La traición fue el precio por confiar
en la persona a la que más quería.

45
RESENTIMIENTOS

21 de febrero de 1877

Las consecuencias del primer viaje de la comitiva empezaban a sentirse. Las tabacaleras rendían a pleno pulmón, la motivación de los jornaleros estaba por las nubes y no se hablaba de otro asunto en las tabernas o casinos de la isla; todos sabían que el futuro acuerdo crearía puestos de trabajo, y con estos se conseguiría acabar con la crisis económica que asolaba a los palmeros. Más allá de las fábricas, los vientos de cambio también se notaban en las inmediaciones del puerto. En las últimas semanas la llegada de empresarios británicos, franceses y holandeses se había intensificado. Todos querían conocer las posibilidades que ofrecía la isla de La Palma para establecer empresas similares a las que ya estaban allí afincadas, como la Compañía de Vapores Elder Dempster & Company o la Compañía de Aguas de la Casa Hamilton. Eran tiempos de optimismo.

En las calles se respiraba un ambiente de éxtasis. Los vecinos saludaban a Miguel a su paso, incluso aquellos que nunca antes habían tolerado su arrogancia. Todos sabían que las oportunidades de ganar un jornal estaban a la vuelta de la esquina y querían formar parte del futuro pastel. Pero, lejos de crecerse, el gemelo cada vez sentía que ese mérito no le correspondía mientras Eliana estuviese entre los muros de la fábrica. Con su carisma y su actitud sibilina, esa mujer había hecho lo posible para arrebatarle a Alejandro y todo lo que ambos habían construido juntos.

Y él no estaba dispuesto a permitírselo.

Le hervía la sangre solo de pensar que todo estaba irremediablemente perdido. Y no solo porque Eliana había roto la relación entre ellos, sino porque él sentía que era el único de los dos que luchaba sin parar por reflotar un negocio que no quería salvar. Tan solo deseaba marcharse a América y empezar una nueva vida. Pero no, al acomplejado de su hermano le aterraba el mar y no podía imaginar una vida fuera de esa isla, un pedazo de tierra que a Miguel se le hacía cada vez más pequeño y asfixiante. Cuánto se arrepentía de haber aguantado durante tanto tiempo las estupideces de Alejandro.

Las noches también se le hacían cada vez más angustiosas porque apenas cruzaba palabra con Alejandro. No tenía nada que decirle, pues sentía que su mentira había resquebrajado la relación para siempre. Pasaron varias noches cenando juntos en silencio, cada uno a un lado de la mesa bajo la atenta mirada de la criada.

La criada no era ciega. Doña Juana detectó desde el principio que algo entre ambos no marchaba como de costumbre, pero por más que hizo para mediar entre ambos, no pudo convencerlos de que acercaran sus posiciones. ¿Tal vez tendría esto algo que ver con la muerte del patrón? Ella llevaba toda la vida sirviendo fielmente a Servando y a sus dos hijos, y sabía que había un abismo en la relación entre el padre y los gemelos. Veía el desdén con el que el magnate tabaquero trataba a Miguel, pero, sobre todo, la extraña vinculación que tenía con su hijo Alejandro. Esas caricias, esas noches en la fábrica, esas visitas al dormitorio. Juana sabía, pero fingía no saber. Quería creer que todo lo que veía no eran más que fantasías suyas. Solo esperaba que ese no fuese el motivo de la disputa entre ambos, pues en ese caso sentía que no tardaría en abrirse el baúl de los demonios.

Miguel respondía con monosílabos a todas las preguntas que le hacía Alejandro, como si fuese un niño tratando de llamar la atención. Y, sin embargo, su gemelo no parecía haberse dado cuenta del enfado que Miguel llevaba arrastrando durante días.

El joven sentía la necesidad de agarrar a su hermano por la pechera y gritarle que lo sabía todo. Pero no. Si lo hacía tendría que enfrentarse a él y dejarle las cosas claras: «Elija, hermano. Es ella o yo». Y quizá por eso no se había atrevido a sacar el tema, pues temía que su gemelo escogiera el amor por una desconocida antes que el suyo. Por encima de todo Miguel no quería perderlo. A pesar de la situación.

Pero lo más doloroso para Miguel era que nunca había visto tan feliz a su gemelo. Con cada carcajada ingenua de Alejandro, una daga se clavaba aún más en su corazón. El rostro de su hermano, ciego a las penas del mundo, contrastaba con la desesperación de Miguel. Y eso que en el fondo no deseaba otra cosa que unirse al júbilo de su hermano, pero era incapaz. La traición se ceñía a cada uno de sus pensamientos.

Tan radiante se le veía a Alejandro por los pasillos de la hacienda que incluso a la criada le extrañaba la actitud del muchacho, sobre todo teniendo en cuenta el contraste con el gesto implacable que vestía Miguel día y noche, incluso cuando volvía de su borrachera. A doña Juana le dolía el corazón de pena e incertidumbre mientras contemplaba la silenciosa habitación. Los gemelos, que desde su nacimiento habían estado tan llenos de amor el uno por el otro, ahora parecían dos personas ajenas. Era evidente que Miguel estaba entorpeciendo aquella situación. Y doña Juana necesitaba conocer los motivos para ayudarles a resolver sus diferencias. Pero a la mujer cada vez se le hacía más complicado robarle un minuto en privado a Miguel, pues este siempre andaba como un torbellino de la fábrica a la taberna, y viceversa. Por eso, esa noche decidió esperar en el sofá del salón la llegada del joven, en lugar de retirarse al cubículo que tenía en el sótano.

Doña Juana tomó su manta y su almohada y, aprovechando el resplandor de la luna que se filtraba por las ventanas, se tumbó a esperarlo mirando hacia el exterior con ojos cargados de tristeza y cansancio. Los bejeques que poblaban el patio de la hacienda se mecían despacio bajo una suave brisa, algo que no hacía sino adormecer aún más a doña Juana, al tiempo que las velas que había prendido en el salón terminaban de consumirse entre parpadeos. Acurrucada en el silencio de la noche, doña Juana se dejó llevar en ese improvisado nido hasta que acabó cerrando los ojos profundamente.

—¡Juana! ¡Doña Juana!

Los gritos sobresaltaron a la criada, que abrió los ojos al momento y descubrió a Miguel, de pie frente al sillón en el que ella se había dejado vencer. La mujer era incapaz de comprender las palabras ebrias que el joven le gritaba, hasta que reparó en que las cortinas del salón estaban ardiendo.

—¡Dios mío! ¡No puede ser…!

Pero antes de que la criada pudiese terminar la frase, Miguel lanzó un barreño lleno de agua para apagar el desaguisado.

—¿Qué demonios le ocurre? ¿Está usted loca?

—¡Miguelito, Dios me guarde! ¡Lo siento, discúlpeme! —Juana jadeaba y gritaba haciendo aspavientos y sus palabras apenas eran entendibles—. Estaba esperando por usted, me habré quedado dormida con la vela prendida.

—¿Esperándome? ¿Por qué?

—Es una larga historia.

Pero había algo que a Miguel le resultaba aún más desconcertante: que su hermano no se hubiese percatado de aquel conato de incendio.

¿O acaso no estaba en casa a esas horas de la noche?

El gemelo dirigió su mirada hacia la elegante escalera de madera que conducía al piso superior.

—¡Alejandro! ¡Alejandro! —Tras una pausa volvió a repetir sus gritos—. ¡Alejandro!

No hubo respuesta.

Miguel subió entonces las escaleras a toda prisa y se dirigió al interior del dormitorio que ambos compartían. Pero allí no había nadie.

Regresó al salón tratando de ocultar su descomunal enfado, reprimiendo unas ganas feroces de patear los armarios y los espejos de las paredes.

—¿Se encuentra bien, Miguelito?

—¡¿Usted qué cree?!

—¿Su hermano no ha llegado aún? —preguntó ella, tratando de apaciguarlo.

—No —dijo para sus adentros.

—Por eso precisamente quería hablar con usted. ¿Qué le ocurre con su hermano?

—¿Eh? Nada. —Miguel la miró con desconcierto, la pregunta le había pillado desprevenido.

Las cortinas aún seguían humeantes.

—¿Su hermano está conociendo a alguna joven?

—¡Claro que no!

—¿Por qué me responde así? ¿Acaso no le gustaría que así fuera?

—Pues... claro que sí —dudó.

—¿Por qué no me cuenta lo que ocurre, Miguelito? Sabe que puede confiar en mí.

—Todo está bien, Juana. Muchas gracias. Y ahora, si no le importa, me gustaría que limpie este desastre que ha montado.

La criada obedeció, incapaz de ocultar su decepción al ver que su espera no había servido más que para estar a punto de ocasionar un desastre. En el fondo sabía que ocurría algo, y Miguel era tan tozudo que no iba a ser capaz de compartir sus problemas con alguien si no se los sacaban a la fuerza.

—¿Eliana tiene algo que ver?

A Miguel se le desencajó la cara al escuchar ese nombre; siempre el mismo nombre martilleando su vida una y otra vez. No tuvo más remedio que permanecer impasible, asegurándose de no revelar emoción alguna.

Pero doña Juana supo que acababa de dar con la respuesta que buscaba.

—Siéntese, Miguelito

—No.

—Siéntese —insistió ella con tono tajante.

—Imagino por lo que debe estar pasando. Si le soy sincera, en un principio creía que esa cubana estaba detrás de usted.

—¿Detrás mío?

—Oiga, Miguelito, no me mire como si estuviera demente. Todas las mujeres del pueblo beben los vientos por usted.

—Ya, bueno...

—Entiendo su resentimiento, de verdad, pero piense en el pobre de su hermano. Alejandro nunca ha tenido a una mujer que se fije en él. Deje que por una vez sea él quien disfrute del amor, que a usted siempre le han sobrado las pretendientas.

Miguel asintió en silencio y esbozando una ligera sonrisa. No podía evitar que le hiciera gracia lo equivocada que estaba la criada con sus consejos, pero no tenía intención alguna de decirle la verdad. Pensó que era mejor preservar la ignorancia de doña Juana antes que hacerla añicos, así que en lugar de hablar optó por seguirle el juego.

—De acuerdo, Juana.

—Además, esa chica...

—¿Qué le pasa?

—Me gusta para su hermano. Es toda una mujer, siento que juntos podrían ser muy felices.

—Pues me alegro por ellos —zanjó con voz seca. Acto seguido se puso en pie y se dirigió hacia su dormitorio.

—¿Se marcha sin despedirse?

—Sí, y no se le ocurra irse a dormir sin limpiar el desastre de las cortinas.

Miguel cada vez lo tenía más claro. Tenía que acabar con esa mujer.

46
PACTO DE SILENCIO

5 de marzo de 1877

Además de las tabernas, las eras del grano suponían el principal punto de encuentro nocturno para agricultores y ganaderos de los alrededores de Breña Alta. Estos lugares eran terrenos al aire libre dispuestos para el trillado del cereal. Eran lugares amplios, similares a una plazoleta, y estaban ubicados a merced del viento y con espacio más que de sobra para el ocio local después de una dura jornada de trabajo. Y lo mejor de todo, no había nadie alrededor, pues las eras se situaban entre los campos de cultivo. El pequeño muro de piedra que rodeaba la estructura lo convertía en el espacio perfecto para sentarse o tumbarse entre el trigo que allí se almacenaba.

Miguel no tenía intención de acercarse a la velada que se había organizado aquella noche, pues sabía que el trabajo en la fábrica le esperaba al día siguiente. Pero el insomnio le había vencido; por una parte, no podía más con tantos pensamientos que se agolpaban en su cabeza; por otro lado, sabía que su amigo Arsenio acudiría a aquella reunión.

Cuando llegó a la era en cuestión —situada más allá de los límites del pueblo, y al margen de un estrecho camino de ganado— se encontró con los vigilantes de varias fincas aledañas que bebían y tocaban el timple en torno a una pequeña hoguera. Si algo encantaba a los habitantes de la isla era el fuego. Una noche en vela no era igual si no se hacía una fogata en el centro de los presentes. Había algo hipnótico en ellas. De la oscuridad más absoluta surgía esa luz tan bella como cegadora. Esto, sin olvidar el inexplicable calor que de ahí surgía, convertía a las hogueras en un elemento casi mágico, imprescindible en cualquier festejo para los palmeros.

Más vigilantes y agricultores se acercaron al encuentro al observar las señales de la humareda. Miguel saltó el muro tras la acequia y se sentó en el corro. Había botellas de licor casero de plátano y miel. Se quitó sus zapatos desgastados y se arremangó los pantalones para sumergir los pies en la zanja que llevaba el agua a los regadíos. Buscó a Arsenio entre la multitud. A pesar del fuego, se hacía difícil distinguir las caras más alejadas que estaban al otro lado de la era. Por suerte no tardó en encontrarlo, Arsenio había sido uno de los últimos en incorporarse a la velada, cuando el enjambre de muchachos ya rozaba la treintena y algunos estaban ya muy pasados con la bebida.

Miguel decidió no acercarse a él, pues prefería dejarse ver como un pavo real entre los corros y esperar a que Arsenio fuese a saludarlo. Le encantaba sentirse el rey de la fiesta. Pero su amigo se detuvo a charlar, a brindar y a saludar a cada uno de los asistentes antes de acercarse a él, como si Miguel no existiese aquella noche. Así que, decepcionado, Miguel desistió en su orgullo y se acercó poco a poco al grupo para unirse a la plática en la que se hallaba su amigo, fingiendo desinterés. Los jóvenes que charlaban con Arsenio parecían, sin embargo, incómodos ante su repentina aparición y rebajaron de inmediato el acalorado tono de la conversación al ver que este se acercaba. A pesar de todo, el tabaquero pudo escuchar lo que decían.

La presencia del gemelo les escamaba. Los rumores sobre su actitud en La Indiana se habían propagado por las fábricas vecinas, y algunos decían que el joven empezaba a perder el norte desde la irrupción de Eliana como socia de la fábrica. Hablaban de celos, del miedo a perder su estatus, de una abrumadora inseguridad…

—Buenas noches, caballeros —se presentó Miguel con aire altivo—. Si quieren, podemos hablar del asunto cara a cara. ¿Hay algo que quieran decirme?

Pero Arsenio no tenía ningunas ganas de que los ánimos se encendiesen, así que se lo llevó aparte.

—A usted le quería ver yo —dijo el muchacho, empleando un tono que no dejaba espacio a nada bueno.

—Ah, ¿sí?

—¿Le recuerdo la promesa que me hizo?

Miguel brindó con él entre risas y poco a poco se fueron alejando de la multitud. La charla bien merecía buscar un lugar más íntimo.

—No les hagas caso, les encanta meterse con todos. Hoy le ha tocado a usted.

—Lo sé. Que hablen lo que quieran esos guanajos, no me importa. —Mentía, pues una parte de su mente se había quedado atrapada en esa maldita conversación.

—Vaya, vaya. Así que a Miguelito le escama lo que piense la clase popular, ¿eh?

—Pero ¿qué demonios habla? Sin mí, esos meapilas no tendrían ni para comer.

—Bueno, tampoco es necesario que saque su lado más hostil. Están borrachos, y ya sabe que a uno le gusta platicar cuando bebe.

—Sí, dejemos el tema, mejor.

Pero Miguel no podía enmascarar el resentimiento que sentía al ver que todos esos hombres le juzgaban al calor de la hoguera y los licores caseros como si supiesen lo que significaba estar en su piel en esos momentos. Estaba seguro de que Eliana no era un ángel, precisamente. Pero los rumores acerca de sus hitos seguían extendiéndose entre los chinchaleros de las fábricas de los alrededores, y cada vez parecían más difíciles de parar. Miguel sentía que la injusticia se cernía sobre él, como si de repente todos creyeran que él era el malo de la historia, cuando no había hecho otra cosa que intentar salvar la tabacalera por mantenerse junto a su gemelo.

Por suerte, Arsenio lo sacó de su ensimismamiento. El amigo sostuvo la mano de Miguel para indicarle un lugar apartado en el que charlar, lejos del resto de borrachos de las eras y al margen del calor y la luz de las hogueras. De repente, la rabia de Miguel se transformó en una excitación incontrolable por que Arsenio quisiera conversar con él en un lugar íntimo y bajo la luz de las estrellas. Le recordaba a las visitas que le hacía a su casilla. Solos ellos dos y el deseo de que la noche nunca llegase a su fin.

Los dos hombres se tumbaron a los pies de un aguacatero, protegidos por las copas del árbol, a una distancia considerable del meollo y de la luz de la hoguera. Apenas se les podía ver en la oscuridad. Y entonces, Arsenio volvió a hacer hincapié en el maldito asunto de la boda. Su amigo le relataba la ilusión de Rafaela, le hablaba del sastre de Barlovento que confeccionaría el vestido, del banquete que montaría don Camilo...

Miguel escuchaba y asentía, pero solo tenía ojos para contemplar con disimulo la preciosa boca de su amigo, esos labios carnosos y más rojizos de lo normal, con el intenso vaho que desprendía por culpa del licor de miel.

—Le prometo que no tardaré en hacerlo. No quiero precipitarme —respondió Miguel para poner fin a la conversación.

—Válgame Dios, Miguel. Me lo prometió. Se lo prometió.

—Quiero darle un futuro que cumpla las expectativas.

—Pero si ya sufragaron la maldita deuda, y esa moratoria está encaminada. ¿O está engañando a toda la fábrica? Porque no llegan más que buenas palabras de La Indiana últimamente.

—No es tan fácil.

Arsenio le miró con cierto recelo por un instante.

—¿Usted la quiere?

—Pues claro.

—No me mienta. Que me parta un rayo si me está mintiendo.

Miguel se dio la vuelta al escuchar voces que provenían del otro lado de la finca. Un grupo de figuras se abría paso entre los cultivos, sorteando entre risas las zanjas, pues apenas veían el suelo debido a la oscuridad de la noche. Los rostros solo se distinguían por las brasas de los cigarrillos que llevaban encendidos. El joven pudo distinguir una leve voz femenina entre las que se aproximaban hacia la hoguera.

—¡Traemos un regalo! —gritó uno de ellos.

Arsenio se puso en pie para observar mejor al grupo que se acercaba. La mujer que iba con esos hombres era Rosenda, aunque todos la llamaban Rosi. Rondaba los cuarenta años y por todos era sabida la mala suerte que había tenido en la vida. Sus cabellos, rubios y lisos, se habían estofado más y más con el paso de los años, y la pobre mujer malvivía ejerciendo el negocio más antiguo del mundo. Miguel la conocía desde niño, pues Rosi había sido cigarrera en La Indiana en su juventud. Por razones que desconocía —y que tampoco acertaba a entender—, la mujer seguía dedicándose al oficio en vez de pedir a los gemelos que volvieran a admitirla en la fábrica. «Tal vez tuvo algún problema con mi padre», pensó Miguel. Pero ahora que Servando ya no estaba en este mundo, no había motivo alguno para que no volviese. Aunque ya habían pasado muchos años desde la marcha de Rosenda, quizá la mujer ni se acordaba de cómo anillar las vitolas.

—Creo que marcho ya —dijo Miguel a Arsenio en voz baja, pues no le interesaba lo más mínimo lo que estaba a punto de ocurrir, y tampoco quería formar parte del corro de cómplices.

—No, espere... Usted sabe que yo tampoco soy de esos asuntos.

Arsenio lo agarró por el brazo con delicadeza y lo apartó del grupo una vez más. Se alejaron de allí nuevamente mientras veían a lo lejos cómo Rosi se contoneaba ante los hombres bajo la única luz de los cigarrillos encendidos en una noche sin luna.

—Gracias, Miguel. Creí que sucumbiría a los encantos femeninos.

—¿Yo? ¿Se refiere a eso? —dijo, señalando al grupo de hombres que había a lo lejos—. No es algo que me divierta.

—No sabe lo feliz que me hace —dijo Arsenio, y comenzó a acariciar la barba de su amigo sin más preámbulos—. Mi hermana será muy feliz con usted.

Miguel no sabía qué hacer, temblaba de los nervios ante ese acercamiento a medio camino entre lo fraternal y lo apasionado. Y Arsenio se acercó aún más hacia él, con un gesto ante el que era imposible resistirse. Miguel se dejó llevar y se aferró a él en un impulso casi animal. No aguantó más y lo besó.

Un empujón. Arsenio se zafó de él de inmediato y le dio un puñetazo en la cara.

—¡Lo sabía, lo sabía! Es usted un invertido de mierda. Un invertido hijo de puta.

Miguel cayó al suelo del golpe, tan avergonzado como aterrado por miedo a que los gritos de su amigo llamasen la atención del resto. Por suerte, a lo lejos todos seguían pendientes del baile de Rosi. Nadie se había percatado del incidente.

—Fíjese que me lo olía. Esa actitud, ese amaneramiento. Y mi hermana.

—¿Qué?

—Mi hermana decía que no se le levantaba... y yo no me lo creí. ¡No la creía!

Miguel hizo un esfuerzo por seguir fingiendo que se trataba de un malentendido. Pero sabía que no lograría engañarle.

—No se preocupe —concluyó Arsenio—. Soy una tumba, no voy a decir nada.

—¿Cómo?

—Este será nuestro pacto.

Miguel tragó saliva, no entendía qué demonios estaba pasando por la cabeza de su amigo. Si es que aún lo era.

—Espero que haga feliz a mi hermana.

Una vez zanjado el asunto, Arsenio volvió por donde había venido y se unió al grupo que aún seguía bebiendo y cantando en las eras.

Miguel se quedó de piedra.

Su amigo le había tendido una trampa.

47
LA COBARDÍA DEL MATRIMONIO

16 de marzo de 1877

Miguel yacía en la cama, cubierto de sudor y cansancio por culpa del insomnio. Sentía un gran peso sobre su cuerpo día y noche, era incapaz de borrar de su cabeza el fatídico instante en que todo se había torcido con Arsenio. Tras varios días dándole vueltas llegó a la conclusión de que poco más podía hacer. Siempre había sabido que llegaría el momento de buscar una esposa, y tal vez el incidente con su amigo era el empujón que necesitaba para prometerse con Rafaela. A su amigo no le interesaba desvelar el secreto, pues mantenerlo oculto era la única manera de garantizar la felicidad de su hermana.

Y a esto se le sumaba el beso entre Eliana y Alejandro, ese beso que no dejaba de asaltarlo una y otra vez. Tal vez doña Juana no andaba tan desencaminada con los sentimientos de su gemelo. Quizá Alejandro solo quería explorar la felicidad que proporcionaba el amor, y Miguel no podía culparlo por ello. Pero él no podía más, solo pensaba en hallar la forma de acabar para siempre con esa relación que nunca debió haber empezado.

Tenía miedo de perder a Alejandro.

Definitivamente, llegó a la conclusión de que debía contraer matrimonio cuanto antes. Tal vez así pondría fin a sus quebraderos de cabeza y ocultar la enfermedad que sentía en sus carnes. Todos esperaban de él que se casara con una joven y asumiera de una vez su papel de cabeza de familia, algo que hasta ahora había conseguido sortear gracias a que su gemelo también estaba soltero. Pero ahora no le quedaba más remedio que aceptar sus designios. Así que se armó de valor para dar carpetazo por fin a ese tema que tanto tiempo llevaba evitando: debía declararse a Rafaela para ocultar la enfermedad que sentía en sus carnes.

Al llegar a la fábrica esa mañana, los chinchaleros ya trabajaban en sus puestos al ritmo de las lecturas de Braulio. Los engranajes de la empresa cada vez se parecían más a los de un reloj, algo que Miguel nunca hubiera esperado tan solo unos meses atrás. Tras exhalar un profundo suspiro de satisfacción, Miguel se dirigió al habitáculo que ocupaban las cigarreras, interrumpiendo el clima de sororidad que allí se vivía. Se acercó a la silla de Rafaela y se arrodilló ante ella.

—Cásese conmigo. Ya está, ya lo dije.

La propuesta la dejó muda. Ella, que llevaba más de media vida esperando ese momento, sabía que todas esperaban de ella que se alegrase y se lanzase a los brazos de su hombre. La asaltaban unas dudas abismales, pero tenía que decir que sí. Por su bien. Por su familia. Así que, mirándole fijamente, Rafaela asintió con una pequeña inclinación de cabeza.

—Quiero casarme. ¡Quiero casarme!

Se fundieron en un beso mientras el resto de cigarreras aplaudían ese momento tan mágico como desconcertante. Miguel había conseguido su propósito: había marcado su territorio y todos habían presenciado su hombría. Era su fábrica y en sus tierras se hacían las cosas a su manera.

Después de las felicitaciones la pareja se encontró en la calle a petición de Miguel; quería charlar con ella a solas, lejos del ajetreo de la fábrica y las habladurías de los empleados. Pero ahora la actitud del joven era muy distinta, Miguel ya no era el apuesto caballero que unos instantes se había arrodillado por la mujer a la que supuestamente amaba. Su rostro firme tan solo buscaba apresurarse a dejarle las cosas claras cuanto antes.

—Tiene que dejar de trabajar en esta fábrica.

—¿Cómo dice?

—Lo que oye. Voy a ser su marido. Y una esposa de bien no trabaja.

—Pero... se está precipitando. Vamos a tomarnos las cosas con calma. Deje que mi padre arregle con usted el casamiento.

—¿Su padre? Su padre gana en un año lo que hacemos aquí en una semana. ¿Qué me va a decir a mí su padre?

—¿Qué le pasa, Miguel? ¿Está seguro de que quiere casarse?

—Por supuesto —respondió él, tratando de ocultar sus dudas—. Así que ahora vaya a despedirse de sus compañeras. Yo me encargaré de hablar con don Braulio para que prepare el casamiento.

—Pero...

—Eso es todo, Rafaela.

—Miguel...

—¿Qué pasa? Esta es la vida que tanto quería usted, ¿verdad?

Ella asintió con una amargura a la que no conseguía dar explicación. Se suponía que debía ser el día más feliz de su vida, y sin embargo la abordaba una tristeza asfixiante. El silencio prevaleció entre ellos hasta que los ojos de Rafaela volvieron a encontrarse con los de él.

—Gracias, Miguel.

Al mirar su rostro, lo único en lo que Miguel podía pensar era en cómo se tomaría la noticia su hermano, Arsenio. Evocó su figura, tan noble y sonriente, siempre tumbado en su casilla con la camisa desabotonada y el pelo en el pecho.

Rafaela se marchó sin mediar más palabras con su prometido, dispuesta a obedecer sus órdenes y a celebrar la noticia con su familia.

Mientras tanto, desde la calle Miguel no tardó en oír los gritos de júbilo y alegría provenientes del interior de la fábrica. Sentía haberse quitado un enorme peso de encima ahora que por fin había dejado claro quién era a ojos de los demás. A partir de ahora las cosas se iban a hacer a su manera, y no al estilo de una cubana miserable y manipuladora. Ahora le quedaba lo más difícil: hablar de una vez con su hermano y zanjar el asunto que se traía entre manos con Eliana. Era el momento de descubrir si el compromiso con Rafaela le había dado el coraje necesario para dar ese paso.

48

ENTRE HOMBRES

3 de abril de 1877

Tras varias semanas esquivando a su gemelo, Miguel se acercó por fin a la fábrica dispuesto a hablar con él. No podía más con la situación, necesitaba que Alejandro le dijera la verdad, que afrontara de una vez los hechos como un hombre. Quería darle una última oportunidad.

La puerta del despacho se encontraba cerrada, pero en el interior escuchaba las risas y las voces incesantes de Eliana y de su gemelo. Esos sonidos producían a Miguel un dolor al que ya estaba acostumbrándose, pero que cada vez lo hundían más en la miseria de su soledad. Estaba harto de ver con el corazón encogido cómo ambos se acercaban más y más a sus espaldas. Y no estaba dispuesto a sonreír a pesar de su tristeza, a seguir fingiendo como si no ocurriese nada.

—¿Interrumpo algo?

La entrada de Miguel provocó un silencio repentino en la estancia. Eliana y Alejandro estaban de pie, ambos apoyados en la mesa del despacho, sobre la que había varios libros de cuentas y un plato con almendrados. El gemelo pudo notar de un simple vistazo el desorden en la estancia, con restos de aquellos dulces en el suelo y con los papeles desperdigados. Era como si hubiese pasado por allí un regimiento.

—Estábamos terminando los albaranes —se excusó Alejandro.

—Ya veo.

—Eliana, ¿le importaría dejarme a solas con mi hermano? Necesito hablar con él.

Al escuchar su tono de voz, el cuerpo de la joven se puso a la defensiva.

—¿Es sobre la tabacalera? Le recuerdo que también soy su socia.

—No, Eliana. Así que, por favor, déjenos a solas de una vez.

Ella hizo lo que pedía, pero dejando claro con la mirada que no le hacía ninguna gracia. Cuando se quedaron a solas, Alejandro se alejó con sutileza de Miguel y tomó asiento en el viejo sillón de las visitas, como si temiese un arrebato violento por su parte antes de que iniciase su conversación.

—¿Mucho trabajo? —preguntó Miguel.

—Sí. Había un error en los empaquetados del vapor. Ya sabe que tenemos que entregarlo en los próximos días.

—Ah, vaya. No tenía ni idea.

—No se lo había dicho porque siempre se anda quejando de que le preocupo con nimiedades.

—Cuánto se lo agradezco, hermano. ¿Y hay algo que sí quiera contarme?

—¿Le ocurre algo, Miguel?

—No, ¿y a usted?

Alejandro seguía en sus trece a pesar de que Miguel no dejaba de mirarlo fijamente.

—Miguel, si no tiene nada que decirme, debo seguir trabajando. Y usted también debería volver a las fincas.

—¿Es una orden?

—Para nada.

—¿Qué pasa con ella?

—¿De qué? —Alejandro lo miró sin comprender a qué se refería.

—¿Hay algo que deba saber?

Alejandro negó con la cabeza, mostrándose incrédulo ante el interrogatorio del que estaba siendo víctima.

A Miguel le dejó de piedra la facilidad con la que su hermano se mostraba tan natural. Era como asistir a una especie de metamorfosis, como si de la noche a la mañana Alejandro hubiera desarrollado la misma capacidad de mentir que Eliana.

—¿Seguro?

—Seguro.

El rostro de Miguel se nubló por completo. Salió del despacho dando un portazo y corrió hacia las fincas. Necesitaba tomar aire, la daba igual que los jornaleros estuviesen labrando las vegas en ese momento. Corrió y corrió hasta llegar al límite de los dominios de La Indiana, donde las lindes del terreno chocaban con un pronunciado barranco.

Miguel se asomó al borde del precipicio al tiempo que sentía que su cabeza estaba a punto de estallar. Sentía un inexplicable vacío en la boca del estómago, y ardía en deseos de confesarle que conocía el secreto que se traía entre manos con esa «endemoniada». Estaba convencido de que ella era la única culpable de que su gemelo actuara de ese modo.

Pero eso se iba a terminar.

49

MALA SEÑAL

15 de abril de 1877

Eliana arrojó el desayuno en una palangana. Llevaba varios días padeciendo un incómodo malestar en el estómago a pesar de que apenas había probado bocado. Y al quinto día le resultó imposible llevar a cabo su rutina. Estaba demasiado débil, no tenía siquiera fuerzas para dirigirse a la fábrica, como si alguien le hubiera dado una brutal paliza. Pasó toda la mañana tumbada en su camastro tratando de aguantar los zarandeos en su tripa. Pensar en Alejandro era lo único que le devolvía la sonrisa. Las últimas semanas con él estaban siendo las más felices de su vida. Juntos habían pasado increíbles tardes como furtivos en los rincones más inhóspitos de la isla. Eliana no sabía que se podía querer a alguien con tal desenfreno y ansia. Sentía un amor tan profundo por él que se veía incapaz de poner fin a su misión en la isla, porque tenía claro que quería quedarse allí para siempre, lejos del yugo de su padre y de su matrimonio en Cuba. Los dolores iban en aumento, pero Eliana sonreía mientras recordaba cómo había recorrido cada palmo del cuerpo de Alejandro esas últimas semanas, sintiéndolo dentro de ella una y otra vez. Lo amaba, de eso no le cabía ninguna duda; lo amaba mucho más de lo que nunca había amado a su esposo. Y gracias a la pasión de Alejandro estaba aprendiendo a olvidar ese rostro asqueroso y mezquino que la esperaba en Cuba.

—¿Mi señora?

Yanet la sorprendió en medio de sus ensoñaciones y la devolvió a la realidad de un plumazo.

—¿Se encuentra mejor?

—Me duele... mucho.

No mentía. Eliana tenía mal aspecto, tanto que incluso la dueña de la pensión y las huéspedes se preguntaban si no padecía de alguna enfermedad como el cólera, que tantos estragos estaba causando en las Américas. Yanet se pasó el día entero recorriendo los puestos y mercadillos de los alrededores, buscando a algún agricultor que pudiese proporcionarle plantas o jarabe de aro, pues no confiaba en los remedios de doña Carmen, y mucho menos en los curanderos de la isla.

El aro era un tubérculo que crecía de forma silvestre en los bosques de Cuba, y que tras un laborioso tratamiento quedaba reducido a un polvo de color blanco. La mayoría de los vecinos jamás habían oído hablar antes de esa planta, así que fue tras mucho preguntar en el mercado de abastos de Santa Cruz cuando Yanet descubrió que algunos comerciantes cubanos lo traían en su equipaje, pero no para la venta sino para su propio consumo. De este modo, Yanet tuvo que pagar una elevada suma para conseguir el tan ansiado tesoro.

La criada pidió permiso a doña Carmen para preparar su brebaje en las cocinas de la pensión. La mujer accedió, pero el olor era tan desagradable que a punto estuvo de desdecirse. Yanet mezcló el polvo con agua hirviendo en un caldero de hojalata y Eliana se lo bebió de un trago. Mano de santo. En unas horas remitieron los dolores y todas quedaron maravilladas por el milagroso éxito, a pesar de que las huéspedes temían que aquella mujer fuese una especie de bruja. Incluso doña Carmen decidió guardar parte del preparado.

Pero al día siguiente los dolores de Eliana volvieron a manifestarse, y en esta ocasión con mayor intensidad. «Mala señal», pensó, casi segura de que se había metido en la boca del lobo. Necesitaba un culpable a sus males, y empezó a creer que el padre Mendoza le había lanzado un maleficio. Se arrepintió al instante de su discusión con el párroco. No estaba preparada para cumplir la misión que todos esperaban de ella. No quería cargar con ese castigo el resto de su vida. Y mucho menos tener que volver a Cuba, donde ya sabía lo que le esperaba.

Eliana se armó de entereza para tratar de ocultar a su criada el que creía era el verdadero motivo de su malestar; estaba segura de que Yanet no la entendería. Así que, a pesar del dolor que la recorría, fingió sentirse mejor y se marchó a la fábrica con la excusa de que tenía demasiado trabajo por delante. Allí pasó la noche, sola, enroscada sobre la alfombra del despacho y usando un cojín como almohada. Tenía la esperanza de encontrarse mejor a la mañana siguiente.

Pero se equivocaba. Eliana estuvo toda la noche en vela, vomitando de cuando en cuando y pasando las horas muerta de frío en un recodo de la habitación. Volvió a beberse el aro, pero tampoco surtía efecto alguno. La humedad que se filtraba a través de la madera del suelo había calado en sus huesos, y cuando despertó a la mañana siguiente se encontraba mucho peor.

Abandonó la fábrica al amanecer, antes de que llegaran los primeros empleados. Necesitaba un lugar seguro en el que poder refugiarse y tan solo vino Alejandro a su cabeza; sin embargo, él era el último al que quería ver en esas circunstancias.

Así que se dirigió hacia la vivienda de Rafaela.

Pero apenas había dado unos pasos cuando se cruzó con la joven, que iba camino de la fábrica.

—¡Menos mal que la encuentro! —gritó Eliana—. ¡Necesito su ayuda!

—Buenos días —dijo la cigarrera, que llevaba dos cestas llenas de dulces y botellas de anís para su despedida—. Quería adelantar mi jornada para despedirme de todos. ¿No lo recuerda? Me marcho de La Indiana. Me caso con Miguel.

—¿Cómo? No tenía ni idea.

—¿No decía usted que estaba al tanto de todo lo que pasaba en la fábrica? —dijo Rafaela en actitud jocosa.

Pero Eliana no estaba de humor. Trataba de asimilar la impactante noticia, pero su cuerpo solo podía pensar en el dolor que sufría. Y se disponía a continuar hablando cuando un buche le sobrevino desde el estómago hasta la garganta y vomitó en medio de la calle. Pudo apoyarse contra la pared, pero no logró evitar ensuciar los zapatos de Rafaela.

—Lo siento —dijo, justo antes de volver a vomitar junto a la puerta de la tabacalera.

—Déjeme que la acompañe a su pensión.

—Estoy bien. Tenga, quédese aquí. —Eliana le entregó las llaves de la fábrica. El edificio quedaba a sus espaldas.

—De eso nada, yo la acompaño.

La joven no pudo negarse, su estado de salud era deplorable.

—Vale, pero a mi pensión no podemos ir. No quiero que me vean así. ¿Tiene una cama libre?

Rafaela asintió, aún con cierta perplejidad por el nerviosismo de su jefa.

—Démonos prisa, por favor. —Apenas le salía la voz.

Eliana andaba despacio, cuidándose de no vomitar frente a los puestos del mercadillo.

—Aguante un poco, aguante —repitió Rafaela una y otra vez.

Pero la criolla estaba más pendiente de que nadie la viese en ese estado que de sus propios dolores.

Al llegar, Rafaela le pidió que aguardara en el portal y la joven la escuchó hablar con alguien en el interior de la casa durante varios minutos que se les hicieron eternos. Apareció de nuevo con cierta agitación, la llevó a su modesta habitación y la tumbó en el camastro. En ese momento apareció Arsenio, quien también la ayudó a acomodarse.

—Vuelvo al oficio —dijo Rafaela—. Mi hermano se queda en casa, él la cuidará si necesita algo.

—Gracias. Por favor... —le pidió a Arsenio—, ¿podría dejarnos a solas?

—Por supuesto.

Arsenio salió de la habitación de su hermana. Eliana aguardó a que este se hubiera marchado e hizo un gesto a Rafaela para que acercara su oreja a ella.

—Tiene que hacerme un favor —le susurró—. Vaya a la pensión y hable con mi criada. Dígale que tenemos mucho trabajo, que voy a estar unos días atareada y sin pasar por allí, ella lo entenderá. Porque me puedo quedar aquí por unos días, ¿verdad? —En ese instante volvió a asaltarla otro pinchazo en el estómago.

—Pero... ¿su criada no puede ayudarla?

—¡No! Nunca. Por favor, haga lo que le pido. Como amiga.

Rafaela se sentía contra la espada y la pared. Quería ayudarla, pero no podía seguir ocultándole más cosas a Miguel. Eliana ya no era su jefa, no tenía por qué hacer lo que le decía. Pero no pudo evitar compadecerse con la criolla. El sufrimiento de su rostro delataba a una mujer que necesitaba ayuda. Y, además de su criada, ella era su única amiga en la isla.

—Una última cosa... —balbuceó Eliana mientras trataba de aguantar los dolores—, no le diga a nadie que estoy enferma, por favor. Se lo suplico. Ni a los gemelos ni a nadie de la fábrica, sobre todo a su prometido. Por lo que más quiera.

—De acuerdo.

—¿Puedo confiar también en su hermano Arsenio?

—Sí, claro... Seremos una tumba.

Pero a Rafaela la asaltaban unas enormes dudas. Después de haberle ocultado a Miguel su papel como cómplice en los secaderos, no sabía si estaba dispuesta también a mentirle con tener a Eliana escondida en su casa. Su prometido la abandonaría si se enteraba. Pero en ese momento no había tiempo para pensar. Así que Rafaela volvió sobre sus pasos a toda prisa para no llegar tarde a la fábrica. No podía llamar la atención si no quería que Miguel se enterase.

Eliana mantuvo la compostura en el dormitorio de su cigarrera hasta que escuchó el cierre del portón de la calle, y comprobó que esta se había marchado. Cuando la habitación quedó en silencio, la criolla rompió a llorar durante horas, dejando que el techo se le cayera encima. Solo quería desaparecer de este mundo.

Ya no le quedaban dudas de que sus peores pronósticos se habían cumplido: estaba embarazada.

50

LA TRAICIÓN

17 de abril de 1877

Miguel llegó a mediodía a su cita en la biblioteca privada de la Logia. A diferencia de la fachada colonial del edificio, el archivo histórico localizado en el interior recordaba al de las grandes ciudades del centro de Europa. Sus paredes estaban recubiertas de estanterías de una oscura madera de roble que llegaban hasta el techo de color dorado. Había hileras y más hileras de libros y todo tipo de objetos. Desde tomos forrados con cuero, pasando por una colección de numismática o viejas enciclopedias, hasta los volúmenes salidos de las prensas de las editoriales más importantes. Un gran ventanal se extendía a lo largo del piso superior y proyectaba su luz sobre un espectacular escritorio. La biblioteca contaba además con un archivo que varios guardias custodiaban día y noche, pues aquel lugar era la mayor fuente de conocimiento que había en todo el archipiélago canario. La Palma albergaba la mayor colección de publicaciones periódicas de todo el territorio español, gracias a la categoría de puerto franco de la isla. Y, sin embargo, Miguel lamentaba no poder acceder a dicho tesoro.

Esperó al maestre durante horas, sentado en uno de los sillones de piel de la Logia mientras sentía que los volúmenes lo observaban como a un impostor y que los incunables estaban a punto de caer sobre su cabeza. La envidia lo asaltaba cada vez que visitaba ese lugar, pues soñaba con aprender algún día a entender todo aquel conocimiento. Pero cada vez sentía más lejana esa meta.

Heriberto chistó a Miguel al verlo con la mirada perdida entre los libros.

—Vaya con el hijo pródigo.

—¿No se alegra de verme, maestre?

—Usted no es bienvenido en esta Logia, y tampoco su hermano. Después de lo que han hecho no debería ni dirigirle la palabra.

—Vaya, no pensé que...

—Nadie más en la institución está al corriente de este encuentro —lo interrumpió el maestre—, estoy convencido de que no lo verían con buenos ojos. Así que haga el favor de agradecerme que me digne a recibirle después de todo.

Heriberto no tenía reparos en exhibir su poder. Sus palabras estaban cargadas de arrogancia, se notaba que el maestre ardía en deseos por reprender a Miguel con dureza desde hacía mucho tiempo.

—Es indignante, muchacho. Traté de ayudarles, hicimos todo lo posible por hacer más llevadero el luto de vuestro padre. Y ustedes dos no solo se rieron de nuestra propuesta de compra, sino que introdujeron a una mujer entre las filas de La Indiana. Esa mujer les ha robado lo único que tenían. ¿Y sabe qué le digo, Miguelito? Se lo merecen, tanto usted como el bobalicón de su gemelo.

Miguel escuchó atentamente la reprimenda, mostrando su vergüenza con una mirada apenada.

—Lo sé, maestre. Le pido disculpas.

El maestre Heriberto no hizo esfuerzos por ocultar su sorpresa.

—Siento haber desconfiado de sus advertencias acerca de esa mujer. Sé que la intención de la Logia y de los tabaqueros no era otra que ayudarnos a mi hermano y a mí.

—Bueno…, no hay mal que por bien no venga. Debo reconocerle que si accedí hoy a escucharle fue porque en el fondo aún albergaba una pequeña esperanza en su bondad e inteligencia.

—Se lo agradezco, maestre. Es que hay algo más que me gustaría hablar con usted.

Heriberto se acomodó para prestarle toda su atención, y en ese momento a Miguel le entraron las dudas, pues sabía que sus actos traerían graves consecuencias para la fábrica. Y para la relación con su gemelo. Pero no tenía otra opción, esa mujer estaba absorbiendo a Alejandro cada vez más, y él ya le había dado demasiadas oportunidades.

Así que, con todo lujo de detalles, Miguel relató al maestre la estrategia que había empleado su socia para aumentar las ventas del tabaco; es decir, cómo habían llegado a un acuerdo con Fayad para que este se encargase de la venta ambulante por la isla. También le confesó cómo Eliana había manipulado a Alejandro para actuar a espaldas de la cooperativa y obtener mayores beneficios.

—¡Esto no tiene perdón de Dios! ¡Es un ultraje a los que llevamos toda la vida en este negocio!

—No sabe cuánto lo siento. De verdad, yo quería evitarlo. Puedo asegurarle que nunca confié en ella, si me dejé embaucar fue por mi hermano. Ella lo convenció, lo manipuló…

—Pero ¿cómo se dejó llevar usted por ese niño estúpido?

Miguel agachó la cabeza ante los gritos de su maestre.

—Hice todo lo posible por impedirlo. Pero esa mujer… lo tiene doblegado.

Acto seguido le contó todas las sospechas que tenía sobre Eliana: la misteriosa carta que le había visto entregar en la oficina postal, sus experimentados conocimientos sobre el tabaco, su extraña discusión con Braulio… Al maestre le llevó un buen rato procesar todo lo que el joven le estaba diciendo.

—Ya me lo advirtió el señor Van Dyck, tuvimos que haber intervenido cuando era debido —maldijo Heriberto—. Hemos dejado correr demasiado el agua del río.

—Ayúdeme a acabar con ella.

—La situación es mucho más grave de lo que creen en la Junta de Gobierno. He de confesarle que ya la hemos investigado a fondo.

—¿Cómo dice? ¿En Cuba?

—Así es, muchacho.

—¿Y bien?

—Pusimos al corriente a nuestros compadres allá, pero no hubo suerte. Nadie sabe de ninguna Eliana Álvarez, tampoco de su criada. Es como si las dos hubiesen surgido de la nada, como si no tuviesen pasado.

—Eso es imposible. Por su acento, tiene que ser cubana.

—Cuba es una isla muy grande, seguro que hay mucho mentiroso. Dios mío, tuve que haberlos frenado antes a ustedes dos. Qué estará pensando su padre… —Heriberto comenzó a dar vueltas por la biblioteca mientras se lamentaba, pero después de una breve reflexión se dejó invadir por un repentino optimismo—. No se preocupe, acabaremos con ella.

—¿Cómo? —preguntó Miguel, presa de sus ansias por zanjar el asunto de una vez por todas.

—Confíe en mí. Esto quedará entre nosotros.

—No sabe cuánto se lo agradezco, maestre, de verdad.

—Tan solo tengo una cuestión, muchacho. ¿Por qué ha decidido contármelo ahora?

—Nos quiere quitar la fábrica. Esa mujer es una arpía, una mentirosa, una…

Heriberto lo interrumpió levantando su brazo con un gesto sutil.

—No me mienta.

—Le estoy diciendo la verdad, maestre.

—No. Usted sabía muy bien cómo era esa mujer desde el momento en que la conoció, yo mismo se lo advertí. Y hasta este momento nunca ha puesto reparo alguno en las acciones que ha llevado a cabo. Al contrario, usted también se ha sumado a sus propuestas.

Miguel se encogió en el sillón, se sentía cada vez más diminuto ante la mirada inquisidora de su maestre.

—Quiero la verdad. Dígame qué ha ocurrido para que tome esta decisión.

—Nada...

—Dígamelo.

Las emociones de Miguel se arremolinaban mientras su deseo de desahogarse bullía en su garganta, a punto de brotar. Había callado durante demasiado tiempo.

—Están... enamorados.

Y en ese momento, una lágrima brotó de los ojos de Miguel.

Heriberto lo acogió entre sus brazos con una postura casi paternal. El joven lloraba mientras este lo arropaba con el calor de su cuerpo, sintiendo su dolor. El maestre se dio cuenta entonces de que Eliana era el verdadero motivo del enfrentamiento entre los gemelos; el vínculo que nunca pudo romper don Servando, ahora lo estaba destruyendo esa mujer.

A pesar de su agonía, Miguel sentía que había hecho lo correcto.

Pero se equivocaba.

51
ENTRE LA ESPADA Y LA PARED

22 de abril de 1877

Aunque Miguel le había pedido a Rafaela que abandonase su puesto cuanto antes, la cigarrera continuó trabajando los siguientes días en La Indiana con la excusa de que no podía dejar tiradas a sus chicas en un periodo tan crucial. Ella aseguraba que lo hacía por el bien de la tabacalera. Quería ayudar a sus compañeras en la preparación de los últimos pedidos, y aprovechar así la coyuntura para dejar atada la sucesión en su puesto como líder de las cigarreras. A su prometido no le hacía gracia tal acto de desobediencia, pero estaba tan ausente esos días que apenas había reparado en su presencia en la fábrica.

Era una sensación extraña para Rafaela la de continuar empaquetando cigarrillos y puros. Ya se había despedido de todas y una parte de ella se moría de ganas por iniciar su nueva vida como esposa —y también como madre—, igual que les había ocurrido antes a las antiguas discípulas que habían pasado por sus manos. Quería demostrarse que ella también era tan mujer como las demás.

La excusa de ayudar a sus subordinadas le servía para ganar tiempo, al menos hasta solucionar el hecho de que Eliana seguía escondida en su casa. Cuando la acogió, quiso creer que la situación tan solo duraría una noche. Pero ya había pasado una semana y los dolores de su jefa no parecían remitir.

Esa extraña enfermedad que asaltaba a Eliana tenía a Rafaela cada vez más preocupada. Y, por si fuera poco, los rumores sobre el asunto no cesaban en la fábrica; nadie había visto a la cubana en los últimos días y la crispación se palpaba incluso entre los gemelos, que estaban más serios que nunca al no tener noticias de ella.

El agobio crecía cada día en Rafaela al sentirse el centro de todas las miradas. Sus cigarreras la asaltaban a diario, ávidas de curiosidad, con el fin de saber si ella tenía alguna noticia de la cubana. Los gemelos también le habían preguntado al respecto, pues en más de una ocasión las habían visto charlando juntas por los pasillos de la fábrica y en la plaza del pueblo. Era imposible negar que entre ambas había una relación más cercana de lo que parecía a simple vista.

Rafaela no aguantaba más; la culpa por traicionar a Miguel la estaba matando. Bastante estaba haciendo ya por Eliana acudiendo varios días en semana hasta la aldea abandonada para ayudarla con su plan de los secaderos. Lo que más le sorprendía era no haber levantado aún sospechas en ningún jornalero de la fábrica.

La situación tenía que terminar cuanto antes. Eliana era su amiga, pero Rafaela solo quería casarse y llevar de una vez por todas una vida tranquila. Necesitaba que sus padres la dejasen en paz con las expectativas que habían depositado en ella. Una familia. Un esposo. Unos hijos de los que sentirse orgullosa.

Eso era lo que debía hacer, y Eliana estaba poniendo en peligro su futuro una y otra vez, algo que a su edad, Rafaela no podía dejar escapar. Miguel era su única oportunidad para formar esa familia y convertirse en una mujer normal. Así que al regresar a casa esa tarde decidió que confrontaría a Eliana de una vez por todas.

El candil asomaba en la ventana del dormitorio de su hermano. Aún no había caído del todo la noche, pero el atardecer llegaba a su fin tan rápido como había venido. Rafaela estaba agotada, y sabía que lo fácil hubiese sido posponer el conflicto para más adelante. Pero debía actuar.

Allí encontró a Eliana, recostada sobre su camastro mientras esta charlaba con Arsenio. La joven parecía encontrarse mucho mejor después de varios días sin apenas poder moverse de la cama, y ambos estaban enfrascados en una interesante charla, así que la cigarrera tomó asiento para evitar interrumpirlos.

—Le estaba contando a su hermano los motivos por los que me marché de Cuba —dijo Eliana, que sostenía entre sus manos una taza con agua hirviendo.

—Ah, ¿sí? ¿Me puedo unir?

—Claro —intervino Arsenio—. Bueno, si a Eliana no le importa repetirlo.

Y ella accedió. Les relató a Arsenio y Rafaela su infancia en Cuba, su vida en la élite de la isla y los peligros que tras ella se ocultaban. Luego les contó que sus padres regentaban una hacienda tabaquera, pero que estos habían fallecido de forma repentina. Se había quedado sola en Cuba, con la única compañía de su fiel criada, y necesitaba dar un cambio radical a su vida. De ahí que decidiera marcharse a La Palma para iniciar una nueva vida.

Mientras hablaba, Eliana exageraba la tristeza en su rostro para hacer más creíble su mentira.

—¿Por qué esta isla? —preguntó Arsenio.

—Todos allí me decían que este era el lugar más parecido a mi tierra.

—Vaya, ¿y su familia estuvo aquí alguna vez?

—No —mintió Eliana.

Arsenio se dio cuenta en ese momento de que la voz de la joven estaba a punto de quebrarse y optó por no insistir en el tema.

—Es cierto. Todos los palmeros que emigraron a Cuba dicen que su isla se parece mucho a la nuestra —intervino Rafaela.

—Salvando las distancias. En mi tierra nunca me habrían recibido con tanta hostilidad.

A Rafaela se le torció el gesto al escucharla. No terminaba de creerse lo que acababa de salir de la boca de su jefa. Lo último que le faltaba después de cómo se había portado con ella era que encima criticase de esa forma a los palmeros.

—¿Tan mal nos hemos portado con usted? —preguntó, haciendo visible su enfado.

—Bueno, en realidad... La mayoría de palmeros han sido muy acogedores conmigo, salvo los tabaqueros..., ellos sí que han ido contra mí. Supongo que tienen miedo de que les pueda arrebatar lo que siempre les ha pertenecido.

—No puedo más con usted —la interrumpió Rafaela—. ¿Quién diablos se cree que es?

—Disculpe, no la sigo.

—Primero me viene con su historia de los secaderos y me embauca para hacerme cómplice.

—¿Qué le pasa conmigo? No pensé que fuera a suponerle un problema. —Eliana no entendía ese cambio tan repentino de actitud por parte de su amiga.

—No, ¡déjeme terminar! —la cortó Rafaela—. Luego aparece con unos dolores, me pide que la acoja y que no diga nada a nadie, ni siquiera a mi prometido. Pero no me da más información. Y yo ya no sé si se está usted muriendo, porque tampoco quiere visitar a un curandero o hablar con su maldita criada. ¿Y encima se pone a criticar a la gente de esta isla?

—Lo siento, tiene usted toda la razón. —Eliana se quedó abatida. Luego hizo una pausa para dirigirse al hermano de Rafaela—. Arsenio, ¿le importaría dejarnos a solas un momento?

—Claro.

El joven se levantó y ambas permanecieron bajo un silencio tenso hasta que él se hubo marchado.

—Estoy embarazada —decidió confesar Eliana.

—¿Cómo?

—Llevo un hijo en mi vientre, lo llevo sospechando desde hace algo más de un mes. Ahora no tengo dudas.

La cara de la cigarrera se transformó por completo. Ahora lo entendía todo.

—¿Cómo pude ser tan estúpida? ¡Si es que en el fondo lo sabía!

—Ah, ¿sí?

—Sí. Ya me extrañaba a mí que sus dolores no remitiesen y que a pesar de ello no estuviese usted tan preocupada por su vida.

—Pues ya lo sabe. Gracias por haberme acogido. Y no se preocupe que hoy mismo me marcharé. Ya me encuentro mucho mejor.

—¿Está segura?

—Así es.

Pero Eliana mentía. Esa era la razón por la que en su tono de voz se dejaba entrever un aire de victimismo con el que pretendía llamar la atención de su anfitriona. Necesitaba una solución cuanto antes. Sabía que, si volvía a la pensión, Yanet se enteraría de que estaba embarazada. Y no podía permitirlo si quería continuar viviendo en la isla. No podía dejar que la criada avisara a su familia.

—Disculpe mi indiscreción —dijo Rafaela—, ¿lo sabe ya el padre?

—No.

—¿Y piensa decírselo? Discúlpeme, no quiero resultar entrometida, pero si el padre lo supiese, tal vez él podría ayudarla a hacerse cargo de la situación.

—No puedo tenerlo.

—¿Cómo?

—Así es. No voy a tener a este hijo.

Rafaela se quedó estupefacta, asombrada y horrorizada por lo que acababa de oír. Era incapaz de comprender las palabras que Eliana acababa de soltar por su boca.

—¿Está usted loca? ¡Cómo se le ocurre semejante idea! No, no, eso sí que no.

—No puedo tenerlo. —Los ojos de Eliana se llenaron de lágrimas.

Al ver su dolor, Rafaela también rompió a llorar y la abrazó con todas sus fuerzas.

—Ayúdeme, por favor —balbuceó la criolla.

—¿Yo? No me ponga en ese compromiso otra vez, por Dios. Ya le he dicho que no puedo mentir más a Miguel. ¡Es mi prometido!

—Lo sé. Y no se lo pediría si no lo necesitase de verdad. Pero la necesito. Estoy sola en esta isla, usted es la única persona que me entiende.

—Está bien, cálmese. Vamos a buscar una solución.

A pesar de todo, a Rafaela le producía una profunda tristeza verla tan derrotada en el camastro de su hermano. Pero seguía sin comprender el propósito de Eliana.

—¿Por qué quiere hacerlo?

—No pregunte, tengo que hacerlo.

—Mire, yo la respeto mucho, créame que no la juzgo por esto que quiere hacer, pero esto no es cristiano. Piense las cosas, lleva usted un tesoro de Dios. Lo que darían muchas mujeres de aquí por quedarse encintas.

Eliana sabía que no le faltaba razón a su amiga. Se sentía sucia con la sola idea de pensarlo, pero no tenía otra opción.

—¿Quién es el padre?

—Eso da igual.

—Nunca da igual. ¿Usted ama a ese hombre?

—Esa es la misma pregunta que yo le hice a usted —dijo Eliana.

—Pues ahora es su turno.

Eliana asintió con una tristeza tan sincera como abrumadora. Nunca antes había querido a un hombre tanto como a Alejandro: tan atento, tan cabal, tan suyo... Gracias a él por fin había descubierto los secretos del amor. Lo que sentía por él no podía compararse con la relación que tenía con su marido en Cuba.

Su esposo era un buen hombre, sí, pero ella nunca había sido capaz de sentir nada más que lástima por él. Su pobre Eustaquio no era más que una imposición de sus padres, a quienes les interesaba que su pequeña Daniela fuese el instrumento para estrechar lazos con los Cantero, otra importante familia cubana dedicada al negocio de la caña de azúcar.

A Eustaquio le faltaba esa chispa de la que tanto hablaban sus amigas en Cuba. Desde el día en que se casó tuvo claro que aquel matrimonio de conveniencia no iba a ir a ninguna parte.

Pero ahora que había descubierto el amor más puro, Eliana estaba dispuesta a sacrificarlo todo por Alejandro. Y le dolía en el alma saber que el hijo que ahora pataleaba en su vientre era la muestra perfecta de lo que ambos habían vivido estos últimos meses. Y que no podía tenerlo. Si quería permanecer junto a él debía renunciar a esa criatura. De lo contrario, tendría que regresar a casa.

—Hable con el padre cuanto antes, sea quien sea —dijo Rafaela, interrumpiendo las cavilaciones de Eliana—. Si es un buen cristiano cumplirá su cometido y arrendará pronto un matrimonio para que a ese hijo no le falte de nada.

—No puedo.

Rafaela se sentía cada vez más incómoda y molesta ante lo que su patrona le estaba planteando. No podía entenderlo, tantas mujeres lloraban por no poder dar a luz a un bebé y ella no pensaba otra cosa que en deshacerse de él...

—Se trata de Alejandro, ¿verdad?

Eliana se quedó de piedra.

—¿Cómo lo sabe?

—No hay que ser muy lista para darse cuenta de que vuestra relación excede lo profesional. Veo cómo se miran en la fábrica, cómo él la sigue a todas partes y cómo se pasan las horas encerrados en el despacho. Y todo ello a espaldas de Miguel.

—Vaya...

—Por no hablar de los secaderos —puntualizó Rafaela. Su voz desprendía un aire acusador al ver cómo la pareja había dejado de lado a su prometido desde el primer día—. Miguel aún no sabe lo que ocultamos en esa aldea, ¿verdad?

—No, y no sabe cuánto lo siento. Coincido con usted en que deberíamos decírselo ahora que la comitiva ya ha hecho su primer viaje.

—Y que yo voy a casarme con él —puntualizó Rafaela—. He sido cómplice de algo que él no debe saber nunca.

Eliana asintió cabizbaja. Había actuado con egoísmo al llevar a cabo la estrategia de los secaderos sin consultarlo también con Miguel. Y sin el permiso de la cooperativa.

Rafaela tenía toda la razón.

—Bueno, ya habrá tiempo de pensar en eso —dijo la cigarrera, tratando de poner fin a los lamentos de Eliana—. Lo de Alejandro es una gran noticia. Él siempre ha sido un solterón en esta isla, estoy segura de que está enamorado de usted. ¿Por qué no lo habla con él?

—Es muy complicado. Me casaron en Cuba, y si descubren que estoy encinta me obligarán a regresar. Por este motivo vine a La Palma.

—¿Cómo?

—Mi esposo era incapaz de dejarme embarazada, y en mi tierra eso supone una afrenta para el hombre. Por eso nadie podía enterarse de que él no estaba capacitado para engendrar.

—¿Y bien?

—Por eso mi padre me obligó a venir. Me introdujo en un vapor como polizona junto a mi criada para que buscase aquí a un hombre con el que intimar para volver a Cuba cuando por fin estuviese encinta.

Conforme se explicaba, el rostro de Eliana palidecía sin que ella fuese consciente. Seguía hablando con dificultad, interrumpida por unos ocasionales sollozos, al tiempo que sentía una extrema liberación al poder hablarlo al fin con alguien.

—Este hijo pertenece a mi esposo, y no quiero que así sea. Perderlo es la única manera que tengo de seguir en esta isla.

—Pero... ¿no decía que allá no le quedaba nadie? ¿Y esa historia de su familia? ¿No decía que habían fallecido?

—Siento haberle mentido. Mi vida es una completa mentira.

Rafaela necesitaba un instante para recapacitar. Dejó a su jefa en la habitación, salió al patio y tomó asiento junto a la pila de lavar que había en el jardín trasero. Eliana le había mentido desde el principio, y ella la había acogido como a una verdadera amiga. Se sentía una estúpida por haber mostrado simpatía hacia ella y por haberla defendido frente a Miguel cuando este no paraba de desconfiar de las intenciones de la cubana. Y para colmo, Rafaela llevaba una semana ocultándole a su prometido que tenía a Eliana en su casa. Justo ahora que por fin estaba a punto de casarse con él y ¿así le demostraba su fidelidad? ¿Ocultándole que su gemelo esperaba en secreto un hijo de Eliana?

Sabía que sus actos le iban a costar un disgusto, pero algo le impedía tomar una decisión en contra de Eliana. Detrás de todas esas mentiras, Rafaela sabía que se escondía una mujer rota y sumida en la soledad, una joven abocada a un destino del que necesitaba huir. En cierto sentido, se sentía identificada con ella, Eliana necesitaba a una amiga y Rafaela sentía que estaba en sus manos ayudarla. Esa joven no merecía tal traición por su parte.

No, no iba a traicionar su confianza.

Aunque eso la convirtiese en cómplice del asesinato que Eliana se proponía llevar a cabo.

52
AL OTRO LADO DE LA ISLA

24 de abril de 1877

Rafaela no tardó en localizar a una vecina del pueblo que conocía de esos temas. Era una de esas mujeres resueltas y bien sabidas que se enteraba de todo lo que ocurría en el lugar y en más de una ocasión aquello le había jugado una mala pasada. Doña Marta —a quien todos trataban de «doña» por su aparente vejez y no por su estatus— vivía junto a la mercería en una casa que había pertenecido a su familia durante varias generaciones, una vivienda que a pesar de sus años parecía a medio hacer y no terminaba de cuajar en la arquitectura del pueblo. Doña Marta recibió a las muchachas en batín y las invitó a probar unas truchas de cabello de ángel que había preparado esa misma mañana. Una vez escuchó el porqué estaban allí no tuvo duda en darles una respuesta rápida.

—Pues claro que pueden ustedes ir a verla. Díganle que van de mi parte y estará encantada de interrumpir ese delirio que tanto la asalta.

A Eliana le costaba asimilar las palabras de la señora, que lejos de escandalizarse parecía incluso disfrutar con su situación.

—Y no se me preocupe por las lenguas. Esa señora vive al otro lado de la isla, allá por El Porís de Tijarafe. Aquí no se va a enterar nadie.

—¿Y allá? Que mi padre tiene familia en esa zona —preguntó Rafaela.

—¿Allá? Ay, mi niña... En Tijarafe solo hay cabras. Pero... ¿no era para su amiga? Si es para usted no tiene por qué avergonzarse. Que por mucho que conozca yo a su madre no voy a decir palabra.

—No, de verdad que no es para mí —respondió Rafaela con apuro—. Es para ella, para doña Eliana. Válgame Dios a mí si hago eso.

Rafaela se santiguó frente a ambas tratando de exonerarse y notó cómo la criolla se incomodaba.

—Perdone, no quería...

—No se preocupe —respondió Eliana, que no pudo evitar sentirse molesta y mostrar cierta sequedad—. Entiendo que piense así de mí. No tiene por qué disculparse.

Pero doña Marta tampoco parecía conforme con el gesto de Rafaela y se aventuró a reprenderla.

—Deje de hacer esas cosas, Rafaela, que es su amiga. No meta a Dios en todo. Usted es una mujer moderna...

—Moderna sí, pero esto no es cristiano. Yo ya se lo he dicho a doña Eliana.

—Es grave, sí, pero esto lo tienen más que superado ya en provincias, no le digo yo ya en Madrid. Que allí la gente hace esto día sí y día también.

Antes de zanjar el tema, doña Marta tomó las manos de Eliana con dulzura y la miró a los ojos con fijación:

—Va a salir bien. Algo me dice que tiene usted un buen corazón. Y ahora márchense, que les queda un largo camino hasta el oeste y no las pueden ver por la calle haciendo esas maldades.

Las dos mujeres esperaron a que se les hiciera de noche para emprender su viaje hacia la región más occidental de la isla. Se ataviaron con trajes oscuros y cubrieron sus cabezas con un pañuelo con el fin de proteger sus rostros de las miradas curiosas de los vecinos de los alrededores, pues cualquiera habría pensado que eran dos brujas desalmadas en busca de alguna víctima.

En cuanto abandonaron el pueblo, dejaron atrás el sendero y se adentraron campo a través entre huertas y matorrales. Hicieron gran parte del camino en silencio para no llamar la atención de los jornaleros más madrugadores o de los guardas de los caseríos aledaños. Al llegar a la villa de Los Llanos descubrieron el silencio más absoluto. Eliana y Rafaela se desplazaban en silencio y tratando de evitar las callejuelas más concurridas. Atravesaron el casco antiguo hasta llegar a la plaza de Argual, un paraje oculto entre plataneras que escondía varias viviendas señoriales que antaño habían pertenecido a los antiguos conquistadores de la isla. Por suerte, encontraron un callejón en el que guarecerse a descansar antes de reanudar el trayecto. Lo hicieron bajo un porche entre las paredes de dos graneros, un lugar en el que el frío se colaba por sus huesos hasta el punto de que Eliana no dejó de tiritar en toda la noche. La humedad la consumía, y la brisa que recorría la callejuela en la que se encontraban era cada vez más acuciante. Rafaela también sentía el frío clavarse en los poros de su piel, pero atrajo el cuerpo de Eliana hacia ella y la invitó a que apoyara la cabeza en su regazo.

—Abrácese a mí.

Luego tapó su barriga con la fina manta que tenían para proteger a la criatura que Eliana llevaba en su vientre —un gesto tan ingenuo como absurdo— y permaneció despierta observando el sufrido rostro de su patrona, que hacía esfuerzos por conciliar el sueño entre espasmos por culpa del frío.

—Gracias —susurró Eliana casi sin poder abrir los ojos.

Volvieron a quedarse en silencio. No se oía un alma en la aldea, ni tan siquiera el aleteo de las palomas situadas sobre ellas en las cornisas del granero. Pero Eliana no podía dormir. Sentía remordimientos por el frío que estaba haciendo pasar al bebé que llevaba dentro, como si hubiera olvidado por completo lo que estaba a punto de hacer con él. Una parte de ella quería proteger a esa criatura con su vida, la otra parte sabía que era imposible, porque no estaba capacitada para cuidar de nadie en esos instantes, ni siquiera de sí misma.

Las dudas la rondaron continuamente durante toda la noche. Estaba a punto de matar a una parte de su ser, y, sin embargo, sentía que era su única opción. No quería traer al mundo a esa criatura y dejar que se pudriera en manos de otra persona, tampoco podía criarla ella. Las primeras luces del alba salvaron a Eliana de sus eternos quebraderos de cabeza.

Cuando amaneció, Rafaela pidió a su compañera que se apresurara, ya que los primeros carreteros estaban llegando a la alhóndiga para cargar los carruajes de víveres que trasladar al resto de la isla y el objetivo de ellas era llamar la atención de alguno.

Rafaela tanteó a varios de los desconocidos con la mirada hasta que encontró a uno que parecía de fiar. Se acercó a él fingiendo una sonrisa sumisa y le ofreció un generoso fajo de billetes. El señor llevaba trigo, café y algunas frutas. Y no pudo resistirse ante tal cantidad de dinero, que equivalía a más de una semana de sus viajes. El conductor las ayudó a subir a la parte trasera del carruaje y las escondió entre la mercancía. Antes de mediodía las muchachas ya dormían bajo una lona que el hombre había colocado entre las cajas.

Tardaron casi media jornada en llegar a su destino, donde apenas les costó dar con la vivienda en cuestión. Tal y como les había indicado doña Marta, se trataba de una hacienda color granate con una balconada de madera oscura, de cuyo tejado brotaban unos preciosos verodes.

El aroma de las olas golpeando las rocas y las redes de pesca convertían a aquella aldea costera en un paraíso para desaparecer de todo y de todos.

La mujer que las atendió apenas les hizo preguntas, le bastó con ver la cara de ambas para saber el motivo de su visita.

—¿Quién de las dos tiene que pasar?

Eliana se acercó a ella con la mirada gacha. Tal era la vergüenza que sentía que cruzó la puerta de la casa sin decir nada.

Lo que ocurrió en el interior fue tan desagradable y humillante que la criolla quiso borrarlo por completo de su mente.

La operación —o el apaño, como prefería llamarlo la señora— fue todo un éxito y Eliana no sintió molestia alguna durante el proceso. Pero fue justo al salir de la casa cuando empezó a notar las consecuencias de su decisión. Sentía náuseas y unos fuertes dolores en el vientre, y le aterraba pensar que se trataba del bebé, que aún seguía dentro de ella y que buscaba la manera de aferrarse al recuerdo de su madre.

Le daba asco su propio cuerpo, y sentía que merecía morir por lo que había hecho.

Eliana no dijo una palabra durante el viaje de regreso a Breña Alta. Le daba igual lo que ocurriese con el resto de su vida. Se sentía atrapada por una desidia abismal. Su cuerpo era el de una asesina, una asesina caprichosa que había puesto fin a la vida de esa criatura para no tener que renunciar a la libertad que tantos años le había costado encontrar.

Y en el fondo de su corazón no se arrepentía en absoluto de lo que había hecho.

53
EL MIEDO A PERDERLA

28 de abril de 1877

Alejandro empezaba a inquietarse. Hacía días que no sabía absolutamente nada de Eliana, algo extraño para una mujer que disfrutaba pasando jornadas enteras supervisando y coordinando el trabajo en la fábrica. Tampoco habían llegado noticias suyas desde la pensión en la que se hospedaba. El joven le había prometido a Eliana que no se acercaría a aquel lugar bajo ningún concepto, pues ella no quería que él cruzara la barrera que protegía su relación. Ese universo íntimo que ambos habían creado debía mantenerse en secreto a toda costa.

La preocupación volvía a rondar su mente después de haber pasado las semanas más felices de su vida. Hasta la repentina desaparición de Eliana, Alejandro había recuperado una ilusión por La Indiana que creía haber perdido para siempre por culpa de su padre. Como si de un milagro se tratase, la vida había vuelto a sonreírle y el optimismo se había adueñado por completo de su cabeza. La fábrica, Eliana... Por primera vez comprendía qué era la felicidad.

Desde la aparición de Eliana en su vida, Alejandro había conseguido dar un nuevo significado a aquel despacho lúgubre, lleno de recuerdos terroríficos protagonizados por esa imponente figura paterna, grasienta, peluda y con las uñas tiznadas por la hoja del tabaco. Esa habitación, en otro tiempo maldita, se iba convirtiendo poco a poco en un océano de malos recuerdos que se desvanecían en el fondo de su memoria. Ahora solo pensaba en los momentos vividos junto a Eliana: las miradas furtivas, el roce de sus manos a escondidas de Miguel, los besos robados... Eliana había transformado el escenario de la peor de sus pesadillas en un espacio seguro, ayudándole a enterrar toda la oscuridad que le había acompañado durante su juventud.

Las paredes del despacho se le caían encima ante la incertidumbre de no saber dónde demonios se encontraba la mujer de su vida. Tal vez le había ocurrido algo. Alejandro trataba de contener sus impulsos por acudir a la pensión, pero ya no aguantaba más. Así que decidió romper la promesa.

Un rato después golpeó las aldabas del portalón. Varias veces. Hasta que su mirada tropezó con varias cabezas asomadas a las ventanas sin responder a los golpes en la puerta. Eran varias huéspedes de la pensión, la mayoría niñas.

—¿Alguna de ustedes me puede abrir? —preguntó desde la calle.

—¿Qué le trae? ¡Aquí no queremos hombres!

—Vengo a ver a mi socia.

Las muchachas se rieron al unísono.

—¡Oiga, que esto no es una casa de fulanas! —le gritó una de ellas.

—¡Lo digo en serio! ¡Vengo a ver a Eliana! ¡Díganle que necesito hablar con ella! ¡Es urgente!

Alejandro, consciente del ridículo que estaba haciendo, estaba a punto de darse la vuelta y marcharse cuando Yanet, la criada de Eliana, abrió la puerta de la hospedería y lo invitó a acceder al claustro con una mirada sepulcral.

—Siéntese en ese banco.

Alejandro accedió al edificio y obedeció sin rechistar. Tomó asiento en el banco de piedra a los pies de un ciprés y observó en derredor las desconcertantes miradas de las huéspedes desde sus recámaras situadas en el piso superior. Algo no encajaba, era como si Yanet estuviese esperando su visita.

—¿Qué puedo hacer por usted?

—Venía a ver a su señora.

—Lo sé. ¿Qué quiere que le diga?

—Bueno..., preferiría hablarlo con ella —dudó—. Es por algo de la fábrica.

—Doña Eliana no se encuentra bien. Cuando su estado mejore, volverá al trabajo —mintió.

—Vaya. ¿Le pasó algo?

—Ya le dije. Está convaleciente. —El tono de Yanet no invitaba a réplicas.

—¿Podría decirle que es muy importante? Quiero verla, es sobre la fábrica.

—Lo siento, está convaleciente. No quiere que nadie la vea.

Yanet se puso en pie y lo invitó a marcharse. El gemelo se levantó tras ella y la siguió hasta la calle, pero antes de que la criada le cerrara el portón en sus narices, se lanzó de nuevo al interior del edificio apartándola con un gesto.

—¡Eliana! ¡Eliana! —comenzó a gritar el joven a viva voz desde el claustro.

—¿Qué hace? Le dije que se fuera —le reprendió Yanet agarrándolo por el brazo.

—Déjeme. Quiero verla. Tenemos un problema en la fábrica.

Las huéspedes del piso superior asomaron la cabeza con curiosidad ante el escándalo, y, para sorpresa del joven, Eliana se encontraba entre ellas.

—Déjelo, Yanet. Ya hablo yo con él —dijo ella mientras descendía las escalinatas desde el piso superior.

—¿Está segura?

—Sí, déjenos a solas.

Alejandro se fijó al instante en el estado de su amada. Tenía el rostro pálido, sin brillo, como si una tormenta hubiese pasado por ella.

—¿Se encuentra bien? Hace días que no sé nada de usted.

—No se preocupe por mí.

—¿Está enferma?

—No. No me encuentro bien. Eso es todo.

—Pero....

—No insista. Por favor —zanjó Eliana—. No se preocupe, se me pasará.

—¿Hay algo que pueda hacer para ayudarla?

—No. De verdad, déjelo estar.

Alejandro notó cómo ella estaba tratando de ocultar su funesto estado de ánimo bajo esa máscara de templanza y seguridad que tanto la caracterizaban. Pero sabía que la mejor decisión que podía tomar era despedirse de ella y marcharse de allí cuanto antes. Algo le decía al joven que, si insistía, tan solo conseguiría empeorar las cosas entre ambos.

De vuelta a casa, Alejandro sintió cómo la respiración se le aceleraba y le entraba un fuerte dolor en el pecho. Le costaba tomar el aire, y tuvo que apoyarse en la fuente de una pequeña plazoleta para descansar y esperar a que sus dolores remitieran. La mirada cortante que Eliana le había lanzado minutos atrás volvía a aparecer ante sus ojos una y otra vez.

Le aterraba la sola idea de perderla.

54
UNA DESAPARICIÓN REPENTINA

30 de abril de 1877

Los rumores se sucedieron en la pensión tras la visita de Alejandro. Las huéspedes se preguntaban a qué se debía tanta insistencia y tal actitud desesperada por parte del más manso de los gemelos Vega.

Pero Eliana no hizo esfuerzo alguno por calmar los ánimos de sus vecinas; apenas tenía fuerzas para hacerlo después del aborto. Ya le daba igual que el resto del pueblo creyera que estaban juntos o que habían tenido algo en el pasado.

Quien sí parecía algo más preocupada por la visita era Yanet. Desde la desaparición de su señora, la criada albergaba ciertas sospechas sobre sus acciones, así que aprovechó para tantearla una vez más.

—¿Seguro que está todo bien, mi señora?

—Claro que sí, Yanet. Puede confiar en mí.

Eliana estaba sentada frente al espejo de la habitación mientras su criada terminaba de peinarla y de arreglar sus cabellos con un ungüento de hierbabuena.

—¿Y por qué Alejandro se comportó de esa forma con usted?

—¿Se refiere a su insistencia?

Las dos mujeres se miraron sin pestañear a través del cristal del espejo. Algo reconcomía a Yanet por dentro, por más que Eliana intentase darle normalidad al asunto.

—Así es. Dijo que necesitaba verla, que era urgente.

—Quizá... se haya enamorado de mí —concluyó Eliana.

Yanet apenas se sorprendió por el comentario. Se acercó al tocador para coger un frasco de perfume y lo roció por el cuello de su señora.

—Ya veo, el roce hace el cariño. ¿Cuántas veces consumaron ustedes dos?

—Me incomoda tener que hablar de esto, ya sabe lo desagradable que me resulta.

—Tiene razón, mi señora. Discúlpeme. Si usted cree que ese Alejandro es el hombre adecuado para su misión, alabado sea el señor. Estoy segura de que su esposo lo valorará. —Yanet permanecía inmutable ante la mirada de Eliana mientras pasaba el peine por sus cabellos.

—Es un buen hombre. Y usted quería que fuera rápido, ¿cierto?

—Lo quería su padre, el señor Álvarez —puntualizó Yanet—. Pero coincido con él, cuanto antes termine su tarea, tanto mejor para usted y para su familia. Quizá ya haya habido suerte. ¿Nota algo en su interior, mi señora?

Yanet señaló su vientre con la esperanza de hallar la respuesta que buscaba.

—Aún no, pero espero que suceda pronto. Quiero marcharme cuanto antes.

—Ya me dijo eso tras la visita de la comitiva.

—Lo sé, y créame que en ese momento lo pensaba. Pero no quería regresar sin cumplir la misión que se me encomendó.

A Eliana le costaba sostener la mirada a su criada ante la mentira que acababa de lanzarle. Sabía que la estaba traicionando: a ella, a su familia... Y a Alejandro. Aunque tenía claro que había hecho lo correcto al interrumpir el embarazo; no le había quedado más remedio. Pero ¿cuánto tiempo más podría sostener esa situación?

La joven se puso en pie con aire arrogante en cuanto Yanet terminó de arreglarle el cabello, pero su criada la retuvo de nuevo.

—Me surge una última duda, mi señora. ¿Estuvo usted yaciendo con él los días que se ausentó de esta pensión?

—Por supuesto, ya se lo dije. Pasé todas las noches con él.

—De acuerdo. —La voz de Yanet se había vuelto tan opaca como su mirada.

—¿Qué pasa? ¿Acaso no me cree?

Eliana se puso alerta de inmediato, algo no encajaba en ese gesto inquisitorio de su criada.

—No, claro que no. Es solo que...

—Dígame. ¿Qué diablos la perturba ahora? —Eliana se estaba inquietando ante la posibilidad de que su criada hubiese descubierto su paradero durante aquellos días.

—Nada. Discúlpeme, mi señora. No soy yo nadie para desconfiar de usted.

—Pues ahora va a tener que contármelo.

—Verá..., ese muchacho, Alejandro, ha dicho que hacía tiempo que no sabía nada de usted y que, por eso, necesitaba verla.

Eliana fue incapaz de ocultar su enfado a través del espejo.

—Discúlpeme, mi señora. Me entraron dudas, eso es todo.

—¿Encima me viene con esas sandeces? Cuando usted me pidió que aprendiese a comportarme como una mujer de bien porque mis padres querían casarme con Eustaquio, accedí y aprendí la lección de todos sus consejos. Cuando me obligaron a yacer con otros hombres de Cuba, accedí. ¿O ya no lo recuerda?

—Sí...

—Usted sostuvo mis manos, Yanet, mientras mi cuerpo sostenía el peso de uno de esos guanajos que venía a visitarme a mi alcoba cada día. Así que se lo digo una vez más, ¿de verdad cree que le estoy mintiendo después de todo esto?

El escarmiento de su señora la dejó abatida.

Yanet inclinó la cabeza en señal de disculpa, un gesto que solo recordaba haber regalado al señor y a la señora Álvarez, nunca a su hija. Pero era innegable que la pequeña Eliana —o Daniela— se había convertido en toda una mujer.

Cuando Yanet volvió a sus quehaceres domésticos en el patio de la pensión, Eliana permaneció en el interior, observándola a través de la ventana. «¿Habrá descubierto la verdad sobre lo que hice aquellos días?», se preguntó. Por primera vez le entraron dudas; quizá Yanet sí sabía más de lo que decía.

Eliana ya había cometido varios errores en su infancia al subestimar la inteligencia y sagacidad de su criada. Tendría que estar más pendiente de sus reacciones a partir de ahora.

55
EL PRINCIPIO DEL FIN

8 de mayo de 1877

La relación de los gemelos pasaba por su peor momento. Miguel no podía soportar cómo Alejandro le había mentido a la cara sobre su relación con la cubana, por lo que evitaba a toda costa cruzarse con él en casa o en la fábrica; en contraposición, la intuición de Alejandro le decía que Miguel era el responsable de que Eliana se comportase con él de un modo tan extraño. El distanciamiento entre los gemelos se acentuaba cada vez más conforme pasaban las jornadas y seguían sin entenderse. Sus cabezas bullían construyendo un universo de pensamientos negativos hacia el otro, y a punto estaban de estallar. Por desgracia, los gemelos tenían que verse las caras en el salón de actos de la Logia. El maestre Heriberto Bethencourt había convocado a todos los tabaqueros para una junta de urgencia.

Los tres socios de La Indiana acudieron al acto por separado y tomaron asiento sin ni siquiera dirigirse la palabra, algo que llamó la atención del resto de miembros de la cooperativa.

Eliana, Miguel y Alejandro parecían ahora tres desconocidos mientras ocupaban sus respectivas butacas en el salón.

—Imagino que se estarán preguntando por qué solicitamos su asistencia a esta tenida en la que no hay un acta previa —anunció el maestre Heriberto mientras volvía a poner orden—. Como saben, la última visita de nuestros compatriotas de la metrópoli fue todo un éxito. La comitiva ministerial coincidió en que la isla de La Palma se encuentra en el camino correcto para obtener el ansiado permiso de exportación al continente europeo. Y bien lo saben ustedes que se llevaron todos los honores...

El maestre hizo una pausa y dirigió su mirada hacia Eliana y Alejandro.

—No lo voy a negar. Al principio me alegré por ustedes, porque de verdad creí que los gemelos Vega habían sido capaces de levantar el negocio en pocos meses, y, para colmo, con ayuda de una mujer. Pero algo no encajaba. Ya lo creo que no.

Heriberto bajó del estrado y se acercó a ellos con gesto soberbio.

—No me ponga esa cara —le dijo a Alejandro mientras lo fulminaba con la mirada—. Si es usted un hombre para unas cosas, sea un hombre también para todas las demás.

El gesto de Alejandro se tornó de inmediato en una palidez absoluta, como si de un muerto se tratase. Tanto él como Eliana temían saber de qué iba el asunto. Alguien debía haber revelado el secreto de sus nuevos secaderos.

—Ustedes tres han estado actuando a espaldas de la cooperativa —continuó el maestre—. Llevan meses tomando decisiones sin consultarlas previamente con el resto, como los precios o los tipos de cigarrillos. Y lo más grave de todo, ha llegado a nuestros oídos que ustedes han contratado a un vendedor ambulante para que promocione su tabaco por toda la isla.

Los demás empresarios se llevaron las manos a la cabeza. Algunos ya estaban enterados, otros conocieron la noticia en ese momento. Los murmullos se sucedieron y encendieron cada vez más el ambiente. Sin embargo, Eliana y Alejandro no pudieron evitar dirigirse una mirada de alivio al ver que el maestre no había hecho mención alguna a los secaderos. Quizá no estaba todo perdido.

—¡Malnacida! —gritó don Tomasón, el tabaquero más veterano de la isla, postrado en un una de las últimas butacas.

—¡Embaucadora! ¡Esto es culpa suya! —le siguieron varios empresarios.

—No sé cómo no le da vergüenza —intervino Jerónimo de Paz—. Todos saben que usted es una arpía de esos cubanos. Usted no quiere más que hundirnos *pa* que no podamos vivir de nuestro tabaco. Y le voy a decir una cosa, en mis treinta años que estuve viviendo en Cuba nunca vi mujer tan ruin y mezquina como usted.

—Haya paz, compadres —dijo Heriberto, tratando de apaciguar a las masas—. Tenemos tiempo para conversar como adultos. Hay algo más que queríamos preguntarles, y tiene que ver con ese repentino cambio en el aroma y el sabor de su tabaco.

—¿Cómo dice? —preguntó Eliana, fingiendo su desconcierto.

—No se nos haga la guanaja —le espetó el maestre—. La mayoría de nosotros peinábamos canas cuando usted nació. Es evidente que el tabaco de La Indiana ha sufrido cambios, ya sea en su forma de cultivo o en su técnica de secado. Esto no solo lo hemos notado nosotros, también le ha ocurrido lo mismo a los catadores y políticos procedentes de Madrid. Y si no, explíqueme alguno de ustedes el éxito de vuestra fábrica en esa primera visita.

Eliana se limitó a sonreír como respuesta, una actitud que no agradó al maestre lo más mínimo.

—Actuar a espaldas de esta cooperativa va contra las normas y la tradición tabaquera, así que, si quieren que tengamos algo de piedad por ustedes, más les vale empezar a hablar.

—¿Y si no?

—En caso contrario, nos veremos obligados a presentar una denuncia formal por fraude.

—¡¿Fraude?! —gritaron los tres socios.

—Imposible, maestre —intervino Miguel—. Nosotros no hemos cometido ningún fraude.

—Su tabaco es distinto, y sus acciones estos últimos meses son más que suficientes para pensar que hay algo que no están contando ustedes al resto de la cooperativa.

A Alejandro se le oscureció el rostro. Por un momento estuvo a punto de levantarse y admitirlo todo. Sabía que lo que habían hecho estaba mal y no tardarían en pagar las consecuencias. No podían construir esos secaderos sin el permiso de la cooperativa.

—¿Y bien? ¿Tienen algo que decir? —insistió el maestre Heriberto.

Pero cuando parecía que todo estaba perdido, la criolla se elevó entre todas las voces que pedían su cabeza, posando con suavidad su mano sobre el muslo de Alejandro para transmitirle toda su confianza y seguridad.

—Demuéstrenlo. No tienen ni una sola prueba de lo que nos están acusando.

Se hizo el silencio en la sala.

—¿Perdone? —Heriberto no podía creer lo que estaba oyendo.

—¿Saben lo que ocurre? —dijo Eliana, mientras miraba a Miguel y a Alejandro—. Que estos señores nos tienen miedo. Somos jóvenes y traemos ideas renovadoras. Les molesta que nuestro tabaco haya sido el mejor después de esa primera visita de los políticos de Madrid.

Heriberto no podía creer lo que estaba ocurriendo. Lanzó una mirada seca a Miguel para pedirle que delatara a la pareja, tal y como ambos habían pactado.

Después de su encuentro privado en la biblioteca de la Logia, habían acordado una estrategia conjunta de sabotaje con el fin de forzar la dimisión de Eliana. Miguel debía limitarse a decir que habían actuado conscientemente a espaldas de la cooperativa como acto de venganza. Esto incluía la bajada de los precios, la venta ambulante con Fayad y ese extraño cambio en el aroma y sabor del tabaco que, aunque él no sabía a qué se debía, podía argumentar que se trataba de una nueva hoja que Eliana había traído de Cuba.

Hasta ese momento Miguel lo tenía claro. Solo debía delatarlos, a su gemelo y a esa mujer. Soltar una pequeña mentira y exagerar un poco la situación de la fábrica. Y Eliana pasaría a la historia.

Pero al llegar la hora de la verdad no se veía capaz de dar el paso definitivo.

—Miguel, ¿hay algo más que quiera aportar usted a esta situación?

El maestre no podía ser más claro. La única manera de conseguir que tanto Eliana como Alejandro sucumbieran a las presiones era con la traición del tercer socio.

Pero Miguel era incapaz de hablar.

Un sudor frío recorrió su espalda, y su voz esbozó un ligero temblor cuando intentó articular las palabras que había ensayado tantas veces. Finalmente, se encogió de hombros y optó por cambiar de bando.

—Con el debido respeto, maestre —intervino por fin, haciendo alarde de su osadía—. No es problema nuestro que el tabaco de La Indiana sea el preferido por sus señorías de la metrópoli.

—¡Eso! —Alejandro también se recompuso de inmediato, consciente de que debía mantener el tipo si quería estar a la altura de la situación.

—Y yo no sé de dónde saca que soy una espía, pero ojalá lo fuese —continuó Eliana, dirigiendo una mirada amenazante a todo el hemiciclo—. Porque si esas fueran mis intenciones, tenga por seguro que ya habría acabado con todos ustedes. Porque, si algo tengo claro es que el tabaco palmero es un insulto para sus fumadores.

Y entonces se armó el verdadero revuelo.

—¿Cómo ha dicho?

—¡Furcia!

—¡Esto es un ultraje!

Los tabaqueros gritaban encolerizados al tiempo que se levantaban de sus asientos.

Insultos. Amenazas de muerte. Una violencia nunca antes vista por parte de algunos de los hombres más cultos y poderosos de la isla.

Heriberto sentía que estaba a punto de perder el control de la tenida, así que se vio obligado a golpear su atril de forma desesperada para llamar al orden a sus tabaqueros, que estaban a punto de abalanzarse sobre Eliana.

Miguel y Alejandro se interpusieron para defenderla.

—¡Calma! ¡Calma! —gritó Heriberto.

Cuando sus compadres se detuvieron, el maestre lanzó un gesto condenatorio hacia Miguel. No podía entender esa traición después de la charla que habían tenido en privado.

—Bien, ustedes lo han querido. —El maestre se acomodó en el atril para poner las cartas sobre la mesa—. Resulta que el señorito acudió a mí para confesarse. Por lo visto, Eliana y Alejandro tienen una relación íntima, algo que tenía a Miguel muy celoso porque estaban dejándolo de lado en todas las decisiones de la tabacalera. Este jovencito que ahora acaba de retractarse —dijo, señalándole de nuevo— estaba dispuesto a traicionarlos a ustedes dos con tal de acabar para siempre con esta maldita mujer. No quería tener que llegar a esto para no enfrentarlos a ustedes tres, pero no me han dejado más remedio.

—¡Miente! ¡Es usted un mentiroso! —Miguel saltó de su butaca de un modo casi instintivo, tratando de exonerarse. Era tal la vergüenza que sentía que la desesperación brotaba de todos los poros de su piel. No podía permitir que su hermano supiese la verdad.

Esta vez fue el maestre Heriberto quien le devolvió una sonrisa maliciosa. Por fin parecía haber logrado aquello por lo que llevaba tantos meses luchando: acabar de una vez por todas con La Indiana.

—Está usted mintiendo, maestre. Yo confío en Miguel y pondría la mano en el fuego si fuese necesario —dijo Eliana, enfrentándose al líder de la Logia para defender a Miguel contra todo pronóstico.

—Yo también confío en mi hermano —dijo Alejandro, secundando las palabras de Eliana—. La próxima vez, acúsenos cuando tenga pruebas.

Los asistentes se quedaron más desconcertados que nunca. No sabían si lo que decía el maestre era cierto o si lo había inventado para hacer caer a La Indiana. Los tres socios se levantaron, dando por concluida la reunión y fingiendo estar más unidos que nunca.

De regreso a la fábrica Miguel se ausentó de forma disimulada. Le producía un vértigo incontrolable tener que verse a solas con su gemelo y con esa mujer, pues sabía que estos le pedirían explicaciones por lo ocurrido en la reunión.

Por su parte, Eliana y Alejandro recorrieron en silencio las bulliciosas calles que traían recuerdos de un verano que se acercaba. Los días eran ahora más largos y los niños se pasaban cada vez más horas correteando entre las callejuelas que rodeaban el edificio, bien jugando al tejo, bien con los boliches, o saltando a la soga en el caso de las niñas. Como cada año en esta época, los alrededores de La Indiana habían vuelto a convertirse en el centro neurálgico del pueblo.

El silencio que reinaba en el despacho entre Alejandro y Eliana era tan incómodo como desconcertante: ninguno de ellos terminaba de creerse que Miguel hubiese intentado traicionarlos. Ambos sopesaban lo ocurrido, cada uno apoyado en un rincón de la estancia.

—De verdad, no lo creo. Es imposible lo que ha dicho el maestre —intervino por fin Alejandro, que llevaba un largo rato dando vueltas al tema mientras sostenía la pluma en la mano. Las palabras bailaban en su cabeza ante tal vendaval de emociones.

Eliana se asomó a la ventana de la fábrica para dejarse envolver por el meollo de gente que pasaba por la callejuela trasera.

—Lo siento mucho, Alejandro, pero tiene todo el sentido del mundo.

—¿Por qué iba a querer mi hermano traicionarse a sí mismo?

—Es obvio. A usted no le habría pasado nada, tampoco a él. Solo quieren mi cabeza.

—No es cierto.

—Sí lo es. Acéptelo, Alejandro. Su hermano me quiere fuera de la empresa. Y ellos también.

—No..., mi hermano no haría eso. No me haría eso. Podría haber acabado en el calabozo.

Alejandro seguía sentado a la mesa del despacho sin levantar la mirada del libro, aunque no parecía poder concentrarse.

—Creo que está equivocada. Miguel es rudo, y quizá tenga delirios de grandeza, pero nunca sería capaz de llegar a esos extremos.

Pero Eliana sabía que tenía razón. Y no podía sentirse más decepcionada. Le costaba horrores ocultar su tristeza al descubrir que Miguel había querido traicionarlos, echando por tierra el esfuerzo y trabajo de los tres. Sí, es cierto que aún no le habían hablado de los secaderos, pero esa no era razón para acabar con todo.

Después de pensarlo en silencio, Eliana examinó a Alejandro con la mirada para tratar de convencerlo con sus argumentos. Pero descubrió que él estaba desbordado, el joven no podía más con esa situación. Así que se apiadó de su tristeza y optó por aparcar el asunto. Se acercó a Alejandro, se apoyó sobre la mesa y le dio un beso en la frente mientras lo acogía en sus brazos.

—Vayamos a tomar el aire. Nos vendrá bien.

Huyeron hacia la cumbre, lejos del ruido y las miradas de los vecinos. Necesitaban olvidarse de los problemas, aunque fuese solo por un rato. El bosque de Las Nieves era su refugio, el único lugar que tenían para amarse en la intimidad. La arboleda se volvía más tupida al cruzar la antigua ermita que había sido abandonada tras la construcción de una nueva iglesia cerca del pueblo. Aquel pequeño templo marcaba el fin de la civilización; a partir de ahí tan solo había una constante niebla y una desconocida fauna salvaje. El gemelo sentía una excitación incontrolable, y más después del extraño comportamiento que había tenido ella últimamente. Ansiaba poder tocarla y sentirla, fundirse mientras se escondían entre la maleza. Pero Eliana no le seguía el juego de sus besos. Al contrario, ella lo abrazó y se dejó caer sobre su pecho con ternura.

—No puedo.

—Vaya, es... ¿por algo que hice?

—No. Es mi culpa. Lo siento, ahora no puedo hacerlo...

—Pero...

—No pregunte más, por favor. No puedo.

Alejandro se llevó un golpe de realidad. Aquella frase se clavó como una aguja en sus oídos, recordándole que la vida se parecía mucho más a lo imposible que a los pocos momentos idílicos que había vivido con ella.

Ambos estaban tumbados sobre la pinocha, rodeados por una incómoda tensión que ninguno de los dos sabía cómo romper. Alejandro no comprendía qué demonios le ocurría a Eliana. Por qué desde su extraña desaparición se había convertido en una mujer gris, como si hubiese perdido las ganas de vivir.

Y entonces comenzó a lloviznar sobre sus cabezas.

—A punto estuve de confesar nuestro error en la reunión siguiendo los pasos de mi hermano. Lo siento.

—Mi error —puntualizó Eliana—. Fui yo quien les incitó a hacerlo, le pido disculpas.

—¿Cree que por eso mi hermano habló con ellos?

—Vaya, así que ya se ha convencido usted de que Miguel nos traicionó.

Alejandro seguía teniendo dudas, pero cada vez era más difícil negar la realidad que tenía ante sus ojos.

—Quizá esté en lo cierto, Eliana. Pero sigo sin entender el porqué, pues fue Miguel quien la conoció a usted y quien quiso que le pidiéramos ayuda. No entiendo por qué mi hermano quiere acabar con lo que construimos.

—Imagino que por nuestra relación.

Alejandro meditó las palabras de Eliana. Tenían sentido, aunque él prefería aferrarse a la negación y trató de buscar otras posibilidades.

—¿O quizá haya descubierto que le ocultamos estos secaderos? —preguntó él, como si hubiese llegado a una brillante conclusión.

Eliana era incapaz de ocultar la ternura que le provocaba la inocencia de su amado.

—Miguel no sabe nada de eso, es imposible. De lo contrario, tenga por seguro que se lo habría contado todo a la Logia.

—¿Está segura?

—Sí, pero hace semanas que noto su resentimiento. Creo que ha descubierto lo que teníamos usted y yo.

—¿Teníamos?

—Bueno... usted me entiende —dijo Eliana, dejando entrever un atisbo de duda en sus palabras.

La llovizna estaba embarrando sus ropajes, pero a ninguno de los dos parecía preocuparles.

Muy a su pesar, Alejandro tenía cada vez menos dudas de la traición de Miguel y le dolía en el alma ver en lo que se estaban convirtiendo. Le mataba sentir que ya no podían compartir la misma relación de siempre. Alejandro llevaba semanas intentando por todos los medios tenderle la mano para salvar su relación, pero se encontraba con un silencio sepulcral por parte de Miguel, tanto en casa como en la fábrica. Tal vez debería haberle contado antes lo de Eliana, aunque lo más probable es que este no lo hubiese entendido.

Pero lo que más le dolía a Alejandro era la fijación de Miguel por acabar con Eliana. Ella era la única mujer que les había ayudado cuando todos les daban la espalda.

—Por favor, no le diga nada a su hermano —le pidió Eliana mientras besaba sus labios—. Ahora mismo solo tenemos que fingir que confiamos en él. Falta poco para que regrese la comitiva, lo mejor es que dejemos a un lado nuestras diferencias. Por el bien de La Indiana.

—No se me da bien fingir.

—Inténtelo, por favor. Me ha costado Dios y ayuda llegar hasta aquí. Y créame que lo siento mucho por Miguel, pero no pienso desaprovechar mi oportunidad de ser feliz aquí.

—¿Por qué dice que lo siente?

—Porque ha firmado su sentencia.

Alejandro tragó saliva ante aquella afirmación.

—Yo la protegeré.

—No necesito que me proteja, solo que confíe en mí.

Las palabras de Eliana resonaron en el vaivén de los árboles.

—Confío en usted, pero… ¿podría decirme qué le ocurre?

—Todos tenemos secretos, muy a nuestro pesar. Yo le amo, Alejandro. Así que, por favor, si usted también me ama, no siga insistiendo. Por favor.

Hasta el momento Alejandro había albergado alguna ligera duda sobre ella, siempre sembrada por las cábalas de su hermano y de la cooperativa. Eran tantas las voces que clamaban que Eliana era una espía que en ocasiones dudaba qué creer al respecto. Por fin sabía que no era cierto, era imposible que lo fuese.

El amor entre los dos era lo único verdadero en ese instante.

—Confío en usted, Eliana.

56

FUERA DE ESTA ISLA

10 de mayo de 1877

De camino a su pensión, Eliana sintió un extraño pálpito al pasar por la callejuela trasera y ver que su ropa no colgaba del tendedero de la ventana. Estaba convencida de que su criada la había tendido esa misma tarde.

Giró la esquina y escuchó los jadeos de una mujer. Estaba anocheciendo, y el ruido se confundía con el de los comerciantes que estaban retirando sus mercancías. Se trataba de Yanet, que aguardaba sentada en el bordillo del porche de la hospedería con los ojos llenos de lágrimas.

—Mi señora, ¿dónde lleva tanto tiempo? Vámonos de esta isla maldita, por Dios se lo ruego.

Eliana se percató de que junto a su criada se encontraban las valijas de ambas, abiertas y a medio hacer.

—¿Qué hacen aquí nuestras cosas?

En ese momento levantó la vista hacia la pared y vio que había una enorme pintada junto a la puerta: «Pelandrusca cubana, fuera de esta isla o la mataremos».

El texto ocupaba toda la pared, mancillando su brillante color blanco, y llegaba hasta el edificio contiguo. Las letras eran de un rojo intenso que bien podía ser sangre de cabra o de carnero. El líquido en cuestión se estaba deslizando pared abajo, deformando las letras.

—Volvamos a casa, por favor —suplicó la criada.

—¿Dónde están mis documentos?

Yanet negó con la cabeza.

—Por Dios, dígame que los guardó.

Era inútil la insistencia de Eliana, pues la respuesta de su criada volvió a ser la misma. Una mirada de negación, cabizbaja y avergonzada. Eliana se abalanzó sobre las valijas con desesperación. Comenzó a abrir el ajuar en medio de la calle mientras la observaban los curiosos. Sudaba de desesperación. Cuando vio que no podía abarcar ella sola la tarea, pidió ayuda a Yanet, pero esta permaneció inmóvil.

—Señora..., no sé dónde están los documentos.

—Imposible. Ayúdeme a revisar, ¡corra, ándese!

Tras unos instantes Eliana se dio cuenta de que no iba a encontrarlos. Se detuvo en seco y respiró hondo para recomponer sus pensamientos.

—A ver, explíqueme bien qué ocurrió.

—No lo sé. La señora, doña Carmen, me gritó que teníamos que irnos, que era usted una...

—Una qué.

—Una fulana, una espía. Que estaba usted aquí para hundir esta isla —dijo, con la voz entrecortada de la agonía—. Que lo sabía de muy buena mano, y que, si no nos íbamos de inmediato, vendría el procurador de Capitanía. Yo no sabía qué hacer y le dije que eso era todo mentira...

—Hizo usted bien, Yanet. Ya está, no se preocupe.

Eliana abrazó a su criada para tratar de calmarla. Permanecieron un rato en silencio, sentadas a la puerta de la pensión mientras los vecinos las juzgaban a su paso.

Un rato después, la joven se armó de valor y volvió a ponerse en pie. No podía creer que se hubiesen perdido los documentos; eran lo único que tenía para mantener callado a Braulio. Si no los encontraba pronto, el lector no tardaría en avisar a su familia en Cuba.

Entró en el edificio y corrió escaleras arriba hasta llegar a la que fuera su habitación. Trató de abrir la puerta, pero estaba cerrada con llave. Entonces asomó la mirada por el balcón que daba al patio interior del claustro y golpeó la puerta como si su cuerpo fuera un ariete. Sus ruidos no tardaron en alertar a las demás huéspedes, que profirieron chillidos para avisar a doña Carmen.

—¡Qué hace usted aquí! ¡Márchese ahora mismo o la mando al calabozo! —gritó doña Carmen a Eliana mientras subía las escaleras para dirigirse hacia ella.

—Escúcheme, no sé qué le dijeron de mí, pero es todo mentira.

—¿Mentira? ¿Y esa pintada de la calle? No voy a consentir que me tomen por cómplice de sus bravatas. Váyase de aquí, criolla malnacida. Con lo que yo hice por ustedes…, que las acogí a usted y a una negra. ¡Una negra!

—Está bien —le cortó Eliana—. Pero antes necesito acceder a mi estancia, tengo que buscar una cosa.

—De eso nada. Fuera de mi pensión ya. ¡Carmela! —gritó a una de las mujeres que observaba desde su puerta—, vaya a avisar a los agentes, ¡rápido!

—Por favor, cálmese —le suplicó Eliana—. Todo eso es mentira.

—Me da igual. Las quiero fuera. Ya sabía yo que no debía meter a gente de su calaña… A ver qué hago yo con esa pintada. Ay, señor…, me colgó usted el sambenito —se lamentó doña Carmen.

Eliana parecía haber dado la batalla por perdida. Seguida por la dueña, descendió las escaleras para abandonar la pensión por el mismo sitio por el que había entrado. Pero al cabo de unos segundos se dio la vuelta y volvió a subir a toda prisa. Abrió la puerta de su habitación de una patada. Doña Carmen se quedó de piedra en la escalera mientras las demás gritaban para dar la voz de alarma. Eliana cerró la puerta tras de sí y se encerró en la recámara vacía.

Tenía que encontrar esos documentos fuese como fuese.

Buscó y rebuscó. Bajo el colchón, sobre el armario y en las cajoneras, pero no había rastro de sus documentos. Removió la estancia con desesperación hasta que una decena de huéspedes consiguieron abrir la puerta y la sacaron a rastras, entre insultos, empujones, pellizcos y tirones de pelo. Las chicas no tuvieron piedad con ella; se habían erigido como protectoras de la pensión en vista de que los agentes no llegaban y de que doña Carmen no sabía cómo gestionar tal situación. No iban a permitir que esas dos forasteras continuasen mancillando la isla.

Eliana dejó el rastro de sus uñas en las paredes del patio. Luchaba por aferrarse a la casa mientras las niñas la condenaban a un exilio que llevaba mucho tiempo ganándose. Tras una disputa encarnizada se vio de nuevo de patitas en la calle, acompañada por su criada y por las valijas con las que habían venido desde Cuba.

No tenían lugar al que ir, así que permanecieron tiradas en medio de la calle a la espera de tener una idea.

—¡Malditas! ¡Malditas! —gritaba Eliana con furia a las ventanas de la pensión.

—Ya vale, déjelo estar. Sabíamos que esto iba a ocurrir.

—¡Malditas!

—¡Cálmese! —Yanet sostuvo los brazos de su señora para ayudarla a calmarse—. Tranquila. No se preocupe, estamos juntas. Estamos bien.

Eliana tomó aire varias veces para asimilar los hechos.

—Gracias... por estar junto a mí a pesar de todo.

—Para servirla.

Yanet la abrazó con ese calor tan maternal que llevaba regalándole a Eliana desde que esta era una niña. No había duda de que la joven había llegado demasiado lejos en esta ocasión. La criada tenía claro que debía poner fin a la odisea en la que se hallaban embarcadas.

—¿Los encontró, mi señora?

—No. Es muy extraño, solo nosotras sabíamos de su existencia.

—Tal vez se perdieron.

—¿Usted cree a Braulio capaz de robarlos?

—¿Al padre Mendoza? —dudó Yanet—. No creo que fuera él personalmente. En la pensión no entra un hombre así por las bravas, ni tan siquiera un cura.

Yanet tenía razón. No le habría resultado nada fácil al párroco adentrarse en el edificio sin ser detectado por los cientos de ojos femeninos que allí se hospedaban. Quizá le había pedido ayuda a alguna de las huéspedes.

—Desde luego el señor Mendoza tiene motivos para hacerlo y conoce a todos en esta isla. No creo que estuviera dispuesto a seguir aguantando sus chantajes, mi señora.

—Lo dice como si estuviera de su lado.

—No, mi señora. Discúlpeme. Lo digo porque el señor Braulio Mendoza es un señor poderoso. Quizá no haya sido él, pero no creo que le haya costado conseguir que alguien haga esa pintada o que le robe los papeles. Piense que trabaja con los gemelos y encima es amigo de su padre, mi señora.

—Lo sé, ya sé que es mucha coincidencia —la cortó Eliana—. No hay duda, si Braulio tiene los documentos en su poder, estoy perdida. Tengo que arrebatárselos.

57

UNA VERDADERA AMIGA

Eliana y su criada recorrieron las calles empedradas de Breña Alta cargando con sus valijas y enseres. Dondequiera que iban, los vecinos les cerraban las puertas en las narices y los tenderos se negaban a reconocerlas. Las dos mujeres iban cosechando miradas de desaprobación y murmullos sentenciosos a su paso. Las decenas de rostros asomados a las ventanas contemplaban con cierta satisfacción la humillación a la que las dos mujeres se estaban viendo sometidas. Por muchas monedas que ella les ofreciera, nadie estaba dispuesto a permitir que se quedaran en el pueblo. Todos estaban al tanto de lo que había hecho y no querían ser cómplices de alguien que había faltado a la lealtad con los tabaqueros.

Por más que pidieron cobijo en las hospederías y casas de los alrededores, nadie estaba dispuesto a acogerlas. Así que tomaron asiento en la plaza y esperaron a que cayese la noche, cuando todos los vecinos se hubiesen ido a dormir.

Eliana tenía un último recurso en el pueblo y no veía más remedio que agotarlo.

Rafaela acogió en secreto a las dos pobres vagabundas. Entre las tres cargaron el equipaje hasta el cobertizo, pues no había otro lugar en la pequeña vivienda donde esconderlas mientras buscaban una solución. Se trataba de un pequeño cubículo situado en el patio trasero de la casa, un refugio tan oscuro como el carbón, que desprendía un rancio olor a barro húmedo.

—Mi señora Eliana, discúlpeme, pero yo esto no puedo hacerlo de nuevo —se lamentó la cigarrera, que solo podía pensar en la cara que pondría Miguel cuando se enterase de su afrenta—. ¿Usted ha visto todo lo que están diciendo de usted?

—No se preocupe, nos marcharemos lo antes posible. Se lo agradezco eternamente.

—¿Y lo antes posible es...? Disculpe mi indiscreción —dijo Rafaela.

Eliana no tenía una respuesta que pudiera satisfacerla, y sabía que su amiga tenía motivos para preocuparse al estar acogiendo a la mujer más odiada de la isla. Yanet pidió permiso a Rafaela para sentarse en el cobertizo y se acomodó como pudo en uno de los fardos de paja. Aún estaba consternada por lo ocurrido. Rafaela se quedó contemplándolas con cierto nerviosismo.

—Esto me supera.

—¿A qué se refiere?

—¿Por qué sigue usted tan empeñada en ocultar esos secaderos a toda la isla? ¡Y al pobre Miguel! Yo no puedo más, mi señora Eliana..., si es que no sé qué hacer. Esto no me lo van a perdonar en el pueblo. ¡Que yo la estoy escondiendo! —Por más que daba vueltas al asunto, Rafaela no comprendía cómo se había dejado embaucar por su jefa para acabar enredada entre tantas mentiras.

—Tiene razón, Rafaela. Será mejor que nos marchemos de aquí. Estoy haciéndola cómplice de mi error. Volveremos a Cuba en el próximo vapor.

—¿Y mientras tanto?

—Espero que nos abran las puertas en alguna hospedería del puerto.

—Por Dios, no —clamó Rafaela—. Ahí solo hay furcias y borrachos.

—Pues me dirá usted dónde, porque aquí nadie está dispuesto a acogernos por más pesetas que les hayamos ofrecido.

—La gente habla... Entienda su situación, nadie quiere ganarse enemigos por su culpa.

Eliana no pudo evitar sentirse ofendida ante el comentario, pero nada podía hacer para remediar la fama que se había labrado desde su llegada.

Rafaela deambulaba alrededor del cobertizo con un andar ansioso y preocupado. Se sentía entre la espada y la pared. Por una parte, quería protegerla, pues nadie mejor que ella sabía que la joven cubana no había actuado con maldad, y desde luego no se merecía el trato que estaba recibiendo. Pero al mismo tiempo sabía que si la pillaban su vida se acabaría para siempre, pues todos la tacharían de traidora. No podía permitírselo, y menos ahora que estaba a punto de casarse con Miguel.

Las dos cubanas estaban a punto de marcharse cuando Rafaela las llamó de nuevo. Sabía que sus acciones tendrían consecuencias, pero tenía que ayudarlas.

—Aguarden las dos, no se vayan. Cerraré con llave el cobertizo, mi padre apenas tiene tiempo de venir con el guirigay que tiene en la taberna.

—De acuerdo.

—Pero, por Dios, no salgan de aquí pase lo que pase. Como Miguel se entere de que las estoy escondiendo...

—Gracias —respondió Eliana mientras se lanzaba a los brazos de su amiga—. No sabe cuánto se lo agradezco. Si ya estaba en deuda con usted, ahora lo estaré hasta la eternidad.

Rafaela se levantó las enaguas para sentarse cómodamente en el suelo y prendió el hornillo de mano para ponerles al fuego una cafetera con azúcar.

—Intenten no hacer ruido, por favor, que me juego la ruina.

—Tiene mi palabra, amiga.

Rafaela esbozó una sonrisa al escuchar las palabras de Eliana. Luego dejó que se acomodaran entre la paja y se marchó para dejarlas descansar.

Eliana y Yanet se quedaron a solas en el interior del cobertizo. Se tumbaron sobre la tierra con las mantas que les había dejado la cigarrera e improvisaron una almohada con los montones de paja de los alrededores. Estaban agotadas, solo querían dormir y que el tiempo pasara lo más rápido posible. Pero cuando Yanet cerró los ojos y reflexionó todo lo que les estaba ocurriendo, a la criada le asaltaron nuevas dudas. No podía más con la situación.

—Mi señora Daniela, me asalta una cuestión.

—Dígame.

—Rafaela dijo que no podía hacer esto de nuevo por usted. ¿A qué se refiere?

—Pues… no lo sé —mintió Eliana—. Supongo que a todo lo que me ha ayudado.

Pero Yanet no parecía satisfecha con aquella respuesta.

—¿Y por qué usted le acaba de decir a Rafaela que ya estaba en deuda con ella? ¿Qué es eso que ella hizo ella por usted?

—Nada, simplemente…, es una muy buena cigarrera. No sabe cuánto me ayudó ella en la fábrica cuando ningún otro empleado se dignaba a dirigirme la palabra. Es un pedazo de pan.

—Ya veo.

Con sus excusas, Eliana creía haber protegido los secretos que ahora compartía con Rafaela y que debía ocultar a su criada a toda costa: los nuevos secaderos de tabaco y su fatídico viaje al otro lado de la isla.

Su criada quería creerla, pero ya era demasiado tarde.

—¿Es verdad que nos volvemos a Cuba, señora Daniela?

—No podemos volvernos. No todavía.

—¿Cómo? —Yanet estaba conmocionada. Las habían echado de la pensión como a dos fulanas, y sin embargo Eliana seguía empeñada en quedarse en La Palma—. Pero… ¿le mintió usted a su amiga Rafaela? Por favor, Daniela, nos insultaron, casi nos pegan y amenazaron con matarnos. No aguanto más.

—Tengo que acabar esta misión, se lo debo a mis padres y a mi esposo. —Las mentiras se le agotaban a Eliana. Necesitaba ganar tiempo, y sabía que esa era la única respuesta con la que podía convencer a su criada.

—Por favor, Daniela, al cuerno con su misión. Si le parece, cuando lleguemos a Cuba yo misma hablaré con su padre y le daré las explicaciones pertinentes. Le diré que el fracaso ha sido culpa mía. Yo cargaré con todo, mi señora.

—No será necesario, cumpliré con lo que se me encomendó.

—Pero ¿cómo?

—Confíe en mí.

—¿Cómo demonios pretende quedarse usted embarazada si todo el pueblo la odia?

—No es cierto. No tienen pruebas para toda esa sarta de mentiras que se han inventado.

—¿Por qué tuvo que jugar con fuego, señora Daniela? Se lo advertí. No tenía que haberse metido en esa fábrica. Tenía una misión. Solo una. Debió ceñirse a ella.

—¡Ya vale! ¡Se acabó!

Se hizo el silencio. El eco de esas últimas palabras de Eliana resonaba entre las mohosas paredes del cobertizo. Tras una pausa tan larga como sepulcral, solo el piar de los pájaros sobre el techo rompía la tensión entre las dos mujeres.

—Confíe en mí, le juro que voy a hacerlo —zanjó Eliana.

Pero mentía. No tenía intención de cumplir con el cometido que la había traído a La Palma.

Por desgracia, Yanet ya lo sabía.

Y había obrado en consecuencia.

58

JUSTO A TIEMPO

14 de mayo de 1877

El aroma a incienso inundaba la capilla y se mezclaba con la suave luz que se filtraba por las vidrieras. Yanet estaba sola en el interior del templo, sentada en uno de los bancos, respirando la paz que solo lograba percibir en aquel lugar sagrado. Observaba con asombro los detalles de las vidrieras, la madera del altar, las figuras del Cristo y los santos que abrazaban la tranquilidad de aquel espacio. La madera del banco crujía con cada uno de sus ligeros movimientos, y el silencio era tan puro que casi podía sentir la voz de Dios respondiendo a cada una de sus plegarias.

Después de llevar varios meses en una isla tan hostil, la mujer solo se sentía protegida en esa iglesia, como si por un momento fuese capaz de detener todas las preocupaciones que rodeaban su mundo. Aunque todas se reducían a una persona.

Eliana. Daniela.

Yanet sostenía una carta en sus manos. Ese pequeño trozo de papel era el principal motivo por el que llevaba tanto tiempo allí sentada, meditando qué demonios hacer.

Estaba aterrada. Llevaba cuidando de la pequeña desde que la señora Álvarez, aún convaleciente por el parto, le entregó en sus brazos a la recién nacida y le pidió que se convirtiese en su segunda madre. Desde entonces ella no había fallado a su compromiso ni un solo día de su vida. Eliana era su única misión en este mundo, a ella se debía y solo a ella debía proteger.

Sabía que Eliana le estaba mintiendo. Por más que la joven le insistía en que estaba cumpliendo con su misión para regresar a Cuba, Yanet sabía que esta no tenía intención alguna de hacerlo. La joven se había enamorado de Alejandro, de la tabacalera y del sabor de la libertad. Y no pensaba regresar a casa.

La angustia caía sobre los hombros de Yanet al saber que estaba a punto de traicionarla. No dejaba de repetirse que solo lo hacía porque era lo mejor para la joven y porque debía cumplir con la misión que le había encomendado el matrimonio Álvarez. Pero no podía evitar sentir un nudo en el estómago cada vez que dirigía la mirada a esa carta que sostenía entre sus manos.

Yanet recordaba cada lágrima derramada, cada suspiro ahogado y cada silencio incómodo de la joven. Le juró que nunca la dejaría sola, que dormiría cada noche de su vida en la habitación contigua para asegurarse de que ningún hombre le hiciera daño. Hubiera dado todo por intercambiarse por ella en esos momentos y acoger la tortura en sus carnes. Por eso podía sentir en su propio cuerpo el peso de la opresión, la frustración y la desesperanza que envolvía a su joven señora.

Pero no podía negar que los Álvarez eran sus dueños. Debía cumplir con sus designios, aunque ello implicase obligar a Eliana a regresar a casa. A su peor pesadilla.

Fue entonces cuando unos pasos rompieron el silencio que reinaba en la parroquia. Se trataba del maestre Heriberto, quien tomó asiento junto a la criada y permaneció a su lado en silencio durante unos segundos.

—¿Y esa carta? —preguntó él finalmente.

—Es mía.

—Vaya, no me diga. ¿Piensa enviarla a Cuba?

—No es de su incumbencia.

Heriberto sonrió sin desviar la vista de las figuras religiosas que descansaban tras el altar de la iglesia. Quería sentir el nerviosismo de la criada.

—No sé qué han venido a hacer ustedes dos a esta isla, pero estará de acuerdo conmigo en que la situación ya se pasa de castaño oscuro.

—Lo que hagamos mi señora y yo es asunto nuestro.

—No —la cortó—. Desde que llegó, su señora se ha saltado a la torera todos los principios que rigen este lugar. Pero eso se ha acabado.

Yanet tragó saliva, le resultaba difícil mantener la compostura ante la figura que la estaba reprendiendo.

—¿Qué quiere de mí?

—Que haga recapacitar a la joven. Imagino que su deber como criada es velar por el bien de su señora.

—Así es... —balbuceó.

—Si en los próximos días no se han marchado para siempre de esta isla, aténgase a las consecuencias.

Heriberto la miró con superioridad y, sin decirle nada más, se puso en pie y se alejó lentamente por el pasillo central de la parroquia que conducía a la calle.

Yanet se quedó allí clavada, temblando de miedo y de alivio al mismo tiempo, agradecida de que el maestre hubiera decidido dejarla tranquila. Al menos por el momento. Podía sentir los latidos desbocados de su corazón. Tal vez esa incómoda visita era la señal que necesitaba.

Poco después Yanet abandonó la parroquia y se encaminó hacia el puerto de Santa Cruz de La Palma. Tras varias horas de un arduo camino bajo el sol, llegó a la ciudad y entregó la carta en la oficina postal de correos que había junto a la Aduana. La misiva debía partir en el próximo vapor hacia Cuba ese mismo día.

De regreso al pueblo la invadió una profunda sensación de alivio.

59

DOS VIEJOS ENEMIGOS

18 de mayo de 1877

Una inesperada tormenta de primavera golpeó la cara oriental de la isla desde el atardecer y se prolongó hasta la noche. El frío era atroz en el interior de las casas, sobre todo para aquellos que no tenían leña suficiente para entrar en calor. El viento azotaba con fuerza el portón del cobertizo, y despertaba constantemente a las dos mujeres que hacían lo posible por conciliar el sueño en medio de tanta bulla.

Eliana sobrellevaba la situación, todo lo contrario que su criada. Yanet llevaba horas tiritando, agazapada entre dos barriles de vino, tosiendo y sorbiendo el moquillo de su nariz. La joven aguardó a que su criada estuviese dormida para abandonar el cobertizo. Se cubrió con un abrigo de lana y se lanzó al exterior con cuidado de no despertarla.

No había un alma en la calle. La lluvia era cada vez más fuerte y los charcos sobre el pedregal hacían casi intransitable el camino. Apenas había dado unos pasos y ya estaba empapada. Corrió hasta cubrirse bajo el pórtico de la parroquia y entró en el templo. Estaba abierto. El padre Mendoza nunca cerraba las puertas de su iglesia; cualquier feligrés podría necesitar visitarla a cualquier hora del día o de la noche, además de que servía de refugio a los vagabundos. El vandalismo no suponía tampoco un problema para el párroco, ya que apenas había nada de valor entre los muros de aquel edificio de estilo barroco.

Dos hombres dormían entre los bancos más cercanos a la salida. Ambos levantaron ligeramente la vista al percatarse de la entrada de alguien, pero no lograron distinguir de quién se trataba y volvieron a dejarse llevar por el sueño. Eliana se acercó hasta el altar. Subió las escaleras y golpeó con los nudillos la puerta de la sacristía. No obtuvo respuesta, por lo que desanduvo sus pasos y se dirigió al lado contrario de la parroquia para acceder a la sacristía a través del órgano. Los vagabundos siguieron descansando sin prestar atención a la joven, pero ella prefirió actuar con sigilo para no levantar sospechas.

Cruzó un pequeño muro de piedra que conducía a un altar menor y se coló en la zona del órgano. Desde allí, una escalinata conducía a la sacristía de la parroquia y a la torre del campanario. La habitación estaba en penumbra, pero el candil se encontraba aún caliente; por lo tanto, no hacía mucho que se había marchado del templo el padre Mendoza.

Eliana rebuscó en los armarios y en la mesa de roble que tenía como despacho en el centro del habitáculo. No halló los documentos, aunque a decir verdad resultaba imposible encontrar algo entre tanto papel suelto. Aquello la sorprendió; nunca hubiera imaginado que Braulio fuese un hombre tan desordenado teniendo en cuenta su porte.

—Buenas noches, Daniela. —Era Mendoza quien la saludaba, apoyado en el quicio de la puerta con gesto irónico—. ¿Molesto con mi presencia?

Eliana se detuvo de inmediato.

—Dónde están —dijo ella, tratando de no amedrentarse ante la figura casi fantasmal del cura.

—El qué.

—Por favor, los necesito.

—Insisto, no sé a qué se refiere.

Eliana se estaba impacientando ante el juego del cura, que se iba acercando a ella a paso lento.

—Los documentos.

—¿Cómo dice?

—Padre, por favor…, no se burle de mí.

—Aaah, comprendo. —Los ojos de Braulio brillaron como si hubiese descubierto un tesoro en ese momento—. Así que esto tiene que ver con su expulsión de la hospedería.

—No se haga el ignorante, padre. Sé que fue usted. Dígame dónde están.

—¿Qué piensa hacerme si no?

Por primera vez desde la llegada de la joven, Braulio se mostró desafiante con ella, algo que llevaba deseando desde que la había visto en la fábrica.

—No quiera saber de lo que soy capaz.

—Dígamelo usted.

Pero Eliana no tenía una respuesta. Sin los documentos en su poder, había perdido la única baza que tenía para extorsionar al párroco.

—Me lo imaginaba, Daniela. A todo cerdo le llega su sanmartín, y creo que su periplo jugando a ser tabaquera se ha terminado. Así que haga el favor de marcharse a Cuba y no volver nunca más.

—No habrá avisado a mi familia, ¿verdad?

Mendoza no respondió.

—¿Avisó a mi padre? ¿A mi marido? ¡Dígame que no! —La insistencia de Eliana delataba una angustia que la joven era incapaz de contener—. Dígame, por favor, dígame que no avisó a mi familia.

El padre Mendoza estaba sorprendido por la actitud suplicante de la joven, y más aún cuando ella lo agarró por la pechera, totalmente desesperada.

—¡Dígamelo! ¡¿Dónde están los documentos?!

—Suélteme —dijo el párroco, zafándose de ella.

—Por favor, no avise a mi familia, se lo ruego por lo que más quiera.

El párroco y lector de la fábrica se tomó unos instantes para meditar las súplicas de Eliana.

—¿Quién más sabe de la existencia de esos documentos? —preguntó él.

—¿Eh?

El padre Mendoza tomó asiento en una de las butacas y pidió a Eliana que hiciera lo propio para cambiar radicalmente el cariz del interrogatorio. La situación era grave.

—Yo no tengo los documentos —confesó él.

—¿De verdad?

—Sí. ¿A quién más en esta isla le dijo usted que los tenía?

—A nadie más. Los traje de Cuba, como ya sabe. Estaban entre los registros de mi padre...

—Haga memoria, por favor —insistió Mendoza.

—Que sí, se lo aseguro. Ni siquiera mi padre sabe que los sustraje de su archivo.

—¿Y por qué demonios quería chantajearme? ¿Qué le he hecho yo a usted? —El párroco era incapaz de ocultar su decepción y desconcierto.

—Nada, Braulio. Pero usted era la única pieza que no encajaba en mi plan. —Eliana sabía que no le quedaba más remedio que confesar si quería que él se apiadase de ella, así que procedió a relatarle su historia.

Le contó que llevaba más de cinco años casada con Eustaquio Cantero, un joven de ascendencia española cuya familia había hecho una gran fortuna en Cuba. Los Cantero se dedicaban al cultivo de la caña de azúcar, y cualquier producto que derivara de este —como el ron, el guarapo o el jarabe— valía su precio en oro en toda Europa. Por esta razón Mariano Álvarez decidió ofrecer a su hija a esta ilustre familia.

Cuando ella terminó de hablar, Braulio empezó a comprender lo que ocurría.

—Algunos retazos de su historia me han llegado a través de la correspondencia que aún mantengo con su padre —dijo él—, pero he de reconocer que don Mariano siempre me habló de su casamiento como una gran noticia, y no como un acuerdo de conveniencia. No sabe cuánto lo siento.

Braulio escrutaba a la joven con enormes dudas, tratando de entrever si aún había alguna intención oculta en ella. Pero algo le decía que estaba siendo sincera.

—Le garantizo que yo no tuve nada que ver con la sustracción de esos documentos.

—Embustero.

—Ojalá estuviese mintiendo. No tengo ni idea de quién pudo habérselos robado. Si los tuviera en mi poder, tenga por seguro que ya habría puesto al corriente a su familia de su comportamiento en la fábrica de los gemelos.

—¿De verdad?

—Sí.

Eliana sintió un alivio repentino al descubrir que se había librado por el momento de las represalias de su familia.

—¿Y por qué me cuenta la verdad? —preguntó Eliana—. Es decir, bien podría usted haberme hecho creer que los tenía. Podría haberme amenazado, podría haberme dicho que avisaría a mi familia si no me marchaba a Cuba de inmediato.

—Porque necesito que me ayude a encontrarlos. Si alguien se los sustrajo es porque quiere hacerme daño a mí. No a usted, Daniela.

Mendoza estaba ahora mucho más consternado que ella. Y no le faltaban motivos, en manos desconocidas, esos papeles podrían convertirse en un verdadero problema para él.

—De acuerdo, le ayudaré a cambio de su silencio —dijo Eliana—. Pero primero ¿quiénes son sus enemigos?

60

VERGÜENZA

19 de mayo de 1877

Los primeros rayos se filtraron entre las nubes que habían liberado la tormenta la noche anterior. Eliana cayó entonces en la cuenta de que debía regresar a su nueva residencia cuando vio el cielo violáceo a través de la vidriera de la sacristía. Mendoza y ella habían pasado toda la noche conversando, conociéndose más a fondo, abriendo sus secretos el uno al otro para poder ayudarse en la contienda que les aguardaba.

La joven dio las gracias al párroco y emprendió el camino de regreso al cobertizo. No podía dejar de pensar en todo lo que ahora sabía de él. Al igual que ella, Braulio había cambiado mucho con el paso de los años. Por eso podía entender sus contradicciones.

Descubrió que el padre Mendoza era un liberal, un hombre que desde su llegada a La Palma casi veinte años atrás había luchado por reivindicar las opiniones e ideas que el régimen trataba de reprimir. De ahí que desde el principio hubiera mantenido una relación tan estrecha con la Logia, pues veía en los masones una perfecta asociación de reciprocidad para ayudarse a transmitir los ideales del progreso. Eliana había descubierto también esa misma noche que Mendoza había sido uno de los impulsores del método de Lancaster en la isla, un sistema de enseñanza pública que consistía en ofrecer formación a los alumnos más aventajados de la escuela para que estos pudiesen enseñar simultáneamente al resto de sus compañeros. Ayudado por los masones, Braulio recorrió la isla, pueblo por pueblo, para enseñar este sistema a los pocos educadores que estaban dispuestos a cambiar su modelo. Pedía limosnas para abrir más aulas en las aldea, y también apoyos a los más poderosos para ampliar la biblioteca y permitir que los pobres pudiesen aprender a leer y a escribir.

No tardó, sin embargo, en labrarse enemigos, pues no tenía problema en tachar a los políticos con todo tipo de blasfemias si sentía que trataban de poner freno al progreso. Y si los sectores más conservadores de la política lo tenían entre ceja y ceja, mucho mayor aún era su enemistad con la diócesis en la isla de Tenerife. Desde el obispado, dirigido por los jesuitas, lo habían amenazado de infidencia en más de una ocasión por sus vinculaciones con sectas como la Logia de La Palma y por su «constante ayuda al pobre», como solían reprocharle. Pero detrás de sus luces también había un lado oscuro en Braulio Mendoza, y Eliana era la única que conocía su secreto.

El problema es que a la joven le había podido la ambición al querer ausentarse de su escondite hasta el amanecer para charlar con el párroco. Y por culpa de su osadía en esa escapada nocturna, había puesto en peligro el lugar en el que se hallaba junto a su criada.

Apoyado en la puerta del cobertizo, don Camilo aguardaba impaciente la llegada de Eliana. Junto a él se encontraba Miguel, a quien el padre de Rafaela había alertado de la traición de su hija. Era difícil saber cuál de los dos hombres albergaba más rabia en su interior, la situación era bastante embarazosa para ambos, y esta vergüenza iba en aumento a medida que se sumaban vecinos al tumulto en torno al cobertizo.

—¡Me cagüen! ¡La mato, la mato! —gritó don Camilo a Eliana en cuanto la vio acercarse.

Tuvieron que sostener al dueño de la taberna entre varios para que la situación no se fuera de madre.

—¡Fulana, que es usted una fulana! No solo se viene a la isla a jodernos, sino que encima usurpa el cobertizo y se pasa la noche fuera como la puta que es.

Miguel permanecía en silencio. Su afrenta no iba tanto contra Eliana en este momento como contra su prometida, Rafaela, que lloraba a moco tendido en el zaguán de la casa. Ni doña Blanca, la propia madre de la muchacha, se atrevía a mirarla a la cara. La señora contenía su llanto con estoicismo y se secaba las lágrimas con disimulo usando el paño de cocina que colgaba de su delantal.

Miguel abrazó a la señora para excusarla por la afrenta de Rafaela.

—Usted perdóneme, don Miguel. Es que… esto no es digno, esto no es cristiano. ¡Esta niña es una vergüenza! —Señaló a su hija como si desde ese momento renegase de ella.

—Cálmese, doña Blanca. Todo se andará.

A Camilo se lo llevaron entre varios asiduos de la taberna a la callejuela contigua para que liberara toda su rabia contra las paredes y no contra la recién llegada. Mientras tanto, Eliana permanecía inmóvil en medio de la escena sin que nadie se dirigiera a ella. Se sentía invisible. Era la causante de la refriega, pero solo veía el vacío a su alrededor. Incluso Yanet, que era quien había dado la voz de alarma al ver que su señora no se encontraba durmiendo en el cobertizo, lloraba también en una esquina de la calle sin atreverse a mirarla a la cara. Rafaela, por su parte, yacía en el suelo como un alma en pena, como si hubiese perdido las fuerzas para defenderse. Tras un largo silencio se puso en pie y se acercó a Eliana.

—¡Malcriada! La ayude, la acogí… y míreme ahora. Mire lo que ha conseguido.

Eliana no pudo sino bajar la cabeza ante la reprimenda de la cigarrera. Su compañera tenía razón, le había fallado saltándose la única norma que les había puesto: que no saliese del cobertizo sin su permiso. Rafaela no dijo nada más. Podría haberlo hecho, podría haber traicionado el secreto que había entre ambas y dejarla en evidencia ante quienes allí se encontraban. Sí, podrían haber salido estas palabras de su boca: «Que todo el mundo sepa que vino a La Palma *pa* que la preñaran y usó a Alejandro para ello, al tonto de los gemelos, pero le entró el pánico y abortó como la criminal que es».

Pero no dijo nada. No fue capaz.

La mirada de Rafaela expresaba todo eso y más, pero contuvo su rabia y dejó que Eliana se llevase ese remordimiento. No estaba dispuesta a pagarle esa traición con la misma moneda. Al contrario, Rafaela regresó sobre sus pasos y se dirigió al interior de la casa familiar como un reo, consciente de la ejemplaridad del castigo al que se enfrentaba.

61

UNA EXCUSA PERFECTA

20 de mayo de 1877

Miguel no podía contener su decepción. Ni siquiera estaba cabreado, no tenía fuerzas ya para estarlo. La de Rafaela era una traición más que añadir a su lista. Una deshonra. Justo a él, que había tenido la decencia de ofrecerle su mano para desposarla. Aún le costaba creer que su prometida se hubiese aliado con la cubana. Su mundo se desmoronaba: primero habían sido las deudas de su padre, luego la traición de su gemelo y, por último, esto. Quería escapar de allí, subir al primer vapor con rumbo a América y olvidarse de la isla en la que había pasado toda su vida.

Se dirigió a la taberna de Camilo y pidió un vaso de ron. No fue el último, hasta que notó el habitual ardor en el estómago. Sabía que aquel era el único lugar en el que no lo recibirían con burlas por motivos obvios, pues el tabernero se encontraba aún peor que él. Estaba sentado en una butaca, de espaldas al resto de la taberna, y a medida que bebía el ruido ambiente se iba transformando en una melodía evocadora para su cabeza. Quizá América estaba demasiado lejos para él, pero había un lugar en el que sabía que podía empezar de cero. Recordó entonces sus primeras escapadas a Tenerife durante la adolescencia, esos primeros viajes en compañía de su padre.

Gracias al éxito que habían tenido allí los puros de La Indiana, don Servando solía desplazarse para cerrar negocios en la isla capitalina. Al principio intentaba llevarse a Alejandro con él, pero nunca hubo manera, porque a su hijo favorito le aterraba tanto el mar que nunca había sido capaz de subirse a un vapor. Miguel se convirtió entonces en el adlátere de su padre, y no tardó en darse cuenta de la razón que este tenía cuando le hablaba de las abismales diferencias entre ambas islas. En La Palma no se podía confiar en nadie, pues todos se conocían y apuñalaban por la espalda, pero en Tenerife cualquiera podía mezclarse entre desconocidos de todas partes del mundo y convertirse en otra persona.

Y eso a Miguel le atraía muchísimo.

No tardó en descubrirlo a través de su padre. La imagen que tenía de él era la de un empresario recio e inquebrantable. Pero al poner los pies en la isla vecina se transformaba en alguien dispuesto a dar rienda suelta a su desenfreno. Su padre no perdía ocasión para acostarse con alguna de las prostitutas que rondaban el puerto o de visitar los burdeles de Finca España, y más de una vez había forzado a su hijo a acompañarlo en la experiencia. A Miguel le costó dar el paso la primera vez, le producía vértigo verse desnudo junto a una de esas mujeres por las que habían pasado cientos de hombres antes que él. Pero el gemelo sentía aún mayor temor por llevarle la contraria a su padre, por lo que acabó perdiendo la virginidad siendo adolescente con una mujer de dientes picados y negruzcos que le doblaba la edad y que apenas sabía hablar. Una experiencia que no recordaba placentera. Sin embargo, gracias a la presión de su padre, Miguel descubrió las posibilidades que ofrecía la isla vecina.

Años más tarde emprendió su primer viaje en solitario. Fue entonces cuando se dio cuenta de que los hombres también se ofrecían a dichos servicios. Allí nadie lo conocía, podía pasar como un terrateniente y fingir una procedencia más exótica que la que llevaba en sus venas. La noche en que Miguel probó un cuerpo masculino, su vida cambió para siempre. Sintió cómo su piel se erizaba y se resquebrajaba por una excitación que nunca antes había experimentado. Por mucho que lo intentara con las mujeres.

Desde entonces Miguel tuvo muy claro que quería probar suerte en Tenerife junto a su hermano, y había tratado de convencerlo alguna vez: «¡Carruajes nuevos, mujeres hermosas y mucho alcohol, hermano!». Ninguno de estos argumentos convenció nunca a su gemelo, que seguía firme en su idea de echar raíces en La Palma y no abandonar nunca el lecho familiar.

No obstante, Miguel seguía sin perder la esperanza. En Tenerife podría empezar de cero, justo lo que necesitaba en ese momento.

Un golpe en la espalda le devolvió a la realidad.

—A esta invita la casa.

Don Camilo se sentó junto a Miguel sin importarle que la taberna estuviese llena de gente.

—¡José Manuel, encárguese de la barra un rato! —le gritó a su camarero, que se encontraba recogiendo jarras de vino de las mesas más alejadas.

—Salud —le contestó Miguel levantando el vaso.

—Sea.

Los dos hombres brindaron y se quedaron en silencio un buen rato, ambos escrutando sus pensamientos en la botella de tinto que había frente a ellos.

—Vaya cosas, eh. Lo que uno tiene que presenciar... Hay que ver los disgustos que le dan a uno los hijos.

Don Camilo buscaba la manera de disculparse con el gemelo. Se sentía avergonzado por lo que le había hecho su hija. La cabeza de Miguel, sin embargo, se aferraba al recuerdo de sus polvos en Tenerife; aún podía sentir el sudor de su piel en la de otro hombre en aquel cuarto de aperos bajo la humedad y el salitre.

—Oiga..., que mi Rafaela no lo hizo a malas, entiéndala. Ya sabe cómo son las mujeres con estas cosas. Como la amistad se le ponga de por medio...

—No se preocupe, don Camilo, su hija está disculpada.

Miguel se llenó el vaso de nuevo. Levantó la mirada y vio a varios muchachos riéndose de él al fondo de la taberna. Cayó en la cuenta de que uno de ellos había trabajado hacía varios años para las fincas de La Indiana.

—Fíjese, don Camilo, para esto se dedica uno a levantar una empresa, *pa* ofrecerles un jornal a estos meapilas y que terminen por reírse de uno.

—Esa frase me recuerda a su padre.

—Pues no es lo que más me gustaría en este mundo —soltó con toda la sinceridad del mundo.

—Bueno..., a pesar de lo ocurrido, esa mujer está ya fuera de la fábrica. Imagino que lo tendrán ustedes todo listo para la vuelta de la comitiva, ¿verdad?

—¿A qué viene tanto interés en mi fábrica, don Camilo? —le interrogó, molesto.

—Discúlpeme, no es mi intención inmiscuirme en los asuntos de su fábrica, pero... imagino que la boda seguirá en pie para cuando los de Madrid les otorguen esa moratoria.

Miguel no respondió. Ahora entendía a qué se debía una actitud tan agasajadora por parte del tabernero. Don Camilo no quería que la boda corriese ningún riesgo, pero él no tenía ningunas ganas de seguirle el juego.

—No voy a casarme con su hija.

—¿Cómo?

—Lo que oye. Vaya usted a decírselo si quiere, que yo no tengo nada que hablar con ella.

—Pero ¿no me dijo que la había perdonado?

—Una cosa es el perdón y otra que yo sea un guanajo.

—Me cagüen... —El gesto de Don Camilo se volvió agresivo—. Que mi Rafaela lleva prendada por usted desde niña. Lo que hizo con su socia... no se lo tenga en cuenta, que la niña lo está pasando muy mal.

—Pues que apechugue, que ya es mayorcita.

—Por Dios, Miguel, esto usted no me lo puede estar haciendo, eh, que le conozco desde que nació. Coño, si su padre me debe una cuenta que ni *pa* que. Pero, coño, que casi éramos familia ya...

—¿Esto es por su hija o por usted? —preguntó el gemelo.

—Esto es por la estupenda familia que iban a formar ustedes dos, que lo decían toditos los vecinos.

—A usted le da igual su hija, solo quiere mi dinero.

Miguel se levantó y puso fin a la conversación, pero el tabernero lo agarró del brazo y volvió a sentarlo en su butaca de malas maneras.

—¿Qué dinero, eh? Qué dinero tiene, si están llenos de deudas ustedes dos.

Don Camilo parecía haberse dado por vencido, pero la rabia le carcomía al ver que su hija había cometido el mayor error de su vida. Recapacitó su comportamiento con el joven empresario.

—Miguel, muchacho —insistió—. ¿Cómo puedo enmendar esto? Tiene todos los motivos del mundo *pa* estar enfadado con ella. Pero, por Dios, dígame qué puedo hacer. Igual cuando se le pase el enfado recapacita...

—No estoy enfadado. Ya se lo dije, la decisión está tomada.

Miguel se marchó de la taberna con una sensación agridulce. Sí, Rafaela lo había deshonrado ante todo el pueblo, pero por fin ahora tenía la excusa perfecta para no tener que contraer matrimonio con ella.

Llegó a casa borracho, como de costumbre. El alcohol agredía sus entrañas al tiempo que le producía un enorme alivio. No olvidaba lo ocurrido, pero su cabeza bailaba y solo le daba motivos para sonreír. Doña Juana estaba a punto de marcharse a dormir a su camastro en el sótano cuando vio a Miguel entrar en la vivienda.

—Le dejaron una mercancía.

—¿Y quién fue?

—No vi al mensajero. Es una caja con licores, parece un regalo.

A punto estuvo de vomitar al escuchar las palabras de doña Juana. No podía pensar más en alcohol, al menos por esa noche.

—Lo dejaron en la puerta, supuse que eran para usted, Miguelito. Que ya sabe que su hermano no me prueba ni el anís.

Miguel esperó a que la mujer se marchase y rompió la caja de madera con un martillo. Descubrió que en su interior había varias botellas de ron sin abrir. Las examinó con detenimiento. Todas eran de la misma marca —desconocida para él— y estaban en perfecto estado.

No tenía ni idea de quién podía haberle hecho semejante obsequio. Levantó una de las botellas y se fijó en que había algo escondido al fondo de la caja. Las sacó todas y encontró un archivador de cuero, similar al que usaban los filatélicos que vendían sellos en el puerto. En su interior había varios documentos, antiguos archivos oficiales.

—¡Juana! —gritó Miguel a la criada, que apareció de inmediato desde la cocina.

—¿Qué gritos son esos?

Sin responderle, Miguel le mostró los documentos a la criada para que se los leyese en voz alta, pues a diferencia de él, doña Juana sí sabía leer. Tras un instante de silencio por parte de la mujer, el joven pudo comprobar cómo su rostro se transformaba debido a la sorpresa y al estupor del contenido que tenía ante sus ojos.

Juana le relató entonces que los documentos databan de la década de 1850, cuando Miguel y su hermano aún no habían nacido.

Y en todos ellos Braulio era el protagonista.

QUINTA PARTE

El dolor forjó la leyenda de La Indiana.

62
ÁFRICA

Nacido a finales de 1829, Braulio nunca tuvo clara su vocación a Dios. Criado en el seno de una familia de San Cristóbal de La Laguna, ciudad sacra y catedralicia de Tenerife, su pronta vinculación con el sacerdocio se debió a que el domicilio familiar se encontraba a menos de dos manzanas de la sede episcopal. Ingresó en el Seminario Menor desde que su edad se lo permitió con la excusa de complacer a sus padres. Había sido un mal estudiante y decidió dar el paso definitivo cuando se dio cuenta de que no sabía hacer otra cosa en la vida.

Aunque desde su casa se veía el edificio de los seminaristas, el joven Braulio tuvo la sensación de que se marchaba al otro lado del mundo cuando empacó su maleta y salió por la puerta del hogar familiar. Tenía dieciséis años, y nunca más volvió a pisar su domicilio. Y es que allí encontró un mundo de paz, tan cerca de su casa y a la vez tan diferente. Tal era su vocación por el aprendizaje y la cultura —no tanto por la fe— que la Pastoral llamó a su puerta una fría mañana de agosto.

La noticia se la dio un anciano que se apoyaba en dos bastones y llevaba un monóculo con montura de nácar: «Es deseo de la Iglesia que usted se haga cargo de las misiones que fundamos en África». Braulio no sabía dónde estaba aquella región de la que hablaba el buen hombre, más allá de esos negros y negras que había visto acompañando a las damas en sus quehaceres públicos o en los lavaderos de La Laguna. «África es Dios en estado puro», le decían sus compañeros cuando supieron la noticia. No dudó un instante y se embarcó en la expedición junto a unos franciscanos sin siquiera despedirse de su familia, aunque estos seguían viviendo a solo unas calles del seminario.

Su ilusión se derrumbó al pisar tierras africanas. No había palabras para describir aquel continente. El lugar en el que habían atracado el vapor ni tenía nombre. Más que un puerto, se trataba de un embarcadero de tablas de madera situado en una playa virgen a la que la espesa vegetación selvática había ganado terreno. La única buena noticia era que se hallaban a solo unas millas del campamento.

Los veinte novicios enviados a aquel remoto paraje hicieron el camino guiados por un joven negro que sostenía un estandarte con una cruz. A medida que se adentraban en la selva, el sendero se volvía cada vez más intransitable y tuvieron que ayudarse de navajas para abrirse paso entre la vegetación. «Si África aún no se ha conquistado no es por falta de recursos, sino por las enfermedades. Y estas son invisibles». No le faltaba razón al anciano. Y el miedo de los jóvenes misioneros podía olerse a leguas.

Braulio tuvo que recurrir a Dios para no flaquear. No en vano se pasaba la mayoría del tiempo rezando junto a su camastro en una cabaña de paja por cuyo techo correteaban ratas y lagartos o se deslizaban serpientes. Apenas había sentido la fe durante su infancia o juventud en el seminario, pero ahora latía con fuerza en él. El único problema que había en el campamento era, en palabras de sus superiores, que «estos negritos no creen en el verdadero Dios, sino en criaturas demoníacas. Y dormir junto al demonio todas las noches es la peor de las enfermedades». Para eso estaban ellos allí, para enseñarles el camino a los «negritos» por las buenas o por las malas.

Los días se le hacían eternos. El sofocante calor y la humedad lo volvían un inútil la mayor parte del día; era imposible salir al aire libre sin perecer en el intento. La parroquia de los franciscanos se situaba sobre una pequeña meseta en un poblado sin nombre. Había también una iglesia algo más grande, propiedad de la República de Francia al igual que el resto de la aldea. Braulio entabló amistad con varios misioneros franceses con el pretexto de matar el aburrimiento y de aprender el idioma. Todo cambió para él con la inesperada visita de un destacamento militar francés, el mismo día de la Fiesta Nacional francesa que conmemoraba los setenta años de la toma de la Bastilla.

Al percatarse de su entrada en la aldea, el franciscano superior de Braulio le pidió a él y a todos sus compañeros españoles que corrieran a refugiarse a la selva sin darles más explicaciones. Eso hicieron. Los monjes se escondieron entre la maleza de la selva hasta bien entrada la noche, momento en que los veteranos acudieron de nuevo en su búsqueda ayudándose de unas lámparas de aceite. No tardaron en descubrir a qué se debía tal secretismo. Cuando los franceses se marcharon, los veinte muchachos recogieron sus cosas a toda prisa y se embarcaron en un viaje a pie por la selva durante días siguiendo a su superior, hasta que llegaron a una nueva aldea situada a los pies de un río. A pesar del calor y de la suciedad que arrastraban debido a su travesía, ninguno de ellos fue capaz de bañarse en aquella agua llena de mosquitos y de la que se decía que albergaba criaturas malditas. Pero en la aldea se toparon con un panorama bien diferente. Soldados españoles y franceses dirigían el lugar, sin embargo, esta vez ninguno llevaba uniforme. Según decían, se hallaban en una misión secreta y al margen de sus respectivos estados.

—Vosotros sois los nuevos, ¿verdad? Un placer conoceros. —El caballero extendió la mano a cada uno de los misioneros con extrema simpatía—. Me llamo Antonio, él es mi hermano, José, y este es Francisco.

Hechas las presentaciones los tres señoritos peninsulares los dejaron descansar hasta la mañana siguiente. Braulio no podía dejar de fijarse en esa estampa tan extravagante: tres españolitos vestidos de punta en blanco y con un exquisito olor a agua de colonia en medio de aquella inhóspita selva.

A la mañana siguiente Antonio les relató su verdadera misión evangelizadora. Era simple. Debían ayudar a aquellos «pobres negritos» a encontrar el camino del Señor, algo que ellos ya venían haciendo en su anterior destino en la costa. Debían hacerse con los más fuertes y separarlos en grupos para que los soldados pudieran conducirlos hasta la costa, y de ahí embarcarlos hacia Cuba o Puerto Rico. Tampoco se descartaba La Guayana en el caso de que los franceses estuviesen interesados en llevarse a alguno.

Braulio supo entonces que su misión allí era bien distinta a lo que él creía. El reclutamiento que se proponían Antonio y compañía estaba al margen de la ley, y en España les ajusticiarían por ello.

Aunque eran bastante jóvenes, los tres caballeros habían hecho ya una gran fortuna en América gracias a sus empresas azucareras. De apellido Cánovas, Antonio y su hermano José pertenecían al Partido Negrero y tenían estupendas relaciones con los gobernadores de las colonias y con la Iglesia. Y no tardaron en convencer a los misioneros de los privilegios eclesiásticos de los que gozarían a su regreso a España. Todos se convertirían en obispos, cardenales o en miembros de la Santa Sede en Roma. Solo había una pega: esa misión debía permanecer en secreto de por vida.

Los primeros días, el asco y la rabia se apoderaron de él al ver las torturas que aplicaban a los negros. Algo paradójico, pues los reos eran hombres más altos y fornidos que ellos y, sin embargo, eran incapaces de ofrecer resistencia a los latigazos que les propinaban Braulio y sus compañeros. Con el paso de los días, el misionero fue aceptando su situación de poder.

Latigazo tras latigazo en la espalda de aquellos muchachos que nunca se rebelaban contra los monjes, y tampoco se doblegaban a pesar de las lágrimas. «No son humanos, no son humanos», se decía para convencerse de que las atrocidades que estaba cometiendo no eran pecado.

El tiempo en el campamento hizo madurar a Braulio. La fauna ya no le daba miedo, tampoco los aldeanos, a quienes tenía adoctrinados. Las enfermedades eran el único motivo de sus plegarias a Dios, eso sí que le aterraba y a diario pedía al Señor que las alejara de él, mientras el resto de misioneros perecían y eran enterrados a las afueras del poblado semana sí y semana también. Todo cambió de repente, justo cuando pensaba que nunca tendría que rendir cuentas por sus actos.

Los franceses habían enviado a la misión a un destacamento de soldados fieles a la ley con la intención de poner fin al negocio con mano dura. Por suerte para Braulio y los misioneros que aún quedaban con vida, el chivatazo llegó antes que la horda de soldados que se dirigían hacia ellos desde la costa. Hubo división de opiniones entre los que creyeron las palabras del marinero que los había alertado y aquellos que lo tomaron por loco. Braulio fue de los primeros, y solo así logró salvarse de ser fusilado. Huyó a medianoche junto a otros cuatro hombres. Y con la ayuda de un mercader andaluz embarcaron como polizones en un vapor hacia Cuba.

Braulio tuvo un mes para recapacitar sobre sus acciones mientras vivía hacinado en la bodega del barco, rodeado por las heces y orines de todos sus compañeros. Aquel hedor era un reflejo de su alma, así se veía y como tal no dejó de llorar en toda la travesía. Aguantó el tipo a pesar de todo, no como dos de sus compañeros, que se lanzaron por la borda en alta mar, arrepentidos de sus atrocidades.

Llegaron a Santiago de Cuba, y a su salida del vapor los hermanos Cánovas los esperaban en la dársena. Sin detenerse a saludarlos, José y Antonio los llevaron a los almacenes del puerto. Braulio pudo comprobar cómo los guardias hacían la vista gorda para que se saltaran la aduana y la revisión del doctor para asegurarse de que no traían alguna enfermedad desde África. Los alguaciles los separaron por grupos al llegar al cubículo. Allí les indicaron un barreño de latón en el que podían lavarse y les dieron ropas limpias. Luego los interrogaron durante días, y los guardias se cebaron con ellos con los mismos castigos que Braulio y sus homólogos habían aplicado en África.

—¡Miente! ¡No le creo! —decía el alguacil a cada respuesta de Braulio—. ¡Es un embustero este curita! Mátelo, mi señor.

No cesaron las torturas hasta asegurarse de que no había soltado prenda, de que seguía siendo un franciscano fiel a la empresa de la esclavitud. Tras un interminable proceso lo arrastraron hasta un almacén y allí lo lanzaron a la parte trasera de un carruaje, escondido entre cajas de tomates. Entonces aparecieron de nuevo los hermanos, Antonio y José, para darle nuevas instrucciones.

—Este será su hogar a partir de ahora. Si le preocupa que pueda reconocerlo algún canario que haya por Cuba arréglese la barba y córtese las guedejas. Ah, y una cosa más, recuerde que usted no nos conoce, ¿estamos?

Mendoza escuchaba con toda la atención que le permitían sus sentidos teniendo en cuenta que hacía días que apenas comía o dormía.

—Vaya con Dios, padre. Bienvenido a Cuba —le dijeron antes de despedirse de él.

El carruaje partió del puerto y emprendió un largo camino de casi un día hasta alcanzar una ciudad llena de palmeras y atractivas mujeres. «No se me preocupe, padre. Ahora es usted tabaquero». Con esa exclusiva lo condujeron hasta una vasta plantación de tabaco cuyas fincas se extendían más allá del horizonte. A su entrada en la mansión los jornaleros se estaban marchando ya de su día de labor, los había blancos y negros por igual: «Esos son los esclavos que nos quedan. Una lástima, qué le voy a contar a usted. Esta gente cada vez hace menos», le indicó el terrateniente.

Los canarios se acercaron a presentarse a Braulio. Los había a patadas, emigrantes canarios que buscaban en vegas como aquellas un futuro mejor. Uno de ellos era un joven palmero con el sombrero roto y andares de poeta, la vista siempre al frente y la osadía por bandera. Su nombre era Servando, y no tardó en convertirse en amigo del recién llegado. Durante el tiempo que pasó en la plantación, este nuevo Braulio mantuvo con todos en secreto su vida en África. A excepción de su jefe, quien sí estaba al corriente de sus actividades con los Cánovas. Este patrón, el señor Álvarez, acababa de tener una hija que se llamaba Daniela a la que Braulio tuvo que bautizar en secreto por ser el único en la finca con permiso de Dios para llevar a cabo tal sacramento.

Al percatarse de su dominio de la lengua, el señor Álvarez no tardó en sacarlo de las vegas para ponerlo a leer libros a los tabaqueros y jornaleros de la plantación. Así se convirtió en lector, y poco a poco también en fiel escudero del patrón. Entonces descubrió que el señor se encargaba del tráfico de esclavos desde África en colaboración con los hermanos Cánovas. Un negocio lucrativo bajo la tapadera de su gran tabacalera.

Braulio siempre estuvo agradecido al Señor por haber salvado su vida. A pesar de sus desmanes y crueldades en África, Dios le había dado una nueva oportunidad en tierras americanas. Y no como un simple peón, sino como lector, una profesión más que respetable y a la altura de un hombre cultivado como él. Lo que no sabía el párroco es que aquello terminaría por salir a la luz. Y todo por culpa de esa niña.

Daniela. Eliana.

63

REVELACIONES

1 de junio de 1877

Miguel dio un sorbo al café que se le estaba enfriando sobre la mesa de la sacristía. No dudó en regalarle una mirada de asco a la bebida que le había preparado Mendoza, para luego echar un último vistazo a los documentos.

—¿Y bien, Braulio?

—No sé de dónde sacó usted esos papeles, pero no son más que misivas intercambiadas con algunos cargos eclesiásticos, nada importante —mintió Mendoza.

—Entonces ¿no tiene nada que decirme al respecto?

—Ni siquiera recuerdo el contexto. Ha pasado mucho tiempo ya, son de mis primeros años en el seminario.

—¿Y por qué llegaron a mí? ¿Quién querría que yo tuviese estos documentos? Como le dije, me los entregaron con una caja de botellas de licor.

—No lo sé, muchacho. Pero puede dármelos si quiere.

Mendoza hizo ademán de acercarse a los documentos, pero Miguel lo apartó con un gesto brusco y desconcertante.

—No tan rápido.

Braulio lo miró con inquietud. Por primera vez se sentía intimidado ante la mirada de Miguel. La actitud del joven era propia de quien sabe que tiene la situación bajo su control, a pesar de que no entendía el contenido de aquellos papeles.

—¿Seguro que no tiene nada que confesar?

—¿Qué podría querer ocultarle yo? —preguntó Braulio, incapaz de disimular las súplicas en su tono.

—Se acabó —intervino el gemelo, y su rostro se volvió aún más seco y arrogante—. Esperaba que me dijera la verdad, pero veo que ni con esas. Sé lo que está escrito aquí.

Las manos del párroco sudaban a mares. De todas las posibilidades que cruzaron por su mente, jamás se hubiera imaginado que esos documentos acabarían en las manos de Miguel.

—Vaya..., ¿así que por fin aprendió a leer?

—Se los enseñé a mi criada, a doña Juana. Ella me leyó el contenido.

—Dios mío, válgame Señor.

La inquietud se había apoderado de él. Cada mano que pasaba por esos papeles ponía en peligro su vida, y Mendoza sentía el aire cortarse para susurrar el secreto que él había luchado durante tanto tiempo por mantener enterrado. Se sentó en una banqueta de la sacristía como si esperara una sentencia, con sus ojos frenéticos mirando hacia todos los rincones mientras buscaba alguna vía de escape en su propia casa, pero sabía que era en vano.

Los documentos pertenecían a un destacamento francés destinado en África. Eran libros de cuentas, similares a los que utilizaban en la tabacalera, solo que en este caso daban fe de los esclavos reclutados y torturados por cada monje. Braulio figuraba como uno de los más productivos de su campamento.

—Por favor, le pido que esto no vea nunca la luz.

—No se preocupe, nadie más tiene por qué enterarse. Doña Juana es una señora de confianza, bien lo sabe usted. Pero yo necesito una explicación.

—Sí, fui esclavista en el África. Era joven, eran otros tiempos.

—No me refiero a eso. Me refiero a por qué me los entregaron a mí.

Braulio miró al joven, totalmente desconcertado.

—Ah..., ¿no fue usted quien los robó?

—¿Robarlos? ¿De dónde?

Braulio calló de inmediato; ahora sabía que Miguel no había tenido nada que ver y al párroco no le convenía hablar más de la cuenta.

—Dígame, Braulio, ¿de dónde los robaron?

—No... no lo sé.

—¡Miente!

Miguel golpeó la mesa con fuerza.

—Va a decírmelo. Si no lo hace, puedo llevárselos a cualquier otra persona de la isla para que los lea al completo. ¿El maestre, por ejemplo?

El párroco sabía que tenía las de perder si no accedía a las demandas de Miguel, así que se acercó a los documentos a toda prisa para echarles un vistazo de nuevo. Pasó la primera página con delicadeza. Los recuerdos que creía enterrados para siempre volvían de nuevo a amargar su presente.

En ese momento Miguel volvió a arrebatárselos de las manos: Braulio ya había visto suficiente.

—Así que este era su secreto, Braulio. Pues sí que consiguió usted mantenerlo a buen recaudo.

—Todos tenemos secretos. ¿O es que usted no tiene nada que ocultar?

Miguel guardó silencio.

—Miguel, que nos conocemos. Lo de su padre quedará para siempre a buen recaudo conmigo. Y eso que don Servando era más que un amigo.

—No me mienta, usted lo odiaba casi tanto como yo.

—No es cierto, muchacho.

—Sí lo es. Y créame, estoy seguro de que Dios no le juzgará por ello. Usted odiaba a mi padre.

Miguel estaba convencido de que la relación entre Braulio y don Servando no era tan perfecta como ambos querían pintarla.

No hacía falta pasar mucho tiempo entre los muros de La Indiana para descubrir que ambos sentían el uno del otro una envidia imposible de camuflar. Sin olvidar que Braulio condenaba el gusto de Servando por el alcohol, el juego y las prostitutas, y la mano dura que este había ejercido sobre sus gemelos. Y era evidente que el párroco estaba al corriente de los «castigos» que Servando infligía a Alejandro en su despacho y nunca había dicho nada al respecto.

—Braulio, haga el favor de decirme la verdad. Le garantizo que estoy con usted en esto. Si no estuviera de su lado, ya habría compartido estos documentos con mi hermano y con la Logia. Quiero ayudarle, quiero que esto quede entre nosotros. Pero para eso debe poner de su parte.

Miguel había adoptado un cambio radical en su actitud. Consciente de que no conseguía hacerle hablar por las malas, decidió mostrarse más diplomático y cercano con el párroco y lector.

—Todavía escucho sus gritos cuando duermo —se lamentó. No podía aguantar más el peso de la culpa.

—¿Me está diciendo que le obligaron a torturar a esos pobres? Padre, yo le tomaba por un progresista, no pretenda que me compadezca de usted.

—Usted no sabe lo duro que fue aquello. Pero tiene toda la razón, no merezco su compasión, y tampoco merece usted mi silencio.

Entonces, Braulio se abrió por completo y relató a Miguel cada detalle de su pasado, hasta que Miguel no fue capaz de retener más información al respecto.

A pesar de todo, el joven no parecía nada sorprendido con la historia de Braulio como esclavista en África.

—Eso forma parte de otra vida —se justificó el párroco cuando terminó de explicarse—. Espero que me entienda.

—Todo eso está muy bien, pero sigue usted sin haber respondido a mi pregunta.

Miguel no mostraba un ápice de piedad con el que había sido su mentor espiritual.

—¿A qué se refiere?

—¿Quién robó estos documentos y de dónde?

—No puedo decírselo, lo siento. No solo está mi nombre en esos documentos. —Braulio señaló en uno de los documentos la interminable lista de monjes y empresarios que figuraban en las misiones de África—. La mayoría de estos nombres son a día de hoy influyentes políticos o terratenientes. Fíjese aquí.

Ese nombre aparecía en varias ocasiones. Se trataba de Antonio Cánovas del Castillo.

—¿Conoció usted al presidente del Consejo de Ministros?

—Así es. Pero por aquel entonces él solo era un empresario del Partido Negrero.

Miguel no cabía en sí del asombro, pero coincidía con el párroco en que esa información no debía ver la luz.

—La comitiva ministerial está a la vuelta de la esquina. Se armaría un buen revuelo si esto se revela antes de la firma de la moratoria.

—Ya lo creo, muchacho.

—Pero, entonces, ¿por qué alguien querría entregármelos a mí? ¿Por qué no llevarlos a la prensa?¿Quién demonios está detrás de esta extorsión?

Braulio contuvo la respiración antes de soltar el último aliento de su voz.

—Eliana.

Miguel se incorporó con gran ímpetu de su silla. Tal fue así que la taza cayó al suelo y los restos del café se derramaron sobre el párroco. Daba igual, por fin todo cobraba sentido.

—¡Usted la conocía! ¡Por eso les vi discutir en la iglesia, por eso usted no quería que ella entrase como socia en La Indiana!

Supo que estaba en lo cierto al ver la reacción de Braulio.

—Exacto, muchacho.

—Pero ¿por qué Eliana querría entregármelos a mí?

—Creo que no ha sido ella —sentenció Braulio—. Y creo que también conozco el motivo.

—¿Y bien? ¿Quién ha sido?

—Tenemos a una aliada entre nosotros.

—¡Su criada!

Braulio asintió con pesar ante el asombro de Miguel, quien no podía ocultar su júbilo ahora que todas las piezas tomaban forma en su cabeza. Eliana y su criada eran las dos únicas personas en La Palma que conocían la existencia de aquellos documentos.

Probablemente, Yanet había fingido el robo de los papeles en la pensión para que Miguel pudiese acabar por fin con Eliana.

—Está claro que la criada está de nuestro lado —sentenció.

Y así, Braulio procedió a explicarle a Miguel todo acerca de su verdadera relación con Eliana. O mejor dicho, con Daniela Álvarez.

64

COMO UNA MADRE

5 de junio de 1877

Como era de esperar, Eliana y su criada se vieron de nuevo de patitas en la calle. Huyeron del cobertizo de Rafaela sin siquiera poder disculparse con la muchacha, pues don Camilo había encerrado a su hija en el dormitorio a gritos y a golpes. Tan solo las acogieron en una pensión del puerto, situada en lo alto de la cofradía de pescadores, una buhardilla de techos bajos y llena de humedades, y todo ello después de desembolsar una ingente cantidad de dinero. Su único acceso al edificio era a través de unas escaleras estrechas y resbaladizas debido al salitre. Se trataba de un lugar inmundo, dominado por los borrachos y el hedor a pescado en descomposición.

Las sorprendió el padre Mendoza a primera hora de la mañana, vestido con su traje de calle y su alzacuellos. Eliana lo vio desde su ventana y pidió a Yanet que se quedara en la habitación, porque quería hablar a solas con él. Bajó las escaleras a toda prisa y a punto estuvo de resbalar en su descenso; aún no se había acostumbrado al agua salada que bañaba los escalones. Llegó ilusionada a su encuentro en plena calle, a pesar del tropiezo. Aún albergaba alguna esperanza de que Mendoza la ayudaría a permanecer en La Palma, pero no era tal la intención de Braulio.

—Daniela, ¿recuerda la conversación que tuvimos días atrás? Olvídela, tengo los documentos en mi poder, así que ya puede volverse a su isla si no quiere que haya represalias.

Mendoza abrió su carpeta de cuero y le enseñó los papeles a la joven, pero los apartó de su vista al instante para dejarla con la miel en los labios.

—Embustero, ¿me mintió? Pienso decírselo a todo el pueblo.

—¿Sin pruebas, Daniela? A usted nadie la creerá.

—No me llame así.

—Ya me da igual lo que me diga. No tiene nada contra mí. Hoy mismo enviaré una misiva a su padre para ponerlo al corriente de su situación. A menos que se marche de La Palma.

—No se preocupe, íbamos a marcharnos en el próximo vapor. Usted y todos los hombres de esta isla ya consiguieron lo que tanto querían.

—Cuánto me alegra oírlo.

Apenas le importó a Braulio el resentimiento de la cubana. La euforia que lo invadía le impedía pensar en otra cosa. No solo se habían terminado las extorsiones, sino que ahora por fin podía dejar de rendir cuentas a su antiguo patrón, el señor Álvarez.

Él era el único motivo por el que Eliana había acabado en La Palma.

Y todo habría sido distinto si Eliana no lo hubiese extorsionado para escapar de la misión que se le había encomendado.

Ahora que Braulio por fin tenía los documentos en su poder, solo quería echarla a patadas de la isla cuanto antes. Después de todo, lo había conseguido.

O eso creía.

Esa noche Yanet puso a hervir un caldero.

No tenían más que arroz, trigo, café y sal en aquel cuchitril junto a la dársena. Suficiente para no tener que volver a la tienda de víveres.

—Me encantan los gorgojos, pero no pretenderá que nos comamos esto tan salado.

—El grano se come bien de sal, Daniela, que si no el sabor se nos pierde. —Yanet seguía echando puñados en el interior del caldero—. ¿Se encuentra usted bien?

—Sí..., pensaba en Alejandro.

—No se preocupe. Le irá bien, no creo que los gemelos vayan a tener problemas con esa fábrica cuando nos marchemos de esta isla.

—Me entristece que ni siquiera vino a despedirse.

—Es lógico, mi señora. Lo que hicieron ustedes dos no estuvo nada bien. Entienda que ahora él y su hermano deben pensar en el futuro de su fábrica.

—Le recuerdo que esa fábrica también me pertenece a mí. —Eliana se mostró visiblemente enojada por el comentario de su criada.

—Daniela, por Dios. No siga con lo mismo... —Yanet dejó de remover el cazo para regalarle toda su atención y que viese que solo quería apoyarla.

—Amo a Alejandro. Nunca había conocido a un hombre como él. ¿Tanto le cuesta entenderme? ¿Tanto le cuesta ayudarme a dejar atrás la miseria de vida que tengo en Cuba?

Aquel era el momento que Yanet más temía, cuando por fin creía haber conseguido convencer a su señora para que se marcharan, Eliana volvía a la carga. No hacía más que buscar excusas para quedarse en la isla.

—Claro que la entiendo, pero no puede ir usted por la vida como si no hubiera consecuencias. El Señor es sabio, y puso en sus manos a unos padres y a un marido que velan por usted. Ya cometió usted un error matando al niño que prometió llevar a Cuba, no vuelva a equivocarse.

—¿Cómo... cómo lo sabe? ¿Cómo sabe que...?

—Ay, Daniela. Yo la conozco a usted como si la hubiera parido. A mí no me engaña.

Eliana hundió la cabeza entre sus manos para llorar.

—No se preocupe —prosiguió Yanet—, yo nunca le diré nada a su padre ni a su esposo sobre lo ocurrido. Pero no podemos confiar en ese cura. Seguro que ya ha avisado al señor Álvarez así que, por favor, mi señora, vayámonos cuanto antes, no quiero represalias de su padre. Le diremos que usted lo intentó, pero no consiguió a un hombre que la dejase encinta. Haremos como si este error no hubiese ocurrido. Pero ahora... volvamos a casa, por favor, se lo suplico.

Sentada a los pies del camastro, Yanet elevó la vista a través de la ventana con la esperanza de que el vapor que esperaban ya hubiese atracado en el puerto.

—Mi señora, dígame algo...

—Gracias por tanto, Yanet. No me lo tenga en cuenta, no sé qué sería de mí sin usted.

Eliana seguía sin poder retener las lágrimas. No solo por recordar el amargo episodio de su aborto, también por la vergüenza que sentía al saber que su criada la había descubierto. Yanet trató de calmarla, acariciando su espalda y sus cabellos. Repetía el mismo gesto que llevaba haciendo desde que su señora era una niña.

—¿Usted ha amado alguna vez a alguien? —Eliana se secó las lágrimas de la cara y lanzó una mirada interrogante a su criada.

Pero Yanet no quería entrar en su juego.

—Usted tiene que estar con su Eustaquio. Su marido es un caballero que nunca ha dejado que le falte de nada. —Yanet elevó el tono de voz, se estaba hartando de la pataleta de Eliana.

—¡Pero mi padre es un demonio!

—¡No hable así del señor Álvarez! —le espetó Yanet.

—Lo sabe tan bien como yo. Para él no soy más que un trofeo que intercambiar para sacar beneficio en sus negocios.

—No sea tan dura con él.

—¿Pero usted se está escuchando? Yanet, hemos tenido que cruzar el mundo para encontrar a alguien que me haga un hijo. ¡Como si fuese una yegua o una...!

—Esclava —completó Yanet.

—Usted lo ha dicho.

—El amor es mucho más que ese capricho que siente ahora por ese niño burgués que balbucea por las esquinas. Déjelo ya, Daniela. En unos días no va a acordarse ni del olor de ese gemelo.

—Ojalá fuera así.

Eliana se puso en pie de un salto, dispuesta a abandonar la habitación.

—Daniela, no lo haga...

—Me da igual lo que me diga, voy a despedirme de él. Ya consiguieron echarme esos «piratas» de la Logia, que es lo que querían. Al menos déjeme verlo una última vez.

Se marchó dando un portazo, todavía con lágrimas en los ojos.

65

ES USTED MI VIDA

Un manto de niebla cubrió el pueblo al anochecer. Los puestos de víveres echaron el cierre y las calles se fueron quedando vacías. No quedó un alma. Alejandro cerró el portalón de la fábrica y regresó a casa cargando con un saco hecho de cáñamo que le había regalado un jornalero.

—¡Alejandro! ¡Alejandro! —gritó alguien a sus espaldas.

El gemelo detectó su voz entre la bruma de la calle. Era imposible que fuese ella, pues la había dado ya por perdida. Pero sí, los milagros existían. Eliana se lanzó a sus brazos a toda prisa. El saco se estrelló en el suelo y sacó a relucir una decena de papas que rodaron por el camino.

—Tiene que ayudarme, le necesito. —Hablaba de forma atropellada, como si su tiempo estuviese a punto de agotarse.

Antes de que pudiese explicarse, Alejandro la besó de nuevo. Necesitaba sentir sus labios una última vez, pues intuía que aquella sería su despedida definitiva.

—Hablemos en privado, no quiero que nadie nos vea —dijo ella.

Ambos desanduvieron los pasos de Alejandro y regresaron a la fábrica sin decirse una palabra. La nave también estaba en completo silencio, al igual que las calles del pueblo. Acto seguido se encerraron en el edificio y se desnudaron con desenfreno, sintiendo el calor de sus cuerpos sobre la piedra fría. No importaba, estaban a salvo de todo y de todos. La niebla no podía cruzar las puertas de La Indiana.

Cuando sus cuerpos volvieron a la calma, Alejandro escuchó lo que ella tenía que decirle con tanta urgencia.

—Hay cosas de mí que no sabe, y que nunca debería saber.

El joven, que aún sentía escalofríos en su cuerpo, se incorporó consternado ante la seriedad que había adoptado Eliana.

—Verá, en realidad, cuando decidí venir aquí sí que conocía a alguien... A Braulio. Es amigo de mi padre.

El nombre resonó en la sala. Alejandro dirigió la mirada de forma instintiva hacia el trono situado frente a ellos, desde el que Braulio leía sus textos a los jornaleros.

—¿Su padre?

—Mi padre no está muerto, mi familia no está muerta. En eso también le mentí. Mi familia regenta una tabacalera en mi pueblo, en Vueltabajo. Allá en Cuba.

—Así que mi hermano tenía razón. Es usted una espía.

—No. Es cierto que Braulio y yo tuvimos algunas discusiones, y sé que su hermano nos vio. Pero él no tiene ni idea de los motivos. Necesito que confíe en mí.

—Y yo necesito saber quién es usted.

Eliana obvió el comentario de Alejandro y continuó con su explicación.

—Braulio... no es quien usted cree. Mi padre y él fueron grandes amigos en Cuba. Ya sabe que Braulio pasó muchos años allá en América.

El gemelo seguía sin comprender nada de lo que ella decía.

—Hay algo importante sobre eso..., sobre el motivo que me hizo venir aquí. Mentí. Bueno..., no le conté toda la verdad.

—Eliana respiró hondo, como si tuviese que hacer un esfuerzo sobrehumano para continuar—. Estoy casada.

—¿Cómo?

—No es lo que cree.

—¿Cómo que está casada?

—Eso no importa. Lo que importa es que yo no lo elegí. No soy feliz, no era feliz —se corrigió.

—Vaya. ¿Eso es lo que yo no podía saber? —Alejandro se puso pálido, volvía a sentirse el niño del que todos sus compañeros se reían.

—Así es, lo siento.

Eliana trató de besarlo de nuevo, pero él la apartó de un empujón.

—Me mintió...

Ella asintió avergonzada, hizo un gesto con las manos para callarlo con delicadeza.

—Estoy casada con Eustaquio. Es un buen hombre, pero no lo amo, nunca lo hice. Mi padre me obligó a casarme con él porque era el hijo de un magnate azucarero. —Eliana estaba a punto de romper a llorar, le costaba encontrar las palabras y apenas conseguía explicarse—. No me juzgue, por favor.

Alejandro hizo un gesto para que ella continuase con su relato.

—Pero el chico, Eustaquio..., era estéril. Yo era su única hija, su niña del alma, y necesitaba que yo le diera un nieto...

Cuando ella terminó de contarle toda la verdad sobre los motivos que la habían traído a La Palma, Alejandro se quedó de piedra, no daba crédito a la gran mentira de la que había sido víctima. Él puso fin a la conversación, se vistió a toda prisa y salió de la fábrica por la puerta trasera para tomar el aire. Eliana trató de agarrarlo para evitar que se marchara, pero él se resistió; solo quería que lo dejara tranquilo.

La niebla era aún más espesa en la noche, pero aquello no le importó al joven, que se adentró en las fincas y se perdió entre la bruma. No podía creerlo, había llevado hasta el límite la relación con su hermano Miguel por una mujer que lo había utilizado... para quedarse embarazada.

Si su padre aún estuviese entre ellos, lo habría matado a golpes por su estupidez. O peor, lo habría encerrado junto a él en el despacho hasta que aprendiera a comportarse como un hombre, como solía hacer tiempo atrás. Caminó sin rumbo entre las huertas, hasta que alguien le tocó el hombro y al volverse la figura de Eliana surgió de repente como una aparición espectral entre la niebla y las plantas de tabaco.

—Por favor...

Alejandro mantuvo un silencio frío, pero no se apartó de ella. Quería respuestas.

—Cuando llegué y descubrí esta fábrica... —continuó Eliana—, supe por primera vez que podía ser feliz. Con usted, y con este negocio.

—Pero... ¿por qué la fábrica? ¿Qué quería de mí, de nosotros?

—Conocí a su hermano en el puerto, aquello fue una señal. Más tarde me enteré de los problemas que tenían y lo que querían hacerle a la tabacalera. Tan mezquinos fueron los de la cooperativa que me recordaron a mi padre, tan huraño y avaro. No podía permitirlo. Así que mandé mi misión al traste. Deseaba olvidar mi vida en Cuba y empezar una nueva aquí.

—¿Cómo es que Braulio nunca nos dijo nada? No entiendo tanto secretismo entre ustedes dos.

—Porque sé algo sobre su pasado —prosiguió Eliana—. Tenía unos documentos en mi poder con los que mantenerlo callado.

—¿Qué tipo de documentos?

—Muy comprometedores.

—Vaya..., y supongo que tampoco soy digno de conocer su contenido.

—Me los robaron en la pensión —dijo Eliana, fingiendo no haber escuchado su sarcasmo—. Yo solo quería ser feliz aquí. Quería vivir mi vida, no ser propiedad de nadie. Y lo amo. Por favor, necesito que me entienda.

—¿Así que eso es lo que desea de mí? —preguntó él.

—Quiero quedarme aquí con usted, para siempre. Es usted mi vida. Perdóneme, por favor.

Alejandro sentía como si le hubieran dado una brutal paliza. Apenas podía procesar las palabras de Eliana. Quería perdonarla, olvidarlo todo y seguir adelante. Y en el fondo comprendía su sufrimiento mejor que nadie; sabía muy bien lo que significaba sentirse utilizado por otra persona que solo quería satisfacer sus necesidades. Pero era tal el abismo entre ambos que sentía que era imposible.

—Está bien, la perdono —dijo él, llevándole la contraria a lo que pedía su cabeza.

Eliana se lanzó a sus brazos, presa del instinto, y se lanzó en busca de un beso que él tardó unos segundos en corresponder. Alejandro no tardó en doblegarse ante sus labios, nunca antes había amado así a nadie.

—Todo el mundo está pidiendo su cabeza.

—Aún nos queda una oportunidad. Solo tengo que conseguir que Braulio no hable. La comitiva está al llegar. Si Braulio destapa el secreto, podría ser el fin de la concesión del tabaco, créame.

—¿Y están en su poder?

—Así es. Probablemente los haya quemado ya.

—¿Entonces?

—Lo que él no sabe es que hay otro lugar en el que se custodian esos documentos, en la sede del Obispado.

Un sudor frío invadió a Alejandro. La sede se encontraba en Tenerife.

—Yo no puedo ir, lo siento. No, no y no.

—Tiene que hacerlo, por favor.

Alejandro se mostró tajante. No podía imaginarse subido a un vapor.

—En ese caso..., tendré que volver a Cuba —se lamentó Eliana.

Alejandro no tenía otra opción. Si lo que ella decía era cierto, aquellos documentos eran la única manera de frenar al párroco. Le aterraba la imagen vívida del zarandeo de las olas y verse rodeado por el océano, pero la amaba, y estaba dispuesto a hacer lo que fuera por ella.

—¿Piensa decirme qué hay en esos documentos?

—Es mejor que lo descubra con sus propios ojos. ¿Podrá ayudarme?

66
EN EL CORAZÓN DEL ATLÁNTICO

10 de junio de 1877

Las olas golpeaban con fuerza el malecón. Alejandro llevaba tan solo una pequeña valija y había pasado la noche a la intemperie en las inmediaciones del puerto. Estaba solo y con la cabeza hecha un mar de dudas. Se apoyó en un pilar de espaldas al mar para no ver el mal aspecto del oleaje, pero el sonido le llegaba a pesar de todo. Deambulaba por la dársena mientras tarareaba una melodía con la ingenua idea de olvidarse del viaje que estaba a punto de emprender.

Pero era incapaz de borrar esos pensamientos de su cabeza. A medida que pasaban las horas el miedo crecía y crecía en su interior.

Se acercó a la ventanilla al percatarse de la llegada de la oficinista. Compró un pasaje de ida y retorno y se dirigió hacia la dársena para esperar a embarcar en el correíllo. Así llamaban coloquialmente a las motonaves de vapor que cubrían el transporte marítimo entre La Palma y Tenerife. En su origen, a mediados de 1855, el transporte de los correíllos se organizaba en torno a una veintena de barcos de vela auspiciados por el anterior ministro de

Ultramar. Al ver que crecía la demanda de mercancía y pasajeros, el Gobierno decidió ofrecer el servicio mediante concurso a la Compañía de Vapores Interinsulares Canarios, filial de la sociedad británica Elder Dempster & Co.

Apenas había una veintena de pasajeros en el primer viaje de la mañana. En su mayoría se trataba de comerciantes, todos ellos hombres. A diferencia de los grandes vapores que venían desde América, en estas embarcaciones se hacía la vista gorda a casi todo lo que uno deseara embarcar. Ni siquiera había vigilancia aduanera; la Junta Superior de Gobierno no lo veía rentable. El viaje apenas producía beneficios para la compañía británica.

Alejandro se acomodó en la cubierta junto a varias cajas apiladas que ocupaban todo el barco. Se agarró a una de las barandillas para evitar los temblores, pero las náuseas lo invadieron desde que escuchó la bocina que ponía en marcha el vapor. El olor del mar le hizo perder el equilibrio y tuvo que sentarse en el suelo.

El vapor lucía robusto a pesar de sus numerosos viajes entre las dos islas. Tenía unos sesenta metros de eslora y un característico casco de color granate y negro en su parte inferior. La cubierta era blanca, aunque apenas conservaba el brillo de días mejores. Las ventanas estaban oxidadas por el salitre y los ojos de buey tenían magulladuras. Sin duda, lo único que aún relucía en aquel correíllo eran sus barandas, de una madera tan brillante que el barniz aún podía olerse. El vapor se mecía con fuerza a su salida del puerto, lo que no hizo sino aumentar el nerviosismo de Alejandro. «El Atlántico no es buen océano, pero llegaremos a tierra», le dijo uno de los marineros al ver el estado en que se encontraba. Alejandro no sabía cómo tomarse las palabras del anciano, solo esperaba que el hombre no se estuviese riendo de él.

El constante ruido y los balanceos a babor y a estribor del barco lo mantenían alerta en todo momento. De vez en cuando se aferraba a la barandilla al sentir algún zarandeo más brusco de lo normal, pero no tardó en acostumbrarse a aquel contoneo tras descubrir que el vapor se mecía de forma rítmica con el oleaje. Poco a poco fue perdiendo el miedo a bordo, y no pudo evitar sentirse estúpido por haberse sentido incapacitado durante toda su vida por ese miedo tan irracional que le producía el agua que bailaba bajo su cabeza. Aún seguía observando la espuma y las olas con enorme respeto, pero por primera vez en su vida se sentía seguro a bordo de ese cascarón metálico. Estaba solo en medio del océano, y sin embargo le recorría una libertad que no hacía sino excitarle más y más conforme el vapor se acercaba a la isla vecina.

El recuerdo de Eliana no se iba de su cabeza. Ni por asomo se habría imaginado unos meses atrás abandonando su isla, y mucho menos por una mujer. Cuánto se alegraba. No sabía qué le depararía el futuro junto a ella, pero solo por haberlo ayudado a enfrentarse a sus temores merecía la pena. El viaje transcurrió sin incidentes, como era habitual en el servicio. A su llegada al puerto de Santa Cruz de Tenerife, el contramaestre tuvo que pedir ayuda a los propios pasajeros para colocar la pasarela. Y Alejandro se prestó a ayudar, sintiéndose ya un marinero más de los que ocupaban aquel amasijo de hierros y carbón.

La ciudad era inmensa, o al menos le dio esa impresión al divisarla desde el puerto. Las casas ocupaban varias millas diseminadas por la costa y, al igual que ocurría en el puerto de La Palma, una enorme montaña se asomaba en el horizonte. Alejandro tardó un rato en habituarse al nuevo entorno. Asistía con curiosidad al vaivén de carros, las velas de pesca y los vapores en el puerto, y al ajetreo de las calles cercanas. Sentía que Tenerife era inmensa en comparación con su isla. Subió a un carruaje compartido para dirigirse a San Cristóbal de La Laguna, una cercana villa de medianías en la que se encontraban los edificios oficiales de la colonia, entre ellos el que buscaba Alejandro, la sede del Obispado.

Sus acompañantes en el carro tenían muy mal aspecto, porque eran en su mayoría hombres malolientes venidos a menos que no parecían tener otro lugar al que ir. Alejandro pagó una generosa propina al transportista y bajó del carruaje antes de lo debido. Había confundido su parada, presa de los nervios y del miedo que le transmitían sus compañeros de viaje. Gracias a su error accedió a la villa por la entrada principal, y se llevó una sensación impactante al descubrir tan esplendorosa ciudad. San Cristóbal era la quintaesencia de la belleza y el orden. Calles perfectamente adoquinadas y haciendas llenas de vivos colores. Recordó con envidia los elogios de su padre y su gemelo a aquella ciudad en la que tantos buenos ratos decían haber pasado. El quiosco de la plaza rezumaba un aire primaveral. Varios músicos tocaban la bandurria y el timple en plena calle, los limpiabotas se encargaban de los zapatos de los más pudientes en el mismo banco de la plaza en el que dos señoras discutían sobre una pieza teatral que habían visto hacía poco.

Desde el convento se abría paso una callejuela en cuyo interior había un abarrotado mercadillo con todo tipo de aromas. Alejandro se fijó en uno de los puestos en los que vendían los puros de La Indiana. Sonrió. Sentía que estaba al otro lado del mundo y, aun así, su tabaco era conocido. Y cuando parecía que nada más podía sorprenderle se topó de frente con la inmensa torre de la Concepción. Un torreón, similar al de los castillos que había en los libros de la biblioteca, solo que este era de verdad. A sus pies, la calle de los herreros mostraba una larga hilera de haciendas que conducían hasta aquella imponente edificación. Volvería, estaba seguro de que volvería, pero pensó en Eliana como su próxima compañera de viaje y no en Miguel, a pesar de que su hermano llevaba toda la vida pidiéndole que fuese con él.

El Obispado se situaba en una de las calles principales. Allí lo atendió un sacristán que no entendía el motivo de su visita y que quiso echarlo de malos modos por no haber solicitado una cita con el obispo. Alejandro le aseguró que se había puesto en contacto mediante una misiva, y que el obispo estaba al corriente de su llegada. Mentía. Y el sacristán también lo supo por su tono de voz. Harto de súplicas, el monje lo expulsó del jardín de recepción, agarró su escoba y continuó barriendo el vestíbulo. Se vio de nuevo en la calle sin saber adónde ir. No estaba nada acostumbrado a tener que resolver problemas en un entorno ajeno. Andaba perdido en sus cavilaciones cuando escuchó un grito. Se dio la vuelta y dio un salto hacia atrás de forma instintiva, un carruaje que pasaba frente a él había estado a punto de llevárselo por delante. Se sacudió el pantalón. Y entonces algo llamó su atención. O más bien alguien. Se trataba de un joven de edad similar a la suya. Enclenque y de piel blanquecina, el muchacho sacó un cigarrillo mientras observaba a Alejandro desde la distancia sin quitarle el ojo de encima.

Alejandro hizo caso omiso y bajó la calle en dirección contraria al joven. A los pocos pasos se giró y, en efecto, el chico seguía con la mirada fija en él. El gemelo aminoró su marcha y dobló la calle en cuanto el trazado se lo permitió. Se internó en la parroquia del Obispado para perder de vista a aquel ratero, aunque hizo tanto ruido que casi interrumpió la misa. «¿Cómo diablos no se me ocurrió antes?», se dijo, al ver que el obispo oficiaba la misa. Aprovechó la coyuntura y se quedó a escuchar lo que quedaba de celebración. Era de agradecer el fresco en el interior del templo, que le resultó algo austero para ser el más importante de la diócesis.

Alejandro aguardó al fondo de la iglesia durante toda la eucaristía. Se había jurado a sí mismo que nunca más volvería a comulgar, pues no se sentía merecedor de la oblea sagrada después de lo que él y su hermano le habían hecho a su padre. Sin embargo, una vez más volvió a sorprenderse a sí mismo al ponerse en pie y meterse en la cola, a pesar incluso de haber entrado en la parroquia con la celebración ya iniciada. Las miradas no se hicieron esperar, no tanto porque a nadie le sonara su presencia, sino porque parecía haber acudido solo para llevarse el mendrugo de pan bendito a la boca. Incluso el propio obispo reparó en ello.

—El cuerpo de Cristo —dijo, ofreciéndole la hostia.

Antes de aceptarla, Alejandro se dirigió a él entre susurros casi imperceptibles.

—Padre…

El hombre se quedó totalmente desconcertado.

—Tengo que hablar con usted. Es sobre Braulio Mendoza, el párroco de La Breña.

La sola mirada del obispo bastó para confirmar que aquello era de su interés.

67

LOS DOCUMENTOS

En esta ocasión el sacristán recibió a Alejandro con un fingido saludo de bienvenida. El joven le devolvió el cumplido como si su desencuentro nunca se hubiese producido, y se encaminó hacia el despacho escaleras arriba. La madera de tea estaba mullida y algo desgastada, y crujía bajo sus pisadas. El obispo lo recibió en su despacho, sentado frente a un cuaderno de piel en el que redactaba una misiva con su pluma. El gemelo se disculpó por su irrupción en la eucaristía y le relató el motivo de su viaje con todo lujo de detalles antes siquiera de sentarse. Pero el obispo frenó su monólogo, lo invitó a tomar asiento y le sirvió un vaso de vino que este rechazó con educación. Cuando Alejandro hubo terminado su explicación, aguardó con impaciencia a la reacción del obispo, pero este se tomó su tiempo.

—Así que está usted enamorado de esa mujer —dijo por fin el obispo—. Sepa que no soy yo partidario de inmiscuir a la mujer en el negocio, pero es tentador lo que me propone.

El obispo examinó al joven con detenimiento para asegurarse de que podía confiar en él.

—Verá, le indicó muy bien su compañera. Llevamos tiempo queriendo limpiar la diócesis de malas hierbas, de ovejas negras, ya me entiende. Y Braulio Mendoza es precisamente el peor de nuestros quebraderos de cabeza.

A pesar de que no tenía ni idea de los misterios que rodeaban al lector, Alejandro no cambió su rostro ante las palabras del obispo. Había pasado por tantas emociones en un día que nada podía sorprenderle ya. O eso creía él.

—Usted lo conoce mejor que yo —continuó el obispo—, pero sepa que el señor Mendoza no es más que un arribista de tres al cuarto. Lleva décadas comportándose como un metomentodo en cuestiones que no son de su incumbencia. Lo mismo defiende la pastoral que colabora con los masones. O peor aún, con los progresistas que quieren romper la unidad eclesiástica con el Estado. Es la peor lacra que podríamos tener en la diócesis. ¿Me entiende?

A Alejandro lo invadió un repentino sentimiento de culpa. Braulio había sido como un padre para él. De hecho, guardaba mejores recuerdos del lector que de su propio padre. Se sentía un traidor hundiendo la labor profesional del lector y su reputación, pero no veía otro camino si quería salvar a Eliana.

—Hay algo que no entiendo —preguntó Alejandro—, ¿por qué no acabaron antes con él?

—Vaya pregunta... Usted sabrá que el señor Mendoza es un hombre muy querido allá en su isla de La Palma. Los feligreses le siguen, y eso a nosotros nos beneficia como diócesis. Su villa es una de las que mayores donaciones aporta al cepillo de la comunidad. Por otro lado..., sepa que avivar el pasado esclavista del señor Mendoza podría levantar algunas ampollas que no nos interesa sacar a la luz.

—No comprendo a qué se refiere.

—Lo entenderá a su debido tiempo. Acuda al lugar que le indico, allí encontrará lo que busca. Si aún existen documentos que prueben su pasado, ese es el único lugar en el que podrían estar. Ahora bien —le alertó el obispo, agarrando con fuerza su mano para asegurarse de que prestaba atención a sus advertencias—, más le vale que solo caiga el señor Mendoza en esta contienda. En esos papeles figuran los nombres de personalidades muy importantes, no ya de las islas, sino de la metrópoli. Si no cumple con lo que le digo...

Pero el obispo no terminó la frase y dejó su amenaza en el aire. Tomó su pluma y sello y terminó de redactar la autorización. Con ella se le concedía a Alejandro un permiso para acceder a la documentación de los archivos de la sede episcopal de Tenerife.

Al llegar, el joven preguntó a otro sacristán por la documentación que le había indicado el obispo. Debía buscar acerca de las actividades de los franciscanos en África durante las décadas de 1840 a 1850. El clérigo lo invitó a adentrarse junto a él por un pasadizo, acompañados por un viejo quinqué que apenas alumbraba. Llegaron hasta una bodega en la que la documentación se amontonaba en pilas desordenadas: planos catastrales, crónicas y actas que estaban algo enmohecidas y que apenas se podían leer debido a la falta de luz que había en aquella estancia. El sacristán entregó el quinqué al joven para que pudiese buscar entre los documentos, una tarea complicada ya que muchos se habían quedado pegados debido a la humedad. Mientras se sumergía entre el papeleo, las palabras del obispo no dejaban de sonar en su cabeza: «Solo debe caer él...».

Tras varias horas se topó con una correspondencia, fechada en 1848, de un destacamento de aduanas de Tenerife como destinatario. Lo que llamó su atención fue que el remitente era un miembro del Ministerio de Comercio francés enviado a Gorée, una pequeña isla situada al noroeste de África, un enclave que servía como escala en el traslado de esclavos de África a América. En la carta se elogiaba la eficacia de un misionero que la diócesis había enviado desde Canarias, el señor Braulio Mendoza. Se aludía a su «firmeza y talante a la hora de reclutar a los negritos».

Alejandro no daba crédito, pues Braulio no solo había ocultado a todos su pasado como negrero, sino que además se había lucrado de forma clandestina durante años. Pero aún había más. El joven se fijó en los nombres que aparecían relacionados con Braulio. Entre ellos estaban el actual presidente del Consejo de Ministros, don Antonio Cánovas del Castillo, y su hermano, don José Cánovas del Castillo. Ahora entendía a qué se refería el obispo con sus advertencias: esos documentos podían hacer caer a todo el Gobierno.

68

TANTOS AÑOS DE SECRETOS

Alejandro se dirigió a una casa de huéspedes situada a pocos metros de la catedral, la misma pensión en la que su padre y su hermano solían quedarse cuando hacían sus viajes a la isla. Era la única referencia que tenía. Llevaba los documentos dentro de una bandolera que custodiaba con empeño: la mano izquierda sostenía con firmeza la hebilla del bolso para evitar cualquier tirón. Al llegar se topó con un edificio clásico, con un aspecto mejor que el que se había imaginado. Se trataba de un lugar de paso frecuentado por comerciantes que hacían noche allí antes de emprender la travesía hacia los pueblos y caseríos de la cara occidental de la isla, más inaccesibles debido al estado de los caminos. Nada más entrar, el mozo de recepción lo saludó con efusividad, pero reculó al ver que Alejandro no respondía a su bienvenida.

—¿La de siempre, caballero? —dijo el chaval, entregándole las llaves de su habitación.

Alejandro intuyó que le había confundido con su gemelo, pero prefirió no darle explicaciones. Sorteando los equipajes y el desorden de las zonas comunes se dirigió a su recámara para hacer tiempo hasta la salida del vapor a la mañana siguiente. Parecía el pasillo de un burdel, y a pesar de que apenas era mediodía, varios hombres discutían borrachos junto al balcón. Escuchó también fuertes gritos y gemidos provenientes de una de las recámaras. Le recorrió un escalofrío al imaginar a su padre y a su gemelo hospedándose en ese hostal y cometiendo todo tipo de maldades. En ese momento, Alejandro tropezó con una chica que salía a toda prisa de uno de los cubículos. Estaba desmelenada, tenía el vestido caído y llevaba varios billetes dentro del sostén. La muchacha se disculpó y salió corriendo escaleras abajo.

—¡No vuelva, pelandrusca! —le gritó un huésped desde la puerta de su recámara.

Alejandro aceleró el paso para alcanzar el final del pasillo. Se desorientó al no hallar su puerta y dobló una esquina que daba a una parte del edificio que parecía un almacén. Salió a la parte trasera de la casa y se adentró en otra construcción desligada aparentemente de la casa de huéspedes, con un acceso independiente a la calle. Escondida en el interior de la segunda edificación estaba su recámara, ubicada junto a otras puertas que no parecían albergar más que trastos.

Dejó la bandolera sobre el camastro. Las paredes estaban llenas de humedades, y el lavabo y la bañera estaban tan oxidados que se sentía el hedor del metal. Las tuberías recorrían las paredes sin ningún disimulo, y las esquinas estaban habitadas por arañas y por las pequeñas presas que habían caído en ellas, mosquitos en su mayoría. Se subió al camastro y colocó la bolsa en el altillo del armario, lejos de la vista de los curiosos de la calle. De nuevo imaginó a su padre y a su hermano en aquel tugurio, un lugar decadente en el que se respiraba la clandestinidad. Los huéspedes con los que se cruzó al salir de su habitación confirmaron esta sospecha.

El mozo asomó la cabeza al escuchar los pasos de Alejandro acercándose otra vez a la recepción.

—¿Todo de su agrado?

Alejandro asintió y salió a la calle, aún seguía aturdido por el lugar. Recorrió la alameda situada enfrente del hostal y se detuvo en un puesto de castañas asadas. Deambuló por la ciudad durante el resto del día. Así dejó pasar la tarde, viendo el trasiego de los vecinos. Poco a poco las calles se fueron vaciando y los puestos ambulantes se despidieron hasta la mañana siguiente con sus vendedores lanzando barreños de agua con restos de fruta y hortalizas a las acequias.

Se le hizo de noche. Estaba fascinado con aquel lugar, pero lo que más llamaba su atención era que, a pesar de que Miguel llevaba toda la vida tratando de convencerlo para que viajase con él a Tenerife, Alejandro solo se imaginaba allí junto a Eliana. De vuelta a la pensión mientras trataba de atajar por un callejón que creía que le llevaría a la entrada trasera que daba a su habitación, se encontró con una taberna. Hombres de todas las edades brindaban con vino y el humo de sus puros parecía una chimenea. Quería pasar desapercibido. Fue entonces cuando un chico le chistó. Alejandro se dio la vuelta y reanudó la marcha, pues era el mismo con el que se había cruzado por la mañana. Al ver que no le hacía caso, el joven le siguió. El gemelo aceleró el paso y se dio la vuelta para comprobar si aún continuaba tras él. En efecto, el chico había acelerado también su paso.

Alejandro se inquietó ante aquella presencia amenazante. Giró la calle y comenzó a correr hasta que lo perdió de vista. La pensión quedaba al final de la avenida. La puerta que daba a la calle estaba entornada. Él la empujó y se introdujo en el patio interior como una exhalación. La cerró tras de sí con fuerza y exhaló el aire en sus pulmones. Cuando se recompuso, se dirigió a toda prisa a su recámara y revisó el escondite sobre su camastro. Los documentos seguían en el mismo sitio en el que los había dejado. Tras esa breve comprobación se asomó a la ventana; no había rastro del joven.

Dormía a pierna suelta cuando escuchó un ruido. Era noche cerrada. Abrió los ojos y vio cómo el pomo de la puerta rotó sobre sí mismo. No tuvo tiempo de reaccionar. Al tratar de incorporarse, la puerta ya se había abierto por completo. Una figura la atravesó y cerró a sus espaldas. Era el joven que le había seguido.

—¿Por qué me está evitando? —le susurró el muchacho—. Cualquiera da con usted con estos juegos que se trae.

Alejandro no entendía nada. Seguía bloqueado y con las manos aferradas a la sábana. El joven se acercó para sentarse junto a él, al tiempo que él se retiró hasta apoyarse en la pared, incapaz de emitir palabra.

—Váyase o gritaré.

—¿Qué ocurre, carnal?

—No tengo nada, no tengo nada.

El gemelo tenía la mirada fija en el altillo del armario, con el único pensamiento de que el desconocido no descubriese dónde tenía escondidos los documentos. Pero este no parecía interesado en registrar la habitación. Al contrario, se arrodilló sobre la cama y se inclinó para besar a Alejandro, que lo empujó con fuerza y lo tiró al suelo.

—¡Qué hace! ¡Fuera de aquí!

El joven se abalanzó de nuevo sobre él.

—Está usted meloso y tontorrón, ¿eh?

Alejandro hizo ademán de gritar y el muchacho tapó su boca con un suave gesto. De repente, ambos se detuvieron. El chico se quedó pálido y dejó de ejercer fuerza sobre él. Se separó para mirarle bien a los ojos; la habitación estaba casi a oscuras. El gemelo seguía sin entender lo que ocurría. El improvisado visitante le levantó la camisa y giró su torso para buscar algo en su piel. No vio el lunar que le era tan familiar. Se puso en pie y salió de la habitación a todo correr. Alejandro rompió a llorar cuando se quedó solo en la habitación. Se tocó el torso; aún tenía la piel caliente en el lugar en el que le había agarrado aquel desconocido.

Y entonces cayó en la cuenta. Tantos años de secretos. Ahora todo cobraba sentido.

69
UN FUTURO PROMETEDOR

13 de junio de 1877

Las plazas y edificios se engalanaron para la ocasión. La gran fiesta del fuego era el evento por excelencia en La Palma, un evento que se celebraba cada año durante la noche de San Juan, en la noche del 23 al 24 de junio. El fuego tenía unas connotaciones mágicas para los habitantes de la isla; se decía que su calor podía curar enfermedades, y había incluso curanderas que eran capaces de leer el futuro mientras sostenían la mirada ante las llamas de la hoguera. El fuego, tan enigmático y deslumbrante, era para los palmeros una prueba fehaciente de la existencia de Dios. No por casualidad los gobernantes isleños habían hecho todo lo posible por hacer coincidir tan importante evento con la nueva visita de la comitiva ministerial. Este segundo viaje era el definitivo para decidir si la isla debía obtener, o no, la concesión del ansiado permiso.

El optimismo era mayúsculo entre los miembros de la Junta Superior de Gobierno. La concesión vendría acompañada de puestos de trabajo y mejores jornales para tabaqueros y cigarreras, así como una fuerte entrada de capital extranjero, porque las empresas británicas y holandesas estarían dispuestas a colaborar en la exportación del puro. De ahí que la visita interesara, no solo a los tabaqueros, sino a todos los jóvenes y adultos faltos de un jornal, dispuestos a lo que fuera por aprender el oficio. Cualquier preparativo era poco, pues las tabacaleras se jugaban el porvenir.

Durante los días previos el trasiego de gente y mercancía hacía presagiar las dimensiones del evento. Los vecinos de todas las islas se fueron congregando en las calles de la capital, y los medios locales y regionales como *La Asociación de Canarias* o el polémico noticiario *La Unión* publicaban titulares como «La llegada de las riquezas, por fin, a la isla», o «La Palma en el centro de los mapas del mundo junto a Jamaica, Cuba, Puerto Rico o La Florida». Se esperaba la llegada de un gran elenco encabezado por el ministro de la Hacienda Central, así como el ministro de Ultramar. Incluso se rumoreaba que también había embarcado en el vapor el presidente del Consejo de Ministros, Antonio Cánovas del Castillo, para cerciorarse de que las leyendas que se contaban acerca del tabaco y las mujeres de la isla eran ciertas.

De manera excepcional, la Junta Superior de Gobierno había levantado el veto a la quema de hogueras desde varios días antes de la celebración. La intención era que las hogueras pudieran ser vistas desde el océano para que los políticos quedaran impresionados antes incluso de poner un pie en la isla. Nadie quiso desaprovechar la ocasión. En las hogueras se quemaban objetos y harapos que tenían un negativo valor sentimental. Desde prendas que recordaban a un marido que se había marchado a América y había decidido no volver, pasando por los camastros usados de hijos que habían fallecido.

Aquella mañana no cabía un alma en la avenida marítima. La gente se apelotonaba en la dársena entre las hogueras que acompañaban aquel recibimiento a plena luz del día. Mientras el vapor hacía sus maniobras de aproximación, la treintena de políticos que venían desde la península se asomaron a las barandillas para saludar a todo aquel que había acudido a recibirlos. En la dársena, los alguaciles trataban de contener sin éxito a la marabunta, que a punto estaba de provocar una avalancha y lanzar al agua a aquellos señores de uniformes impolutos, viseras abrillantadas y zapatos lustrados con esmero. Pero no solo los agentes cumplían con la mejor de sus vestimentas. Junto a ellos, los empresarios tabaqueros también mostraban un atuendo propio de una boda de la realeza. Todos estaban dispuestos en una perfecta fila y se habían situado a la vista de tan ansiados visitantes.

A pesar de la importancia del recibimiento, Miguel era el único representante de La Indiana, y como tal se llevó todos los honores. Los políticos de la metrópoli aún recordaban la sorpresa que se habían llevado al probar la nueva calidad de su tabaco, y bebían los vientos por volver a fumar ese manjar que nunca antes habían degustado en la isla de La Palma.

Pero la actitud de Miguel ante los halagos era, sin embargo, triste y fingida. Los rumores de que Eliana y su criada habían huido de la isla cobraban fuerza a medida que pasaban las jornadas sin que se supiese nada de ellas, y Miguel temía que su hermano se hubiese marchado con ellas. O peor, que hubiese cometido alguna locura.

Miguel tenía un mal presentimiento, pero hizo un esfuerzo por mantener la compostura y que sus ánimos no lastrasen uno de los momentos más importantes para la historia del tabaco palmero. El gemelo tenía la mirada puesta en los caballeros que acababan de descender del vapor. Un sinfín de abrazos se sucedieron entre los tabaqueros y los políticos recién llegados. También llovieron los cumplidos y la promesa de que la firma de la moratoria era ya toda una realidad. El tabaco palmero había conseguido demostrar que estaba a la altura de las expectativas.

El joven ni siquiera tenía ganas de beber y rechazó la invitación al Casino de Santa Cruz junto a la comitiva. Solo pensaba en el momento de desaparecer. Al verse solo en medio de tal bullicioso recibimiento se dio cuenta de que nada tenía sentido si su gemelo no estaba a su lado.

Y sentía que estaba a punto de perderlo para siempre.

70
LA ÚLTIMA NOCHE

18 de junio de 1877

El tiempo se agotaba para Eliana. La comitiva política se encontraba en la isla y ella necesitaba cuanto antes las pruebas para poder personarse en la fábrica como la socia que era sin que Braulio pudiese desvelar su secreto y echarlo todo por tierra.

Tal y como había acordado con Alejandro, Eliana permanecía oculta en el chiquero de la cumbre, en aquel caserío escondido en el fondo del valle en el que la niebla y la lluvia apenas le daban tregua, rodeada por los secaderos que había habilitado junto a Alejandro y Rafaela.

Eliana y Nito estaban sentados al pie de una pequeña fogata. Ella limpiaba las manchas de sus enaguas mientras aquel muchacho incomprendido jugaba con una peonza cuya aguja estaba totalmente desgastada. Ambos se miraron con sorpresa y alegría al ver que Alejandro acababa de llegar. El gemelo había aparecido justo a tiempo, y Eliana lo notó exhausto, como si acabase de regresar del otro lado del mundo.

Ella se puso en pie, lo atrajo por las solapas y lo besó con una pasión desenfrenada, al tiempo que Alejandro cerraba los ojos mientras se sentía un héroe que acababa de volver de la más cruel de las batallas. Se contemplaron el uno al otro sin importarles que Nito y su peonza estuviesen observando tan romántica escena. No estaban dispuestos a hacer el más mínimo esfuerzo por ocultar las ganas que tenían de sentirse el uno al otro.

—No sabe cuánto le extrañé estos dos días —dijo ella.

—No pienso volver a separarme de usted.

—Eso espero.

—Tiene que conocer Tenerife, allí podríamos empezar de nuevo.

—Ah, ¿sí? —Eliana estaba realmente ilusionada ante la ilusión de sentir que aquel momento era solo el principio de su nueva vida.

Sentado sobre una roca, Nito aplaudió el beso y las caricias que se daba la pareja. Alejandro se acercó a su amigo y le entregó una tableta de chocolate que había traído desde Tenerife para él.

—Guárdesela, que tiene que durarle varios días.

Pero Nito hizo caso omiso al consejo de Alejandro y mordisqueó la tableta hasta llenarse la boca de restos del chocolate. La pareja aprovechó el entretenimiento de aquel pobre alma de cántaro y se retiró al otro lado del chiquero para hablar en privado. El joven sacó los documentos y Eliana se los arrebató de las manos al instante. Los hojeó hasta dar cuenta del éxito de su misión, que ambos celebraron con un beso más apasionado que el anterior.

—No me lo puedo creer. Lo tenemos, lo tenemos —gritó Eliana—. Tenemos que llegar a La Indiana antes de que se presente la comitiva.

—Por supuesto —respondió Alejandro con sequedad.

La mención de la tabacalera por parte de Eliana le llevó a recordar a su hermano. Aún no sabía siquiera cómo sentirse después de lo que había descubierto sobre él en Tenerife, pero desde luego, aquello era un antes y un después.

Anochecía, y el rocío estaba bañando las hojas de los árboles. Cuando Nito se fue a dormir ambos salieron al exterior y se resguardaron en una de las casuchas a medio derruir del caserío abandonado. Prendieron un quinqué y se tumbaron sobre el terruño de la chabola, y se cubrieron con una manta de lana, para a continuación contemplar el cielo estrellado a través de las ruinas del tejado. Permanecieron abrazados toda la noche entre harapos junto a la lámpara de aceite. Y cada vez que estaban a punto de quedarse dormidos ella le hablaba en susurros; no quería que esa noche terminase nunca.

—¿Seguro que fue todo bien en Tenerife? —preguntó Eliana, pues notaba en la mirada de Alejandro algo que ella no era capaz de descifrar.

—Por supuesto, todo bien —mintió él—, creo que podré volver a subirme a un vapor. Gracias a usted dejé enterrado ese miedo en el mar.

El sueño terminó por vencer a Eliana, pero Alejandro era incapaz de dormir. La visita de aquel joven a la pensión aún le removía por dentro. Se alegró de haber sido capaz de omitir a Eliana su descubrimiento. Si algo había aprendido en esos últimos meses era que todos a su alrededor guardaban algún secreto, y él también debía empezar a tenerlos. Finalmente se durmió, abrazando a Eliana por la espalda, al tiempo que el manto de estrellas los protegía.

Lo que ninguno de los dos podía intuir es que sería su última noche juntos.

71
UNA FÁBRICA EXCELENTE

21 de junio de 1877

La repentina aparición de Alejandro y Eliana causó un enorme revuelo en la tabacalera. Todos los empleados, con Miguel a la cabeza, aguardaban impacientes la llegada de la comitiva política cuando la pareja hizo su entrada en el edificio. Sus andares y sus gestos eran espejados, como si por fin hubiese dejado de importarles que todos supiesen que había algo entre ellos. Y es que ya no estaban dispuestos a esconderse.

Sin mediar palabra, Eliana se acercó a toda prisa al trono que ocupaba Braulio Mendoza como lector de la tabacalera. Al igual que el resto de jornaleros, el caballero vestía sus mejores galas y la mayor de sus sonrisas para recibir la visita de la comitiva. Pero su rostro se contrajo cuando Eliana le mostró las nuevas pruebas que había conseguido.

—¿Qué es esto?

—Creyó que se había librado de mí, pues se equivoca. Voy a estar presente en esta recepción, lo quiera usted o no.

Miguel se aproximó a ellos con la cara descompuesta. Por una parte, le destrozaba descubrir que Eliana se encontraba aún en La Palma, pero le alivió saber que su hermano se encontraba bien.

—Por favor, ¿qué demonios está ocurriendo aquí? ¿Usted no debería estar ya de vuelta a Cuba?

Eliana lo calló con un gesto.

—De eso nada. Esta también es mi tabacalera.

—Por favor, Daniela..., Eliana, ¿a qué viene esto? ¿No ve que estamos a la espera de la comitiva? El futuro de la isla depende de lo que pase hoy —le susurró el lector con delicadeza, como si estuviese tratando de callar las actitudes de una niña.

—Pues que así sea. Nadie más que yo desea el triunfo de La Indiana.

Braulio torció el semblante al ver que la criolla no iba a dar su brazo a torcer. Entonces dirigió sus palabras a Alejandro para hacerle entrar en razón.

—Hemos luchado durante años por esta concesión, su difunto padre el primero. Alejandro, por favor, hágala entrar en razón. No estropee el futuro del tabaco palmero por un amor que no tiene futuro.

—¿De dónde saca eso?

—Esta joven..., Daniela, está casada en Cuba.

—Lo sé —respondió el gemelo con total seguridad—. De un hombre al que no ama. Su padre la obligó a venir aquí en busca de alguien que la dejase encinta. Lo sé todo, Braulio.

En ese momento Miguel se abalanzó sobre su hermano y lo agarró por la pechera.

—Lárguese de aquí con esta furcia si tanto la quiere, pero déjeme tranquilo en esta fábrica.

A pesar de la fuerza que ejercía, Alejandro consiguió zafarse de él y lo retó con la mirada.

—No me haga usted hablar.

—¿Qué? ¿Qué dice, imbécil? —Miguel empujó a su hermano con rabia delante de los empleados de La Indiana—. Caprichoso, malnacido..., si es que no se merece ni llevar el apellido Vega.

De nuevo, Alejandro consiguió resistir el chaparrón y volvió a desafiarlo con una mirada gélida.

—Insisto, no me haga usted hablar. Tengamos la fiesta en paz.

—¡Hable! ¡Dígame lo que tenga que decir! —gritó Miguel.

Braulio estaba a punto de intervenir en la trifulca para mediar entre los gemelos y tratar de suavizar la situación, pero en ese momento un ruido lo interrumpió a sus espaldas: los miembros de la comitiva acababan de hacer su entrada en el edificio.

Al maestre Heriberto le costó mantener la compostura al ver a Eliana presente en la recepción. Braulio y Miguel les habían asegurado hacía semanas que se habían encargado de ella. Desde luego, no había sido así. Ahora solo quedaba esperar un milagro.

Las visitas de la comitiva política al resto de fábricas habían ido como la seda, pero todos sabían que el regreso de Eliana podía complicar mucho las cosas. Por eso, a pesar de las circunstancias en las que se hallaban, Miguel aparcó su enfrentamiento con Alejandro y Eliana y corrió a tender su mano a los ministros y al presidente del Consejo, Antonio Cánovas, quien también había acudido a la isla.

—Bienvenidos. Por favor, pasen. Están ustedes en su casa, caballeros.

—Bien hallados —respondió el presidente Cánovas, que iba al frente de la comitiva.

Comenzaron a recorrer el interior del edificio en silencio. Mientras, Braulio y Miguel trataban de evitar las miradas desconcertadas de Heriberto. Tras varios minutos deambulando en silencio por el edificio, el presidente se separó de sus compatriotas y se acercó al hemiciclo que ocupaban Miguel, Alejandro y Eliana.

—Siento mucho su pérdida —dijo Cánovas.

—¿Disculpe?

—Vuestro padre, tengo entendido que falleció hace unos meses. Os acompaño en el sentimiento.

—Ah, sí. Muchas gracias, señor presidente.

—Me han hablado muy bien de esta fábrica..., los gemelos Vega. Vuestro tabaco ha sido uno de los mejor valorados por parte de los catadores que enviamos en nuestro primer viaje. Os felicito por ello.

Cánovas estrechó su mano a los hermanos mientras les brindaba una sonrisa que no auguraba nada bueno.

—Esperamos que todo sea de su agrado, señor —intervino Alejandro. Y entonces, el joven se atrevió a lanzar el mensaje que todos estaban intentando ocultar, aunque era imposible —. Ella es Eliana Álvarez, nuestra socia.

El rostro de Cánovas se contrajo de inmediato. Tragó saliva y se detuvo en el sitio. Los ministros que habían acudido junto a él hicieron lo propio y también escrutaron a la joven con la mirada.

—Un placer, señorita —mintió el presidente Cánovas, extendiendo su mano para besar la de la cubana.

Los ministros emularon el saludo de su superior, aunque ninguno de ellos le dirigió una sola palabra. Eliana correspondió el gesto de los caballeros sin apartar la mirada de sus ojos. Estaba tan nerviosa que la mano no dejaba de temblarle.

—¿Les gustaría visitar el resto de la fábrica? —preguntó Miguel con la intención de poner fin a la tensión de aquel eterno saludo.

—Por supuesto, faltaría más.

El recorrido por las instalaciones se produjo en un ambiente de extrema cordialidad por parte de la comitiva. Los políticos recorrían la nave escuchando con atención la explicación de los tres socios de La Indiana, y pasadas unas estancias todos parecían haberse olvidado de la presencia de Eliana: la pulcritud de la fábrica, el porte de sus empleados y el orden que reinaba en el edificio los habían eclipsado por completo.

Incluso el presidente Cánovas parecía haber sucumbido a los encantos de las cigarreras.

—Tenéis aquí un estupendo lugar de trabajo. Os felicito.

La visita mantuvo la misma tónica en la zona de las fincas. Allí, los labriegos mostraron su mejor sonrisa, siguiendo las advertencias de Miguel de «esconder las dentaduras gastadas y amarillentas para no espantar a sus excelencias».

Cuando regresaron al interior, los chinchaleros esperaban sentados en sus asientos, preparando sus utensilios para hacerles una breve demostración. Todos se pusieron manos a la obra a la voz de Miguel como si de una representación teatral se tratara. Uno de los trabajadores enseñó el pulgar de su mano izquierda al ministro de Ultramar para que este pudiese comprobar que se lo dejaba más largo, como una navajilla, con la intención de cortar la hoja con más facilidad. A pesar de su negruzco estado debido a la roña acumulada bajo la uña, esto no importó al ministro lo más mínimo, que quedó sorprendido ante su profesionalidad.

La sala de las cigarreras también impresionó a los políticos. Rafaela, que había regresado a su puesto por un día para hacer de maestra de ceremonias, explicó a sus señorías las labores de todas ellas con claridad y precisión, con una naturalidad tal que para nada parecía un discurso ensayado. Su futuro con Miguel estaba en el aire. No sabía si se casarían o si tendría que volver a la fábrica. O peor aún, que Miguel no quisiese volver a contratarla y ella tuviese que trabajar en la taberna de su padre. Rafaela cada vez albergaba más dudas con respecto a su prometido. Miguel se había comportado de un modo tan agresivo con Eliana, con la fábrica y con su propio gemelo que a la joven cigarrera cada vez le producía más rechazo compartir el resto de su vida a su lado. Ya habría tiempo para decidir qué hacer.

De momento, Rafaela había vuelto para ayudar y su explicación resultó muy convincente a los visitantes. Meses atrás nadie hubiera dado un duro por sus dotes de oradora y, sin embargo, ahí estaba ella dejando el listón de la fábrica bien alto.

La euforia comenzó a apoderarse de los palmeros allí presentes. La visita estaba saliendo a pedir de boca contra todo pronóstico, y Miguel sonrió a su hermano, olvidando por un instante sus diferencias para celebrar el triunfo que casi podían tocar. El maestre y los empresarios ardían de júbilo ante la impresión que la fábrica estaba causando a los visitantes.

En ese momento, los consejeros de la Casa de Indias se acercaron al presidente Cánovas para decirle algo al oído. Tras escuchar lo que estos tenían que decirle, el líder de la comitiva puso fin a la visita, no sin antes ofrecer unas últimas palabras a los socios de La Indiana.

—A falta de intercambiar unas últimas impresiones con el resto de mis acompañantes esta tarde, debo deciros que estoy gratamente sorprendido. Aquí tenéis un gran potencial como tabacalera, que bien podría extrapolarse al resto de fábricas de La Palma. Tan solo tengo una pregunta más. Bueno, más bien me la hacen mis subordinados.

—Por supuesto —respondió Miguel—. Díganos, ¿de qué se trata?

—¿A qué se debe ese cambio tan repentino en el sabor y el aroma del tabaco? —dijo uno de los más veteranos catadores, un hombre que no había acudido a la isla en la anterior visita.

Antes de que Miguel pudiese responder, Eliana lo cortó con un gesto sutil para intervenir en la contienda.

—Soy de Cuba, y he heredado algunas técnicas de mi isla que quise implementar aquí.

No hubo respuesta a su intervención. La armonía que se había creado en el ambiente se desmoronó de repente.

—¿Qué tipo de técnicas?

—En el cultivo, el estilo de prensado… —Eliana no sabía qué otra respuesta podía darles para satisfacer sus dudas sin desvelar el secreto de los secaderos. No estaba dispuesta a permitir que el resto de la cooperativa les robase la idea.

Pero el catador no parecía contento con la respuesta y sus ánimos se trasladaron al resto de los políticos allí presentes.

—Es extraño. Acabamos de visitar las fincas y hemos asistido a una demostración en esas mesas de prensado —dijo, señalando a los chinchaleros—, y es muy difícil obtener un sabor tan distinto al del resto de tabacaleras. Teniendo en cuenta la humedad, el clima Atlántico de la isla y las condiciones que os ofrece el viento de los alisios, el resto de tabacos palmeros mantienen cierta uniformidad. Salvo el vuestro. ¿De verdad que no hay nada que debamos saber?

Los tres socios se miraron con nerviosismo en busca de una respuesta. Unos segundos de tensión entre ellos bastaron para hacer temblar el increíble relato de superación de la fábrica. Hasta que Miguel se aventuró a sorprender con las palabras más inesperadas y cautivadoras.

—¿Saben lo que ocurre? Que cuando nuestro padre vivía, La Indiana no cumplía con la mayoría de protocolos necesarios para el tabaco. Y sí, sé que don Servando era para todos ustedes un gran empresario, pero no sabía cómo dirigir este negocio. Apenas supervisaba el mantenimiento de los cultivos, por lo que muchas de las hojas se secaban y prensaban aun estando en muy mal estado. Los chinchaleros añadían algo de mezclilla en puros supuestamente fabricados solo con la hoja. Por no hablar del empaquetado. Antes de nuestra llegada, y con ello me refiero a nosotros tres, la pulcritud en la colocación de las vitolas, el uso de la seda y la manufactura de las cajas dejaba mucho que desear. Y en el empaquetado también está el sabor. El tabaco entra por los ojos antes que por el olfato o el gusto. Nosotros solo hemos llevado a cabo lo que nuestro padre tuvo que haber hecho hace mucho tiempo.

El discurso de Miguel dejó a todos boquiabiertos, como si sus palabras se hubiesen filtrado por las paredes del edificio. Por un instante, tanto los empleados como los políticos contuvieron la emoción ante esas dotes de liderazgo. Todos querían dejarse convencer.

Pero el maestre Heriberto rompió entonces con el embrujo, mostrando su gesto de indignación.

—Está muy bien, Miguelito, le felicito por sus palabras populistas y vacías de contenido. Pero no se está dando cuenta usted de que está hablando de su fábrica, cuando ellos le están preguntando por qué su tabaco es tan diferente al del resto de tabacaleras de la isla.

—Me alegra que lo diga, maestre. Por supuesto que nuestro padre no es el único que hacía mal las cosas con el tabaco palmero.

—¿Está insinuando que el resto de tabaqueros somos unos ineptos o qué? —El maestre dirigió su mirada al presidente Cánovas con la esperanza de hallar consuelo en él.

Pero el político no quería entrometerse en el asunto. Al contrario, parecía ansioso por conocer su desenlace.

—Lo que mi hermano quiere decir —intervino Alejandro— es que nosotros hemos aplicado las técnicas tabaqueras al pie de la letra. Nada más. Y no le voy a negar que contar con la presencia de Eliana ha sido vital. Ella es cubana y por tanto sabe tanto o más de tabaco que la gente de esta isla.

—Ya estaba tardando en salir de nuevo esta mujer.

—Oiga, un respeto —le espetó ella.

—Disculpe, señorita —respondió el maestre en un tono claramente irónico.

—Si tanto les molesta la presencia de una cubana era tan fácil como haber contratado ustedes a alguien con conocimientos para sus fábricas.

—En eso no le falta razón —sentenció Cánovas—. Caballeros... señorita... muchas gracias por la visita. Y enhorabuena por vuestro tabaco.

Sus palabras rompieron por completo los esquemas de Heriberto y el resto de la cooperativa. Los tres socios de La Indiana habían conseguido, no solo salir victoriosos de la visita, sino humillar al resto de tabacaleras con sus aires de superioridad. Y lo mejor era que el maestre ardía de rabia mientras mordía su silencio ante ellos.

Tras la homilía del presidente Antonio Cánovas, la comitiva se despidió de ellos en la puerta de la fábrica, llenándolos de nuevos elogios. Los tres socios agradecieron sus palabras y les estrecharon la mano antes de dejarlos marchar. Por fin, Eliana, Miguel y Alejandro respiraron aliviados cuando vieron a los políticos alejarse por la calle principal. Ya no les quedaba duda: habían superado la prueba con creces.

De vuelta al interior, el ambiente en la nave principal se llenó de una energía tan repentina como eufórica. Los aplausos de los trabajadores llenaban el edificio, los abrazos entre hombres y mujeres eran sinónimo del alivio que todos sentían. Por primera vez los tres patronas se dejaron empapar por ese compañerismo junto a sus empleados. Nada podía romper ese momento.

Eliana cantaba la más dulce de sus victorias cuando su rostro palideció al escuchar un grito a sus espaldas.

—Hola, Daniela.

Se dio la vuelta y, como en la peor de sus pesadillas, pudo contemplar esas dos monstruosas figuras en el umbral del portón, dispuestas a poner fin a todas sus esperanzas de libertad.

Eran su marido y su padre.

Y estaban en La Palma.

72

SIN SALIDA

Don Mariano rozaba los cincuenta. Su vestimenta era propia de la más alta aristocracia, a la que acompañaba una barba perfilada y un elegante bigote. De andar arrogante, poseía una templanza digna de los más cultivados monjes. Este cacique cubano —pues no había otro término para definir su porte— era el padre de Eliana, o de Daniela; un hombre de pocos amigos y con muchos subordinados en su haber. Lo acompañaba el joven Eustaquio, una menudencia al lado del hombre al que nadie hacía sombra. Su anillo de casado daba a entender a todos que se trataba del marido de Eliana. Este muchacho cubano de rasgos castellanos tenía la piel más blanca que la de cualquier palmero, y se notaba en sus maneras que hacía lo posible por parecer un calco de su suegro con cada gesto que hacía.

—Cuánto tiempo, viejo amigo —intervino Braulio haciendo gala de su habitual cara de cordero degollado con el fin de relajar la tensión.

Ninguno de los recién llegados devolvió el saludo al párroco y lector de La Indiana.

—Venimos a llevarnos lo que nos pertenece.

Mariano apenas podía mirar a su hija a los ojos. No era enfado lo que reflejaban las venas hinchadas de su frente, sino decepción y vergüenza por tener que pasar ese mal trago ante tan desconocida audiencia y en un momento tan importante para la isla. Eustaquio sí que estaba disgustado. Con él, con ella. Ardía de rabia al compararse con los gemelos allí presentes mientras trataba de descifrar cuál de los dos había sucumbido a los encantos de su esposa.

—Daniela...

Eliana seguía estupefacta. No sabía qué decir, ni siquiera si debía saludar a su marido. Todas las miradas se dirigían a ella, que buscó consuelo en los ojos de Alejandro, pero este tampoco sabía muy bien cómo reaccionar ante la inesperada visita.

—¿Por qué, Daniela? ¿Por qué es usted tan cruel conmigo?

Eliana seguía sin responder a su marido. Entonces se dio cuenta de que Eustaquio estaba a punto de romper a llorar delante de todos los empleados.

—Hija, es usted una vergüenza de mujer. —Mariano, fuera de sí, avanzó con pasos firmes hacia ella, dispuesto a llevársela de allí—. Y a usted, don Braulio..., sepa que este es su fin. Le pedí un único favor: que vigilara y cuidara de mi hija en esta isla, que la ayudara a cumplir con su cometido...

—Yo..., lo siento, de verdad, don Mariano. Válgame Dios. Discúlpeme, patrón.

—Está usted acabado. Yo lo ayudé. Lo acogí en mi hacienda en Vueltabajo cuando los franceses estaban a punto de fusilarlo como a un perro. ¿Y así me lo devuelve?

Mariano agarró a su hija como si de una furcia se tratara y la arrastró hacia la salida. Pero Eliana reaccionó al sentir las peludas y grasientas manos de don Mariano, que le recordaron a las cadenas de la «prisión» en la que había pasado toda su vida, y se revolvió para zafarse.

—Me quedo aquí. Este es mi mundo ahora y no me lo va a impedir usted, padre. Lo siento mucho por ustedes dos. No pienso regresar a Cuba.

Eliana hablaba con timidez, mas su tono comenzaba a soltarse a medida que avanzaba su discurso, y no tuvo reparo en separarse de su padre.

—¡Fulana! —Eustaquio dio un puñetazo a la pared. Estaba sobrepasado.

—Lo siento. —Eliana se acercó a su marido para tratar de calmarlo—. Sé que es mi culpa. Siento hacerle pasar por esto.

Eustaquio no pudo contener más sus lágrimas y se derrumbó. Gritó al tiempo que levantaba la vista para suplicarle a Eliana que cambiara de opinión.

—Daniela, hija, sea comprensiva con su esposo. Vinimos desde Cuba para traerla de vuelta a casa. —Don Mariano se acercó a Eliana decidido a cambiar de táctica, pues veía que no iba a ser tan fácil llevársela de allí. La abrazó con ternura, y una vez la tuvo en sus brazos se dirigió a ella con su mirada paternal—. Por Dios y la Virgen, piense en el daño que nos está haciendo. Aún está a tiempo de enmendar su error. Piense en su marido, hija. Mírelo..., él no se merece esto que le está haciendo. Y su madre... ella la está esperando en Vueltabajo. Y sus amigas también.

A punto estaba Eliana de sucumbir ante las palabras de su padre. Al menos en Cuba podría volver a vivir bajo la comodidad de los dominios de su familia, a pesar de tener que cumplir con sus obligaciones como esposa abnegada. De entre todas las mujeres de su ámbito ella era, desde luego, la más afortunada. Quizá esa «libertad» que tanto ansiaba no era más que un capricho.

Pero estaba dispuesta a luchar por ello.

—No pienso volver a casa.

—Hija, esta fábrica no es suya, ni un solo palmo de aquí le pertenece.

—¡Miente!

—La ley es bien clara —puntualizó su padre con arrogancia, tratando de marcar su territorio ante los allí presentes—. Sin el permiso de su Eustaquio, esta compra no tiene ninguna validez. En cualquier caso, es a él a quien pertenece La Indiana.

Los gemelos se miraron entre sí con el rostro desencajado. Sabían que lo que decía el señor Álvarez era cierto, y la actitud con la que había venido el hombre no auguraba buenas noticias para ellos. O para la fábrica.

—Lo sé, pero mi Eustaquio va a darme ese permiso… —le corrigió Eliana, tratando de aferrarse a lo imposible—. ¿Verdad?

Pero Eustaquio era incapaz de responder a la pregunta, se había quedado petrificado a la sombra de su suegro. Eliana era su esposa, y sin embargo sentía que estaba frente a una completa desconocida.

—¿Usted me quiere, padre? —insistió Eliana.

Don Mariano dejó escapar una risa ante las ocurrencias de su hija.

—Qué preguntas. ¿A qué si no hemos venido a buscarla?

—Pues déjeme quedarme, padre. Aquí soy feliz: esta empresa me ilusiona, me siento útil por primera vez en mi vida y… estoy enamorada de Alejandro.

—¡Basta! —Don Mariano le dio un cachetón en la cara y agarró a su hija por el pescuezo.

—¡Suélteme, padre! —se retorcía Eliana—. ¡Me hace daño!

—¡Suéltela, por favor! —rogó Alejandro echando una mirada a su hermano en busca de auxilio. No lo encontró.

—¡Usted cállese, malnacido! —gritó el señor Álvarez a Alejandro, que se acobardó de inmediato.

—¿Cómo ha dicho? —Miguel era el último que faltaba por intervenir, pero no pudo evitar lanzarse al cuello del padre de Eliana al escuchar lo que le había dicho a su gemelo.

La tensión entre todos ellos no hacía sino crecer cuando un golpe seco y metálico interrumpió cualquier discusión.

—¡Alto todo el mundo!

Varios agentes se habían acercado al edificio tras haber sido avisados del revuelo; el que había gritado era un hombre corpulento de mediana edad y con cara de tener muy pocas ganas de mediar en una trifulca a esas horas de la noche. Con su bastón había golpeado la verja metálica de la fábrica para llamar al orden.

—¿Qué es lo que pasa aquí? ¿Eh?

Don Mariano les explicó lo que ocurría y los guardias accedieron a llevarlos hasta el hostal del puerto. Poco les importó la actitud suplicante de Eliana, a la que rodearon sin mediar palabra para obligarla a abandonar el edificio.

El resto de trabajadores de La Indiana cuchicheaban incrédulos ante el espectáculo que se había formado a la entrada del edificio.

—¡Aguarden un minuto! —Fue Alejandro quien intervino en un intento a la desesperada para hacerles entrar en razón.

Sacó los documentos que había traído de Tenerife y los colocó sobre la mesa más cercana. En ellos figuraba, además del nombre de Braulio entre los esclavistas, el del señor Álvarez y el del actual presidente Cánovas, entre otros.

—Llevan toda la vida lucrándose de este negocio ilegal e inmoral. Se acabó.

—¿Y usted quién diantres es? —preguntó don Mariano. Luego miró a Eliana con sorna—. Hija, ¿este medio hombre es por el que puso usted la vida de todos nosotros patas arriba?

—Alejandro es mucho más hombre de lo que nunca será usted.

—Ya veo, ya...

—Si ella se marcha, le aseguro que acabaré con ustedes —respondió Alejandro.

—Ay, muchacho..., nadie ha abolido la esclavitud en América —dijo Mariano en tono condescendiente.

—Sí en los términos en que usted la lleva a cabo. Aquí se detallan los campamentos que usted y sus compadres financian en África con monjes y soldados españoles para llevarse a los esclavos a su casa. Y todo a espaldas de la Corona. A nadie le haría gracia eso, créame.

—Adelante. Hágalo, joven. —Don Mariano permanecía inmutable. Su firmeza imponía una calma difícil de confrontar—. Vamos, hágalo. ¿Cree usted que va a poder avivar los ánimos en un día tan importante? Si el presidente Cánovas y el resto de la comitiva se enteran de sus amenazas, muchacho, tenga por seguro que esa concesión que tanto esperan por aquí se irá al garete. Y no creo que usted quiera eso. ¿Va a poner usted en riesgo a toda la isla por un capricho infantil de mi hija?

Eliana y Alejandro se miraron a los ojos con tristeza. A ambos les bastó un instante para darse cuenta de que el señor Álvarez tenía razón, por mucho que les doliese. Esas pruebas harían caer a Braulio y al padre de Eliana, sí, pero también pondrían fin a todas las esperanzas de la isla con respecto a la concesión tabaquera. Nadie estaría dispuesto a ayudarlos después de tratar de romper el Gobierno. Miles de puestos de trabajo y toneladas de tabaco se perderían por la fantasía de dos enamorados. Así que Eliana asumió con pesar el rol que le correspondía.

—Está bien, padre. Usted gana. Volveré a casa.

La pareja ni siquiera pudo despedirse. Eliana cruzó una última mirada con Alejandro antes de abandonar la que hasta ese momento había sido su fábrica. Estaba abatida. Tal era su tristeza que ni su padre la sostenía ya por el brazo, pues nada podía hacer ella para evitar el futuro que le esperaba. Mientras, Eustaquio los seguía con melancolía, consciente de que aquella era una victoria pírrica para él.

Antes de marcharse para siempre, Eliana se detuvo al pasar frente a Braulio, que se encontraba apoyado sobre la pared de la calle. Necesitaba soltar su último aliento, un intento desesperado por hallar respuestas donde no las había.

—¿Por qué tuvo que avisar usted a mi padre? ¿Tanto le costaba mantener la boca cerrada?

—Yo no lo avisé —respondió Braulio.

—¿Cómo?

A Eliana le resultaba imposible creerse las palabras del lector, pero el semblante del párroco y lector se mostraba tan transparente y desangelado que solo podía estar diciendo la verdad. Y el propio señor Álvarez confirmó el peor de los presagios.

—Ha sido Yanet...

¿Cómo diablos no se había dado cuenta antes? Su criada, su amiga, su hermana mayor... Yanet había sustraído los documentos y se los había entregado a Miguel. También había enviado una carta a Cuba para avisar al señor Álvarez. Ella, la única persona en la que Eliana confiaba plenamente en este mundo, la había traicionado.

—¿Dónde está esa «negra»? —gritó Eliana, presa de la rabia.

—Eso ya no es asunto suyo, hija —respondió don Mariano—. Bastante dolida se siente ya su criada por haber tenido que darnos aviso a través de una misiva. Menos mal que nos informó a tiempo, que si no...

Pero Eliana no podía seguir escuchando a su padre.

Echó a correr, exhalando con furia todo el aire del que eran capaces sus pulmones, para perderse entre los árboles que ponían fin al pueblo y abrían paso a las faldas del volcán. Necesitaba llorar, pedir auxilio al Dios que aún quisiera escucharla.

Necesitaba una salida.

73

HUIR

Cundió el pánico al caer la tarde. Los pocos guardias que no estaban destinados a controlar al gentío de las fiestas se encargaron de buscar a la joven por los aledaños de la fábrica, así como en el entorno cercano a los gemelos. Sin éxito. No había rastro de Eliana. Alejandro era el único que conocía su escondite. Allí la encontró llorando, tumbada entre harapos en el granero de la aldea abandonada. Nito se encontraba a unos metros de ella, desesperado por no saber cómo consolar a la joven.

—Veo que está bien acompañada —dijo Alejandro al verla.

Eliana y Nito se sorprendieron al verlo.

—Él es el único que me entiende en esta isla.

La joven soltó estas palabras con tristeza, comprendiendo ahora cuando Alejandro le expresó lo mismo.

—¿Y qué pasa conmigo?

—Es broma. Lo de él es... diferente.

Nito comenzó a reírse con estridencia ante las palabras de Eliana, incapaz de controlar sus impulsos.

—No tenemos mucho tiempo.

Alejandro se sentó junto a ella y le hizo un gesto a Nito para que les diera un momento de intimidad. El muchacho obedeció sin rechistar al notar la gravedad de la situación en el rostro de su amigo.

—Las despedidas nunca son como uno espera —se lamentó Eliana, que ya estaba totalmente convencida de su destino—. Solo quería tomar el aire puro de esta isla por última vez.

—No se marche, Eliana. Podemos intentarlo. Yo… la amo.

Eliana acarició su rostro con ternura.

—Mi padre tiene razón. La compra de La Indiana no era legítima sin el permiso de mi marido. Si no me marcho con ellos, volverán las deudas a ustedes. Y no lo puedo permitir.

—¿Para qué quiero seguir en la fábrica si no es con usted?

—Alejandro, piense en su hermano. Él siempre ha estado ahí para usted.

El gemelo resopló, poco convencido. Solo tener que imaginarse trabajando de nuevo a solas junto a Miguel le producía arcadas.

—Podemos escaparnos.

—¿Y vivir huyendo como dos parias? —dijo Eliana—. No. Su vida está aquí, Alejandro. Ahora más que nunca, pues la moratoria va a aprobar esa concesión. Empieza un nuevo capítulo para los palmeros, para La Indiana, para usted. Y se lo merece. Y esta isla también.

Eliana le dio un beso en la mejilla para poner punto y final a la despedida.

—La necesito. No quiero vivir sin usted —suplicó el joven.

—Yo tampoco. Pero no quiero que tire su vida por la borda por culpa de una mujer que no merece el suelo que pisa. ¡No merezco su amor!

—¿Por qué dice eso? Es usted la mujer más increíble que nunca conocí.

Eliana se hundió entre los brazos de Alejandro. No podía permitir que él viese sus lágrimas, tampoco podía decirle lo despreciable que se sentía por lo que había hecho. Estaba pagando las consecuencias de su pecado. Se sentía una asesina. Había matado al hijo que llevaba dentro por miedo a tener que volver a Cuba, por temor a cumplir la misión que le habían encomendado. Había matado al hijo que ambos habían engendrado. Alejandro nunca podría saber la verdad, porque estaba segura de que él también la repudiaría como había hecho Yanet: su confidente, su amiga... Ya no le quedaba nadie en este mundo. Alejandro era el único hombre al que había amado y, aun así, también le había fallado.

—Se acabó. Vuelva con los demás, y dígale, por favor, a mi padre que ahora me reuniré con ellos.

Tras su último beso, Alejandro regresó a solas por el sendero que llevaba al pueblo. Se resistía a perder la esperanza. A pesar de todo, tenía que agotar su última opción.

74

HERMANOS

22 de junio de 1877

El pueblo ardía de júbilo entre el fuego de las hogueras y la verbena que se había instalado en la plaza de Breña Alta, como si de un carnaval se tratase. Los vecinos se congregaban en torno al quiosco central, así como en las calles aledañas para disfrutar de la música, del alcohol y de un eterno festejo al calor de las llamaradas. El entusiasmo que reinaba entre mujeres y hombres se mezclaba con su incredulidad ante el mejor desenlace que nunca hubieran podido imaginar. Las primeras estrellas que ya empezaban a asomar en el cielo vibraban al ritmo de aquel atardecer. Todos sabían que se avecinaba uno de los momentos más importantes para la historia de la isla.

Miguel bebía a morro de una botella de ron mientras lanzaba gritos desatados de alegría a todos los jornaleros que pasaban frente a él. Apoyado en la fuente, su sonrisa brillaba de oreja a oreja, y sus ojos apenas eran capaces de abrirse debido a la borrachera que llevaba encima.

En ese momento Alejandro se acercó a él, tratando de romper por fin el muro que se había creado entre ambos.

—¿Celebrando la victoria? —le preguntó.

—Aquí me tiene.

—Ya veo, usted siempre pegado a su botella de ron.

Apenas habían hablado en semanas. Su relación se había enfriado tanto que ya solo sabían de la vida del otro por terceras personas.

—Oiga, Miguel..., no sé si hemos llevado esto demasiado lejos.

—No lo sé, dígamelo usted. —Miguel seguía en sus trece a pesar de la actitud diplomática de su hermano.

—Bueno..., creo que los dos hemos contribuido a estar así.

—Pues yo creo que no.

—Explíquese.

—¿Ya se despidió de ella? —El tono empleado por Miguel no auguraba nada bueno.

—Por desgracia, sí.

A pesar de los lamentos de Alejandro, su gemelo no pudo más que reírse de él.

—Menos mal que vinieron su marido y su padre a llevársela —prosiguió Miguel, metiendo aún más el dedo en la herida—. No se me fustigue, hermano, en unos días abrirá los ojos y se dará cuenta de que su obsesión con ella no tenía ningún sentido.

Alejandro obvió la respuesta y apartó la botella para que este atendiese a sus palabras.

—La amo, Miguel. ¿Acaso es incapaz de comprenderlo? ¿De verdad?

Miguel no pudo evitar mirarlo con incredulidad. No terminaba de creerse lo que estaba oyendo, y pensó que tal vez el alcohol, el gentío y la música a su alrededor le estaban jugando una mala pasada a Alejandro.

—No se preocupe, hermano. La olvidará, y antes de lo que usted cree todo volverá a ser como antes.

Recuerde lo que tanto lamentaba padre, nunca habrá dos hombres tan unidos como nosotros.

—Por favor, Miguel, hágame caso. Le estoy diciendo que la amo.

—Ya lo ha dicho, sí.

—Y le pido disculpas por si en alguna ocasión le dejé de lado con la fábrica —insistió—, pero el amor que siento por ella es real.

Miguel suspiró profundamente, se había cansado por completo de aquel tema. Por suerte, Eliana ya formaba parte del pasado; de nada servía continuar echando más leña al fuego. Así que se ablandó y abrazó a su gemelo con todas sus fuerzas, como si no lo hubiese visto en años. Era la mejor forma que conocía para pasar página de una vez.

Pero Alejandro se apartó de él y torció el gesto. Había algo que seguía rugiendo en su interior y no podía contenerlo por más tiempo.

—¿Usted me quiere? —dijo por fin.

—¿Qué? ¿Qué está diciendo?

—Sí, Miguel; que si me quiere.

—¿Pues no es usted mi hermano, joder?

—Sí, sí. Por eso se lo pregunto.

—¿Que si yo le quiero?

—Dígamelo.

—Que sí, joder. Claro que le quiero, ¿no se lo estoy diciendo, coño? Mire por todo lo que hemos pasado. ¿Usted se cree que por esto voy a dejar de quererle? Que tenemos el mejor tabaco de la isla y estamos a punto de firmar la moratoria, ¡claro que le quiero!

Para sorpresa de Miguel, Alejandro agarró la botella y le dio un trago tan largo que le hizo gritar del ardor en la garganta.

—¡Coño, con cuidado!

—¡Déjeme!

Miguel obedeció entre risas.

—¿Y usted rascándose? ¿Esto es nuevo?

—Las cosas cambian.

—Vaya con el guanajo. Esa mujer le ha hecho un hombre, al final.

—Pues sí. —Alejandro era incapaz de ocultar su actitud retadora—. Y necesito su ayuda.

—¿La mía?

Y de repente, el tono de la charla se oscureció de nuevo, como si los problemas hubiesen vuelto a sobrevolarlos como la más gris de las tormentas.

—Quiero que Eliana se quede con nosotros, por favor. Ayúdeme, se lo suplico. No soportaría pasar sin ella el resto de mi vida.

Miguel abrió los ojos con esfuerzo, tratando de tomar distancia de la fiesta que había a su alrededor. No terminaba de entender si acababa de imaginarse la petición de su gemelo.

—No es una espía, como usted sospechaba. Ella solo quería hacerse un hueco como empresaria. Ya lo ha visto; allá en su tierra la obligaron a casarse con ese hombre al que no ama. Y yo sí que la amo, la amo como nunca antes amé a nadie.

—Pero ¿usted se está oyendo, hermano? ¿Le importan un rábano las mentiras que le dijo esa furcia? Porque yo no pienso tolerar que le traten así a usted.

—Eso es pasado.

—¡Hermano, déjese de milongas! Llevo toda la vida protegiéndole, ¿y así me lo paga? Déjelo ya. Todo salió bien: no tenemos deudas, tenemos la concesión a punto, y estamos por fin solos, usted y yo, sin el imbécil de padre... y sin esa estúpida cubana.

—No la llame así.

—La llamo como lo que es, por todo lo que le hizo.

—¿Y todo lo que ella hizo por nosotros en la fábrica? Sin Eliana no estaríamos aquí, lo sabe usted tan bien como yo.

—Ah, ¿sí? —preguntó Miguel, quien por primera vez parecía interesado en esa conversación.

—Pues... sí.

—Vaya, porque hace meses que yo también estoy notando algo extraño en nuestro tabaco, pero tanto Eliana como usted me han tomado por loco. Y por lo visto no soy el único que ha perdido la cabeza, porque también lo han notado los catadores de Madrid, los clientes y los imbéciles de la cooperativa.

—Ya, lo sé, lo sé. —Alejandro se vio contra la espada y la pared. Su hermano tenía razón. Aquel secreto se había alargado más tiempo del necesario.

—¿«Lo sé, lo sé»? ¿Va a decirme algo o no? No se me haga el guanajo.

—Los secaderos.

—Qué les pasa.

—Hemos mentido. No estábamos secando el tabaco en la fábrica.

—¿Cómo que no? Si los secaderos están a rebosar de hojas ahora mismo, los he visto esta misma mañana.

Alejandro sentía la tensión crecer en su pecho, consciente de que no había forma de escapar a la inevitable confrontación. La verdad estaba ante los ojos de su hermano. Y él debía contársela de una vez por todas.

—¿Recuerda la idea de Eliana de utilizar los secaderos bajo tierra?

—Como hacía ella en Cuba —dijo Miguel, totalmente boquiabierto.

—Pues... decidimos hacerlo solo para probar los resultados. No se lo dijimos porque sabíamos que usted no estaba de acuerdo. Y luego... pues usted se enfadó con ella, yo me enfadé con usted...

—¿Me está diciendo que el éxito del tabaco tiene que ver con esos malditos secaderos?

—Entre otras cosas —balbuceó Alejandro—. Pero lo que dijo usted en el discurso a la comitiva también es cierto, ¿eh? No se vaya a pensar que no. Desde que padre no está, hemos hecho las cosas como había que hacerlas.

Miguel no daba crédito. Todo lo que creía conocer sobre su hermano se derrumbó en un instante. Sentía como si hubiera estado toda la vida con los ojos vendados.

—Siento haber tardado tanto en decirle la verdad.

Tardó en reaccionar. Ahora que conocía la verdad todo encajaba en su cabeza, y no podía más que sentirse un imbécil por no haber caído antes en la cuenta.

—Dónde están esos secaderos.

—En un caserío abandonado cerca de la Cumbre, en uno de los antiguos senderos que conducían a la Caldera de Taburiente. Conocía unas cuevas en la zona y, siguiendo la idea de Eliana, pensé que podíamos acelerar el secado aprovechando la humedad y las condiciones del clima. Ahí es donde ella se ha refugiado de su familia.

Miguel era incapaz de reaccionar. Se sentía tan perdido como confundido; ni siquiera era capaz de mostrar la rabia que necesitaba expresar en ese momento.

—Perdóneme, hermano —insistió Alejandro—. Por favor, se lo suplico. De verdad, créame que quería contárselo antes, pero las cosas se complicaron.

—Está bien.

—¿Cómo?

—Déjelo, está bien.

—¿Seguro?

—Así es. —A Miguel le costaba mantener la compostura, pero asintió con rotundidad para dejar claro a su gemelo que el asunto quedaba zanjado para siempre—. Al final... ha salido todo bien. La fábrica, el tabaco... debo reconocer que esa mujer sí que nos ayudó más de lo que creíamos.

—¡Yo lo dije desde el principio! —Alejandro golpeó a su hermano con gesto cariñoso, como si ambos hubiesen vuelto por un instante a la infancia y estuviesen jugando en la calle.

—Ya está, ya me lo ha contado. Lo mejor es que pasemos página. Y lo siento por usted, lamento que tenga que separarse de Eliana para siempre. Pero bueno, confío en que en unas semanas ni se acordará de ella. —Miguel no sabía ni lo que decía, todavía estaba tratando de asimilar lo que le había contado su hermano. Ese secreto llevado a sus espaldas durante tantos meses se acababa de clavar en lo más profundo de su corazón.

Y entonces, desde ese rincón de su interior surgió en él una idea tan brillante como repentina, un acto reflejo de sus sentimientos. Un efluvio de venganza por la rabia que sentía.

—¿Sabe qué le digo? Que voy a ayudarle.

—¿Cómo?

—No me hace nada de gracia, pero si tanto la ama usted..., pues qué remedio.

—¿Me lo dice de verdad?

—Sí. Quizá fui muy duro con ella, la tuve entre ceja y ceja desde que la conocí ese día en la aduana, y eso que traerla a la fábrica fue idea mía. —Miguel hizo una pausa antes de continuar, necesitaba encontrar las palabras adecuadas—. Yo quiero su felicidad, hermano. Y si para ello tengo que aguantarla, lo haré.

Alejandro no podía creerlo. Se lanzó sobre él con tal euforia que a punto estuvieron ambos de caer al suelo.

—¡Gracias! ¡Gracias! No sabe usted...

—Ay, déjese de bobadas y agradecimientos. Ahora que todo ha terminado, qué menos que ayudar a mi gemelo querido a ser feliz.

—Pues tengo un plan, Miguel.

—¿Un plan?

—Para esconderla y que se quede con nosotros.

—Le escucho.

Alejandro se acomodó antes de proceder a su explicación.

—El padre y el esposo de Eliana van a vendernos su parte de La Indiana.

—Así es.

—Pues... una vez que hayamos firmado el contrato con ellos, Eliana va a fingir su muerte en el acantilado de La Breña.

—¿Cómo?

—Confíe en mí. Ella dejará sus pañuelos, sus zapatos y parte de su ropa al borde del acantilado, como si se hubiese lanzado al vacío. Y ahí es donde entra usted, Miguel. Debe fingir que la ha visto saltar hacia el mar. A mí no me creerían, pero a usted sí.

—¿No es un tanto descabellado?

—Pasarán un mal trago, no se lo voy a negar. Pero estoy seguro de que podrán rehacer sus vidas, y Eliana podrá vivir libre de ellos. Solo así dejarán de buscarla y regresarán a Cuba.

—¿Está usted seguro de esto?

—Sí.

—¿Y ella, también está dispuesta?

—Así es. Por favor —suplicó Alejandro una vez más—, confíe en mí.

—Que sí, que sí. Está bien, lo haremos a su manera.

Alejandro se dejó llevar por la emoción. Su hermano por fin había accedido a ayudarle después de las adversidades que habían sufrido, y de los infinitos roces que habían causado la irrupción de Eliana en sus vidas. Sabía que Miguel había seguido preocupándose por él durante todo este tiempo, veía una profunda bondad en el corazón de su gemelo. Sus lágrimas cayeron sobre el hombro de Miguel mientras recordaba lo que había descubierto sobre él en la isla de Tenerife. Aunque le costaba asimilarlo, Alejandro no dejaba de decirse a sí mismo que tal vez era la misión que Dios le había encomendado: «Si Miguel está dispuesto a soportar a Eliana, yo también podré hacer de tripas corazón con esa enfermedad que padece».

75

UNA PESETA

Horas más tarde, don Mariano y Eustaquio llamaron a la puerta de los hermanos. Irrumpieron en la casa de forma apresurada, impacientes por volver a Cuba y olvidar cuanto antes esa pesadilla en la que les había sumergido Eliana. O mejor dicho, Daniela Álvarez.

Los dos hombres tomaron asiento en el salón familiar y aguardaron a los gemelos en silencio. En el caso de Mariano, el enfado que cargaba sobre sus hombros vestía cada rincón de su rostro, mientras que Eustaquio parecía más nervioso y un tanto acobardado al tener que charlar con el hombre del que su esposa se había enamorado locamente. Cuanto más pensaba en ese Alejandro, más incomprensible le resultaban los sentimientos de «su Daniela».

—¿Puedo ofrecerles a los señores un vasito de licor de hierbas? Lo destilé yo mismo —dijo Miguel, al tiempo que tomaba asiento frente a ellos.

—No se moleste. Cuanto antes firmemos este maldito contrato, antes podremos poner rumbo a Cuba. —Se notaba que don Mariano quería llevar la voz cantante.

Eustaquio también declinó la oferta sin apenas levantar la cabeza, no podía ocultar la tristeza en la que se hallaba sumido.

—¿Se encuentra usted bien? —le preguntó Alejandro con la mejor de sus intenciones.

—Haga el favor de dejarme en paz —le espetó Eustaquio.

El pobre hombre se sentía atrapado en una tormenta en la que la luz ni siquiera se vislumbraba. Cuanto más pensaba en ello, mayor era la certeza de que su matrimonio nunca tendría solución. Él era estéril, y para colmo su esposa nunca lo había amado. La amargura se adueñaba de él cada vez que levantaba la mirada y veía a Alejandro. Ese hombre le había arrebatado su felicidad. Ese maldito gemelo la había condenado para siempre a una vida de infelicidad y humillación.

El notario sí que aceptó la oferta del licor, además de pedirle a los gemelos un carajillo y una hogaza de pan de leña para «hacer boca». Luego, tras leer el contrato en voz alta a las partes allí presentes, el caballero indicó a Eustaquio dónde debía firmar.

—Con su rúbrica, el señor Eustaquio Cantero certifica la venta a los señores don Miguel Vega y don Alejandro Vega de las participaciones de su esposa, la señora Daniela Álvarez, en la fábrica de tabacos La Indiana, por el precio de una peseta.

Así lo hizo el marido sin pensarlo dos veces. Tras ello, Miguel sacó de su bolsillo una moneda oxidada de una peseta y se la entregó al muchacho.

—Quédesela usted, por Dios —dijo Eustaquio.

—No, esta peseta le pertenece a usted —insistió Miguel, colocando aquella peseta en la palma de la mano del aludido.

El pobre Eustaquio la guardó en el bolsillo con la cabeza gacha. En ese momento era un hombre de cristal que no estaba para enfrentamientos ni osadías.

—Joven, gracias por haber hecho tan sencillo este proceso para mi yerno —dijo don Mariano a Miguel mientras ambos se levantaban, poniendo fin a la reunión.

—Como les dije, soy un hombre de palabra.

Miguel miró a su gemelo con complicidad mientras indicaba a los dos hombres la salida de la hacienda. Alejandro coincidió en el gesto: era el momento de llevar a cabo el plan.

Eustaquio siguió los pasos de su suegro, volvió a colocarse su sombrero de ala ancha y se dirigió hacia el recibidor, pero antes se detuvo para contemplar a Alejandro una última vez.

—¿Qué vio ella en usted?

Eustaquio necesitaba una respuesta, pero sabía que nunca la encontraría.

Alejandro permaneció callado y mantuvo la compostura frente a su adversario, a la espera del bofetón que intuía iba a recibir.

Pero no se produjo tal acontecimiento. Eustaquio estaba tan destrozado que ni siquiera tenía fuerzas para odiarlo. En sus ojos solo había dolor, un dolor extremo por tener que vivir el resto de su vida con una mujer que nunca lo había amado y que jamás lo amaría.

Fue don Mariano quien sí se detuvo frente a Alejandro con una intención claramente hostil.

—En cuanto a usted, engendro de la naturaleza —dijo mientras sacaba un puro del bolsillo de su gabardina—, cuánto me alegro de que no vaya a ver a mi hija nunca más. Ojalá se pudra en el infierno.

El joven se quedó de piedra, pero más aún al ver que Miguel ni siquiera se inmutaba ante los insultos que el padre de Eliana acababa de regalarle.

Cuando los dos hombres abandonaron la hacienda, Alejandro tanteó de nuevo a su gemelo para asegurarse de que el plan seguía en marcha.

—Eliana debe haber huido ya camino del acantilado. Ha llegado su momento. Debe salir a dar un paseo hacia esa zona y fingir que la ha visto.

Pero algo no iba bien.

Alejandro se fijó en la sonrisa de su gemelo, una mueca a medio camino entre el alivio y la malicia.

—¿Ocurre algo, Miguel?

—Por fin todo terminó.

—Miguel, ¡corra!

—No vamos a seguir su plan. Eliana se ha terminado, para usted y para esta isla. Para siempre.

Miguel le había mentido.

No había tiempo que perder. Sin mediar palabra con él, Alejandro salió de la casa y echó a correr por las calles a toda prisa, sorteando las hogueras y el gentío de borrachos que bailaban en torno a ellas. Se enfiló por la vereda hasta que llegó al chiquero de la cumbre entre sudores.

El silencio invadía el caserío.

El gemelo abrió la puerta del cobertizo, pero no vio a nadie, ni siquiera a Nito. Algo no encajaba en todo aquello; se suponía que Eliana debía estar escondida. Gritó sus nombres por doquier, y se asustó al no obtener respuesta de ninguno de los dos. Abrió todas las puertas que le fueron posibles y asaltó cada una de las chabolas a medio derruir.

No había signos de vida.

Alejandro se acercó a la cueva en las que se hallaban los secaderos y vio que el acceso estaba derruido. Las tablas de madera que protegían la entrada de un posible colapso estaban destrozadas.

Se temía lo peor. Apartó los troncos como pudo y trató de introducir su cuerpo entre los escombros. Se arrastró por el pasadizo y descubrió que sus peores presagios se habían cumplidos. En el interior, las hojas que debían estar secándose terminaban de arder después de haber sido quemadas; y alguien había destrozado todos los secaderos a golpes.

Alejandro se apoyó contra las paredes con lágrimas en los ojos. Todavía era incapaz de creer que alguien hubiese echado por tierra meses de trabajo. Y lo peor es que estaba casi seguro de quién había sido el responsable.

En ese momento escuchó un grito procedente del exterior. Corrió hacia el bosque y siguió el latir de esos jadeos que se volvían cada vez más apagados a medida que pasaban los segundos. Por fin, después de una búsqueda desesperada, Alejandro halló una pierna agazapada bajo unos matorrales.

Allí estaba Nito con la cara desfigurada y llena de sangre.

—¡Añe, Añejandrooo!!!

—¿Qué le hicieron? ¿Qué le hicieron? —El joven se arrodilló sobre él y lo agarró por la pechera.

—¡Vi... vi-vinieron y se la-la llevaron. ¡Me-me hicieron daño! —Nito jadeaba entre sofocos.

Alejandro esperó a que este se calmara mientras acariciaba su pecho. Tras un largo rato su amigo le contó con más detalle lo que había ocurrido. Varios hombres encapuchados habían acudido de muy malos modos en busca de Eliana, y junto a ellos se encontraban dos hombres cubanos con el rostro descubierto. Eran Mariano y Eustaquio Álvarez.

Alejandro se derrumbó en el suelo entre lágrimas, consciente de que sus peores presagios se habían cumplido; su hermano Miguel había delatado el escondite, poniendo fin al viaje de Eliana y a tantos meses de trabajo. No quería creerlo, pero sabía que era la única consecuencia lógica después de todo lo que había ocurrido entre ellos. Sentía que ya no conocía a su gemelo, que Miguel se había transformado en la versión más oscura de sí mismo, como si fuese una extensión de su difunto padre.

Alejandro cerró los ojos y golpeó la tierra con sus manos, aún podía sentir el olor a ceniza proveniente del interior.

Su hermano le había traicionado.

76
LA TINTA DE LA VENGANZA

Alejandro agarraba con fuerza su bandolera, tratando de disimular ante los guardias el valor del contenido. La algarabía de borrachos era tal que nadie tenía ojos para él en ese momento. Andaba apresurado; el tiempo apremiaba si quería gastar ese último cartucho que le quedaba. La sede del antiguo diario *El Time* —rebautizado como *La Asociación de Canarias*— se encontraba a pocos metros de la Comandancia, en una pequeña plazoleta que se elevaba sobre las calles de la capital.

El edificio estaba cerrado debido a las fiestas. Se maldijo. Dio la vuelta al inmueble tratando de vislumbrar algún rostro a través de la ventana. En el callejón trasero se topó con una pareja a la que interrumpió en plenos arrumacos, se disculpó y continuó con su cometido. Dio varios saltos para llegar al pequeño ventanuco y se agarró a él. Asomó la cabeza y allí vio a don Faustino, tan solitario como siempre, al frente de su máquina de escribir y sosteniendo un puro en la mano.

Alejandro le chistó. Faustino se dio la vuelta de muy mal humor, creyendo que se trataba de otro borracho más que quería fastidiar la rotativa que preparaban para el periódico vespertino. Pero al ver que se trataba de Alejandro corrió a abrirle la puerta de la calle y lo recibió con una colleja, pues no eran horas de visitar el periódico, y menos en una mañana tan señalada como aquella. Lo que le enseñó el joven cambió de inmediato la actitud del director del jornal. *La Asociación de Canarias* era un humilde diario insular con poca plantilla y con una pequeña imprenta traída desde Londres en 1863 —esto era motivo especial de orgullo para su dueño—. Nada hacía presagiar a don Faustino que tendría en sus manos, la víspera a la Gran Noche, un titular como el que le traía el tabaquero.

—Confío en usted, don Faustino.

—No me sorprende nada lo que estoy leyendo —respondió el dueño del diario mientras hojeaba los papeles—. Vaya una alcaldada la que tenemos con este nuevo Gobierno. Si es que apenas acaban de llegar y ya están haciendo de las suyas…

—Ya lo creo, don Faustino.

—Hijo, pero esta información es muy comprometedora. Está el presidente Cánovas y parte de su gente involucrada… Tengo que leerla con detenimiento, no quiero jugármela.

—Haga lo que tenga que hacer —dijo Alejandro—. Solo espero que caigan todos.

A su regreso, el joven tabaquero pasó frente a la hospedería que había junto al puerto. Sabía que Eliana estaba encerrada en alguna de aquellas habitaciones custodiada por su padre y su marido. La rescataría, de eso no tenía dudas. Tan solo debía esperar a que amaneciese.

Por fin todos estaban a punto de conocer ese oscuro pasado de quienes gobernaban. La isla sería otra después de que los palmeros supiesen la verdad.

Y él hallaría su venganza.

Era lo único que le quedaba.

77

CABEZA DE TURCO

23 de junio de 1877

El gentío se dispersó a mediodía. La mayoría de vecinos regresaron a sus casas para resguardarse del calor y para hacer una breve pausa entre tanto alcohol y fiesta. Todos sabían que la noche siguiente era la más importante del año, y durante unas horas las calles quedaron prácticamente vacías y en silencio.

A primera hora de la tarde Alejandro salió de la tabacalera con la sensación de que el mundo se había terminado. Las calles estaban sucias, pero también engalanadas para el acto que se avecinaba: la fiesta de San Juan y la firma de la concesión. Pero el tabaquero tenía la cabeza en otro sitio. Se dirigió a los estancos que acababan de recibir la prensa de la tarde y revisó los titulares. Encontró lo que buscaba. Al menos el nombre de Braulio salía en las portadas de los noticiarios locales. Eso sí, en todos ellos ocupaba un espacio muy pequeño en una de las esquinas, pues el resto de los encabezados estaban dedicados a la firma de la concesión que tenía previsto celebrarse aquella misma noche.

Alejandro rompió con sus dientes las cuerdas que protegían el fajo de ejemplares sin hacer caso a las quejas del estanquero. Lo abrió como un acordeón entre sus brazos y comenzó a leer. Apenas le habían dedicado dos caras del diario, y en ellas se hablaba con todo lujo de detalles del fraude de la empresa esclavista en la que había pasado don Braulio Mendoza parte de su juventud. No halló otro nombre entre sus líneas, ni siquiera el de los dueños de la compañía o de los vapores que hacían el traslado.

Era un ver y no creer. Recorrió con un ansia desmesurada el periódico en busca de respuesta a su incredulidad. Desde luego, el artículo de *La Asociación de Canarias* estaba redactado con una pulcritud mayúscula, y en este caso lo firmaba además el propio Faustino. Se dejaba constancia en aquel texto de todas y cada una de las atrocidades relatadas en los diarios del párroco, pero no se hacía mención alguna a sus cómplices, compañeros o superiores.

Alejandro no podía creerlo. La prensa también estaba vendida a los intereses de los caciques de siempre en vez de a la verdad que todo el pueblo debía conocer. Nunca podría derrotar el sistema establecido, nunca podría vengar lo que le habían hecho a la mujer a la que tanto amaba. Derrotado en aquella batalla, ya no tenía nada que perder. Así que dejó que la rabia y la sed de sangre se adueñasen de él y se encaminó como un suicida en busca de justicia.

Montó en cólera en cuanto puso un pie en el salón de la Gran Logia. El maestre Heriberto estaba sentado en su butaca mientras uno de los subordinados de la orden le colocaba el atuendo masónico. Todos los terratenientes de la isla se hallaban junto a él, Miguel entre ellos.

—A la espera estábamos de su llegada —dijo el maestre en tono jocoso—. Espero que haya visto cómo dejamos el nido de amor que tenía con esa mujer.

Las zancadas de Alejandro parecían las de un toro embravecido.

—¿Creía que se iba a salir con la suya? ¿Se cree que la prensa es imbécil o qué?

—¡Es usted un malnacido!

Tuvieron que agarrar a Alejandro entre varios para que no se abalanzara sobre el maestre, pues estaba a punto de matarlo a golpes.

—Calma, hermano —intervino Miguel para calmarlo—. ¿Acaso creyó usted que sería capaz de tumbar a toda la isla? ¿Por qué no me hizo caso cuando se lo advertí?

—¡Ni me hable, Miguel! ¡Traidor! ¡Desviado!

Alejandro quería matarlo con sus propias manos, sentía la necesidad de ahogar con todas sus fuerzas la nuez de su cuello hasta que dejase de respirar de una maldita vez. Pero apenas podía moverse, los miembros de la Logia lo agarraban con todas sus fuerzas.

—Una lástima lo que ha ocurrido —se lamentó el maestre—. Nuestro honorable don Braulio se ha convertido en el mártir de sus caprichos.

—¡Son todos unos traidores! ¡Corruptos!

El maestre Heriberto era el hombre más poderoso de la isla, de eso no quedaba ya duda alguna. Los masones habían conseguido detener la publicación de la noticia. Y no solo eso, sino que además habían hecho caer a don Braulio de una vez por todas.

—Alejandro, creo que intentó ir demasiado lejos con su venganza —insistió el maestre—. Esa mujer a la que tanto ama no va a volver nunca, hágase a la idea. Y la moratoria va a firmarse, por mucho que usted haya intentado dinamitar el día más importante para los palmeros. ¿Le parece a usted maduro poner en riesgo el futuro de toda la isla por una mentirosa como ella?

—¡Ojalá se pudran todos en el infierno!

Eran tales los gritos y aspavientos de Alejandro que entre todos lo echaron del edificio a patadas. La Logia ya no era sitio para él, aunque a decir verdad nunca lo había sentido como un hogar. La desesperación y la angustia lo asediaban conforme se alejaba calle abajo. Todas sus esperanzas se habían esfumado, ya no podía nada hacer contra aquel «Goliat». Los poderosos seguirían siéndolo a pesar de sus intentos por acabar con ellos.

De vuelta a casa, Alejandro se sentía tan devastado que era incapaz siquiera de llorar, por más que su cuerpo se lo pedía a gritos. Su andar irregular entre los adoquines se confundía con todos los pensamientos que martilleaban su mente. No podía creer que su propio hermano le hubiese traicionado, y todo con tal de separarlo de la única mujer a la que había amado jamás.

Miguel había vuelto a salirse con la suya, como siempre.

Tal vez a Alejandro no le quedaba más remedio que aceptar su destino, tal y como le habían indicado el maestre Heriberto y el resto de tabaqueros. Quizá debía alegrarse por la moratoria de la que tanto se iban a beneficiar todos los tabaqueros de La Palma y dejar que Eliana volviese a Cuba con su verdadera familia. Pero la rabia le consumía al tener que imaginarse el resto de su vida sin ella, más aún después de todo lo que ella había hecho por el tabaco de la isla. Sabía que Eliana solo había sido feliz en La Indiana.

Cuánto lamentaba no poder hacer nada más al respecto.

Se detuvo en seco al pasar frente a la parroquia. Las puertas estaban abiertas de par en par y la sacristía se encontraba manga por hombro, como si por allí hubiese pasado un regimiento.

Sentado en el bordillo de los adoquines se hallaba Braulio Mendoza, llorando como un paria mientras lo custodiaban dos guardias y los vecinos lo insultaban a su paso. Esa imagen terminó de hundirlo.

—Braulio…, yo…

—No se preocupe, muchacho. Soy yo el que debe disculparse.

Alejandro se acercó más a él para escucharlo, con los ojos a punto de derrumbarse por culpa de las lágrimas.

—Usted amaba de verdad a esa mujer, y yo traté de separarlos. Lo siento.

Alejandro se derrumbó frente a él. A pesar de todo, Braulio siempre había sido más que un padre: un mentor, un amigo y un hombre en el que confiar.

—El pasado siempre vuelve a uno —prosiguió Mendoza—. Debí haber sido consecuente con mis actos hace mucho tiempo.

—No sé qué decirle, Braulio.

—Pues... mejor no diga nada más.

El hombre no opuso resistencia mientras los guardias lo esposaban para llevarlo a la isla de Tenerife. Allí debía ser juzgado por su deslealtad y traición a la diócesis de la Provincia Marítima de Canarias. Braulio Mendoza, quien durante más de treinta años había ejercido con absoluta nobleza sus cargos de párroco en lo divino y de lector en lo humano, estaba ahora solo, a las puertas de su casa, sin más compañía que los insultos de todo el que por allí pasaba.

Antes de marcharse, sin embargo, Mendoza pidió a los agentes que le permitieran acercarse a Alejandro para despedirse de él con un abrazo, pues sabía que nunca más volvería a verlo.

El párroco se acercó al joven y le susurró al oído:

—No se lamente por mí, muchacho. Y sepa que lo que usted y su hermano le hicieron a don Servando me lo llevaré a la tumba, su secreto está a buen recaudo conmigo. —Hizo una pausa antes de continuar—. Vuestro padre se lo merecía. Si de algo me arrepiento en esta vida es de no haberlo matado yo mismo muchos años antes. Fui un cobarde, callé y dejé que usted sufriera las torturas de ese animal. Le repito, si alguien debe sentirlo, ese soy yo.

Tras la disculpa, Braulio se encomendó a su destino guiado por los guardias que lo custodiaban, despidiéndose para siempre de su vida.

78
UNA PUERTA CERRADA

A pesar de la rabia que sentía Miguel hacía grandes esfuerzos por mostrarse eufórico por la celebración que se avecinaba. Después de tantos avatares a los que había tenido que enfrentarse en los últimos meses, parecía que por fin las aguas recuperaban su cauce. La Indiana había vuelto a manos de los hermanos sin una sola peseta de deuda. Y sin las injerencias de esa cubana. Eliana formaba parte ya del pasado, y la moratoria que estaban a punto de firmar con el Gobierno Central de la metrópoli era solo la primera piedra de un futuro prometedor.

Alejandro era su único motivo de preocupación. Primero, la mentira de los secaderos. Y después, su artimaña de venganza en la prensa. Las formas con las que su gemelo había irrumpido en la Logia le avergonzaban y desconcertaban a Miguel a partes iguales. Pero estaba seguro de que recapacitaría, pues sabía que bajo esa ira se escondía un corazón noble y agradecido. Ya habría tiempo de solucionar sus diferencias y empezar de cero cuando se llevase a cabo la firma de la moratoria.

Los andares de Miguel por las calles del pueblo eran propios de un líder. El joven se sabía el rey de la celebración que estaba a punto de llevarse a cabo, y por ello vestía su mejor atuendo, un traje color granate que ensalzaba su soberbia y que recordaba al de su difunto padre. Se sentía más poderoso que nunca, como si estuviera a punto de convertirse en un Dios en la tierra.

De camino a la celebración de la firma, Miguel optó por hacer una parada en casa de Rafaela. Todos los tabaqueros acudirían al acto con una acompañante y él no quería ser menos. Ahora que sabía que Alejandro se quedaría en casa llorando, no le apetecía tener que aparecer solo en un momento tan importante.

Después de la traición de su prometida, Miguel y Rafaela no habían vuelto a dirigirse la palabra. Pero ahora que todo había terminado con la criolla, era el momento ideal para olvidar el pasado y pensar de nuevo en el futuro.

Miguel sabía mejor que nadie que ese matrimonio le convenía. Ella era la pieza que necesitaba para demostrar a los demás que por fin se había convertido en un hombre adulto. Ese casamiento le serviría también como coartada.

—¡Rafaela! ¡Baje a verme! —gritó, dirigiendo su mirada a la ventana del piso superior.

Pero ella no respondió. Sí lo hizo don Camilo, asomándose al portón de la casa.

—Miguel, cuánto lo siento. Dice que no quiere verle.

—¿Cómo?

—Pero yo la arrastro si hace falta, eh..., que ya está mi señora vistiéndola para acudir a ese acto. Por lo que más quiera, no se marche, dele unos minutos. Que me la cargo como no baje. Tendrá miedo la muchacha, por la situación. Usted me entiende, don Miguel.

—No, no le entiendo. ¿Qué situación?

Oyó una algarabía de voces proveniente de la parte trasera de la casa. Lo que parecía una fiesta a golpe de latón y calderetas se tornó al instante en una fuerte discusión. Por más que lo intentaba, Miguel era incapaz de distinguir al emisor o receptor de tan agudos improperios.

Tras unos minutos de tensión, don Camilo volvió a aparecer en el portón de la entrada.

—Pase a buscarla, que está agarrada a la cama y dice que no quiere verle más. Yo ya no sé qué hacer con esta niña.

Miguel estaba a punto de entrar cuando Arsenio, el hermano de Rafaela, le interrumpió el paso.

—Mi hermana no sale —sentenció.

—Venga ya, Arsenio. Dígale a su hermana... que o sale ahora mismo o bajo a sacarla. Que tiene que venir conmigo a la celebración de la comitiva.

—Usted no va a entrar en esta casa.

—¡Qué hace, hijo! No le hable así a su futuro cuñado —chistó don Camilo a su hijo.

Miguel miró su reloj de bolsillo con gesto impaciente y airado.

—O Rafaela baja ahora mismo, o bien se puede olvidar del matrimonio. Que llegamos tarde.

En ese momento la cigarrera asomó la cabeza por la ventana del piso superior, con una actitud más soberbia incluso que la de Miguel.

Y no era para menos. Las dudas que tenía Rafaela de su prometido se habían resuelto tras los últimos acontecimientos; sabía que no quería un futuro a su lado.

Miguel había acabado con todo por su ambición, su necesidad de controlarlo todo.

—¡Miguel! —gritó Rafaela, asomada a la ventana—. ¡No pienso casarme con usted! ¡Primero su trato con Eliana! ¡Y ahora lo del pobre Alejandro! ¡Cómo se le ocurre hacerle eso!

—¿De qué habla usted? ¿Eh?

—¡Que la vendió, Miguel! ¡Que vendió a su socia! ¡Un año trabajando en esos secaderos y usted lo manda todo a paseo por su cabezonería!

—¿Usted lo sabía?

—¡Pues claro! ¡Yo les ayudaba!

—¿A mis espaldas? —Miguel estaba entrando en cólera.

—¡Sí! ¡Y volvería a hacerlo! ¡Es usted el peor patrón que existe!

Rafaela cerró la ventana de su dormitorio dando un golpe seco.

—Discúlpela, por Dios. No se lo tenga en cuenta, es una inconsciente. —Camilo no paraba de hacer gestos de súplica para disculpar a su hija ante Miguel.

Al oírlo, Rafaela volvió para asomar de nuevo la cabeza y reprender a su padre desde el piso superior.

—¡No necesito que nadie hable por mí, padre

—¿Qué diablos le pasa, Rafaela? ¿Perdió el juicio o qué? —gritó Miguel.

—¡Váyase por donde vino! ¡Eliana es lo mejor que le ha pasado al tabaco en esta isla! Prefiero vivir solterona que agarrada a un imbécil como usted. Imbécil…, eso es lo que es. Que se cree que todos tenemos que bailar a su son. ¡Ojalá se quede solo!

—Pero ¿usted se da cuenta de las sandeces que está diciendo? ¡Que esa cubana se metió en su cobertizo y se aprovechó de usted para que la escondiese!

—¡Lo hizo para librarse de gente como usted! ¡Yo habría hecho lo mismo!

Miguel se abalanzó contra el portón de la casa para bajarla a rastras. Pero Arsenio se colocó de nuevo frente a él.

—No se le ocurra entrar por la puerta.

—¿Qué hace? ¡Déjeme hablar con ella!

—Fuera de esta casa. O lo mato, apache.

—¿Cómo me llamó?

—Apache.

Miguel se ablandó ligeramente. «Apache» era una palabra que el joven no estaba dispuesto a oír de nuevo.

—Por favor, amigo. —Su tono de voz se ablandó de inmediato.

—No soy su amigo, y lárguese de una vez si no quiere que le diga a todo el mundo lo que intentó hacerme en las eras aquella noche.

—Pero... dijimos que sería nuestro pacto.

—Sí, pues haga el favor de respetarlo. Deje a mi hermana en paz y no vuelva por aquí.

—Por favor —le suplicó Miguel—. Lo siento, quiero a... su hermana. —No podía soportar que Arsenio le tratase de esa forma. Le dolía tanto perderlo que estaba dispuesto a arrodillarse con tal de que su amigo entrase en razón.

Y eso hizo.

Miguel suplicó una vez más a Arsenio para que le dejase entrar en aquella casa. Sabía que hacer feliz a Rafaela era la única forma de no perderlo.

Pero este le cerró la puerta en sus narices y se metió hacia el interior.

Miguel aporreó la puerta una y otra vez con la esperanza de que Arsenio hubiese cambiado de opinión, pero no consiguió nada más que el silencio por parte de la familia.

No entendía esa actitud por parte de su amigo, si es que aún podía considerarlo como tal. Arsenio llevaba meses insistiendo en el deseo de que su hermana se casara con él, y ahora de repente prefería que Rafaela se quedase como una solterona el resto de su vida.

—¡Por favor! ¡Arsenio! ¡Arsenio!

Era tal su desgarro que Miguel ni siquiera se había dado cuenta de que estaba gritando el nombre de su amigo en lugar del de Rafaela. Lo amaba, no podía soportar perderlo.

Y a pesar de la impotencia, no le quedó otra opción que sucumbir ante esa puerta que se había cerrado para siempre.

79

UNA FIRMA HISTÓRICA

Y llegó la histórica noche de San Juan de 1877.

Nunca antes se había visto tal ajetreo en ese lugar. En el quiosco que presidía la plaza, un coro entretenía al público a la espera de que diese comienzo el evento más esperado para la isla de La Palma en estas últimas décadas. No había un hombre allí sin su raya en el pelo, su peine en el bolsillo y sus zapatos relucientes. Y las mujeres tampoco se quedaban atrás: vestidos de encaje, enaguas de domingo y ungüentos con todo tipo de aromas poblaban las calles principales de Santa Cruz de La Palma. Había cientos de parejas, familias y pandillas de jóvenes. Nadie quería perderse el ansiado momento de la concesión.

La agrupación musical hacía alarde del timple y la bandurria mientras sus músicos entonaban galas y tonadillas improvisadas a la altura del acto. Los asistentes repetían los versos del líder de la banda: «Y el presidente, qué don de gentes, y qué alegría. Sale a paseo, con su señora, su bandolera y su buen hacer». Era tal la escandalera en la calle que las risas del público se pisaban con las voces e instrumentos de los músicos. Pero cuando la comitiva hizo su entrada en la plaza, se hizo un silencio absoluto.

—Presenta el acto nuestro excelentísimo corregidor de la Junta Superior de Gobierno y de la Provincia Marítima de Canarias, el ilustre Jacinto Yanes Córdoba —proclamó el alguacil.

El corregidor saludó a los presentes, que se agolpaban frente al atril como abejas en un panal.

—Buenas a todos. Lo que estamos viviendo hoy era impensable hace solo unos meses. Se trata de una celebración histórica, única, un privilegio para esta, nuestra isla: una noche que todos recordaremos para siempre. Hoy, ante esta audiencia, se firmará la «Concesión para la exportación del tabaco palmero al territorio continental de Europa».

El público rompió a aplaudir al tiempo que el corregidor Yanes Córdoba cedía el testigo a las dos máximas autoridades que habían venido desde la metrópoli: el ministro de Ultramar y el presidente del Consejo de Ministros.

Miguel se adentró entre el público a empujones por uno de los laterales de la plaza mientras el ministro de Ultramar iniciaba su discurso desde el atril. El gemelo quería saborear la victoria a toda costa desde el lugar que le correspondía, la primera fila, junto al resto de empresarios del tabaco. Llegó hasta la zona habilitada como pudo y sus compadres le hicieron un hueco.

Como era habitual en este tipo de eventos, el discurso de apertura se alargó más de la cuenta y los resoplos de aburrimiento no se hicieron esperar. Los asistentes compartían ese sentimiento de agonía al ver que la incertidumbre por la firma no hacía sino alargarse. Cuanto más cerca estaba el momento, más lejano parecía.

Miguel hacía esfuerzos por prestar atención a las palabras del ministro cuando algo impactó en su cabeza. Se dio la vuelta y miró hacia el suelo buscando el artefacto, pero había tantas piernas a su alrededor que le fue imposible encontrarlo entre la polvareda que se levantaba sobre el terreno de la plaza. El discurso sobre el escenario se alargaba como una melodía homogénea, carente de todo énfasis, mientras Miguel trataba de restar importancia a aquel incidente. Pero cuando quiso darse cuenta, otro objeto había vuelto a golpearlo. Esta vez sí lo vio, se trataba de una piedrecita que había volado por los aires para impactar en su espalda. Con gesto furioso y altivo buscó al maleante, mientras en el estrado, el ministro de Ultramar continuaba leyendo las interminables páginas de su discurso.

Entonces se oyó un grito, cuyas palabras eran imperceptibles entre el gentío.

Todos se volvieron hacia Miguel, que no había sido capaz de descifrar lo que decía. Se escuchó de nuevo un grito que parecía tener al gemelo como destinatario. Y esta vez todos pudieron escucharlo, pues coincidió con un silencio en el discurso:

—¡Maricón! ¡Invertido!

La audiencia al completo se giró hacia el lugar del que procedían los insultos. Miguel recobró la compostura al instante y se lanzó a buscar al responsable. Allí vio a Arsenio, apoyado en el muro al final de la plaza, junto a algunos de sus compañeros.

—¡Qué dice de mí, eh! ¡Qué dice de mí, hideputa! ¡Lo voy a matar!

El ministro de Ultramar detuvo su discurso al percatarse del rebumbio que se había formado bajo el estrado. El resto de firmantes también se pusieron en pie para contemplar mejor la escena.

—¡Dígamelo a la cara! ¡Malnacido! —Miguel se abalanzó sobre el cuerpo de Arsenio sin reparar en que Rafaela se hallaba junto a él. Tenía unas ganas desenfrenadas de matarlo allí mismo, le daba igual que toda la isla estuviese presente.

—¡Que yo no fui! ¡Que yo no dije nada, Miguel! —gritaba Arsenio mientras recibía su castigo.

Demasiado tarde. Miguel golpeó al hermano de Rafaela con una saña nunca antes vista en él. Lo tiró al suelo, y los presentes se abrieron para que la pelea continuase con todas las de la ley. Arsenio trataba de defenderse como podía, mientras Rafaela gritaba y agarraba la camisa de Miguel tratando de contenerlo. Pero su furia era imparable. El joven lo golpeaba sin detenerse a tomar aire. Ni siquiera le importaba hacerse daño con los golpes que le propinaba, en su cabeza solo cabía la idea de limpiar su nombre. Tenía tanta furia y tanto dolor que necesitaba liberarlo como fuese.

—¡Que se equivoca, pericón! —fue lo único que acertó a decir Arsenio, ya con la boca llena de sangre—. ¡Está loco, está loco!

Miguel volvió a la carga, pero esta vez le agarraron entre varios para que cesara en su empeño de acabar con él.

—¡Yo lo mato, embustero! ¡Lo que a este hideputa le joroba es que su hermana me valga minga!

Arsenio estaba a punto de desmayarse cuando Miguel escuchó de nuevo unos gritos a su espalda.

—¡Maricón! ¡Apache! ¡Que todo el mundo lo sepa!

Se hizo el silencio.

Los gritos venían de otro lugar.

Miguel dejó de golpear a Arsenio, se dio la vuelta y lo vio.

Era su hermano.

—¡Invertido de mierda! —gritó Alejandro, sosteniéndole la mirada—. Que se sepa aquí que mi hermano es un invertido, un asqueroso, un depravado... Aquí no va a engañar a nadie más. Mi hermano lleva toda la vida buscando a los hombres como un niño a un caramelo... y tiene a un puto en Tenerife con el que se acuesta cada vez que va. ¡Tengo su nombre! ¡Y conozco los lugares que frecuentaba!

Alejandro ardía de rabia en su interior, pero sabía que había escogido el momento perfecto para dinamitarlo todo por completo. Después del daño que le habían hecho, no estaba dispuesto a permitir que su hermano y los políticos se saliesen con la suya.

Los agentes del orden salvaron la situación dando voces y gritos con el arma en la mano. Luego, uno de ellos lanzó un disparo al aire para disolver el cotarro. Todos los dirigentes de la comitiva bajaron de la tribuna de inmediato y corrieron a resguardarse en uno de los edificios aledaños, al tiempo que la marabunta de público huía despavorida de la plaza. Al ruido de los disparos se sumaban los gritos de parte de los asistentes que, como no habían visto la pelea, no entendían qué demonios estaba ocurriendo y seguían al resto como si de un ataque pirata se tratase.

El desconcierto se extendió como un terremoto y pronto invadió las calles de los alrededores. Gritos, empujones para esconderse en las casas aledañas... y el incesante fuego de las hogueras de San Juan.

En solo un suspiro, aquel escenario festivo se había convertido en el cementerio de un campo de batalla.

—¡¿Tanto le costaba dejar que fuese feliz?! —gritó Alejandro entre lágrimas a Miguel, mientras los guardias se lo llevaban por el brazo.

En la plaza apenas quedaban ellos dos, junto a unos pocos rezagados.

Pero Miguel era incapaz de responder. Permanecía inmóvil en medio de la plaza, con el corazón totalmente destrozado. Sentía un dolor impronunciable mientras contemplaba la triste figura de su hermano alejándose en compañía de los alguaciles. No podía concebir que su alma gemela en este mundo lo hubiese humillado de esa forma.

Poco después Miguel cayó al suelo desplomado, presa de la desesperación al saber que no podría eludir el destino que le esperaba.

Sentía como si el mundo hubiese llegado a su fin.

80
EL CASTIGO

El desconcierto se había adueñado de las calles. Horas después del suceso protagonizado por los gemelos, el ambiente era de absoluta incertidumbre. Nadie sabía lo que ocurriría con respecto al tratado, ni siquiera los propios tabaqueros implicados. Y para colmo, ninguno de los políticos se había dejado ver por los festejos en lo que iba de noche, algo que no hizo sino aumentar la llama del miedo en el pueblo palmero.

Esa noche llovió más alcohol que nunca por las calles de la capital, y se produjeron numerosas rencillas entre vecinos. Todos dejaron brotar lo peor de sí mismos con tal de aliviar el pánico. Y es que había un sentimiento generalizado entre los palmeros: el mundo tal y como ellos lo conocían iba a ser muy diferente al amanecer. Para bien o para mal.

Era ya de madrugada cuando circularon los rumores entre quienes aún aguantaban despiertos en la verbena. Varios jóvenes habían visto a los políticos visitando la sede de *La Asociación de Canarias* en plena noche. Unos decían que aquello solo podía significar el «no» para la isla, pues de lo contrario lo habrían comunicado en el propio evento; mientras que los más optimistas aseguraban que los miembros de la comitiva querían dar el «sí» a través del periódico más leído de las Islas Canarias. En cualquier caso, la aprensión y la inquietud aumentaban conforme se adentraban en esa eterna madrugada.

Miguel pasó la tarde encerrado entre los muros de La Indiana, lejos del meollo de la fiesta. Aún tenía la piel pálida, y la sangre seca de Arsenio manchaba toda su ropa y sus manos. En silencio, apoyado en la pared de la nave principal de la fábrica, no podía dejar de repetirse las últimas palabras que le había dicho su hermano: «¿Tanto le costaba dejar que fuese feliz?».

Un crujido interrumpió sus pensamientos. Alguien había lanzado una piedra contra la ventana. Y supo que venían a por él en cuanto escuchó gritos coléricos provenientes de la calle.

Era su sentencia de muerte y sus verdugos estaban a punto de ejecutarla.

Descendió las escalinatas y salió a la calle trasera para afrontar su destino con entereza. Eran diez hombres, todos ellos rostros conocidos para el gemelo, en su mayoría empleados de La Indiana y jóvenes chinchaleros de otras fábricas vecinas, incluso había algún niño. Todos llevaban barras de madera. No había nadie más a quien pedir auxilio en esa callejuela, algo que tranquilizó a Miguel, al menos así no tendría que prolongar su agonía por más tiempo.

La rabia de los jornaleros era tal que apenas mediaron palabra con él. Si habían acudido en su búsqueda, tal vez eso quería decir que ya todo estaba perdido. No habría concesión, no habría futuro para la isla.

Le golpearon sin piedad, una y otra vez, cada uno con su bastón de madera y los ojos inyectados en odio.

—¡Maricón! ¡Invertido!

Destrozaron su cuerpo con una ferocidad sin igual. Aquellos martillazos eran tan violentos que resonaban en toda la calle, y no cesaron hasta que el joven se desmayó.

Allí lo dejaron, tirado en ese callejón y con la cara desfigurada.

Y en el fondo, Miguel se sentía merecedor de aquel castigo.

81
LAS LLAMAS DE LA GRAN NOCHE

24 de junio de 1877

Eliana no podía pegar ojo. El ruido de la verbena en plena madrugada hacía retumbar las paredes del hostal en el que se hallaba encerrada junto a su marido, y sus miedos y tristezas no dejaban de asaltarla. Entre el sueño y la vigilia, la joven recordó los inolvidables momentos que había vivido con Alejandro, así como todos los cambios que había llevado a cabo en La Indiana. Pero también volvían a ella los recelos del pueblo, la ira de Miguel y el desprecio de la cooperativa tabaquera.

Y la traición de Yanet.

Su criada. Su amiga. Su confidente.

Con el dolor más amargo de su corazón, cada vez tenía más asumida la realidad que le esperaba en Cuba para el resto de su vida.

—Mi Daniela —le susurró Eustaquio, que acababa de abrir los ojos y estaba tumbado junto a ella en la cama—. Usted tampoco consigue dormir, ¿eh?

—Ya tendré tiempo…

Eustaquio se incorporó para contemplar mejor la figura de su esposa. La adoraba como a ninguna otra mujer en el mundo, pero al mismo tiempo sentía una gran impotencia al tenerla frente a él y saber que nunca podría conseguir que ella le amase del mismo modo. Sabía que nunca sería suya, que una gran parte de ella se quedaría para siempre en La Palma.

—Yo... la amo, mi Daniela.

Ella no respondió. Esbozó una sonrisa compasiva y acarició las mejillas de Eustaquio como si de su hijo se tratase. Sentía una lástima tremenda por su marido, pues al igual que ella, en el fondo sabía que él también era un pobre esclavo de su familia. Eliana estaba convencida de que él tampoco la amaba tal y como decía; simplemente no le habían dado otra opción y él se limitaba a cumplir con lo que se esperaba de él.

Ellos no eran más que dos piezas de un juego en el que nunca habían escogido participar.

Eliana volvió a cerrar los ojos con fuerza. Quería evocar los momentos vividos en esta isla una última vez, como si temiera que, al embarcar en el vapor de regreso a Cuba, aquellos recuerdos fuesen a salir volando, perdiéndose para siempre entre el océano y los vientos alisios.

Desde luego, los últimos meses de su vida habían sido inolvidables.

—Eustaquio, ¿le podría pedir un favor?

—Por supuesto, mi amor.

—Necesito despedirme... de La Indiana. Le aseguro que es lo único que voy a pedirle en el resto de nuestra vida. Quiero visitar esa fábrica una última vez, necesito saber que no fue un sueño lo que viví aquí. Por favor, se lo pido.

A Eustaquio no le sorprendió la petición de su esposa. Al contrario, llevaba toda la noche con el presentimiento de que aquello iba a ocurrir tarde o temprano.

—Está bien —dijo él, con una enorme tristeza en su rostro—. Pero vuelva pronto, por favor, antes de que su padre despierte y se percate de su ausencia.

Eustaquio la ayudó a escapar por la ventana trasera con una escalera de mano que había en el pasillo de la pensión. La colocaron entre ambos y Eliana bajó con cuidado los peldaños para no despertar al resto de huéspedes que allí se alojaban. Por suerte la dársena estaba desierta, pues el ambiente de aquella noche se concentraba en torno a la plaza Real. Antes de despedirse, ella le regaló una última y sincera sonrisa:

—Gracias.

—Quiero que sea feliz —respondió él con lágrimas en los ojos—. Solo le pido que vuelva antes de que se haga de día.

Eliana asintió y se perdió entre los lotes de mercancía que poblaban el puerto a la espera de ser embarcados. Recorrió las calles en silencio. El alba asomaba ya tras las montañas cuando llegó al portón de La Indiana. Parecía todo un milagro que la fábrica continuase en pie después de tantos vaivenes, deudas y contratiempos.

Eliana tenía su llave en el bolsillo, todavía no se había desprendido de ella. Se adentró en el edificio y deambuló por las mesas como si aún continuara sumergida en su ensoñación. Agarró el tabaco que había sobre la mesa de trabajo y lo empuñó por última vez. Quería sentir la hoja seca y dejar que aquel olor añejo y barnizado impregnase sus manos. Luego subió por las escaleras de madera que conducían al despacho para observar desde lo más alto la sala principal en todo su esplendor. El eco de sus pasos retumbaba entre los muros, como si nadie hubiera pisado aquel edificio en mucho tiempo, pero ella no podía más que imaginar, con una sonrisa de orgullo, el constante ajetreo de tabaqueros y cigarreras a lo largo del día y la noche. Con su trabajo y sus ideas había conseguido levantar esa fábrica de la ruina cuando nadie daba un duro por ella, ni siquiera el propio Alejandro. Aquel viaje había merecido la pena, a pesar de todo.

Aún podía ver a través de la ventana el fuego de las hogueras de San Juan en las calles aledañas, la humareda de la fiesta que se respiraba incluso entre las paredes de la tabacalera.

Y se disponía a abandonar la fábrica bajo un manto de nostalgia cuando algo la sorprendió.

Alguien había trancado la puerta desde el exterior.

Eliana hizo varios intentos por abrirla, pero no había forma. Corrió entonces hasta la puerta que daba acceso a las fincas, pero habían hecho lo mismo. Cuando quiso darse cuenta, la madera del tejado estaba ardiendo, y los tablones se desprendían cayendo como piedras sobre las mesas.

La Indiana estaba en llamas.

82
EL CALABOZO

Alejandro estaba sumido en la oscuridad, con la espalda apoyada en aquellas gélidas paredes de piedra que amenazaban con aplastarlo. El olor a humedad y a podredumbre se deslizaba por cada rendija de su cuerpo, llenando sus pulmones hasta hacerle casi imposible respirar. Los grilletes que aprisionaban sus muñecas eran incómodos y dolorosos, y la paja que servía de cama apenas aliviaba la rigidez de su cuerpo.

A pesar de todo no se arrepentía en lo más mínimo de sus actos. Se alegraba de haber roto para siempre el vínculo que lo ataba a su hermano, se enorgullecía de haber frustrado las aspiraciones de toda la cooperativa.

Sabía que su vida tal y la como él la conocía, había llegado a su fin. Y la venganza era la única forma de encontrar un poco de paz.

Solo pensaba en Eliana. En Daniela. En esa mujer que había aparecido en La Palma hacía casi un año y que había robado por completo su corazón. Sus únicos deseos eran para ella. Deseaba con todas sus fuerzas que Eliana pudiese encontrar la felicidad a su regreso a Cuba, que su verdadero esposo pudiese darle lo que ella necesitaba. Alejandro sabía que su amor por ella perduraría a través del tiempo.

Estaba dispuesto a extrañarla cada día de su vida.

El silencio en el calabozo quedó interrumpido por unos tímidos ruidos provenientes del pasillo. Gritos. Murmullos. El eco de unas palabras que Alejandro no acertaba a descifrar, pero entre las que su nombre y su apellido resonaban cada vez con más fuerza.

Algo inusual estaba sucediendo afuera. Los alguaciles discutían en el pasillo. Eran dos, quizá tres hombres. Primero solo llegaban a él unos ruidos lejanos y entrecortados, pero después comenzó a escuchar claramente unos pasos y voces que se acercaban cada vez más, y entre las que parecía adivinarse la voz de una mujer.

Su corazón se aceleró y Alejandro se puso más y más nervioso sin saber siquiera el porqué. El gesto de los alguaciles no resultó nada esperanzador cuando aparecieron frente a él, al otro lado de la celda.

—Señor Vega. Ha ocurrido algo.

Sin terminar de explicarse, uno de los hombres sacó una llave, abrió el candado que lo mantenía en su cautiverio y le quitó los grilletes con un gesto de inconfundible tristeza.

—¿Qué pasa? ¿Qué ocurre?

—Corra, corra a la calle —insistió el alguacil, apiadándose del muchacho.

Alejandro obedeció, se incorporó y cruzó a toda prisa el umbral del calabozo. Y al salir al pasillo, sus ojos tropezaron con las lágrimas de Rafaela. La mujer estaba totalmente devastada.

—Tiene que venir conmigo. ¡Ya!

83
UN ÚLTIMO ALIENTO

Eliana gritaba con todas sus fuerzas mientras buscaba una salida del infierno. El fuego se elevaba sobre las paredes y el tejado de la estancia, el humo hacía cada vez más irrespirable el interior de la nave principal e impedía que pudiese vislumbrar con claridad las posibilidades que había a su alrededor. Su voz sonaba ronca por culpa de la humareda y el miedo ante la situación, pero sus gritos eran tan constantes como desgarradores y llenos de desesperación.

Cada vez que llegaba a una estancia se topaba con una columna de llamas y se veía obligada a detenerse y buscar otra alternativa. El pánico y el dolor parecían fusionarse en ella, al tiempo que el vestido de seda se pegaba a su piel sudorosa y sus cabellos revueltos hacían que su rostro se viera aún más desesperado. Eliana seguía gimiendo y llorando. Su garganta perdía poco a poco las fuerzas y a su cuerpo le quedaban ya pocas esperanzas por sobrevivir. Con sus manos intentó abrir las compuertas de nuevo, pero fue inútil.

Alguien la había encerrado con la única intención de acabar con ella.

Luchaba por mantenerse en pie mientras corría desesperada por los pasillos de la tabacalera. Sus jadeos impregnaban la nave principal. Cada vez que intentaba tomar una fuerte bocanada de aire, su pecho se contraía y una tos seca la tomaba desprevenida. Pero no podía detenerse.

Tenía que salir de allí antes de que fuera demasiado tarde.

El fuego estaba cada vez más cerca de ella, y poco a poco sus sentidos se iban desvaneciendo por culpa de la humareda. Todo lo que podía ver era el resplandor de las llamas y el denso aire gris que nublaba su vista y oscurecía sus sentidos. La única opción que le quedaba eran las cristaleras por las que ya se filtraba la luz del amanecer.

Como los ventanales no estaban a la altura de su cuerpo, Eliana tuvo que empujar con todas sus fuerzas una de las grandes mesas de trabajo hacia la pared más cercana para subirse y trepar a la ventana. Se tambaleaba, luchando por mantenerse en pie, pero sus piernas le fallaban. Y el fuego estaba a punto de cerrarle el paso. Consiguió incorporarse y llegar hasta el borde de la enorme cristalera, cuyos vidrios empezaban a fragmentarse debido al calor que hacía en la fábrica.

Eliana se aferró al borde de la ventana con todas sus fuerzas. De pie sobre la mesa contempló una vez más el interior de la nave principal. Era la viva imagen del infierno. A sus pies, algunas mesas y sillas ardían con fuerza, el despacho principal parecía a punto de venirse abajo y el trono del lector ya era historia. Trozos del tejado caían sobre el suelo y resonaban en toda la estancia como si de una marcha fúnebre se tratase.

Con todas sus fuerzas lanzó sus hombros contra el cristal, una y otra vez, con la esperanza de que este cediera ante sus esfuerzos. El sonido de cada golpe resonaba en su cuerpo y entre los muros de la fábrica, pero el vidrio resistía los embistes.

La tabacalera parecía cada vez más impenetrable.

Pero ella no se detenía. Estaba decidida a escapar. A pesar de su tristeza, necesitaba aferrarse a su deseo de vivir. Se resistía a dejar atrás el largo futuro que aún le quedaba por delante. Y con su último aliento, agarró una de las sillas y golpeó el cristal sin parar. Sus manos ardían y la tos la consumía hasta el punto de que se había quedado completamente muda.

Pero, con una última sacudida, se impulsó hacia la libertad.

El golpe de gracia hizo añicos por completo el ventanal, y un vendaval de aire fresco entró en sus pulmones y le hizo recuperar la fe. Los cristales se desplomaron con un estruendo y las esquirlas volaron por el aire como agujas. Varias de ellas destrozaron sus mejillas, y un hilo de sangre se deslizó por su piel. Pero ella ni siquiera sintió el dolor, solo estaba concentrada en su huida. Con sus manos temblorosas apartó los cristales e hizo un último esfuerzo para subirse al marco de la ventana y salir al exterior. A sus espaldas, la fábrica ardía como otra hoguera más de la fiesta de San Juan, consumiéndolo todo a su paso. El corazón de Eliana latía desbocado y su respiración estaba a punto de fallarle para siempre.

Parecía haber escapado ya de su condena cuando, al asomar su cuerpo hacia la calle, se encontró con un grupo de cinco hombres encapuchados y vestidos de negro de los pies a la cabeza. Resultaba imposible adivinar quiénes se ocultaban tras esas túnicas de seda que parecían brillar con luz propia.

Con aire de misterio, uno de ellos se acercó y extendió la mano a Eliana para ayudarla a bajar del ventanal. Ella se dejó llevar por él. Le fallaban todos los sentidos, y su mente se desvanecía a cada instante. Sus ojos, llorosos, a punto estaban de cerrarse para siempre.

Solo le quedaba confiarse a aquellos hombres.

Pero en lugar de ayudarla a bajar del ventanal, el hombre que sostenía la mano de Eliana se quitó la capucha y reveló su verdadera identidad.

Se trataba del maestre, Heriberto Bethencourt. Junto a él se encontraban otros cuatro miembros de la Logia, entre los que estaban los señores De Paz y Van Dyck. Los cinco se descubrieron el rostro antes de dedicar unas últimas palabras a la joven.

—Ya ha hecho suficiente por esta isla…

De manera casi instintiva Eliana trató de retirar su mano de la del maestre, pero él la agarró con fuerza, impidiendo que ella pudiese librarse y saltar a la calle.

—¡Por favor! ¡Ayúdeme!

Pero no hubo respuesta. Con el cuerpo atrapado en el marco de la ventana y la mano del maestre agarrando la suya, Eliana supo que había llegado su fin. Pero aún conservaba las fuerzas para susurrarle unas últimas palabras.

—No podrán frenar el progreso.

Eliana le regaló una sonrisa de orgullo a esos hombres, los mismos que creían haber acabado para siempre con ella y sus ideas.

Tal fue la rabia que sintió Heriberto ante el desenlace que empujó a Eliana con todas sus fuerzas hacia el interior del edificio en llamas.

Se marcharon a toda prisa, antes de que apareciesen los primeros testigos.

Era el fin de La Indiana.

84
LAS CENIZAS DEL AYER

Una columna de humo se elevaba sobre Breña Alta al amanecer, cubriendo con un denso manto de color grisáceo todas las casas del pueblo y la ladera de la montaña. Desde el puerto, la imagen se confundía con la chimenea de un volcán. La estela de las llamas se dibujaba sobre los árboles, y el olor a ceniza descendía por el barranco para que todos los vecinos supiesen lo ocurrido.

Los primeros testigos no podían creerlo. En un suspiro el fuego se había propagado rápidamente y consumía todo a su paso. Decenas de vecinos formaron una cadena humana para evitar el desastre, pasando cubos de agua de mano en mano y aportando todo su esfuerzo para sofocar las llamas. Pero el fuego ardía con tal fiereza que no importaba cuánto agua le echasen encima, este seguía extendiéndose sin control. La Indiana se convirtió en polvo y escombros antes de que pudiesen remediarlo.

Alejandro fue uno de los últimos en aparecer por las inmediaciones de la devastación, siguiendo los pasos de Rafaela. Allí descubrió a una decena de vecinos envueltos en lágrimas, gestos de condolencias dirigidos hacia él, así como la presencia fantasmal de don Mariano y Eustaquio.

Fue precisamente el marido de Eliana quien se acercó a él con una enorme angustia, y se aferró a su cuerpo en un abrazo tan ansioso como desesperado.

—Estaba... dentro —balbuceó Eustaquio—. Mi Daniela...

Alejandro echó un vistazo incrédulo a su alrededor y las miradas de los vecinos confirmaron sus palabras. Sin mediar palabra, el gemelo trató de lanzarse al interior. No le importaba perder la vida en el intento, tenía que rescatar al amor de su vida. No podía soportar la idea de vivir en un mundo en el que ella ya no estuviera.

—¡Eliana! ¡Eliana!

Por suerte Rafaela tiró de él y consiguió retenerlo. Alejandro luchaba por zafarse, pero varios vecinos se unieron a la mujer para evitar que el joven cometiese una locura.

—¡Necesito entrar! ¡Eliana! ¡Eliana!

—¡No! ¡Deténgase de una vez! ¡Ya está! ¡Va a morir usted también!

Alejandro se desplomó en el suelo, desfallecido, al tiempo que sus gritos ahogados se perdían en el estruendo de las llamaradas. El llanto se agolpaba en sus ojos.

—Eliana...

Rafaela se arrodilló junto a él, también ella tenía el rostro empapado en lágrimas y sudor. Con suavidad lo rodeó entre sus brazos y sintió el temblor de su cuerpo. Y el tiempo se detuvo.

—Está con nosotros, no lo olvide. Está con nosotros...

Aquel abrazo hizo a Alejandro darse cuenta de que no estaba solo, que alguien más compartía su dolor.

Porque nada podía traer a Eliana de vuelta.

85

UNA LEYENDA EN EL FUEGO

25 de junio de 1877

Lo peor de aquella tragedia es que el sol volvió a salir al día siguiente.

Las ruinas de La Indiana aún lloraban su desenlace. Las cenizas esparcidas por doquier flotaban en el aire, alzándose como fantasmas que impregnaban de melancolía las calles adoquinadas de Breña Alta. Los escombros se amontonaban con un tono grisáceo totalmente ajeno a lo que hasta hacía solo una jornada solía ser un edificio lleno de vida. Los restos carbonizados de lo que alguna vez fueron paredes y techos ahora se fundían con la tierra, todavía húmeda por los intentos de apagar el fuego. Las brasas aún ardían y de vez en cuando rompían el silencio de aquel paisaje ansioso de vida.

La escena era tan impactante como desoladora.

Lo único que quedaba era el olor del tabaco chamuscado.

Durante toda la mañana, un centenar de vecinos acudieron a los restos del edificio para mostrar sus condolencias por la muerte de Eliana. A los pies de la fábrica dejaban ramos de flores, y los dueños de las distintas tabacaleras depositaban sus mejores puros artesanales en señal de respeto. A pesar de sus múltiples diferencias, la joven se había ganado la simpatía de muchos en la isla, especialmente entre sus empleados. Y a solo unas calles del lugar de los hechos, las puertas de la iglesia de San Pedro Apóstol llevaban todo el día abiertas de par en par.

No era posible celebrar una misa para velar el cuerpo, pues no se había hallado el cadáver entre tantas cenizas y escombros. Sin embargo, ello no impidió que se improvisara un velatorio en honor de la fallecida.

A los pies del altar de la parroquia descansaban varios ramos de flores. Al lado había una pequeña caja de tabaco con la litografía de La Indiana, en cuya superficie estaban tallados los nombres de Eliana y Daniela Álvarez, las dos identidades de esta gran difusora de la artesanía tabaquera.

Sentados en los bancos de la primera fila, Alejandro y Rafaela observaban con total desesperanza aquel discreto homenaje. Tras ellos se hallaban Eustaquio, Mariano y Yanet. Los vecinos se acumulaban sin cesar en el templo para darles el pésame, aunque ninguno de los afectados tenía fuerzas para agradecer las condolencias. El dolor era tan grande como inesperada había sido la pérdida.

Quién le habría dicho hacía solo unos meses a Alejandro que compartiría el peor de los duelos con una cigarrera del pueblo con la que apenas había intercambiado unas palabras —como era el caso de Rafaela— y con esos tres desconocidos procedentes de Cuba. Ni siquiera la muerte de su padre había conseguido dejar en él un vacío como el que ahora sentía. La mujer a la que amaba se había perdido para siempre entre las llamas. Y, para colmo, la fábrica a la que él había dedicado toda su vida ya no era más que un solar en ruinas.

Las malas noticias venían acompañadas. Esa misma mañana los políticos del Gobierno Central, con el presidente Cánovas a la cabeza, tomaron en secreto el primer vapor hacia el puerto de Cádiz, adelantando varios días sus planes de regreso a casa. No se hizo pública la resolución definitiva de la moratoria hasta que el barco no se encontraba en alta mar, pues los funcionarios temían las posibles represalias del pueblo palmero.

Ese día, los tres periódicos locales salieron a la venta mucho más tarde que de costumbre —a mediodía— anunciando lo que todos ya esperaban. El ministerio de Ultramar había tomado la decisión de denegar la concesión al tabaco palmero a raíz de los hechos acontecidos. No podían permitir que las exportaciones a Europa de este producto dependieran de una cooperativa que era incapaz de sofocar los actos de rebeldía de las malas hierbas que campaban entre sus filas.

Sin embargo, en lugar de despertar la ira o la frustración entre los afectados —como era el caso de jornaleros o terratenientes— la noticia provocó una ola de empatía y amor por la joven. Desde los vecinos más cercanos hasta aquellos que apenas habían intimado con ella, muchos se unieron para mostrar su apoyo y solidaridad en tan difícil momento.

Por ese motivo a nadie le sorprendió la visita del maestre Heriberto Bethencourt, a pesar de todo lo que este había luchado por conseguir la moratoria. El líder de la Logia vestía sus ropas más viejas y desangeladas, un atuendo nunca antes visto en él, como si estuviese haciendo algún tipo de penitencia por lo ocurrido. En su andar ni siquiera había ya un solo atisbo de arrogancia o condescendencia. El maestre ya no necesitaba demostrar a nadie su poder. Ahora solo parecía un hombre dolido por la pérdida.

Su tristeza era real. Heriberto nunca había sido un hombre violento, tampoco rencoroso. Se sabía en secreto responsable del incendio y de la muerte de Eliana, pero su cabeza hacía esfuerzos por no dejar que la culpa le afectara. Él solo había hecho lo que era mejor para esta isla. Su isla. Por suerte no había dejado testigos. Nadie más que sus cuatro leales hombres.

El problema era que no se había encontrado el cuerpo de Eliana, y esa incertidumbre carcomía cada uno de sus pensamientos.

Heriberto se estremeció al acceder a la parroquia. Todo estaba en silencio, a excepción de algunos tímidos sollozos de Alejandro y de Yanet. Por primera vez el maestre no lograba encontrar las palabras adecuadas para consolar a Alejandro. Se quedó allí de pie, en silencio, compartiendo el dolor del muchacho.

—Lo siento —balbuceó finalmente.

Alejandro apenas entornó la mirada antes de volver a romperse por completo. El hombre tomó asiento junto a él y lo acogió en sus brazos, del mismo modo en que lo había hecho otras tantas veces cuando él y Miguel eran unos niños.

—Sé que no hemos...

Pero a Heriberto no le salían las palabras. No comprendía qué demonios le estaba ocurriendo, por qué se sentía tan afectado al tener delante de sus ojos eso que tanto tiempo había estado persiguiendo.

Sentía que Dios le había castigado concediéndole su deseo.

—Gracias, maestre, ya está —respondió Alejandro al ver que el hombre se había quedado paralizado. Su tono indicaba claramente que quería poner fin a la conversación.

—Si necesita...

—Adiós —le cortó.

Esta vez Heriberto sí hizo caso a las señales y abandonó la parroquia, tal y como Alejandro le había pedido. El maestre debía cargar con la muerte a sus espaldas el resto de su vida.

Lo que él no esperaba es que esta culpa fuese a pesar tanto sobre él.

Cuando todo terminó aquella tarde la isla se vio obligada a abrir los ojos de nuevo. Aún se sentía en el ambiente la resaca por los festejos de la noche de San Juan, y la catástrofe de La Indiana seguía contaminando uno de los primeros cielos del verano con esa columna de humo que se resistía a desaparecer. Muy pocos se habían hecho a la idea de que todas aquellas promesas de futuro nunca se cumplirían.

La plaza de la iglesia callaba en una tarde festiva. La parroquia despedía a sus últimos visitantes y se disponía a cerrar sus puertas. Antes de marcharse, Yanet se acercó al banco que ocupaba Alejandro para despedirse de él. Apenas se habían conocido, pero la criada sentía que le debía al joven algo más que una disculpa.

—Ella era... era mi vida.

Incapaz de mediar palabra, Alejandro tan solo le respondió con un abrazo tan fuerte como su dolor. Sentía como si Yanet fuese una prolongación de la mujer a la que tanto había amado, como si al tenerla en sus brazos pudiese recuperar el olor o la esencia de Eliana.

—Solo quería decirle que... ella también sentía lo mismo por usted. Ella le amaba con locura.

—Y usted la traicionó —respondió él.

Yanet agachó la cabeza, consciente de que Alejandro tenía toda la razón del mundo.

—Solo hice lo que ordenaba mi patrón. Nunca pensé que este sería su desenlace.

—Por favor —la cortó—, déjelo estar.

Pero ella insistió.

—Daniela... Eliana —se desdijo la criada—. Nunca la había visto tan feliz.

—¿Qué me quiere decir con eso?

—Que estaba dispuesta a todo con tal de quedarse a su lado.

Alejandro asintió con un leve desconcierto. No se veía con fuerzas para responder.

—Y tengo la sensación de que ella aún sigue aquí —continuó Yanet—. Lo que usted vivió con ella es real, y siempre lo será. Téngalo siempre presente.

—Buen viaje —la cortó él finalmente.

—Hasta siempre.

El vapor hacia Cuba partiría esa misma noche desde el puerto de Santa Cruz de La Palma. Y Yanet no se veía capaz de hacer sin ella el viaje de vuelta. Después de toda una vida dedicada a la crianza y el cuidado de la joven, sin ella nada tenía sentido. En el fondo, Yanet tenía la extraña sensación de que Eliana aún seguía entre ellos, pero sabía que debía frenar sus fantasías cuanto antes si no quería hacerse aún más daño.

Ahora su futuro estaba vacío. Yanet siempre había soñado con ver a Eliana convertirse en una verdadera mujer. Deseaba poder criar también a los hijos que ella engendrase, ayudarla en los quehaceres de su nuevo hogar, acompañarla en sus viajes por la isla de Cuba. Se imaginaba a su lado cada día. Fantaseaba con perecer antes que ella para sentir el calor y las caricias de su señora en su lecho de muerte.

Solo así sabría que su vida había tenido sentido.

Pero ahora estaba convencida de que el señor Álvarez la defenestraría a su llegada a Vueltabajo, y en el fondo se sentía merecedora de aquel desenlace. El mundo, tal y como lo conocía, había llegado a su fin.

La figura fantasmal de Yanet se perdía para siempre en el umbral de la iglesia cuando Alejandro corrió hacia ella de nuevo, presa de un impulso. El joven retuvo a la criada, sosteniendo su brazo derecho con delicadeza, para darle un último y caluroso abrazo. Necesitaba sentir el recuerdo de Eliana una vez más.

—Aquí siempre tendrá un hogar —le susurró al oído mientras sus cuerpos abatidos se unían una vez más por la pérdida.

—Gracias, joven.

Una mirada de agradecimiento puso fin a aquel breve encuentro. Yanet se alejó de allí siguiendo los pasos de su patrón y de Mariano, que se dirigían al carruaje que debía llevarlos al puerto para regresar a Cuba.

Yanet temblaba con la simple idea de despertarse a la mañana siguiente y descubrir que la muerte de Eliana no había sido una pesadilla.

Aunque, quizá, ahora por fin podría elegir su propio camino.

86

EL FIN DE LOS DÍAS

El silencio que reinaba en la hacienda de los Vega era el peor de los castigos.

Era el constante recuerdo de que la vida podía ahogar a Alejandro a cada segundo que pasaba en sus paredes.

La noche. La soledad. Los pasillos se le hacían interminables. Las plantas que adornaban el patio parecían haber perdido todo su color. Las habitaciones ya no tenían alma. La casa había perdido su aliento por completo.

Tumbado en su cama, Alejandro era incapaz de comprender el vacío que sentía a su alrededor. La brisa soplaba con fuerza, meciendo las cortinas y sumergiéndolo en sus cavilaciones. Sentía que aquel estado de permanente soledad al que se enfrentaba a partir de ahora lo consumiría poco a poco, como si de una enfermedad se tratase.

La cama junto a él se encontraba vacía. Las sábanas lisas e impolutas bajo las que solía dormir su hermano presentaban una ligera arruga, como si alguien se hubiese sentado allí por un instante. Miguel aún se encontraba recuperándose de la brutal paliza en el convento de las Clarisas. Cuando las monjas lo recogieron moribundo en el callejón, el antaño apuesto tabaquero se había transformado en un amasijo de huesos y sangre. Parecía imposible que aún pudiese existir vida en el interior de aquel cuerpo. Pero respiraba.

Alejandro, sin embargo, era incapaz de sentir pena o rabia por lo ocurrido a su gemelo. Para él, el vínculo entre ambos había llegado a su fin. Y aunque sabía que Miguel no había podido provocar aquel incendio, en el fondo lo culpaba del trágico desenlace de Eliana. Probablemente el fuego se habría originado por culpa de las hogueras que se encontraban en la calle —o al menos eso habían dicho los primeros testigos—, pero a él eso ya le daba igual. Eliana era la única mujer que le había importado, y desde el inicio su hermano había hecho todo lo posible por hundir su relación.

Y todo por miedo a dejar que fuese feliz.

87
UNA VERDADERA AMISTAD

30 de junio de 1877

Miguel abrió los ojos tras el fin del mundo.

La habitación era espaciosa y austera, con una cama de madera maciza y un pequeño armario en el que había varios apósitos y frascos con jarabes y ungüentos naturales. En las paredes se alzaban pinturas religiosas de gran tamaño iluminadas por la luz que entraba por las vidrieras de colores. A ambos lados de la habitación había otras camas más pequeñas, en las que se hallaban otros enfermos que eran atendidos por las monjas encargadas de la enfermería. A pesar de que aún se hallaba convaleciente tras la paliza, la atmósfera del convento lo envolvía de tal manera que se sentía protegido y seguro. Pero su estado de ensoñación apenas duraba unos instantes, pues se desvanecía por completo en cuanto recordaba todo lo ocurrido. La fábrica ya no existía. Eliana estaba muerta. Su hermano lo había humillado y defenestrado. Y todos conocían su más oscuro secreto.

Apenas podía incorporarse. Los huesos de su nariz parecían haber sido reducidos a polvo, sus labios estaban hinchados y sangraban, y su ojo izquierdo permanecía cerrado por los moretones que se extendían a lo largo de toda su cara. Estaba irreconocible. Pero el dolor que sentía en su interior era incluso mayor que el de las heridas que recorrían su cuerpo.

—Buenos días.

La luz que se filtraba a través del ventanal apenas le permitía distinguir de quién era esa voz tan agradable, pero sabía que no podía ser otra que Rafaela. Ella era la única que había venido a visitarlo en los días que llevaba convaleciente.

—¿Mejor?

—¿Eh? Sí, creo.

—Ya se le ve mejor cara, Miguelito. —Rafaela mentía, pero prefería hacerlo si con eso lograba animarlo. Aunque solo fuera por un momento.

—Gracias. ¿Cómo se encuentra mi hermano?

—No sé si debería seguir hablándole de él, no me siento bien haciéndolo.

—Tiene razón —se corrigió Miguel. Su gemelo había roto para siempre el vínculo entre ambos y de nada servía seguir preguntando por él. Pero saber que Alejandro estaba tan destrozado por la pérdida de Eliana le quitaba el sueño. Cuánto se arrepentía de sus acciones.

—Ojalá pudiese volver atrás en el tiempo.

—No se haga más sangre, Miguel. Ya está, recupérese primero que todo se andará.

—Sí, supongo.

Ambos se quedaron en silencio, y a Miguel se le escapó una lágrima por el único ojo que era capaz de abrir.

—Miguelito, no me llore por favor que me va a hacer llorar a mí también.

—Lo siento, lo siento. Es que... Ojalá me hubiese muerto yo en vez de ella.

—Ay, Miguel, no diga sandeces.

—Nadie me quiere.

—No diga eso. Y aguante, tan hombre que era...

Rafaela acarició sus cabellos para tranquilizarlo.

—Estoy seguro de quién ha sido el responsable.

—¿Responsable?

—Del incendio, sí.

—¿A qué viene esto ahora? ¿Por qué no trata de descansar? Deje de volverse loco con tanto dar vueltas a su cabeza.

Rafaela temía que Miguel estuviese sufriendo algún tipo de delirio, pero este parecía más lúcido que nunca. Por fin había vuelto en sí el verdadero tabaquero.

—Es que estoy seguro.

—Miguel, el incendio lo provocó una ráfaga de viento que embraveció las hogueras, y una llama acabó cayendo sobre el tejado de La Indiana. Lo saben todos en el pueblo.

—Que no me lo creo, Rafaela. Nunca ha ocurrido semejante desgracia en esta isla. Y fíjese que llevamos años y años celebrando la fiesta de San Juan.

—Ya, eso es cierto. Pero bueno, siempre hay una primera vez.

—Casualmente se incendia la fábrica en nuestra noche más importante, y con la pobre Eliana en el interior del edificio.

—Ay, yo qué sé, Miguel. No me apetece seguir pensando en eso. Cada vez que vengo a verle me sale con lo mismo. Esto podía pasar y pasó, ya está.

—No, hicieron que pasara. Ha sido el maestre. Han sido los miembros de la Logia.

Rafaela lo miró incrédula, se trataba de una acusación muy grave.

—¿Qué?

—No tengo ninguna duda.

—Pero ¿tiene pruebas o algo?

—No, pero lo sé.

—Bueno, si es así habría que…

—¿Acabar con él? —la cortó Miguel—. Imposible, lo sé.

—¿Usted está seguro de esto que dice?

—Créame, Rafaela: ha sido el maestre Heriberto. Ellos quemaron los secaderos, querían destruir todo lo que tuviese que ver con nosotros.

—Vale, vale. Yo confío en usted. Pero entonces tenemos que hacer algo. Por su hermano, por la pobre Eliana. —Rafaela estaba desconcertada, pero la acusación no le parecía tan descabellada.

—Ojalá hubiese forma de hacerlo, pero son gente muy poderosa. Y Eliana se había granjeado demasiados enemigos.

—Y usted estaba entre ellos. —Rafaela no pudo contener sus palabras de la rabia.

—Lo sé.

Miguel se dejó caer sobre el camastro con los ojos fijos en el suelo mientras sentía el peso de la culpa caer sobre sus hombros.

La tristeza que lo invadía era un abismo sin fin. Recordó cada momento que lo había llevado a esa situación, cada pequeña decisión que había tomado en contra de su gemelo y de Eliana, y que lo había llevado a aquel desenlace. Él no había prendido el fuego que había acabado con la vida de Eliana, pero se sentía responsable de su muerte.

—Miguel, ¿por qué me cuenta todo esto? ¿Por qué culpar al maestre y a la Logia si luego dice que no podemos hacer nada?

—No lo sé. —Lanzó un amargo suspiro antes de continuar—. Supongo que... No lo sé.

—A ver, Miguel, le repito por última vez que usted no es el malo aquí, a ver si se le mete en la mollera.

—He perdido a mi hermano para siempre.

—Aún no está todo perdido, créame.

Pero, por más que Rafaela hacía por animarlo, Miguel sabía que nada volvería a ser igual con su gemelo.

—Hable con él. Discúlpese. Pero hágalo de corazón.

—Lo siento de corazón —dijo él entre lágrimas.

—Pues atrévase, deje atrás su orgullo y pídale perdón a su hermano de una vez.

—¿Y si no me perdona?

—Bueno, si no lo intenta, nunca sabrá lo que podría haber ocurrido. Hágalo. Confíe en mí. Pase lo que pase, le aseguro que después de hacerlo se sentirá mejor.

—Soy un invertido…

Rafaela lo calló con un gesto cariñoso.

—No vuelva a decir eso. Usted es Miguel Vega, tabaquero. Y va a seguir siéndolo siempre. Diga lo que diga la gente de este pueblo.

Esta vez Miguel fue incapaz de contenerse y estalló en un mar de lágrimas. Rafaela lo abrazó con todas sus fuerzas.

Ella había estado enamorada de él —de un hombre que amaba a otros hombres— desde hacía tanto tiempo que no podía alejarse de él en un momento como ese. Sentía que debía apoyarlo, ya no como pareja, sino como amigo.

—Hable usted con su hermano —sentenció Rafaela—. Estoy convencida de que él también será capaz de comprenderlo.

88

UNA SONRISA

3 de julio de 1877

Días después, un ligero golpe en la puerta del dormitorio hizo que Alejandro se incorporase de la cama. Se trataba de doña Juana. Su presencia era la única que quedaba ya junto a él en la hacienda, y la pobre mujer tampoco sabía cómo consolar al joven después de tan dura pérdida.

—Ay, mi niño. ¿Sigue durmiendo?

—No, doña Juana. No se preocupe.

—Ha venido a verle Rafaela. Le espera en el salón.

Era un día cálido, una mañana de comienzos de verano donde el sol brillaba sin piedad en el exterior. Las cortinas de la ventana se mecían con la brisa, dejando entrar una suave corriente de aire. El único sonido que se oía en el exterior era el canto de los pájaros que disfrutaban del sol en el jardín. La presencia de Rafaela hacía del salón un lugar más acogedor. Todo parecía en paz y armonía.

—Buenos días, Alejandro.

Él tomó asiento junto a ella. Doña Juana había preparado una tetera con manzanilla hervida y sirvió tres tazas. Una para él, una para Rafaela, y otra para ella. Alejandro sintió de inmediato el calor de aquellas dos mujeres cuyo único objetivo era hacerle compañía.

—Parece mentira que esto sea real —dijo Rafaela, mientras con su mirada recorría las paredes desangeladas del comedor.

—Pues sí.

—Hace unos días estábamos terminando de preparar la visita de la comitiva, y ahora...

—A mí también me cuesta creer que no volverá.

—Yo pienso llevarla en mis recuerdos el resto de mi vida. —Rafaela intentaba forzar una sonrisa para convencerse de sus palabras, a pesar de la tristeza que sentía—. Cuánto hemos aprendido de ella.

—Ya lo creo...

El silencio entre Alejandro y Rafaela no resultaba incómodo sino reconfortante para ambos. Eran dos almas calladas, haciéndose compañía, recordando los momentos vividos. La muerte de Eliana pesaba sobre ellos como una losa, pero el paso de los días les había permitido a ambos tomar cierta perspectiva.

—¿Sabe una cosa? —dijo Alejandro—. Creo que anoche la vi.

—¿Cómo dice? ¿A Eliana?

Él asintió con timidez, consciente de que lo que estaba a punto de decir iba a parecer una locura.

—No podía dormir, así que salí al balcón y me senté a observar las estrellas. Lloraba sin parar. Me pareció ver su figura al final de la calle.

—¿Qué demonios está diciendo?

—Lo que oye. —Alejandro tomó aire antes de seguir, necesitaba hallar las palabras adecuadas para no sonar como un demente—. Sé que no me cree, pero era ella, de eso estoy seguro. Se movía igual, y llevaba ese vestido blanco que tan bien le quedaba.

—¿Acaso le vio la cara?

—No. Estaba demasiado lejos como para distinguir su rostro, pero estoy seguro de que era ella.

Rafaela colocó su mano sobre la de él en un gesto casi fraternal.

—Le entiendo, yo en su lugar estaría peor que usted.

—No me cree, ¿verdad?

—Es normal que trate de buscarla en cada rincón, pero así no va a llegar a ninguna parte. —La voz de Rafaela sonaba compasiva y solidaria con los sentimientos de Alejandro. No quería resultar grosera, pero tampoco podía darle falsas esperanzas.

—No encontramos su cuerpo —se justificó él.

—No ha quedado nada de La Indiana. Ojalá pudiera alimentar su teoría, pero ella se perdió para siempre con toda la fábrica.

Alejandro se resistía a darse por vencido, pero acabó cediendo ante los argumentos de Rafaela mientras una lágrima resbalaba por sus mejillas.

—Está bien.

Ella se incorporó de inmediato.

—Vamos, no puede quedarse aquí encerrado para siempre. Hay un mundo afuera esperando por usted. Y no quiero que termine volviéndose loco.

—Gracias por su apoyo, Rafaela.

—Aquí me tiene para todo lo que necesite, que no se le olvide. Es importante que se apoye en nosotras, en la gente que le quiere. Y también la tiene a ella —Rafaela señaló a doña Juana con una sonrisa, que seguía de pie junto a la puerta de la habitación.

—Ya le leí la cartilla al muchacho —intervino el ama de llaves en actitud burlona—. Este chico sabe que no le voy a dejar solo por más que me lo pida.

Alejandro no pudo más que sentirse halagado ante la compañía y el cariño de las dos. Siempre había vivido atrapado en su carácter, pero algo en su interior empezaba a cambiar. Eliana le había transmitido el carisma, la pasión por el oficio, una permanente sonrisa y un optimismo que le alegraban el día. Estaba dispuesto a conservar todo lo bueno que había aprendido de ella.

—¿Y usted, Rafaela? —preguntó él.

—Bueno, ahora que no hay tabacalera, volveré a trabajar en la taberna de mi padre. Tendré que ayudarle detrás de la barra. Qué remedio.

—Vaya, cuánto lo lamento.

—No, si en el fondo me hace hasta ilusión. Así cambio de aires.

—Con lo que le gustaba a usted coordinar a las cigarreras... —Las palabras de Alejandro estaban cargadas de un aire nostálgico que hizo sonreír a Rafaela.

—A todo se acostumbra una. Tendré que ponerme a darle órdenes a mi padre.

Los tres soltaron una carcajada, era la primera vez que reían desde lo ocurrido. La inercia de sus risas fue dando paso a un nuevo silencio, pero en esta ocasión era diferente, como si la esperanza hubiese vuelto a surgir entre ellos.

Alejandro creyó que jamás volvería a sonreír y, sin embargo, se equivocaba. Y el día lucía más brillante que nunca.

—Gracias, Rafaela.

—A usted. Le va a costar librarse de mí.

—Vamos, ¡arriba esos ánimos! — En vista del agradable clima que se había generado entre ellos, doña Juana levantó la taza con su infusión para brindar.

—¿Con agua? ¡Eso da mal fario! —dijo Rafaela.

—Bueno, peor no podría irnos.

Volvieron a reír una vez más. Luego, los tres levantaron sus tazas y las chocaron en el aire, aun sabiendo lo que decían las leyendas. Alejandro recuperaba poco a poco los ánimos, al igual que Rafaela. El dolor persistía en su interior, y ambos sabían que los acompañaría por mucho tiempo. Pero al menos la compañía lo hacía más llevadero.

Un rato después, Rafaela dejó atrás las bromas y anécdotas vividas en La Indiana para recuperar su semblante serio.

—Hay algo más que me gustaría comentarle. —Su tono resultaba un tanto desconcertante.

—Usted dirá.

—Hay alguien a quien le gustaría poder hablar con usted.

Alejandro supo de inmediato a quién se refería. Y su rostro cambió por completo. Pero antes de que él pudiese decir nada, Rafaela lo callo con un gesto impaciente para terminar de explicarse.

—Miguel está fuera de la casa.

—Que entre si quiere, esta también es su casa. Pero no se crea que voy a hablar con él.

—Por favor, Alejandro. Escúchele solo una vez. Escuche lo que su hermano tiene que decirle. Y luego, si así lo desea, me aseguraré de que no vuelva a molestarle nunca más. Si no es por él, al menos hágalo por mí.

El joven accedió a regañadientes.

Rafaela corrió entonces a la calle para llamar a Miguel, que llevaba un rato sentado en un banco, resguardándose del sol bajo un soportal del patio de la hacienda. Tuvo que tomar aire varias veces antes de atreverse a dar uno de los pasos más importantes de su vida.

Se hizo el silencio cuando Miguel volvió a entrar en casa. Llevaba varios días convaleciente en el convento de las Clarisas, y sin embargo parecía que habían pasado años desde su marcha.

Los gemelos permanecieron en silencio durante varios segundos. Alejandro, sentado en el sofá; Miguel, de pie, con su ropa rasgada, su rostro magullado y sus ojos aún hinchados. Al presenciar la escena, doña Juana y Rafaela decidieron dejarlos a solas. No era exactamente tensión lo que se palpaba entre ellos, sino más bien desconcierto. Ambos se sentían dos extraños compartiendo el mismo espacio. Después de toda una vida juntos, ahora apenas se reconocían el uno en el otro.

Alejandro no pudo evitar asustarse ante el desgarrador aspecto de Miguel. Su rostro estaba lleno de cortes y hematomas, y en sus labios se dibujaba una mueca de dolor y desesperanza. Sus piernas cojeaban, y tenía que ayudarse de un bastón para caminar. Balbuceaba pequeños gemidos de dolor mientras recorría la estancia para tomar asiento junto a su gemelo. Sus ojos vidriosos eran la viva imagen de un joven desolado.

No sabían qué decirse. Tan idénticos físicamente, y al mismo tiempo tan diferentes. Sentados frente a frente en el sofá de la casa en la que habían nacido, los dos hermanos no podían evitar tantearse con la mirada y los gestos nerviosos. Ninguno quería ser el primero en hablar. Hasta que Miguel se armó de valor para romper el muro que él mismo sentía haber levantado.

—Le acompaño en el sentimiento, hermano.

Era la última frase que Alejandro esperaba escuchar en ese momento. El recuerdo de Eliana.

—Gracias —fue lo único que acertó a decir.

Sus miradas se esquivaban constantemente. El ambiente estaba tan denso como luminoso, pues la primera luz de la tarde golpeaba sus caras. Y Miguel seguía sin hallar las palabras adecuadas para romper la tensión.

—No sé qué decir, hermano. Lo siento.

—Gracias. ¿Algo más?

La situación era más complicada de lo que Miguel hubiese esperado, pero por suerte ya había llegado a un punto en el que no había vuelta atrás. Debía sortear el abismo que seguía abierto entre ellos.

—Sí. Quiero pedirle perdón. Por todo. Porque he sido un egoísta. Porque solo estaba pensando en mí cuando le veía intimar con… ella. —Las palabras se le entrecortaban a Miguel por culpa de las lágrimas, y le costaba horrores mencionar el nombre de Eliana. No se sentía merecedor de nombrarla—. Tenía miedo, hermano. De ella, de su talento, de…

No podía continuar hablando. Llevó las manos hacia su rostro para cubrir la tristeza que brotaba de sus ojos, pero Alejandro no mostraba un solo ápice de piedad por él. Tan solo escuchaba las palabras que a duras penas salían de la boca de Miguel.

—Tenía miedo de que usted me sustituyera por ella. Me aterraba ver cómo la miraba, cómo asentía a todas sus ideas sin rechistar. Siempre habíamos sido usted y yo, y de repente, para usted ella era lo único importante en este mundo. Lo siento, lo siento. Sé que fui un cobarde, un traidor. Sé que no debería haber saboteado nuestra fábrica. Pero tenía miedo. ¿Y sabe qué más le digo? Que no me arrepiento en absoluto de haber acabado con padre. ¿Y sabe por qué? Porque a pesar de todo le hemos demostrado que somos mejores sin él. Nunca confió en nosotros, abusó de usted, hizo todo por separarnos… y aquí seguimos, hermano.

Alejandro seguía en silencio. Su mirada era un témpano de hielo, la viva imagen de un juez que asiste al momento más importante para el reo.

—Usted es lo más importante de mi vida —continuó—, lo único importante. Sin usted, hermano, no sé qué sería de mí. No podría seguir viviendo en este mundo si no puedo dirigirle la palabra.

Los sentidos de Alejandro continuaban analizando cada una de las palabras de Miguel, mientras en su interior un remolino de emociones lo invadía por completo. Nunca había escuchado una disculpa de su hermano, y mucho menos una tan sincera y conmovedora.

—Está bien. Le perdono.

—¿De verdad?

Pero Alejandro no respondió. Se puso en pie y se encaminó hacia su dormitorio con una frialdad abrumadora. No podía mediar más palabras con su hermano, a pesar de los nervios y las lágrimas que mostraba Miguel por primera vez en su vida. Para Alejandro, lo ocurrido aún pesaba tanto en él que no se veía capaz de olvidar como si nada hubiese ocurrido. Así que optó por dejar que fuese el tiempo el que decidiera por ellos. Tal vez la herida de los gemelos podía sanarse, o quizá ya no había nada que hacer.

Cuando llegó a su dormitorio, Alejandro se metió en la cama y rompió a llorar, lejos de la mirada de su gemelo. La reconciliación no sería fácil, pero quizá, con tiempo y esfuerzo, podrían empezar de nuevo.

89
UN NUEVO MAÑANA

10 de julio de 1877

Para muchos, la fatídica noche de San Juan de 1877 cambió para siempre el devenir de la isla. La moratoria era la gran noticia que esperaban buena parte de los palmeros, pero la promesa de un futuro próspero se les había escapado cuando ya casi podían tocar el cielo.

Las tabacaleras tardaron unos días en sentir las primeras consecuencias. Una vez que los rumores llegaron a la península ibérica, la mala fama de los puros palmeros se fue extendiendo como una plaga. Algunas fábricas redujeron su personal, otras anunciaron su cierre o su reconversión en el cultivo de otras frutas y verduras. Otras aceptaron continuar con la producción de tabaco palmero sin el sello de la isla, es decir, exportándolo a la península ibérica a un precio muy inferior al que estaban acostumbrados fingiendo que se trataba de tabaco antillano.

Esa mañana, Alejandro salió por fin a dar un paseo. Era la primera vez que pisaba la calle desde que decidió encerrarse en su hacienda tras la muerte de Eliana. No quería que nadie se compadeciera de su condición de víctima, y le aterraba tener que encontrarse con las ruinas de la fábrica y recordar de nuevo la desgracia. Pero sentía que cuanto antes diera el paso, antes podría empezar a rehacer su vida. Frente a sus ojos se encontraban los restos de un edificio que durante más de veinte años había producido millones de puros y cigarrillos artesanales. Un imperio, el de los Vega, que en solo una noche había desaparecido para siempre.

Lo poco que aún quedaba de La Indiana no eran sino partes quebradas de las mesas, sillas y otros enseres. El tejado había ardido por completo, colapsando sobre la sala principal de trabajo. Aquel edificio era todo lo que tenían, y ahora no quedaba más que un cenicero grisáceo que debían derruir si querían empezar de cero.

Y esta vez los gemelos sí tenían una oferta a considerar sobre la mesa. Un empresario francés estaba dispuesto a adquirir los terrenos de cultivo y el solar con las ruinas del edificio a un precio razonable, suficiente para que ambos pudiesen empezar una nueva vida.

Por primera vez a Alejandro le atraía la idea de viajar y descubrir otros lugares, ahora que había superado el pánico a subirse a bordo de un vapor. Lo único que lo echaba para atrás era Miguel. A pesar de que su hermano había vuelto a casa, la relación entre ellos seguía recuperándose del golpe, y el que antaño se mostraba como el líder de los dos ahora también se negaba a salir de casa, pero en su caso se debía al miedo a las burlas o a recibir una nueva paliza. «Tal vez un cambio de aires podría venirle bien a mi hermano», pensó Alejandro, aunque a decir verdad aún no se sentía del todo preparado para decidir si quería marcharse con él a otro lugar, o si por el contrario prefería seguir su camino en solitario.

—¡Dichosos los ojos!

La voz de Rafaela acabó con sus cavilaciones. La joven iba cargada hasta los topes. Venía del mercado y llevaba en sus brazos dos botijos de vino, y una cesta con quesos, panes y todo tipo de embutidos. Se detuvo junto a él frente a las ruinas de La Indiana.

—¿La ayudo con eso? —preguntó Alejandro, al ver que ella no daba abasto con lo que llevaba en sus brazos.

—Deje, deje, que ya puedo yo sola. Tengo que ir a la taberna cuanto antes, que esta noche hay zafarrancho porque viene gente de Barlovento a celebrar una fiesta.

—Vaya por Dios, espero que le sea leve.

—Sobreviviré. ¿Y usted? Qué alegría verle por la calle. ¿Ha venido a ver cómo se encuentran sus dominios? —Rafaela era incapaz de ocultar su risa burlona ante el amasijo de escombros y madera quemada que estaba frente a ellos.

—Muy graciosa.

—Ay, discúlpeme. Es que como no viva con un poco de humor me voy a morir del asco con tanto hombre gritándome en la taberna.

—Ya veo, ya. No la hacía yo a usted tan...

—¿Tan qué?

—No sé. Eso, bromista.

—Si usted supiera, Alejandro. Parece mentira, llevamos toda la vida siendo vecinos y ahora es cuando venimos a conocernos. Con lo charlatán que es su hermano Miguel y fíjese usted...

—Mejor tarde que nunca, supongo.

—Eso digo yo. —Rafaela se detuvo un instante. Aunque había prometido para sus adentros no pensar más en Miguel, le resultaba inevitable preocuparse por él—. Por cierto, ¿cómo se encuentra su hermano? —preguntó, después de darle varias vueltas en su cabeza.

—Bueno, ahí va. No está siendo fácil. Apenas hablamos, y él parece otro hombre ahora que... ha salido a la luz su secreto.

—Vaya, pobrecito. ¿Y usted? ¿Mejor?

—Pues... poco a poco. A ver qué demonios hacemos con esto. —Alejandro hablaba de la fábrica como si esta llevase varios siglos derruida, como si sus ojos se hubiesen acostumbrado a contemplar a diario esas ruinas.

—Con lo que ha sido La Indiana para este pueblo, y lo rápido que se ha desvanecido—se lamentó ella—. Cuánto extraño los días de ajetreo con mis compañeras.

—No me lo recuerde, por favor.

Pero Rafaela no parecía querer escucharlo.

—¿No le gustaría volver a empezar?

—¿De cero?

—Pues... sí, supongo.

—Es complicado. Apenas tenemos ahorros, y parece que el tabaco de esta isla ha pasado a mejor vida.

—Ande, no me sea catastrofista —le espetó la muchacha—. Tiempo al tiempo, que hablando así me recuerda usted al Alejandro que conocía.

—Es que soy así, no puedo cambiarlo.

—Un poco de optimismo, hombre. Que no se le olvide lo aprendido en este año.

—Sí, en eso estoy de acuerdo. Seguro que Eliana habría levantado estas ruinas de nuevo.

—¿Y por qué no lo hace? ¿Por qué no lo hacemos?

—¿Qué dice?

—No sé. Da igual, olvídelo.

—No, dígame.

Rafaela dudó un instante antes de soltar lo que estaba pasando por su cabeza.

—Creo que en eso tiene usted razón, Alejandro. Eliana era una mujer incansable.

—Lo sé.

En ese instante de silencio, el joven trató de convencerse de que aquella era una idea absurda. Pero conforme lo pensaba, una chispa de emoción ardía con cada vez más fuerza en él ante la posibilidad de hacer algo que lo sacara del pozo en el que se hallaba. Desde luego, tenía claro que Eliana no se habría dado por vencida.

—Oiga, Rafaela... ¿Qué propone? ¿Volver a levantar esta tabacalera?

—No lo sé, tal vez sea una locura sin fundamento. Oiga, ¿y otro cultivo?

—¿Qué dice? Por supuesto que no, mi hermano y yo llevamos toda la vida con el tabaco. Es todo lo que sabemos hacer.

—Los tiempos cambian. Quizá haya llegado el momento de adaptarse.

—En ese caso supongo que lo mejor es vender todo esto.

El desdén con el que Alejandro se refería a las ruinas de la fábrica no invitaba al optimismo. Y el gesto de Rafaela parecía haberse convencido de que la idea de volver a empezar no era más que un impulso infantil sin ningún tipo de fundamento.

A punto estaba de marcharse la joven hacia la taberna cuando sus pensamientos la retuvieron una vez más. Se resistía a desechar tan rápido las posibilidades que tenían.

—¿Sabe lo que es el plátano?

—¿El qué? —preguntó Alejandro.

—Plátano, también lo llaman banano. Es esta fruta de América de forma alargada y color dorado, algunas tienen manchas de color oscuro.

—Ni idea.

—Es que... —Rafaela volvió a acercarse a él lentamente, como si estuviera a punto de hacerle una confesión—. Fíjese que yo no conocía esta fruta hasta hace unas semanas. La vi por primera vez en el mercado de abastos del puerto de Santa Cruz. Por lo visto se cultiva en buena parte de América y, según me contó la frutera, en Portugal está causando verdadero furor. La traen del Brasil.

—¿Plátano?

—Plátano, o banano, creo que son muy similares. Hay macho y hembra, creo.

—Pero...

Alejandro no sabía ni por dónde empezar. Era una idea tan rocambolesca que pensó que Rafaela estaba burlándose de él.

—Piénselo por un momento, imagínese que tiene éxito.

—Pero ¿a qué sabe eso?

—Es... no sé, dulce, es jugoso. Está riquísimo.

—Es una fruta —dijo Alejandro para sí.

—Así es. Se cultiva en las mismas condiciones que el tabaco, ¿por qué no iba a funcionar?

—¿Plátano? —Alejandro tenía tal necesidad de aferrarse a algo que seguía dándole vueltas, hasta el punto de llegar a considerar seriamente la idea.

—¡Lo está pensando! —gritó Rafaela.

—¡No! ¡No! ¡No!

—Sí, lo veo en su mirada. ¡Lo está considerando!

No le faltaba razón, la propuesta cobraba cada vez más forma en la mente de Alejandro. Tal vez merecía la pena intentarlo, aunque fuera por mantener la cabeza ocupada.

—¿Usted tiene idea de cómo se cultiva eso?

—No, pero aprenderemos.

Los dos se quedaron en silencio, pensativos. Rafaela tenía la impresión de que nada de aquello tenía sentido. Pero para Alejandro, sin embargo, algo había cambiado. Ahora sentía que la semilla de algo nuevo volvía a brotar en su interior, una sensación de curiosidad incontrolable. Necesitaba aferrarse a algo para no perder la fe, y no pudo evitar dejarse llevar por la emoción que le provocaba lo desconocido. Su mente había depositado de inmediato todas sus esperanzas en esa fruta desconocida.

—¿Le parece bien si lo hablamos con mi hermano?

—¿Cuándo?

—Ahora.

—No sé…

—Ande, ¡vámonos! —dijo ella mientras lo agarraba por el brazo.

Alejandro la ayudó con los sacos que Rafaela traía del mercado y se dirigieron a la casa de los Vega.

Minutos después, ambos estaban sentados junto a Miguel en el sofá de la hacienda y le relataban aquella idea tan extravagante. Rafaela llevaba la voz cantante, pero Alejandro también parecía un torbellino. Tal era la emoción de ambos que recordaba a las reuniones que habían tenido con Eliana en las que discutían sobre el futuro de la tabacalera.

—¿Qué me dice? —preguntó Rafaela a Miguel tras terminar el mismo discurso que le había dado a su gemelo.

Sin embargo, lejos de negarse, Miguel también comenzó a rumiar la idea mientras daba vueltas al vaso de licor que tenía sobre la mesa del salón. Tal vez fuese una locura, pero aún eran jóvenes y no tenían nada que perder. Y quizá sí mucho que ganar.

Para Miguel, además, empezar de cero también era una buena manera de intentar recuperar a su gemelo.

—Está bien —dijo, dirigiéndose a su hermano con total sinceridad—. Si a usted le parece buena idea, podemos intentarlo. Yo ya he cometido bastantes errores por mi ceguera, así que confío plenamente en lo que usted diga.

A Alejandro le sorprendió para bien aquella respuesta. Tal vez Miguel sí estaba dispuesto a cambiar después de todo.

—Tendríamos que aprender todo sobre el cultivo de esa planta —respondió.

—Aprenderemos, de eso no se preocupe. Pondré toda mi alma.

—¿Pues saben qué? —intervino Rafaela, al tiempo que se ponía en pie con efusividad—. Deberíamos ir al mercado cuanto antes, deben probar esa fruta antes de tomar la decisión.

Y así hicieron.

Miguel, Alejandro y Rafaela subieron al carruaje y se dirigieron al mercado de abastos en busca del plátano. El edificio estaba abarrotado debido a que acababan de llegar los últimos correíllos de Tenerife con nueva mercancía. Los vendedores de los puestos se arremolinaban en los pasillos tratando de organizar las cajas.

La tarea de buscar aquella fruta resultó más difícil de lo que creían, pues solo había un puesto en el que la vendiesen y el caos en el mercado hacía imposible encontrar lo que estaban buscando. Cuando por fin llegaron a la frutería en cuestión, descubrieron que la venta del plátano no parecía tener mucho éxito, algo que hundió ligeramente los ánimos de los tres. Apenas una manilla de plátanos descansaba escondida entre tomates, boniatos y todo tipo de hortalizas.

—A mí esta fruta me parece muy dulce y seca —les dijo la frutera—, y lo peor es que apenas dura unos días desde que nos la traen en el vapor desde América. Muchas las regalo porque se me ponen malas, de color negruzco.

—¿Y usted cree que es posible cultivarla aquí? —preguntó Miguel.

—Y a mí qué me cuenta, ustedes verán lo que hacen.

Los gemelos la probaron a la vez y coincidieron en sus miradas ilusas. Era uno de los mayores manjares que jamás habían probado.

—Podría funcionar —sentenció Miguel.

—Merece la pena intentarlo —respondió Alejandro.

—¿Por Eliana? —dijo Rafaela.

Los tres sonrieron ante el gesto de incredulidad de la frutera.

Y en ese momento, a Rafaela le cambió el rostro por completo al descubrir al otro lado del pasillo del mercado un rostro que le resultaba demasiado familiar.

—¡¿Yanet?! —gritó.

Los gemelos volvieron la vista en la misma dirección y descubrieron a la criada de Eliana, que parecía estar comprando carne en uno de los puestos.

La mujer se volvió para descubrir quién la llamaba. Su piel oscura, su actitud servil, su mirada perdida y vacía tras la muerte de su señora.

—Es ella —dijeron los tres al unísono.

Se acercaron a paso ligero hacia Yanet, que se había quedado de piedra frente al puesto de carne en el que se encontraba.

—Vaya, qué sorpresa.

—¿Usted no se había marchado a Cuba?

—Bueno, digamos que... escapé del vapor antes de que zarpara. Tenía miedo de volver.

—¿Miedo? —preguntó Rafaela.

Yanet se quedó bloqueada mientras trataba de buscar una respuesta.

—No tenía sentido regresar sin ella. Y no creo que el patrón vaya a extrañarme después de lo ocurrido. —Necesitaba cambiar de tema cuanto antes, así que se fijó en que los gemelos sostenían en sus manos una cáscara de plátano—. ¿Y esa fruta?

—¿Sabe usted algo del plátano? —respondió Miguel.

—Bueno... algo. Se cultiva en Cuba. Es una fruta deliciosa.

A Miguel se le encendieron los ojos de inmediato.

—¿Y dónde está viviendo?

—Aquí, en Santa Cruz —balbuceó Yanet—. Encontré a una familia que necesitaba a alguien para que cuidara de sus niños. Vivo interna con ellos, precisamente había venido a hacerles los recados del día.

—Vaya —se lamentó Miguel—, así que está contenta con esa familia.

—¿Por qué lo dice?

Como si de un milagro se tratara, Rafaela y los gemelos se lanzaron una mirada cómplice, y una sonrisa de oreja a oreja.

—¿Le gustaría tomar un café con nosotros? —preguntó Rafaela.

—¿Ahora? —Yanet estaba desconcertada, se notaba que ese encuentro no encajaba para nada en sus quehaceres.

—Sí, ahora. Hay algo que nos gustaría hablar con usted.

—Bueno... tengo algo de tiempo.

—¡Estupendo! —Alejandro dejó escapar una mueca eufórica, y los demás soltaron una carcajada en respuesta a sus impulsos.

Y es que tal vez aquel no era el final, sino solo el principio.

AGRADECIMIENTOS

Esta novela no habría sido posible sin el apoyo y el cariño de todas las personas que me han acompañado a lo largo de estos cinco años de viaje. En primer lugar, quiero agradecer a María José Manso su pasión y dedicación absoluta por la difusión de la cultura canaria con proyectos como *Islabentura*, una experiencia única e irrepetible de la que también me llevo a unos maravillosos compañeros.

También quiero dar las gracias a los guionistas Javier Olivares y Jordi Calafí, quienes desde el primer día me regalaron sus mejores consejos para hacer crecer esta tabacalera. Por otro lado, me gustaría expresar mi gratitud a los maestros y las maestras que me han acompañado con sus enseñanzas a lo largo de este camino: Pablo Barrera, Alberto Macías, Caridad Fernández, Toñi Ramos, Isabel González, Sergi Monfort… Cada palabra de este libro ha sido posible gracias a su ayuda incombustible.

A mi editora, Ana Lozano, por su dedicación y capacidad para ver más allá de las palabras y por ayudarme a comprender la verdadera esencia de esta historia; a Gonzalo Albert y a todo el equipo de Suma de Letras y Penguin Random House, por confiar en mí y ayudarme a desarrollarme cada día como autor. A los más de veinte mil lectores de Amazon Kindle que habéis confiado en esta novela.

Y, por último, a Amelia Alonso y a mis padres, por su aliento y amor incondicional desde el primer día.

Este libro
se terminó de imprimir
en el mes
de septiembre de 2023